静思语录

中国好文章书系

《好文章》书系组委会 主编

光明日报出版社

图书在版编目（CIP）数据

静思语录／《好文章》书系组委会主编．－－北京：光明日报出版社，2023.7
ISBN 978－7－5194－7393－8

Ⅰ．①静… Ⅱ．①好… Ⅲ．①故事—作品集—中国—当代 Ⅳ．①I247.81

中国国家版本馆 CIP 数据核字（2023）第 145072 号

静思语录
JINGSI YULU

主　　编：《好文章》书系组委会	
责任编辑：杜春荣	责任校对：房　蓉　龚彩虹
封面设计：中联华文	责任印制：曹　净

出版发行：光明日报出版社
地　　址：北京市西城区永安路 106 号，100050
电　　话：010－63169890（咨询），010－63131930（邮购）
传　　真：010－63131930
网　　址：http://book.gmw.cn
E－mail：gmrbcbs@gmw.cn
法律顾问：北京市兰台律师事务所龚柳方律师
印　　刷：三河市华东印刷有限公司
装　　订：三河市华东印刷有限公司
本书如有破损、缺页、装订错误，请与本社联系调换，电话：010-63131930

开　　本：170mm×240mm	
字　　数：462 千字	印　　张：25
版　　次：2024 年 1 月第 1 版	印　　次：2024 年 1 月第 1 次印刷
书　　号：ISBN 978－7－5194－7393－8	
定　　价：99.00 元	

版权所有　　翻印必究

前　言

《淮南子·本经训》中记载："昔者仓颉作书，而天雨粟，鬼夜哭。"文字的力量，由此可见一斑。文字真是一种奇妙的东西，寥寥数字便在书写者与阅读者之间架起一座心灵之桥——娓娓道来的文字能够温暖人心，昂扬激越的文字让人心潮澎湃，蕴含哲理的文字能够明心见性，真情实感的文字催人泪下，让人心生感动。文字让我们的思绪插上了想象的翅膀，带我们飞入书写者用妙笔精心构建与编织的文字世界，让我们在知识与思想的天空中翱翔。

"中国好文章"大赛组委会从发出邀请至今，已收到数万名作者朋友们的踊跃投稿，让我们倍感欣喜，也很珍惜。欣喜的是，你们看到了我们发出的征稿邀请，并勇于展示自己的才华；珍惜的是，你们将自己精心写就的文章托付给我们，是对我们的信任。身处此位，将心比心，每日与文字打交道的我们，更懂得作者对自己文章的用心与爱护。在与这些美文的不期而遇中，我们感受到你们对祖国大好河山的由衷赞美，对故乡故人的深深怀念，对青春往事的追忆释怀，对亲人朋友的真切情感……字字句句皆自肺腑流出，每一段文字、每一篇文章都承载着书写者的人生温度，讲述着书写者的奇妙故事，蕴藏着书写者的岁月感悟。

著名作家莫言曾在诺贝尔文学奖晚宴上的致辞中谈到自己对于坚持文学写作的看法："我深知世界上有许多作家有资格甚至比我更有资格获得这个奖项；我相信，只要他们坚持写下去，只要他们相信文学是人的光荣也是上帝赋予人的权利，那么，'他必将华冠加在你头上，把荣冕交给你'。"如今投稿的你们也是这样，不论年龄几何，不论身处何处，曾经，当你的脚步穿过那一排排放满书籍的书架，指尖抚过那一本本微微鼓起的书脊，听到那纸张翻阅的沙沙声，想必有一颗石子落入你如静水般的内心，激起了一圈圈淡淡涟漪，你便也想让自己的文字化为铅字，让每一个爱书之人感受到你笔下文字那鲜活的生命力。于是你们日复一日、年复一年保持着对文字、对写作的热爱，这在当下，是多么难能可贵的品质。我们发自内心地佩服书中各位作者对文学梦的坚守，因此有了我们在"中国好文章"的相遇，才有了这本凝结着你们心血结晶与智慧闪光的诚意之作。

一纸素笺，这卷承载着心语的墨香，是你们个人情怀与美德的人文积淀，是你们"文如其人"的最佳彰显，更是你们收获公众好评和认可的绝佳机会。或许今天热爱文学写作的你，明天就能在中国文坛拥有一席之地，成为反映美好新时代的一面旗帜，成为用文字影响他人的文化摆渡人！

"文明如水，润物无声。"书籍作为思想文化的载体、人类知识的殿堂，读罢方知心渠如许不彷徨，人间至爽在墨香。本书这些沉睡的文字，如时光与心灵的对白，诉说着少年五彩的梦，低唱着中年朴质的影，浅吟着老年夕阳的红，并赋予各时的震撼或感动、温暖或骄傲、火热或炽烈的瞬间以永恒……此刻，它正散发着墨香，静待有缘相会的读者来唤醒。

"中国好文章"大赛编委会

目录

李忠会作品

一生不肯原谅的错误 …………………………………………………… 1

那年，我用青涩的爱与广播牵手 ……………………………………… 3

铅字背后的苦痛和快乐 ………………………………………………… 8

经历了世上"最快"和"最慢"的时间 ……………………………… 11

生活中，那些瞬间让我们倍感温暖 …………………………………… 13

那些年，我家最抢手的"宝贝" ……………………………………… 14

今生，你欠我一个约定 ………………………………………………… 16

"润物细无声"的那些事 ……………………………………………… 17

送别，在那拐角处 ……………………………………………………… 20

想起那书信往来的"慢时光" ………………………………………… 21

王博学作品

观海听涛 ………………………………………………………………… 24

向海而歌 ………………………………………………………………… 27

姚家沟记忆 ……………………………………………………………… 31

李良清作品

致母亲 …………………………………………………………………… 35

爱，就大胆说出来 ……………………………………………………… 40

刘友建作品

青春三部曲
　　——致陌路者 ··· 47

一个平民的心愿
　　——关于新疆南疆发展的展望 ······························ 49

龚勇作品

最爱家乡水 ··· 54

"视与听"的艰辛足迹
　　——在改革开放中奋进的奉贤广播电视台 ····················· 56

评金一南与《苦难辉煌》 ·· 61

男儿当自强
　　——记上海市自强模范、上海华聚橡塑制品有限公司总经理褚引官 ······ 65

绿色奉贤让生活更美好
　　——奉贤区迎接上海市园林城区复验宣传片解说词 ············· 69

古韵今风新潘垫 ··· 71

走近胡荣华 ··· 74

计国亚作品

乐当"百姓律师"
　　——记安徽其力律师事务所女律师胡宏梅 ····················· 76

有幸相识荣获"七一勋章"的李宏塔 ································ 79

雷郁作品

妻子和她的娘家人
　　——写在三八妇女节 ······································ 82

父亡三十年祭 ··· 84

天涯过涉影　世纪家国情
　　——写在父亲诞生100周年之际（1921—2021） ················ 87

苏柏文作品

阿　珠 ··· 94

窗 ··· 95

完美生活 ··· 97

你好，卢秀娥 ………………………………………… 99
　　钱　行 …………………………………………………… 100
童晓媛作品
　　桃　凝 …………………………………………………… 102
　　时光只是记忆的橡皮擦 ………………………………… 104
　　煤矸石里也有蛙鸣 ……………………………………… 106
余新民作品
　　沙坝旧事 ………………………………………………… 108
　　沙坝旧事（二） ………………………………………… 111
　　凉水摊与老荫茶 ………………………………………… 113
曹峰作品
　　我笑着笑着就哭了 ……………………………………… 115
　　母亲的目光 ……………………………………………… 116
　　朱家巷的故事 …………………………………………… 118
曹霞作品
　　一米阳光 ………………………………………………… 121
　　大美阳新 ………………………………………………… 122
　　蒲公英 …………………………………………………… 124
　　奔跑在炫酷地带 ………………………………………… 125
　　包　容 …………………………………………………… 127
　　樱　桃 …………………………………………………… 128
　　牧歌昭苏，天马故乡 …………………………………… 129
傅林作品
　　雪域高原哨所情 ………………………………………… 132
　　崇高军礼 ………………………………………………… 133
　　战　友 …………………………………………………… 135
　　假如世界没有战争 ……………………………………… 136
　　最美不过咱大新疆 ……………………………………… 137
　　界　碑 …………………………………………………… 137
　　领　袖 …………………………………………………… 138

高解新作品

　　黄昏漫想 ································ 139

　　雨季随想 ································ 140

　　秋，总要来的 ··························· 141

　　守　望 ··································· 141

　　春日碎语 ································ 142

霍东泽作品

　　每个人都经历过同一天的两个下午 ··· 144

　　十六岁那年我走在村前沙石路上 ····· 145

　　小时候 ··································· 147

刘丰作品

　　爹爹的教诲 ······························ 149

　　太阳岛

　　　——扯不断的情结 ·················· 158

　　妈妈，我好想您！ ····················· 160

　　岳母的故事 ······························ 166

　　昨日的梦 ································ 169

左易作品

　　魂归故里 ································ 170

　　父爱如山

　　　——记我的两个父亲 ··············· 171

　　母亲那口樟木箱 ······················· 173

刘燕作品

　　晚来秋雨纳新凉 ······················· 175

　　转眼就是一生 ·························· 175

　　秋游玉渡山 ······························ 177

王瑞作品

　　我的好奶奶 ······························ 179

　　喜欢与节制 ······························ 180

　　童年画卷 ································ 182

　　梁前燕呢喃，花间蝶翩翩 ············ 184

故乡的燕…………………………………………… 185
施嵘作品
　　国宝是谁造就…………………………………… 188
　　多写写父母……………………………………… 189
　　新寓言：猫犬竞争……………………………… 190
薛亚利作品
　　在来宇超、刘俏婚礼上的致辞………………… 192
　　为亲爱的姐姐送行……………………………… 193
仝光薛作品
　　我和我的爷爷…………………………………… 195
　　三爱文竹………………………………………… 197
悠悠作品
　　老　妈…………………………………………… 199
　　祠堂入伙………………………………………… 201
王玲作品
　　爱的种子………………………………………… 204
　　规　矩…………………………………………… 206
王旭作品
　　一副球拍………………………………………… 208
　　过去的时光……………………………………… 209
　　老家的铁锹……………………………………… 210
　　放飞希望………………………………………… 211
　　雪后初晴………………………………………… 211
王玉光作品
　　杂　想…………………………………………… 212
　　大柏树的诉说…………………………………… 212
武平作品
　　一场走过风花雪月的旅行……………………… 217
　　惬　意…………………………………………… 219
　　长白行…………………………………………… 220

杨秀清作品

 我的母亲 ·· 222

喻国光作品

 父　亲 ·· 226

 哥　哥 ·· 228

 母　亲 ·· 230

张少权作品

 一轮明月照天涯 ·· 232

 自我之歌 ·· 233

 秋 ·· 233

 花 ·· 234

褚国庆作品

 青岛之行 ·· 235

 故乡的依恋 ·· 237

代银河作品

 奶奶的菜园 ·· 239

 豆腐：一把黄豆的涅槃 ··· 242

张敏作品

 我是一棵树 ·· 243

 流年思绪 ·· 244

刘军作品

 悠悠小河 ·· 246

 迟到的纪念章 ·· 248

刘振凯作品

 迎接 2012

  ——未济，日乾夕惕，修己 ······························· 250

 迎接 2022

  ——惧以终始，其要无咎 ··································· 251

潘佳梦作品

 外婆家的橘子树 ·· 252

 成　长 ·· 253

汪小夕作品

雪 ·· 254

春　雪 ··· 255

再回东莞 ·· 256

郭卫平作品

晨练曲（一） ····································· 257

晨练曲（二） ····································· 258

思　绪 ··· 259

幽兰情 ··· 259

魏创杰作品

春风·海浪·木棉树·月亮·我 ················ 260

牛郎织女的感谢信 ······························ 261

说闲情逸致 ······································· 262

致逝去的青春岁月 ······························ 263

石健作品

那年花开（一） ································· 265

那年花开（二） ································· 265

杨志民作品

矿石的燃烧 ······································· 267

李色连作品

冬　至 ··· 268

武当山太和美 ···································· 269

高宏魁作品

品茗之醉 ·· 272

朱文杰作品

国家牛助捡继电器 ······························ 273

曾昭用作品

我和妈妈的遗憾 ································· 275

王建敏作品

历史回眸 ·· 277

悠悠故乡情 ······································· 279

蔡兆稳作品

父子朋友 ·· 283
今天心难静 ······································ 285
每次走过这块变了容颜的土地 ········· 285
无花果 ··· 286
喜看花开 ··· 287
乡村美 ··· 288
小菜地添景色 ·································· 288
小小地 ··· 289
心底的感动 ······································ 290
夜　读 ··· 291
珍　珠 ··· 291

董锦清作品

燕子归来时 ······································ 293
一张渔网 ··· 294

章静作品

晨　接 ··· 296

杜洪亮作品

怀念母亲 ··· 297

谢家俊作品

故乡老屋门前的小河 ························ 299
我爱夏日之美 ·································· 301

温康明作品

七十年代养蜂人 ······························· 303
那年今天 ··· 305

孙改青作品

春 ·· 307

庄燕云作品

家 ·· 308

孙美琪作品

他在笑 ··· 310

谢忠利作品
　　花开满园春意浓，最美人间植树人 ………………………………… 312
许妃六作品
　　鱼饼在记忆里飘香 ……………………………………………………… 314
王增昌作品
　　县长耳朵的秘密 ………………………………………………………… 316
黄成东作品
　　秋　雨 …………………………………………………………………… 322
　　冬天的精灵 ……………………………………………………………… 322
　　新年第一缕阳光 ………………………………………………………… 323
　　初春的第一眼云 ………………………………………………………… 324
　　邂逅初春 ………………………………………………………………… 325
　　孩子，请珍惜生命 ……………………………………………………… 325
　　三月春色 ………………………………………………………………… 327
　　童年的记忆 ……………………………………………………………… 328
霍东泽作品
　　旁老爹 …………………………………………………………………… 329
郭翔雁作品
　　星空之上珍奇般的理想 ………………………………………………… 332
陈淑微作品
　　光阴予热爱　热爱赠光阴 ……………………………………………… 335
杨文彦作品
　　自行车
　　　——我永远的朋友 …………………………………………………… 337
　　清明节的情思 …………………………………………………………… 339
周益胜作品
　　她不知道什么是孤独 …………………………………………………… 342
　　探索城市角落 …………………………………………………………… 344
　　没敢想过"上大学" …………………………………………………… 345
马溪甜作品
　　偶像的账单 ……………………………………………………………… 347
　　做一个像大棒骨一样的人 ……………………………………………… 349

黄迎霞作品

第一次乘坐飞机 ··· 351

想念爸爸 ··· 352

中秋时节思父亲 ······································· 353

谭振宇作品

千呼万唤不见应答的母亲与失去母爱所过的不幸童年 ········ 355

记起那求学岁月的恩师

　　——宋玉华 ······································· 358

苏、沪、杭印象记 ···································· 359

李爱霞作品

祭　母 ·· 361

韩荣艳作品

有妈的孩子像块宝 ···································· 364

张丽作品

月　光 ·· 366

兰花颂 ·· 367

秋　蝉 ·· 368

刘燕作品

晚歌轻唱又一年 ······································ 370

又是一年匆匆过 ······································ 371

岑启顺连作品

理性思维是如何产生的？ ······························ 374

闪光时刻

　　——我心灵中的喜悦与欣慰 ······················· 375

如何走好人生的每一步 ································ 376

给人生加个意义 ······································ 377

王冠驭作品

去人数尺，照夜三更 ·································· 379

李真文作品

江南月色 ·· 381

后　记 ··· 382

李忠会作品*

一生不肯原谅的错误

那段时期，我一度不敢触碰家里的座机电话，怕触碰心灵那块伤疤，怕勾起那段不愿回首的记忆，怕提起那个一生都不肯原谅自己的错误。

六年前的春节前夕，家里的座机急促地响了起来，我漫不经心地拿起话筒，听到了母亲柔柔的声音："会啊，今年春节回家吧，一家人都盼着你回来过年呢！"当时工作正处于忙碌状态，我便说："妈，我今年还是不回去，只有几天假，路上折腾太累了，明年再回吧。"话音刚落，电话的那一头便没有了回应。

过了十来天，座机的铃声又响了，这次是侄儿的声音："小姑，有件事要告诉你，嗯……"侄儿欲言又止，我不耐烦地说："我跟你们说了好多遍了，我忙，我忙，今年春节不回去！"侄儿说："我叫大爸跟你说……"电话那头大哥的声音很平静："小妹，妈妈已经走了，你别太伤心了……"我不相信大哥用如此平静的声音传递给我一个五雷轰顶的消息。那一刻，我头晕目眩，眼泪决堤而下。我不相信我那天一口回绝的是母亲这一生给远在千里之外的女儿的最后一个电话；我不相信我和母亲的最后一次通话，语言是那样的苍白冰冷；我不相信这是我这一生再也没有机会弥补的一个错误；我更不相信"子欲养而亲不待"这句话的遗憾和悔恨会在我生命历程中这么快得到了应验。它成了我心灵深处一道鲜血流淌不止的伤口，以至于好长时间我都被这伤口的疼痛折磨着、自责着，不能自拔。

母亲走了，听哥姐说，母亲临走时还念叨着"小妹离家太远了，回趟家怎么都这么难啦……"

妈妈，你养育了八个儿女，你的心被分割成了八份，担心牵挂着你的每一个儿女。为了他们的工作和生活，你付出了太多太多的辛劳。而让你最为挂心

---

* 作者简介：李忠会，女，曾就职于黔江区广播电视台（现黔江区融媒体中心），从事了三十余年的文字编辑工作，现已退休。爱好文学写作，从 20 世纪 80 年代开始在省市级以上平面和立体媒体发表评论、散文、诗歌等作品数百篇，其中，多篇评论、散文获省市级以上奖项。

的就是远在千里之外的我。也许冥冥中你知道自己要走了，才会亲自给我打电话，我应该顺应你的心意啊！

小时候，不懂事的我一直将做饭视为你的义务，我可以因为没有好菜而生气不吃，每当这时，你总是毫无怨言哄着我多吃点。还有一次，我做一道数学题卡壳了，我在你面前发脾气说："别人家的爸妈都能帮孩子做功课，你就只会做饭……"那一瞬，我看见你眼里闪过一丝落寞，眼角红红的，却什么也没说。

幼年读书期间，每天晚上，你都在我睡之后来为我掖被子，然后把我的鞋垫拿出来烘干后放回鞋里，或悄悄在我脚边放一个暖水袋。穿着干爽的鞋子，我没想过那是你给我烘烤过的，每晚暖暖的被窝，我也不知道是你根据天气的冷暖随时为我换的毯子和被子。

初到黔江上班，你从成都到这里陪我。但年轻懵懂的我只顾自己尽情地享受青春，成天和同龄的朋友外出玩耍，经常很晚才回家。有次你对我说你一直不敢睡，呆坐着等我，突然一阵风把房门吹开了，你吓了一大跳，你叫我以后早点回来，我不以为然地"嗯"了一声。妈妈，我没想过你一个人等候女儿回家的那份无奈和寂寞，没想过你对女儿外出安全的那份担心，没想过你到黔江陪我，而我却将你一个人撂在家里的那份不应该，也从来没想过我该多抽点时间来陪你，更没问过一句"妈妈，你今天过得好吗？"

多年来，身居老家成都的你每晚"必看"重庆电视台的天气预报和新闻，就因为你有个女儿在重庆黔江工作。你常对我说，"出门穿暖点，你们那里又降好多度，要保暖别冻着……""你们那里起风了，看新闻你们那里风把树都给刮倒了""你们那里出太阳了，很暖和了"母亲，你永远是在远方与我分享阳光、分担风雨的人，永远是我知冷知热的人。

记得有一年的春节我告诉你要回家过年，你很早就开始准备我爱吃的家乡特产。临近春节，我却因为一些不起眼的小事改变了回家的计划。腊月二十八那天下午，你不顾天气寒冷，在车站痴痴站了整整两个小时，望眼欲穿盼着我的出现。你告诉哥姐"虽然她说今年春节不回来，但这孩子以前就是爱搞点什么'给你一个意外惊喜'……"哥姐告诉我，那天你没能接到我，一个人躲进房间悄悄地流泪。妈妈，对不起，我太不理解一个母亲盼儿女归家的心情了。

由于离家较远，我总是三五年回家一次，每次回来，你总要张罗很多好菜。我知道，这满桌的美味佳肴寄托着你对我的牵挂和思念。你见我特别喜欢吃家乡的凉拌鸡肉和甜烧白，就连续几天把它们作为"必上菜"。那天，我坐上了返程的客车，车快开走时，你递给我一张纸条说："这是你喜欢吃的菜的菜谱，你拿去照着做吧。"在车子开动的那一刻，我不敢看你，因为你和我的眼眶都已经盈满了泪水。妈妈，这世上你最懂我，你懂我的自尊，懂我的最苦，懂我的最爱，懂我的最需要。

妈妈，我多想再次感受到你温暖的气息，再次聆听你那柔情的叮咛，包括你一句话要说三遍的唠叨，包括你看见风就是雨的那多余的提醒……然而，这一切的一切都是今生再也不可能实现的幻梦了。

生活里，有很多事情转瞬即逝，只是很多时候，我们根本不懂那是我们生命历程中的最后一次机会，在不经意间，我们已永远地失去了弥补某个错误的机会。所以请珍惜当下吧，不要等到下次，有些事真的没有下次了。

那年，我用青涩的爱与广播牵手

人往往是这样，在将与心爱的事业告别时，总忍不住打开那些泛黄的记忆，去重新品味最初的那份青涩、憧憬、激情和惶恐不安。

那年，父亲撒手西归，20岁的我随哥哥来到了黔江。那时的黔江道路险峻、交通不便、房屋陈旧、物质匮乏、城市狭小。

那时的我，留着微卷的短发，一脸的稚气，爱臭美的年纪喜欢穿最漂亮的衣服，一辆小巧的蓝色女士自行车和我形影不离。每次骑车上街，总有那么多好奇的目光远远地送着我，少女的羞怯与矜持让我产生了些许不安。我问哥哥，在成都一个女孩骑自行车很平常，根本没人看，而在黔江为什么会引来那么多的目光？哥哥问我："你看看街上总共有几辆自行车？又能看到几个女孩骑车上街？"我这才冷不丁地悟到：哦，原来自行车还是这座小城的稀奇物和奢侈品呢！这让我从心底感到一股沉重的寒意——大山里的这个小城时时刻刻写满了贫穷、落后、沧桑与苦涩。

一定要离开这个地方！我在心里说。但是，我却留下来了，一待就是三十四年。

"是什么让你这个来自繁华大都市的女孩把根扎在了黔江？"一个朋友曾经问我。我指了指街边鳞次栉比的广播喇叭说："是它们，是心爱的广播把我留了下来。"

20世纪80年代的黔江城，骑自行车几分钟就能逛遍，但我却在不经意间观察到，唯有一样东西独占鳌头、激情四射地活跃于人们的生活中，那就是大街小巷挂满的广播喇叭。从小就特别喜欢听收音机的我暗暗地萌生了一个愿望，想做与这个广播喇叭相关的工作。

一年以后，我的广播梦变成了现实。

全县待业青年考试，正好县广播事业局有几个编辑和播音员的名额。成绩张榜那天，我的文考成绩列居全县第二名。面试有两项内容，一是交一盒录有普通话的磁带，内容自选，我当时选的是中学语文课文《刑场上的婚礼》，用了极富感情色彩和抑扬顿挫的语言录好了音。第二项是当场写一篇800字左右的文章，文体不限，题目是《上班第一天》。从小就喜欢写作文的我洋洋洒洒写了1000多字。走出局办公室，我嘴角洋溢着微笑。几天以后，通知来了，我被录取了。那一年，青涩的我，与心爱的广播结缘。

上班之前，哥哥没少给我泼冷水："黔江是老少边穷地区，成都和这里的教学质量有很大差异，你的文考成绩并不能说明什么，还有很多东西你不会，需要好好学习。"我虽然使劲点头，但心里仍然自信满满。

第一次改稿差点儿将我的广播梦击碎。

在编辑室，每天坐镇编稿审稿的是一位分管宣传的副局王道达，他50来岁，另有2位从农村来的编辑老师，一位姓王，一位姓袁。播音员有3个女的、一个男的。难道就这寥寥几个人，每天就将那满街的喇叭整得那么热闹、那么"妙色生花"？我感到诧异。后来我才知道，它背后有一支庞大的通信员队伍，而支撑这支队伍茁壮成长并经久不衰的是各级党委政府对广播宣传工作的高度重视，据说那时光靠写稿可以养活一家人，一篇稿件被采用后，可以得到多级奖金。

上班的第三天，王局递给我一篇稿件说，"你今天开始改稿子，先改一篇吧。"我接过稿子，看到题目就傻眼了，"加强蓖麻的田间管理"。天哪，蓖麻是个什么东西，长什么样？它的田间管理又该是些什么？动词、量词该用什么？对于没在农村生活过一天的我来说，这篇短短的稿件瞬间将我上班的自信和热情打入冰窟。我从书本上学到的最多是字词句的规范和准确，我只得认真地按照自己的思路进行修改。改完了，我递给坐在我后排的王局，心扑通通直跳，并用眼睛的余光瞥着他的"动向"——10分钟过去了，20分钟过去了，半小时也过去了，几百字的稿件怎么改这么长时间？耗时越长，我就越紧张，手表划过45分钟，局长将他重新改好的稿子递了过来，只说了一句："小李，你看看吧。"我注意到局长的目光是温和的，语气也是平和的，紧张稍微减轻了几分。我拿过来一看，局长用红笔将稿子涂改得面目全非，我自己的文字只剩下一排多一点点。我数了数，只有十几个字是我的。刹那间，满满的自信被瓦解一空。

我谦虚地读了一遍又一遍，感觉还是"一头雾水"，好不容易熬到下班时间，我溜出办公室，骑自行车，飞一般地回了家。

回到家，我一头扑倒在床上，失声痛哭起来。母亲闯了进来，面色紧张地问："出什么事了?"我哭得更厉害了："我完了！这编辑工作我干不了……"母亲问了缘由，我说："我改的稿子只有十几个字留下了。"没什么文化的母亲却轻松地对我说："总有十几个字是你的呀，下次我们好好学学，就有20个字、30个字是可以的，不懂可以学啊……"

那天夜里，我失眠了，我对自己说，得想一个"恶补"的速成法。折腾到半夜的我终于想了2个恶补办法。第二天一早起来，我问妈妈要了几十元钱，我要到邮局订几种农村报纸，苦研苦读苦学。平时恨不得将一分钱掰成两半花的母亲对我的智力投资从来就是既果断又大方，她毫不犹豫掏出钱给我，一个劲地说："要多少给多少，哪有学不会的道理。"其二，我叫哥哥帮我联系一两户农户，周末到农村去玩，近距离了解农村人的生活，亲眼看看那些农产品的模样。

在实施"恶补计划"之前，我用毛笔写下了4个大字，贴在卧室的墙壁上——背水一战！这个计划，看似简单，实施起来备受煎熬，中途几度想临阵脱逃。现在想起来，那时，也许是母亲的疼爱、哥哥的鼓励和引导、书本的滋养、王副局长和同事友善的目光支撑了我的坚持。

开始一段时间给其他编辑老师当下手，改的都是单篇稿件，有次改烤烟的稿件，我见有个词叫"打顶抹芽"，便想，这词我不懂，干脆给它删了，免得犯错误。接过我改的稿子，老师说，字句改通顺了，就是把不该删的词语删除了，比如，"打顶抹芽"是烤烟生长管理必不可少的一个环节，怎么能随便删除呢？那一刻，我感受到，当编辑可不是我想象得那么简单，一个小细节都不可马虎。从此，我给"恶补计划"排上了更细致的课程。

在我踏进广播局一个月零10天的时候，那天，王局对我说，今天的《对农村广播节目》你编吧，某老师请假了。我吓坏了，什么节目不可以给我，偏偏单独接的第一个节目就是我的"软肋"，就像读书期间最怕的、为之经常做噩梦的数学考试，我怎么运气这么不好呢？

根本没时间容我恐惧，中午12点之前就必须将节目编好交给播音员录音，管它的，我拿起笔，认真地修改起来。一个月的研读苦学，一个月的不辞辛苦到农户家现场观摩学习，会没有收获？

改完十几篇稿件，估算了一下字数与时间，我大胆地排序，然后检查几分钟，鼓起勇气将稿件交给了王局，同样，我用眼睛的余光忐忑不安地关注后排的动向，听着他翻稿件的声音。大概 10 分钟以后，他递给我，简单说了句："可以了，你交给播音员吧。"——什么？我不相信，又像是没听懂局长的话。他又重复了一遍："我已经审了，没问题，你交给播音员吧。"这没带任何感情色彩和褒贬词汇的一句话当时令我兴奋不已，它告诉我，我独立编的农村节目过关了。

当时有个老师告诉我，因为黔江是个农业大县，农村节目是仅次于新闻节目的重要节目，这个节目如果拿不下来，就很难在台里混下去了。单独编辑的第一个农村节目过关了，这对我来说是莫大的安慰。

当时人们对广播的关注度是我无法想象的。一次，我编了篇稿件，没点名地说一个老大爷给儿子过生日大办酒席，搞铺张浪费。那时大力倡导的是移风易俗节约闹革命。两三百字的稿件惹来了一场风波。那个大爷听到后，走了几十里山路，跑到乡政府拨通了电台的座机，找到那个叫"李某某"的编辑，委屈地和我理论："我一个七八十岁的人了，在大过年的，让你们在广播里扯着嗓子批评，太不好想了，你们让我在乡亲们面前丢尽了脸面！"老大爷声泪俱下，声称要来找我的麻烦，我被吓哭了，后来还是王局平息了事态。

广播是那个年代唯一的有声媒体，它的风吹草动都会引来一场"及时雨"。我记得特别严重的是有次广播因故停播了 3 分钟，当事人是个有编制的老职工，他脸都吓白了，说："这次我可能要丢饭碗了。"听说后来单位层层写报告，澄清了事实，是客观因素所致，那个老职工才获得了安全。耳濡目染的一件件事让我对广播从单纯的喜欢、热爱升华成了"敬畏"和"不可侵犯"，它使我在以后的编辑工作中养成了字斟句酌、小心谨慎、不忽视每一个小细节的工作习惯，自此，我在编辑这个岗位上踏踏实实地走过了 33 个春秋，没出过一次差错，每年的创优节目也佳绩频传。

在我工作两三年之后，王局调走了，去做报纸了（他是《武陵都市报》初期的筹划人之一）。后来，广播时兴时衰，原班人马各奔东西，再后来，分分合合，大家彼此失去了联系。

2016 年的 6 月 28 日晚上，一个陌生的电话打了进来："小李，你猜猜我是谁啊？"多么熟悉的声音！"哇！老局长！"已经失联了 20 多年的王道达老局长给我来电了，我兴奋至极："老局长，你怎么找到我的？""我绕了六七次才问到你的号码！"听声音老局长很健康，说话底气很足，语言逻辑清晰。互问了近况后，老局长说，"你知道我为什么到处找你吗？因为，我想找你聊广播，听说我以前的那些兵大多离开了广播，只有你还守着广播……"聊广播，这是一个老广播人对广播炙热的情怀，我理解这份情怀。

"你记得7月28日是个什么日子吗?"他问。"我记得,这是1986年黔江人民广播电台成立的时间。"见我还记得这个时间,老局长的兴致更高了:"那你记得成立时省里有什么领导来了吗?当时的热闹场面还记得不?来祝贺的区县有哪些……这些都是我们的辉煌!当时黔江电台是川东南地区最棒的,你知道吗?你还记不记得,当时每个月都有外边的广播站来学习考察……今年正好是电台成立30周年啊,你们举行纪念仪式没有啊?"老局长兴趣盎然,一个接一个的问题问个不停,我也尽量挑些高兴的事告诉他,用兴奋的语调应和他。我知道,20世纪80年代的黔江广播电台创造了很多的辉煌,那里有他为之奋斗的足迹,有他流下的汗水,有他智慧和心血的结晶,他怀念那些难忘的激情燃烧的岁月。通话结束时,我看了下时间,1小时48分钟。

一个周末,我又拨通了老局长家的座机电话,他很高兴,说他将我的号码弄丢了,天天都盼着我主动打来电话:"小李,我就是想和你聊广播。"我们又一起回忆了关于广播的许多往事,说到激动处,老局长几度哽咽。临别,老局长说,这次可不能再把你的号码弄丢了,并让我重复说了两遍,他用笔写在了纸上,还约好一定要抽时间一起聊广播。

几天前,突然想起很久没和老局长聊广播了。哎,手机换了。没了号码,我翻箱倒柜,终于翻出一个小本,找到了老局长家的座机号,我急不可耐地拨通了电话,接电话的是他的小儿子。我介绍了自己,然后说:"请你爸爸来接听电话好吗?我想和他聊广播呢!"他告诉我:"爸爸已经走了,走了一年多了……"顷刻,我头晕目眩,这是真的吗?上次通话离现在感觉没多久啊……

他告诉我,爸爸走得很平静,走时,他的头紧紧依偎着枕边一个伴随了他多年的小收音机。他们还翻出了装在小收音机套子里的一张小纸条,上面歪扭地写着一个电话号码和"小李"两个字。他的儿女们知道,父亲今生最大的寄托是"聊广播",小李是他最有共同语言和最忠实的一位聊伴和倾听者,陪他回忆那些辉煌的岁月,他的心才有寄托和归宿,那是他灵魂的安息所在。

老局长走了,那个曾用45分钟的耐心帮我修正第一篇稿件、那个一直用鼓励的眼神和温和的语气保护我自尊的局长,那个在我这般年纪还亲切地称呼我为"小李"的局长,那个居住在重庆北碚已二十几年没见、我说等有空了要去看望的局长走了,永远地走了……为什么我们总相信来日方长?为什么我们总喜欢说"等有空了"……放下电话我啜泣不已,决堤的泪水一滴滴地掉在了我手里紧攥的小收音机上——这是我和老局长之间唯一一条有感应的纽带,我相信唯有这个小物件能够给九泉之下的老局长带去我对他无尽的感恩和怀念,传递给他——30年前那位青涩的小姑娘对广播的不离不弃的初心和情怀。告诉他,无论何时何地，只要他需要，我都会陪他聊广播。

铅字背后的苦痛和快乐

泛黄的记忆，时光的影像。

成立于1986年的黔江人民广播电台是川东南第一家县级广播电台，那时，我有幸与广播结缘，成了一名文字编辑。

当时单位最倡导编辑做的事是在做好自身宣传的同时，积极给各级报刊写文章。领导常说，作为一名文字编辑要努力将自己的文字变成印刷的铅字，这样才能有积淀、感悟和思考，也才能成长为一名好编辑。他的理由是，你想发表作品，才会琢磨题目要怎样取才更具吸引力，文章要怎么布局谋篇才更合理、逻辑更清晰，语言要怎么表述才更优美流畅，主题要怎么升华文章才更有深度。只有当你有发表作品的那份渴望和憧憬，你才会有提高写作能力和技巧的那份动力。在这种氛围和无形的压力之下，我做梦都想自己的文字变成铅字。

"奇思异想"发表第一篇评论

投稿初期很幼稚也很可笑，我无意中看见哥的房里有一叠印有"中国作家协会"字样的稿纸，心想，我用这种稿纸写文章投出去，采用的胜算或许比较大吧。但是寄出去，石沉大海，再寄出去，还是石沉大海。

放弃吗？我开始给自己松绑。可是每当看见某老师发表作品后的那份志得意满，我就"羡慕嫉妒恨"。

一天，我对哥说，你那些"高大上"的稿纸一点儿也不灵验。哥笑了，说："先从你最熟悉的事物写起吧。"我最熟悉的无非就是骑自行车了。好，就写自行车！于是我展开"奇思异想"，哈哈！还真的造出了一篇，取名为《当官与自行车下坡》。乍看，当官与自行车下坡风马牛不相及，但我硬是发挥想象把它们扯上了关系，五六百字的小评论还显得有理有据，记得有那么几句：现实生活中，一些人当了官就以为骑上了下坡的自行车，认为自己是"上面"的人，下去办事理所当然该不费力，且顺畅，于是打官腔、耍官气，认为自己是"上面"

的人，靠"坡度"而居高临下。我们说，正因为当官像自行车下坡，才要特别小心，握紧"刹车"，端正"方向"，否则很容易"摔跤"。最后再来一段总结："邓小平同志说：领导就是服务……所以，我们不管在'坡上'还是'坡下'，都要全心全意为人民服务，这才是群众所期待的。"这篇文章刊登在了《群众报》上，并配有一幅漫画。那一刻，看着自己的"大名"第一次上了报，那种自豪感和兴奋劲就别提了。

这之后，我反复琢磨投稿的技巧，并总结出了一种"反着说"的逆向思维法，大家说杀鸡给猴看，我就来一篇《也要杀猴给鸡看》；大家说要治"红眼病"，我就来一篇《要诊治"白眼病"》；大家说要用人之长，我就来一篇《学会用人之"短"》。就这样，用稿率"噌噌噌"地上去了，写十篇常能用七八篇。可以说，那时每天早上叫醒我的不是闹钟，而是工作的激情和动力。

从"豆腐块"向"千字散文"转型

编辑部有个老师叫王学礼，特勤奋，也特幽默，约莫30岁，经常用我的成都口音找"笑点"。一次，办公室跑进来几只小鸡娃，我叫了一声："哎呀，咋个这么多小鸡儿？"惹得哄堂大笑，王老师更是笑趴下了。

王老师喜欢写散文，每完稿一篇都要分享给我们阅读，让我们提意见。他写的大多是黔江的风土人情，我不懂，"聊"他的作品，我感觉备受煎熬。怎么"应付"呢？我只得表现出神情很专注，随时点头应和，然后搜肠刮肚地想些"放之四海而皆准"的词条，什么构思精巧啊、主题鲜明啊、感情表现细腻啊等，当我"不懂装懂"地"评价"完他的作品，他表现出了很认可的态度，有时甚至说："嘿，你说到点子上了！"最让人哭笑不得的是，过两天他竟然告诉我："我根据你提的意见做了修改！"天呀，你知道吗？我那是"蒙"的。

那时特别害怕王老师找我聊作品，但勤奋的王老师一周一篇新作品，怎么办呢？我总不可能老是"蒙"啊，我得认真学习写散文了，于是又一个"恶补"计划诞生了。我坚持每天研读至少两篇文章，并坚持练笔且大胆投出去。当他再次找我聊的时候，我感觉有底气了，能很具体地谈"文章的结尾处没有提炼和升华主题，首尾呼应差了一点儿""人物刻画上线条粗了一点儿，笔墨欠缺了点儿""前部分没打好伏笔，做好铺垫，后面的情节显得突兀了一点儿"……就这样，在不经意间，我的写作由那些"豆腐块"的小评论转成了散文，很快千字以上的散文、人物通讯等在《成都晚报》《四川民族杂志》和

《家庭》等刊物上发表了，实现了文体的成功转型，在写作道路上又拓宽了一片天地。

与王老师的最后道别

　　王老师对文学的热爱和痴迷是一般人无法想象的。每天熬夜写稿是他的家常便饭，陪伴他的就是一杯接一杯的浓茶和一支接一支的香烟。如是寒冷的冬天，他就蜷缩在火箱里，在袅袅的烟雾中让文字蹦出来。有次他熬夜写了篇《闹洞房》，第二天叫我帮忙誊写一遍，我到他家拿稿子惊呆了，满满一地全是烟蒂。

　　浓茶加香烟虽然帮他撑过了很多个不眠之夜，但他也因此付出了健康的代价。在《少年赵世炎》一书出版时，他因肺癌晚期辞别了人世。

　　我永远忘不了与王老师见的最后一面。

　　我捧着他写的书，面带苦涩笑容地坐在他的床边，眼前的他已经变了人形，那份枯槁、那份虚弱，让人不忍多看。他吃力地挤出一点笑容，用嘶哑的声音招呼我："小李，请坐。"我装着很高兴地说："王老师，你看，你的书出版了，我都阅读了。"他想坐起来和我交流，但无力支撑，一阵剧烈的咳嗽使他没能发出声音。师娘让他喝口水，我发现他吞咽都显得很困难。望着这一切，我噙在眼眶里的泪水再也控制不住，扑簌簌地掉了下来。透过泪眼我发现老师也在流泪。那一刻，我不知所措，又无言以对，因为我感觉什么话都是苍白无力的。还是师娘故作幽默打破了静寂："小李，你跟王老师摆摆龙门阵吧，他说他特别喜欢听你那嗲声嗲气的成都口音了……"

　　我默默地望着这位将不久于人世的老师，心里翻江倒海，命运啊，你为什么这样跟人开玩笑？你曾经一股脑地把美好的东西都给了他——作为特殊人才，他从一个农民转眼成了一个有户口有编制的正式干部，接着，组织又将他的妻子从乡里调进城，小不点的女儿长得越发的可爱，之后，单位又分给他一套60多平方米的福利房，不久单位再次分房，他家又换成100多平方米的大房子。但是，命运啊，你为什么要突然"翻脸"？难道你要把那些美好的东西一样样地收回去……

　　曾经那么幽默、那么爱说爱笑、每次都恨不得将一句普通的话发挥成妙趣横生的经典笑话的老师这次见面只跟我说了4个字"小李，请坐"，余下的就是他的咳嗽声和他眼角的泪水。

我默默地在心里说，老师，你的眼泪我能读懂——我懂你对生命的不舍、对亲人的惦记、对事业的挚爱。我懂你，懂你对那些铅字的深深眷恋……

老师走了，抛下了36岁的妻子和不满14周岁的女儿，留下了一厚摞还来不及寄出去的文稿，那年他39岁。那年，他时任黔江地区委宣传部副部长、地区电视台副台长。对身体健康的忽略让他辜负了美好的前程和幸福的生活，让他再无缘享受人世间的那一切荣耀和绚烂。

多少次，我摩挲着老师留下的铅字，泪水成行。我想，在没有网络和电脑的年代，是这些铅字将岁月刻下了印痕，让后人感受那些遥远的或悲或喜的记忆，去捡拾那些散发着生命芬芳的智慧和灵感。但是，凝聚在铅字背后的那些苦痛、酸涩以及欣喜和快乐又有几人能真正体味呢？

经历了世上"最快"和"最慢"的时间

一个光线暗淡的夜晚，一段斜坡，鞋底一颗小小的滚圆石子，"成就"了我的那一次摔跤。那一刻，一丝一毫的动弹都会让我忘记适度的斯文和优雅，而声嘶力竭地喊叫，唯有120救护车才有能力将我"移动"。拍片报告显示：右腿股骨粉碎性骨折。

疼痛，是那个夜晚时间行走最权威的调节器，它将"度日如年"在我面前不由分说地篡改成了"度分如年"。

从摔倒到身体各项指标的检查，"度分如年"滞留了两天多时间。

进手术室时，一双温暖而有力量的大手紧紧地攥着我，这是丈夫的手。生命的"无常"让他松开时有了片刻的迟疑。

手术台上，医生叫我摆放出正确的姿势和角度，以便注射半麻药剂。

"尽量不要再打全麻了。"医生郑重地告诉我。六年时间动了三次大手术，之前都是全麻，医生的担心不无道理。

我努力地配合，但疼痛使我难以摆放出医生要的角度。

"还是全麻吧，没办法。"

医生在我耳畔轻声说："你很快就会睡着了。"接着，天旋地转—昏迷—不省人事，任由医生"宰割"。

醒来时，耳边是一阵富有节奏感的清脆音乐。医生很高兴地跑过来："你醒了!"我问:"手术做了吗?""做了。""怎么这么快?你们几分钟就把我的手术做好了?"我质问。"做了将近六个小时,才几分钟?"医生反驳。我这才明白,我感觉到的几分钟是六个小时——三百六十分——二万一千六百秒,这是我生命中时间走得最快的时候。

从手术室到病房有一段距离,我听着推我的工作人员和丈夫聊天。

"她比医生预估的苏醒时间慢了半个多小时,大家好紧张。"

"全麻病人没有醒过来是很危险的。"

"是啊,身体的个体差异,有很多意外会发生,有的睡过去就不再醒来,有的醒过来但却不会说话了,有的站不起来了,瘫了。"

"所以说啊,麻醉师是在刀尖上行走的职业。"他们聊得起劲,不料每一句都扎着我的心,我一阵后怕。

手术之后的日子照样是"度分如年",身体被这样那样的管子"全副武装",日常生活的每一样都变得寸步难行。最为难受的是换药,那冰冷刺骨的药棉在缝合的伤口上嘶嘶地划来划去,虽然央求护士拿出十万分的温柔和体贴,虽然时间不过就三五分钟,但几乎要耗尽人的半生心力来对付它带来的紧张和毫不含糊的疼痛。手术后的第十天,终于甜甜地睡了一会儿觉,感觉睡了好几个小时,一看时间不过是二十五分钟……

那段"最快"和"最慢"的时光于我是一次刻骨铭心的人生苦旅。

一年以后,主治医生在微信上对我进行了回访:

问:记忆力还好吧,手术后大脑反应有影响吗?

答:记忆力很好,大脑反应感觉比以前还好些了。

问:腿力恢复了吗?与以前相比感觉怎样?

答:腿力恢复了,感觉脚比以前更轻盈、更有力了。

问:精神状态与以前相比怎样?

答:精神状态感觉比以前更旺盛了,生命之花每天都想怒放。

回答完毕我用了三个笑脸表情。医生打过来三个问号,他以为我在开玩笑。

我没解释什么,却怪怪地将一首泰戈尔的诗发了过去:"有一个夜晚我烧毁了所有的记忆,从此我的梦就透明了;有一个早晨我扔掉了所有的昨天,从此我的脚步就轻盈了。"

我对医生说,你读懂了这首诗,就读懂了手术后的我——一个经历过世上"最快"和"最慢"时间的我。

生活中，那些瞬间让我们倍感温暖

生活中，始终会有某个瞬间让我们倍感温暖，铭记于心。在我的记忆珍藏中，被岁月过滤不掉的是小时候父亲无数次讲述的一件事……

那年，19 岁的三哥和粮站员工一行 5 人送粮食下乡，车子在一个陡坡处打滑，坠入悬崖，万幸的是一棵粗壮的大树挡住了三哥和另一个同伴，让他俩得以生还，其他三人不幸遇难。惊恐万状的三哥从树上跳下来，没管身上被树枝划破的伤口，也没管衣衫不整、鞋丢了一只，赤着脚向家的方向一路狂奔。

他知道，车辆翻下悬崖这个爆炸性消息会很快传开，他担心亲人们会受惊吓，他必须以最快的速度，在第一时间向父母报个平安。他跑了十几里路，汗水湿透了衣襟，腿上的伤口流着血，到家时已经精疲力竭。他一下扑在父母面前，喘着大气说："我们的车翻下悬崖了，我没事，我还活着，我还活着！"

那是没有手机的年代，为了传递给亲人"我还活着"，三哥使出了他平生最大的力气，用了平生最快的速度完成这次狂奔。而他经过的路面，留下了一串串血迹……

不一会儿，有人到我家来报信了：你家孩子坐的那辆车出事了，摔下崖了……很快，大街小巷关于这个消息的各种版本不胫而走。奇怪的是，谁都没提"两人存活"这个事实。一个又一个与事实相悖的消息如狂风暴雨般袭来，面对这一切，父母相拥而泣。

"三哥好好的，你们哭什么呢？"小时候我常问这个问题，后来我领悟到，父母是感动养了三哥这么一个懂事的好孩子，在命悬一线时脑海中想到的第一件事是疼惜父母，怕他们受到惊吓。那份体谅、孝顺和爱戴在那一瞬间带给父母的是多么温暖的安慰啊。这个故事从我记事起，听了不下 10 遍，每次父亲讲起时都会热泪盈眶，我明白，它带给父母的温暖在当时那个"非常时期"是无可限量的。

其实，生活中的温暖于无声处，无时不在，它常常激发出我们对人生的万般热爱。

有次我和朋友在茶楼玩耍，天空突然下起了大雨，丈夫给我送伞，怕打扰我，没有进门，倚着墙壁静静地迎着寒风等候。一个小时后，我们出门时，才发现丈夫打着哈欠，鼻子下面有两串鼻涕，身子有点儿哆嗦，一个多小时的等待，他显然感冒了。这时，儿子也来电了："妈妈，在下雨，你什么时候回来，我来接你好吗？"放下儿子的电话，握着丈夫冰凉的手，我没有说话，那一刻，我感受到了一股穿透全身的暖流。如果是平时，我会嗔怪丈夫愚笨，但这次，我能读懂他，他没进门，是怕自己来得不是时候、我玩得不尽兴而心生埋怨。那个瞬间，我咂摸着家是什么？家或许就是风雨中电话那头的一份惦记和牵挂，或许就是这把撑在头顶上没有缺席的小伞……

生活中还有些温暖来自细节，它是那么云淡风轻和不经意。一次，我们到跑马山开展活动，同事Z通知时说："你去吗？要去，我开车来接你吧。"想到他身兼数职，事情多，不顺道，我拒绝了，说自己打车去。不料，滴滴司机开到跑马山下面不肯上去，眼看活动时间快到了，这时已到上面的同事C知道情况后，很焦急地给好几个"开车族"打去了电话，不厌其烦地为我张罗车辆。刚上去，同事C已经迎候在我面前了，写在脸上的那份关切带给我阵阵暖意。晚上临睡时，发现微信里有同事Z的信息："本说接你，临时有事耽误了，失言了，致歉！"我回复："当时我没同意你来接我啊，你怎么还致歉……"我能读懂他的致歉，见我打车辗转，悔意自己因事耽误而默认和接受了我的拒绝。一件微乎其微的小事，让我从细节中体味到了两位同事的热情和重视，感受到了一种真诚相待的温暖。我细品着同事是什么？同事或许就是你焦虑无助时他没有漠视和袖手旁观的那份张罗和援助，是本与他无关，他却主动置身事内的那份自责和担当，是你伤心落泪时抚慰你的那一个拥抱，是你取得成绩时给予你的那份热情洋溢的鼓励……

感谢生活，它让我们感受到了人世间最珍贵的温暖和爱。世间，唯有这种种的温暖和爱，最能滋养和鼓励着我们好好地活下去，笑迎每一个未知的明天，从而绽放出生命应有的风姿和色彩。

那些年，我家最抢手的"宝贝"

"午夜的收音机轻轻传来一首歌……"一句歌词，触碰到了一段时光的记忆。收音机，曾经是我最为珍视的"宝贝"，那些节目那些歌，如琼浆一般滋养着贫瘠的心灵，使内心世界不断丰盈。

脑海中有个画面至今还清晰如初：一大家人静静地围着一张大圆桌吃饭，悬挂在墙上的收音机激情荡漾——中央人民广播电台的葛兰老师正讲着一个故事。约莫十岁的我听不懂故事，但喜欢观察大人面部的"风云变幻"。故事讲到动情处，我睁着一双圆溜溜的眼睛迅疾将全场人的面部表情做了个360度的"大扫视"——哇！母亲哭了，父亲准备哭，大姐在擦眼睛，二姐鼻子开始翕动，三哥埋下了头……故事讲完，父亲常会发表一段简洁的点评，让我们从故事中获取感悟，教我们怎样做人做事。

那时，节目和歌曲不可复制和回放，听到预告，如是自己喜欢的节目，就是半夜也要爬起来收听。二姐最喜欢听王玉珍演唱的《洪湖水浪打浪》，预告的播放时间是凌晨两点。临睡前二姐将收音机放在枕头边，并调试好闹钟。半夜二姐起来却不见枕头边的"宝贝"。夜深人静时，听到了有嘤嘤嘶嘶的声音，她寻着声音，一下掀开了我的被子，看到了正蒙着被子沉浸在广播剧里，满脸泪水的我。不由分说，她要抢走我的宝贝，我急得哭了，"不行！这个剧我还没听完。"争执不下，二姐提出条件："这次我让你了，以后还给爸妈告状不了？""再也不了。""你得的零花钱分我一半。""好，没问题！"其实，那一刻，二姐就是叫我上刀山下火海，我都会满口答应。那跌宕起伏、具有意境之美的广播剧带给我的是多么震撼人心、沐浴心灵的一种美妙享受，用如痴如醉来形容当时我的状态一点也不为过。

三哥喜欢音乐，擅长拉二胡，每当广播里播放二胡曲的时候，他就会近距离地贴近收音机，专注地聆听。多少个夜晚，动人心脾的二胡曲《梁祝》《二泉映月》《赛马》等从三哥的指缝间飘荡出来，和收音机里的原声没什么区别。我在那曼妙柔情的音乐声中慢慢长大，品出了人生的苦，也品出了生活的美。

评书是父亲的最爱。那天，父亲和往常一样，听了刘兰芳的评书《杨家将》，随着一句"欲知详情如何，请听下回分解"，父亲桌子一拍，"好，明天继续听！"并郑重地给我们宣布："明天这个时候谁也别给我抢收音机哈。"但是，夜里三点左右，父亲因突发急病辞别了人世。巧手的两个姐姐用纸壳做了一个和收音机酷似的"小匣子"，随同父亲的骨灰装进了骨灰盒里。姐姐说："愿天堂里的父亲不孤单，每天都能听到评书。"多少年过去了，每当听到"欲知详情如何，请听下回分解"，我内心便会涌起一种异样的感觉——生命的"无常"会让世间多少人无缘这"下回分解"。

那个年代，收音机是全家人最抢手的宝贝，每个人都有自己最爱的节目。"某某时段收音机归我！"这句话一出，在时间不冲突的情况下，大家都会遵守约定，不争不抢。

一家人中，唯独母亲从不和我们抢"宝贝"，她总是在我们播放节目的时候"顺便"听听，似乎永远生活在"无我"的意识里。记得有一次，我无意中放着黄梅戏《天仙配》，刚要换台，母亲说："哎，别换别换，挺好听的……"但不懂事的我，还是将台迅速调成了其他。这个细节在我长大后常常冒出来，它犹如一枚针嵌在我心尖上，让我在母亲过世多年后还会时不时地隐隐作痛。

母亲一辈子只钟爱围裙和锅铲，她没有缺过我们一顿饭菜，也让丈夫和儿女们在衣食无忧的温暖和谐环境中享受着那段"抢听收音机，细品电台节目"的幸福时光。同时，她也在不经意间成就了我的人生——十余年后，我与心仪多年的广播电台结缘，通过公招成了一名广播电台的编辑。

今生，你欠我一个约定

父亲离世很早，长我二十余岁的大哥在我心中是个亦父亦兄的角色，我成长的每一步，都离不开他那关切的目光，多年来他给了我父亲般厚重的鼓励和关爱。

2013年我回老家参加同学聚会，返程时，前来送行的大哥帮我提着包，一直将我送到车厢里。在临别时的站台，他的视线和我凝望的眼光隔窗交汇，我向他挥挥手，示意他回去，他没有挪动步子，微笑地默默看着我，我读出了他目光里蕴藏的那份不舍和牵挂。

火车缓缓启动，我和大哥互相挥手道别，他转身向前走去，留给我一个背影……这个背影告诉我，在离黔江千里之遥的成都，我还有个随时可以回去避风取暖的"娘家"。父母不在了，因为有大哥这个主心骨在，这个"娘家"就不会散，就会很温暖。

两年后，再次见到大哥，是在家乡的火葬场。他辞别这个世界，躺在了冰冷的方格里。我不敢相信，成都火车站那一别竟是我们兄妹之间的阴阳永诀！我更不能接受这个事实：我至亲至爱的大哥永远地走了，再也不会回头……

遗体被抬出棺木，进入通往炉门的轨道，缓缓向前滑行，每滑一步，我的心就一阵撕裂般地抽紧、疼痛。我没有想到，我们可以站得那么近，离炉门不过四五米的距离，所有的亲人，泪眼婆娑，深深地凝望着，希望镌刻下这最后一次的送别。

当遗体滑向炉门的那一刹,我强压的悲痛崩溃了,失声痛哭:"大哥,你不能就这样走了呀,你和我还有一个约定没有完成呢,你还没有和你的第二故乡说声再见啊……"

你说过,黔江是你工作了几十年的地方,这里承载了你青春的梦想、壮年的荣耀,还有那激情燃烧的岁月记忆。你,一个 20 世纪 60 年代的大学生,毕业后被分配到黔江,你当过知青,当过部门和政府领导,也曾经在《四川文学》等省级以上刊物发表过作品,你到过黔江的乡乡镇镇,这里的一山一水一草一木都留有你的足迹和汗水,你把一生中最美好的年华奉献给了这片土地。退休后,你回到老家休养,但始终惦记着这里的一切。你说,这几年黔江的变化可谓翻天覆地,这么多年,好像一直忙忙碌碌,还没有真正闲下来亲眼看看黔江的变化,赏赏美景,品品美食。你和我约定,在一两年间,你一定要再来黔江,约些老朋友,把以前没有逛过的地方逛个遍……

天空飘着细雨,天气显得格外的清冷,我再次透过泪眼挥手与滑向炉门的遗体告别,心里默念着一句:"大哥,今生你欠我一个约定啊。"

"润物细无声"的那些事

身处职场三十余载,不觉已到快退休的年龄,梳理过往,总有那么多被岁月过滤不掉的人和事想诉诸笔下。跃然走到我笔端的是我们的一个主任,一个少有的凡事"刚刚好"的人,常常以一件件小事"润物细无声"地浸润着人的心,让人心里涌起那么一点点小感动、小感悟和对他的信服、欣赏和敬佩。

主任生于 20 世纪 70 年代初期,不高不矮、不胖不瘦,个子长得"刚刚好";说话语调不高不低,措辞不严、不浮,略带幽默,但不黄、不俗,柔而有刚,实在而真诚,说话风格"刚刚好";与他共事六年,从没见他发过一次脾气,也没见他板着面孔训过什么人,他批评人的时候就是几个"希望",话不多不少,画龙点睛,态度总是"刚刚好";他不高兴的时候就是脸上没有表情的时候,但他不怒自威,自带魄力和独特的气场;他与人交流的时候,善于倾听,善于理解,善于相信,从不居高临下,姿态放得"刚刚好";不管事情再多、工作再忙,从没听见他有过一句怨言,也不见他火急火燎、慌乱无序,他都能轻重缓急处理得悄无声息,高效而严谨,从容而淡定,工作状态也总是"刚刚好"。

记得我们做送市创优稿件，在填写主创人员时，我根据付出劳动的份额，写上了他的名字。他说："怎么将我的名字写上呢，我不要。"我说："主任，节目的背景音乐是你找的，你还参与了制作，本来就有你一份功劳啊！""我做的是分内的工作。"最终，表格上的主任名字还是被他自己给删除了。我知道，他删除自己名字已不止一次。看淡名利，虚怀做人踏实做事，这是主任对我们无声的教育。

我进入电台工作的几年，前后请了两次长病假。在第一次长达三四个月的长假里，主任承担了我一周五组节目的编辑任务。我有次说，你怎么不把这个任务分担给其他同事呢？他说："大家都有任务，我编，也正好学习体验一下嘛！"其实，很多时候主任很忙很累，但他就是一个不随意将苦和累"下放"的人。

第二次长假是在单位工作最忙的时候，"达标建设"千头万绪，我又一次将一只腿摔骨折了。主任多次带着部室同事到医院或家里看望我，陪我聊天。在他们面前，我没掩饰声音的颤抖，也没掩饰眼角的泪水，那一刻，我感觉主任和同事就是我可以倾诉、可以依赖的亲人……

一个周末的上午，主任来到我家，给我送下乡补助费，"几百元的事，你还亲自跑一趟？"主任说："顺便来看看你。"没喝一口水，简单聊几句，他匆忙走了。看着主任的背影，我感觉自己的眼睛有些潮湿。

又一个下午，主任来电："我给你送证件来了（单位用于统计的职称、学历等证件），你在家吗？""我没在家，我去发廊洗头了。""那你说你在什么地方洗头，我给你送过来。"这是我在病中、单位处于最忙碌状态下主任为我做的两件事。

"你被这两件事感动了吗？"丈夫问我。我点头告诉丈夫，生活中我们为之感动的是一般人做不到或不这样做的，你想，主任已经看望过我几次，那些证件我又暂时不用，钱也可以微信转，他何须亲自跑这两趟？他家与我家又不顺道。特别是单位正处"达标建设"期，忙碌状态不亚于"打仗"，有的同事直呼"忙得连爹娘和孩子都没时间管了"，对于主任来说时间更是宝贵，而他还能为我一个普通员工做这些"无足轻重"的事。我感动他的姿态——每时每刻他都将自己放得很低；我感动他找的那个理由——"顺便来看看你"，弥足真诚和珍贵；我感动身处生命低谷时，他让我获取了被尊重、被重视的人格满足感；我感动他给我这扇病痛中暗淡的心灵窗棂投进了一缕温暖的阳光。

工作中，他的严谨与细致经常让我感叹不已。电台有一些外购节目，上载前必须审听。有次，我直接在网上审听，主任说，以后必须下载后审听。我不解，他告诉我，你在网上审听，万一与我们下载的不是同一个版本呢？（其实一般不可能出现的情况，但他想到了）"以后我下载了传给你再审听哈。"一位播音员告诉我，主任审音频，要对着文稿审，一点儿也不敢马虎。还有一次，主任将外购节目拷到我优盘里，发现我优盘里没有之前他传过的几档节目，然后又重新将其下载了一次。我说，主任你真是个不怕麻烦的人，那些文件你之前已经传给我了，只是我当时下载在手机里了。我知道，主任是怕我漏审了什么节目，其实，下载和网传那些文件挺麻烦的，有时要传三四个小时，而主任每次都说："我不麻烦，只是麻烦一下电脑罢了。"主任的细心和耐心已到了极致。

安排工作时，主任的方式中藏着艺术和技巧。我看见有次他叫小A改进节目编排，他没当着大家的面说"你应该怎样怎样"，而是打印出了一张纸递给小A，后来我无意中看见了这张纸上的内容："小A，我想对节目提个建议，多几条资讯，增加信息量，分几个板块，提高节目的深度和广度……"平时，他叫同事们互相学习借鉴，提升编辑质量，从不会厚此薄彼地点名说哪个做得好、哪个做得不好，他只会说，希望大家向编得好的同志学习借鉴！那么，编得好的同志是谁呢？他从不会说出口，他在小心翼翼地维护着每个人的自尊。睿智的主任，他知道都是成年人，凡事心里都有数，他不制造尴尬、压抑和紧张，只营造和谐、愉快与轻松。

我和同事有时调侃主任是"百科全书"，单位什么文件、什么资料找不到，问他，准能找到。他的电子档案做得非常到位，分门别类，存放有序。他的大脑档案也"建构"得非常精细全面，有什么不懂的问他，也准能找到答案。

主任的工作很烦琐，也很辛苦。有次，我问他："你怎么再苦再累都不吭一声呢？"他没有正面回答我。在一次聊天中，他说了段让我很受益的话，他说："其实做好一件事、做会一件事，锻炼的是我们自己的能力。"他举例说，比如，做表格，我以前不会，我遇到了就只得学，学会了，做成了，我自己就多掌握了一项小技能。其实我们做事都是为自己做，为提升自己的能力做。主任的这些话我经常拿来教育孩子。

我没见过主任的父母，我常想，是什么样特别的父母，调教出这么性情好又智慧的儿子呢？后来，我观察到一件事，感觉自己似乎找到了一丁点儿答案。多少次，办公室里大家七嘴八舌聊八卦的时候，主任安静地坐在一旁捧着书看——这年代，能静静看书的人已经不多了。他看的是什么书呢？趁他不在的时候，我进行了打探，只见他办公桌上摆放着一本厚厚的《沈从文散文集》、一摞《读者》杂志，还有什么电之类的业务书。哦，我们的主任，原来在看这些书啊。我脑海中冷不丁地冒出了哪个名人说过的一段话："你四处寻觅，欲得睿智、坚强和宁静，但你只能在书海的一角，才能找到它们。"主任好像是学无线电专业的，但却有着深厚的文学底蕴和修养。他既有理科生的理性、逻辑性强、做事严谨，又有文科生的感性、细腻、想象力丰富、做事灵活等性格特点。

我们的主任现在已经升职了，但我们还习惯称呼他为主任，因为这简单的称呼后面承载着太多——成绩面前的相互鞭策，工作重压下的相互支撑，不愉快时的相互包容，谈天说地时的相互调侃与分享……

他搬离办公室的时候，我们都有一种深深的失落感，有想哭的感觉，因为我们觉得，搬走的不是一位主任，是能与我们平等交流调侃的"哥们"，是我们朝夕相处相伴的一位亲人，是我们情同手足的一位兄弟，也或许是我们凡事都能问到答案的"百科全书"……

在一大片祝福声中，我只说了一句："主任，你的升职是必然的！"因为，我悟到：生活原本是公平的，它尊重才华，也尊重努力，更尊重人格。

"随风潜入夜，润物细无声"，那些看似并不起眼的小事，如悄然而至的春雨，纤细而柔软，但它于人于心却有着不可抗拒的力量。

送别，在那拐角处

人生有多少命运莫测、前途未卜的拐角处；在那些拐角处，又有多少语重心长、寄托着殷殷希冀的送别；那些送别，留给人多少刻骨铭心、挥之不去的感动和回味……

那年，母亲牵着她的手送她上学，或许对陌生的校园心存几分莫名的忐忑，她怯怯地进了校门，但步履迟缓，一步一回头，眼里写满了胆怯和无助。这时，站在门外目送她的母亲伸出了一个大拇指，小不点的她读懂了这个"大拇指"：你是最棒的！她内心即刻升腾起一股勇气，头决绝地转过去，向教室方向一阵小跑，不再回头。一学期结束，她捧回了一张"三好学生"奖状。

那年，她高中毕业。毕业晚会结束后，老师送他们到校园门口，她留在最后，用迷茫的眼睛和老师凝望。老师握住她的手说："今后的路很长，记住，如果哪一天，你把直路走弯了不要气馁，也不必沮丧，因为你可以多看几道风景。"多少次，在人生路上苦苦跋涉时，心累了，但她还是坚持下来，她知道人生需要耐心，在凄凉中也能走出繁华的风景。那些路过的风景，终是生命中永远的铭记,她告诫自己,任何时候都不要让心迷茫,要将所有的繁杂看得简单些,将所有的喧嚣看得澄明清透些,简静的岁月,定会水流花香,诗意葱茏。

那年,在公招中她以优异的成绩考取了一个心仪的工作。上班第一天,哥哥送她到单位门口,说:"进了这道门,任何困难你都不要怕了,一定要好好学、好好干,这世上没有什么学不会的。记住一句话:工作是你的立身之本!"多年来,她没有忘记哥哥期待的眼神,更没忘记哥哥的嘱咐,她为工作倾注了炙热的情和爱,挑灯夜战,如痴如醉,两年以后,她的作品捧回了一个全省一等奖、一个全国三等奖,那年她刚刚二十出头。

那年,她结婚了,从她出生起寸步不离的母亲决定结束自己的"使命"不再陪伴左右,回老家安度晚年。临别,母亲叮嘱了她两句话:"改掉你身上的坏脾气,这世上你只得罪得起我一个人,凡事不要随便使性子""你必须学会独立,你什么都得学会做,不要奢望丈夫会像母亲一样惯着你、包容你。"多年以后,时间验证了母亲这两句话是真理。她也体悟了"世上最远的距离和最近的距离是心与心的距离"。但她相信那些岁月风烟漫过的地方,一直有幸福在生长。小扣柴扉也有诗意,被苍凉抚尽,也会有阳光的给予,如果心与心能够靠近,一盏灯,也是温暖。

那年,母亲走了,在父亲离世二十年后走了,那一瞬,天塌了,地崩了,泪决堤了。母亲不在了,娘家还在吗?踏上返程的火车,她心里空了。在火车站,姐姐紧紧抓着她的手说:"常回来,哥哥姐姐在,这个家永远都在。"多少次,生活碰到了难处,她拨通长途电话:"生活好难,我扛不住了……"姐姐在电话那头陪着她哭,陪着她笑,陪着她聊到夜半三更。原来,母亲没走,一直都在,就在老家,就在电话那一端……

在人生拐角处,有多少缠绵的送别,那些送别又盛放着多少悲喜和希冀,那些悲喜和希冀又散发出多少生命的芬芳……

想起那书信往来的"慢时光"

整理东西,意外发现多年前夹在一个笔记本里的几封书信。信纸已经发黄,看看日期,九几年的,摩挲着、阅读着,顿时,感伤、感慨和感动奔涌而至。

时光无情!蓦然发现,有两封信的主人已撒手西归。一位是我的小学老师,在信中，老师有一句话如一枚银针刺痛着我的心："希望有机会到你们黔江来看看，游一游你们那里的小南海。"老师没能成行，骤然离世，永远欠下了与我的一个约定。

另一位是初中时的同桌，一位凡事拼了命去做得尽善尽美的副班长，她用娟秀漂亮的字体在信尾处写道："但愿人长久，千里共婵娟。"她50岁不到罹患癌症走了。看着"长久"二字，我潸然泪下。

似水的年华，已悄然从我们的指间划过。细细品味，感觉甚是怀念那书信往来的"慢时光"，很庆幸自己经历了那个年代。

那年，父亲病故，我离开老家成都，随大哥来到千里之遥的黔江，在这里考取了一份心仪的工作。母亲寸步不离，陪伴左右。每次接到老家的来信，拆开信纸的刹那，手都在微微颤抖。读信的时候，常会掉下眼泪，听信的母亲眼圈也是红红的。每次读完，不识字的母亲总要亲自把信收捡好，小心翼翼地放在一个妥帖的地方。有次我下班回家，见母亲正拿着哥姐的信在看，泪水涟涟的，走近一看，字都拿倒了，我没笑，只想哭。

那年代，我们可以在信纸上写上我们平时觉得矫情，不好意思表达的所有情感。情侣之间，我们可以深情地表达一句"我好想你"！父母面前，我们可以撒娇般地说一句"我好爱你"！朋友之间，我们可以真诚地道一声"有你真好"！

今天，我们迎来了通信技术飞速发展的互联网时代，微信、QQ代替了书信，可以用来传递感情的工具越来越多，可是我们越来越不爱表达内心真实的情感。快餐文化已经不需要我们自己表达，一键转发就是各种应有尽有，制作精美的问候、祝福视频，但这些已然麻木了我们的情感神经，来了，视如空气，不喜不悲；不来，无牵无挂，毫不惦记。从前那种收信、拆信时的渴望和兴奋，那翻来覆去看信封上的邮票和邮戳时的"别有一番滋味"，那散发着笔墨香气的薄纸，经过万水千山，辗转多天才来到我们手中时的欣喜和感动，已经成为今天的一种奢侈。

网上有段话曾经很火：从前的日光很慢，车马、邮件都很慢，一个问候，要等上好多天。从前的脚步好慢，从一个村子到另外一个村子要一天时间。从前的日子很慢，很暖，裹在淡淡烟火里，日日年年。从前的手帕也好看，最是那低眉的女子，精致的，一针一线。从前的爱情很慢，慢得一辈子只能等一个人爱一个人。

现在我们处在一个日新月异、飞速发展的时代，好多人总习惯让生命旋转成高速运行的陀螺。于是，匆匆的脚步声带走了沿途风景的美好，便捷高效的通信工具消融了"一纸书信"的温情。当"快餐主义"越来越占据我们生活的时候，试想，我们可不可以重新品味一下那些书信往来的"慢时光"带给我们的别致和韵味呢？可不可以适当慢下来让心灵栖息片刻，或静心仰望星空，或悠然聆听花开的声音，或闲庭信步月朗风清呢？如果这样，或许我们能更好地品味和享受生命中的柔软时光和那份安静给予我们的从容与幸福。

王博学作品*

观海听涛

每次去海边散步,都要感受大海的浩瀚无垠。

慢慢行走在海水与沙滩接壤或亲吻处。

所谓"接壤",就是海水在温顺、平静的情况下与沙滩相依相偎,遵守游戏"规则",以互不侵犯为前提;而"亲吻",则是海水在"豪情"奔放、"激情"澎湃的情况下,与沙滩相互拥抱,"你中有我,我藏内于你"的热烈情景。

在这样的氛围下,就能感受到海水的"大脑"思维的变化与"心脏"跳动的脉搏。水的"避让"就是"大脑"在工作,而"包容"就是"心"在谋求"和"的节奏。

缓步沙滩,观泱泱之海水,去寻找大海的"灵魂"。

什么是"灵魂"?"大脑+心脏"就等于灵魂。感受到了"大脑"与"心脏"的存在,不就是找到了大海的"灵魂"。人何尝不是这样呢?给它"赋予"了什么样的精神,它便有什么样的"灵魂"。"海纳百川,不择细流"就是其"灵魂"所在。

吃罢午饭,和往常一样,依旧来到海边,游走在沙滩上。极目远眺,望着海天连接的地方,呼唤出无限遐想;又看着眼前海浪与海岸的撞击,回味、思考着怎样做人,才具有如大海一样宽阔的胸怀。

观,惊涛拍岸时"卷起千堆雪"的壮观场景。

听,汹涌澎湃时弹奏出激情与狂想组成的交响乐;抑或平静时"音域"温润而宽广,犹如一马平川那样舒展坦然。

看,水的有体无形之属性,其坚硬时可"坚如磐石";柔软时可将巨大的身躯容于顽石的缝隙之间。

读懂水的"韧性"与"耐心",以达到"忍屈伸,去细碎"的目的。联想起最初与群体打交道之艰辛,到现在驾驭工作、生活之游刃有余。

---

* 作者简介:王博学,男,汉族,现年65岁,西安市人,硕士研究生。

领会观海听涛的意境，用以寄托无限的思念和怀想。

"观海"，看的是宽阔博大的胸怀；

"听涛"，听的是时间在永不停歇的路上高歌猛进。

可载舟亦可覆舟，这大概就是大海豁达的属性。

"光明的斯普利特故乡，海浪在拍岸歌唱……"

一首南斯拉夫民歌，小学六年级语文课本后页的歌曲。时隔几十年了，竟然能张口就来。仿佛一下子回到了少年时光。我一边哼着悠扬的曲子，一边卷起裤脚，提着鞋子，光着脚丫。忘情于海水之中，玩之乐之，陶醉之情任意奔放！

波浪滚动着，翻卷着，如同芭蕾舞者一样，姿势优美大方，尽态极妍。一波又一波，相互簇拥着，欢笑着。表现出无限的热情和妩媚。波涛合众，组成水"墙"，由远而近，仿佛一条又一条出海的蛟龙，欢腾而去，为观者放歌！

如此欢乐的场面，叫人"乐不思蜀"。欣喜之余，下意识看到岸边因冲动而超越，因固守本位而回流的海水，无论它怎样表演、示美，总不会离开母体——大海！思索良久：物不离本，何况人乎？

我是西北人，赶上了"候鸟人"时代。海南虽好，可我的根在西北。古人云："祖宗虽远，祭祀不可不诚。"

农历十月初一，是家乡人祭祀祖先的日子，俗话说"十月一送寒衣"。初来乍到，对南国的一切都觉得是陌生的。祭祀那天，几经周折，终于在街上买到了祭祀用的冥币、香、蜡。等到傍晚时分，出城找一处空旷之地焚烧，以寄托哀思。谁知岛上的风越刮越大。一路走着看着，一是想找一个来往行人稀少的偏僻地方；二是风大烧纸有明火，怕引来不测。风刮得越紧，祭祀先人的心思越强烈。心情复杂到淌下泪水。走了好远，终于找到一片地势低洼，且堆满渣土的地方。于是，用手刨个坑儿，双膝跪地，行礼如仪。把冥币间隔放在一起，用一只手握着，另一只手操作打火机。风，依旧刮着。纸，点着一点，灭了，再点，燃烧一点又灭了。每次点着处只燃烧一厘米左右，就自动灭了。我不厌其烦地打着打火机。"吧嗒、吧嗒……"打了二三十下，竟然打不着！时间久了，又怕带来不必要的麻烦，索性把剩余的冥币草草掩埋。心里祷告着：我思念的那份心情，你们应该感受到了吧！

"慎终追远，民德归厚矣。"丧礼能慎重，祭祀能虔诚，社会风气就会趋于淳厚了。尊老爱幼，就会被全社会进一步发扬光大。

回想起十几年前，一次在银川飞往西安的航班上，遇见一位和我一样年龄的中年人，与父相伴而行。不用说，看长相就知道是父子二人。大蒜鼻子，招风耳，棱角分明的嘴巴。中年人就像个复制品。只是老人背有些驼，且步履蹒跚。看上去气色还不错。头戴一顶黑色毡帽，鼻梁上架一副无框圆形眼镜。一根长约67厘米的黄铜杆子大烟袋别在后脖子上，油黑而发亮的皮囊烟丝兜儿显示了年份。尽管他腿脚不太灵便，但脸上的表情是满满的自信。落座后先是四周观望，对一切都感到新奇。"这就是飞机。"嘴里一边嘟囔着，一边从背后颈上抽出那杆黄铜烟袋。

"这地方不能……"

"这是什么地方，我还不知道！"

老人家边说话边把烟袋锅子放在腿上。语言铿锵又不失矍铄。儿子温顺且恭而有敬，始终面带喜悦之色。

父子俩简短的对话，吸引了旅客的目光。坐在后排的我，看到父子二人交谈的情景，只能把涨红的脸深深地埋在胸前。我的父亲为什么没有等到今天呢！

1926年，父亲15岁，家中兄弟姐妹5人，身为长子的他，开始给人家打工，年终发工资，领了十斗小米，拿回家后，高兴地告诉奶奶："给娃们把饭熬稠些，吃顿饱饭！"父亲生性勤劳，干活舍得出力气。

中华人民共和国成立初期，国家粮食紧张。父亲自己用牛车装满千斤粮，给政府捐粮，插着红旗，村里人敲锣打鼓，乡亲们前呼后拥。这受到当时的长安县县长李浩的嘉奖。

农业合作化时期到土地下户，父亲一直担任饲养员，对牲畜管理很有经验，很重视牲畜的繁衍，每年新增骡马1~2头，为集体经济做出贡献。因连续担任饲养员近30年，对生产队集体贡献大，戴上了乡政府的大红花。

突然，一排波浪直扑上岸，犹如逗人戏耍的海豚，把我的思绪由过往切换至当下。可不，就在刚才来海边时，路过东方海岸住宅小区门口，遇见一老一少在拉话："你们年轻人真幸福，我今年83岁了，才享受到这么好的养老条件。"

"哎呀！大爷，听口音您是西北人，我是贵州的。人常说，好饭不怕迟嘛。赶上好时代了！"

"对！对！对！好时代！好时代！"

经受过寒冷的人，倍觉太阳的温暖。"候鸟人"平台的搭建，是改革开放后社会经济发展的产物，是党的老有所养政策结的硕果，是件亘古未有的民生工程，是南北方经济、文化、政治、历史观念的融合，是饮食、生活习惯及对世界认知程度的融合，是对稀缺资源大胆、合理利用的尝试。中华人民共和国成立前有"闯关东"，今有"奔海南"；"闯关东"是为了逃命，"奔海南"是为了享清福。同是一块版图，不同的社会制度，人的感受不同，新旧两重天。

"哗！哗！哗！"大海依旧拍打着岸边。浪花堆儿忽聚忽散，在海水的"推波助澜"下浪花翻滚着，欢笑着，嬉闹着，久久不肯离去。

西边的云儿，终究没能遮住太阳，反而被太阳烧红了屁股，与海天融为一体，在海面上映射出亮闪闪的光，衬托着远处作业的艘艘渔船，如出水的神仙，忽大忽小，隐约可见。明天的灿烂与辉煌属于勤劳与智慧的人们。

涛声远去，怀念留给游客。

珍惜当下的幸福生活！

向海而歌

三九天的日子里，海南岛失去了冬季往日的温暖。

天气冷了许多，凉风飕飕地刮在身上，让人有不舒服的感觉。原因是宽阔的琼州海峡，也未能挡住西伯利亚寒流急速南下的脚步。寒流越过中国，留下一片冰天雪地；穿过琼州海峡，横扫全岛，丢下一派清冷。直奔南海，最终被大洋的水蒸气化解而消散。

位于海南岛西海岸的金月湾，自然难逃冷空气的骚扰。岛上的后生仔（年轻人）们，尽管光脚丫子穿拖鞋、骑摩托，彰显着本地一道特色的"风景"，但终究还是抵挡不住气温下降，上身穿上了羽绒服。

"感觉有点冷喽！"骑着摩托车的后生仔，一边抹着清鼻涕，一边用手拉掩着衣领，做出无奈的动作。

你看，北部稍有"不适"，海南全岛就"咳嗽"，这就是大自然的威力所在。人在大自然面前是何等的渺小。无数事实证明，人可以利用大自然，却不可对抗大自然，更不能违背大自然的规律。

这天中午，我独自一人来到海边转悠。在房子待的时间久了，总想在外面转转，换个环境，透透气儿。舒展舒展筋骨，看看远方，散散心，让头脑清醒一下。忽听得一首熟悉的歌曲被吉他奏响。好奇心驱使我加快了脚步。心想：是什么人有这样的兴致，在海边儿的沙滩上弹曲子。欲看个究竟。于是越过岸堤，冲入眼帘的是一位头戴棕色淡黄格子鸭舌帽，身着黑色底衬，绿色和灰色结合成面子的外衣，穿着黑裤、浅灰色袜子、土红色皮鞋，坐着小马闸，怀抱吉他的老头儿，看上去年龄有70多岁。他的两条腿放得有点特别：一条弓着一条伸着。一副悠闲自在的样子。右手拨琴弦，左手弹音节，优雅地弹奏着无奈的曲子。"优雅"指的是弹吉他的姿势，"无奈"是说缺少诉说的实体对象。空有相思的神往。他的对面，放着一辆自行车。车子头上挂着手机和扩音装置，车子后面的行李架上，斜别着一只短笛，构成"装台"的门面。支撑车子的沙滩上，搁置着一个"行影孤单"的保温杯，它默然地"蹲"在那里，陪伴、等候着主人，如同蹲在角落里忠实的观众。就这样，一个简单而"隆重"的个人音乐会场"搭"建完成。当然，这一切都是面向大海。看着这些行头，猜想老者一定活得滋润。我随即掏出手机，记录下这有趣的"歌唱"。老者很专注，我在背后的侧面拍摄，他都没有发现。从后侧看到他脖子上围着黑白相间的丝绸巾，内衬衣是红色带格儿的坎肩。看来还是一个很时髦的人。一把年纪了，还喜欢流行歌曲。随身携带小型音响，能量有限，当个背景乐，还是可以的。以吉他为主进行伴奏，以壮声威：

　　心上人我在可可托海等你

　　他们说你嫁到了伊犁

　　…………

　　这不是最近网上唱红了的那句歌词儿嘛，歌名《可可托海的牧羊人》。看到眼前的情景，我立刻想起那天在西安的吉祥村自由市场的那一幕：一个蹬三轮车的脚夫，蓬头垢面一身酒气，衣衫褴褛暴露着健壮的四肢，一边高声唱着"心上人我在可可托海等你"，一边疯狂地骑着三轮车，在人流中穿梭奔跑。狂吼中夹杂沙哑的歌声，吓得逛街的人人惊慌，个个趔趄，急忙躲开、让道。

　　骑三轮车的行为张狂，出了风头，也达到了开路的目的，更主要的是，终于把压在心底想说却一直没能说出来的话，今儿个大胆地唱出来了。真叫个爽快。是呀！好的歌曲容易使人忘情、使人疯狂、使人陶醉，歌唱者"目中无人"而独享其乐。且身、心处在分离的两种状态之中。当然，好听的歌曲总能使人入迷。因为它能唱出人们久藏心中的夙愿，使人容易获得某种满足。有人赞美歌曲的歌词，一首好的歌词是一首好诗，而一首好诗，未必是一首好歌词。歌曲的魅力在于打动人心、触发情感，超越了"心会而不可口传，神通而不可语达"的奇妙感知境界。

　　难怪眼前这位老者如此认真。从精神状态看，"身""心"早已经是两个世界了。要不，怎么可能不厌其烦把一首歌反复弹唱。难道他老人家的精神世界里，也有未了的情呀！历尽沧桑已夕阳，"夕阳无限好，只是近黄昏"。从戴墨镜可以窥测到，他正在幻想的情感世界里漫游。因为他有一丝羞怯心理，并不愿意向外展示内心世界。戴上墨镜，就心里踏实。是呀！"爱情"不因年龄设限，生命存在，爱就存在。"爱"，就是这么执着。不管你"爱"到或者没"爱"到，"爱情"都是存在的。因为人类存在，"爱情"就存在，不因你"爱"与不"爱"。"爱情"是生命体的本质属性。

老者到底是有着"棒打鸳鸯"式，如北宋末年陆游与唐婉的爱情；还是有"高山流水"式，像北伐时期蔡锷将军与小凤仙之间的恋情；抑或是现代小青年式的恋爱故事？不可能，都不可能。一个超越了时空，一个和现实不相符合。现代青年人的恋爱观大多数"商品"化了，没车、没房、没存款，想谈恋爱快走远。但生活不是"一刀切"。金钱可以买到房子买不到家，可以买到婚姻买不到爱。

话说附近农村有一土豪的儿子，看中街镇上一家的黄花闺女，那女子长的是倾国之色，大有沉鱼落雁之容与闭月羞花之貌，美若天仙。谁知该女子早已和男同学订婚。土豪家财大气粗，以几十倍的"赔偿"款，迫使男方退出婚约。土豪如愿了。该女子自从结婚进了豪宅，一天到晚从来不笑。土豪会客邀友，迎来送往，儿媳总是低着头，不给主家脸面。

"家里啥都好，就是儿媳不'长'脸！"土豪为此常常叹气。

此事成了土豪一家人的一块心病。土豪的儿子面露难色，也说小日子过得很不开心。土豪家一致认为该女子整天哭丧着脸，是个丧门星，会给家庭带来厄运，土豪让儿子"休了"她。离婚了，该女子重新获得自由，得到了属于自己的幸福。看来，钱并不是万能的。

一个在外地打工的50多岁的男人，听了《可可托海的牧羊人》这支歌，对恋人的怀念立刻被唤起了，说他20岁时，恋人的家里人嫌他的家穷，知道她爱他，为了阻断他们之间往来，强行将她通过亲戚嫁到百里之外。婚后不长时间，夫家知道了她曾经在娘家有过心上人，就三天两头找事，不是打就是骂。结婚不到一年，她因受不了这种无爱的生活折磨，跳崖自杀了。当他知道她身遭不幸时，已经是十年之后的事了……他为她泪流满面。他为她唱着："心上人我……"

从古到今，因为爱情而生离死别的故事太多太多。这个世界上，只要有人的地方，就一定有爱存在，并且上演着各式各样的故事。

思想解放之初，人们对唱爱情之歌还是比较忌讳的，但私下又觉得有意思，总想听听。有一次，大家聚在一起，就问他上大学的时候是否唱情歌？虽然已是遥远的事情，但他还是愉快地接受了问题，脸上出现了从来没出现过的喜悦之情，并且有点激动或是亢奋。我原以为他不会笑呢！他未开口前，先是眼睛一亮，透出不曾有的光芒，我第一次看到了炯炯有神的双眼是什么样子的。他认真地调整了一下自己的表情，开唱了：

> 青线线那个蓝线线
> 蓝个英英的彩
> 生下一个兰花花
> 实实的爱死个人
> ....

看着他唱歌的神态，联想其生活的遭遇，我如鲠在喉，有一种想哭的感觉。看看周围的人，大家都低着头，不吭声，为他悲惨的命运感到苦愁与悲哀。

瞬间的精神愉悦，可以忘记一切不如意。这就是爱情之歌的力量。正因为有了爱，才有了力量，才有了勇气，才有了方向。没有一辈子的情，却有一辈子的爱。是呀，生命就是一场相逢和别离，是一次又一次的遗忘和开始。可有些事儿，一旦发生就印记下来了。记忆的脑海里一旦有人来过，可就无法忘记了。追思，何尝不是一种有意义的生活。弹吉他的老者不正是怀念记忆中的她吗？

人生如梦，梦却不遂人愿。万般皆由命，半点不由人。最浪漫的故事没有结局，最幸福的爱情很难团圆。只有相思。难怪宋代女词人李清照感慨地说"才下眉头，却上心头"。爱情就是这么捉弄人。生活需要一种心态，快乐心态，要快乐生活。把过往的事，汇集成故事。每每重温这些故事，都有不同的感受。向远方招手，那是爱情的方向。爱一个人，始于颜值，陷于才华，忠于人品。纸上得来终觉浅，心中悟出始知深。梨花颂情人流泪，万般相思难舍弃。人家写歌的是倾诉自己的爱情。跟着低吟的人，吞咽的是自己的思念之苦。弹吉他的老者难道不是如此？

写歌的人用了脑子，唱歌的人用了心，听歌的人用了情。用吉他弹奏歌曲的人面对大海，去捕捉遥远的灵魂。这就如同海边的浪潮一样，无论是涨潮还是落潮，总是冲击拍打着海岸，不分昼夜。

爱，就是这么永恒！

姚家沟记忆

姚家沟，属于荆峪沟（鲸鱼沟）的末端。荆峪沟是白鹿塬南边与白鹿塬等长的沟壑。南距秦岭数十千米。沟壑东西走向，南北开裂，截面呈"V"字形。沟南阴坡，沟北阳坡。阴坡有凸出的地方，阳坡便有凹进去的地方与之呼应。凸出的地方悬崖峭壁，地势陡峻；凹进去的地方地势逶迤，缓坡温和。其沟壑地貌特征明显。

沟坡杂草藤蔓覆盖，锦鸡鸣叫而飞，野猪狂奔，野兔、獾等神出鬼没；树木、竹林摇曳其中；沟垄小溪淙淙、沟底湖水清洌，鱼翔浅底；偶有白鹤起舞展示长腿的优势，时而盘桓于空中，彰显山林空旷之美；野鸭或游或潜，乐于戏水。好一派沟壑湖水"同框"之景。

伫立在骆驼岭上（老黄沟西侧的坡岭，形似驼峰）向东南瞭望：沟南阴坡，不远处凸出的地方叫古家沟。崖坡上的一孔孔窑洞，依稀可见。树丛遮掩的小路，依然清楚。农耕年代，庄稼人劳作的场景，仿佛又浮现在眼前：穴居的庄院炊烟，牧野的孩童，手持草镰刀，胳膊上挎草笼的少年；满负着柴捆，靠着土塄歇息，缓劲的樵夫；田间忙活的村姑乡佬。这些已成为定格在脑海中的图画。

孤烟早春树，蒿草夕阳崖。儿时的田园牧歌，又在耳边响起："弯弯镰刀咃，不离手哟；背起笭筐咃，下去沟哟，咿儿呀呀，呦呦吆吆……喂喂社里咃，大花牛哟！"

人生少年能几回？

仰望苍穹，俯瞰大地；天高地迥，皇天后土。蓝天白云，沟壑崖畔；小路迂回陡峭，有急有缓；竹林里行走，空气湿润；遮阴一片片，疏密相间。小息片刻，欣赏青竹虚怀之高雅，林海包容之气概，给人一种优雅加浪漫的情调。

小径慢步，弯弯曲曲；泉眼依崖，涌出泉水汩汩，泄流潺潺，悠然而去。流经小石崖形成水帘，疑似瀑布。泉水叮咚，仿佛听到了大自然弹奏出《高山流水》的韵律，如同进入仙境一般。狗跑羊跳，雀儿喳喳。呼唤出儿时记忆的图画：放羊割草，小河沟掏螃蟹、湖水中钓鱼、光屁股游泳打水仗。一串串回忆不完的快乐趣事。尽管生活在饥饿或半饥饿的年代，穿的是破烂衣服，没后跟的鞋，却挡不住少年郎对生活神圣向往的懵懂，表现出一种无知、狂妄与自豪的状态。肚子虽然饿着呢，但是嘴里总是唱着豪迈的歌。想到此，顿觉神清气爽，心里痒痒。深深地呼吸，贪婪地回忆，仿佛又回到了儿时"流浪"的岁月。

儿时的故事可以重复讲，儿时的快乐是不可逆的。小的时候，盼着什么时候才能长大，长大了能劳动、赚钱，可以减轻家庭负担。等长大了，接触的事物多了，生活中又出现这样或那样的不如意。可能是庸人自扰吧。世事岂能尽如人意，但愿无愧于我心。因此，总想生活过得简单一些。看着眼前，记忆中儿时的光景，自然触景生情，回想起天真可爱、无忧无虑的童年时段。生活就是这么矛盾。矛盾是运动的，人是成长的。思考过后，随之而来的便是失落与惆怅……

童年，再也回不去的童年。

沟南岸的古家沟，与之对应北岸阳坡的地方，是杏花坡。杏花坡的"左邻右舍"，分别是东沟和老黄沟。在两沟相夹之下，杏花坡地理位置显豁，占地宽阔。几十亩杏花林，鲜花盛开，显示出春天的浪漫与妖娆，演绎着昨天的艳景与丰收。一抹鲜活的绿色是竹林带。竹林的顶梢，随风而摆动，显示着春天的活力。青竹具有强大的生命力，根系特别发达，种一棵能孕育出一大片。你看它的长势顺着沟坡起伏。向下延伸到小河子，向西到老黄沟，占尽竹林"风头"。小河子是打虎潭上游的尾巴部分，河水来自东沟的冒水泉，和上游的"溢洪道"的溢洪之水。躺卧沟底，由溪流汇聚而成的堰塞湖，名叫打虎潭，以过去此地打死过老虎而得名。打虎潭依沟势而走，弯弯曲曲绵延数里。绿莹莹的湖水，宛若随风而动的丝绸带，婀娜多姿。

阴坡生长的植被，缺少阳光照射。山崖陡峭凌空，草多林少。几株开着粉红色花儿的果树、几株白皮杨，分处沟坡高低不同位置，错落有致，拉开了层次，淡墨重彩，展示出一种自然之美。如同画家的点缀之笔，涨了气势，渲染了气氛。偶尔空中飞来的两只"精灵"——白鹤，那是上帝派来的天使，担负着"巡查"的职责。你看它们凭借空气，展开翅膀，拖着一双干柴棍儿似的细长腿，在空中飘浮着、滑翔着。只有那灵活的脑袋四下张望，在"阅尽人间春色"，搜寻那些容易立足的地界，方便休息和觅食。还有凸起的黄土崖、蔚蓝的天空、追赶太阳不及而羞红了脸的云朵，它们一起倒映在湖中，赛过"水中月"。镶在湖水中的云朵比在天上小了许多，淡淡的绯红甚是好看。各种色彩斑斑驳驳，相互交织，勾画出沟壑起伏的自然神态，更是美不胜收，使人于色彩中沉迷，于大自然中陶醉。贪婪之心，使人流连忘返，总想多看几眼，是"海市蜃楼"，却也是幻想中的仙境。

仲春的阳光，说不上灿烂，但也是明媚中饱含着温暖。眺望沟壑四周，因季节更替，青黄分裂，明灭有序。长在阳坡的杂草，一改冬天的枯黄。"草色遥看近却无。"极目远眺，一片黛色。那顽强的生命力，就蕴藏在黛色之中。它们企图突破纷繁的羁绊，向上生发，以证明自己存在的价值。要不了多久，春意一定盎然。看着眼前一片片的景色，回忆使我陷入沉思。

"姚家沟人民广播电台，现在开始广播。"

这个既陌生又熟悉的声音在耳边回荡。说陌生，是因为自己没有亲耳聆听过这样的广播。说熟悉，是因为那个美丽的传说在幼小的心灵里激荡过。

故事就发生在姚家沟。

20世纪50年代初期，一个中学生和物理学较上了劲，硬是捣鼓出一个"电台"，向全国喊话。"事件"惊动了公安机关。他们认为姚家沟地势偏僻，有敌特活动，设置秘密电台。经过对无线电信号的跟踪排查，最终锁定了姚家沟。从一处窑洞崖背上的酸枣丛中冒出的竹竿顶端的圆形铁丝圈暴露了玄机。

"小心有枪，上！"几十个人蜂拥而上。片刻，他们从一孔黑乎乎的窑洞里押出一个衣衫褴褛、稚气未脱的毛头小伙。

"怎么是个孩子？"

"就是他，捉他时他正在广播呢！"

围观的人们满腹狐疑。于是，"敌特"谍报员及"电台"一并被带走了。

水落石出。公安抓的不是"敌特"分子，是一个无线电爱好者。小伙因祸得福，被国家推荐，成为无线电学校的一名学生。穷乡僻壤竟然能走出这么优秀的"灵魂"，真可谓寒门出贵子，深山出俊鸟。人杰地灵，地灵人杰。

感动啊！今天的"白鹿塬"，能多出几个清华与北大毕业生……那是多么让人期待呀！

"嘟嘟"的机动船吼叫声，在空旷的沟壑坡谷间发生共鸣，声音犹在耳边，把我的思绪从回忆中唤出。原来是载游客的船舶在小河子码头调转方向呢！

"叮铃铛……叮铃铛……"一队驮着游客的马帮，从"骆驼岭"下面上来了。游客们洋洋自得，身子随着坐骑走动的节奏来回摆动，享受着骑马上坡的感觉，优哉游哉。清脆的铃声，很是悦耳。加上马蹄声与之相和，其节奏富有音乐感！"两条"腿跟着"四条"腿跑，劳累全都被满意的"回报"冲淡了。牵马人的自豪与骑马人的享受，相得益彰。各有其得，各得其所。

"我们是共产主义接班人……"歌声从"骆驼岭"下的老黄沟传来。寻声望去，竹林中的一面红旗在徐徐移动。原来是踏青的小学生排着队，唱着歌，一串串"红领巾"沿着湖边的林间小道向西走去。

　　夕阳西下，我转身向西眺望，沟坡下不远处，高桥水库的水面宽阔夺目，西边的太阳拖着"征战"寒冬的疲劳，也不似夏日的浓烈，薄薄的光辉洒在水面上，波光旖旎，很是诱人。船儿点点，荡舟的游客，抓住落日的余晖不放，互比舟楫一显身手。堤坝上游人成群结队，沉浸在无限的热闹之中。下沟翻岭不辞苦，相逢皆是踏春人。人们在春光中徜徉，于欢乐中陶醉。

　　我思索着回忆的主题，品味良久。"姚家沟人民广播电台"，虽然早已不复存在，但声音犹存。它如同春风一般，吹遍川沟、平原，鼓舞和激励着听过这个故事的每一个人。

　　回家的路上，头脑里突然冒出了古人说的话："山河之固，在德不在险。"面对祖国的大好河山，太平盛世，居安思危，隐患藏在哪里？对国家、社会危害最大的东西是什么呢？当今之害，又在哪里？！

李良清作品*

致母亲

清明节又要到了，每年的这个时节，我都格外思念我的母亲。

母亲离我而去已经整整 15 个年头了，自母亲去世的那年起，每年的清明节，我都会来到母亲的坟前说说话，给母亲磕几个头。

今年的愿望是不能实现了，上海突发新冠肺炎疫情，为了不给家乡人添麻烦，今年就只有远在上海，遥寄相思。

十几年来，一直想写关于母亲的文章，但是因诸多原因而搁浅。

我的家乡在安徽阜阳，20 世纪 50 年代，母亲就出生在这里。

2007 年 7 月 2 日的那个中午，母亲永远地离开了她的儿女们。这一天，虽然过去快 15 年了，对我来说，却恍如昨天。

我清晰地记得，2007 年 7 月 2 日下午 2 点左右，我当时正在上海的一家单位大门前准备面试，突然一阵急促的手机铃声响起，我打开一看，是我老家的固定电话，在接听电话之前的那一刻，我心里一沉，感觉将有大事发生，因为自 2006 年 10 月我来到上海之后，家里唯一打给我的一次电话，是在 2006 年春节之前的一个夜里，爸爸告诉我，我的奶奶仙逝了。在我按下接听键的那一刻，一个低沉的声音从千里之外传来："合福（我的乳名），快回来，你妈喝农药了。"这时，我才听清电话里不是爸爸的声音，而是我们村主任的声音，我不敢相信自己的耳朵，但是我知道，这种事情别人是不会乱说的，我的第一反应是，妈妈肯定是出事了，否则，也不会那么急地让我回去。我连忙问："我妈怎么样了，有没有在抢救啊？"村主任告诉我在抢救，怎么快就怎么回来吧。我连忙给我的哥哥打电话，当时我在松江，而我的哥哥在青浦。没过多大一会儿，我的初中同学也打电话告诉我同样的事情，我意识到事情的严重性，尽量不往坏的地方去想。然后，我打电话给父亲问什么情况，父亲也说快回家。我心里虽然

---

* 作者简介：李良清，男，41 岁，安徽阜阳人，大学本科，专职律师。热爱文学写作，努力成为一名会写作的律师。座右铭"吾生也有涯，而知也无涯"。

觉得事情不妙，但仍然觉得妈妈还有生的希望。

下午四五点钟的时候，我和哥哥、嫂子包了一辆私家车，匆匆地往家赶。上海离阜阳大概 650 千米，正常要七八个小时的车程。车子刚过南京，就下起了瓢泼大雨，路上，司机师傅想去服务区停下来休息休息再走，我和哥哥回家心切，说开慢点吧。就这样，天刚蒙蒙亮的时候，车子开到了离我家 2 千米左右的路边。那时老家还没有修水泥路，车子没办法往前开了。我和哥嫂下车后，一路往家跑，也不顾身上泥水，就那样深一脚浅一脚地往家跑。

到家门口的时候，看到院子里已经搭起了篷子，堂屋的正中间放着一具黑色的棺木，周围是我的父亲和几个邻居。看到这个情景，我的心里彻底崩溃了，妈妈肯定已经不在了……我三步并作两步地走到堂屋，妈妈已经躺在棺木里，嘴角依稀残留着白沫，我用手摸了一下妈妈的脸，冰凉冰凉的……我意识到，我再也没有妈妈了。"妈……"，我哇的一声，放声大哭起来。旁边的两个邻居，一人拉住我的一只胳膊，防止我往棺木里倒……不知道过了多久，我也哭不出声音了，才发现天已经大亮了。这个时候，家里来了很多人，忙着处理妈妈的后事，哥哥被安排守灵，我被安排去舅舅家报丧。

舅舅家离我家也不远，2 千米左右。那时，雨还没有停，我的一个堂叔带着我一起去舅舅家，我一路走，一路啜泣……踩着泥泞到舅舅家的时候，舅舅已经在门口了。看到舅舅，我扑通跪下，哭喊着："我没有妈了！"抱着舅舅的腿，迟迟不愿起来……

从舅舅家回来，我就一直待在屋里，陪着妈妈，不愿意和父亲说话，心里特别恨父亲。我恨父亲没有保护好他的妻子；恨父亲让我们兄妹从此没有了妈妈；恨父亲没有给他的儿女们留下孝敬妈妈的机会。

能有多大的冤屈会让我亲爱的妈妈就这样离我而去？她怎么舍得抛弃她辛辛苦苦培养大的孩子？妈妈才 50 多岁啊，她怎么能以这种方式结束自己的生命？妈妈操劳了半辈子，正是要享福的时候，生命却戛然而止。彼时，我和哥哥都已经大学毕业，生活刚刚好起来……

母亲一生生育了 3 个孩子，哥哥、妹妹和我。哥哥比我大 2 岁，我又比妹妹大 2 岁。父亲是一位乡村民办教师，在我儿时的记忆里，虽然家庭很贫困，但是妈妈、爸爸很恩爱，可以说是村里的模范夫妻。

1996 年暑假，哥哥要读高三，我也考上了高中。妈妈考虑，如果我和哥哥都考上大学的话，家里就入不敷出了，便和爸爸商量出去打工。那时候爸爸的工资一个月只有 100 多元，妈妈虽然没有知识，但是出去做保姆一个月可以有 300 元的收入，当时我的奶奶已经将近 80 岁，因为喂牛时不慎滑倒，摔断了腿，从此卧床不起，一直是妈妈照顾，但是爸爸思考再三，还是同意妈妈外出打工。从此，妈妈便踏上了打工之路……

那时，妈妈在北京，做家庭保姆。妈妈很节省，自己挣的钱从不肯多花一分，甚至都不肯为自己添一件新衣服。在北京那么多年，竟然没有去过天安门、长城，更不用说故宫了。

记得有一年暑假，我在家里复习功课，突然听到妈妈的声音，原来妈妈从北京回来了，我急忙从屋里跑出来迎接妈妈，只记得妈妈肩膀前后背着打结的2个大编织袋，面容憔悴，袋里装着雇主送的衣服和几袋方便面。那时从北京回家都是坐长途大巴，妈妈说她晕车，方便面也吃不下，座位上坐不了，就躺在大巴中间的走道上。看到妈妈当时的样子，想到妈妈躺在长途大巴的过道上，可能会被颠簸得来回翻，我心里很不是滋味，下定决心一定要好好学习，今后不让妈妈吃苦。

就这样，自我开始上高中以后，我们一家就聚少离多。我上高二那年，妹妹也辍学在外打工。特别是在每年除夕，我家基本上就不再团圆，因为母亲是住家保姆，春节如果回家了，就无法照顾到雇主的老人。后来，在我的强烈要求下，家里装了一部电话，为的是在每年的春节能和母亲通通话。

2000年，复读了一年后，我考上了安徽大学，母亲很开心。上大学后，学校里已经有IC卡电话机，我便从生活费里省出几十元，买一张30元的电话卡，经常给母亲打打电话，听听母亲的声音。

2001年下半年，父亲从民办教师转正，工资一下子翻了几倍，同时，父亲当上了小学的校主任，应酬也多了起来。妈妈便从北京辞职，回家照顾奶奶。那年中秋节，我特意回家陪父母和奶奶他们。但我却发现父亲染上了酗酒的恶习，那是我生平第一次看到爸爸和妈妈吵架，而且妈妈哭得很伤心。我心里特别不是滋味，在我的印象里，爸爸和妈妈从未吵过架，甚至没红过脸，这次肯定是爸爸的行为伤透了妈妈的心。看到他们这个样子，我就说："妈，要不和我一起去合肥，省得你们在一起吵架。"妈妈同意后，爸爸竟然答应得也很爽快，我想或许是爸爸更希望妈妈出去工作挣钱吧。

就这样，妈妈和我一起去了合肥，我趁没有课的时候带她一起去劳务市场找工作，因为有在北京做保姆的工作经验，妈妈很快就找到了工作，在一家医院做护工，照顾一个老爷爷。因为医院的工作需要24小时陪护，晚上就住在医院，非常劳累，但是每个月可以有400元的收入，比在家里做保姆收入高一些，所以妈妈也没有怨言。周末没事的时候，我会去看看妈妈，每次见到妈妈的时候，妈妈都非常开心，经常向他人无比自豪地介绍："这是我儿子，大学生，我家两个儿子都是大学生。"看到妈妈开心,我也非常高兴,或许这就是这么多年以来支撑妈妈一直任劳任怨地做保姆、做护工的精神支柱吧。

哥哥大学毕业后,家里经济状况好了很多。我和哥哥都劝妈妈不要再外出打工了,就在家里照顾奶奶。但是回去之后,没过多久,妈妈又给我打电话,要出来,当时我也没有考虑太多,既然在家里和爸爸不开心,那就出来吧。

2004年夏天,我大学毕业了,我们兄妹三人都劝妈妈回家,不要在外面打工了。母亲和父亲商议好,在将雇主家的工作交接好以后,终于回家团聚了。

2005年,妹妹出嫁了。再后来,妹妹有了孩子,妹妹和妹夫在外面打工,外甥在家里由母亲照顾。

2006年春节前夕,奶奶去世了。在给奶奶办理完丧事,我返回上海的头天晚上,父亲和母亲不知因为什么又吵架了。我当时想,也许父亲因为奶奶的去世心情不好,吵一架也没什么大不了的。当时,小外甥刚刚会走,非常可爱,我想母亲有了那么可爱的外甥陪着,偶尔和父亲闹别扭,应该也很快就会好的。第二天,我就放心地回到了上海,没想到这一走竟与她永别了。

回到上海后,我基本上每隔几天都会给母亲打个电话,问问平安,聊聊天,母亲每次都说自己很好。

2007年6月中旬,我因为和单位的直接领导闹别扭,一气之下辞了职,因为忙于找工作,心情也不是很好,就没有给母亲打电话,没想到,母亲竟然会想不开……

看着眼前棺木里躺着的冰冷的妈妈,想到母亲那么辛苦地把我们兄妹三人拉扯大,年纪轻轻的,还没有享福就走了,我真的特别恨我的父亲。那几天,父亲曾试图向我解释妈妈去世前的情况,我没有听,我不想听,也没有给他解释的机会,我认为,任何的解释都是苍白的。

出殡那天,下起了瓢泼大雨,我和哥哥跪在抬棺队伍前面的泥水里放声大哭,久久不愿起来,后来有人把我们扶起来。我们就那样几步一回头地把母亲送到了地头。

后来,听抬棺的人说大雨漫过了墓穴,母亲的棺木是几个人站在上面才埋上了土。我想是不是母亲心有不甘,在去世前也没有见到3个孩子最后一面,带着遗憾而去,上天都不忍心,为我的母亲落下伤心的泪水……

送走母亲后,妹妹,还是怕父亲过度伤心,和妹夫商量后,决定共同留下来照顾父亲,我没有反对。纵然,我对父亲有一千个恨,一万个恨,但是我又能怎样呢?我的妈妈已然去世,我的爸爸,他毕竟给了我生命,养育我长大,给我读大学的机会,没有爸爸,就没有我。如果我的爸爸也不在了,我们兄妹三人在世界上就真的成为孤儿了。

带着对父亲的恨,我回到了上海,一个月都没有给父亲打过电话,后来,父亲主动给我打电话,来电的主要目的是告诉我,按照家乡的风俗,母亲去世了,我和女友要么在100天之内结婚,要么3年后才能结婚,让我定个主意。经过反反复复的考虑,并和女友及其家人再三商量,为了让父亲心里稍微好过些,我们还是决定在当年的国庆回老家举办婚礼。

婚礼的一切事宜,都是父亲操办的,在举行婚礼的头天晚上,我和女友才回到家,第二天办好婚礼,3天后,我就决定再次返回上海。这一次,是父亲送我和妻子的,我的家离镇里的车站有4千米左右的路,父亲坐在电瓶车的前面,我和妻子坐在后面的露天车斗里,看着父亲的背影,我突然发现父亲的头发半白了,到车站下电瓶车的时候,也才发现父亲比我矮了大半个头,站在我面前,父亲居然像个孩子,他的眼里布满了血丝,我的心里一颤,父亲老了。

因为我体会过失去母亲的那种悲痛欲绝,便发誓一定要好好爱我的妻子。于是,对父亲的恨,对妻子的爱,转化成我无穷的动力。2008年,我顺利通过了国家司法考试,随后取得律师执业证书。2010年,我为妻子在上海补办了一场力所能及的自认为还算隆重的婚礼。2012年3月,我和妻子有了可爱的女儿。女儿的出生,让我稍稍减轻了对母亲的思念,也缓解了对父亲的恨。

但那时,我还是时不时地会想起我的母亲,偶尔也会梦到母亲,醒来后想起母亲已经去世,总是禁不住泪流满面。

我会怀念小时候放学回家,母亲做好了饭,吃饭前经常面带笑容地问"妈做的饭好吃吗",而我总是仰着头回答"好吃",妈妈就抚摸着我的头开心地笑了;怀念在农忙的季节,母亲天不亮就到地里收割庄稼,中午的时候,母亲顾不得回家吃饭,我和哥哥就把奶奶做好的饭菜送到地里,母亲虽然很累但是吃得很开心;怀念小时候,我因为贪玩,到天快黑了,母亲在整个村子大喊着我的乳名让我回家的声音……

后来,在我的律师生涯中,经历过他人的生生死死,见识过他人家庭的种种矛盾,我的心里渐渐开朗了。

人死不能复生,不管生前对父亲有什么怨恨,你们之间有什么解不开的疙瘩,您也不能轻易地就结束自己的生命啊,当您在喝农药的那一刻,您有考虑过您儿女的感受吗?您惩罚了爸爸,同样地,也伤害了所有爱您的亲人。

我已经没有了母亲,我不能再没有了父亲,所以,我希望我的父亲能够健康、长寿。

妈妈,我已经原谅了我的爸爸,我要用我余生的爱,让爸爸安享晚年,在天堂的您，能原谅我的爸爸吗？

妈妈，告诉您，2020年6月，您的孙子也出生了，现在健健康康的，非常聪明，活泼又可爱。

妈妈，您生前所有受过的苦难，都是代您儿孙受的，您的儿孙们替您享福了！

妈妈，安息吧！

爱，就大胆说出来

爱，如果藏在心里，可能就一辈子错过了，所以，爱，就大胆说出来吧。

记得和妻子第一次说话，是在2005年12月17日，在我妻子大学的图书馆里。那时，我已经大学毕业，经历过创业的失败，找工作的艰辛，2005年6月我在安徽合肥海尔工业园的一家公司里找到一份操作工的工作，三个月后，我就从生产车间调到了人事行政部做副部长。工作期间，因为第一份感情的失败，我决定拾起书本，一边工作，一边考研。

决心定好后，立即付诸行动。于是，我白天工作，下班后就到附近的合肥联合大学的图书馆看书，就这样，日复一日地重复着大学时期的"三点一线"，白天上班，晚上图书馆学习，11点之后返回公司宿舍休息。在临近考试的前一个月，我向公司请假，全天候备考。12月中旬的一天，在我埋头看书后，仰头休息的时候，突然眼前一亮，我发现斜对面不远处有一位女同学，挺着笔直的腰板在看书，她把书攥在手里，胳膊肘抵着书桌，显得特别与众不同，于是我就多看了她一眼，发现她圆圆的脸蛋，梳着一个长长的马尾辫，聚精会神地看着手中的资料，当时的我，突然感觉像从失恋的痛苦中一下子走出来了，发现自己莫名地喜欢上了这个清纯可爱的女生，也许这就是传说中的一见钟情吧。激动的心情持续了十几分钟后平静下来，我知道我当前的任务是学习，学习，再学习，离最后的考试不到一个月的时间了，我没有能力，也没有资格去追求爱情。就这样，经过短暂的、汹涌澎湃的思想斗争后，我又安心地投入学习之中。

自从有了这份暗恋之后，我就对那位女生开始关注，一连几天，那位漂亮、清纯、可爱的女生一直在那个位置，静静地读书、学习，我也就只能远远地在学习的间隙，偷偷地多看几眼，把我对她的喜爱，深深地埋藏在心底。因为有了第一场刻骨铭心失败的感情经历，这一次，我不再那么冲动，我想等研究生考试结束，如果有缘，就一定去追求这位我喜爱的女生。

  时间定格在2005年12月17日下午的这一天，我吃过晚饭，趴在书桌上小憩，我有一个习惯，在午饭和晚饭后小憩一会，这样能更加聚精会神地看书、学习。当我休息好，抬起头，准备伸懒腰的时候，突然发现，这几天来，我一直默默喜欢、暗恋着的女生，就正坐在对面，我赶忙揉了揉蒙眬的双眼，飞快地扫了女生一眼，那时，虽然我经历过一段感情，却还是比较羞涩，不敢就那样直视我心爱的女生，怕我直勾勾的双眼玷污了心中的女神。就是这一飞快的扫视，女生在我的脑海里留下深刻的印象：一双乌黑的大眼睛，圆溜溜、胖嘟嘟的小脸上，镶嵌着一圈厚嘟嘟的大嘴唇。顷刻间，我心中那个埋藏已久爱的小鹿突然就蹦了出来，在我的心间，怦怦地跳个不停。怎么办？我再也无法抑制住冲动的感情，只能稍微低着头，随手把一本书竖起来，假装在看书，其实我的那双眼睛已经不受大脑控制，透过眼镜，瞟着对面的我心中的女神：女神上身穿着鹅黄的羽绒服，扎着一个高高翘起的大马尾，光溜溜的额头，在教室日光灯的照耀下显得有些发亮，她依然挺直了腰板，笔直地坐着，胳膊肘抵着书桌，手里攥着书，嘴里轻轻地念念有词。

  就这样，我一边瞟着，一边心里嘀咕，怎么办，怎么办，离研究生考试越来越近了，如果我去追求这位女生，她拒绝了怎么办？难道要再次经历感情的洗礼？即使她答应了，我有时间和她一起恋爱吗？如果恋爱，会不会耽误学习的时间，从而失去考研的机会？就这样，我左想想，右想想，上想想，下想想，最终我下定了决心：即使考不上研究生，也不能放弃这次机会，这可是千载难逢的好机会，在这个学校里，我一个人都不认识，万一错过了，就再也没有机会了。研究生考不过，可以重来，爱情错过了，就一辈子也抓不住了。

  考虑好之后，激动的心情稍微稳定了一些，下一步就是如何和我心爱的女神进行沟通。我试想了很多种方法：直接要电话，太唐突；递纸条，太老土。怎么才能给她留下美好而深刻的第一印象，让她也记住我呢？就在我翻来覆去考虑的时候，时间已经过去一个多小时了，而我手中的书竟然一页都没有翻动。这可如何是好，要立即行动，快刀斩乱麻，否则，一晚上的时间要白白浪费了。就在我左右为难的时候，忽然，灵机一动，我发现对面女孩水杯里的水没有了，再看看自己的水杯，还有满满一水杯呢——主要是激动得连水都忘记喝了。我连忙拿起自己的水杯，一口气咕噜咕噜将杯中的水，喝了个精光，瞬间，水杯就底朝天了。我再次抑制住激动的心情，理了理思路，清了清嗓子，轻轻地朝对面的女孩说:"这位同学,我看你杯子里的水没有了,我正好去锅炉房打水,要不,我一起给你带着啊?"话音刚落,就看对方的女孩把手中的书轻轻一放,右手把并不凌乱的鬓发捋在耳后,对我轻轻一笑:"好啊,那就谢谢了。"一边说着,一边就随手把她面前的杯子递给了我。在我接下杯子的那一刻,我心中的千斤重担如释重负,长长地吁了一口气,抑制住激动的心情,拿起两个杯子,飞快地走出图书馆。哇,当时那心中的喜悦之情,比第一次牵初恋的手还要兴奋。脚步一迈出图书馆,我就情不自禁地跳了起来,能给心爱的女生服务,简直是莫大的幸福,更为重要的是,找到了和她说话的机会。一边跳着,走着,一边傻呵呵地笑着,不知不觉中就走到了开水房。

打好开水,回到图书馆的座位上,我将自己的水杯放在书桌上,将对面女孩的水杯递了过去,女孩接好后,再次对我微微一笑:"谢谢啊。"我连忙说:"不客气,不客气。"

说完,我就坐了下来,开始拿起自己的复习材料,仔细地阅读起来。这时的我心中不再凌乱,对面女孩的两次微笑,深深地刻在了我的心里,留在了我的脑海里。有了这次成功的打开水经历,虽然女孩只对我说了两句话,但我已经安定了许多,双方之间已经算是有了初步的沟通,下一步就是要到对面女孩的电话,进行信息沟通。

在图书馆快要熄灯之前,我鼓足勇气递了一张纸条给她表达了想要电话的想法,没想到,她竟然很爽快地把她的手机号码给了我。这让我更加兴奋,我似乎看到了爱的希望。

熄灯的铃声响起,大家收拾好课本,陆续走出图书馆。

我则背起自己的书包,一路高声唱着小曲,一路骑车飞快地赶回公司宿舍。到了宿舍,简单地洗漱完毕,我立即爬到床上,迫不及待地躲在被窝里,给那个宝贵的手机号码,编辑好短信后发了过去。等信息的过程,是煎熬的过程,我怕我心中的女神不回信息给我。不到一分钟时间,我听到我的黑白手机响了一下,我立即打开。哇,真的是我女神回信息了。

就这样,我知道了几天来在我心中默默深爱着的女神姓名,她当时在读大三。同时,我告诉她,自己是安徽大学的,已经毕业一年多了,现在一边工作,一边参加法律研究生考试……聊到将近12点,我们约定明天一早去图书馆看书。

那天夜里,我睡得很安稳,很平静。虽然没有向她表白,但是她给了我电话,我们进行了长达半个小时的沟通,说明她至少是不讨厌我的,这样我就有对她表白的机会。几天来压抑在自己心中对女孩深深的喜爱完全释放出来了。

那天夜里，我几乎是笑着睡着的。

那天，是 2005 年 12 月 17 日，我永远记住了这一天。

第二天一早，我就早早地排在了图书馆门前等着管理员开门。时间一到，我就第一个冲进图书馆，还坐在自己昨天晚上的位置上，并把对面的位子给占了下来。没多久，她就过来了，我们相视一笑，不约而同地看起书来了。

在接下来不到一个月的时间里，我们一起吃饭，一起读书，一起散步，一起学习，在合肥联合大学的校园里，处处留下了我们的身影，我沉浸在幸福、甜蜜的恋爱之中。

美好的时间过得总是很快，转眼间，研究生考试在即。2006 年 1 月 14 日，我满怀信心地走进了法律研究生考试的教室。

两天的考试结束后，我没有休息。1 月 16 日我就回到公司，继续上班。

考完试，我一身轻松，工作起来也特别卖力。当然，虽然考试结束了，但下班后，我仍然会骑车跑到几千米外的女友学校，陪她看书，给她打水，和她一起吃晚饭。

很快，寒假来临了，女友要回老家，我依依不舍地送别了我心爱的女友。

2005 年的那个春节，我没有回老家，而是留在单位顶替一线员工，在车间操作。

新年的钟声敲响的时候，我是在车间的操作机器上度过的，100 多人的公司，春节留下将近 10 人，因为公司的老板是浙江慈溪人，过年不允许机器停下来，寓意财源不断。春节没有人愿意留下来工作，因为之前请了一个月的假，我为了感谢领导对我的准假，特意申请留下来，同时也是为了多赚点生活费（春节放假有三倍的工资）。

寒假的日子，我一边努力工作，一边忍不住思念女友，于是我们就经常发信息聊天。虽然春节没有回家，但是我仍感觉自己特别幸福。

寒假很快就结束了，还没到开学的日子，女友就匆匆地来到学校。也许，那时的女友已经越来越喜欢我这个知道上进的穷小子了吧。

研究生考试一个多月之后，成绩下来了，我居然超过了华东政法大学研究生招生的初试线 10 分。那时的我，对谁都是笑呵呵的，感觉阳光是如此的美好，我的努力总算有了回报，顺利地通过了研究生的初试，而且是我一直喜爱的专业，同时，我也找到了心爱的女友，真的是爱情和学业双丰收啊。研究生考试有初试和复试，初试为笔试，笔试能刷下 90% 以上的考生，我查了一下华东政法大学历年的法律硕士的复试情况，基本上是等额复试。我感觉当时自己已经稳稳地成为华东政法大学的一分子了，那种荣耀简直是不言而喻。公司的领导和同事也都高看我一眼，认为我有前途，一定能够读研究生。

有了以上的想法，复试也就没有太放在心上，3月底，我第一次踏上去上海的火车，走之前，我的女友送我去的火车站。出发前，我们紧紧地相拥在一起，女友深情地说："好好地复试，等你考上了，一定不能忘了我呀。"我愉快地答道："一定不会忘记你的。"

就这样，带着女友对我深深地祝福，我来到华东政法大学的校园里，刚到学校，我就赶紧买了一张长途IC电话卡，给我心爱的女友报告我的所见所闻，报告学校的情况。学校里居然有一条宽宽的河，河面上有人在开着轮船，听着马达发出"哒哒哒"的响声，看着眼前的轮船向前方渐渐驶去，心情无比舒畅。走在绿树成荫的华东政法大学校园里，感觉自己仿佛已然成了这里的主人。

复试结束之后，我立即赶回合肥公司上班，一是不能请太多的假，那样会扣去更多的工资，二是我想早点回去看到我日思夜想的女友。

很快，复试成绩就下来了，我满怀信心地打开办公室的电脑，查看华东政法大学官网的复试录取名单。在我看了一遍以后，发现居然没有我的名字，我怀疑是不是登错网站了，仔细核对之后，没错，就是华东政法大学的官网，再次仔细地查看后，发现我赫然出现在落榜名单的第一个位置上，也就是说我上面的全部录取了，从我之下全部被刷下来了。我，一下子蒙了，感觉瞬间从天堂跌进了地狱。我心里一直想不明白，往年不都是等额复试的吗，怎么就今年真的成了差额复试呢？怎么那么巧，正好赶到我的时候，就差额复试了；更为巧合的是，我上面的全部录取了。

我趴在办公室的桌上，伤心不已，眼泪暗暗地流下来，因为是上班期间，我努力不让自己哭出声来。想起半年来自己辛苦准备，想起自己的研究生梦就这样破灭，想起自己的法律梦就这样灰飞烟灭，我的暗自哭泣逐渐变成了啜泣，最后哭声越来越大。哭声引起了同事们的注意，当他们得知我研究生复试没有通过时，都替我惋惜，过来安慰我。后来，我停止了哭泣，才想起这个伤心的事情还没有告知我深爱的女友。我怕我告诉女友自己研究生没有考上，她会离我而去，当时的我心灰意冷，心想如果她真的离开就离开吧，反正我现在也无所谓了。

下午，我向公司的领导请了半天假，骑车来到女友的学校。我拉着女友的手，来到我们经常去的学校旁边的一个湖边，看着宽阔、微波荡漾的湖水，我平静地告诉女友，复试没有通过。女友倒没有显得特别惊讶和失落，而是安慰我，"不行明年再考吧"。我摇了摇头，"没有精力再考了"。想起女友和我一起度过的这段美好的日子，想起我美好的愿望就这样破灭了，我的泪再次流了出来，女友看我如此伤心，一边擦拭我的眼泪，一边安慰我陪我流泪，瞬间，我的感情如大坝决堤一般，号啕大哭起来，女友这时紧紧地把我抱住了。

感受到女友此般的温存和温暖，我的感情发泄完了之后，心情好了许多。当时，我在心里就发誓：考不上就考不上吧，至少我还有心爱的女友，我不会再考研究生了，因为即使考上研究生，我也不知道高昂的学费从哪里找呢，我决定直接参加全国法律职业资格考试，这样就可以实现当律师的梦想，也不用交高昂的学费啦。

经历了短暂的失落，有了女友热情的陪伴，我很快就恢复了往日的自信，一边工作，一边继续下班去女友的学校学习，准备参加来年的全国法律职业资格考试。

2006年的暑假很快就来临了。暑假之后，我的女友就要步入大四了。女友告诉我，她不准备参加研究生考试，因为她学的是国际贸易专业，希望能够到大城市去打拼。我想了一下，正好我的哥哥当时已经在上海工作了，干脆我也去上海闯一闯。和女友说了我的想法之后，女友非常赞同。于是，我很快向单位打了辞职报告，单位领导看我的意志比较坚决，也没有挽留我，就批准了。

临走之前，女友邀请我去马鞍山她姐姐那里看一看。我当然求之不得，很高兴地陪她去了。在回合肥的路上，我们乘坐大巴，女友靠着窗子，我们一边聊天，一边看着窗外的风景。这时候，我的手机响了一下，我连忙打开信息一看，心里咯噔了一下，是我消失了一年多的前女友发来的信息，问我现在过得怎么样。我稍稍不安地看了一眼坐在我身边的女友，也许出于女人的直觉，女友感觉到了我的细微变化，问我是谁发的信息，我老实交代是前女友，并把信息拿给女友看，女友真的看了看，说"没事，你回吧"。于是，我就把我现在的情况和前女友通过信息向她说明了一下，并告诉她我已经有了一个新女朋友，我很爱现任女朋友，也和她说了我即将离开合肥，去上海工作。最后，她略带着恳求的语气问离开合肥之前能否再见一面，我把这个消息给女友看，她没有说什么只是让我自己决定去还是不去。想到我和前女友高中三年，复读一年，大学四年，毕业之后一年，近十年的感情，临走之前道别一下，也没什么，就同意了。这时，我的女友默不作声，不再言语，而是一直盯着窗外看。我也默不作声，就那样默默地看着窗外，看着看着，我发现女友的脸上流下两行晶莹的泪水，瞬间，我明白了，女友不希望我去看前女友，女友也是爱我的。看着女友在我面前第二次流泪，我不忍心，立即告诉她："我决定不去啦，别哭啦，亲爱的。"并马上给前女友发去信息：因为时间比较紧迫，还是不要见面了吧。之后，我拿出餐巾纸擦去女友脸上的泪水，女友没说什么，只是将我的手握得更紧了。从那一刻起,我就决定这辈子一定要好好地保护她,爱她。

2006年9月30日,我背起行囊,身上携带1000元现金,第二次踏上了开往上海的列车。之所以选择9月30日,是因为我认为国庆节期间,有大型的招聘会,容易找到工作。当天下午,我就到达了上海,把行李放在了我哥哥在青浦区租住的一家农户里,我哥租住的房子面积不大,10多平方米,而且是和我嫂子一起住的,我不方便居住。到了晚上,我告诉哥哥,我到外面找一家旅馆居住,哥哥一定要求我住一晚上,我当然不肯。哥哥经不住我的再三要求,偷偷地塞给我200元钱,就这样,我背起背包,走了出去。

虽然我一个人走在繁华的上海街道上,满眼都是陌生的面孔,但是走在路上,我却没有感觉到孤单,我心里装着我和女友的梦想。其实,我本没有打算住旅社的,因为我身上的钱并不多,第一次来上海参加华东政法大学复试的第一个夜晚,我是住在了奉贤海湾哥哥租住的两居室里。然后第一天复试认识了一位同学,他告诉我有便宜的公寓居住,一晚上只需要18元钱。我感觉很实惠,就和他一起去看看,第一次乘坐了地铁,第一次知道了轻轨。

当然,还有更节省的方法,那就是去网吧上网,困了直接趴桌上睡一会。网吧包夜是10元钱一晚,不过是要从晚上11点开始。为了节省几块钱,我在外面的公用电话亭里取暖,当然,也是为了给女友打电话,告诉她上海的繁华。

大城市果然不一样,国庆节期间,在上海8万人的体育馆内,我找到了第一份工作,10月5日上的班,工厂有宿舍,包吃包住,工资比合肥多了一倍。初到上海就能找到工作,而且各项条件比我预想的都要好,这也许是上天对我的眷顾吧。当然,这些好消息我都第一时间告诉了女友,她也为我能够这么快就找到工作感到非常开心。

从此,我和女友虽然相隔千里,但是每天电话不断,心心相牵。女友毕业后,也跟随我一起来到了上海。

再后来,女友变成了妻子,我们在上海也安了家,并育有一女一儿,一家人也过得开开心心。

十几年来,我从未对当初的选择后悔过,否则,可能会遗憾终身。所以,爱,就大胆说出来!

刘友建作品

青春三部曲

——致陌路者

一

  我独自徘徊在幽静的郊外小路，路边遍地开满了缤纷多彩的野花，无不展现着它那青春活泼的魅力。春天的气息是浪漫奔放的，绚丽斑斓的……

  空气中迷漫着芳草、鲜花的诱人清香。薄薄的雾气，飘浮在宁静的空气中。风儿吹过，轻歌曼舞，像少女的裙幅在摇摆。小鸟清脆的叫声汇成婉转动听的歌，草虫唧唧与之相和。小溪流水潺潺，犹如欢快、轻松跳动的音符。

  这是一种静中有动，既温馨又浪漫的景致！你徜徉其中，能不为之动容，没有伸出双臂，想拥抱它的冲动吗？

二

  一团火红，从遥远处渐渐飘来，到近处一看，原来是一位成熟美女穿的衣衫。乳白色的雾带把她层层缠绕着。她，蓬松浅黄色的头发，遮掩着半个脸庞，有"犹抱琵琶半遮面"的羞涩之感。红色的套装包裹着臀部，露出一双修长的腿。整个身材都沉浸在潮湿的薄雾中……

  朦胧间飘来一位窈窕淑女，不知是踏青，还是下凡？

  当她漫步走到眼前时，我才看清她那白皙的脸庞。她甜甜地冲我微笑，算

---

* 作者简介：刘友建，出生于20世纪60年代初，专科文凭。当过小学代课教师，下海做过生意，种过果树，培植过苗木。现今为国家注册监理工程师，从事建筑行业监理工作。

是跟一位陌生人打了招呼，但丝毫没有人与人之间的那种生疏感和戒备心态。我也招招手，略微点头，算是对她的回应。我们这就算是雾中相识了。

她是位成熟恬静的青年美女，白皙清秀的面孔，一双柳眉弯弯细长，一双单凤杏眼，略显深邃，通直秀美的鼻梁，朱唇微薄但不失圆润。未施粉黛，给人以宁静、素雅平和之感。

这是一张记忆中熟悉的面孔，似见非见，梦中所见。踏青散步中暂且相识的朋友，看似雾中相识，实则真人相逢。但又虚幻莫测，如《红楼梦》中警幻仙子一般。我们就这样邂逅搭讪认识，雾中相逢。

三

相逢何必曾相识，相识莫问出处。邂逅，或许源于一次不经意地点击或接触，但温情已在心中蔓延……天空中两团互持阴阳的云朵相遇，就会化成一片雨；两颗星星相逢，就会碰撞出耀眼的光束，划过天空。也像垂柳那细长的枝条，如绿色的瀑布，不管湖水愿不愿意，只要微风吹拂，它那柔软的细枝，像少女的长发，抚摸着湖泊的水面，给湖水以贴面的亲近感；满山遍野的花朵，争奇斗艳，不知为谁家所开，但依旧散发出迷人的芳香。任凭无数的蜂蝶吸吮、采摘！

迷人的花朵，无私地奉献出新鲜的花蕊花粉；辛勤的蜂蝶昼夜忙碌、耕耘，酿出甘醇的蜜露。它们事先没有预约地相聚、结合，都是为了默默地实现一个共同的心愿，但它们又相互搭配得那么和谐、完美和默契！给人类世间留下了最美好的回忆和馈赠。

这不就是大自然万事万物和谐共存的法则吗？"山有扶苏，隰有荷华""桃李不言，下自成蹊""人以群分，物以类聚"物种尚且如此，人类美好的灵魂，又怎能不彼此相互吸引，产生共鸣？不管你来自天南海北，和谐相聚，才是人生最美好的归宿！但愿人长久，千里共婵娟！

一个平民的心愿

——关于新疆南疆发展的展望

系列一 憧憬·追梦·成就

新疆,是我国土地面积最大的省份,占150多万平方千米。地貌三山夹两盆地。而南疆塔里木盆地的塔克拉玛干沙漠,就占据了30多万平方千米,又是世界上面积最大的流动沙漠。它,严重影响着我国西部的气候变化,影响着西部的工农业、畜牧业的生产和发展,严重制约着人们的生存环境和生活条件!

因此,对这片广袤、浩瀚的流动沙漠,进行根治,把它固定下来,使之变成湿润的、富饶的、美丽的绿色家园,该是多么令人向往的事情,该是一幅多么令人神往的画卷!

可以想象,如果塔克拉玛干沙漠,变成我国最大的沙漠绿洲,那将是一番怎样的景象:我国西部的气候、地貌、自然资源、人们的生活环境、居住条件、物质条件、人文景观等,将会发生天翻地覆的变化。这难道不是十几亿中国人美好的梦想吗?这难道是遥不可及的梦想吗?塔克拉玛干不是改造不了,只是难度有点大而已。

只要我们有信心,有恒心,有耐心,依我们现在的国家实力,完全有能力征服南疆沙漠。事实证明,我们征服沙漠已经取得了丰富宝贵的经验,也已取得了丰硕的成果。中华人民共和国成立后,我们在极其恶劣的环境条件下,已建了三北防护林。典型的有河北的塞罕坝、山西北部的右玉、陕西北部的毛乌素沙漠等防护林。这些地方,已不是单单的人造林,而是已经形成植被,生物圈里发生了综合效益。天蓝了,水绿了,空气清新了,风沙不见了。这些地方,已成为我们治理风沙的成功典范。塞罕坝,已是我国5A级旅游景区,并获得联合国环境规划署颁发的"地球卫士奖"。

过去,我们在那么艰苦的条件下,缺吃少穿,白手起家,仅凭两只手和简单的工具,都能披荆斩棘,走出一条建国强国之路!今天,凭我们的实力,强大的现代化、机械化，足够的经济实力，塔克拉玛干沙漠，是完全可以征服的，也是一定能够征服的！但这需要耐力和恒心，需要艰苦奋斗，坚强不息！千里之行，始于足下。等待我们唯一的出路，就是下决心，放手大干！

我们有足够的信心，足够的勇气，也有足够的能力改造好这片沙漠，使之化害为利，为民造福。我们从技术上，实践经验上，经济实力上，都具备了开发塔里木的条件。只要我们遵循自然规律，再加上足够的勇气和胆量，不懈地努力奋斗，我们的梦想一定能够变为现实！

南疆沙漠一旦全面开发利用，受益的不单单是西部地区，而是整个国家，甚至是世界性的。因为到那时，我国整个西部的沙漠气候，将会发生质的变化。有了良好的自然环境，人们将不再受风沙的侵袭和惩罚。肆虐的沙尘暴不见了，气候温和湿润了，降水增多了。蓝蓝的湖水，清澈的河流，莹莹的草地。在蓝天、白云衬托下，牛羊成群，鸟语花香，果实累累。人们可以惬意地徜徉在这美好的环境里，陶醉在这温馨的氛围中。这使我想起了中学时代读过的碧野写的《天山景物记》。

到那时，一个崭新的、清洁的、文明灿烂的新地标，将展现在南疆大地！狂野的流动沙漠，将变成神秘的绿洲，这是一个多么伟大的创举！它将是一项规模庞大的增雨与大漠绿化工程！从此，中国的地貌，世界的地貌，将为之改写。卫星拍摄的画面也将由黄褐色变成蓝色、绿色。南疆沙漠的改造，功在当代，利在千秋！

系列二　谋划·投资·实施

我们都知道，塔里木盆地，属温带内陆气候。周围高大的喜马拉雅山脉、昆仑山脉、天山山脉、阿尔金山山脉等，阻挡了印度洋的水汽和欧亚西部的水汽的深入。气候干燥少雨，蒸发量大。在强大的欧亚大陆风的作用下，形成了大旱流动的沙漠。好在欧亚西风有时也带来点湿气。但那也只是停留在北疆和伊犁河谷一带，基本不能到达南疆盆地。

很显然，长年干燥的单一气候条件，降水稀少，地表水少，是形成沙漠的根源。因此，治理沙漠的关键是稳沙、固沙，使地面形成绿色植被。而要彻底解决这一问题，就必须解决缺水的问题！面对这一问题，必须对沙漠进行综合治理，而不能单靠一种举措。这是一项艰难的、持久的伟大工程！

塔克拉玛干沙漠，东西长 1400 多千米，南北长 400~500 千米。在这片浩瀚的沙漠里，年降水量仅仅几十毫米，可蒸发量达几千毫米。仅靠周围雪山融化的雪水补给河流，河流很快就会在沙漠中消失，杯水车薪。最大的塔里木河，也是断流河。沙漠中最大内陆湖罗布泊，也基本干涸。如何改变这种现状，这就要制定综合的、切实可行的、行之有效的、具体整治沙漠的方案、措施。

时不我待！从现在起，我们要制定出开发和整治南疆盆地的宏伟的战略目标，发展规划要以法律的形式固定下来。要从法律上立项，制订短期、中期、长期开发计划，与之相适应的五至十年、三十年、五十年的配套计划措施及方案，经合理论证后，付诸实施。要制定总的和分期分批的投资计划、方案。国家要成立该开发项目的专门、专项的委员会，进行领导和监督。投资专项资金一旦从国家财政上划拨，就要专款专用。也可通过多种渠道方式，进行集资。或通过其他合理的开发模式进行综合治理。随着我国经济实力的不断增强，要不断加大开发力度。我们可以以发放国债的方式，让全民参与其中，还可以以招投标的方式，让大的企业集团介入，直接持资开发某些项目。或者给他们划拨一定范围的区域，按照国家统一规划要求，进行投资建设。一旦开发投产收益，让其持有享用的年限后，最后再收归国有。总之，开发整治塔里木，是全方位的，需要大量的资金做后盾，需要二三十年以上的开发时间，才能大见成效。这需要全国人民共同努力艰苦奋斗！成绩和财富是干出来的，不是等来的！

从现在起，我们不仅要从国家战略高度出发，制订综合开发塔里木的宏伟计划，还要引导和动员社会各界人士，甚至一切愿意投资的国际力量，参与其中，为这一宏伟计划献计、献策、献力。我们综合治理塔里木的计划，现在不是处于观望状态、等待时机，而是应该提到正式议事日程上来，并付诸行动才对！不是慢慢来，而是要制订加速发展的计划。

开发、治理南疆盆地沙漠，必须要有一套完整的、综合的、科学的、行之有效的措施、方案。片面地、单一地追求某种举措，或否定某种有效的治理方案都是不科学的。

具体的开发治理措施必须是短期、中期、长期开发并用，取长补短，把最大优势发挥到极致。具体措施如下。

第一项措施：综合治理，开发塔里木河，通过建水库、储存水源、调节水源、涵养水源等，使它尽可能保持水源不断。

第二项措施：伊犁河水量丰沛。通过适当开发伊犁河，升级取水，补给塔里木河水源及向东部沙漠送水，即西水东调。

第三项措施：雅鲁藏布江也是向大沙漠和西北干旱地区供水的主要来源。在西藏雅鲁藏布江适当位置取水，自流输送到横断山脉水系，通过建拦河坝、修涵洞等措施，把水调节到长江上游各支流。通过修隧道、建人工河等措施，把水输送到南疆沙漠及西北干旱地区。主要通过地势高低差优势输送水源。雅鲁藏布江海拔 3000 多米，塔里木盆地海拔约 1000 米。这项伟大的输水工程，即所谓"红旗河工程"。虽然这项庞大的工程，处在科学论证阶段，但一旦方案切实可行，那它的潜力是无限的，能量也是无限的！

第四项措施：它是开发和治理耗时最长的工程。一是沿着塔里木河向南，开挖几条人工河。东西走向，与塔里木河平行，略呈弧状。人工河的最大作用就是把输送到盆地沙漠的水进行分配，形成水系，相互串通，为以后的给排水及水上运输，发挥综合效益。二是一条条东西向的人工河，把北面吹来的风沙，层层阻挡，降低了风沙的流速，起到防沙、固沙的作用。河堤、河坡、沙坝等利用喷灌、滴灌等技术，进行绿化，植被不让水土流失。流动沙漠已被固定后，风沙压境的恶劣天气，将不复存在！当然，这是一项长期而巨大的工程，不亚于创造几条京杭大运河，但以后发挥的综合效益也是惊人的！

第五项措施：合理布局，在沙漠中开挖一些大小不等的人工湖。深挖的与地下水相通，浅些的进行人工处理，使其不渗水。然后从外部调水蓄水，与人工河形成水系。开挖的湖泊、沙丘等，利用喷灌、滴灌等技术，网格化措施固沙、植树、种草。开挖人工河、人工湖，人为的水系工程，从长远的角度考虑，是必须的，也是行之有效的。它是以后南疆地域，给排水、抗旱、排涝必不可少的庞大水利工程。势在必行！

第六项措施：合理规划。修建网格化的沙漠公路，对路面进行硬化，防止沙化。路坡及路基两边几百米甚至更宽的区域，营造防护林、草坪。一旦建成，一是形成封闭的网格状公路，起到防风固沙的作用；二是形成密集的公路网，为以后沙漠中的综合开发，大规模的经济建设，带来便利的交通条件。

第七项措施：利用沙漠地区光照充足的优势，合理布局，建设大规模的、成片的光伏电站。一是利用光能转化成电能，为沙漠地区以后的大规模建设提供充足的、可靠的绿色新能源；二是改变了沙漠中阳光直射的条件，从而局部降低了沙漠的温度减少了水分的蒸发量。

第八项措施：利用该地区地势高、风速快的优势，合理布局，建设成片的风力发电站。大批发电站的建成，一是可局部降低风速，为防风固沙提供有利条件；二是为该地区的建设提供廉价的、清洁的绿色新能源。

未来的塔里木，不需要带污染的，消耗煤炭、油等能源的火力发电厂。仅靠风能、太阳能发电，就能自给，甚至还可向外输送能源。

未来的南疆，是集发电、灌溉、防洪、航运、旅游等国土资源综合利用于一体的新地标。南疆的开发和治理，是一项伟大的绿化工程。一旦建成，将为国家增加 8 亿~10 亿亩的耕地面积，对于我国总体的调结构、稳增长、抑物价、促就业等起到划时代的作用。

　　沙漠变绿洲，关键是水的功劳！水利移民正是秉持以水养人，以人养水的宗旨，必然会有居住的良好环境。未来的南疆，必然带来较大规模的人口迁移活动。这种人员流动，不是政府硬性规定，也不是某种势力的干预，而是优良的环境，带来了强大的经济效益，而经济的强盛，又会促使人们聚集。这才是人类社会最和谐的发展！

龚勇作品*

最爱家乡水

  我的家乡在湖南省张家界市桑植县。到过我们张家界的热门旅游景点——金鞭溪风景区的人们往往会惊叹那里金鞭岩与金鞭溪的绝美风景，独特的砂石峰林地貌石奇峰秀、鬼斧神工，但一出了张家界的核心旅游景区便很难再能觅到它的踪迹。然而金鞭溪的水在我青山绿水的家乡却是随处可见，比如我农村老家门前的那条河就有着如同金鞭溪的水一般的好景致。

  我农村老家门前的那条河叫罗峪河，全长58公里，河水蜿蜒曲折、穿行在峰峦幽谷之间，流水潺潺、四季清澈。我家老屋的正对面就是一个碧绿的水潭，潭水碧波荡漾、清澈见底。临近水潭，水中欢快游动的鱼和虾、遍布潭底的石头和沙子均清晰可见，在水潭的另一侧卧有一块巨石，那里便成了我们儿时下潭游泳绝佳的跳水平台，几个儿时的玩伴纷纷从巨石上纵身一跃，一个猛子便能直插潭底，那是何等的潇洒、痛快！家门前的那条河再往上追溯就是一条深深的水沟，水沟的纵深长达数十里。由于水沟里一般是不可能住人的，一般要到早上九十点才会有人进沟砍柴、烧炭等，所以每到清晨七八点无人进沟时，我们就会挑着木桶到水潭边挑水喝，这时候的河水是没有任何人为污染的，舀起来就可以直接喝，绝对的绿色、原生态。

  更值得庆幸的是，从我家老屋门前进沟的不远处就有一股清澈的泉水。每到夏天，我们几个儿时的玩伴就会拎着热水瓶去灌泉水，一走到泉水边，我们就会用热水瓶盖舀上一盖泉水喝，泉水是那样的冰凉、清甜，感觉比市场上畅销的矿泉水还要好喝；而一到冬天这股泉水又变成了一股温泉，水面上时常会升腾起一团团水雾，小时候妈妈经常会带着我们哥俩到泉水边洗衣服，泉水温温的、暖暖的、柔柔的，比用水潭边刺骨寒冷的河水洗衣服要舒畅多了。

---

* 作者简介：龚勇，男，毕业于上海复旦大学。毕业后进入上海市奉贤区广播电视台主要从事文字工作，曾从事新闻记者、专题编导、台领导秘书等工作。担任60年台史专著《奋斗　求索——奉贤广电六十年发展历程与经验》执行主编。

一到夏天，我家老屋门前的这条河便成了我们儿时的乐园：跳下河游泳自不必说，最来劲的就是下河捕鱼。而在我们家乡捕鱼的方法却是五花八门：有用黑乎乎的竹篓子在岸边翻鱼的，有用竹子做的鱼竿在急流中、水潭里钓鱼的，有用丝网卡子横过河卡鱼的，有在接近水的源头上撒上对鱼有毒的茶枯顺流而下一路药鱼的，有用雷管炸药在水潭里炸鱼的，还有背着电池板在河里电鱼的……而儿时我印象最深的就是用黑乎乎的竹篓子在河岸边上翻小鱼。我们把黑篓子的篓口稳稳地安放在岸边小石头的下方，轻轻地翻开这些小石头，藏在小石头下的小鱼受到惊吓，就会拼命地向下方逃窜，一不留神就会钻进黑篓子里，我们不失时机地把黑篓子往上一提，这些小鱼立刻就成了我们的囊中之物，少的时候一次能捉到一两条小鱼，多的时候一次捉到七八条的都有，一个晌午下来我们便能满载而归了。

我家老屋的屋脚下、河水边还有一片白花花的岩滩，岩滩上到处都是花花白白的石头，石头堆里还藏着不少鹅卵石。儿时一到夏天，这里便成了我们晚上乘凉的宝地。20世纪80年代，我农村老家还很贫穷，连电都没有通，更别说什么电风扇、空调了，一到夏天的晚上家里便会闷热难耐、蚊蝇乱飞，于是趁着天气晴好，背上铺盖到岩滩上乘凉便成了我们的不二选择。我们先把岩滩上的石头捡得平平整整，然后把厚一点的被子垫在平整的石头上，人身上再盖一床薄一点的被子便可以躺下乘凉了。静静地平躺在岩滩上，仰望着璀璨的星空，指着天上的明月，数着漫天的星星，耳边轻轻地听着潺潺的流水声，几位亲人躺在一起天南地北地侃大山，这是何等的惬意呀！而最惬意的是整个岩滩上连一个蚊蝇都没有，从远处山沟里吹来的阵阵凉风早已把乱飞的蚊蝇吹得不见踪影，凉风从沟口徐徐吹来，感觉比吹电风扇来得更加舒服，因为电风扇吹得时间长了就会吹来一阵阵热风，而岩滩上吹来的风始终是凉凉的，是那样的惬意、那样的舒爽！

21世纪初，我农村老家开始加强对当地优势水资源的开发与利用，在水沟里的一处名叫"牛鼻子眼"的地方筑起了一道拦水坝，主要用于附近农田的灌溉与居民的生活用水。一到夏天的盛水期，从沟里流出的水便会漫过拦水坝急泻而下，形成了一道蔚为壮观的瀑布，而在瀑布的正下方又形成了一个碧绿的水潭，于是这个拦水坝的坝顶便成了我们的又一个绝佳的跳水平台，引得周边的居民纷纷慕名赶来，大家争相从坝顶纵身一跃、直插潭底，尽情享受眼前的美妙风景与跳水带来的刺激和愉悦！

近年来，我农村老家的优势水资源正在进行超大规模的开发与利用，一个总投资达数亿元的全新水利工程——桑植县牛洞口水库正在水沟深处紧锣密鼓地建设中，目前水库大坝已经竣工并已于 2023 年 5 月 9 日开始下闸试蓄水，相关输水配套工程也正在如火如荼地建设中，该工程由枢纽、灌区两大部分组成，集防洪、灌溉、饮水等功能于一体，水坝高达 64 米，工程建成后，近期将解决周边 14 个行政村近 13 平方千米耕地的农业灌溉，远期将解决桑植县城及洪家关、凉水口、桥自弯、利福塔、瑞塔铺等 10 多个乡镇约 25 万人的生活、生产用水，实现全县城乡供水一体化，彻底解决桑植县目前饮用水水质差、水源不足的问题。桑植县牛洞口水库是湖南省"十二五"烟草补贴水源工程规划援建项目之一，这是桑植县有史以来效益最显著的一处综合性水利枢纽工程，是不可替代的水源配置工程，目前正在积极申报全国"十三五"抗旱计划，这将意味着全县 60% 以上的人口都能享受到我们家乡水所赐予的恩泽。如今一条宽阔的马路从我家老屋门前穿过，我农村老家的经济发展也由此迎来了千载难逢的历史机遇！近年来，在农村老家的"打工经济"与国家实施"精准扶贫方略""乡村振兴战略"的相互催生下，我农村老家的面貌发生了翻天覆地的历史巨变，水、电、路、网畅达四方，几乎家家户户都盖上了两三层的水泥楼房，往日遍布村头乡野的木头屋、吊脚楼早已难觅踪迹，也许只能到我们张家界市目前保存最为完好的土家古镇——苦竹寨才能一睹它昔日的真容。

这，就是我最爱的家乡水！是我们这些身在远方的土家族游子始终魂牵梦绕的地方，每次一回想起家乡的点点滴滴，最难忘情的就是这潺潺流淌、奔流不息的家乡水！

"视与听"的艰辛足迹

——在改革开放中奋进的奉贤广播电视台[*]

光阴似箭，日月如梭，转眼之间我们已经迎来了改革开放 40 周年。40 年来，在改革开放春风的吹拂下，奉贤广播电视台经历了艰苦创业的磨砺与一次次重大宣传战役的洗礼，已经从小变大、由弱变强、从稚嫩走向成熟。然而，当我们把时光的轴线重新拉回到 40 年前——1978 年 12 月中国拉开改革开放大幕的前夜，看一看当时的奉贤广播电视事业究竟处于一个什么样的状态时，不

---

[*] 该文于 2018 年创作。

禁感叹40年沧海桑田、世事变迁，新旧对比恍如隔世。

改革开放之前，奉贤还是一个传统的农业大县，主要经济支柱为种植粮棉油，第二产业与第三产业还几乎没有起步，与今天奉贤的产业结构相比简直有着天壤之别。从媒体形态上看，当时的奉贤只有单一的有线广播，电视领域还是一片空白，但有线广播的地位和作用在当时却相当突出，发挥着独特而不可替代的作用。由于1959年5月5日《奉贤报》的停刊，在20世纪50年代末至20世纪90年代初长达30多年的时间里，广播成了当时奉贤唯一的新闻媒体，是当时奉贤人民获取外界信息的主渠道。当时奉贤有线广播的发展定位就是打造日益成熟的农村广播电台，为农业生产、农民生活服务。广播集时钟、天气预报、新闻资讯、娱乐于一身，当时的奉贤百姓根本离不开广播，"广播一响，眼睛一亮"成了家喻户晓的口头禅。早上广播一响起床，中午广播一响收工吃饭。今天要干什么？广播全知道。每天的天气预报，播种、施肥、科学种田、打农药，这些信息都是通过广播传递到千家万户的，重大活动的开幕更离不开广播，广播被当时的农民群众形象地称为"不见面的生产队长"。

从设施设备上看，当时奉贤广播电视台的前身——奉贤县有线广播站还在位于南桥镇立新南路最初蹒跚起步时的旧址上，房屋既小又简陋，缺少必要的设备。印象最深的是当时连录音室都没有，到了大热天要先买冰块放在室内，待温度下降后才能进去进行录音。此后虽然历经了多次改造，但仍然无法满足奉贤广播事业蓬勃发展的现实需要。当时还有一个特点就是全台上下连一辆像样的新闻采访车都没有。20世纪七八十年代，奉贤的交通非常不便，当时由于没有新闻采访车，下基层采访近程靠步行，远途靠骑自行车、坐公共汽车，有时下到边远偏僻的乡村去采访，还需要长途跋涉，甚至要蹲点采访，最长的时候三个月跟农民同吃同住；有时为了多一点时间采访，奉贤老广播员会起早到汽车站乘坐头班车，先到镇广播站借辆自行车，骑车奔波在乡间村头，遇到田野小径，只能推车前进；有时候遭遇烈日酷暑、狂风暴雨，连午饭都不能保证。但难能可贵的是，当时的奉贤老广播员硬是咬着牙挺了过来，表现出了强烈的敬业精神和崇高的社会责任感。

从技术手段上看，当时的有线广播信号传输盛行的是铁丝传输，最初用的是毛竹竿，后来用水泥杆替代了毛竹竿，还涂上了柏油，虽然比最初的电话线传输有了长足的进步，但与后来的铜芯铝绞线传输、光纤、光缆传输相比，在有线广播信号的传输质量、传输功率与传输距离上却有着天壤之别。

1978年12月，党的十一届三中全会的胜利召开正式拉开了中国改革开放的历史大幕，中国人民从此走上了一条建设中国特色社会主义、实现社会主义现代化的康庄大道。沐浴着改革开放的春风，奉贤广播电视台的媒体形态发生了翻天覆地的历史巨变：从单一的有线广播发展到无线调频广播，从开通有线电视到发展无线电视，进入新媒体时代后又发展起了网络、手机新媒体，陆续开通了奉贤网络电视台、阳光959微电台、官方微信平台，并着力打造"掌上广播电视台"，向着全媒体转型的目标发起新的冲刺。

进入20世纪80年代以后，随着家庭联产承包责任制的大力推行，农村经济的发展活力得到充分释放，市场经济开始在农村崛起。农村也需要从更广阔的天地吸取信息，自己的信息也要辐射到外部世界去。单一的、封闭式的有线广播显然已经不能适应时代发展的需要了。1986年5月，原"奉贤县有线广播站"正式升级为"奉贤人民广播电台"，迅速将发展无线调频广播列入了重要议事日程，努力开拓农村与外界信息交流的新天地。1992年9月，奉贤人民广播电台自筹资金、自行设计、自行安装了无线调频广播，在南桥镇解放西路121号新址广播大楼西侧建造了调频广播发射塔，塔高70米，是当时奉贤南桥地区的标志性建筑物，在上海郊区尚属首家，从此，奉贤广播事业进入了有线广播与无线调频广播并行的新时代。

进入20世纪90年代以后，尤其是1992年邓小平南方谈话之后，以建立社会主义市场经济体制为标志的新一轮改革开放浪潮席卷而来，广大群众已经不再满足于"从箱子里听戏"、听各种信息，还想听到、看到各种生动形象的求知、致富、保健、娱乐的信息，尤其是异军突起的乡镇企业呼唤着更准确、更及时、更广泛的信息传播，于是，人民群众要求创办电视台的呼声一日高过一日。1992年，奉贤正式开通了有线电视，开始试办有线电视节目，并于1993年在上海市郊率先与市有线电视台联网，彻底告别了奉贤只有单一的广播而没有电视的历史，随后便开始紧锣密鼓地筹建奉贤电视台。历经1993年至1995年艰苦卓绝的三年筹建期之后，1996年9月28日，作为新中国成立以来当时奉贤最大的财政投资项目、总投资达4000多万元建设的奉贤广播电视中心正式建成，市郊最高、达168米的广播电视发射塔建成启用，无线电视正式开播，奉贤广播电视台成功实现了内部资源整合——"广电合流"，同时拥有了有线广播、无线广播、有线电视和无线电视四种传播手段，今天意义上的奉贤广播电视台终于完全成型。

20多年来，奉贤电视台的一线采编人员从最初的一个人、一台摄像机、一套编辑机发展到今天的三四十人、十多台高清摄像机、全套高清非编系统。主打电视新闻栏目《奉视新闻》从最初的一周三档发展到目前的一周六档，基本实现了日播，时长也从最初的10分钟扩版至今天的20分钟。自2010年起，奉贤电视台对原有的十多个电视专题栏目进行拆并整合，推出了全新的电视专题栏目《滨海纪事》，实现了周播。

自2010年起，奉贤人民广播电台开始启动对广播节目的全新升级改版，委托市级媒体的专业人士设计广播栏目，命名为"阳光959频率"，频率定位最初为"音乐+资讯"，打造"南上海最美丽的声音"，奉贤人民广播电台在经历了十几年的沉寂之后终于完成了华丽转身，开始实现从传统农村电台到现代都市频率的蜕变，广播节目的形式与内容都发生了翻天覆地的巨变！历经数年的不懈努力，"阳光959频率"的定位已经从"音乐+资讯"升级为"音乐+资讯+服务"。

在新媒体繁荣发展的今天，为了顺应新的传播时代的要求，自2010年起，奉贤广播电视台开始大力推进新媒体建设，加速实现广播电视传统媒体与新媒体融合发展的步伐。历经奉贤广播电视台视听网站、奉贤网的艰辛探索之后，奉贤网络电视台开播，阳光959微电台在新浪微博上开通，"爱看奉贤""959电台"等官方微信平台正式开通，《奉视新闻》《贤城说事》、奉贤网络电视台相继登陆"看看新闻网"，奉贤人民广播"电台阳光959频率"正式上线阿基米德平台，加大了在市级新媒体平台上的节目推广力度。自2017年起，奉贤广播电视台主推的"爱看奉贤"官方微信平台首次推出了奉贤电视台整频道节目的"微信版"，全台所有的音、视频节目全部上线"爱看奉贤"官方微信平台。此后，"959电台"官方微信平台又推出了"奉贤之声"微信公众号，由主持人播报每日新闻、用声音记录时代发展变迁的"微信广播版"节目，与"爱看奉贤"微信平台进行差异化播出、错位融合，着力打造"掌上广播电视台"。"爱看奉贤"官方微信平台目前拥有粉丝量逾5万，已经多次入选"上海地区时政类微信公众号影响力排行榜时事类"前十名，引领着奉贤广播电视台向着全媒体转型的目标奋力冲刺。

除了媒体形态发生了历史性的巨变之外，从设施设备上看，改革开放后的奉贤广播电视台先后完成了两次全台大搬迁：第一次是1984年6月，奉贤县有线广播站从南桥镇立新南路旧址正式迁入南桥镇解放西路121号新址，新建的广播大楼当时在全国县级广电机构系统中属于一流；第二次是1996年7月，奉贤广播电视台从南桥镇解放西路121号东迁至南桥镇解放东路116号（现为866号）。虽然奉贤电视台的成立时间在上海郊区较晚，但设施、设备先进，为奉贤广电事业的腾飞创造了良好的硬件条件，在当时的上海区县台中处于前列。此后的2010年，奉贤广播电视台又实现了广播机房的搬迁升级，从台办公大楼二楼西厢房整体搬迁至电视塔楼二楼，并按照上海市级台的标准重新购置了广播播音设备。2013年，奉贤广播电视台完成了电视演播室的升级改造，新建了一个大屏新闻演播室，升级改造了一个中小型的综艺演播室。奉贤广播电视台还启动了电视直播车的购置、升级改造工程，改变了长期以来奉贤电视台对区内重大活动进行电视现场直播都需要借助SMG技术力量的历史，自2013年起，开始独立运用本台的电视直播车对区人代会开幕式、区运动会开幕式等区内重大活动进行电视现场直播。自2014年起，奉贤广播电视台还在上海郊区较早地购置了无人航拍机，组建了台航拍小组，并在《奉视新闻》片尾开设"今日奉贤60秒"航拍小版块，把台航拍小组从全区各地拍摄到的鸟瞰画面制作成小短片，达到了"空中看奉贤"、多角度、立体式地展现奉贤城乡新貌的良好效果。如今，奉贤区内大大小小活动的电视宣传报道中都广泛地用上了航拍镜头，航拍已经逐渐成了一种常态。自1995年起，奉贤广播电视台开始配置第一辆专用采访车，逐步告别了过去需要骑自行车或坐公交车采访的历史。时至今日，奉贤广播电视台已经拥有了包括新型直播车在内的多辆专用采访车。

从技术手段上看，改革开放后奉贤广播电视台的广播电视技术发展同样取得了令人瞩目的巨大成就：40年来，奉贤广播技术经历了从铁丝传输到铜芯铝绞线传输，从铜芯铝绞线传输到光纤、光缆传输，再从有线广播线路输送到通过无线调频发射机发射的大变迁；奉贤电视拍摄、编辑、播出技术经历了从无到有、从模拟到数字、从数字标清到数字高清的大变迁。自2013年起，奉贤电视台积极顺应电视高清化的发展潮流，正式启动了电视高清化改造工程，截至2017年，奉贤广播电视台已经基本实现了电视采、编、播的全程高清化，实现了电视节目、新闻素材、直播信号与市台高清同步对接，既让广大奉贤观众看到更加优质、清晰的电视画面，又为今后实现电视新闻直播、打造新闻频道奠定了坚实的基础。

"雄关漫道真如铁，而今迈步从头越。"回望改革开放40年走过的辉煌历程，我们深切体会到，奉贤广播电视台前进的每一个脚步都离不开改革开放的时代潮流与中国政治经济体制机制的改革与创新；我们也清醒地认识到，人民群众的期待和参与、满足社会各界强烈的视听需求是推动奉贤广播电视事业蓬勃发展的力量源泉。40年辉煌业绩的取得来之不易，它是各级党和政府领导关心、支持与广大奉贤观众厚爱的结果，更是几代奉贤广电人与时俱进、直面挑战、不断开拓、勇于创新、艰苦奋斗的结果。40年的征程并不平坦，但我们深信，只有奋斗着的人们才会有希望，只有奋进中的事业才会充满勃勃生机。

评金一南与《苦难辉煌》

今天我要向大家推荐的好书是国防大学金一南教授的名著《苦难辉煌》。它是金一南历时十五年的倾心力作,这部反映红色历史的主旋律作品:曾荣获全国图书出版最高奖——"中国出版政府奖",在"最受中央国家机关干部欢迎的十本书"评选中排名第一,成为社会各界与当代青年读者群反响十分热烈的畅销书。金一南是国防大学战略教研部教授,博士生导师,战略研究所所长,少将军衔,全军首届"杰出专业技术人才"获奖者,连续三届获得"国防大学杰出教授"称号,先后获得中宣部"五个一工程奖"1次、国务院新闻办"中国国际新闻奖"3次。

一、苦难辉煌是金一南个人人生经历的生动写照

就我个人而言,最初引发我对金一南产生浓厚兴趣的却不是这部皇皇巨著《苦难辉煌》,而是2006年我偶然间从一张报纸上读到的一篇文章《金一南:名教授竟然是个烧瓶工》。直到后来我精读了《苦难辉煌》这本金一南的代表作之后,我才恍然明白:《苦难辉煌》不仅是近代以来中华民族所遭受到的荣辱兴衰的生动写照,是中国共产党波澜壮阔的党史的生动写照,更是金一南个人人生经历的生动写照。他是开国将门之后,他的父亲金如柏是第六届全国政协常委、原人民解放军炮兵政治委员,1930年参加红军,1955年被授予少将军衔。然而,这样一位功勋卓著的开国将领却几乎没有给金一南的人生带来任何荫庇,相反却让金一南在"文化大革命"风暴袭来时被打成"黑帮子女"而历尽人生的坎坷。身为中国军队的最高学府——国防大学的著名教授,却只有初中学历,人生的第一份工作竟然只是街道小厂的微不足道的烧瓶工;他著作等身、平生获奖无数,堪称"中国军事界的学术奇才",却经历了无比漫长的沉寂人生,长时间默默无闻,游走在军事学术研究的边缘。直到1998年他的人生出现了一抹朝霞:在接待美国国防大学校长切尔克特第一次访问中国国防大学时的出色表现,让刚进国防大学时到处没人要的金一南一下子成了"香饽饽",从此正式踏进了国防大学的学术圈,之后一路如鱼得水、平步青云。短短十五年间他在军事界学术成就斐然:全军首届"杰出专业技术人才"获奖者,连续三届获得

"国防大学杰出教授"称号,被评为"改革开放30年军营新闻人物""中华人民共和国成立后为国防和军队建设做出重大贡献、具有重大影响的先进模范人物""中华文化人物"等。有位记者曾经问金一南:"您最喜爱的运动是什么?"金一南回答说:"游泳,特别是潜泳。"身在水底,击水三千,这是对体力、耐力的极大考验,更是与意志力的较量。回望自己走过的人生之路,金一南深情地说:"是苦难让我把根须扎进了泥土,如果不是这样,我的根肯定是飘着的。只要精神不倒,干什么事就能干到最好,就能在逆境中掌握住自己的命运。"而伴随着平生集大成之作《苦难辉煌》取得的巨大成功,金一南个人的人生历程也完成了从无尽苦难到无比辉煌的巨大转折。

二、《苦难辉煌》的创作特色

《苦难辉煌》是一部高度浓缩的革命史诗。它以中国共产党的早期发展历程为主线,以中央红军长征前后的重大转折为切入点,全面反映了中国共产党在那个特殊的环境中历尽苦难、创造辉煌的历程。它全方位、多侧面、多角度地反映了那段历史的真实与不朽,留给我们刻骨铭心的记忆与思考!中国共产党和人民军队的历史正是经历了那段无法想象的苦难,才得以走出阴霾、扭转乾坤,踏上辉煌的征程,不断从胜利走向新的胜利。我个人归纳了一下,《苦难辉煌》共有四大创作特色。

第一,视野广阔。《苦难辉煌》是第一部把中国共产党与人民军队的早期历史放在国际大背景下解读的巨著。它把中国国民党、中国共产党、联共(布)与共产国际、日本昭和军阀集团这四大力量以中国大地为舞台展开世纪博弈、猛烈碰撞综合在一起,来分析、理解中国革命。这种全景式的描写、俯瞰式的解析,既有宏观的视野,又有微妙的境界,使读者登高望远、豁然开朗。

第二,内涵深刻。《苦难辉煌》是一幅用战略思维、战略意识点评历史的辉煌画卷。金一南善于从对国家命运和民族命运的追溯探寻这样一个战略高度来研究中国革命史,表现出可贵的问题意识。一个1921年才成立的政党,一支1927年才创建的军队,短短20多年时间,从小到大、从弱到强、从失败到胜利,直至夺取全国政权,而对手掌握全国资源,掌握国外援助,掌握一切执政者所能掌握的优势,竟然仅仅过了20多年就全盘崩溃、灰飞烟灭,这个党和这支军队力量的真谛在哪里?金一南认为,中国革命的胜利不是来自神的赋予,而是来自人的奋斗;不是来自天赐机缘,而是来自千千万万人的英勇献身。全书虽然只是截取了从1840年至1949年百年历史中的一个片段,却深刻揭示了中国共产党成功带领中国人民从苦难走向辉煌背后的深刻动因,破译了中国共产党从苦难走向辉煌的成功密码。

第三，文笔优美。《苦难辉煌》是一本可以作为散文欣赏的中国历史图书，既是一部真实性与艺术性完美结合的革命史诗，又是一部难得的纪实文学佳作。金一南写的是历史，却打破了我们久已习惯的表达定势，并没有按照历史的先后顺序来叙述，而是采用了对比、联想的手法，甚至还有类似影视作品时空跳跃式的表达方式。他一改一些党史类著作冗长沉闷、抽象论说的趋同文风，以生动的语言运用通观战略全局的思维来追溯历史，让厚重的历史、鲜活的事例和翔实的数据说话。他深入具体细节、特定场景和历史情境，探究国际大背景下的历史事件和人物，走出了一条党史研究读物通俗化且畅销的新路！

第四，人物精彩。《苦难辉煌》中的那一张张鲜活的历史人物面孔，深深地吸引、打动了我。整本书的人物共有300多个，既包括共产党阵营的毛泽东、彭德怀、林彪、刘伯承、贺龙等，又包括国民党阵营的蒋介石、陈诚、白崇禧等，还包括共产国际的鲍罗廷、李德等，日本昭和军阀集团的"三羽乌"等。对于我方阵营的众多领导人和高级将领的描述，没有人为拔高，既表现他们光耀千秋的历史功绩，又简述他们在特殊历史条件下曾经经历的失误、错误和挫折，真实再现他们在艰难探索和曲折坎坷中成长成熟的人生历程。对于敌方阵营人物的描述，也本着尊重历史的原则，没有脸谱化、平面化，没有简单而匆忙地对人物作出是非评判，他们对人民、对国家的有益之处该肯定就肯定，对人民、对国家犯了罪的该鞭挞就鞭挞，使读者从国共两党力量此消彼长的过程中，感受人心的向背，感受天平的倾斜，真实、可信地展现了中共早期领导人物与活跃在近代中国历史舞台上各派人物的群像。

三、《苦难辉煌》与"中国梦"

金一南在谈到创作《苦难辉煌》的动机时曾坦言："《苦难辉煌》中那种空前复杂的历史变局，与我们今天面临的局面有很多相似之处。如果说二万五千里长征是中华民族崛起的起点，今天则是中华民族崛起进入的中期进程，前面将是新长征中最艰难的一段路。我们的国家、我们的民族、我们的军队，改革开放也好，军队建设的转型也好，都进入了攻坚期。中国，绝不是在莺歌燕舞之中实现崛起的。我们前面并没有一条洒满鲜花的道路，需要踏过荆棘，迈过一道道门槛。中华民族曾经历尽苦难，但苦难不会等于辉煌。唯有通过一批一批先驱者忘我奋斗、夺取胜利，才能如此。所以我将此书定名为《苦难辉煌》。"

自1840年鸦片战争以来，一代又一代优秀的中华儿女、志士仁人奋发图强，一直在奋力追赶时代发展的潮流。今天的改革开放和社会主义现代化建设事业，同样是一百多年来中国人民争取民族独立、实现国家富强伟大事业的继承与发展。我们一代又一代中国人民都在做着前人没有做过的事情。但历史从来没有割断，也不可能割断。金一南认为，今天为中华民族伟大复兴默默工作与坚韧奋斗的人们，能够从先辈们的奋斗中吸收丰富的营养。不论我们如何富强，也永远不会改变国歌中的这一句："起来，不愿做奴隶的人们，把我们的血肉，筑成我们新的长城。"不论我们如何艰难，也永远会记住《国际歌》中的这一句："从来就没有什么救世主，也不靠神仙皇帝。"《苦难辉煌》看似讲历史，实则讲今天；看似问过去，实则问未来。今天，我们国家的综合国力、国际影响力正与日俱增，但同西方发达国家相比，在精神追求、道德文化等软实力方面的差距还很大，我们所面临的困难和挑战也空前严峻。当一个国家的生产力发展到一定程度，必然会与精神层面的东西轰然而遇。当物质极大丰富之后，我们的理想寄托、精神归宿在哪里？社会上为什么出现那么多的伦理危机、丑恶现象？如何在纷繁复杂的世界中实现我们的理想、完成我们的担当？这些都是我们中华民族在走向伟大复兴的征程中所无法回避的重大命题！梁启超曾讲过，过去中国失败，表面看是器物上有差距，再细看是制度上的差距，再往深里看是文化上的差距。在通向中国未来的路线图上，我们前进的路标鲜明、清晰：到2021年中国共产党建党100周年之际，全面建成惠及全民的小康社会；到2049年中华人民共和国成立100周年之际，基本实现社会主义现代化，实现中华民族伟大复兴的"中国梦"。但要实现中华民族伟大复兴的"中国梦"，绝对不仅仅是一堆物质指标，还需要精神层面东西的强大支撑。如果我们不仅能够站在前人创造的物质财富肩膀之上，也能站在前人创造的精神财富肩膀之上，那么未来我们去完成的，才真正是中华民族的伟大复兴！因此，我们有责任把我们党的历史中那些最有价值的部分，最有感召力的部分，最能够凝聚我们党、凝聚我们国家、凝聚我们民族的强大精神元素、核心的价值观念传下去，感染教育我们的后人，使我们伟大的中国特色社会主义事业永远不改变颜色，我想这正是金一南创作《苦难辉煌》的深意所在。

在我看来，"中国梦"就是要让伟大的中国人民从近现代百年沉沦的苦难深渊中站起来、富起来、强起来，迎接中华民族伟大复兴的辉煌！

男儿当自强

——记上海市自强模范、上海华聚橡望制品有限公司总经理褚引官[*]

一个肢体残疾人,凭着"要让别人看得起、不能让别人瞧不起"的不屈信念,立志要干出一番轰轰烈烈的大事业,他白手起家,两次创业,一人身兼数职,担负了五六个正常人的工作量,付出了常人难以想象的艰辛与汗水,以清晰流畅的发展思路和自强不息的奋斗精神,不仅为自己闯出了一片新天地,成就了个人的辉煌,而且情系社会福利事业,帮助其他残疾人走上了自强之路……虽然他步履蹒跚,但是一步一个脚印,每一步都走得那样踏实、有力!愿他的成功之光、自强之辉能够播撒给更多的残疾人!

一、白手起家意气风发开始第一次创业

褚引官,奉贤区奉城镇褚聚村人,今年43岁(2003年),风华正茂、正值英年的他为人随和、洒脱,性格稳健、坚毅。一双炯炯有神的眼似乎能透视一切,脸部的倦容预示着他走过的风雨坎坷、经历的不凡人生……

1978年刚刚高中毕业的他,眼望着广阔无垠的农田忧心忡忡,内心中充满了无助与不甘!从小患有小儿麻痹症、左肢残疾的他,既不能像大多数庄稼人一样靠着强健的双腿下地干农活、支撑起一个家,又不能像不少同龄人一样上大学继续深造。他曾经自卑过,肢体的残疾曾是他心中挥之不去的阴影,但他最终选择了坚强。他感到一个残疾人虽然肢体上有缺陷,没法完成健康人习以为常的行为动作,但这并不能成为人生拼搏进取的障碍,更不能成为被别人呵护、照顾的借口。生活是严峻的,同时也是公平的。他决心用自己的双手干出一番属于自己的事业,通过事业的成功来凸显自身存在的价值,获得社会的认同与肯定,实现一个残疾人自强自立的铮铮誓言!

他曾学过木工,后来又进村办企业——褚聚综合厂做模具工。为了能够掌握更多的模具技术,学得一技之长,他购买了很多参考书,边学边干,还请教

---

[*] 2003年9月,该人物通讯发表在上海市残联机关刊物《灵芝草》上。

有技术经验的同行，白天跟工人们在生产第一线，及时为操作工排除故障；晚上他孜孜不倦地研究起技术书和图纸，一干就是13个春秋。付出了比常人更多艰辛的他，硬是学会了从图纸设计到开模具的一整套技术，迅速成长为综合厂唯一的技术骨干，为他未来事业的成功打下了扎实的基础。

1997年，当周围的同事们正在酝酿用手中积攒的钱购买商品房的时候，褚引官却做出了与众不同的抉择：在本村买下两间破房，购买两台机床、一台刨床，请来两位机床操作工人，开始了第一次创业的历程！他感到，随着社会主义市场经济体制的逐步确立，国家给所有走自强之路的人创造了难得的机遇、提供了有利的条件。给别人打工终究不是长久之计，他需要拥有一份完全属于自己的事业。然而白手起家、艰苦创业对一个残疾人来说是何其艰难！创业之初的他首先面临的就是资金不足的问题，而他当时自己能投入的启动资金还不到1万元。一方面他通过广交朋友，树立信誉度，多方筹措资金；另一方面他深知"靠朋友更要靠自己"。他把目光转向了开模具，因为开模具资金投入少、周转快，自己又有从图纸设计到开模具的一整套熟练技术，很适合在较短的时间里完成资本的原始积累。为了节省开支，他一人身兼三职：厂长、模具工和操作工，承担起了五六个正常人的工作量。就这样，从两部车床零打碎敲起家，褚引官启动了第一次创业的航船！由于他做生意讲信誉，开出的模具质量过硬，远近的客户纷至沓来。而每有一点经营利润，他就会毫不犹豫地投入扩大再生产，把企业的规模一点点做大。然而，就在他的事业开始腾飞的时候，他遇到了人生中的一次重大挫折。他聘请的一位协助他打理企业、主管供销的"搭档"竟然背着他利用企业内部管理的漏洞卷走了他的大部分流动资金，并与他分道扬镳注册成立了自己的公司，使得褚引官两年的创业成果几乎毁于一旦。吃一堑、长一智！惨痛的教训使他清醒地意识到：搞企业要有好的管理，如果管理混乱，再大的企业也会被弄垮，再有能耐，也是"竹篮打水一场空"！1999年，遭遇挫折、处境艰难的他靠四处借钱，毅然正式注册成立了自己的公司——翔鹰公司，终于把一个只有两三个人的小作坊办成了一个像模像样的企业。

二、抓住机遇奋发图强勇敢第二次创业

2001年3月，他在一位朋友的指点下，充分利用本村创办福利企业、政府给予优惠政策和大力扶持的绝好契机，将自己原来的企业重组为村办福利企业——上海华聚橡塑制品有限公司，开始了新一轮的创业历程！这一次，他的发展思路有了新的飞跃：他感到开模具毕竟只能跟着别人的思路走，为别人生产产品提供配套服务，无法形成自己企业真正的核心竞争力。只有有了自己的主打产品，才能把自己的事业支撑起来！在第一次创业所积累的固定资产的基础上，他利用区民政局的扶植资金、银行贷款和朋友的资助筹措资金80万元，在原有厂房附近购置了0.33公顷土地建设新厂房，引进新设备，推出了拥有自己独立品牌的橡塑制品，完成了从单一开模具向生产自己的橡塑制品为主的企业转型。他从过去的惨痛失败中吸取经验教训，强化了新企业的内部管理，把企业的经营管理大权牢牢控制在自己的手里，一人身兼数职：亲自出面洽谈业务，把好企业的销售与采购两道关卡；亲自设计产品图纸，勇攻技术难关，每月光图纸设计就有20多套……他经常要从一大早一直忙到深夜，付出了常人难以想象的艰辛和汗水！由于在第二次创业伊始他就狠抓产品质量关，再加上几年搏击商海树立的良好信誉，企业的规模与产值迅速突飞猛进，一年上一个新台阶：2000年实现产值180万元；2001年实现产值240万元；2002年实现产值325万元；2003年的产值更有望突破400万元大关，企业的规模也扩大到目前的42人。2001年公司产品通过ISO9002国际质量体系认证，企业的经营范围扩展到现在的橡塑制品、五金冲床、冷作钣金、模具及机械设备制造、加工。企业如一艘扬帆高进的航船正破浪前行……事业的成功使褚引官得到了社会的高度肯定：2002年5月，他获得了上海市人事局、上海市残疾人联合会颁发的"上海市自强模范"荣誉称号！

然而面对已有的辉煌与成就，褚引官前行的步伐并没有停止。纵横商海数年的经验深深地告诉他：商场如战场，商海行情瞬息万变，要想在激烈的市场竞争中永远立于不败之地，就必须时刻保持清醒的头脑，把持住自己，紧抓机遇，百尺竿头，更进一步！2003年5月底，雄心勃勃的他将在原厂区的河边再扩建400平方米的新厂房，引进一台160吨的橡胶硫化机、一台16寸的炼胶机和两台生产塑胶竹锯注机，力争使2003年、2004年的产值有更大幅度的攀升！此时此刻，他的发展思路又有了新的突破：他感到，在自己的经济实力有限的情况下，应该加强多种经营，多方培育经济增长点，抵御来自市场的种种冲击，保持相对持续、稳定增长的产值；然而一旦自己的经济实力壮大到一定程度，各方面条件比较成熟时，就要紧紧瞄准一个技术含量高、市场竞争力强的"拳头产品"，开展集约化经营。他深层次地分析了生产橡胶制品的市场潜力，认为橡胶制品技术含量低、淘汰速度快，很难成为打开更大规模市场的"拳头产品"。因此他决定，一旦他生产的橡胶制品的产值达到了500万元的规模，市场占有率基本饱和之后，他就寻求开发真正具有更大发展潜力的"拳头产品"……

曾经的挫折使褚引官深深地感受到了搞好管理对于企业发展的重要性。但企业管理质量的高低最终取决于人才。随着企业规模的迅速扩大和事业的不断做大做强，曾经身兼数职的他已越来越感到自己有点力不从心，需要从繁杂琐碎的日常业务中逐步解脱出来，把主要精力放在企业的宏观管理、调控和未来发展宏图的规划设计上。他深刻地体会到引进人才何其重要！尤其是引进既能跟着自己的思路走又富有创新意识的优秀人才更为重要！2003年1月，他尝试引进了两位人才，一位担任塑料生产车间的主任，一位全面负责塑料模具从设计到生产的全过程，他们成了褚引官事业上的得力助手，使他省了不少心。今后，他还将为引进更好的人才做更多的努力，为他们营造更好的发展环境，力争使这些人才引得进、留得住，人尽其才、才尽其用……

面对未来可能遭遇的失败，褚引官看得更为坦然、洒脱，他动情地说："我自己本来就是白手起家的，再大的失败我都能从容接受、坦然面对，大不了再从零开始、从头再来！"言语中流露出的是一位残疾人的自信与平和的心态，展现出的是他不屈不挠的精神意志！

三、将心比心情系社会福利事业

也许正是因为自己也是一位残疾人，"同是天涯沦落人"的创伤感与两次创业的酸甜苦辣使褚引官更能体会残疾人生活的艰辛！他感到光有自己个人事业的成功还远远不够，他有责任带动更多曾同样饱受坎坷与不平的残疾人走向自强自立，为全社会的福利事业贡献自己的绵薄之力！

他在自己的企业里安置了18名残疾人，除了政府规定应当给予他们的经济支持外，他还努力让这些残疾职工能与正常职工一样同工同酬，使他们能通过有限的劳动能力获取一笔稳定的收入，维持基本的物质生活。50岁的邢根元曾因工伤事故导致右眼失明、耳朵有点聋，生活一度十分艰难，2001年3月被安置到华聚公司以后，褚引官把他安排到涂胶水的岗位上，悉心指导，帮助他逐渐掌握了一技之长，经过两年的磨炼，他竟然被锻炼成了涂胶水的一把好手，每月能挣到五六百元钱，基本上能养家糊口了。32岁的朱菊英是一名智力障碍者，又患羊痫风，从小就没读过书。刚进华聚公司的时候什么都不懂，褚引官耐心地教她学习装配橡胶制品的手艺，开始的时候她一天只能装四五百个塑料件，经过近两年的悉心调教，她现在一天能够装一千多个塑料件，已接近正常人的水平，靠着这门手艺，她也慢慢地走向了自强自立……每逢节假日，褚引官都会组织人去残疾职工的家里走访慰问，遇到有残疾职工生病，他都会抽时间去探望，从物质和精神上悉心照顾他们……

将心比心、推己及人，自己富了不忘其他残疾人，正是褚引官心头镌刻的誓言！

绿色奉贤让生活更美好*

——奉贤区迎接上海市园林城区复验宣传片解说词

奉贤，地处南上海杭州湾的北岸，自古就因"敬奉贤人"而闻名遐迩。大自然赋予了它得天独厚的地理位置：北通黄浦江、南达杭州湾，黄金水道——"金汇港"正在打造着"游艇奉贤"的经济传奇；东邻洋山深水港、西通杭州湾跨海大桥，两大世纪工程的迅速崛起，给奉贤带来了千载难逢的发展机遇。如何在国民经济保持持续、快速、稳定增长的同时实现经济、社会与环境的协调发展，营造人与自然和谐共存的良好氛围？跨越世纪之交、秉承"敬奉贤人"遗风的奉贤人，正阔步迈向新的征程！

2002年年底，以"阳光海湾、自然森林、绿色家园"为主题的上海市园林城区创建在奉贤应运而生！奉贤区委、区政府厉兵秣马，把生态环境建设作为造福于民的民心工程和提升城市综合竞争力的实事工程奋力推进。2005年，奉贤顺利完成上海市园林城区创建！

2006年起，永不懈怠的奉贤人又提出了"巩固、扩大、优化园林城区创建成果"的新目标。全区上下以"六个结合"为抓手，紧密结合新农村建设，结合水环境治理，结合市政道路建设，结合文明城区创建和结合扬尘污染区创建，稳步推进绿化建设，绿地面积每年以近200公顷的速度迅猛递增。到2008年，奉贤的人均公共绿地面积已经达到12.37平方米，绿地率为42.21%，绿化覆盖率为43.07%。奉贤绿化不仅有了量的大幅拓展，还有了质的飞跃，形成了以城区外围生态绿化为基础，以路网水系绿化为骨架，以公园、广场、居住区、单位绿化为重点，"点、线、面"相结合的城乡一体的绿化体系。

大型公共绿地建设如同打造"城市的客厅"，如今已在奉贤遍地开花。坐落于上海市工业综合开发区内占地面积20公顷的"四季生态园"结束了奉浦地区没有一座公园的历史。整个生态园如同坐落在水中的岛屿，数座玲珑别致的小桥将法国园、伊斯兰园、水园等11个建筑风格迥异的园林连为一体，雕塑、瀑

---

* 该宣传片解说词创作于2008年，就在这一年，奉贤区迎接上海市园林城区复验最终获得圆满成功。

布、风车、水景等特色景观点缀其中，匠心独具，成为广大市民临风览景的绝佳去处。占地10公顷的海港行政中心绿地凭借宏大的气势、合理的植物配置、良好的景观效果成为奉贤东部地区的标志性绿地。坐落于海湾镇占地2.7公顷的海城绿地内设有篮球场、网球场，绿色与体育在这里得到了完美融合，休闲、健身乐在其中。在上海市首批启动的新农村建设试点镇——庄行镇，自然村落改造凸显绿色生态理念，宅前屋后、路边河畔花红柳绿，绿意盎然，好一派生机勃勃的社会主义新农村建设景象！海湾都市菜园拥有农耕博览馆、博雅农园、馨香蔬苑、奇瓜异蔬园、四季果园五个主体场馆，集科学性、观赏性、奇异性于一体。在奇瓜异蔬园内有各种惊喜：一棵能结8000个茄子的蔬菜树，一根能结30个红薯的薯藤……带给人们一个又一个的视觉冲击。这一片片大型公共绿地，营造着"绿在城中、城在绿中"的和谐氛围，让紧张、忙碌的都市人得以舒展身心，置身于大自然的怀抱里。

奉贤境内道路四通八达、水系纵横交错，路网水系的绿化建设构成了城市生态的"骨架"。浦星公路延伸段、平庄公路、新四平公路等道路绿化带宽畅、气派；浦南运河、中心河、随塘河等景观河道星罗棋布。它们在奉贤版图上清晰地勾勒出了一道道纵横交错的"绿色长廊"，处处绿树葱茏、碧波荡漾，一派江南水乡的柔情风貌。

一个个企事业单位踊跃投身于奉贤的绿化建设中，如同一条条涓涓溪流汇聚成席卷全区的"绿化潮"，一大批市级花园单位、绿化合格单位、园林式小区如雨后春笋般涌现在奉贤的大街小巷。上海师范大学奉贤校区、滨海古园被评为全国绿化模范单位，奉浦苑被评为上海市园林式小区。截至目前，全区市级花园单位共有36家，绿化合格单位100家，园林式小区120家。

一块块生态绿地布满城区的外围空间，成为"城市的绿肺"与"天然的氧吧"，构建起了城市生态的"基础工程"，"天人合一"的传统理念在改革开放新时代得到了最完美的诠释。截至2007年9月，奉贤共有生态公益林3400多公顷，经营林5200多公顷，景观林180多公顷。A30通道林、化工区防污染隔离林、黄浦江水源涵养林等生态林地绵延不绝。走进万亩生态公益林基地申隆生态园内，茂树掩映、林木叠翠。湖中小岛如镶嵌翡翠，林中道路似曲径通幽……银杏大道、鸟语岛、野兔林、农耕馆、农家乐等景点散布其中，令人宛如置身于一个现代版的"桃花源"。

奉贤境内物华天宝，丰茂葱茏的古树名木竟有64株，其中尤以古银杏为最多。二严寺内两株600年以上的古银杏树树冠面积广至数亩，繁柯虬枝，奇挺纵横，环青拱翠。区、镇两级政府拨出专项资金，圈地、砌墙、修枝、复壮，百般呵护，使之枝繁叶茂。

在奉贤不断加快绿化建设的同时，绿化行业管理也随之驶入了"快车道"，逐步迈向规范化、专业化。区绿化局以"白玉兰杯"绿化竞赛活动为抓手，建立起了覆盖全区的绿化管理网络；"绿化管理单位—社区—志愿者"三位一体的管理模式扩大到了全区的各大公共绿地；从2008年起，南桥地区所有公共绿地养护全部引入市场机制、实行市场化招标，企业的竞争意识和养护水平空前提高；市民绿化环境巡访团作为奉贤绿化的"啄木鸟"正飞向全区的四面八方；以党员为骨干、离退休人员为主体、社会多方参与的绿化志愿队伍活跃在古华公园和各大公共绿地，探索出了一条绿化建设长效管理的新机制。奉贤绿化行业争创上海市文明行业喜获成功：古华公园被评为上海市五星级公园。

爱绿护绿正在成为广大奉贤百姓的自觉理念和行动！各项群众性的爱绿护绿活动正在全区蓬勃开展：每逢"3·12"植树节，区四套班子领导与机关干部、普通市民都会聚集在一起参加义务植树活动；各种纪念意义的"和谐树""成长树""希望树"寄托着爱绿人对未来的美好憧憬；"树木、绿地认建认养活动"吸引着大批群众的踊跃参与，不断传递着保护绿色的"接力棒"。

如今，在704平方千米的奉贤大地上，处处花团锦簇、绿意葱茏、碧波荡漾。人与自然和谐共存，经济、社会与环境协调发展的美好梦想正在这里逐步变为灿烂的现实。2008奥运之年，勤劳、淳朴的奉贤人民又迎来了创建上海市园林城区的复验！生机在绿色中孕育、生命在绿色中涌动，21世纪可持续发展的绿色交响乐已经在奉贤大地上高高奏响！掩映在碧水绿树间的璀璨明珠——奉贤必将在黄浦江南滨、杭州湾北岸放射出更加耀眼的光芒！绿色奉贤，让生活更美好！

古韵今风新潘垫[*]

潘垫，一方古老而又神奇的土地：它扼守上海市奉贤区庄行镇的南大门，东接奉贤区柘林镇、西临金山区朱行镇。它的历史最早可以追溯到唐代，堪称"千年古村"，至今在民间仍然流传着"潘垫村火烧红莲寺"的典故。潘垫，一

---

[*] 2009年8月创作于上海奉贤。

个年轻而富有活力的社会主义新农村建设试点村：发达的都市农业、迷人的乡村旅游，为这方热土注入了无穷的活力；2008年，潘垫村与潘南村、柴塘村"三村合一"，组建成立潘垫中心村，区域面积超过7平方千米，人口激增到近3200人。2008年全村实现工业产值近1.8亿元，其产值、税收、可支配收入在庄行镇各村中均名列前茅，强劲的发展势头令世人为之瞩目！

走进潘垫村，让人感触最深的是这里悠久的农耕文化和浓郁而淳朴的田园气息。然而在30多年改革开放大潮和城乡一体化进程的冲击下，潘垫村的发展历程已经经历了三次巨变。

20世纪80年代中期，潘垫村就创办了村级工业企业。此后，一批村办企业迅速崛起，形成了以空调散热器及相关配件为支柱产业的经济发展格局，产品远销全国多个省市，1984年潘垫工业利润曾突破100万元，成为当时奉贤县的领头羊。村级集体经济的发展壮大为潘垫村积聚了强大的发展力量，使潘垫村经历了第一次巨变！

而实现农业的产业化、规模化经营成了潘垫人的又一个选择，使潘垫村经历了第二次巨变。"既要金山银山，更要绿水青山。经济发展不能以（牺牲）环境为代价。"已经成为潘垫村全新的发展理念。潘垫村大力发展农业产业化、规模化经营，通过吸引多个企业、学院参与合作发展，形成了优质粮食、上海蜜梨、无公害蔬菜水果和健康水产养殖四大基地。

为了不断优化全村种植的近2000亩上海蜜梨的品质，潘垫村借助庄行镇与上海农科院的技术结对效应，引进开发"早生新水"新品种，并加大对早熟梨种"翠冠"的种植，打造"一村一品"的品牌优势，形成"蜜梨经济"，实现农业资源与休闲旅游对接，切实增加农民收入。2008年，以"奉叶牌"命名的上海蜜梨凭借着脆嫩多汁、鲜甜可口的口感以及较高的营养保健价值，成了2010年上海世博会的特供果品。

千亩标准化水产养殖基地，集养殖、科研、垂钓、观光为一体，严格按照无公害水产品质量标准，采用高科技水质净化网技术净化水质，控制苗种投入，选用一代南美白对虾苗，实现"不用药、不换水、零排放"的生态养殖。目前，第二期工程和渔业休闲中心垂钓中心建设也已竣工，三期计划建设观赏鱼高密度养殖基地，将进一步打造上海南郊规模化绿色水产品基地。

村企合作的高效农业采摘园，在浙江大学的技术支持下，引入50多个农业新品种，做到一年四季花不断、果不断，以"新、奇、特"吸引市民前来观赏采摘。同时产品也以高档礼品的形式进入市场。最近，园中20亩名为"红颊"的新品种草莓凭借更大、更甜、带有浓郁香气的优势，一进入市场就受到了众人的追捧。

以节庆游为特色的农业休闲旅游是潘垫人对都市型农业内涵的又一次深层挖掘，正是它奏响了潘垫村发展史上最华丽的一篇乐章，使潘垫村经历了第三次巨变。

已经在潘垫村成功举办了两届的"上海奉贤菜花节"无疑是新潘垫农业休闲旅游的最大亮点。满目菜花、金浪翻滚、芳香扑鼻，蝶舞蜂飞的美景，成为广大摄影爱好者和市民休闲旅游的新选择。围绕油菜文化，"菜花节"推出的菜花插花与编织，以及丝网花、剪纸等民间手艺，榨菜油、酿蜂蜜等特色作坊，着实让游客亲自体验了一番农家乐趣。活动期间，每天由村民文艺爱好者表演的荡河船、踩高跷、舞龙、社戏等民俗文化活动也成了花海中的一道绚丽风景线。与此同时，农家的各式传统点心如粽子、青团、菜卤蛋等和农民自家的灶头菜也深受游客的欢迎，几乎天天爆满。

草长莺飞的"菜花节"过后，潘垫村又迎来了"庄行农家风情游"活动。活动主推伏天羊肉烧酒、上海蜜梨采摘等项目。活动期间，游客可以在第一时间品尝到最新鲜的庄行伏羊，而在品尝羊肉的同时，游客还可以听一听当地村民诉说的伏天吃羊肉烧酒习俗的由来，感受一下浓厚的乡土气息和独特的民俗风情。品尝完羊肉，当然要逛一逛上海蜜梨交易市场，带几个蜜梨回去。如果光是买蜜梨还嫌不过瘾的话，美食节期间，潘垫村的农家梨园也对外开放，游客们可以尽情漫步果园，亲自采摘蜜梨，着实过一把农家瘾。

自2008年国民党籍台湾地区领导人马英九在岛内上台执政以来，随着海峡两岸关系逐步迈入和平发展新时代和两岸大三通的顺利实现，沪台两地的农业交流与合作将更趋频繁。潘垫村作为沪台农业交流与合作的桥头堡，充分利用两岸农业的高度互补性，依托以精致农业为特色的台湾农业和市场潜力大、消费水平不断提高的大陆市场，将潘垫村的农业资源、劳动力、科研成果与台湾的资金、应用技术、农产品运销等优势有机结合起来，积极打造以试验区和创业园为主要平台的农业合作项目，共同拓展两岸的农产品市场。

另外，通过加强两岸乡村旅游的交流与互动，促进两岸休闲农业与乡村旅游的实践经验和发展理念的提升，更好、更自觉地满足当代游客回归乡土、皈依自然的旅游与休闲需求。潘垫村将积极借鉴台湾发展农业观光旅游的经验，与台湾共同开发旅游特色产品，加强两岸同根文化的沟通。相信在两岸有识之士的携手努力下，潘垫村的农业和休闲旅游必将迎来一个更加辉煌灿烂的明天！

（撰稿人：龚勇 杨娴玮）

走近胡荣华

2002年8月13日，在上海市奉贤区古华山庄举行的中越象棋友谊赛上，最引人注目的当数上海棋院院长、象棋特级国际大师胡荣华。他是集中国象棋史上最年轻与最年长的全国冠军于一身的独一无二的传奇人物。他那精湛的棋艺与流畅的棋风着实让奉贤棋迷们足足过了"一把瘾"。

今年57岁的胡荣华虽然巅峰已过，但老当益壮，成为赛场上人气最旺的棋手。胡荣花迎战越方头号高手、特级国际大师郑亚生。开局他下得沉稳老练，每一步棋都深思熟虑。中局他抓住机会先胜一炮，但郑亚生也下得十分顽强，在整个局面上仍略有优势，比赛一度处于胶着状态。不久，胡荣华突出一记奇招，令整个棋局大为改观，接着他乘胜而进，终于力克强敌。整场比赛胡荣华显得从容不迫、游刃有余，颇有大将风范，令棋迷们叹为观止。

赛后，胡荣华来到棋局讲解现场与奉贤棋迷们见面，赢得满场棋迷掌声雷动。胡荣华娓娓道来，即兴讲解了与郑亚生的这场比赛。从胡大师的精彩讲解中，奉贤棋迷们感受到了他那行云流水般的棋风与象棋对局中的无限玄妙，领略到了胡荣华与众不同的大师风范。当天晚上，胡荣华还与来自奉贤各地的中国象棋爱好者展开了一对十二的"车轮大战"，整个赛场人头攒动，热闹非凡，结果，胡荣华以六胜六平的战绩告捷，奉贤棋迷们再次零距离地感受到了胡大师的独特魅力。

胡荣华的棋坛生涯充满传奇色彩：15岁便夺得全国冠军，成为中国象棋史上最年轻的全国冠军；55岁时再夺全国冠军，成为中国象棋史上最年长的全国冠军。胡荣华纵横棋坛40余年，共获得14次冠军，20年间"十年霸"的骄人战绩，目前棋坛无人能够企及。

作为棋坛"常青树"的胡荣华十分关注中国象棋的未来发展，采访中，当记者问及中国象棋的普及现状时，胡大师表现出了一些忧虑。

他认为，象棋在中国具有悠久的历史，然而，就是这项历史悠久、爱好者众多的运动，近年来却遇到了发展的瓶颈：专业棋手数量减少，顶尖棋手年龄偏大，公众和媒体关注度下降，这些已经成为制约中国象棋进一步发展的主要问题。而在基础培养方面，虽然近年来参加全国青少年赛事的棋手人数不少，但其中有潜力的好苗子却不多。

但当记者问到胡大师新收的一位年仅13岁的关门弟子谢靖时，他的脸上立刻浮现出了一丝笑容，从这位弟子的身上，他似乎看到了中国象棋新一代的领军人物正在崛起，看到了中国象棋未来的希望。

胡荣华说："我感觉这位弟子在象棋方面颇有天赋，棋感好、基本功扎实，是棵下象棋的好苗子。现在我们上海棋院已经启动了针对他的全面培养方案，我曾专门带他参观过我的故居，讲述我的成长轨迹，相信假以时日，在我们棋院的指导、点拨和他自身的刻苦努力下，他一定会在竞争日益激烈的中国象棋棋坛上脱颖而出，他的未来将充满无限可能。"

老骥伏枥，志在千里。这就是"旷代棋王"胡荣华——一位在中国象棋棋坛上奋斗不息的耕耘者。

计国亚作品*

乐当"百姓律师"
——记安徽其力律师事务所女律师胡宏梅

法治社会,巾帼不让须眉。中国律师界,许多女律师在法庭上,舌灿莲花、琴心剑胆,为群众披荆斩棘,伸张正义,全力维护当事人的合法权益;在法庭外,她们热心公益、乐于助人,帮助弱势群体化解一个又一个难题,犹如绽放在律师界的一朵朵铿锵玫瑰,刚强柔美、情法兼容。安徽其力律师事务所女律师胡宏梅就是其中的一位。从业22年以来,胡宏梅忠实法律、勤勉敬业、不忘初心、忘我工作,创造了一流的工作业绩,赢得群众点赞,树立了良好的律师形象,为促进社会公平正义、维护社会和谐稳定做出了积极贡献。

立志当一名好律师

"苦难,对于天才是一块垫脚石,对于能干的人是一笔财富,对于弱者则是一个万丈深渊。"1977年,胡宏梅出生于明光市张八岭镇庙山村,是一名地地道道的农家孩子。看到父辈们每天面朝黄土背朝天劳作却只能维持温饱时,她知道,只有知识才能改变命运。从上小学开始,她就十分珍惜学习机会,刻苦学习,勤奋努力,一直是老师眼中品学兼优的好学生。然而正当她勤学苦读时,家中的一次遭遇让她与法律结下不解之缘。

初中时期,父亲因为不懂法律,为别人担保,赔尽了家中的所有积蓄,家中生活从此一落千丈,母亲整日以泪洗面。从那时起胡宏梅深知法律知识的重要性,立志学习法律,成为一名优秀律师。胡宏梅高考选填志愿时毅然选择了法律专业。大学毕业后,胡宏梅被安排在南谯区沙河镇法律服务所工作。到了

---

* 作者简介:计国亚,男,出生于1954年12月26日。中国民间文艺家协会会员、安徽省作家协会会员,滁州市关工委副秘书长,主编《人生正能量》等图书16部。

服务所以后，她每天接触的都是涉及法律纠纷的群体，她尽力用自己所学的知识帮助群众解决法律难题。

"理想"是有志者心中的一盏明灯，它为有志者指明前进方向，更为有志者增添无穷的力量。胡宏梅在工作中深感自己所学的知识不够用，同时，也因为律师梦还没有实现，2008年，她前往中国政法大学深造学习。功夫不负有心人，凭借个人努力，2011年，胡宏梅终于通过了国家司法考试，不久，胡宏梅实现了当一名律师的梦想。

律师行业是一个专业性、实践性很强的专业，除了需要丰富的办案经验外，还必须具备较为深厚的职业素养，而这取决于法学理论和应用知识的掌握程度、对实务经验的总结积累。忙碌的业务之余，胡宏梅从不放松对法学专业的学习和研究，除了大量阅读法学论著和案例外，对其所办理的每一个案件都及时总结、思考，提升自己的办案水平。2020年5月28日，十三届全国人大三次会议通过了《中华人民共和国民法典》，自2021年1月1日起施行。此后，胡宏梅如饥似渴地学习、研读。

努力让群众感受到公平正义

"秉承以事实为依据，以法律为准绳的原则，运用自己的所学，努力做好每一起案件，用法律为弱势群体撑起公平正义的天空，让他们感受到社会的温暖，重新燃起对生活的希望。"这是胡宏梅的职业追求。

2012年，胡宏梅到安徽其力律师事务所履职后，对工作更是尽职尽责。每一起案件，对于当事人的诉求，她都会结合当事人提供的证据材料认真分析，对于当事人的合理诉求，她会为当事人正当维权，对于不合理的诉求，她会告知当事人，并动之以情、晓之以理、明之以法，尽量把矛盾化解掉，解决了许多疑难案件。

让胡宏梅记忆深刻的是2016年发生在明光市的一起疑难交通事故案件。2016年3月20日晚，朱某在亲戚家喝完酒，遇到邻居刘某骑摩托车经过，刘某好心带朱某回去，结果刘某的摩托车与赵某的摩托车途中发生交通事故，赵某经抢救无效死亡，刘某一直处于昏迷状态，朱某受轻伤。交警到现场后，只有朱某在现场，由于当晚朱某饮酒较多，意识模糊，当交警给其做笔录时，其陈述人是他撞的。第二天酒醒后，他立刻到明光市公安局交通管理大队解释，但交警大队对事实已经认定。后来，赵某的继承人曾某、赵某就将朱某告上法庭，要求朱某承担各项损失共计659915元。

朱某陈述完事情经过以后，胡宏梅开始半信半疑，主观认为如果不是自己撞的，就算是喝了酒，也不能说是自己撞的人，胡宏梅严肃告诉朱某必须如实陈述，否则将承担不利后果，之后胡宏梅问了朱某许多细节问题，并结合朱某提供的证据，到现场核实。胡宏梅说："我是穷山沟里贫苦农民家的孩子，从小就磨炼出不服输的韧劲，每当我碰到一些难办的案子，总会想方设法克服它，不能辜负当事人对我的期望。"随后，胡宏梅想方设法找到当时的询问笔录、道路事故交通证明、法医物证鉴定书、司法鉴定意见书，剥茧抽丝、去伪存真、周密分析，通过证据与证据间的矛盾，在开庭时还原了一个真实的事故现场，最终法院采纳了她的观点，判决刘某承担事故的赔偿责任，驳回了对朱某的诉讼请求，还朱某一个公道，挽救了一个贫困家庭。

志趣与职业的统一，让胡宏梅始终充满激情、自信和快乐，在自己的职业生涯中，不断放飞梦想、播种希望。执业以来，她用丰富的法律知识和较高的执业水平，先后成功代理各类案件1000多起，为当事人挽回经济损失上千万元，让当事人真正地去感受法律、相信法律、使用法律。

无愧"百姓律师"的称赞

金碑银碑，不如老百姓的口碑。在长三角地区和安徽滁州城乡，胡宏梅很有名气，了解她的人称赞她是"百姓律师"。胡宏梅最喜欢这个称赞，不断践行着这个称赞，坚持无愧于这个称赞。有人说，律师就是帮人打官司。但胡宏梅认为，作为法律工作者的价值不仅体现在法庭上，更应该走近人们的日常生活中，运用法律知识为老百姓说话，为群众排忧解难，服务困难群体。

为人正直、处世果断的胡宏梅不仅业务能力精湛，敬业乐群，而且还有一颗热情善良的心。胡宏梅在承办每一项业务时，都尽心尽责，从代理方案的策划，证据材料的收集，到代理意见的确定，每一个法律程序都严格把关，而且想当事人所想，急当事人所急，理解并能够缓解当事人因涉诉所造成的心理压力。对于经济困难、无法交纳代理费或只能交纳少量代理费的当事人，胡宏梅从不以此作为承办案件的条件。经济上若确实存在困难，她宁愿免收代理费。

从事法律服务22年来，胡宏梅承办的多数案件来自农村，与农民打交道最多。胡宏梅说："我来自农村，深知农民不易，由于一些农民朋友法律意识淡薄，遇到矛盾、纠纷，不知道以什么方式解决，经常会用武力解决问题，这样做,不但解决不了问题,还会使问题严重化。在镇法律服务所工作期间,我经常到田间地头给农民朋友做法律宣传,让他们知道遇到问题时如何维权。遇到邻里纠纷、家庭纠纷,本着睦邻友好、家和万事兴的原则,对他们进行劝导调解,先化解他们的怨气,再调解他们之间的矛盾。"胡宏梅曾经让两家见面就眼红的邻居握手言和,让走到离婚边缘的夫妻重归于好。22年来承办了上百起法律援助案件,给困难群体解决了法律纠纷问题,这些看似很小的纠纷、矛盾,在每一次调解或者诉讼成功后,听着当事人一声声的道谢,胡宏梅特别有成就感,更加坚定了永当"百姓律师"的理想和信念……

梦想似火,信念如炬。22年执业路上有太多的艰苦、太多的迷惑、太多的心酸、太多的不理解,但胡宏梅无怨无悔,她会在这条路上一直走下去,为法治社会建设尽一点微薄的力量。

(计国亚 孙长平*)

有幸相识荣获"七一勋章"的李宏塔

"七一勋章"是党内最高荣誉。在中国共产党百年华诞之际,中共中央首次颁发"七一勋章",表彰为党和人民作出杰出贡献、创造宝贵精神财富的共产党员。2021年6月29日,北京人民大会堂金色大厅,中共中央总书记、国家主席、中央军委主席习近平为29名"七一勋章"获得者颁授勋章。当我在央视上看到习近平总书记给秉持革命家风的李大钊之孙、安徽省政协原副主席李宏塔颁授"七一勋章"并和李宏塔合影时,心情格外激动。这是因为我有幸与李宏塔相识,李宏塔是我学习的榜样,多年来李宏塔曾给过我许多关怀、关心和支持。

我是在任滁州市双拥办主任、滁州市民政局副局长期间认识李宏塔的,当时李宏塔任省民政厅副厅长、厅长。1988年,滁州市委、市政府、军分区提出争创全国双拥模范城。在1年多的时间内,李宏塔先后9次来滁州调研、指导

---

* 孙长平,男,出生于1974年10月29日,法学本科,滁州啸天商贸有限公司总经理。闲暇时笔耕不辍,用心用情用义勾勒出一个个多彩的生活篇章。

双拥创建工作，总结、推广了滁州的双拥工作经验，充分肯定了滁州市双拥创建的创新做法，如首创《双拥模范城之歌》《双拥工作守则》、统一安排军人子女择校和军嫂就业、重点解决军地遗留问题、开展双拥模范单位和合格单位评选等，在全省、全国产生了积极影响。2000 年，滁州市首次跨入了全国双拥模范城行列。我没有忘记李宏塔对滁州双拥工作、民政工作的关心和支持，滁州人民也没有忘记李宏塔对滁州双拥工作和民政工作的关心和支持。目前，滁州已经实现了全国双拥模范城"六连冠"，正在争创全国双拥模范城"七连冠"。此外，我在去李宏塔家做客时，看到了他一家三口人居住了 16 年的 55 平方米的旧房子和简单家具，李大钊之孙、李葆华之子，作为一个厅级领导干部，这样艰苦朴素，令我肃然起敬。我曾多次和他一起开会、用餐，多次聆听他的讲话，他平易近人、平等待人、热心助人、干净做人、勤奋奉献，秉持良好家风，彰显了许多正能量。我要向老领导李宏塔学习、学习、再学习。

我更不会忘记，2010 年 7 月 30 日李宏塔在合肥对我和我的新作《助你填写人生答卷》的评价和鼓励（此评价已收入北京时代华文书局出版发行的《人生正能量》一书）。

李宏塔说："我和国亚同志相识 10 多年了，我在安徽省民政厅当副厅长、厅长时，他任滁州市民政局副局长、市'双拥'办主任。起初，我从开会、听汇报、看材料中得知：国亚同志是军转干部，抓'双拥'共建创新和争先进位有两下子，为滁州首次跨入全国'双拥'模范城行列和实现全国'双拥'模范城'两连冠''三连冠'做出了应有贡献，省委、省政府、省军区总结推广了滁州'双拥'工作经验，并在全国'双拥'会议上做了介绍，反响很大。接着，我得知国亚同志爱好写作，是位有点名气的业余作家。2007 年年底，我看到了他的力作《人生成功之道》（人民日报出版社出版发行）。近日，我又看到了国亚同志的新作《助你填写人生答卷》（作家出版社出版发行）。翻阅这本书中收集的 105 篇散文、杂谈，主要印象有四点：一是，国亚同志是有心者。天下无难事，只怕有心人。对现实生活中身边的人和事，国亚同志留心观察，因而有写不完的题目和文章，很有针对性、可读性。二是，国亚同志是清醒者。面对新形势下激烈的职场竞争、官场风云和种种诱惑，国亚同志保持清醒头脑，立场坚定、旗帜鲜明、警醒自己、警醒别人，难能可贵。三是，国亚同志是思想者，对一些人们亲历但不知道如何处理的问题，国亚同志有自己的思考、见解；对一些人们想到但没想好的问题，国亚同志有自己的思考、见解；对一些人们应该处理好但没处理好的问题，国亚同志有自己的思考、见解；对一些人们容易忽视但必须正确对待的问题，国亚同志有自己的思考、见解。国亚同志把自己的思考、见解写出来，刊登在报刊上、汇编成书，给人以启迪。四是，国亚同志是教育者。很显然，国亚同志不是专职教员，但他是称职的反腐倡廉、自我修养、思想政治工作的兼职教员。《认真吸取大小贪官的教训》《领导干部要做到"四个牢记"》《识钱》《底线》《守住自由》等文章，可作为反腐倡廉的辅助教材。《保护自己》《还原自己》《阳光自己》《干净自己》《善待自己》《美德》《名声》等文章，可作为自我修养、思想政治教育方面的辅助教材。"

李宏塔还说："《助你填写人生答卷》是一本好书，一读就懂。不同身份、性别、年龄、品味的人们，都可以从这本书中选读到适合自己品味和需求的文章，有助于人们填写好自己的人生答卷。我也真诚希望国亚同志继续写下去、出好书，为社会奉献更多的精神财富。"

相识，是最珍贵的缘分，是一种温暖，是一种激励。作为光荣在党46年的党员，这些年来我向李宏塔学习，不负李宏塔的嘱托和期望，在党信党，对党忠诚，听党话、跟党走，做到两个维护，坚持走在写作路上，先后出版发行了18本书。前不久，我的新作《强劲正能量》一书获得了全国一等奖。

雷郁作品*

妻子和她的娘家人
——写在三八妇女节

　　三月八日是女人的节日。提到女人，不得不说说我妻子及其娘家人。

　　我与妻子相识于动荡不安的"文化大革命"初期，相恋于上山下乡的蹉跎岁月，结合于改革开放的初始阶段。我是异乡人，是妻子给了我一个温馨舒适的小家，更把我融入一个和睦幸福的大家。

　　妻子成长的环境比较复杂。

　　妻子九岁，妻弟二岁时，父母离异。

　　父亲娶了后妈。后妈带来一妹一弟。父亲与后妈又生了二弟一妹。这样父亲这边家庭就有五个弟弟妹妹。

　　母亲嫁了继父。继父原有一个女儿。母亲与继父又生了一弟四妹。母亲这边家庭就有六个弟弟妹妹。

　　加上妻子的同父同母弟弟，妻子是十三姊妹中的大姐。

　　妻子自幼往来于两个家庭之间，承受着亲情的撕裂，也享受到爱的叠加。

　　父母离异后，妻子随父亲进城生活。没了母亲的照顾，促使她自幼养成了较强的生活能力和独立自主的个性。参加工作后，她更成了父母的得力助手和弟弟妹妹心中的偶像。

　　母亲改嫁后仍在乡下。几乎像所有传统的农民一样，她想多生男孩以增加劳动力，结果除了第一个生的是弟弟，后面一连生了四个妹妹。加上继父带来的一个妹妹，家里成了女儿国。母亲又带孩子又出工，日子过得非常艰辛。

　　妻子每次回乡下，母亲都要将珍藏的美食拿出来给她吃，引来弟弟妹妹羡慕的眼光。后来我陪她去也跟着沾光。但弟弟妹妹永远不会有失落感，因为他

---

*　作者简介：雷郁，湖南省嘉禾县人。出生于1949年9月。2006年，荣获中国教育专家"十五"贡献奖。名字荣登《中国专家大辞典》《世界专家人才名典》。作品入选《跨世纪改革发展战略》《当代教育名家论坛》等书刊。

们也总能分享到大姐带去的点心和礼物。

妻子对农村的弟弟妹妹怀有怜爱之情，不断地资助他们，帮他们排忧解难，直到他们逐渐摆脱了贫穷。现在他们已全部在城里买了房子，有的过得比我们还好。

父亲迎娶后妈不久，妻子下放农村。偶尔还家，后妈对她呵护有加。后来有了同父异母的弟弟妹妹，妻子经常带他们玩。妻子回城工作后还经常带他们在自己的寝室睡觉，照料他们的饮食起居。以至有人误以为她是孩子们的妈妈。

妻子对城里的弟弟妹妹更多的是从学习工作上关心帮助他们，在生活上引导他们，直到他们成家立业，在各方面反超我们。

所有的弟弟妹妹都与大姐无话不谈，包括找工作、谈朋友、子女教育，事无巨细。妻子一一作答，有求必应。我们有困难他们也招之即来，全力以赴。

妻子的四个长辈中第一个走的是继父。一检查就已是癌症晚期。一个月后便去世了。

第二个走的是生父。先得了中风，在后妈及家人的精心照料下坚持了五年。妻子只要有时间就去陪他，给他买补品，听他唠叨那些陈年旧事。

第三个是生母。积劳成疾。继父曾担心她会先他而去，但她在继父去世后还生活了二十多年。乡亲们都认为这是一个奇迹。而弟弟妹妹异口同声将功劳归于大姐。

妻子对母亲的照料无微不至：常年接来同住，帮她洗头、洗澡，带她求医问药。直到自己也成了外婆，到女儿家带孩子后，还遥控指挥妹妹们照顾母亲。母亲去世的当天早上，妻子照常与她通了电话。中午母亲不慎摔倒，不治而亡。妻子千里奔丧，痛彻心扉。

最后走的是后妈。后妈去世前癌细胞已扩散，浑身发痒，彻夜难眠。妻子买来药物为她止痒，陪她睡觉、聊天。

妻子同父同母的弟弟走得比自己的母亲还早。

父母离异后，父亲带走了女儿，把儿子送给了农村的大伯，导致这个弟弟从小吃了很多苦，一生坎坷，还染上了酗酒的毛病，得了抑郁症。

大弟是妻子一生的痛。小时候是不舍与思念，长大后是担心与关照。所幸后妈以自己的工作换来大弟顶职。然而好景不长，单位实行了买断制。没了工作与收入的大弟流落街头，病入膏肓。妻子把他送去精神疾病医院住院治疗，缓解后，又把他送去养老院颐养天年，直到溘然长逝。

令我百思不得其解的是，为什么大弟一直管姐姐叫哥，他的三个孩子管姑妈叫伯。唯一合理的解释是，岳父思想上重男轻女，实际上对女儿情有独钟。

而女儿一直在默默地照顾弟弟及其家庭，为父亲偿还这份感情债。

父母相继辞世后，两边的弟弟妹妹对妻子说了同样的话："现在爸妈不在了，您就是我们的长辈。您在，我们这个家就在！"

在弟弟妹妹的心目中，大姐的形象始终如一。在他们弱小、无助时，大姐总能施以援手；而在他们结婚、生子，有了第三代后，还能随时从大姐那儿获得帮助和鼓励。而随着大姐一天天老去，他们给予我们的帮助与日俱增。

十年前，我们离开了家乡，去外地为女儿带孩子。每年的清明时节，是姊妹们相约团聚的日子。大家簇拥着大姐，说不尽的知心话，诉不完的离别情。

不久前，两边的弟弟妹妹以及他们的配偶生平第一次坐到了一起，济济一堂，为我，也就是他们的姐夫做七十大寿。十几个家庭轮番上前给我祝寿并互致祝福。在亲情的海洋中，我晕了、醉了、找不着北了！朦胧中，妻子走过来，伴我回家。啊！家——人生的港湾！

父亡三十年祭

父亲离开我们三十年了！

父亲去世那年，我在湖北黄石的一所中职学校上班。学校的后面是重峦叠嶂的盘龙山景区。征得当地人同意，我们把父亲葬在了北山坡上。

自此，父亲静卧在那个专属于他的领域，守望着山下子女们的小家，不再为曾经的大家呕心沥血了。至于那个阔别已久的湖南老家，早已物是人非，不堪回首。

六十多年前，一场政治风暴席卷全国，祖父、外祖父相继辞世，不到而立之年的父亲和母亲，带着奶奶、外婆、小舅和部分子女，辗转千里来到湖北大冶，草草安下了一个新的家。

说是家，实际上是租住屋。我们先后住过大冶的叶家坝、吴家咀、徐家垴、北门头，住得最久的是父母单位的单元房。终其一生，父亲名下没有自主产权的住房。

来到湖北不久，小妹出生了。接连几年，父亲相继从老家接来了大哥、大姐、二哥，我们六兄妹终于在湖北团圆了！三代同堂，十一口的大家庭，日子虽然过得清贫，倒也和睦、温馨。

在我早期的记忆中,我的幼儿园阶段是免费的,因为母亲就在这家幼儿园上班。有一个情节我终生难忘:每当其他小朋友领用点心时,我常被母亲支开。后来我才明白,为了省下这笔开支,母亲的心灵承受了怎样的煎熬!

到了我上小学的时候,母亲已调到我要去的小学任教了。每年开学报名,我被恩准拖欠学费,为此我常常遭到出纳员的质疑加白眼。当时我很不理解:为什么别的教师子女有强烈的优越感,而我时常感到压抑与自卑?

只有当父亲周末回到家里时,气氛才会一下子变得活跃起来。

在我的心目中,父亲是一个和蔼可亲、知识渊博的人。他能解答出我们在生活与学习上遇到的所有问题,还教会我们打乒乓、拉二胡、吹口琴。

父亲自小体弱多病,学生时代胃就切除了3/5,后来又患上肺炎、乙肝、高血压、心脏病……住院、吃药成了他生活的常态。

有一次,我们发现他声音嘶哑、嘴唇漆黑,原来他把墨汁当止咳糖浆喝了!他还自我解嘲说:"看来我这辈子,墨水还未喝够!"

为了照顾父亲的身体,母亲常给父亲额外做一些菜,而父亲总是拿出来让大家共享。那时物质非常匮乏,好不容易遇上吃肉,为了兼顾每个孩子,父亲说:"我喊一声口令,你们就夹一块肉!预备,第一次进攻……"话音未落,三四双筷子落在了同一块肉上,大家轰的一声笑了!

后来奶奶病重了。父亲想方设法为她补充营养。

那时租住屋的后面有很多池塘,父亲经常带我去那里钓鱼。我们把青蛙挂在鱼钩上,父亲抖动着鱼竿,青蛙就在水面上蹦跳,粗心的鱼会一口咬住不放。当父亲将这倒霉蛋提出水面时,我会抢着把它取下来,丢进我的小桶里。晚上做给奶奶的鱼汤,我会分得一杯羹,父亲说这是对功臣的犒赏!

奶奶离开了人世。父亲请人用板车将她拉到几十里外的火葬场焚化,然后将骨灰撒在了大冶湖。

我很难受。因为此前我在这湖边抓蝌蚪时,失足掉进了深坑里,被人救起后,奶奶到湖边叫魂,还向湖里丢了一块石头当作我的替身。现在奶奶永远睡在这湖底了,连一块墓碑也没有!

上初中的时候,我被父亲单独带在身边,和他一起住在他单位的宿舍里。父亲是省立大冶师范的语文教师,由于工作勤奋,业务能力强,被推举为教研组长,多次作为教师代表出席省市高级知识分子座谈会。

父亲的宿舍经常高朋满座,其中不乏慕名而来的贤达,也有商讨工作的同事,更多的是求知问惑的后生。

又是一觉醒来,时间已近午夜,父亲仍在昏暗的灯光下备课、阅卷,寒风吹得门窗发抖。我把身子向床的内侧移了移，以便父亲在被我捂暖的外侧就寝，然而直到我再次醒来，父亲还在奋笔疾书……

我将这些场景写在《记我最熟悉的人》的命题作文里，居然引起了一场轩然大波。

当时父亲的一个学生在我就读的中学任教导主任，因为我这篇习作描写了教师的崇高与辛苦，他借题发挥在全校师生大会上开展了一场轰轰烈烈的师德教育。

父亲所在的师范学校也把我的这篇文章引入了课堂，作为给这些未来的教师滋补心灵的鸡汤。稍后父亲意识到自己才是这场闹剧的始作俑者。

在我高中阶段的最后一年，"文化大革命"爆发了。父亲被隔离审查。我经常在夜深人静的时候，潜入关押他的密室里看他，为他和母亲传递信息。

经过漫长的煎熬等待，终于迎来了充满希望的日子！

父亲又站上了渴望已久的讲台。为了追回失去的岁月，他与民主党派的同人一道，创办了黄石中山学校，并出任校长，在更大的舞台上拓展着他无比热爱的教育事业。

那时，我已是本市一家企业学校的校长，和父亲经常有工作上的交集。我们时常在各种会议上坐在一起。有朋友调侃道："你们这是袖珍版的'父子兵'！"

在超负荷的工作压力下，累积在父亲身上的各种疾病肆意叫嚣着，并最终打倒了他，父亲被送往市中心医院抢救！

父亲一直是医院的常客，身为主任医师的大姐夫，此前多次为父亲手术，将他从死亡的边缘拉了回来。

这次的病情来势凶猛、积重难返，省市很多专家会诊，采用了多种方法却无力回天！父亲进入弥留状态……

大哥从武汉买来的珍贵药品用不上了。妹妹给父亲修剪指甲，姐姐给父亲擦拭身体。无论母亲如何呼唤，父亲的眼睛再也睁不开了！唯有嘴角微微抖动，在和全家人诀别！

父亲的丧事办得非常隆重。《黄石日报》刊登了讣告。父亲的生前好友、同事、学生晚辈数百人参加了追悼会。

与遗体告别的时候，我看到父亲的面容恬静而安详。天堂从此多了一个高尚而善良的灵魂！

六年前一个阳光明媚的冬日，母亲走完了人生最后的路程。

那是一个星期天，按惯例，我将久病卧床的母亲推出去兜风，走到文化宫广场时，只见人山人海，锣鼓喧天，原来市里正举行大型庆祝活动，语不成句的母亲露出了久违的笑容！

回家后不久，母亲的心脏便停止了跳动！邻居说，这是天堂的仪仗队接她去了。

我们将母亲的遗骸也送上了盘龙山，让她紧挨在父亲身旁。这对相濡以沫、历经磨难的恩爱夫妻，终于可以在天国团聚，永不分离了！他们的灵魂遨游在太空，无时无处不在庇护、赐福于他们留在人间的子孙后代！

四年前的清明时节，二哥也去了父母身边。

随着时光流逝，我们兄妹终将重逢于天堂之家，承欢于父母膝前。而我们的孩子会顽强地、快乐地生活下去，不断地光耀门楣，铸造新的更大的辉煌！

想到这里，我们还有什么好忧伤的呢！

愿逝者安息！生者多福！

天涯过涉影　世纪家国情

——写在父亲诞生 100 周年之际（1921—2021）

一、生逢吉时

1921 年 7 月 2 日，我的父亲出生于湖南省嘉禾县行廊镇定里村。

祖父雷云谷（字洪介）是个守土务实的人。民国时期，定里雷氏在国民政府任职的官员不乏其人。祖父原本也是在政府部门供职，太祖父偏爱幺儿，令其回来继承家业，将一座矿山和百十亩土地交给他经营。

祖父出于对儿子的厚望，给父亲取名奂景，寓意辉煌的前程。

父亲出生的前一天，中国共产党在上海诞生了，从此，东方之光划破漫漫长夜，中国共产党登上了历史的舞台。

二、上下求索

嘉禾县名源自"炎帝之世，天降嘉禾"的古训。相传为神农氏的试验场，以地肥水美、禾苗茁壮闻名天下。定里村山清水秀，物华天宝，自启荣公开宗立业选为发祥之地，繁衍生息，迄今已历五百余年。人杰地灵，各类才俊层出不穷。

父亲是家中独子，虽自幼体质孱弱，但为了承载家族的重托，从七八岁开始便走上了外出求学的道路。由于勤奋好学，至高中时已崭露头角，深得时任四川省参议、重庆市教育局局长的大房长兄雷啸岑的赏识。

大伯啸岑早年留学日本，毕业于早稻田大学，学贯中西，满腹经纶，尤以文笔犀利，辩才无碍，蜚声政坛。他曾对族人说："七房子弟中唯景弟天赋异禀，举止得体，可堪大用。"

时抗战正酣，很多族人在陪都重庆避难。大伯将我父亲安排在辖下青年书店补习功课，准备高考。殊不知因他手下的一个不经意的举动，导致家父二十年后身陷囹圄，差一点丢了性命。

那天，父亲正在书店温习功课，一个店员信手扔给他一个便条，上面写着"兹委任雷景为中统少校编辑"字样，父亲一笑弃之。中华人民共和国成立后父亲将此事作为笑谈讲给同事，"文化大革命"时竟有人以此笑谈为由，检举他是国民党特务，导致父亲遭到了长达数年的隔离审查。

父亲以优异的成绩考入湖南大学，主攻土地经济专业。通过学习，父亲对腐朽没落的封建买办制度产生怀疑，对国民党反动统治越来越失望。他在毕业论文中主张"均贫富，分土地，实现耕者有其田！"并将自己的名字改为雷振，表达了愿为振兴中华而献身的决心。

父亲的进步思想受到当时长沙地下党组织的关注，将他选为发展对象，并推荐他到革命圣地延安去发展。不巧的是父亲这时突发肺结核，错失了这个宝贵的机会！

三、喜结良缘

父亲在大学期间结识并迎娶了我的母亲！

此前，爷爷抱孙心切，早早为父亲定了娃娃亲。于是有了我的两个哥哥和一个姐姐。因为父亲长期在外读书，接受了新思想，与原配和平分手。

在重庆青年书店工作的姨妈将妹妹介绍给我父亲时，母亲尚在重庆女师读书。对文学艺术的共同爱好使他们很快走到了一起。

攸县杜口陈氏是当地的名门望族。外公的三哥中过清朝进士，外公的妹夫是留德博士、弹道专家张述祖，中华人民共和国成立后协助陈赓大将创办了哈军工大学，是中华人民共和国兵器科学的元老级人物。外公本人则是当地有名的开明人士，爱交朋友，三教九流，无所不通。至今表弟仍存着当年齐白石送给外公的画作。

父亲和母亲在长沙市重庆酒店举行的婚礼非常隆重，热闹非凡，但也为后来的遭遇埋下了隐患，以致后来风暴来临时，父亲只能独自应对！然而也正是这个姻缘，让父母亲厮守一生。面对那段动荡的岁月，他们夫妻同心，其利断金，一次又一次地渡过了各种难关。

四、谋生之路

祖父死后，父亲怀着失去亲人的悲痛，带着一家老小开始了谋生之路，虽然举步维艰，但始终坚定不移。

离开嘉禾后，我们直奔省城长沙。因为那里有外公的一个商铺，叫南华货店，祖父对该店也有投资。商铺的附近有外公的私宅，我们在这里与外公团聚了一段日子。但没过多久，外公也病逝了。外婆、小舅、奶奶以及我们兄妹的生活重担，全压在父亲那瘦弱的肩上！

为了贴补家用，母亲毅然中止了给我哺乳，接受了长沙潘家坪小学的教师职位。父亲则往返于长沙与郴州之间，到处兼职，疲于奔命，苦不堪言。

湖北省教育厅有一位父亲的同学，他建议父亲到湖北省大冶师范（今湖北省黄石理工学院）过渡一下，伺机调回长沙。

父亲到冶师任教半年后，感觉良好，便决定留下来发展。

1951年9月，他将我、二姐、母亲连同外婆、小舅从长沙接到了大冶。后来，妹妹出生，她也是六兄妹中唯一生于大冶的孩子。

1953年，父亲将大哥和奶奶从老家接来身边。随着工作与生活的逐渐稳定，父亲于1959年接来大姐，1961年接来二哥。二哥来时又矮又瘦，想是在乡下吃了很多苦。

历经差不多十年，我们六个兄弟姊妹终于在湖北第一次会齐了。加上奶奶、外婆和小舅，一大家人，日子虽然过得清贫，倒也其乐融融！

五、大冶记忆

我最早的记忆是在母亲的怀抱中看军队通过，不知是在湖北还是湖南，约莫两岁光景。

我的第二个记忆是在大冶徐家垴的租住屋内。涨大水了，船开进了大厅，孩子们高兴得上蹿下跳，大人们则忧心忡忡。那是1954年。

第三个记忆是到湖北后的第四年，在北门的湖边抓蝌蚪，不慎掉进水坑了，附近的一个菜农跑过来救了我。而若干年后奶奶去世，骨灰也撒在这片湖里，更让我们家和这方水土有了不解之缘！

来大冶后住过很多地方：叶家坝、吴家嘴、余府、坑头……一次次搬家，让我们逐渐熟悉了大冶的犄角旮旯，学会了方言俚语，适应了这里的古朴民风，逐渐融入当地市井生活中。

为了方便工作，父亲常住在学校里。大冶师范系清朝武备学堂旧址，以古典建筑为主。校园内树高林密，曲径通幽。那时我常与小朋友钻草丛捉迷藏，看青年学生成双结对，低吟浅唱，感受传说中的伊甸园一样神秘而美丽的景象！

父亲很快就在教师中崭露头角。他出色的专业能力和忘我的工作精神获得了全校上下的一致认可。

他被任命为语文教研组长、学科领头人，主持编写教学大纲，为函授班编讲义，为进修教师授课。他的很多学生毕业后表现突出，成了各领域的佼佼者。

父亲连年被评为先进工作者，多次作为教师代表出席省市高级知识分子座谈会，为教育事业建言献策，成了教育界的优秀代表与黄石地区的社会贤达。

母亲也在教育战线默默耕耘。先是冶师附小，然后城关完小。因为中华人民共和国刚刚成立，师资不足且大多素质较低，母亲除了教学生外，还要辅导部分教师学汉语拼音，推广普通话，谁缺课了就去顶课，无论什么专业。

更难能可贵的是她在班主任工作方面颇有心得，有教无类，视学生如己出。几十年来，经常有学生到家里看望母亲，彼此亲如家人。

自定居湖北的这些年来，父母亲紧跟新中国前进的步伐，他们扎根人民，服务人民，竭尽全力做出了自己的贡献，也得到了人民的认可与回报！

六、动荡岁月

从1966年到1976年，一场运动席卷全国。在这十年的动荡岁月中，父亲又因曾经的"中统特务"笑谈引起了"革委会"的高度重视。而我也因姨妈从国外寄回的一双皮鞋的编码，被误以为是特务的联络信号，而多次被校领导约谈。

在父亲被审查的那些日子里，我们全家笼罩在阴影之下，但父亲依然相信党和人民终能还自己清白！

1972年后，父亲逐渐恢复了授课工作，而听课的工农兵学员对他也很尊重，纷纷上门求教，他倾囊相授，与学员结下了深厚的情谊。有学员在后来的著述中，深情地回忆了这一段不同寻常的师生情。

1975年9月，父亲被调往省重点学校黄石二中任教。1976年10月，"文化大革命"结束，父亲的一系列审查也随之消散。父亲终于堂堂正正地站上讲台，恢复人民教师的身份。

如今回忆起来，十年轮回，恍如隔世！

七、统一战线

1978年10月,党的十一届三中全会制定了"对内改革、对外开放"的大政方针,工作重心从阶级斗争转移到经济建设上来,两岸关系开始破冰。父亲配合相关部门积极开展对台宣传,为国家发展尽绵薄之力。

父亲先后联络过长房小叔雷嗣尚、其夫人唐舜君和身在香港的大伯父雷啸岑。父亲向他们介绍了祖国欣欣向荣的大好形势,力邀大伯回内地来看看,而大伯也表达了对家乡与亲人的思念之情。

大伯给父亲寄来许多药物与补品,还在香港联系医院为父亲过去治病做准备。天不遂人愿,还没等到他们见上面,大伯突发疾病,溘然长逝。那个想回内地看看的愿望永远实现不了了!大伯的去世让父亲看上去一下子苍老了十岁!

1985年,机缘之下,父亲和几位同人一道创办了黄石市中山学校并任校长。从普通教育转战成人教育,为教育事业发挥余热,为教育工作不遗余力,直到病倒在岗位上!

中山学校历年来也被评为先进办学单位,在职业培训与成人高等教育方面大放异彩,成绩斐然。父亲功不可没。

八、病入膏肓

父亲一生可以说是病患不断。幸运的是,始终有亲情相伴。

祖父只生了父亲一个儿子,自然视作掌上明珠,爱护备至。然而父亲生来体弱多病,给家人平添诸多担心。

连年战乱,颠沛流离的生活,让父亲接连染上新的疾病。大学尚未毕业,胃就切除了3/5,不久又感染了肺结核。幸亏有母亲照料,两次均化险为夷。

北迁大冶后,举目无亲,居无定所。七个孩子读书(含小舅),两个老人需赡养,全凭父母微薄的工资收入,生活苦不堪言!

为了照顾父亲的身体,母亲常常为父亲额外做一点吃的,而父亲总是拿出来和大家分享!

在"三年困难"时期,家里一度实行就餐配额制,每人每天只能分到包括野菜杂粮在内的少许食物,勉强维持生命。

奶奶一病不起后。父亲常挽起裤腿下到冰冷的池塘里,捕鱼捉蛙,为奶奶补充营养,但仍未挽回奶奶的生命。

长期操劳使父亲染上了高血压、肺气肿、心脏病、肝炎、肾衰竭等,打针吃药是家常便饭,几乎没有一年不住院诊治的。幸好大姐、小妹是医护人员,更有身为主任医师的大姐夫亲自操刀，多次将父亲从生命的边缘抢救过来！

一路走来，照顾父亲最多最辛苦的非母亲莫属！她不仅从父亲身上分走了一半的生活压力，还对父亲的病痛感同身受，悉心照料，更额外承受着对父亲病情的绝望与对未来的担忧！

父亲表现更多的则是幽默与豁达。

一天晚上，父亲错将墨水当止咳药喝了，母亲心疼地为他拭去嘴边的污迹，他自我解嘲说："看来暂时还走不了，这辈子墨水还未喝够。"

就在他为如何增加学生肚子里的墨水殚精竭虑的时候，他突然病倒了，各种病症，来势汹汹，他被送进了重症病房。

医院为他请来省市里最好的专家会诊，大哥从武汉带来珍贵的补品……这些都已无济于事。全家人簇拥在病榻前，听父亲喋喋不休的呓语。大家心里明白，虽然父亲卧病在床的情景司空见惯，这一次是真的要永别了！

九、浩气长存

1988年1月7日凌晨，父亲与世长辞。自此，世间少了一位辛勤的园丁，天上多了一个高尚的灵魂。

《黄石日报》为父亲发了讣告。与父亲相识的一些单位领导及同事好友、学生后辈约300人参加了追悼会。

我们把父亲安葬在城北盘龙山上，背靠老家湖南，前面是一马平川的开阔地，直通湖北省府。父亲将高卧在他亲自选定的土地上，守护着他的子子孙孙，为他们指引前进的方向！

2011年12月18日，卧床一年的母亲最后一次出门，乘轮椅去看了看她工作过的学校和常去的文化宫。回来后，她在儿子的怀里睡着了！再也醒不来了！

她是去和天上的父亲团聚了！父亲的墓碑上，早已为她预留了红色的名字。与父亲合葬后，她的名字被涂上了黑漆。

母亲做人一向低调，从1947年开始从事教育工作，一生育人无数！不只是她生前没想到，作为儿女的我们也没想到，她的耕耘播种，早已在她的学生心中开花结果。以她的名字建立的"郁文老师弟子群"中，三十多个花甲老人仍像当年那样聚集一堂，不是听她讲，而是讲给她听，直到永远！

父母的高风亮节，是很多人不可企及的！在父母的学生与子女心中，他们是永不坍塌的丰碑！

父母带我们离开湖南老家到湖北定居，也已七十年整。六兄妹中，除大姐夫外，其余配偶均为本地人。日久他乡是故乡，我们已深深扎根在这片热土，我们的子孙后代也在这里长大成人。长江后浪推前浪，江山代有才人出。不论今后家族繁衍多大，时光流淌多远，希望我们的后人永远记住：我们是谁，我们从哪里来！

忽然想起中国台湾作家席慕蓉写的一支歌："虽然已经不能用母语来诉说，请接纳我的悲伤我的欢乐。我也是高原的孩子啊，心里有一首歌，歌中有我父亲的草原母亲的河。"

是的，父亲就像草原，广阔无垠，通向天际。母亲就像河流，润物无声，体贴入微。

父母的浩然之气，与天地永存！它将伴随着我们子孙后代一直走下去。

苏柏文作品*

阿　珠

　　来到南方这个城市快两年了，还好认识了一个好朋友，让一切都没有想象中的那么糟。

　　前年发现老公出轨，我毅然决然地离开了他，小孩归我。其他他看得上的东西都拿走，毕竟，我们在一起走过了这么多岁月，我还是希望他后面的日子好过些。有成都户口的我是家里的独生女，父母名下还有两套老房子，怎么着日子也不会难到哪里去。

　　去年，我把小孩留给父母照看，只身一人南下打工，远离了那个伤心的城市。

　　可这个城市也真是拥挤、破败。到处挖路不说，工资也低得离谱，消费又高得吓人。没办法，找了份茶餐厅服务员的工作，一个月3000元，包吃住，先落个脚，后面边做边找。生存第一，小孩读书也要用钱，可不能依着自己的个性，为母则刚嘛。

　　生存的本能让我没几个月便适应了这个地方的工作环境，也能游刃有余地和这边的同事相处，虽说有时候她们抱团不让我好过，处处刁难我、给我穿小鞋，可我这个川妹子也不是好惹的，我们吃的辣椒还加麻呢。所以，欺负我的，我总要还回去，那些待我好的，我心里也记得清楚。都是在外的打工人，各自扫好门前雪，井水不犯河水，如此，便也相安无事。

　　逢场作戏的交际我肯定会的，但是没必要。我不喜欢和这些人来往，除了上班干活外，其余的大部分时间，我都是独来独往，"吃鸡"、刷抖音、看视频，实在无聊的时候，我就跟家里打打电话，问问儿子的学习情况。几个月下来，过得也挺好，日子过得波澜不惊，风平浪静，没有失望，没有期望。

　　直到我遇到了阿珠。

---

* 作者简介：苏柏文，85后，湖南株洲人，16岁独自离家读书工作，曾用名"鸟人苏"，自嘲为鸟人。

阿珠是福建闽南人，说着一口我听不懂的方言，她也是只身在这边打工，相似的生活状况让我们很快熟络了起来。

阿珠在一家闽南餐厅做店长，我经常一个人在这边吃东西，几个月下来，我们就变成了非常好的朋友。我每次下班都会在店门口等她，一起走路回宿舍，我们住的地方离得很近，有时候会一起吃吃夜宵，喝喝啤酒。经常商量好一起调休，然后去逛街买衣服，做头发，偶尔也会去夜店疯狂一把。

阿珠因为年轻长得好看，自然免不了有男孩子追求，但她都会征询我的建议，当她在问我的时候，我就知道她是不满意的，作为过来人，肯定也是顺口打了差评。况且，她要真去谈恋爱了，谁还陪我玩呢。

反正，岁月也就在这样的生活中度过了……

有一天，接到家里的电话，说儿子跟同学打架摔到了头，要立马做手术，我火急火燎地赶回家中处理这些事儿。当时，还差1万元手术费，实在不知道找谁借，便厚着脸皮给阿珠打了个电话，阿珠也没说什么，问了账户，立马转了过来。

在家待了一个月，等儿子康复得差不多后，又回到那里。我从老家给阿珠带了老妈自己做的腊肠，那晚，我们一起在宿舍吃火锅，喝啤酒。烟雾缭绕中，我说这火锅可真是辣啊，眼泪都出来了，流了一脸。

三个月后，我还完了阿珠的1万元。再后来，阿珠谈了一个男朋友，也是我认可的，因为阿珠认可。

过了没多久，我带着满满的幸福回到成都，跟朋友讲起在南方那个城市关于阿珠的故事。

听说，他们要结婚了，真心祝福。

窗

小学毕业后来到镇上读初中，那是个与我家相距十多千米的地方。

直到现在，我才发现，自己已跟这个小小的村落产生了深深的情感，它甚至成了我身体的一部分。

20世纪90年代的中国，广东沿海地区经济加速开发，打工潮席卷了内地的每个角落。父亲盘算着家庭的收入，计算着两个小孩的开支，虽然一万个不情愿，但是作为家里的顶梁柱，出门打工就成了他必然的选择。

我清楚记得那个早上，母亲很早起床，帮父亲整理好了行装：一床被子，一个水桶，水桶里放了衣架，用化肥的袋子装了换洗的衣物。那个早餐尤为丰盛，炒了三四个菜，有蛋有肉，荤素搭配。要知道，那个年代经常是四个人一个青菜吃一餐饭的。

记不清父亲吃了几碗饭，反正吃了好久，还是在母亲的催促声中才放下了碗筷。父亲临走的时候，对我嘱咐了好多话：要我这个老大多帮母亲干点活、多照顾弟弟、多替家里分担家务，要好好读书等。我家地势比较高，三人站在晒谷坪的一角目送父亲远去。父亲背着大大的行李，拖着沉重的步子，时不时回头张望着。长大后等自己离家，我才知道，那叫依依不舍。

在父亲出门打工的日子里，母亲一人在家里操持家务，干农活，田里地里，屋里屋外，没有一丝歇息，但也赚不到几个钱。每个星期给我们两元零用钱，我也舍不得用。平时读书的时候，母亲就一个人在家，撑起家里的一切。

那时的活儿可真多，洗衣做饭，砍柴割稻，喂猪喂鸡……似乎永远有做不完的事儿。碰到下雨天，我和弟弟就待在家看电视、写作业，母亲一个人出去干活。有一次端午节，母亲奇迹般买了肉，用油豆腐水煮的做法，非常可口，非常下饭。这也是我在外面很多年经常做这道菜的原因，每次端上桌的时候，我就想起那个端午我们母子三人坐在一起吃饭的场景，想起了母亲说："不知道你爸过节吃的什么？"

这样的状态持续了两年，让我印象深刻。跟父亲的联络除了他给我写的两封信外，就是提前约好时间去镇上大姑家接长途电话。我现在也不知道大人们是通过什么方式约好的电话。

初三的时候，我那个教室第四组是靠窗的位置。有次无意中发现透过这扇窗可以看到我大姑家的侧门入口，这让我欣喜不已。那会儿读书坐座位都是按身高排列，我也总是想办法把自己换到窗边，这是个看大姑家侧门的绝佳位置。白天，我可以通过这个窗看到家乡远处的高山；夜晚上自习时，就看从门的上端透出来的光。如此，我就不觉得孤寂了。

也就是在这样的状态和思乡的情绪中，我养成了写东西的习惯。我把对家乡的眷恋、对父母的想念、对少年的忧愁、对未来的期盼通通用日记记录了下来。在这些稚嫩的文字中，我徜徉在家乡的山林、在田间的稻谷、在父母的身边，愉快如小时候。想不到的是，在后来的二十几年时间里，这么一个偶然的习惯，成了我独闯江湖的秘籍，让我有了力量、有了勇气、有了毅力。让我在经历了这么多事、这么多人，孤独无助或是被人欺负时，依然坚强地面对他们，就像我的父母面对着艰辛的生活。

有天下午,天空晴朗。正在上课的我无意中看到窗外大姑家的楼梯上出现了一个熟悉的身影,是的,那正是母亲。透过这扇窗,我好像也听到了电话那头父亲的问候、父亲的牵挂、父亲的快乐。

正是这样的惊喜和期盼让我度过了初中的每个日夜,度过了三母子艰难的时光,也熬到了父亲可以骑单车来学校接我们的时候。我永远记得,在那个普通的周五,我像往常一样等兄弟一起回家,因为回家要走两个多小时的路,我焦急地催促着,再晚点天就黑了。在出校门的时候,突然看到父亲骑着刷了黄漆的二八单车,乐呵地等着我们,那一刻,巨大的幸福感袭上心头。

如今,我在外面兜兜转转也快二十年了,我时常想起那扇窗,想起窗外的门、窗外的山、窗外的背影。

有一天,我听到同样在外漂泊的兄弟,有丝丝对父母的埋怨,对家里的不理解,对生活的无力感。

同样有一天,我跟他说,是我们自己选择了想要的生活,想要的快乐,想要的痛苦……

此时,父母的意义在哪里呢?

我告诉他,我们还能从"窗"里看到他们。

完美生活

我结婚早,是典型农村女孩的人生路线,结婚后,不到半年就怀孕了,生了个儿子。老公是隔壁村的,在老家做点杂活,七七八八的收入加在一起勉强能维持正常的家庭开支。不过除了想给小孩更好的教育外,其他也没有太大的开支。父母也是健健康康的,也能干活挣钱,不需要我们帮衬。在儿子快四岁的时候,女儿也来了,这给原本的生活增添了许多压力。所以,在女儿差不多三岁的时候,我跟老公商量着去城里做点小生意,听说城里的钱还是好赚些。于是,借了几万元,年一过,就奔赴城里开始创业的路。

对了,我是1990年出生,属马。

我们计划开一家饭店,因为老公在家掌过大勺,就是红白喜事跑场的厨师,虽说没经过专业培训,但是在周边乡邻中,他的口碑还算是不错。

找门面的工作算是给了我们第一个下马威，除了各种转让和复杂的关系外，将餐饮方面的执照和卫生许可证拿到手，让我们俩的腿都快跑断了，这一趟折腾下来，两三个月的时间就过去了。在开业的前天晚上，我跟老公躺在不到20平方米的出租房里感慨道："城里的钱也没那么好赚啊！"

开业后的第一年，生意还算凑合，自己老家的阿姨过来帮忙做服务员，我负责配菜、打杂以及送外卖，每天忙忙碌碌，没有一会儿歇息。阿姨本着自家人的态度，也是忙里忙外，见事做事，更是不曾丝毫懈怠过。老公更是辛苦，每天烟熏火燎不说，早上4点还要去菜市场买菜，不论刮风还是下雨，电动车都换了两台了。我自然是心疼得很，可又无可奈何，毕竟这就是生活！

本以为靠着这份辛苦，这份坚持，每年攒个十几万回去，给小孩添点好看的衣物，让父母少操一份心，这样的日子，也算过得去。同时，我们也在物色店附近有没有可接受外地户口孩子读书的学校，想着小孩能在城里得到更好的教育，将来出息了，也算是我们做父母的没亏待他们。

没想到在2020年，新冠肺炎疫情没有任何征兆地来到身边，来到每个城市。把人都赶回了家中，把我们也打包送回了老家。

第二年，老公跟着老乡去了工地，每天300元的工钱，只要开工的日子多，收入还是挺好的。虽然老公他们每年年底都被包工头组织起来去向开发商讨薪，我也经常看到讨薪农民工被打的新闻，可是，只要年底老公安然无恙地回来，并且能把钱交给我，我就会怀着那份侥幸对自己说："总算又过了一年。"

2020年，我在家待了一年，后来，我又回到城市找了份保洁员的工作，每个月4000元的工资。碰到客户给了好评，我还能得点奖金绩效，这么些年下来，我对辛苦已经没有了太大的概念，只要有份稳定的收入，做什么事都可以。也没有抱怨过那些阔太太们对我的颐指气使。我知道，我只是个保洁阿姨而已。

我们的保洁时间一般需要4个小时，所以早上8点就要开始。但是周末对客户来讲，确实是个睡觉的好时间，我们也经常因此被客户说教，甚至得到一些不友好的对待。那天，天气很冷，外面灰蒙蒙的，我很小心地按响了门铃，没多久，单元门锁打开了。我到楼上时，客户已经把门打开了，穿着居家服等在门口，看得出，很早就起来了。我简单地介绍了服务流程和公司的业务标准，便开始忙活起来。

这家客户的装修风格有别于我见过的欧式、中式的装修，看不出是什么风格，感觉似乎都有点。稀奇古怪的小东西很多，摆满了各处。在暖色的灯光照耀下，显得惬意又温馨。客厅开了空调，很暖和。电视机里放着早间新闻，他好像也没有看。家里似乎只有男主人一个人，窝在沙发上看着书，蓝牙音响放着轻柔的歌曲。其间，他没跟我说话，我认真地擦拭着桌子上的灰尘，话说这灰尘可有点多。快到9点的时候，他倒了一杯热水给我喝，称呼我为大姐，问我吃早餐了没有，说自己要做早餐，多做一份就是。

10点的时候，客户家里陆续来了一些朋友，背着吉他，带着礼物。好像是很好的朋友，客户也没有特意招呼。反正气氛一下子就活跃起来了，他们也都很随意，什么都聊，像是在自己家中一样，有的坐在阳台喝茶，有的弹起了吉他，有的正翻着书看，有的在厨房做饭，着实是一幅动人的画面。

不知道为什么，今天我特别开心。多么好的生活，多么好的朋友，仿佛我也曾经拥有过。

你好，卢秀娥

"说了不要住在一起，你不听我的。"
"现在要她回去，小孩谁带？你有那么多时间吗？请保姆不要花钱吗？"
"好了，我来处理，你少说两句……"
嘭——
传来一声关门的声音。
卢秀娥提着菜站在门口，不知所措。
这是她在儿子家的第三年，却仿佛过了三十年之久。

自从来到城里帮儿子带孩子以来，卢秀娥就没有舒坦过，除了需要适应跟儿媳妇相处外，还要改变自己的许多生活方式和习惯，包括在农村的那些随性和"邋遢"，要不然儿媳妇不开心不说，儿子还夹在中间，两头为难。

卢秀娥心里自然清楚，所以，自过来之后，每天也是小心翼翼，细致地观察着他们的生活，顺着儿媳妇的心情，把自己当个保姆，不逾越任何一次内心的抵触。每天把家里打扫干净，擦拭干净，只要看到一家三口其乐融融的样子便开心快乐，为娘的总还是开心的，幸福的，也觉得和老伴熬到60多岁的辛苦日子总算是有个回报了。况且，在乡邻的眼里，儿子是出息的，是争气的。

平时，除了在家里做好该做的那些事情外，碰到他们一家三口出去逛街或是游玩时，卢秀娥就去小区里收些废纸和可乐罐之类的废品，卖了换钱用。

带小孩的这两年，没有任何收入来源，有时候也想给孙子买点东西，虽说儿子经常时不时偷偷地给些钱用，但是，卢秀娥一次也没有收，她看得出每次下班后他那张疲惫的脸，也听得明白那些门内的争吵。当妈的，谁不心疼自己的儿子。

供到他读完大学出来，到城里稳定了工作，安了家，又娶了媳妇，卢秀娥两口子这辈子是成功的，是有价值的。尤其是当她在擦拭小两口的结婚照时，心里还是满足的、自豪的。所以，只要发现因自己而引起争吵，哪怕是间接的、怀疑的，都会让卢秀娥如芒在背、惶恐不安，生怕破坏了这难得的安定和幸福。

三年来，卢秀娥卖废品攒的几百块钱都会存起来，从不乱花。过年的时候给孙子包个红包，给老伴增添两套衣裳。

老伴在家也辛苦劳作，不添乱，不给这边传递不好的消息，坚守着一代为了两代的使命。

卢秀娥每个早上都起得很早，这是她几十年来养成的习惯，来到这边以后，也没有改。除了可以买新鲜的菜，还有就是可以捡到昨天晚上丢弃的纸盒和有用的废品，农村有句老话，吃屎都要起得早，卢秀娥已经摸清了规律。

在一个普通的早起日，在停车场的位置，卢秀娥看到垃圾桶里有一张沾满了污渍的精致结婚照，新娘很漂亮，新郎也很幸福。

钱　行

天渐渐黑下来，明天就要出去打工。
晚上躺在床上，翻来覆去，辗转难眠，许许多多的画面在眼前浮现。
想着还有那么多的话没有说，离别的酒也没喝完。
可是说啊说，喝啊喝，话都说尽了，酒也没醉人。
高高的山下，小小的村庄早已入了眠。
月影落在旁边的"神仙塘"，像鱼儿游过水面。
我想着我的誓言，想着小时犯过的错，哎呀，哎呀……
村里每天都有人上山下山，放牛砍柴，晒谷割稻，喊鸡骂娃。
一年四季，像一首不会停的老歌，裹着云朵，飘荡在山的周围。
山上的花开了又落，落了又开；小河的水干了又流，流了又干。
我像被惯坏的老头，舍不得离开，舍不得过河。

月光陪我聊天，风铃催我入眠。

呼呼……呼呼……

呼呼……呼呼……

打鸣的公鸡跟黑夜道了早安，楼下厨房也响起了砧板。

我拉开了双眼，看到了朦胧的光线。

不久，母亲来到床前，端着煮了鸡蛋的粉，给我讲述她的经验。

"要懂事一点，要聪明一点。"

"要省吃一点，要俭用一点。"

"有饭吃要想着饿肚子时。"

"没钱用就要想着平时攒钱。"

"做人要学好，老实本分不能少。"

"不要什么人的话都信，别什么女孩的话都听。"

"遇事多忍忍，你小个子也打不赢别人。"

"秋裤脚开了线，我给你缝了边。"

"走路左右看车，出门多看天气。"

"内裤有口袋，里面藏了现金。"

"父母不在身边，照顾自己勿挂念。"

"儿从此长大成人，要撑起半边天。"

"崽大不由娘，你勇敢去闯。"

……

哎呀，

哎呀，

哎呀，

哎呀。

天亮了，粉干了。

我起床了。

童晓媛作品*

桃 凝

桃凝，当我第一次听说这个名称，我的脑子里就将她与美丽挂上了钩。几笔写下来愣是生出了好多想象，纸笺上，不确切的画面诗意般地弥漫开去。

第一次见到桃凝，是在餐桌上。那日，几个朋友相约去乡间的土家餐馆小聚，尝尝农家自然本土的滋味，亲亲绿色天然的气息。吃腻了平日的鸡鸭鱼肉，地道的农家小菜乐坏了大伙的胃口。就在将饱而未饱之时，上菜的村姑端来了一盆汤，响亮地报出菜名："桃凝！"

听上去犹如珍珠跌落玉盘，是一耳朵的欣喜。汤碗里浮动着的桃凝，形似桃花骨朵，色如透亮琥珀，配了一些雪菜翠、笋丝黄、葱花绿、姜片白，是满眼的桃红柳绿，整个席面便漾起了春的颜色。

舀一勺桃凝入口，一抿，凝脂生香，一品，清柔淡爽，再一回味，春的滋味故事般生动起来。

边尝边品边回味，一碗桃凝很快消失，一个疑问也连同桃凝揣入了肚里。见过三月的桃花红，四月的枝叶茂，五月的涩桃青，六七月里的果熟艳。扁圆的蟠桃，流光的油桃，青白的黄桃，粉白的蜜桃，吃遍了不知多少回，可就是想象不出这桃凝长在桃的何处，生于树的何方？

不久谜底解开了。又是一个双休日，朋友相邀郊游。春日郊游谓踏青，冬日郊游该称踏雪，可江南已是无雪可踏，只能是爬山坡，踏枯草，沐冬阳。走进山里，是满山坡的桃林，铁灰色的桃树挑着光秃秃的桃枝，诉说着冬日的无奈，看一眼，是一眼的苍凉。尽管走过冬季，这里会是繁花似锦、嫣红如火，可眼下，主宰这桃林的色调是浓浓的灰色。远远望去，是一个单调、陈旧、郁闷的组合。

---

* 作者简介：童晓媛，女，做过编辑，当过记者。湖州市作家协会会员。作品散见于《检察日报》《浙江日报》《钱江晚报》《羊城晚报》《湖州日报》《湖州晚报》《方圆》《检察风云》《南太湖》等报刊。

山里的阳光很敞亮，也很暖和，温润地洒在桃林的角角落落，淡化了桃林的主色调，给这灰涂了层光。兀地发现，桃树的枝干上，生有许多琥珀色的胶质物，形状似露珠，像水滴。

朋友告诉我这就是"桃凝"。朋友是农大毕业，从事的就是经济作物的研究。她告诉我，桃凝是胶质蛋白，含有多种人体所需的微量元素，做菜吃既可口又营养。

"莫不是木耳的一种？"我问。朋友说，木耳属菌类，生于枯死的树干上，桃凝则是从桃树身内分泌出来的物质，是桃树生命里流淌出来的东西，两者截然不同。听了朋友的解释，我恍然大悟，寻思这桃凝怕就是桃树流出来的泪珠儿吧！

这念头也就留存在心里，不曾说出，怕朋友们讥笑：痴人说梦。

午后的桃林，山风轻，日头旺，是暖洋洋的惬意。三两片枯叶像矩形的蝴蝶随着风儿翻飞。冬日的阳光缺少了力度，软绵绵地撒在桃林上，给裸露的桃枝抹上了一层腊。林内阳光斑驳，空气绵软，树干上的桃凝越发饱满清亮，如一串串的泪珠。桃凝含着阳光，透出温润柔和的光泽，颇显质感，很是媚惑。禁不住诱惑，大伙七手八脚摘拾桃凝，为桃树抹去冬日的眼泪。

不足一个时辰，收获了小半袋桃凝。当晚，按朋友的指点将桃凝入清水浸泡。次日，桃凝换了新颜，"泪珠儿"怒放若花。一夜之间几粒桃凝盛开出朵朵的琥珀色的花儿，满满登登一盆，煞是喜人。

回想土家菜馆那盆桃凝汤，自个儿动手做一回厨子。想着那碗桃凝，依样起灶、做菜。先注上小半锅水入灶，水滚倾入泡软的桃凝，待桃凝在汤水中闹腾开的时候，放入鲜肉丝、火腿片、雪菜段，搁上各种作料，慢火煨酥。起锅前，再加入几丝丁香萝卜、笋衣、葱花、姜末。红、黄、绿，陪衬着桃凝的琥珀颜色，真是一锅的热闹，刺激着味蕾，还未入口已然胃口大开。

盛上一盆，上桌。孩子他爹像考官似的舀一勺先尝，抿一下，再尝。我急不可待地问他检验的结果。他卖起了关子，半响不开口。

"看来中看不中吃，真是糟蹋了好东西。"我想。不料，他扑哧一笑，说："味道不错，你个从不做饭的主，竟还有这一手！刮目相看了。"我背脊一下子挺直，嗓门也敞亮了许多："平日不出手，出手必高厨。"牛皮吹过，我又谦虚了一回："还是桃凝这东西好啊！"孩子他爹点头称是，还见着缝儿夸他们湖州人聪敏，说："只有我们湖州人才会把桃树的精髓端上餐桌。"

如今日子富裕了，鸡鸭鱼肉日日有，生猛海鲜不稀罕，最吊人胃口的还是那些本土的天然食物，不只是给人原汁原味，还能过滤肚里的油脂，清扫血管里的垃圾。这样的美味佳肴指向的是绿色与健康，吃出的是浓浓的乡情和自然的生活。这桃凝就是如此，入口，浓浓的满口生津；下肚，柔柔的舒心暖胃，映衬出生活的安适与温馨。

到现在我还能嗅到桃树的体香和桃花的芬芳，牵起的是那种对生活骨子里的爱和满满的幸福感。

时光只是记忆的橡皮擦

周末去了苏州。苏州的园林，是天下闻名的风景。去过多次，这次就想看看园林之外的苏州。周六中午到达位于苏州市中心的苏哥利酒店。安顿好便去附近的观前街走了走。这里熙熙攘攘，浓郁的商业气氛与其他地方的商业街并无二致。没劲！我对现代化的苏州兴趣索然，古老的园林看过多遍，也激不起兴致。只好回酒店继续考虑此次苏州行的方向。消磨了一个下午才决定沿着青砖砌成的老房子，寻找渐行渐远的老街。

傍晚时分，走到了苏州历史文化名街平江路的老街。据说这里是苏州古城中为数不多保存着原样的街区，也是最后一个能够印证古城记忆的街区。踏着石子与青砖铺就的街路，似乎走在历史的缝隙里，缝隙中透出的恬静与古旧的情调屏蔽了现代化的躁动，把这世界喧嚣着的浮躁气阻隔在老街的外头。平江老街与平江河并行，水陆相邻，动静相间。端直的青石板街道舒适地躺在潺潺流动的河间，白墙黛瓦的建筑，斑驳的墙皮，古旧的门扇，拱形石桥，酒肆幌子，评弹茶馆，亭台楼阁，还有大红灯笼高高挂，昆曲绕梁折子戏。每一处、每一件都折射出咱们民族悠悠的生活态度和江南人从容与安静的旧有情调。

在一个名叫时光书屋的小店门口，我的双脚被生生地定住，怎么也挪不动步子了。玻璃橱窗里摆设着20世纪老旧的东西，其中一台9寸黑白电视机，屏幕上写着这样一句话"时光是记忆的橡皮擦"，这句话令我心尖一颤。是啊，时光真的很无情，它擦掉了我们记忆中很多东西，它擦去了前天，擦掉了昨天，眼下它还忙着擦今天。比如我们生活着的湖城，它已然不是原来的模样，当年的北街、南街、坛前街、小西街、鱼池街都被时光机器擦掉了，难觅踪迹了。可脚下的平江老街，虽然古旧却依然滋润，站在这里历史似乎触手可及，它就在我们身边，是活着的昨天，是可以触摸的过去，细细地品味你能感受到它散发出来的气息，听到它的歌唱。立在街面上似乎依然能够感受到它昨日的脉搏，侧耳细听，是一声声古旧却依然滋润的历史回响，当下特有的嘈杂和浮尘都被缓缓流淌的平江稀释殆尽。走在这条古旧而滋润的老街上，眼前展开的是一幅幅世俗的生活画卷：老房子里生活很随意也很平常，日子不急不躁地随着沿街的平江悠然而行，斑驳的墙皮，开裂的门柱，昭告着老街的沧桑，但散发出来更多的是文明的气息与深厚的文化积淀。

宋代苏州就有平江路这条街道，800年来平江老街保留了它河路并行的格局和长度，小桥流水、枕河人家、街河相间，颇具疏朗淡雅的风格，也是苏州最具水城原味的古街区之一。傍晚的平江老街，成串的红灯笼处处可见，昏暗的灯光透出一丝丝的慵懒，廊桥边灯笼下挤挤挨挨地摆着桌椅，茶客们捧着杯壶摆开了龙门阵，那特有的柔糯的言语软软落在桥下的流水中，闹不清说的是过去、今朝，还是将来的事情。尤其让人回味的是评弹茶屋，古旧的木扇门间隔镶着玻璃门，门檐上挂着一溜红灯笼，门外立一黑板，上书当晚的节目单《游园惊梦》。我以为里面大概是在唱昆曲堂会了，细听，不像。透过落地玻璃朝里一瞅，只见大堂台中间，一着长衫的中年男子怀抱琵琶，边弹边唱边说。这唱的大概是评弹吧，我想。台下一排排长条桌凳，疏疏朗朗地坐着一些听客，其中有几位高鼻蓝眼的老外，也有些挺时髦的青年男女，里面很安静，很明亮，与外面破旧苍老的街面判若两地。门前残存的精雕细刻的门楼表明不凡的过去。空气里隐隐传来的似有若无的评弹声和玻璃内那个长衫琵琶男人，很难与门口那块节目单联系起来，我第一次知道《游园惊梦》还能这样演唱。我一句也听不懂，那坐在里面的外国听客，再怎么使劲、认真怕是也听不明白吧。

这条老街有许多名人古宅、园林寺观、古桥牌坊。如平江路悬桥巷27号就是清代状元洪钧故居。洪钧同治七年（1868年）高中状元，从翰林院修撰升官至兵部侍郎，但他并非中了状元当了大官才出名，他的名气来自娶了"秦淮河名妓"赛金花做了三姨太。还有如耦园这样的温婉园子，可以惬意地喝茶聊天，也可以呆呆地漫无边际地胡思乱想。

踩着老街的石块任着心情看一看这里的老房子，瞧一瞧古今夹缝人家的生活，听一听他们平淡不离奇的故事。平江老街是朴素的，那些保存下来的古迹延续了老百姓普通的生活，连接起昨日、今朝最寻常的世俗日常生活，延展了接地气的日子。看着这一间间刻着历史印记的老屋、园子、石桥，还有它们的古旧、衰落、破败、斑驳，脑海里渐渐长出想象的翅膀，于是那些深藏在重檐中的老房子们慢慢地鲜活起来。

看来，时光这块橡皮擦或许擦得掉记忆，却怎么也擦不掉历史。就像这平江老街寻常的背后是悠久的历史和我们对待历史悠久的态度。

煤矸石里也有蛙鸣

山旮旯里的喧闹、热烈、绚烂，掩埋在时间的缝隙里。

那是没落的一个煤城的曾经。

仔细瞧一眼，恍惚看见荒凉背后那场盛宴。

盛宴？确实啊，是煤城人的狂欢。

这狂欢绵延数十年。

那些潦草躺在荒滩上的枯草、矸石、渣滓，是当年盛开的黑玫瑰留下的痕迹。是盛宴过后的残羹余渣。

拂去尘烟灰霾或许能见布满汗渍的玫瑰，很特别的颜色。

虽然黑得颓废，褪去了那层油亮，依旧是朵黑色的玫瑰。

谁敢说，凋谢的玫瑰，不曾美丽。

谁能说，睡成了化石，未曾活过。

这里的故事和传说，早已演绎成煤城生命的传奇。

这里至少可以找到他们最初出发的时间。

鲜活，沸腾，苦痛，都是它洒落的情绪。

矿工的后裔，废弃的井架，浮尘里的煤疙瘩，都是见证美丽传奇的凭据。

尽管我们换了一个又一个地方，变了一个又一个电话号码，然而矿山一直在静止的时间里，眼睁睁地看着我们在各自的生活里挣扎，把心里的黑玫瑰弄丢。

也是，当岁月不经意地收割了年轮，怀旧的情绪便排山倒海般袭来。回望残破颓败的矿井，似乎还能听到煤矸石间的蛙鸣，眼神开始柔情蜜意起来，千般的美好，百般的爱意从记忆深处走来，刹那间，铺天盖地在胸中翻滚。谁都记不得当初离别时的铁石心肠，谁也不提当年因恨之入骨，而对之冷若冰霜。人啊，都会选择性失忆。风烛残年的矿井早已油尽灯枯，却依然坚守在自己的破败里，冷眼瞅着一批接着一批的朝拜者，没有感动更不会解释。

回望总是站在相对的制高点上，一棵树、一座山、一块煤、一顶矿帽、一位工友，都能引发无限感慨，演绎出生动的故事。在朝拜者的记忆里，除了痛彻心扉的苦难，眼前总会铺排这样的场景：每日的太阳初升，给早晚班交接增添了浓郁的色彩，山头、井架、煤堆、矸石，都浸淫在猩红色的晨光里，是一世界的蒸蒸日上。

接班的矿工，经过一夜的休整，青春焕发，不论似白面的张生，还是似红脸的关公，个个眼里炯炯有神，脚底虎虎生风。交班的呢，满脸煤灰，面目潦草，只有牙齿惨白。虽有包公般黑脸，却无包公的精气神，步履蹒跚，脑袋耷拉，矿帽歪斜。地球深处折腾了一夜，所有的精力全丢在黑黝黝的煤巷里了。这样的早晨是最幸运的，走出矿洞可见远山，能沐晨阳，还见得着工友，幸福感油然而生，不禁感叹：又逃过了一劫！尽管千般劳苦，却是万般幸运，耳朵里蛙声一片，奇怪，煤矸石里焉有蛙鸣？

噢，那是身体的呼唤，带着生命的颜色，感谢上苍！

若碰事故，那就会有一个乃至多个生命丢在了漆黑的矿洞里，他们再也见不着天边的彩霞和亲人的面孔了，耳旁再也不会有蛙的聒噪。

如今这些已成故事，很伤感，也很悲凉。只有残垣断壁的老井默默背负着这悲伤的故事。

对走出矿山，各自天涯的参与者，这，仅仅是故事，没有谁去找寻故事中的谁。但又不仅仅是故事，也是历史，是经历者血泪写就的历史。

留存在心的不仅有那黑色的玫瑰。还有煤矸石里的蛙鸣，尽管时弱时强，却从没绝于耳。

余新民作品*

沙坝旧事

> 日子在沉淀，岁月依然漫长。生活在继续，我们始终在路上………
> ——题记

从马家场沿公路往平滩方向，中途有个叫沙坝的小地方，虽不是场镇，却因有了国防单位302厂在这里而小有名气。当时的达县工矿贸易公司在这里开设了一家副食百货商店，加上这条小街上的小食店、理发店、杂货铺、卖肉卖菜的、修锁打铁的……沙坝俨然成为这里的商业中心。附近来来往往的农民和302厂的工人，让这个不起眼的小地方热闹了起来。那时我才二十多岁，没有工作。父亲的一位朋友介绍我到沙坝做临时工，于是我来到这个陌生的地方，开始一段新的生活。

我上班的地方离沙坝约1千米，周围是长满各种杂树和灌木的浅丘。达县煤建公司在这里设了一个收购站，平时就我一人。10千米外后槽沟煤矿炼出的焦炭送到这里，我每天的工作就是收炭过磅，开票发货，倒是清闲得很。父亲的朋友姓颜，五十多岁。中华人民共和国成立前毕业于重庆大学法学系，很有才干，且受人尊敬，据说曾在宜宾法院做过推事，中华人民共和国成立后还当过达县商务局的科长，后因出身地主，又在伪法院供过职，所以成了县煤建公司的普通干部，负责沙坝和严家坪两个收购站的业务工作。

我到沙坝后，有一件小事让我感触至深，至今也难以忘记。当时正值盛夏，酷暑难当。收购站到后槽沟煤厂有5—10千米的山路，运送焦炭的除了一队驮牛外，还有三十多个男男女女的挑夫，其中还有一些十五六岁的少年。他们是附近赵家、马家、碑高乡的农民，每天清晨从家里出发，跋涉五个多小时的山路，挣一点力钱。到收购站时已是汗流浃背，口渴难耐。我睡觉的屋后有一眼

---

* 作者简介：余新民，男，四川省达州市人，现年72岁。大专学历，中共党员。近年有散文《秋雨夜话》《野枣树》《母亲的纺车》，杂文《也说相由心生》等文章发表。

泉水，甘洌清凉。每当他们到达时，放下担子，都急忙大碗大碗地舀来解渴，倒是酣畅爽快。颜看到这个情况后，说暴热的人这样喝凉水，极易得病，让我去沙坝街上买回来几十个大土碗，几把老荫茶，每天上午煮好茶水温着，不让他们再直接喝凉水。这老荫茶是四川人最喜爱的，煮出的茶水红色醇厚，有一种特别的清香，既解渴又好喝。没想到，这个小小的举措竟让他们极为感动。说我们是好人，心善良，与我们一下子就亲近了许多。从那以后，他们不再称我为"余同志"，而是喊我"老余"。不时给我送来瓜果蔬菜，或农家小吃，以表示他们淳朴的感激。那年中秋节，我收到许多的糍粑、鲜笋，一时吃不完，就带回了老家，也吃了好久哩。

  沙坝的生活很单调，碰上不收炭的日子，我便去附近的乡镇赶场，以打发时光。周边5千米多有赵家、马家、平滩、碑高，甚至大竹县的安吉乡。每逢当场天，四乡的农民把自产的农作物，笋子口蘑、鸡鸭禽蛋，或竹编木器拿到场上出卖，给家里买盐扯布，带回需要的生活用品。一些无事闲逛的，也要在小馆子吃碗杂酱面，或几个肉包子，就一碟儿花生米，喝二两干酒，然后三五个熟人，一路吹着壳子（方言：指说大话、闲聊或聊天）慢慢往家赶。有次我去平滩赶场，途经严家坪煤站，恰好碰上颜正准备吃早饭，他顺便招呼我一同吃饭。忽然，我看见颜从泡菜坛里捞出几个芋儿，顿时感到十分惊讶，因为从来没有听说过芋儿是可以做泡菜的，吃起来还有点脆哩。最不可思议的是，我昨晚做梦，恰巧梦见吃芋儿，居然今天一大早就吃到了。惊讶之余，我把昨晚的梦告诉了颜，颜竟大笑起来，说我爱人一定会生个女儿的（那时我爱人已怀孕九个月，很快就要生产了），我也只当玩笑，告别了颜，继续前往平滩。下午回到沙坝时，工矿贸易公司的冯经理找到我，说我家里打来电话，我爱人生了，果然是个女儿。我来不及细想，略微收拾，便匆匆往家赶。一路上脑海里尽是"女儿""芋儿"。很快，到家终于见到这个梦中预兆，面如红杏，发如乌丝的新生女儿。在之后的几十年里，每当想起那晚的梦，那早上的芋儿，那上天赐我的女儿，就觉得生命多么奇妙。恐怕这就是定数吧，冥冥之中，就注定了女儿和我一生的缘分。

  沙坝的日子实在有些寂寞，我和颜就在附近种了几块小菜地。那年夏季，我们种了空心菜、茄子、番茄、四季豆、青刀豆等，长势很好。特别是青刀豆，一簇簇爬满竹篱，饱满的豆荚藏在紫色点缀的绿叶中，根本吃不完。我睡觉的房子是302厂原来的化验室，宽敞明亮。到沙坝的第二个月，我便从赵家、平滩场上买回两只活蹦乱跳的山羊羔，八只黄绒绒的小鸡仔，一位姓柏的当地青年还送来一条大黄狗，我的屋子很快就热闹了起来。每天清晨，天刚刚放亮，调皮的羊儿就"咩咩"地蹦出门外满山跑,小鸡也在屋前屋后"咯咯咯"地扒虫啄草。一到下午,它们或栖在树荫下,或在草丛中漫步,悠闲得很哩。只有大黄狗成天跟着我,跑前跑后,一副忠实的样子。直到夕阳慢慢西下,漫天晚霞散去,月亮上了树梢,它们才乖乖地陆续回到屋角。一时门里门外,"咩咩咩""咯咯咯"的叫声不断,与四周的蛙鸟虫鸣此起彼伏,简直成了山间小夜曲。慢慢地,一切终于安定下来,渐渐归于夜晚的寂静。真有点"日出而作,日落而息"的味道哩。

　　山中夏季的夜晚安静而凉爽,也是做梦的好时光。那年七月月圆夜,我正在熟睡。突然,十来个不明身份、袒胸露背的精壮汉子,执着木棍铁锹,乘着一辆大货车冲进煤坪,疯狂地把焦炭扔上车厢。我凭借本能,竭尽全力想起身阻止。然而,一阵巨大的恐惧豁然布满全身,冷汗淋漓,四肢瘫软,丝毫动弹不得。就在这恐惧与挣扎之间,脑海中一个激灵如闪电般划过,我惊醒过来。霎时,整个人格外清醒,大脑空明,睡意全无。我睁大双眼,环顾四周,一切依然静悄悄寂寞无声。原来,只是一场梦幻景象。我看看表,已是半夜时分。遂起身来到门外,望见天空如洗,一轮皎洁的明月静静地挂在天边。远处的峰峦勾勒出朦朦胧胧的天际线,周围的山丘、树林,以及弯弯曲曲的小路,都沉浸在银色的月光里。林中偶尔传来夜鸟"咕咕咕"的叫声,更显得深夜沉沉的寂静与清冷。我默默地坐在门前空旷的草地上,大黄狗也安静地趴在我身边。想着刚才的梦,想着梦中的恐惧与无助,想着醒来的清醒与平静……想着两千年前有人问孔子,世上有无鬼神?"子不语怪力乱神。"其实,我们只要头脑清明,思维正常,那些"怪力乱神"又怎能扰乱我们的心智呢?看来"醒着"比"睡着"好。就这样,我和大黄狗默默对坐在月光里,任凭思绪飞跃,直到太阳重新升起,天空一遍火红,新的生活又开始了。

　　就在这年年底,我离开了沙坝,回城参加了正式工作。随着时光的流逝,沙坝的记忆也渐渐淡去。然而,那些生活中点点滴滴的片段,仍令我怀念。它们像一盏温暖的灯,照亮我一路前行的路。再见吧,曾经的沙坝,以及那些不曾忘记的旧事。

沙坝旧事（二）

天刚蒙蒙亮，清脆的鸟叫声划破了山中的宁静。我起床走到门外，眺望着远处墨绿色的山林。层层朦胧起伏的峰峦沉浸在灰色的雾霭中，一团团白色的薄雾轻轻地向天上飘去。不一会儿，太阳渐渐从山尖露出来，雾霭散尽，阳光洒遍了大地。天，终于亮了。

我站在屋前的草地上，闭上眼，惬意地呼吸着乡下清晨新鲜的空气。按照几天前的计划，我今天要去赶赵家场，买两只小羊羔回来，以便能为我单调寂寞的日子增添一点热闹。

乡下的三月，天气分外肃清。一块块冬水田如镜子般镶嵌在大地上，新鲜的泥土味，裹着田里的水汽扑面而来，钻进人的鼻孔，沁到人的脑子里。田坎上一排排的桑树已冒出嫩绿的新叶，坡上的青草挂着白色的水珠，夹杂着黄色的小花，在风中微微摇动。

赵家是个大场，四周的乡民一大早就陆陆续续向赵家汇集。沿途三三两两的人群，脸上挂满了兴奋，牵着自家的猪羊，抱着鸡鸭，或背着瓜果蔬菜，互相大声地打着招呼，一路而来，都希望在赶场天把自家的农产品卖个好价钱，或买回家里需要的盐啦醋哇针头线脑等日常用品。

我兴致勃勃地夹在乡民中，听他们大声地说着田边地角家里家外的琐事，走完几百米的山路很快就到了。

赵家是区乡公社所在地，周邻马家、碑高、木子、石河等乡镇。街上百货店、药店、理发店、杂货铺、书店，一间接着一间。各色各样的小吃店挂着诱人的招牌，比比皆是。场头场尾打铁修农具的，卖竹木山货鸡鸭禽蛋的，老的小的，男的女的，呼来唤去。叫卖的，讨价还价的，吆喝声不断。场上到处挤满了喧闹的人群，人头攒动，接踵比肩，热闹得很。

乡下的人喜欢赶场，也需要赶场。平时田间日复一日的劳作，除了买卖需要的东西外，也算放松自己休息一下。而最吸引人的就是在场上下一次馆子，有钱的大方炒个肉丝，弄碗汤，或吃个烧白，或叫笼肉包子和羊肉蒸格，就着烧酒解解馋。钱少的最起码也要吃一碗杂酱面，或点碟花生米二两老白干，在弥漫着水蒸气和各种嘈杂声中悠闲地度着这难得的时光。

我自然也和多数人一样，吃了一碗又辣又麻的红油抄手，就直奔场尾的牲口市场。

这里又是另一番景象。宽阔的坝子，挤满了卖牛的、卖羊的、卖猪的，一圈一圈各有各的地盘。牲口的主人或站或蹲，抽着辛辣的叶子烟，眼睛却不停地在人群中瞄来瞄去。买牲口的时而盯着牲口，时而看一眼对家，暗暗计算着，却绝不轻易开价，耐心地等待着……

太阳已经升到高空，春日的阳光照得人身上暖洋洋的。各种牲口味、泥土味、粪尿味，混着叶子烟飘浮在整个坝子里。时而几声牛哞羊咩声响起，打破这尴尬的场面，像是在催促着那些暗自盘算的汉子们。

我走到一个卖羊的老汉面前，他牵着几只小羊羔。雪白的小羊围着他时而蹦跳，时而安静，时而四下张望，很讨人喜爱。我正琢磨着买几只，如何问价钱。那老汉咬着竹烟杆，不停地吧嗒着，嘴角冒出浓浓的青烟，眼睛瞄着我，老练地看出我是个"老外"，便主动介绍起来，说他的羊是他孙女养的，如何精蹦，如何肯吃，牵回去养一定没有问题。还说趁现在刚春天，地里上了草，养到下半年秋后就是肥羊，卖了羊好给孙女缴学费。直说得我连价也不好意思还了，便撇脱（方言：意为洒脱、干净利落）地付了钱，牵走了两只小羊，完成了买羊的计划。

很快，天时已过正午，人们陆续开始往回走。场上热闹的气氛慢慢降了下来，场渐渐地散了。我牵着两只小羊羔也开始离开赵家，慢慢地往回赶。

路上的人越来越少，大都没有了来时的兴奋，只有满足或遗憾的倦怠。间或几个喝得面红耳赤的醉汉，一路冲着壳子（方言：意为聊天，吹牛）大声地嬉戏着，笑着闹着。

远处的景色还是那么宜人，树叶还是那么青翠，田野还是那么安宁。散落的村庄上飘着袅袅炊烟。赶场的人们陆陆续续又回到自己熟悉的田间，回到竹林掩翠的院坝，等待着新的一天。

伴着春天里醉人的微风，我也回到了自己的住地。放好小羊，它们立刻便在屋前的草地里活蹦乱跳地撒着欢，稚嫩地"咩咩"地叫着，周围顿时欢快起来。我心里便想着秋天里黄色的草，想象着小羊在草里长大蹦跳的模样，想象着我在沙坝生活的变化。

远处的红日渐渐西坠，起伏的山林还是那么静谧。夕阳下我仿佛听到森林中跳动的响声，那一定是绿色中正在孕育的生命，充满了无穷的活力和希望。

我站在屋前，久久地望着远方，望着染满了红晕的天空，等待着，期盼着明天……

凉水摊与老荫茶

  几十年前，达县城的老街大多由青石铺就，年深日久，青石板被历史的年轮磨得既光滑又有些残缺。一到雨天，便被雨水冲刷得一尘不染，整个小城更觉干干净净，清清爽爽。

  那时候老城是没有行道树的。一到夏天，街边上就摆出许多的凉水摊，供路人在炎热的天气下解渴去暑。摆摊的大都是中年妇女或老年人，赚点钱补贴家用。凉水摊很简陋，一张不大的桌子，上面摆几个土巴碗，旁边放上一个当地土窑烧制的瓷缸，里面是煮好凉过的老荫茶。讲究点的摊子撑有粗白布做的凉棚，以便过路的客人一边歇气，一边喝茶。这样的摊子会多一些印花的玻璃杯，盛着加了糖精和薄荷的凉开水。那清凉的薄荷味和爽口的甜味直接浸到人的肺里，小娃儿是最喜欢的，但要二分钱一杯呢。而大人们却更多地选择一分钱一碗的老荫茶。

  这老荫茶类似于北京的大碗茶，是最大众化的茶品之一，深受重庆、川东北一带老百姓的喜爱。茶叶经熬煮后，其茶汤呈红褐色，浓酽饱满，饮之回甜透凉，既消暑又解渴。其实，这老荫茶并非人们常识意义中的茶叶，行家们将它称为"非茶之茶"。它原是一种多年野生乔木的树叶，其树高叶茂，叶片比一般茶叶大且厚，多生长在高山密林之间，以川东北和川西为多。每年清明前后，乡下的山民便将其树叶连同枝干采下，经摊青、杀青、干燥等步骤制成。一到夏季，城里的人家家都会买上几把，每天煮一缸，供全家老少和来客饮用。至于大街小巷的凉水摊上，老荫茶则更是必不可少的了。

  小城的夏天很是安静。特别是中午时分，太阳照在当空，气温最是炎热。除了公园里的苦楝树和杨槐树上，不时传出阵阵知了声，整个小城都沉浸在午睡中。直到太阳快下山了，整个小城便活跃起来。热了一天的男女老少走出家门，搭好凉椅、凉笆棍等乘凉用具，准备享受太阳落山后的凉风。洲河的南门码头和上游的静花滩，清澈的水里泡满了游泳的人，光着屁股的小娃儿则在水边踩着柔软的沙子追来追去。河水与河风褪去了人们身上的热气，给人一身清凉，也带给小城一天最快乐的时光。于是，这也成了凉水摊一天中生意最好的时候。乘凉的、逛街的、走街串巷卖小玩意的、游泳后从河里上来的，都爱在街边的凉水摊上，花上几分钱，喝上两三碗冰凉的老荫茶，顺便磕上几包炒得脆脆的五香瓜子，和熟人聊上几句东南西北的龙门阵（方言：意为讲故事、聊天、闲谈），那感觉才真是过上了小城的幸福日子。这凉水摊便也成了夏日里小城的一道风景线。日子像洲河的水，流去很久很久了。小城变成了大城，青石板铺就的街道早已消逝，连同街边的凉水摊和老荫茶，成了一代人永久的记忆，渐渐远去了。

曹峰作品*

我笑着笑着就哭了

总有一些美好洒落在身旁，不被在意，却在不经意间被感动。犹如冬日的暖阳，平凡而温暖，却带给我惊喜和感动。

母亲，你，从我的心上温暖地走过，让我笑着笑着就哭了。

记得春节前一天，下着小雪。母亲说要准备年货，我就开车载母亲回老家。经过银行门口，我要取点钱，银行人多，没有停车位。我只好把车停在道路旁，担心有警察贴单，就对母亲说："妈，你在车里别动，如果有警察贴单，你就说我儿子马上就来，再给我打电话。记住啊！"母亲笑着回答："没问题，放心吧，保证没事。"

因为过年，银行里的人是真多啊，都在等着办理业务。我取号，人多，只好先到自动取款机排队。心想有母亲在车里，就坦然等着。

雪，在下着，飘飘扬扬地从天上落下，预示着新年的祥和，瑞雪兆丰年嘛。我取好钱快速跑向车子，只见母亲站在车旁，眼神紧张，正在四处张望，似在寻找什么。我赶紧喊一声："妈，你干吗呢！不是让你待在车里吗！怎么跑出来了，大冷天的，冻着咋办！"我的语气里带有明显的责备。母亲却笑着说："我坐在车里，警察看不到我呀！"说完，一脸胜利的笑容。瞬间，我被母亲看似有哲理的话逗笑了。

雪，落在母亲的身上；风，吹动母亲花白的头发。她的脸上皱纹纵横，很沧桑。那一刻，我的鼻子一酸，我笑着笑着就哭了，一滴泪悄然滑落，最爱我的那个人，老了，老成了一个孩子。

母亲一直就是这样，你无论嘱咐啥事，她都笑着保证"没问题，放心吧，保证没事"。

---

* 作者简介：曹峰，笔名是竹林一叶，江苏邳州人。个人专著有《每一个字都开出一朵花》《在路上》《魅力中考作文》《时速中考》等。热爱生活，喜欢读书，发表散文、小说、随笔数百篇。

2020年,母亲生病住院,亲戚们去看她,都很担心她的身体,她却一脸笑意,嘴里还是那句"放心吧,保证没事"。我推她进手术室时,心情很沉重,担心母亲能不能撑下来。她好像看出我的心思,笑着说"放心吧,保证没事"。

母亲年近八十,单薄的身子在病床上略显憔悴,这是无情岁月不断剥蚀的痕迹;一头白发,像一蓬枯草,方显时光飞逝,岁月冷漠;一双干瘦的手拉着我,不知是紧张还是害怕,竟一直在抖,任时间的风雨点点滴滴地剥蚀母亲生命的枝丫,只留下令我心痛的衰败和苍凉。

我和母亲都笑着,笑着彼此安慰。就在手术室关闭的瞬间,我笑着笑着就哭了,哭得像一个犯错误的孩子。就像小时候我生病住院,母亲也是一样,笑着笑着转身就哭了。

曾经以为母爱是一条永不停歇的河流,永远给我源源不断的爱,不承想竟也出现断流;曾经以为母亲是一盏永不熄灭的灯,一直照亮我脚下的路,不承想竟也有油尽灯枯的时刻。

母亲,岁月在您的脸上刻下衰老,却在儿子心里留下辛酸。

有一种情,叫亲情,无怨无悔;有一种爱,叫母爱,是本能,它超越生死。

母亲,此生唯愿,一抬头就能看到您的笑容。

母亲的目光

手术室前,亲人们焦急地等待着。

我无助地盯着手术室的大门一开一合,在找寻母亲的身影。无奈只有母亲被推进手术室时,那无助的目光清晰地印在我的心里,挥之不去,久久地。那目光好像在说:"五儿啊!我恐怕不行了,我还能帮你们带小孙女吗?"

我的娘啊!都啥时候了,您还想着给儿子带孩子呀!泪无声地滑落,心却在愧疚地翻腾着。

母亲是6月28日告诉我她肚子不好受,浑身乏力,没有精神,老是犯困的。我还像平常一样主观地认为她是年龄大了,又刚在老家干农活回来,只是累了,休息几天就好了。可是不承想,就是因为我的大意差点错过母亲的最佳治疗时间。

后来,还是二姐在徐州二院给妈妈做了检查的,电话里二姐告诉我妈妈状况不太好的时候，我就蒙了。我知道一向谨慎的二姐说"不太好"的分量。这才想起妈妈从我家走的时候把自己的所有证件都带着，又说了句肚子胀的细节。

母亲啊！儿子不孝啊，自找"忙"的理由，却忽视了生病的您。您若有个三长两短，儿子就是把自己埋进土也无法弥补对您的愧疚。

在漫长的等待中，心里满是您一生辛劳奔波的身影。

记得小时候，生产队要求每家都要给五保户老人交柴草，由队长亲自监督。我和我哥去交柴，也不知道是什么原因，我哥和队长争吵了几句，结果队长把我哥打了，我也吓哭了。回到家，您看着我们兄弟俩被人欺负，顿时火冒三丈，一改平常温柔的形象，带着满眼的怒火就去找队长理论。看着您那愤怒的目光，我惊诧了。拉着哥哥就跟了出去。我的母亲啊！真不知道您当时骂了队长多久，只知道收柴的人都走了，队长也走了，天也黑了。只记得您当时抱着我们兄弟俩，边哭边骂："你们这些该死的东西，凭啥打我的孩子！"尽管年龄小，却也读懂了母亲愤怒的目光背后都是深深的爱子之情啊！

我读高中那会儿，哥哥姐姐们都辍学了，母亲把心中的希望都放在我身上，对我要求比较严格，仿佛这样就可以和她那要强的性格相匹配。可是我也没有像母亲想象中那样认真学习、成绩优异，也曾一度濒临退学。

母亲啊，您还记得吗？一次，您给我送饭的时候，我却逃学在玩，您被班主任老师数落了一顿，什么你赶紧带回家吧……您的面子没了，您要强的自尊心没了，您的希望没了，真不知道当时您的心情是怎么样的，不知道您是如何把我的行李拖回家的，这背后又蕴含您多少辛酸的泪水啊。

晚上回家，您没有搭理我，只是用您那满含辛酸泪水的眼看着我，目光中带着失望，目光中带着气愤，一句："你从此不要再去上学了，娘丢不起这个人，你自生自灭吧！"我不敢直视，不敢面对您那失望的眼神，只感觉随着两行热泪顺您脸颊飞奔而下，我心里激起一股像您一样要强的力量。

第二天，我带着对您的愧疚，带着您那失望的目光，朝着那个叫学校的地方走去，不回头。

后来，我有了自己的孩子，母亲便跟随着我，给我带孩子，这一带就是十几年。

母亲啊，我想知道您是如何转变你要强性格的，无论孙女多么任性，多么淘气，您都一直疼着她、爱着她，也不许我打孩子。

记得孩子五年级的时候，调皮，成绩下滑，老师打电话反馈情况，我生气地打了孩子，没想到您在背后打了我。见您抱着孩子，用慈爱的眼神看着她，还不断地抱怨我不会教育孩子。说实话，母亲啊，我知道您疼孙女，就像当初您疼儿子一样。可是您这是溺爱啊，这是放纵孩子啊！可是您不但不理解，还用目光告诉我：以后谁也不许打我的孙女。

我的母亲啊，现在想起来，您是对的，是您用您细腻的爱包容着我的一切，您爱我，您也爱孙女。母亲啊，保佑您平安出来，我一定记住您的话，不再用打的方式教育孩子，要向您一样将自己要强的力量传递给孩子。

四个小时过去了，还没有您的消息，我焦躁、不安却又无奈，只能一遍又一遍地为您祈祷，一遍又一遍地回忆这些年来，您为了我们姐弟五个，为了这个家，哪怕遍体伤痕也无所谓。

母亲啊！您当初为了我们姐弟几个能成为"农转非"的户口，不知跑了多少遍，踏破多少双鞋，用近乎祈求的目光询问着一个又一个领导，只为孩子能有一个城市户口；您为了哥哥姐姐的工作，把自己的一切抛之脑后，拼尽全力只为孩子能有一份工作；您为了老家三间堂屋，多次去找当领导的舅舅……

不想去想，却无法忘记，此时，只想您能平安，留给我们姐弟五个孝顺您的时光。

七个小时过去，医生说手术很成功。只是再见您时，您那充满慈爱的目光不见了，只留给孩子们紧闭的双目，或是因为手术的疼痛，或是因为对生命的敬畏，或是……

医生说刚手术完，不能睡觉，我就不停地呼唤您，您努力睁开眼，用微弱目光看着我：五儿啊！我怎么办了，我怎么办了，不能再去带我的孙女了……

娘啊！我将用什么样的方式报答您这份恩情啊！早已控制不住内心心疼的泪水，娘啊！儿子愿意成佛，佑您平安喜乐！

朱家巷的故事

茫茫碧波长空，一片白云轻轻飘浮，三月春风拂面，草绿花开天气暖。此时，朱家巷的天空格外蓝，朱家巷的空气就像刚刚挤出的牛奶一样新鲜。

云雀在悠扬地歌唱，鸽子在"咕咕"叫唤，狗儿一声不响地趴在主人跟前，温顺地摇着尾巴。好像在诉说着朱家巷的故事。

坐落于邓南村的朱家巷，全长约500米，是议堂街道重要的一部分。在岁月的漫漫长河中，朱家巷不仅记录着时代的变迁，还为议堂街道的发展繁荣默默无闻地奉献着，这里处处流露着朱家巷人的忠厚、朴实及朱氏家族的人文情怀。

说起朱家巷，还有一段故事呢！朱家巷南北走向，巷道弯弯曲曲，在巷道口拐弯处有一点空地、废地，也是村里的公共空间，长期以来这儿不是被人用来倒垃圾，就是有小孩在这里大小便。每到春夏时节，臭气烘烘，苍蝇蚊虫严重污染了巷道环境，邻近的居民叫苦不迭。为此，巷子里的人多次想方设法清除这个垃圾堆，但一直无济于事，甚至因为倒垃圾还多次发生过口角纠纷。

前不久，朱楼村村民朱本军想出了一个好主意，他决定自己动手，在这里砌一座简易花坛，栽点花草，改变环境。他起早挂晚找来了不少碎砖头，用板车拉来了泥土，把垃圾堆用砖头砌好，填上泥土，又栽上了月季花和如意草。在村里处理废地时，这块空地顺理成章就成了朱本军的了。

老朱就打算在这里盖上三层小洋楼，一楼三间门面对外出租，二楼一个大客厅、两间卧室老两口自己住，三楼由在外打工的儿子媳妇回来住。老朱心里想着，嘴里哼着，眼睛眯成一条缝，狠抽一口烟，小日子过得比蜜甜，幸福得像花儿一样。

早晨，支书王彦揉了揉太阳穴，满脸愁云，唉声叹气。老婆问："这是咋的了？""邳州市公共空间治理，议堂镇街道整理，前不久分给本军二哥的那块废地，正好是街道整理的必经地段，你是知道的，二哥为人厚道老实，但也很固执，讲死理，那块地是他整理的，也是村里分给他的，现在再让他让出来，不好办呀！"支书捏着额头。

中午，支书王彦一手拎着两瓶朱本军喜欢的白酒，一手拎着一箱饮料，走进朱二哥家。"理由很简单，这块地是我的，留建房子用的，不能让。"支书很沮丧地离开朱本军大门时，听见朱本军老两口声音很大。

晚上，支书带着老婆，拿着朱本军喜欢的烟，再次走进朱二哥的家。支书老婆直接说："二哥呀！你们没有错，这地是你动手整理的，村里也分给你了，现在就是堵着街道发展，影响街道顺畅，影响咱议堂街道生意，也不能怪你不厚道，朱家巷百姓也不能说你不顾大局。再说了，创建新邳州也不是你一个人的事。"朱本军本打算拒绝，可是被支书老婆这么一说，反倒觉得不好意思，一时无语。支书王彦悄悄放下烟，给老婆使了个眼色，就离开朱二哥家。

第二天，支书去镇里开"创建全国文明城市"的会，没去二哥家。

第三天，支书又没去二哥家。

…………

第五天早晨，支书王彦还没起床，就听见有人敲门。只见本军二哥脸色灰暗，眼带血丝，嘴里叼着烟杆在门口。朱本军沉默一会，狠抽一口烟，脸上明显增添了许多愁绪，说道："王书记，这地，我让！"说完，放下白酒和饮料头也不回地走了。

原来，那天晚上支书老婆一番话，让朱二哥思考许久，孙女在议堂中学读初一，当晚拿回来一份《致家长的一封信》，提倡"小手拉大手"共建美丽新邳州，要求爷爷代替爸爸妈妈签字。老朱又打电话和儿子媳妇商量，儿子媳妇同意让地。只有二哥老伴还心疼这块本属于自己的地。

支书望着朱二哥离开的背影，脑海里浮现出"听群众说，带群众干"的口号，沉默良久，两行热泪顺着脸颊滑落……

茫茫尘世，充满着太多功名利禄。在嘈杂的人海中能始终不渝地坚守一份厚道的本心，是多么的难得啊！

朱本军做到了。

这就是朱家巷的故事。

曹霞作品*

一米阳光

　　跟中航聊天如同葡萄美酒般令人陶醉，他是个性格温和、说话慢条斯理的人，总是用孩子般好奇的目光观察周围新鲜事物，以积极乐观的心态对待生活的每一天。去年，因为工作，我悄悄地退出了业余舞团微信群，被老学员王霞发现后，在舞团学员中夸大其词传来传去，顿时各种流言在舞团"炸开了锅"，给我学习跳舞带来很大的困扰和压力，一些老学员认为我瞧不起舞团而不理我，甚至看到我就翻白眼，每天晚上去广场学习跳舞的我都要面对老学员奇怪与犀利的眼神，我是个新学员，没有爵士舞基本功，也没有民族舞基础，曳步舞蹈节奏又快，根本就跟不上，现在还被学员莫名地数落，心里闷闷不乐。

　　我百思不得其解，我又不认识你王霞，干吗欺负我？我时常站在广场中央发呆，流言使我耳不忍闻。看样子舞团我是待不下去了。

　　有一天，我向学员中航道别说："舞团人多，在老师看不见的地方'踩'人现象严重，我在这个舞团不开心，又跳不到，想换个环境重新开始，因为我想学曳步舞。"中航说："有些事情不要理会，放糊涂点，太敏感不好，身体是自己的，年纪大了就要锻炼，可以减少疾病，身体健康比什么都重要，其他都不重要，要无视那些流言，把它视为空气。宽容待人也是在善待自己。人呀，这辈子不可能顺顺利利，总会遇到这样那样的问题，要有一个好的心态去面对，生活中你在意什么，你就痛苦什么，其实也没什么，只是自己想得太多了。佛说：'你生命中遇到每一个人，他都是你生命该出现的人，绝非偶然。无论你遇见了谁，他们都会给你上一课，帮你成长。'曳步舞是这几年比较流行的舞蹈，教得好的老师并不多，到其他舞团去如果再遇到像王霞这样喜欢搬弄是非的人，是不是又换舞团呢？你既然喜欢跳舞就要刻苦，要每天勤学苦练，也不要怕学不会，许多事不是做不到而是没有信心，总认为自己不行才做不到，最后干脆

---

* 作者简介：曹霞，女 喜欢写作，2022年参加"全国文学原创"大赛荣获二等奖，代表作《女孩爱跳曳步舞》《舞动的青春》。

放弃了。想想你年轻时发愤读书不就想找个好工作吗？领导交给你一项任务，你没日没夜地做不就想升职加薪吗？不要让这些流言影响你的心情，追逐自己的内心，坚持、奔跑、相信、慢慢地、慢慢地积累你的成功。喜欢曳步舞就不要放弃，曳步舞步子多、手势多，本身就很难的，需要花时间苦练。"

人生苦短，谁都需要善良，谁都希望被善良感化，即使品行不好的人也希望得到别人的善待，有时候一个善意的举动也能感动别人，怀着仁者爱人之心，不求回报，心怀感恩之心，心存善良，善待别人。人生才真正开始了。

安东尼说："人生，总会有不期而遇的温暖，和生生不息的希望。"越往前走越发现，要与温暖的人在一起，他会给你能量，给你时间，让你觉得自己对这个世界的重要。

大美阳新

阳新，一座英雄的城市，英雄的城市有英雄的气节和革命精神。

阳新也经历过气势如虹的年代。彭德怀、王震、何长工等老一辈无产阶级革命家都在这里生活、战斗过。这里也诞生了王平、伍修权等20多位共和国将军，20多万革命先烈在这里献身解放事业，风景秀丽的竹林塘湖畔的伏虎山上长眠着无数的革命英雄。远远望去，一座座墓碑。这是阳新的湘鄂赣边区鄂东南烈士陵园，记载着中国壮烈的烽火年代。

早在抗日战争年代，阳新儿女为了保卫自己的家园用生命捍卫了人类的正义，不畏惧困难和危险，在国家危难之时挺身而出，咬着牙、流着血、饿着肚子、拼着命奋勇抗敌，浴血奋战。前仆后继的阳新儿女顽强抵抗外来侵略者，顽强的意志和勇敢诠释了伟大的革命信仰，用他们的血肉之躯谱写了壮丽的历史篇章。

久负盛名的阳新采茶戏是阳新人引以为傲的传家宝，深受阳新人喜爱，被列入国家非物质文化遗产。采茶戏起源于民间小调，具有鲜明的地方色彩，有浓郁的地方特色和乡土气息，是采用地方方言演唱，人声帮腔，载歌载舞的舞台表演形式。语言诙谐、风趣、通俗易懂，表演动作朴实奔放，情感质朴浓烈，反映了广大劳动群众生活，爱情婚姻、道德伦理、积极向上的人文情怀。每逢佳节、宗族大典、祠堂落成、庙会及各种重大活动，如红白喜事等礼俗活动，接请戏班子唱采茶戏已成为阳新农村的一种风土习俗。

在国内以仙岛湖命名的湖泊不多,但是,真正非常著名的湖泊中仙岛湖算一个,这个位于黄石市阳新县王英镇、幕阜山北麓的仙岛湖,面积276平方千米,由1002个岛屿镶嵌在30.67平方千米的水面上。岛屿与岛屿之间若即若离,星罗棋布,有的是一个个独立的小岛屿,有的是一个个较大的岛屿,呈现出奇特的景观。清澈的湖水,晶莹剔透,湖面碧波万顷,水草丰茂,在阳光的照射下湖面微波粼粼,五光十色,碧水、青山、蓝天、白云交相辉映,宛如一幅山水画。仙岛湖的美在于多变的云雾,雨后气温开始上升,水蒸气就从水面升腾浮动,形态变化无常,在山林中散开。如果下一夜的雨,第二天早上晨雾弥漫,湖风缥缈,就像走进了云雾缭绕的仙境。仙岛湖的美还在于湖水随着季节天气的变化而发生变化:夏天,炎炎烈日,湖水呈现白色光芒;秋冬,湖水呈现蔚蓝泛绿。仙岛湖呈现别样的风景,清晨太阳犹如红彤彤的火球高悬,阳光穿透云层照拂大地;傍晚落日余晖映晚霞,一抹夕阳美如画,让人流连忘返,浮想联翩,因此仙岛湖被世人称为"荆楚第一大奇湖"。仙岛湖的主要景点有:仙湖画廊、野人岛、观音洞、仙龙岛。仙岛湖与杭州千岛湖、加拿大千岛湖并称"世界三大千岛湖"。

登顶需要乘坐缆车,登上岛屿的天空之城观景台。站在天空之城往下看仙岛湖,岛屿绿草如茵,湖面映衬出太阳的七彩光芒,呈现出奇异的景观,美不胜收,别有一番滋味在心头。这是世界上最大的玻璃底观景平台,直径为26.8米,由玻璃悬飘到半空,挑出49.5米,是美国科罗拉多大峡谷平台的两倍多,单体玻璃面积18平方米,空中玻璃走道长74.6米,宽达6米,玻璃厚度为4.5厘米,平台玻璃总面积约为1500平方米,海拔520.1314米,让你站在高空上恍如站在仙境。这里有湖北最高的180度荡幅悬崖秋千和高空玻璃桥两个网红项目,值得打卡;这里有高耸入云的鸟巢让你体验在家的感觉,放眼望去心旷神怡,云卷浪涌,看日出日落,眺望远山如黛;这里有把你捧在手心的通天佛手,让你有种上去下不来的惊心动魄,也可以见证爱情的浪漫情怀。这里常年云雾缭绕,以它独特的旖旎风光与绝美的景色吸引全国各地的游客。每年3月至11月,是仙岛湖的旅游旺季也是工作人员最忙碌的日子。

阳新隶属于黄石市,位于黄石市东南部,地处长江中下游南岸,享有"荆楚门户"之称。阳新土地肥沃,物产丰富,以"百湖之县""鱼米之乡""苎麻之乡""油茶之乡"闻名全国。今天的阳新早已日新月异,七大产业——粮食加工、种植养殖畜牧业、农产品加工、国家农业科技园、工业旅游、电子商务、光伏产品的重点发展,作为阳新未来的一个坚实支撑点,让贫困户脱贫,让各村村民通过产业发展致富。有雄厚经济实力的知名企业——宝武钢铁、湖北优科、华新水泥、远大医药等来此投资建厂。棋盘洲亿吨大港、新港物流园崛起，五条高速公路和两座大桥建成，在县内纵横交错通往全国各地，三座高铁站缩短了城市与城市的时空距离，大大推进了阳新的经济发展，阳新已迈进了一个崭新的时代，一条鲜明的主线连着过去、今天和未来。

蒲公英

  姐，我想告诉你，我很喜欢你。我看过很多人跳广场曳步舞，都没你跳得好。他们一个个只注重脚下动作与音乐的合拍，却忽视了手势和身体的律动。都只有一个想法，手搞快点，不然下一个动作搞不赢，两只手在空中薅两下马上就放下来了，手势和脚的动作各搞各的，互不相干。包括前天曳步舞交流会，曳步舞爱好者前来即兴表演，节奏强烈、动作迅猛，犹如雷鸣电闪，气氛如火，场面十分热烈。但他们都忽略了手势和身体的律动，广场曳步舞的特征就是全身的律动，手势的律动，身体各个部位，如头、肩、腰、臀，这些独立的动作的律动，现在却只看到一双双脚在地面上不停地摩擦与切换，一门心思快、快、快。在《在乎》这支舞中要用舞蹈的肢体语言演绎陆军在行军过程中随时准备作战的状态，前奏子弹上膛要通过舞蹈手势和头部律动来表现，真的很难，尤其是舞蹈的结尾部分，军人刚健的步伐、军人的气势、军人的威武要通过舞蹈演绎出来更难。但是，姐不同。姐跳舞非常重视手上动作和全身的律动，在舞蹈《包容》结尾部分，总共只有六步，这六步汲取爵士舞元素，向前走三步、向后退三步，出左脚，左肩下压、右肩抬起，出右脚，右肩下压、左肩抬起，看似简单的两步，一走起来就废，但是姐在这个动作上拿捏得很准，收放自如。还有在《包容》这支舞第五个八拍，"抖肩"就两个动作，但要抖出感觉是很难的，要挺胸、收腹。利用肩头和肩胛骨这一块肌肉层发力，垂直往上走，肩膀上下，一高一低。姐抖得好看，可见基本功之深，每天晚上在夕阳的那端远远地望着姐，在广场，跟着音乐的节拍翩翩起舞，轻轻地晚风将你的长发吹散，跟着你的节拍一起跳动。每一支舞都是一个故事，通过舞蹈来表达人物内心感受要用身体的颤、抖、扭表达出来，从内心自然而然地流露出感情，姐在这方面"抓"得很准，舞蹈时而兴奋激烈，时而缓慢优柔地融入音乐之中，一个人自娱自乐跳得可欢了。我多想趁你不注意拍你一下，让你猛一回头，拍下你晚霞般灿烂的笑脸；我多想趁你不注意，抓住瞬间，拍下你每一个动感的舞姿，作为青春的记忆送给你。我在想：为什么你的舞蹈让我如此动容？为什么你的舞蹈让我这般感动？是什么支撑你不知疲倦地刻苦训练？是坚定不移的信念吗？是火一样的热情吗？是不变的追求？还是……不管怎样，你向学员们展示了舞蹈的魅力，更向学员们诠释了努力是一种态度，与年龄无关。我时常站在后面看姐跳舞，一些学员在不太熟悉的音乐中败下阵来，嘴里不停念叨："两只脚搞不赢，简直跟不上"。只有姐在音乐中跟着节奏自娱自乐，从头跳到尾，跳得如醉如痴，忘记了一切，一个人反复练习新舞。你学跳舞的天赋极高，看几遍就会了，我突然发现你是一个被工作和生活耽误的舞蹈家，我想你小时候是因为父母的粗心，才忽视了舞蹈方面惊人的天赋，看着每天忙碌的父母也不敢告诉他们自己的真实想法。成年后忙于工作和结婚生子，只能再次隐藏起自己的爱好。如今孩子也大了可以腾出时间做自己的事情了。这时曳步舞"横空出世"，以迅雷不及掩耳之势火爆全国，重新点燃了你心中从未泯灭的梦想，因为有梦想，你学得快、跳得好；因为有梦想，你每天苦练来得早，一颗倔强的心用力坚持。你不仅舞蹈跳得好，还经常帮助其他学员，尤其是新学员，总是耐心解答舞蹈动作的难点，反复地做示范、认真地教，一起进步。姐是个有格局的人，心中老是装着他人，总是从远处看问题，从不计较个人得失，从大局出发，考虑事情把自己看成是集体的一部分，所有的人都是合作关系而不是竞争关系。

蒲公英，我最喜欢的花，它没有牡丹的娇艳，没有玫瑰的华丽，没有百合的迷人香气，却有着大自然特有的气息，一阵微风拂过越飞越高，浑身的洁白代表着纯朴和纯洁的心灵，即使是在寒冷的冬天，蒲公英的杆也坚强地站在风雪中，坚强不屈的品质和精神值得我们学习。姐就是那朵蒲公英。姐，我好喜欢你，真的！

奔跑在炫酷地带

我只要闭上眼睛，仿佛她就在眼前，一场偶遇，没有预兆，就这么撞见了。那还是去年的11月，在某酒店交流会上，她站在C位跳舞，我站在C位拍视频，当镜头对准她时，我停了下来，竟然还有人把《江湖酒》跳得这么生动，似乎在向我们讲述来自五湖四海的英雄豪杰聚集在一起举杯畅饮，谈古论今。苹果姐，一位陌生女孩第一次步入我的眼帘，我望着眼前这位其貌不扬的女孩很久，瘦小的个子，自信的笑容，坚定的目光，娴熟的舞蹈动作。

《江湖酒》这支舞是很难跳的，尤其是第六组动作，更难。

从苹果姐娴熟的舞蹈动作中可以看出她平时学习很刻苦，我听别人讲，她跟其他学员不同，她不要求抖音上的曳步舞自己都会跳，但她追求每支舞蹈动作规范标准。她知道想要跳出舞蹈的味道必须拼命地苦练，因为比她优秀的人在她看不见的地方更加拼命地勤学苦练。只有拼命才能优秀。她每天朝气蓬勃地来到舞团，"卒然临之而不惊，无故加之而不怒"是她的格局。志向高远，胸怀宽广是她的气魄。从容而冷静地面对各种学习压力和是是非非，每天争分夺秒地勤学苦练，别人一遍，她千遍，别人十遍，她万遍地练习。老师两天教一支新舞，其他学员跳一个忘一个，她是跳一个记一个，越跳越熟练，形成了自己的舞蹈风格。

我每次看到她刻苦训练时，仿佛看到了年轻时的自己，也是这样拼命的学习，但她比我更刻苦，她带给我的不仅仅是感动，更多的是震撼。因为曳步舞很难学，而且伤脚，很多人在学习的过程中因脚受伤坚持不下来。曳步舞大致分为两种：一种正曳（职业曳步舞），正曳是原本的曳步舞，要求高，有严格的技术标准，以青少年为主，推动传统文化思想和技术；一种广场曳步舞，这是娱乐健身的创新运动模式，追求动作花式以及步数，深受中老年人喜欢，舞蹈运用了 Hip-Hop 基本元素，节奏感强，舞步飘逸，动作轻松。但要跳好看也很难，手势花样多，步数多，动作快。舞蹈能够激发起观看者的兴趣，使人们能很快喜欢上这种舞蹈，并且有较强的学习欲望，尤其深受年轻女性朋友的喜欢。我想苹果姐这样努力不是为了换取成功也不是为了超越别人，是想去体验更大的世界和实现更多的愿望，与一群有梦想的人相拥而泣，一起欢乐，一起努力。锁定目标，理想和目标就像空中一条高高飘扬的旗帜，指引你前进。"会挽雕弓如满月，西北望，射天狼。"找到属于自己的那颗天狼星。不要停止你的脚步，奔跑也可以跑出光芒万丈。

包　容

　　中航是银行职员,每天下班之后都会早早来到人民广场,散步、跳舞,呼吸新鲜空气,闻闻花草泥土的清香,总是不停地告诉自己,生活多美好。这大概是意念的力量,健康地活着,平静地过着,开心地笑着。这是一份伟大的力量,能够充分而恰当地运用这种力量,就可以远离失败的痛苦寻找到自己心灵的平静与幸福。中航加入跳舞团队已一年多了,作为团队一分子,每天晚上跳舞从不迟到,大家对中航印象很好,他在团队最安静也最低调,低调得让大家都忘记了他的存在,团队学员越来越多,性格各异,有的学员又霸道脾气又暴躁。最近教练教了一支劲爆甩脂爵士舞《头发乱了》,有的学员一看老师不在广场,一晚上霸占着音响,从头到尾,就跳一支爵士舞《头发乱了》,也不管其他学员喜不喜欢,愿不愿意跳,她自己喜欢就行。这种爵士舞,是一种急促又富动感的节奏型舞蹈,自由自在地跳,青春活泼,充满活力。如果一晚上就这样跳这一支舞,年轻人没事,上了年纪的人一晚上跟着震撼的音乐这样不停地疯狂摇摆,身体是受不了的。中航一看状况悄悄走了,我不解地跑过去问他为什么走?中航沉默了一下对我说:"换个角度去思考问题,把自己当成别人,当我感到痛苦忧伤时把自己当成别人,这样痛苦就减轻了,当我欣喜若狂时,把自己当成别人,这样狂喜也会变得平和一些,要充分尊重每个人的独立性,设身处地为别人着想,他们一个个太喜欢《头发乱了》这支爵士舞,你一个人不停地要求换一曲再换一曲挺扫他们的兴,一个团队要达到和谐,就要有人谦让,我明晚再来跳,老师来了就不会出现这样的问题了。"我仔细端详这位中等身材,皮肤白皙,乌黑头发,有着暖暖笑容的中航没有说话。

　　走近中航,你会发现他不管什么事情总会站在对方的角度去考虑问题,对不同层次的学员向下兼容。平等尊重他人想法,以他人为主,不轻视他人,懂得照顾他人的感受。走近中航,你会发现中航总是降低自己的维度跟低维度的人同频,和大家相处融洽,和谁都能聊上几句,非常平易近人,非常低调。别人还以为自己很优秀跟大家相处和睦,其实是中航优秀。中航把思想、行为、境界作为一种修行,修炼自己,他从不计较个人得失,包容着每个学员的性格,可以看得出他是一个非常有修养的人。因为修养使人卓越,一个人事业的长度与人生的高度根源在于思想修养的深度。中航总是不断地修行自己的内心，修行自己的格局。中航让我深刻理解了"容"字真实的含义。

樱　桃

多美呀！白皙的皮肤，精致的五官，曼妙的身材，乌黑的头发，优雅的气质，深邃的眼眸，美得让人沉醉，她为什么长得那么好看，像是误闯人间的天使，我忍不住又多看了她一眼。其实她已经是孩子妈了，团队学员都亲切地叫她樱桃。她的少女形象可能连她自己都不知道。她外表长得清丽脱俗，就像一朵刚出水的芙蓉花，内心十分清澈，率真的性格有什么说什么，从不害怕在大家面前展示真实的自己。生来就是天之骄女，从小过着舒适优越的生活，她的美丽与聪慧更是得到了父母的宠爱，但是她的父母在文化教育方面对她非常严格，她今天的成功离不开父母从小对她的培养。现如今，她拥有稳定工作、拥有亲情、拥有美好的婚姻生活，拥有万般宠爱，活成了多少年轻女孩羡慕的样子。

每天晚上，樱桃早早来到广场，每当音乐响起，樱桃便独自站在广场中央轻飞曼舞自我陶醉、自我欣赏，漆黑的夜晚与她无关，周围的一切与她无关。此刻，路人因她而停住脚步、屏住呼吸，在场所有人都安静下来欣赏她的舞蹈，她像是一位为舞蹈而生的舞蹈家。

我们舞团是曳步舞舞团，是专业教曳步舞的，这对从小学民族舞的樱桃来说，一切要从头开始学起，每次老师教新舞，她都会用心地学，回家反复练习、琢磨，不会的动作记下来，第二天向团队其他学员请教。因今晚是周末老师不来广场，跳舞的人少之又少，我们聊了一会儿，她说她想学《再无他》曳步舞，让我教她，我教了两遍她就记住了。她悟性极高，有很强的记忆能力，怪不得广场舞跳得那么好。樱桃是一个非常安静与沉默的人，安静得让人忘记了她的存在。她每天早早来到广场，什么都不说，什么都不问，你放广场舞歌曲她就跳，放曳步舞曲她就站在旁边练习基本步，如果一晚上放曳步舞曲她就悄悄回去明天再来。什么都不说什么都不争，不说是一种大度，忍是一种修养，包容是一种智慧，心灵的宽度不是你认识了多少人，而是你包容了多少人。她有她的精神世界，甚好。

牧歌昭苏，天马故乡

昭苏县，隶属新疆维吾尔自治区伊犁哈萨克自治州，位于伊犁哈萨克自治州西南部，是中亚内陆腹地的一个群山环抱的高位山间盆地，总面积1.12万平方千米，昭苏县城海拔2018米，有国家一级口岸——木扎尔特口岸，东与特克斯县接壤，南与南疆阿克苏的拜城县、温宿县隔山相望，西与哈萨克斯坦交界，边境线约长220千米。绝美的伊昭公路全长120千米，一年只开放5~6个月。

一年一度的天马国际旅游节在昭苏大草原开幕，每年的6月至7月是昭苏旅游旺季，也是昭苏最美的季节。百万亩的油菜花一望无际，金灿灿，黄澄澄，开在田野地头，开在山边，开在公路边，铺天盖地，在微风中婆婆起舞，引来蝴蝶飞来飞去，真是"留连戏蝶时时舞，自在娇莺恰恰啼"。在阳光下这金色的花海与千年雪山交相辉映，"哇，太美了"。油菜花沿着公路，穿过田野，满山遍野盛开着、席卷着广袤的昭苏大草原，仿佛走进了金色的花海，在阳光下，草原绿草如茵，牛、羊在草原上悠闲地吃草，蓝天、白云、青草构成一幅幅美丽的画卷。

第三十届新疆伊犁天马国际旅游节在昭苏喀尔坎特大草原天马文化园举行，吸引了全世界的目光。作为天马的故乡，昭苏县各乡镇牧民赶着1万多匹马在海拔2000米的草原上上演万马奔腾的震撼、壮观景象，这些高大、威猛、俊美的伊犁马带着力量与速度在蓝天下风驰电掣，如风一样地奔跑，在牧民的指挥下朝一个方向奔跑，气贯长虹。早在西汉时期，乌孙国，一个古老的西域部落，是游牧民族在西域建立的国家，是西域三十六国中较大的国家之一，土地肥沃，水草丰茂，在伊犁河谷流域拥有大片草原，拥有63万人口和优良的牧场。此时的汉朝正处在强盛时期。公元前119年，汉武帝为了推进西域各国的外交、军事、政治结盟，第二次派张骞出使西域，专程前往乌孙国说服乌孙国首领结盟联合抗击匈奴，但被乌孙国首领婉言谢绝了，他们一方面想跟汉朝结盟，另一方面又不敢得罪强大的匈奴。张骞在乌孙国待了几年后于公元前115年返回长安，乌孙国首领把汗血宝马作为回馈礼物敬献汉武帝。汉武帝大喜，赐名："天马"。乌孙国首领看到汉朝日渐强盛决定和汉朝和亲，汉武帝为了实现与乌孙国的结盟答应了乌孙国首领的请求，决定派皇族宗室之女刘细君公主远嫁乌孙国首领猎骄靡，乌孙国首领献上上千匹汗血宝马作为和亲聘礼，开始了第一次结盟。可不久，老首领死了，他的孙子军须靡继位，按照乌孙国的风俗刘细君公主要下嫁给军须靡，而这时刘细君公主因过度思念家乡且体弱多病，始终不能适应西域生活郁郁而终。汉武帝决定再派楚王的孙女解忧公主嫁给军须靡。军须靡死后，按照乌孙国风俗，解忧公主嫁给其兄弟翁归靡并生下三个儿子和两个女儿。在乌孙国的50年时间里，汉朝联合乌孙国对匈奴发动无数次战争，解忧公主用她的智慧和豪情，用她的勇气和毅力，在常惠和冯嫽的帮助下让乌孙国成为汉朝的附属国，保证了西域的稳定与发展，丝绸之路也得以拓通。汉朝在西域建立了都护府，伊犁河谷成为朝廷的养马场。

特克斯河畔的伊犁马体格高大，匀称，外形俊秀，皮毛光亮，四肢强健，体质结实，反应敏捷，力速兼备，而且适应力强。在此后的200年陆续引进俄国奥尔洛夫马、顿河马、布琼尼马以及土库曼斯坦的阿哈尔捷金马、英国的纯血马等品种进行交配，这些外国马遗传基因各方面非常优秀，良种马里少不了它们的血统。这些品种杂交，保证了伊犁马的耐寒、耐粗饲、抗病力强、适应群牧条件的优点，同时有稳定的遗传性和生产性能。每年的4月至10月是昭苏最好的季节，也是马匹孕种最繁忙的季节。作为伊犁马的产地，昭苏草原常年存栏马匹达12万匹。伊犁马种主要分布在特克斯、新源、尼勒克、巩留等县，除国营马场外由私人牧民饲养，根据四季季节气候变化不断转移马场。这些牧民常年与马朝夕相处，熟知马的性格与脾气，能听懂马的语言，跟马有深厚的感情。今天的昭苏是个多民族聚集地，有哈萨克族、汉族、维吾尔族、蒙古族、柯尔克孜族、回族、塔塔尔族、乌孜别克族、锡伯族、俄罗斯族、塔吉克族等21个民族。

素有"天马之乡""中国油菜花之乡""中国彩虹之都"的昭苏县是唯一没有荒漠的县城，位于中国最西部，西边与天山山脉的乌孙山、哈萨克斯坦隔山相望，南边是天山第二大主峰汗腾格里峰。得天独厚的自然生态环境，使这块土地水草丰茂，肥沃富饶。在漫长的历史长河中，游牧民族孕育着草原民族文化、民俗文化、天马文化。夏塔风景区，位于昭苏县城西南70千米处，连接天山南北的古扎尔特冰川古道，从夏塔开始向南延伸到南疆的拜城，这个集高山、冰川、森林、草原、河流、温泉为一体的古道被称为最美的夏塔古道。西汉时期张骞出使西域，唐玄奘去西天取经走的就是夏塔古道。沿路的风景让人目不暇接，两边的树林郁郁葱葱，乡间的田野绿意盎然。由木扎尔特雪山、夏塔峡谷、特克斯河构成的自然奇特景观，是最佳的旅游胜地，也是探险爱好者徒步的古道。每年的6月至7月是夏塔最美的季节。

一年一度的昭苏天马节吸引着成千上万的游客来旅游观光，精彩的表演有：歌曲舞蹈，万马奔腾与天马浴河、马术特技表演、赛马、叼羊、姑娘追等一些传统地方民族特色的节目。这些点燃了整个会场，把天马节推向了高潮。一年一度的昭苏天马节将持续一个月，可以欣赏草原旖旎风光，了解当地风俗和美食。还有马拉松比赛、草原啤酒节、小马驹的拍卖等大大小小的活动三十余种。一年一度的昭苏天马旅游节已经成为一种民族文化的象征，伊犁哈萨克自治州人民政府决定把伊犁河谷打造成为世界级风景旅游区，昭苏县委县政府极力开发建设民族马文化等一系列项目，以马产业带动地方经济繁荣，保障良好的生态环境，大力发展培育伊犁马，努力把伊犁马打造成为天下第一马。一个充满希望的马产业在昭苏正在阔步前进。

傅林作品*

雪域高原哨所情

通往边防哨所的路是一条冰封雪裹、云雾缭绕的天路。站在冰达坂（维吾尔语的意思是"高耸入云的冰峰雪山"）上向下俯瞰，路的一侧是悬崖峭壁，另一侧是万丈深渊。蜿蜒的山路就像从天上飘落下来的一条条丝带，九曲十八弯！

部队头车已到山顶，尾车还在谷底，犹如长龙绕峰，搏击云天。从谷底到峰顶，需要与天斗与地斗，抗风冒雪艰难前行。仅仅几个小时，就能让人们领略到春夏秋冬四个季节的别样气息。天工不愧是神奇的气象师，他把寒暑冷暖刻画得格外别致：雪线之上，冰峰好似擎天玉柱，在阳光下银辉闪烁；雪线之下，田野好似绿色地毯，和风拂面生机盎然。是大自然鬼斧神工造就了这奇观美景，是筑路人不畏艰险开辟了天涧通途。

一次行军途中，车队在临近雪线处临停休息，我下车活动时，不经意发现路边朝阳面斜坡的一条石缝里，钻出几株开着粉红色小花的翠绿小草，在雪地和阳光的映衬下，显得格外美丽。它们沐浴着高原阳光，在阵阵寒风中摇曳着挺拔的身躯，似乎在向我们诉说着什么。我弯下腰，用手轻抚着它们，传递着我对顽强的小草的赞美。

人到雪域高原似入仙境，无限感慨。每当我们一次又一次站在冰达坂上，总会面对高耸入云的雪峰情不自禁地呼喊："喀喇昆仑，我们来了！"铿锵有力的呼喊声在雪山群峰中回荡……

高原哨所——距离太阳最近的地方，那里有令人赞美的异域梦幻奇观！

我和我的战友们曾多年在高寒缺氧海拔5000多米的边防哨所执行守卡任务。其中，令人非常难忘的是，在中印边境哈那哨所不远处，有一座高原内陆湖泊——班公湖，也叫班公错（藏语意为"明媚而狭长的湖"）。班公湖海拔

---

* 作者简介：傅林，男，吉林省长春市人，退役军人，退休干部。代表作有《难忘的军旅生活》《情景对话》等。

4250米。尤为奇特的现象是，湖水东淡西咸，湖水由东向西依次是淡水、半咸水和咸水。班公湖盛产高原鲤科裸鱼等稀有鱼类。鸟岛和湖岸聚居着大量斑头雁和红嘴鸥等珍贵飞禽。一眼望去，一片连一片的圆形鸟窝里满是白花花的鸟蛋。蓝天雪山下，偶尔还会遇到成群的野马和黄羊……

在班公湖，不时可以看到被人们誉为"西海舰队"的水上中队的武装快艇和水陆战车，在湖面上破浪飞驰，战备巡逻，威风气派！

作为高原边防军人，为了祖国母亲的安宁，为了各族人民的幸福，历代戍边官兵扎根高寒缺氧的生命禁区，接受生命极限的挑战和考验，一不怕苦，二不怕死，用火红的青春铸就坚不可摧的钢铁长城！中国军人一声吼，能让地球抖三抖！

当你背着书包去上学，当你悠闲漫步在街头，当你自驾悠然逛景区，当你享受热恋的甜蜜，你们可曾想到，在伟大祖国绵长的边境线上，一批又一批，一代又一代将士，时刻都在手握钢枪为祖国母亲和各族人民站岗、巡逻……

崇高军礼

每逢山上和山下部队换防，我们部队的车队都要途经昆仑山腹地海拔3800米的三十里营房。这里是新疆维吾尔自治区通往西藏自治区的必经之路，战略地位十分重要。

因为高寒缺氧，行军艰苦，所以，每隔两个小时左右车队就要停下来，特别是每到一座座冰达坂时，车技高超的驾驶员开始仔细检查车辆，生龙活虎的官兵们下车原地活动休息。

一次，在冰达坂紧靠悬崖一侧的路边，我特意捡起了几块略带彩色斑纹的椭圆形小石头，爱不释手地将它们放进了我的军衣口袋里。在雪域高原，每一棵小草，每一块石头，每一寸土地，都是祖国母亲珍贵的财富，都是高原军人心中的牵挂！

军号响起，部队整装，浩浩荡荡的车队继续前行。途中，不时会出现一群群藏羚羊、藏野驴和野牦牛，还有野狼、野兔等，它们时而飞奔时而停下，似乎在和我们打招呼。举目远望，被人们称为高原神鹰的秃鹫展开巨大的翅膀在天地间翱翔，俯瞰着奇幻的大千世界……

沿新藏线蜿蜒而上，在三十里营房东南72千米处，是闻名于世的圣地康西瓦（维吾尔语的意思是"有矿的地方"），它位于昆仑山和喀喇昆仑山交会处，一座闻名于世的雪域高原烈士陵园就坐落在这里。

每年换防，上山和下山的部队，都要到烈士陵园向为国捐躯的战友们献上一束束鲜花，敬上庄重而崇高的军礼！与他们告别。

那座高耸入云的庄严肃穆的纪念碑上，刻着"保卫祖国边防的烈士永垂不朽"十三个金光闪闪的大字。背面碑文："一九六二年十月二十日，印度反动派向我发动了大规模武装进攻，人民解放军边防部队在忍无可忍、退无可退的情况下，进行了坚决的自卫反击作战。我新疆地区边防部队，在中印边境西段自卫反击战中，高举毛泽东思想红旗，为了祖国的安全和各族人民的利益，全体指战员不怕艰苦，不怕牺牲，英勇顽强，前仆后继，取得了自卫反击战的辉煌胜利……"

每当我们一次次地经过烈士墓地，我们总会放轻脚步，生怕惊动了静卧在此的战友。是他们忠诚无声，默默地陪伴着风花雪月，春夏秋冬，静静地守望着祖国的安宁和人民的幸福。

望着每个战友的墓碑，他们在战火中的惊世壮举场景仿佛又展现在我们眼前……

我7978部队和其他兄弟部队鼎力相助，并肩作战，在党中央和中央军委的率领下，以摧枯拉朽之势，彻底粉碎了敌人的侵略行径，取得了无比辉煌的战果！把侵华印军赶出了中国领土，向全世界展示了中国军队无坚不摧、战无不胜的壮丽风采！

保家卫国是军人的天职，视死如归是军人的品格。我们要继承战友们未竟的事业，接过他们手中的旗帜，一不怕苦，二不怕死，为祖国和人民站好岗放好哨！

铁打的营盘流水的兵。当我们脱下军装离开绿色军营，每到"八一"建军节，我和我的战友们在祖国的四面八方，都会情不自禁地依然朝着雪域高原，向长眠在康西瓦烈士陵园的战友们敬上一个军人最高的礼节——庄重而崇高的军礼！

战　友

　　有这样一段可歌可泣的战斗故事，那是一场两军交锋的硝烟弥漫的战斗……

　　"嗖……"一发从远空袭击的炮弹呼啸而来，就在这千钧一发之际，离我几米远的一位战友高喊："卧倒，快趴下！"瞬间，他一个箭步飞奔过来，用力把我推倒，趴在我的身上。"嘭……啪……"震耳欲聋的巨响，炮弹爆炸了，强烈的冲击波几乎把人体撕裂，炮弹燃爆的火光夹杂着腾空而起的烟尘，顿时阵地上的防御工事基本被炮弹摧毁。几秒钟后，我摸了摸战友的手，问："没事儿吧兄弟？"他没回答。一分钟、两分钟过去了，我一遍又一遍地呼叫着，他仍然未应答。这时，我才突然发现，战友的鲜血正顺着我的脊背不停地流淌着……

　　在祖国边防线巡逻的路上，一位战友不慎落水，我们的战友李波高声说道："不要紧张，我来救你！"说完挺身跃入冰河勇救落水战友……

　　为了拯救战友，我们的战友倒下了，再没睁开眼睛，生命永远定格在了青葱岁月！是他们用自己的生命换回了战友的生命！

　　在艰苦卓绝的战争年代，在向敌人阵地碉堡发起进攻的生死关头，"你掩护，让我上！"拿起炸药包、爆破筒争先冲向吐着密集火舌的敌人碉堡的是我们的战友。

　　在国强民富的和平年代，"这是中国领海！这是中国领空！"用中国军队的威严驱离外来入侵者的是我们的战友。

　　每当发生地震、洪涝和火情等危难时刻，最先出现在抢险救灾现场的还是我们的战友！

　　…………

　　当我们从五湖四海聚集到绿色军营，穿上崭新的军装，戴上醒目的帽徽领章，从那一刻起，我们不是兄弟姐妹却成了胜似兄弟姐妹的战友！我们为了祖国母亲的安宁，为了各族人民的幸福，无私奉献，舍生忘死，前仆后继，冲锋陷阵！一句"坚决完成任务！"永远都是军人最响亮的口号和誓言！

　　在革命军人的血管里，都共同流淌着祖国母亲的血液，我和我的战友们是血浓于水的一母同胞的兄弟姐妹！这就是热血军旅生死与共的战友情！战友情最真！战友情最深！

战友，不分兵种，不分部队；不分年龄，不分性别；不分入伍先后，不分退役早晚。军营相聚，终生战友！

人民军队时刻听从党中央指挥。招之即来，来之能战，战之必胜。中国军队一声吼，地球都得抖三抖！这就是中华民族坚如磐石的血性，这就是人民军队战无不胜的力量来源！

假如世界没有战争

在那浩瀚的宇宙中，
地球是颗璀璨之星。
江河湖海宛如明镜，
川岳山峦遥相呼应。
历史雕塑恢宏美景，
人类共拓锦绣前程。

偏有世霸跳梁横行，
搅得全球危机丛生。
导弹呼啸划破长空，
火光冲天血雨腥风。
核武大棒凌剑当空，
战争阴霾恰似幽灵。

假如世界没有战争，
阳光洒满每个家庭。
假如世界没有战争，
灯火阑珊人间安宁。
假如世界没有战争，
天地人和尽享太平。

种族各异肤色不同，
胜似一家姐妹弟兄。
为了世界兴盛繁荣，
同心向着未来憧憬。
蓝色星球邻里相拥，
并肩漫步春夏秋冬。

最美不过咱大新疆

最美不过咱大新疆,
傲然屹立世界东方。
地域广袤无尽宝藏,
犹如明星璀璨闪亮。

登高望远改革开放,
亚欧大陆架起桥梁。
国际巴扎人流熙攘,
丝绸之路洒满阳光。

各族儿女赤心向党,
幸福喜悦洋溢脸上。
漂亮克孜帅气巴郎,
载歌载舞欢快豪放。

金色麦浪随风荡漾,
雪白棉朵绒细丝长。
美丽牧场牛羊肥壮,
天山南北瓜果飘香。

苍松翠柏沙漠胡杨,
山清水秀鸟语花香。
美若仙境人间天堂,
如诗如画盖世无双。

(注:巴扎意为集市,克孜、巴郎是对维吾尔族女孩、男孩的称呼。)

界　碑

庄严界碑,
屹立边陲,
傲然镇守,
扬我国威。

无言卫士,
日月相随,

护国安邦,
弥足尊贵。

苍穹可鉴,
天地轮回,
国家记忆,
光耀门楣。

释义：

中国大地国境线长达 5.52 万千米。在漫长的国境线上，耸立着成千上万座界碑。

界碑庄严，它们是无数的无言卫士，像山峰一样高耸挺拔，不可动摇。

风花雪月，酷暑严寒，只有日月星辰伴随着它们。界碑就是中华人民共和国的象征，它坚韧不拔，百折不挠，不畏浮云遮望眼。为了祖国母亲的微笑，为了亿万人民的安宁，默默地履行着自己的光荣使命。

天空清澈得可以照见世间万物，循环往复，千古不息。

界碑耸立在国境线上，但是同时，也耸立在中华儿女心中。它已是国家记忆，因为它做出了光耀国门的惊天伟绩！

领　袖

东方升起一轮红日，
文明古国豪放神奇，
绿水青山美若画卷，
人间天堂幸福甜蜜。

大国领袖丰功伟绩，
劈风斩浪震荡寰宇，
一代天骄高瞻远瞩，
憧憬未来前程秀丽。

中华民族顶天立地，
攻坚克难无所畏惧，
砥砺奋进不负韶华，
气势磅礴彩虹泛起。

伟人形象光辉旗帜，
祖国大地遍布足迹，
心系人民血浓于水，
风云变幻情缘相依。

高解新作品*

黄昏漫想

夕阳向晚，我坐在窗前，享受寒冬里特有的静逸，品味着黄昏。

冬已过大半，街角的风，依旧寒气凌乱，我轻依窗廊，细数从前，心若优雅，流经内心的景致，自然淌成温暖，随笔一一而过。

忆起往昔各样的精彩和无奈、魅惑和荣耀，岁华摇落，都已烙在生命的折层深处，无法离去也不能永生。想着岁月本无伤，伤的只是记忆中的微凉，从此不再是当年的模样。有时，看到天上飘着的风筝，情不自禁地联想到生命之轻，不由得泪流满面，而天与地依然大美光灿。

暮风淡淡，如花而放，犹如生命的钟灵毓秀，美丽且沉香久远，笔下浅写岁月，虽只是些尘缘凡事，却也似浸透韶华的酒，入口泛香，倒也是能醉了记忆，好歹埋在年轮之桑田。

欣欣人生，世事难得圆满，每个人都有心酸往事，何况生命本不长，何必总用来伤感，其实残荷缺月又何尝不是一种美呢。时光隧道如光年般遥远，你我皆为凡人，只是路过人间而已，又有何人能将光阴坐穿呢？

一怀晚风，吹拂过干净的心，妩媚了时光，回忆之上，脸上写满了欢喜，心如原野的温存，诗里文外，默默地为所爱的人浅芳，然后一起认认真真地老去。

就着黄昏，想着生命的风华绽放，想着四季的力量，芬芳之外，大地的尽头，晚霞正妖娆地发红……

---

* 作者简介：高解新，男，上海人，大专学历。

雨季随想

七月初，正是雨季，忽雨忽阴的，暮色中吹过来轻寒的风，在盛夏的边缘，白昼渐渐被拉长。

漫过窗隙，隐隐有茉莉花的香溢进来，我仿佛听见了春夏时节里植物拔节的音律，时而轻微，时而遥远，温馨弥漫。

在琐碎日子里，有时总想找个和友人一起对饮的理由，约上一二好友，就着三四小菜，每每酒喝至六七分，彼此说话声比先前高了，脸上也依稀有了晕色，山长水阔，世界因此打开。早先里的逐梦追月，在酒里接踵而至，杯来杯去，都在那一刻绽放，让彼此的心开出花来，即使或哭或笑，此刻世界便不喧嚣，窗外雨点不乱，风更不沉重。

想起我一位朋友，是安徽来的阿平，他早些年在上海打工，每逢假期总来我家喝上几杯。阿平喜欢邓丽君的歌，喝酒伊始，总让我播放邓丽君的CD，他也随着音乐慢悠悠地哼着，其实阿平唱歌还蛮好听的，《海韵》《原乡人》《小城故事》等节奏拿捏特准，他享受的同时我也快乐着。阿平还有一癖好，酒喝到尽兴时，爱高声吟诵古诗词，待阿平摇头晃脑地吟诵了，我知道他酒也喝得差不多到点了，不过，阿平肚子里还蛮有货的，唐诗宋词李白杜甫的张口就来，有时还应景着呢。

前些年，阿平回了自己老家，在一景点工作。去年十月里，我和爱人一起去皖南参加了好友儿子的婚礼。席间，我和阿平又见面了，还是旧年的模样，只是那天阿平酒后没有诵读诗词，许是想着那个场面不合适吧。

七月里，一路烟雨一路夏花，心情朵朵，即使安静地抒写过往，可文字总略微凉，风吹过窗台，告诉我早已不再少年，而往日里一帘梦、一季花或一窗雨依旧淌着、美丽着……

秋，总要来的

无论如何，秋，总要来的。

八月末的黄昏，我站立于街角的风中，感觉夏季晃眼而过，空气中隐隐约约已能嗅出秋凉。

秋是斑斓的，也是低调的，秋水为姿，伊人红妆，适合情侣们互诉衷肠。

蝉声渐渐消退，散落于时空中，偶尔闻几声鸟鸣，似乎有些空空落落。来来往往的生命，早已习惯于城市中的喧嚣，一边是无奈，一边是前行。

仰首凝望，流云飘在城市上空，寂静的苍穹下，所有太阳底下的子民，俱被时光驱使，或在尘里寂寞，或在风中繁茂。大自然造就的红绿枯黄，云月星辰，伴着风，伴着光，每每入夜，孤独而默落，从不言沧桑。

暮风依然暖暖的，穿过时光的旷野，捻着往事，轻轻地念，浅浅地喜，素素盛开，为人们描尽往日里的清欢。

人说，秋是兑换承诺的季节，那些风里花里尘里的念，于秋里次第盛开，浅落成香，宛若天边月，与世无争，漾在自己的半亩花田，静静地到地老天荒。

黄昏徐徐跌落，草木依旧葱茏，灿若朝花之美丽。在白与黑的交界处，风月无声，我依稀听到生命存在的不息躁动，依然年轻旺盛，不可阻挡。

斜倚夕阳，秋水文章，我将文字叠成花的模样，愿无风亦幽香……

守　望

岁月轻摇，转眼冬寒越窗。晨起洗漱，竟发现不知不觉中已两鬓微霜，不禁唏嘘不已，想着从嗷嗷待哺到眼角皱纹，也就大致四五个属相轮回，四季尚可流转，人生怎有回程，光阴历历，再美好的也会做旧。

过去的一年，走过几个地方，蹚过一些山水，写过些许文字，感觉还算充实，其实生命再长，也总有理想够不着的地方，故而没有丝毫遗憾，只是有自知之明，想着做暖心的事、书写有爱的文字就好。

年轻时，少年昂然，总以为时日还长，想着自己的心事，却哼着别人家的歌。多少年以后，怀揣着种花般的心情，渴望所有的美好都与诗有关，期盼繁花次第绽放，云影花容，雨来尘落，年轻着，清澈着；思风赏夕中，万物归真，鸟儿回巢，我自当欣喜。

我愿意相信，不管是腊月里白天的白，还是六月里黑天的黑，人生三餐四季，或清醒或沉醉，总有一些时光是用来追忆暖心的，比如童年，比如初恋，或者一首小诗，一趟远行，人世间的爱，不必浓烈，一滴一过往，浅浅流淌就好。

其实，人生过程就是一场守望，守望西落东升，守望缘散缘聚，守望花落花开，而世间的种种滋味，均在守望中用生命去认真细细品味才好。

旧岁将暮，新岁将临，过年是文化，是仪式，更是一种期盼，人们会在除夕夜合家欢聚，告别过去，祈福来年平安富足、兴旺发达。

烟雨人生，晨昏有致，我无意细数窗下走过的众生，只留心每个清晨窗前照耀的阳光，虽然我已不是八九点钟的太阳，但依然可以活出八九点钟的模样……

春日碎语

四月，柔风轻挽，青绿无须预约，在早春的旷野里，芬芳着每一个角落。

一夜小风。

晨起，披着一抹淡淡的暖阳，心向辽阔，远眺着岁月的沉淀，走过的足音，一一循序落座。

静静地倾听来自世界的风声、雨声还有花声，想着花开花落，实已无关风月。记忆中别样的美丽，轻倚季节的拐角，每每以梦的姿势折回，在梦境里听鸟语，观花开，活得像孩子似的，年华里的每一出童真，都是手心里的疼，清浅于岁月的深处，亦歌亦哭。

老了老了，生命却愈加张扬，越来越童话。想着世间的种种，生与死，荣与枯，也许都是假象，你的世界里不再只有月落乌啼，而花儿绽放在时光里，自然成诗，活出了自己的精彩，就连荒花野草也余香满溢。

当岁月吻过眼角，到了枯水的年纪，种种思念若丝，所有的过往，再也无力推开。忆起少年时的美丽憧憬郁郁又葱葱，青春时的兵荒马乱惆怅而生动，中年时惦着有人在冬天里帮你暖手，一段又一段老时光浅浅忆起，渐次伸展，或跌落，或流淌，任时光漫卷，开出朵朵暖暖的花儿，将内心照亮。其实人生犹如写作，开头一笔最是难；可人生又不像写作，因为无法重来。

当来到世间，生命就自然入驻人间烟火，不管愿意与否，都面对无法回避的亲情、友情、爱情，吹着尘世的风，隽永着天荒地老的悠长。

风月婉转，盛年不再回，额角的皱纹梳理文字里的念，酝酿着美丽，像远去的从前，摇落一沓花香，而将生命自然淌成流年里的一方水墨青花，淡月清风般的优雅。

蔚蓝之下，落字如蝶，捧一掌阳光，栖在谁的肩？风过百花，生命愈加广大，回望你我，都曾笑在云水之央！窗外，鸟儿正奋力飞过旷野……

霍东泽作品*

每个人都经历过同一天的两个下午

如果你曾经留意，或者你努力回忆一下小的时候，你会发现经历过的某一天，而那一天的时间特别长，有两个下午。

很小的时候，我有问时间的习惯。一天下午4点到5点我问过一次时间后，就跑出去玩儿，玩儿了很久很久，我当时甚至清楚地记得玩儿了些什么，足够玩儿一个下午。但是，当我回到家再问时间的时候妈妈告诉我的仍然是同一个时间。太阳仍然在那个位置没动。因为我家旁边就是小山包儿。每天太阳落下去我都会非常清楚。于是我确切地经历了一天之中的两个下午。我为此求证过很多人，直到我长大一点之后才放弃。大人们都不知道这件事儿。当时的我很纳闷儿，大人们为什么经历了重复的下午却一无所知。

在2000年的时候，千禧之年1月1日凌晨0点钟，互联网出现了一个难以修补的漏洞。然而修补此漏洞的唯一方法是让世界的时间调慢79秒钟。你记不记得你的表曾经调整过，或者说你有没有重新核对过时间。如果有，那就证明了我们所有人在同一天经历了两次0点1分19秒。

心理学家认为，人们看到的外界事物是心理成像的。也就是说，我们的五官只负责收集信息，大脑对这些收集回来的信息整理加工合并同类项，至于成像的结果它们是不负任何责任的。人们的这个成像有一点是可以肯定的，那就是"我是对的，我有理"。

这种情景就像反复做错题的孩子说："不就是合并同类项吗？我会，我是对的。"

现在你可以试着理解有的人听到玻璃的摩擦声就会疯掉，有的人因为无关紧要的一句话就跟你翻脸……因为同一个信息，每个人的理解都不一样。即便是我们经历了同样的教育，理解层次也会有很大偏差。我们很难理解有的人说话粗鲁就是为了跟我们拉近距离，但是确实有这样的人。

---

* 作者简介：霍东泽，男，38岁，籍贯内蒙古赤峰，大专学历，是一名普通文学爱好者。

在古老的印度流传着这样一个故事。一位名字叫毕鲁巴的瑜伽大成就者，到了一个叫嘎那沙的城市。一天下午，他到一位卖酒的女人那里喝酒，但是不给钱。还说如果太阳下山了就给她钱，但是太阳在那里一动不动。我估计印度所有人都经历了一天中的两个下午。后来国王代替他偿还了酒钱太阳才落下山。他的传奇故事很多很复杂不便详述，但是他之所以形成这么大的力量是简扼可述的。十二年中一直遵照一段偈语修持：

> 自本具足莫外求，
> 不知幸福是稚儿，
> 自心乃如意珍宝，
> 妄念分别慎沈染，
> 少欲知足称最胜。

我们每个人都会经历同一天的两个下午。

每个人的身上也真的会有同一件事情重复发生，从上一个瞬间到下一个瞬间让人惘然若失。我们不必去求证意识之外的真与假。因为以假为基础的求证没有意义，更不能去确定什么是假的。

十六岁那年我走在村前沙石路上

小哥赶着一群羊走过，跟我说："一定要好好念书……"我只是觉得对，却也没有什么至深的体会。

还有一年另一个小哥也说了同样的话"好好读书……"，我仍没有至深的体会。所以也并没有太好好地读书。就那样，随波逐流地读着书。然而我的理想是做一个木匠。因为我三舅是木匠。

小学时候植的树，在我上初中的时候已经有胳膊那么粗。和我一组植树的叫刘富，他母亲得了一种罕见的缩骨病……

村里三抱粗的大榆树被伐倒那年，是我们五年级升初中的时候。村里光秃秃的天空照着远处山尖儿上一条灰白色的马群道，顺着宽阔的壕沟一泻而下把村子隔成两半。马群腾起的灰尘里多了十几个飞奔着徒手逮马的小勇士……

到了初中因为课本不够没领到书，于是初中有两年的好好读书就只剩下了"好好"。我做了两年的好孩子，遵守纪律，爱护公物，任劳任怨。除了没书可读，一切都好。初三的时候，读了《草原传奇》《倚天屠龙记》《饮马黄河》《朱元璋演义》《说岳全传》《警世通言》《醒世恒言》《大侠师徒》《天龙八部》《碧血剑》……收获满满。《草原传奇》是子春的，被班长给扔炉火里烧了。当时我想我不会原谅这个劫财偷盗强抢"民女"的家伙，他竟然对文化也动起手来。那本书是记载草原上山脉河流形成的一部史诗级神话著作。我一度愤慨却畏于强权。子春的大眼睛瞪得圆得可爱，"没事，家里还有别的书，明天拿。"《倚天屠龙记》是孟祥龙的，虽然内容缺失了很多，但是我们都讨论着补全了。

十六岁那年，除了小哥的叮嘱，还目睹了庆祝香港回归，乡政府放了2万元的烟火。老师带我们看了一部电影，那部电影的名字叫《天与地》，刘德华演的。那部电影和烟火也仿佛庆祝了初中的毕业。而实际上，我只记得一生中只参加了一次毕业典礼，也并不是我自己的毕业典礼，大家跳起来把学士帽扔向空中，重复了两次，却也分不清那到底是不是个梦……

大学时候是温暖的，我经常坐在自行车的后架上：老大的自行车后架上，老二的自行车后架上，老四的自行车后架上，老五的自行车后架上，老六的自行车后架上，老七的自行车后架上，老八的自行车后架上。大哥二哥带我去医院；四哥骑车满城市找牙医蹬车蹬得浑身都湿透了；五哥带我起大早去吃西式自助餐；七哥带我去喝果茶，那是我第一次喝果茶，很好喝，那天我很快乐。回去后二哥问："老七带你去金川了呀？没事吧？"我傻傻地回答道："挺好呀，没事呀。"二哥说："跟你九姐闹分手呐。"我一下僵住了，满肚子果茶都是苦的。二哥咧开大嘴哈哈一笑说："没事，他俩总这样。"

如果说人生是一本书，那么这是我读的最好的一本书。大学第一天深夜，五哥第一个跟我握手，四哥教会我说"是""不是"，大哥教我舍务，二哥教我随和，六哥教我节俭，七哥教我电脑，八哥教我九城游戏。

我后来再没回去看过那棵和刘富一起植的树。假如我们一起走过多年，都曾在岁月里疯长，你的年轮历经了多少飞花飘雪，年轮的粗重纹理是不是同样积累了年少的迷茫和彷徨。掸落了春去秋来的旧事能否傲然独立。人说岁月如飞刀，是否也在你的年轮里烙下伤痕……我愿长风百里谱成曲，奏你狂风扰不起，亦愿乌云千重化成歌，唱你惊雷奈若何，再愿沧海万涛酿成酒，一醉方休万古愁。

我又回到村前的那条路，路的西头多了一条壕沟。宽阔平坦的青石路像一条超大的青色围巾，顺着壕沟从脚下"嗖"的一下抛到远处的山顶。羊群和小哥又在那里，隔着车窗，我看见的是一个很黑很小的老头，像沉寂了多年的四大爷。但求车快点过去，因为我没有好好读书，也并没有颜面用读书换来的客套和世故面对那一番殷切的叮嘱。我也不去看那棵树，惭愧于用一颗悸动不安的所求之心面对那纯真的灵魂。寄存到这里一个超凡脱俗的灵魂，然后让这具世俗的躯壳争名夺利去吧！

红尘世外观倒影，清凉池中月更明。

与其归来，不如归去！

小时候

粉白相间的喇叭花是野生的
红粉满园的扫帚梅也是野生的
前门地里的薄荷是野生的
山崖上的石榴茶还是野生的
我们儿时走过的
看过的
从小山坡的山胡椒
到大山坡上的断肠草
从山后的梾树林
到坝上遍满了的山杏
从踩上去沙沙作响的沙石路
到跳上去忽闪忽闪的二阴地

我如今确信
我没有向往过山那边的海
我希望山的另一边还是山
山的那边果然是山
连绵起伏的山
山风吹起来的时候
我朝外耷拉着双腿坐在窗台

看着太阳下去
月亮上来
盯紧太阳晒着空气抖动起来
细细地数着时光
它从东墙走过来
然后又徘徊到西墙后藏起来
偷偷劝说家家户户升起炊烟

我们曾经托起一只塑料袋
一帮小朋友向天上拍呀拍
它随山风越飘越高
越飘越远
那时，我确信它要飞过云天
到月亮上去
或者更远

后来它的遥远旅程
被扼杀在物理课上
这让我想到了所谓的
为之奋斗的理想

物理老师不是凶手
塑料袋的命运是我自己想到的
那理想呢

岁月你是人吗
你要是人

还我过往流年
我千金不换

刘丰作品*

爹爹的教诲

城里人管父亲叫爸爸，而我从小就管父亲叫爹爹。

长大一点时，我知道我们一家人来自农村，那我也可能生在农村？

因为父母在世时，我不上心去问，等想问了，他们又不在了。

问健在的二姑，她当时小，也弄不清我究竟是生在农村，还是生在城市？

我只知道在浅浅的记忆中，我很小的时候，大概刚会走，我扶着炕沿学步，一头大黑猪从门外跑进来，直奔炕边的一摊稀屎，把我吓得趴在地上直哭……这就是最初的记忆。

还有就是妈妈跟我讲过，我从小矫情不愿吃苞米楂子粥。

妈妈没有办法，只好把大米或小米洗干净了，用白布包起来，放在大楂子粥里煮。熟了再盛出来给我单吃。

不管是叫爸爸，还是叫爹爹；不管我是生在城市，还是生在农村。

我从小是在爹爹的影响、教诲下长大的。他是我一生中最佩服的人，是我人生的引路人。

要做一个自食其力的人

我刚懂事的时候，爹爹非常忙，只有在晚饭时才能和他见一面。

有时，他接待外宾或处理公务，会回来得很晚。

他回来时，我们早睡觉了，只有第二天吃早饭时才能和他见一面。

吃过饭，他又急匆匆地上班了。

那时，我家住在道里区森林街的商业厅家属楼，与兆麟公园仅隔一条小街。

---

* 作者简介：刘丰，出生于1951年5月15日，哈尔滨市人，1968年参加工作，2011年5月从省司法厅退休。

夏天，每到星期天，公园里游人特别多。

由于天气热，不少游人就到处找水喝。

我、老叔就和奶奶一起拎水桶到公园木栅栏外，卖凉水给游人。

我奶奶心肠好，一分钱让一个人喝个够，有时几个人喝也只要一分钱。

把公园门前卖冰棍的老冯奶奶气得直骂。

她撵我们走，让我们离她卖冰棍的摊位远一点。

要知道二十世纪五六十年代，人们收入低，买冰棍要两三分钱一根，而喝水解渴又只要一分钱，难怪她要撵我们，是我们抢了她的生意。

爹爹知道我们卖水的事，不但不责怪我们，还支持我们靠卖水挣零花钱。

他还语重心长地给我们讲起他小时候的故事来教育我们。

一年冬天，我爷爷让他和表哥刘香清去倭肯镇上卖猪。

卖了猪，装好钱，往家走。

路边有一群人玩牌九，有的人赢了钱大笑大叫，围观的人都跃跃欲试。

旁边的托，拉住我爹和刘大伯，让他们也试试手气。

他俩经不住劝，开始赢了几把，后来想走人家不让。

再赌有输有赢，不甘心。

后来，又输了，结果深陷赌局不能自拔，把卖猪的一百多元输个精光。

回家后，我爷爷把他胖揍一顿，又让他跪了一夜，这件事让他记了一辈子。

他用这件事告诫我们，长大了一定要自食其力，靠真本事吃饭，不能投机取巧，要做一个老实人。

爹爹的这个故事，也让我牢记了一辈子，激励我做一个自强自立自尊的人，这也成了我从小到大做人的底线和准则。

我今年七十一岁了，从不摸麻将，更不参加赌注性质的游戏和娱乐活动，这就叫父传子袭吧！

1964年，爷爷在斯大林街道维修队干力工。

七月中旬的一天，爷爷生病拉肚子不能上班。

爹爹就把我和老叔叫到身边，"青海，你和刘丰去帮爹干一天铆子工，两个半拉子怎么也能顶一个工吧，这也是对你俩的锻炼"。

第二天一早，我爷俩儿跟同在维修队干粉刷工的邻居郑大娘一起去道外一个金属冶炼厂干替工。

我和老叔的活是搬砖，给瓦工匠师递砖。

初生牛犊不怕虎。

我们虽然年纪小（老叔十四岁，我十三岁），但干起活来像一阵风似的，一会儿便在瓦匠师傅脚手架上码了一堆砖。

师傅直夸我们干得快干得好，我们干得更起劲了。

那天，太阳太毒了，晒得我俩满脸满身都是汗。

郑大娘看我们累得够呛，一个劲劝我们多喝水，别中暑了！

厂方为建筑工人准备了保健糖水，放在工地的阴凉处，随时可以用。

水可甜了，我俩一喝就是好几碗，可过瘾了。

现在想起来，还舔嘴巴舌的呢！可惜老叔刘青海六十几岁早逝，离我们而去了。

由于搬砖、运转、递砖是赤手干的，一上午，我俩就把双手磨破皮了。

用汗水一浸，手指痛得不行，再抓红砖更钻心地痛。

但，一想到爹爹的嘱咐，一想到一天能挣一元六角钱，我们就什么也不顾了。

回家后，爷爷看到老叔和我手上磨的红道子，十分不忍。

第二天，他带病去工地，说什么也不让我们干了。

帮爷爷干铆子工这件事，让我懂得了一个道理：靠劳动赚钱累，但心里踏实，有成就感。

保持劳动人民的本色

我们一点点长大，家里的生活也逐年有了改善。

那时，父亲工资高一些，母亲也有正式工作，爷爷还干临时工，家庭收入比上不足比下有余。

我家是一个传统的大家庭，上有爷爷奶奶，还有两个叔叔两个姑姑，再加上爹爹妈妈和我们四个孩子，家里多达十二口人。

爹爹进城当了官，始终保持农民的本色，是一个大孝子，也是一个好父亲。

我家每十天半个月，改善一次伙食。

他总让爷爷奶奶先吃多吃，他会挑一些别人挑剩下的吃，从不让母亲给他做好的，搞特殊化。

我爷爷爱喝酒，爹爹就会利用下班机会，抽时间到市场买一些爷爷爱吃又便宜的猪下水，如猪肠、猪沙肝、猪尾等，让我妈妈煮好了给爷爷下酒。

有时，还要让妈妈留下一些给我的弟弟妹妹等他们从幼儿园回来吃。

有一件事让我印象很深。

他穿的一件浅蓝色的确良（又称"的确凉"）衬衣，一穿就是两三年。

脏了晚上让母亲洗净，第二天再接着穿。

他不挑穿，却千方百计让我们穿得好一点、体面一些。

一次，他托人买了一把报废的降落伞。

请我家一个会做衣服的亲戚给老叔和我们四个孩子每人做了一件衬衣。

他还是穿那件浅蓝色的衬衣，袖头和脖领都磨破起毛了，有些寒酸。

二十世纪六十年代，哈尔滨的冬天特别冷，雪也大，有时雪有一两尺（一尺约为三十三厘米）厚。

街道组织居民参与清雪，爹爹亲自带领我们一起参与清雪活动。

他们大人负责锄雪装雪，我们用木梯子当车，把脏土筐装上雪，摞几层，我和周华锋、孙唤滨还有老叔用绳子拉，把雪拉到江边，倒进松花江里……

一干就是小半夜，大人小孩都累得汗流浃背，但心里又有说不出的高兴。

在爹爹的言传身教下，我们四个孩子从小就养成了勤俭持家和爱劳动的好习惯。

后来，我们三个男孩长大都当了兵，都很适应部队艰苦紧张的生活。

刘巍在部队表现突出，被提拔当了干部，正营职干部转业。

爹爹对此很欣慰，逢人便讲，我三个儿子都当过兵，个个都能吃苦耐劳。

要做一个遵纪守法的老实人

爹爹工作很忙，但对我们的教育从不放松。

1964年的夏天，我和同楼一般大的几个男孩到兆麟公园靠南门的游泳池里玩儿。

正玩得高兴，被一个姓寇的游泳池看门的工作人员撵出来。

大家不高兴了，把这个看门的好一顿骂。

他追过来，"小兔崽子，看我不揍你们！"叫着要打我们。

我顺手拿起放在墙根边的一条枯树根，向他投去，然后跟着大家跑。

只听着他"哎呀"一声嚎叫，捂着嘴巴向我追来。

我扔得真准，竟然打中了他，我有些得意，更有点害怕。

赶紧往公园南门跑，但被看守大门的工作人员逮了个正着，他们把我送到派出所。

警察叔叔看着我这么小把大人的嘴唇给打破了，仔细听了我的"交代"，严肃批评我："你虽然小，但大人不让游泳，你也不该用东西打人，打人是犯法的。"

妈妈很生气，来到派出所把我接回家，并付清了姓寇的工作人员的医疗费。

回到家中，爹爹并没有不问青红皂白地打我一顿，而是认真地听我讲了事情的经过。

对我打人的错误做法进行严肃的批评。

教育我"要从小学会守法，不能干违法的事，不做侵害他人利益的事"。

我打人犯了错误，没有受到皮肉之苦，却受到了深刻的遵纪守法的教育。

我在内心真正认识到，做人和遵纪守法的道理，爹爹的教诲在我思想上留下刻骨铭心的烙印。

1965年春天，在群众的强烈反对下，兆麟公园南门的游泳池被拆除了，老百姓都拍手叫好。

我上中学二年级时，正赶上"文化大革命"。我无学可上，整天泡在学校无所事事。一天，我老叔的小学同学冯志剑来我校玩，碰到我。劝我跟他去干点活，挣点钱。

我问他："干什么活？"他神秘地告诉我，他有一个大一点的朋友，能打仗。

他们准备到郊区去抓赌，也就是砸赌，让我给他放哨，别让警察抓了。

我听冯志剑这么一说，顿时头发发炸，警觉起来，随后我找了一个理由跑开了。

从那以后，他再来我学校玩，我干脆躲了。

在这种社会环境中，我牢记爹爹的教诲，多次经受住金钱的诱惑和哥们儿意气用事的冲动。

爹爹看我喜欢木刻，就引导我学习绘画。

在道里西四道街找了一个姓董的老师，教我画人物像，也就是炭精画。

在老师的培养下，我的人物肖像画技术和我对人物、事物的观察力有了很大提高。

我虽然未能将画像和木刻当成终生职业，但它对我产生了巨大影响。

要经风雨见世面

我家是从农村迁入城市的，爹爹为了让我们更好地了解农村农民的生活，培养我吃苦耐劳的品质，在上中学的前两年，每年都送我到农村的亲戚家过暑假。

老舅爷家在勃利县吉兴村，他在生产队喂牲畜。

他常带我去马棚里玩，让我看他怎样喂马吃草，怎样给马饮水……

柏姑还领我到三舅爷家和小南沟二叔、三叔一起玩，有时大海也和几个害羞的小女孩来看我这个城里来的孩子，指手画脚地小声嘀咕着什么，好像说，"城里孩子也没什么特别吧！"

一天，吃过饭后，我又找二叔、三叔玩。

我们坐在窗台上谈天说地，三舅爷在小园子里锄草。

忽然，不知什么原因，三叔一下子从窗台上后仰下去摔到小园里。

我连忙跳下去，把三叔推到窗台上，二叔赶紧叫回了去老王他姐姐家串门的三舅奶奶。

我和二叔、三叔还经常到村南边的吉兴河里玩儿。

水河最宽处有20多米宽，1米多深，正好适合我们玩。

我们十几个十来岁的少年，你扎猛子抓鱼，我追你打水仗，玩得开心极了。

玩累了，就爬上沙滩晒太阳，把脸用树枝盖起来，把身体用沙子盖上，太舒服、太惬意了。

晒够了，就爬到西瓜地里偷个西瓜，用拳头砸碎了，大家分着吃，把看西瓜的老大爷气得嗷嗷叫。

我们也不光淘气，有时也去麦地里帮大人拣麦穗。

由于麦地里湿，我就不穿鞋光脚拣，脚板被麦茬子扎了好几个小洞，一痛好几天。

爹爹来接我时，还用镊子帮我从脚底拔出好几根扎进去的麦茬子。

二十世纪六十年代，党和国家提倡到"大江大河去锻炼"，全国掀起了群众性的游泳活动。

爹爹积极响应党和国家号召，也动员我们去松花江里学习游泳。

在爹爹的支持鼓励下，我们兄妹四个利用暑假时间，坚持每天吃完午饭，或结伴或和同学们一起到松花江里游泳。

有一次，妹妹和邻居的几个女孩游泳，险些被淹着。

二十世纪九十年代初，妹妹随她丈夫去南非创业。

经过多年艰苦努力，她由一无所有到创办了自己的经销公司，成为南非有名的"帽子大王"。如今大女儿继承母业，在南非继续从事经贸事业；小女儿在美国大学毕业，创办了自己的美甲公司。

要经得住组织的考验

"文化大革命"中，我爹爹也受到了冲击，被单位造反派揪斗。

为了不让我受到太大的刺激和影响，爹爹和妈妈支持我在五十一中学住，一方面可以参加学校运动，另一方面可躲开单位批斗爹爹对我造成的伤害。

我的同学龚定陆、陈久邦、高尔威等也陪着我在学校住。

后来运动稳一些后，我也回家住，偶尔能和爹爹见上面。

他主动和我们谈他的历史情况，让我们了解他的问题，正确对待群众运动。

"文化大革命"结束后，爹爹恢复工作，从省服务局局长的岗位调到哈尔滨市商业局主持工作。

后来，他又先后在二商局、服务局和供销社担任主要领导职务。

他对批斗过的他的干部不打击报复，不穿小鞋，受到群众的拥护。

爹爹参加革命，追求真理的曲折过程，使他受到触动并得到深刻的教训，也给了我深刻的启示和教育。

1966年春季，我上初二时，有幸被滑翔机学校录取，原打算当年秋季就去哈尔滨市滑翔学校上学。不幸的是一场政治运动，把我的飞行梦推迟了两年多。

1968年1月，正在参加复课的我，终于接到入伍通知书，到解放军步兵部队带培，一年后入航校学习。

听到这个消息，刚刚被"解放"的父亲激动地流下了热泪，他抱着我说："这下你可以圆你的飞行梦了。"

我的好朋友尚绍华在送我的红色纪念册的封页上写上了她的热情祝福："刘丰春辞北国暖，今昔精神信堪赞。举笔题词望长华，犹见碧空飞银燕。"

那些天里，我仿佛已经成了飞行员，一曲《我爱那祖国的蓝天》不离口。

经过半年的步兵锻炼，我迎来了入航校前的例行身体检查，身体棒棒的，顺利通过。

一个月后，我班的战友江修权、柯利明，七班的徐海河被批准加入航校学习，我却落榜了，看着他们一个个高兴地和我告别，我的情绪变得和深井的水一样，冰凉冰凉的，我欲哭无泪，病倒了。班长谢树请耐心地引导我："你因父亲问题不能当飞行员，但你可以在步兵部队好好干，一样有出息！"在老班长和老战士的耐心教导下，我慢慢地走出来，热情地投入紧张的训练、学习、值勤中。

祸不单行。过了一段时间，谢班长又找我谈话，大概的意思是说，"你虽然干得很好，但部队准备让你提前退役，你要有思想准备"。

我思想斗争很激烈：为什么父亲的问题要影响到我？我做错什么了？

这时，父亲的教诲在我脑海中出现，"你在部队要经受住各种考验，不要给父亲丢脸"。

我也想到妈妈含辛茹苦地把我养大，我这样逃避矛盾，对得起她老人家吗？

经过多次长时间的思想斗争，我突然明白了，一个有志青年，一个共青团员，不能如此软弱，要坚强地面对现实，要经受住组织的严峻考验！

也许，是我这个可以教育好的青年用实际行动感动了部队领导；也许，是爹爹的问题得到结论，我退役问题不了了之。

当年我被评为"五好战士"，第二年参加团、师、军区的学习毛主席著作积极分子大会，还被选送到军区训练大队深造，被推荐到师训练队当教员。

经过解放军大熔炉的锻炼，我渐渐地成熟起来，1969年7月光荣地加入了中国共产党。

不论是在部队还是退伍到地方工作，我都以一名共产党员的标准严格要求自己，干一行爱一行，干好一行，没有辜负一名共产党员的光荣称号。

我在省司法厅担任老干部处长期间，被国家老龄委评为"敬老百星"，被省委宣传部和老龄委授予首届孝亲敬老"十佳楷模"的称号。

在中国共产党建党一百周年时，我被授予"光荣在党50年"的纪念章，我由衷地写道："鲜红的党旗映红了我的脸庞，胸前的纪念章，闪耀着金色的光芒，在党五十年啊！是您指引着我一步一个脚印地走在社会主义大道上。"

要尊老爱幼，宽容为怀，善待亲人

爹爹这一生为党的事业，操碎了心，也为这个家费尽了力。

1973年2月，我从部队复员回家。

一进屋，我就惊呆了，我参军前住的大里屋，被别人住了，我十分生气。

爹爹怕我撵人家，造成不良影响，就和我解释，王新悦的儿子没地方住，暂住咱家，人家也不容易。

晚饭后，我爹爹让我坐下来，诚心地跟我讲："谁都有困难的时候，我是领导，我不帮助解决怎么办？""你也是共产党党员，遇到这种情况，你会不管吗？"

爹爹的话让我的心慢慢地静下来。

我理解了父亲的做法，明白了他的用心，他是在用自己的行动告诉我们怎样宽以待人，有容忍之怀。

为了让我们有个地方住，爹爹就住在走廊里的吊铺上，谁劝也不行。

一天早上，他着急上班，从吊铺上下来，不慎摔在下面的自行车上，造成椎骨两处骨折，住了一个多月的医院，又在家休息了几个月才恢复健康。

这件事引起李嘉廷市长的重视，在他的关心下，暂住我家的王家人搬出我家。

我父亲对来自农村的亲戚总是热情接待，好吃好住好招待，有求必应，帮助他们解决困难。

1987年5月6日，大兴安岭发生特大火灾，我三表哥（我妈的侄子）马德富所在的图强林业局育英贮木场被大火吞噬。

爹爹二话不说，让我妈给他们腾出屋子，准备好被褥，让他们安心地住下来。

他还让我帮忙找人安排三表哥的两个孩子大力、二力上学的事，不要耽误两个孩子的学习。

这一住就是半年，让他们感受到家的感觉。为此，妈妈十分感激爹爹。

后来，这两个孩子都考上了大学。一个被分配到七台河市防疫站，一个被分到新疆哈密油管局，很有出息。

爹爹十分尊重为中国革命做出贡献的老同志，每逢年节，都要带我们拿礼品上他们家看望。

我印象中有张学良的秘书原野，老红军李复元、宋连生等。

爹爹还嘱咐我们每年春节，一定要看望在哈市的长辈。

这种做法，我和爱人坚持了四十多年，我们这样做，父亲在天之灵一定会感知的。

如今，我七十一岁了，长辈也只剩三家了，我会继续下去，让爹爹放心。

我爹爹因病于1995年1月2日在北京逝世。如今有二十七年了。

他的一生有苦有甜，有失落也有收获，他为党的事业贡献了自己的一生。同时，他为家庭和家族费尽了心，过早地透支了自己。在即将离开人世前，爹爹仍惦记家中患病的老母亲，惦念着让我戒烟。

爹爹，您虽然离开了我们，但您生前的教诲，我们永远铭记在心，会继续跟党走。

我们要教育后代，做自强、自立、自尊的刘家后代，继续发扬"自食其力、宽容为怀、遵纪守法、扶老携幼"的家训,做新时代有用的人。

爹爹,您放心吧!

太阳岛

——扯不断的情结

"明媚的夏日里天空多么晴朗,美丽的太阳岛多么令人神往",一曲《太阳岛上》,使哈尔滨这个天鹅颈下的明珠,更加为全中国人向往。太阳岛这张冰城名片撒向世界各个地方。

作为地道的哈尔滨人,对坐落在松花江北岸的太阳岛有着深厚的眷恋和扯不尽的情结………

小的时候,赶上20世纪60年代。国家遭遇"三年困难时期",物资匮乏,粮食供应总量不足。当时,我家是个大家庭,爷爷奶奶叔叔姑姑和我们一起生活,全家共有十二口人。为了解决全家的粮食问题,我妈妈经常带我和哥哥去江北,也就是太阳岛上采野菜。有灰菜、柳蒿芽、榆树钱、婆婆丁等。偶尔也挖些蘑菇,如松树蘑、长腿菇,还有一些能吃但叫不出名字的野蘑菇。到了冬季,又到江北糖厂拣一些甜菜渣子做玉米面菜包子、菜团子。现在我还记得,妈妈为了洗去甜菜渣子里的碱性成分,在冷水中一洗就是十遍八遍的,手又红又僵,裂了无数个小裂口,她痛得直皱眉头。直到如今,妈妈为了我们一家人的生活日夜操劳和付出的精神激励着我,影响了我的一生。

生活条件稍好一些时,每到夏天,爸爸妈妈总要抽时间带我们四个孩子去太阳岛玩。大姑当时在照相馆里工作,她也陪我们去游玩,带着照相机为大家照相。那时的太阳岛原始、天然、粗犷,有着毫不雕着的美,成了市民休闲娱乐的好去处。江边的沙滩又细又白,从东到西有几百米长,就像一条银白色的纱巾摊撒在松花江边;沙滩上茂密的柳树毛又厚又密连成一片,就像一片深绿色的青纱帐。我们带着馒头或者面包、炸花生米、拌黄瓜、西红柿,有时还带一点红肠和炒菜,以备午餐用。我们一群孩子尽情地在江水里游泳嬉戏,上了岸滚上一身沙子,趴在沙滩上,在太阳光下曝晒。我们还在沙滩上挖个大坑,上面架上树枝野草,然后小心翼翼地撒上干沙子,躲在一边看游人掉进坑里的"丑态",真是逗死人了!碧水沙滩为我们带来了无穷的乐趣。这时候大人们就在柳树间用床单拉起简易帐篷，用塑料布或厚一点的布，铺在沙子上，把好吃好喝的东西放在上面，等我们回来吃饭。大姑最忙了，不但要帮妈妈准备饭菜，还要陪我们下水照相，陪我们玩。事情过去几十年了，也不知能否找到那些珍贵的相片。

我对太阳岛的感情不止于此。我家曾搬到太阳岛临江街住，我女儿就在太阳岛出生，还在太阳岛上过学。女儿是冬月出生，她爷爷给她起名小冬，一方面表明她出生的季节，更重要的是体现对小冬的爱。

小冬出生三个月的一天早晨，我起来烧火墙，"嘭"的一声，火墙被炸出一个30多厘米宽的大洞，满屋子弥漫着烟灰，呛得人睁不开眼睛。没有办法，只好连忙把小冬抱过江，送到她奶奶家去。然后再找人修火墙。

夏天到了，我们只要一休息，就会带着女儿去江边玩。她特别喜欢水和沙子。在沙子上爬来爬去，满身沾满沙子，连嘴里也进了沙粒，让人担心迷了眼睛。这一幕幕的情景至今时常在我的脑海闪现。

一晃女儿长大了。1999年秋，她考入了警察学校，学校也恰巧坐落在太阳岛上。她受了我的影响，特想当一名人民警察，如今她梦想成真了，所以十分珍惜这次的学习机会。她刻苦钻研警察专业课程，严格要求自己。在体能训练中，巾帼不让须眉，向男同学看齐，体能不断提高。在环岛6000米长跑测试中，她紧跟跑得快的男同学，咬牙坚持，终于以优异的成绩完成了测试。不少被她撵上的男同学为她鼓掌加油，并亲切称她"刘哥"。

无巧不成书。由于工作需要，1985年8月，我调入太阳岛食杂商店工作，在这里度过了三年美好时光，给我留下了深刻的记忆。

太阳岛经过大规模地改造建设后，变得更加洋气，更加美丽。但我们一家人对面积不大的沙滩仍情有独钟。每每到太阳岛游玩，都不忘沿着岛堤走一遍，回顾给我们带来幸福快乐的碧水、沙滩和柳树丛。如今，外孙龙龙也喜欢上太阳岛的沙滩，玩起了我们曾玩过的把戏，真是后继有人啊！

美丽的太阳岛是哈尔滨人的骄傲，更是我和我的家人的最爱。它凝结着我们的情感寄托，它陪伴着我们长大成人。太阳岛啊！你是我们永远也扯不断的情结……

妈妈，我好想您！

寅虎年春节就要到了。每逢这个时候，我都会回忆起那撕心裂肺的情景，历历在目。

1989年大年初三，也就是己未羊年大年初三的下午1点多钟，我和爱人还有大嫂陪爹爹守护已患肺癌晚期、病入膏肓的妈妈。

屋里很静，除了妈妈吸氧时，大号氧气瓶过滤水瓶中气泡发出的"噗、噗、噗"声外，屋里静得让人窒息。

看着妈妈苍白干瘦的脸庞，我思绪万千，记忆中的往事一幕幕在我脑海中闪现……泪水充盈了我的双眼。"妈妈，你才六十三岁啊，怎么就遭受这么大的磨难！"

这时，我发现妈妈脸颊轻微抽动，眼角沁出几滴眼泪。我知道妈妈又痛得受不了，连忙取针管，给她打了一剂"杜冷丁"。

几秒钟后，她面容松弛了，惨白干枯的双手，缓缓折弄着洁白的被角，偶尔双手也在半空中缓慢划动，"杜冷丁"发挥药效了。

随后，她艰难地睁开了干涩无神的双眼，混沌的眼球在左右环视。

她嘴角在微动，我立刻把耳朵贴在她嘴边，她断续地用微弱的声音说："把刘……刘毅……毅找回来"。

随后，慢慢无力，无奈地闭上了双眼，没了呼吸。氧气瓶的"噗噗"声也时断时续，忽然停止了……

"妈妈不行了！"我爱人的惨叫声，惊动了在客厅休息的父亲和家人，大家立刻围在妈妈的身边。

此时，时间停滞了，空气凝固了，天真的塌了。我扶着妈妈渐凉的身体，托着妈妈不肯闭上嘴的下颚，满眼泪水，头脑麻木，久久说不出一句话。

说什么呢？妈妈走了，我亲爱的妈妈带着对我们深沉的爱，对人间无限的眷恋，撒手人寰，去了遥远陌生的世界……

妈妈呀！我们什么时候能再相见？

妈妈为家操碎了心

时间过得真快,一晃妈妈逝世三十三年了,如果她还活着的话,今年正好九十五岁。

她老人家一生勤劳简朴,为我们这个家操碎了心,用尽了全部的心血。您的儿女永远不会忘记您比天还大的恩情。

从小我就知道,我家是个少有的大家庭。家里有爷爷奶奶、两个叔叔、两个姑姑,加上我们六口人,一家共十二口人。

二十世纪五六十年代,国家困难,我家的生活也十分拮据。为了维持一家人的生活,妈妈含辛茹苦,勤俭持家,为这个十二口之家付出了太多太多!

妈妈白天在单位忙,晚上回家吃完饭后,还要到小黑作坊干点私活,挣钱补贴家用。

我五六岁时,经常陪妈妈去道里高谊街的一个又小、又黑、又冷的屋子里,用缝纫机给人家扎麻袋,做帆布苦布。

我坐在一个角落里,静静地看着妈妈和其他阿姨干活。

不一会儿就困得不行,眼皮上下打仗。我坚持着,瞪大眼睛看着机头上的机针上下跳动,不知什么时候,慢慢地睡着了。

"快起来,我们回家了",我强睁开眼睛,不情愿地跟着妈妈往家走。

街上静极了,一个人也没有,只有路灯若明若暗地陪伴着我们。

天冷极了,冷风直往衣服里钻,我冻得直打哆嗦。

看着妈妈疲惫的背影,我赶紧追上去,拉住她的手,试图拉着她走。妈妈苦笑着说:"还是妈妈拉着你吧。"声音里透着疲惫,但更多的是坚强和自豪。

尽管妈妈白天忙晚上忙,但第二天一早,还要早点起来和奶奶一起给十二口人做早饭。

我们最常吃的是用苞米面和菜叶子做的菜团子、菜包子,就着咸菜吃,这还是好的。

我小时喜欢喝菜汤,但因家里生活条件差,妈妈和奶奶就用涮锅水给我当汤喝。

"三年困难时期",人们的生活就更苦了。

妈妈经常带我们去江北采野菜,补充粮食。有柳蒿芽、灰菜、野水芹菜、榆树钱等,偶尔也挖一些能吃的蘑菇,还从江北糖厂弄来糖菜渣子。为了生活,她从不喊痛叫苦，默默地坚持着、忙碌着。

爷爷在省军区第二招待所干临时工，为食堂和客人烧开水。他没事时，就去食堂帮忙干点零活，大师傅就把住宿军官吃剩的菜给我爷爷。他带回来，让妈妈给全家人做烩菜。烩菜的味道美极了，我至今还习惯把汤、菜、饭放在一起炖着吃。

为了让我们穿得体面又省钱，妈妈亲自给我们四个孩子做衣服、做鞋。

大的穿不了，给小的穿，衣服坏了，就打补丁，改一改。

不知多少个夜晚，我们早已进入梦乡，妈妈还不知疲倦地连夜为我们赶制衣服。不仅如此，连我叔叔姑姑的衣服也是妈妈做。

二姑告诉我，她1961年考上牡丹江商业学校，临上学前，还是妈妈用旅店不用的旧床单给她做的衬裤。

可以想象，二十世纪六十年代初，国家遭遇困难，再加上国际关系紧张，全国人民的生活有多苦。

希望我们的后代要珍惜今天来之不易的美好生活，刻苦钻研科学文化知识，掌握为国家效力、为人民服务的本领，为中华民族的复兴贡献自己的青春年华。

妈妈是贤妻良母，也是孝顺的儿媳妇和好大嫂

那些年，爹爹工作非常忙，照顾一家老小生活的大事小情都由妈妈做主和张罗。

爷爷奶奶年纪大，妈妈总是把好吃的留给他们吃。

爷爷愿意喝两口小酒，妈妈在晚饭时，总会给爷爷做一点下酒菜，供他喝酒吃。

有一次，奶奶感冒了，胃口不好，吃不下去东西。妈妈就单给奶奶做鸡蛋羹吃，不让她干活，还抢着为爷爷奶奶洗衣服。

老叔刘青海虽然辈分比我大，但他只比我大一岁。

我们在一个学校、一个学年上学。小学六年里，我们每天一起上学，放学又结伴回家，情同"兄弟"。

妈妈给我爷俩做一样的衣服，做一样的皮鞋。同学们真以为我们是"亲兄弟"。

老嫂比母。我妈对两个姑姑也是关心备至，细心照顾。

她们上小学和中学时穿的衣服也都是妈妈为她们做，或单给她们买，让她

们出门有面子。

两位姑姑结婚后，逢年过节，都要回家。回去时，妈妈总要倾其所有，给她们带一些冻肉、冻鱼等食品，让她们改善伙食。

二叔结婚后，经常和我二婶吵架。

我妈妈不知多少次上楼劝架，还多次骂我二叔不懂事，不知让着媳妇一点。

记得有一年，二姑二姑夫从牡丹江来哈办事。家里没什么好吃的，妈妈就把她心爱的正在下蛋的白洛克鸡杀了，炖鸡肉给他们吃。至今，二姑还常念叨这件事，感谢妈妈对他们的好。

叔叔、姑姑们家里有事，总找妈妈商量，让妈妈当参谋拿主意。1982年春，二姑所在的牡丹江烟酒站准备给职工分房子，二姑也准备申请要房，不给就闹。爸爸妈妈知道二姑脾气不好，怕她分不到房产闹事，出问题。妈妈不顾自己肺气肿病的病痛，连夜坐火车赶往牡丹江。一面做二姑的思想安抚工作，让她心平气和地对待单位分房；一面帮助二姑出主意，让二姑找领导介绍说明自己的困难。最后，在妈妈的帮助下，二姑家的困难得到了单位领导和同志的同情和理解，分给了她家一套房子，解除了二姑的后顾之忧。

妈妈一生要强，从不甘人后

我妈妈很要强，虽然小时候家里贫困，没有上过学，但妈妈心灵手巧，干什么都有模有样。

我妈妈十八岁时和十五岁的爸爸结婚。

爸爸出去工作后，妈妈就在农村学做裁缝，跟师傅学手艺白干活，为她日后进城工作和照顾家庭奠定了基础。

1951年，妈妈来到哈尔滨和爸爸团聚。

先后在童装厂、鞋厂和松花江旅社工作，直到1976年退休。

1952年，她在童装厂工作时，国家开展扫盲运动。妈妈深知没文化不行，积极报名参加"扫盲班"。

每天下班后，她给家人做完饭，赶紧吃上几口，就去扫盲班学习。

当时，脱盲要识1500字，初步达到能看书看报的标准。

妈妈十分珍惜扫盲班的学习，巧妙处理好工作、家务、学习的关系，尽管每天工作很累，晚上参加扫盲学习又困，但她仍然坚持学习，从不耽误一堂课。

白天上班，一有时间，她就捧着书本看上几眼，或把学过的生字写在小纸片上，没事的时候看几遍，用手指在手心上写几笔。

二姑刘青珍在回忆妈妈时，也说我妈干什么都是一把好手，做衣服做皮鞋做家务，干什么像什么。

她上扫盲班学习，从不耽误家务活。在家没事就拿报纸看，用铅笔写写画画，不懂的不认识的词和字，就问家人。

两年后，妈妈就能看书看报，写简单的书信了。我当兵的五年中和我通信最多的就是母亲。每次看到妈妈的来信，我都认真阅读，感觉她写得越来越好了。1969年初春，妈妈突然不给我写信了，急得我连续写了几封信，询问家里的情况。那段时间，我非常想家想妈妈，我当时只有十七岁，离家当兵才一年时间。1969年6月上旬，我突然收到妈妈来信。妈妈告诉我她病了，做了手术，并决定7月初到锦州看望我。妈妈来锦州部队，我才知道，妈妈患了肿瘤，子宫切除了，休息了好几个月。怕影响我的工作，没有写信告诉我。

我理解母亲，却不能原谅自己。我真不懂事，还误解他们不关心自己。

妈妈从锦州回家后，就上班了。由于妈妈工作认真积极，她连续多年被单位评为先进工作者，受到单位领导和职工的尊重。

她还在1971年"七一"前，光荣地加入了中国共产党，圆了她二十多年的入党梦。

照顾后代，透支了自己

妈妈长年累月的工作和操劳家务，照顾十二口之家，过早地透支了身体，患了很严重的心肺病。多走一点路就喘，严重时，睡觉要趴在被垛上，还要靠吃药打针维持着。

1976年，母亲退休了。她本可以养养病，到处走走，享受退休后的悠闲生活。但她看到我们工作忙，孩子没人照顾，又不顾自己的身体，主动承担起照顾我们下一代的责任。先是给我大哥看孩子，接着又帮我照顾女儿。

那时，我家住在太阳岛，我在南岗文库街一号的禽蛋批发部上班，还是领导。有了女儿后，我就每天早上抱着女儿，把她送到奶奶家，晚上在妈妈家吃过饭后，再抱她过江回太阳岛的家。如到家禽生产旺季，单位工作忙，我就晚一点接，再摸黑走冰过江。

一个冬天的晚上，我抱着女儿摸黑走冰过江，我爱人推着自行车在后面跟着。借着月光和两岸江堤上的灯光，我试着在冰上蹚着走。突然感到前脚踩上水,我险些滑倒。我连忙蹲下去用手一摸,才发现走到清水沟了。真险啊!如果再走一步,就可能滑入清沟里,后果不堪设想!

妈妈担心我耽误工作,又看我每天过江接送女儿又辛苦又危险,就让我把女儿放她那照看,一看就是两年多。这两年可把我妈累坏了,她的肺气肿病更重了。她实在看不了了,才把我女儿交给我岳母看。

母爱是伟大的,无私的。

妈妈不顾自己的病痛和劳累,把我们四个兄弟姊妹抚育长大,还帮助我们照看下一代,让我们集中精力做好自己的本职工作。她用自己的生命书写了一个母亲的真爱大爱,母爱如山!

妈妈年轻时长得漂亮,也爱打扮,人们都尊敬地称她为局长"夫人"。那些年,为了忙工作,照顾一家十二口人的生活,她顾不上打扮和珍爱自己的身体。母亲先是气管不好,遇冷或油烟一呛就咳嗽,后来得了肺气肿,连气都喘不匀,脸也浮肿了,身体严重透支。1988年夏天,妈妈的病更重了,实在挺不了,这才住院检查治疗。经医院核磁共振检查,确诊为肺腺癌晚期。妈妈的病牵动了全家人的心。大姑、二姑专门抽时间到医院看望妈妈。两位叔叔也时常到医院围在妈妈身边,迟迟不愿离去。三舅母、五舅、老舅也都专程从外地赶来看望妈妈。

我们这一辈分的亲戚,更是无事就往医院跑。爸爸还特意安排十几位亲属分别或一起与妈妈照相留影。妈妈手术那天,几十位亲属在手术室门前等待。妈妈手术做得很成功,全家人皆大欢喜。但妈妈的病灶已经转移到胸膜和胸骨。虽然妈妈奋力和病魔抗争,可还是不到半年就去世了,永远地离开了我们。

妈妈,我用笨拙的手,写文章怀念您,一是感谢您对我们的养育之恩和对刘家做出的贡献;二是我要告诉您,您亲手照顾的孙子、孙女都长大了,有出息了。大中在做销售工作,成了企业的骨干。小冬成了人民警察,接了我的班。小岩在台湾生活,把一对儿女照顾得很好。彤彤和您未见过的小小都在国外发展,很自立,生意做得不错。

妈妈,您在九泉之下也可以瞑目了。

妈妈,我们也已进入古稀之年,生活一年比一年好,无忧无虑地过着晚年生活,请您放心吧!

这一切,要感谢我们所处的新时代,感谢党和政府,领导全国人民迈入了小康社会。

妈妈,此时,我真的好想您!

前几年,我得了一场大病,我写了一段话,表达了我当时的心情。

想妈妈：婴年想妈找奶源，童年找妈要陪伴，少年想妈为靠山，青年想妈有眷恋，壮年想妈图报恩，晚年想妈真想见，暮年想妈不装假，恨不得天堂早陪您。

妈妈、妈妈，我真的好想您！您在天堂里听到了吗？

岳母的故事

我岳母1931年出生在保定清远一个叫"三间房"的小村子，离《地道战》里的大冉庄只有几千米的路程。

她今年九十周岁，耳不聋眼不花，身体十分硬朗。每天起得早，就悄悄出门，到海边木栈道上或小区里散步，一走就是三四公里，随后压压腿，扭扭腰，活动活动全身，一年四季从不间断。有机会她还喜欢唱唱歌。她喜欢的歌是《我的中国心》《十五的月亮》等，并且唱得很有感情，从不跑调。

小时候的遭遇

1938年，日本鬼子进犯中原，她的家乡也来了鬼子。她常给我们讲，鬼子一来，老百姓就四处躲藏，吓得不得了。清远地处平原，老百姓只能藏在庄稼地里和河套里。他们学生都把书包用粗布包起来，藏在农田里，就怕让鬼子找出来。如赶上下雨也不敢回村里，只能在农田的庄稼里挨冻，等鬼子走了才敢回家。他们取回书包，发现书本湿透了，贴在一起，不能用了，学也上不成了。

一天，姓李的小学校长被汉奸揭发，说是共产党，让鬼子抓去，惨遭毒打拷问，后来被杀害了。听说，他儿媳妇也是共产党，也被抓去杀害了。这件事，在村民中反响很大，大家很佩服他们反抗日寇，不怕死的精神！

在她的家乡，为了防备日本鬼子的侵扰，村民重新把菜窖改成了藏身洞。后来民兵又组织村民把各家地道打通，经过改造，修成了比较完善，符合抵御、打击日本鬼子的地道网，这成了她最深的记忆。

岳母十三四岁时，离开家乡，到黑龙江找到父母，从此在黑龙江生活到现在。

把四个女儿抚养长大

　　1952年,我岳母嫁给岳父后,在自家的饭店里干活。每天从早忙到晚,除了睡觉吃饭,一刻也得不到休息,身心十分疲惫。1956年1月的一天,她虽然有了两个女儿,但听说哈尔滨食品公司正在招女职工,就瞒着家人,从道外东源街,边走边打听找到道里霞曼街的公司报了名。岳父和她公公婆婆知道后,坚决不同意她到外面工作,多次故意刁难她。不管家人怎么反对,她主意正,死不回头,终于被国有企业招收为正式职工,先后在禽蛋一库、牛羊肉批发部、正阳楼加工厂工作。她喜欢自己的岗位,工作认真肯干,从不偷懒耍滑,多次被评为先进工作者。随着另外两个女儿的出生,她既要干好本职工作,又要养育四个孩子,还要给家人洗衣做饭收拾家务,每天忙得脚打后脑勺。一年冬天,她下班抱着老姑娘从八区铁道涵洞过,不小心摔了一跤,她爬起来,连忙抱起孩子,一步一滑地走到家里。放下孩子一看,抱反了。由于老姑娘头朝下,脸憋得紫红,气也吸不过来,拍了好一会儿才缓过来。有时孩子有病住院,她也没时间去照顾,只好让孩子自己照顾自己,或求助亲友帮助照料。"三年困难时期",家中孩子多,粮食不够吃。岳父托人在农村弄些冻土豆和冻白菜叶子,加上厂里分的一些油渣子、炸货废油,给孩子补充营养。她精打细算,千方百计调剂孩子们的吃喝,艰难地渡过了挨饿这一关。

　　为了生活,她自己动手修火炕,上房顶掏烟筒灰,补房瓦。每年过春节前,领着两个大孩子,粉刷屋子。艰苦的生活,困难的磨难,让她变得更加刚强和自信。街坊邻里都称我岳母为"穆桂英"!

　　一晃四个女儿长大了,结婚生了子女。我岳母提前退休,帮助女儿照顾下一代。帮完大女儿,又帮三女儿,最后还要帮老姑娘。这时候,岳母她也五十多岁了。

我想做点小买卖

　　1984年夏天的一个晚上,我和爱人去岳母家。吃饭时,我岳母小声地征求我的意见:"刘丰,我想用咱家的平房干点啥?你看行不行?"

　　20世纪80年代,党中央坚持改革开放的方针,支持中小企业试行改革和承包制度，也支持老百姓创办微小企业。我岳母当年五十三岁，从正阳楼肉制品加工厂退休，有加工肉制品技术，身体又好。

我们就帮她出主意：先把平房开个门，把东屋简单装修，打上货架，干食杂商店，还可以加工一点肉制品卖。岳母一听高兴坏了，忙说："就按你们说的干！"说干就干，岳母第二天就找人把窗户改成了门。我利用晚上时间和休息日，打了货架，铺了地板。我们四个连襟利用两个晚上，在门旁窗户下挖了一个菜窖，用来冰镇啤酒饮料。我还找人请老省长陈雷题写了"福丰厚"的牌匾。

万事开头难。开业之初，买货钱不够，我们几家凑了1000元。又到批发企业赊些货。当时啤酒货源紧张，我们就找人到玉泉挖货源。为节省进货运费，我岳母学会了蹬三轮车，自己到商家进货，她里里外外一把手，把小店的生意打理得井井有条，全家人的生活也逐年得到改善。

1993年秋，道外区城市房屋改造，我岳母的食杂店也在动迁范围。她又找我商量，能不能动迁后换个好地点，再干点啥？不谋而合，我们确定在太古街找一个位置。为此，我又找妹妹，请她找人把安置地点落在了太古街644号。

1995年春，我岳母的"凤远陶瓷商店"正式挂牌营业。岳母挂帅，四个姑娘先后参与经营，生意逐渐好起来。

幸福的晚年生活

近些年，我岳母生活在大连。在三个女儿家轮流住，待够了就让老姑娘陪她回哈尔滨住上几个月。

从她不管生意上的事后，她迷上了到外地旅游。在近十年的时间里，她或和妹妹，或在女儿、姑爷和外孙女的陪同下，几乎游遍了祖国的大好河山。到过香港、海南、广州、厦门、上海、杭州、苏州、扬州、成都、青岛、烟台、威海、北京、天津、秦皇岛等地。八十三岁那年，她还在三亚的游泳池中学会蛙泳，真的不简单！

2019年春节期间，在岳母八十八岁时，我和爱人、外孙女、外孙姑爷、重外孙子一起陪岳母踏上了寻祖之路。车进保定城，老人家看到城市的变化，情绪激动起来，指着窗外的建筑，追述着小时候和大伯进城卖菜的经历。看到家乡的变化，感慨万分！中午时分，到了她的出生地三间村。离家七十五六年了，村里变化很大，修了油漆路，小土房变成了石头底座的砖瓦房，家找不到了。我下车，到村东头的超市打听岳母叫"三元"的侄子，在超市业主的指引下，我们找到三元，又在他的陪伴下，找到她出生的旧房子。她眼含热泪，仔细地看着她住过的老宅，向我们讲起她小时候的故事。

寻亲访祖活动结束了，终于圆了岳母有生之年回老家看一看的夙愿。在返回北京的途中，我们特意在保定一家出名的饭店吃了一顿驴肉火烧，岳母边吃边说，比她小时候吃的火烧好吃……

岳母出生在日本军国主义铁蹄下的保定农村，从小体会到被外国欺凌的苦难，亲身经历参加社会主义建设的荣光，以及抚育四个孩子的艰辛，更享受了改革开放带来的幸福生活。她告诉我们，她这一辈子甜酸苦辣都尝过了，什么苦也受了，什么福都享了，知足了！但我们感到，幸福才刚刚开始，好日子还在后面呢！衷心祝福她老人家健康快乐、长命百岁！

昨日的梦

不曾醒，
昨日的梦，
留在美好的记忆中，
我不愿惊，
也不想醒！

那是个火热的年代，
凛冽的隆冬，
我将离开校园，
走进解放军的兵营。

心里的话，
几次欲向你称颂，
却憋在心里，
不好意思向你表明……

命途多舛，
众青肩负重托和使命，
奔赴北大荒农场和边境，
人们走出了不同的迹形……

斗转星移，
芳华渐渐远行，
岁月的风霜挂满沧桑的脸颊，
但，不忘的是彼此敬慕和心通。

留住昨日的梦，
珍惜青春的友情，
迎着璀璨的晚霞，
并肩走向新时代的征程。

左易作品*

魂归故里

2016年的阴历小年又要到了。母亲你离开我们整整十年了。

十年前的阳历十月十日，农历八月十九，我从东北带着母亲的骨灰，经过古今才子赞美过的名胜古迹，那时的我已无心领略这祖国的大好河山美景，因为我的心情太沉重了，无意欣赏。母亲生前常常流露出歉疚和依恋双亲之情，到了晚年更是渴望叶落归根。这也是"圣人弗禁"的常理常情。由于这些原因我们踏上了南去的列车……

然而，颇有戏剧性的是，今天我带着她（骨灰）回故乡，四十六年前，她带着两三岁的我独闯北大荒。那时的她是苦于生计（没有户口、没有工作、没有粮证），更为躲开那让她失去丈夫而极其悲伤的地方，孤儿寡母来到冰天雪地的北大荒，落脚于8510农场。

1930年，母亲生于湖南省长沙县下的一个乡村。从她早期取的名字——易舜华，就可以看出她出生在那个年代有文化底蕴、家境殷实的一个家庭。她很小就到县城里寄宿读书，聪明好学，志存高远。后来被保送到中南财经学院，学国民经济管理专业。毕业以后，随着丈夫（她的同班同学）来到广东省惠阳地委研究室工作。在鼓励大鸣大放，各抒己见的20世纪50年代，大批有识之士为"百花齐放、百家争鸣"毫无忌惮地发出肺腑之言，一时间紧张的气氛笼罩在社会每个角落。其中当然也不乏为了个人利益，剑走偏锋，出卖良心的。就是这样，刚刚走出校门的母亲意气风发，无所顾忌，慷慨陈词。由于阶级斗争的扩大化，母亲也身陷囹圄。为了嗷嗷待哺的我，在饥馑的20世纪60年代初，孤儿寡母不得不从花团锦簇的南国来到冰天雪地的北疆，完达山脉、大兴安岭的寒冷也没有抵挡住接踵而来的无数不幸和磨难。幸运的是在1979年母亲终于得到问题的"改正"，又重新得以工作。按常理，母亲半生遭受如此冤屈和

---

* 作者简介：左易，一个"大跃进"年代出生在广东、颠沛流离生存在黑龙江、老年退休在公务员队伍中的男人。

磨难，应该吸取人世间的经验和教训，处世会变得圆融、乖巧一些吧。然而，母亲依然不改以往耿直、遇事要有自己见解的性格，绝不人云亦云。她在一个外人看来有点小小权力的单位里，工作认真，铁面无私，对不合理的事情、对领导做出的不公正的决定、对职工中一些不良的现象总是秉持公心，仗义执言，当面抨击。周围的同事说："你这撞了南墙也不回头的人真应该再……"就这样，她一直工作到退休。

时至今日我苦思冥想：母亲一生性格为何如此？这大概就是那块土地、那个时代造就的湖南人坚持正义、敢作敢为不服输的脾气的一个具体体现吧！

"未老莫还乡，还乡须断肠。"这可能就是母亲走出家乡后迟迟不能还乡的隐衷吧！母亲年老退休以后没有还乡，其内心的矛盾和痛楚，自是难以形容的。为了母亲的遗愿，今天的我带着她老人家的骨灰回到故里，安葬在她的母亲，即我的外祖母的身边。这种颇有戏剧性的人生，每每思之，不禁怅然……

一生坎坷、壮志未酬的母亲啊，现在您既已魂归故里，就请您安息吧！

父爱如山
——记我的两个父亲

每当听到蒙古族歌手腾格尔的《父亲和我》那缠绵深情的天籁，往往会把我带入一些遗失了的怀念之中。因为我的一生有过两个父亲，那就是生父、养父。然而，在我的记忆中，两个父亲都是有故事、值得回忆的人。步入老年的我，对父亲有了更深的理解：是您创造了这个家，然后又创造了我；是您拉着我的手，哺育着我，从昨天走到现在……今天的我，有义务在这里把那些经历过的、支离破碎的、道听途说的、收集整理的所谓"故事"一一陈述下来，留给我及后人怀念一下，如能给后人一点点可以汲取和借鉴的地方那就更好了。

按常理说应该先说生父，但我要先说养父。因为我三岁的时候就和他生活在一起了，共同生活了36年。在这36年里，我从一个天真无邪的孩子成长为一个为人夫、为人父的男人。经历了岁月的打磨，经历了挫折，站在男人的角度看男人应该是更加深刻、透彻的。

养父左经寰（原名：左凤岐），这个名字是他出来工作时自己改的，从这两个字可以看出他后来的文化基础。他出生在辽宁省康平县一个贫穷的农民家庭。

由于从小就勤奋好学，民国时期在当地当上了一名警察，中华人民共和国成立前夕被扩招到国民党的部队。1949 年 9 月被共产党收编参加了人民解放军，成为连队的一个文书。其间，发展成一个正连级干部。但是由于隐瞒了一段历史问题，被开除党籍。1958 年，身背这一历史问题的他，成为王震开垦北大荒十万官兵中的一员，来到了密山 8510 农场。

在农场劳动期间认识了我的母亲易舜（原名易舜华）。1963 年，国家要开发东北林业，加之为了怕我知道过去的一切，尽快脱离那个环境，我们一家三口来到黑龙江省鸡西市林业局下属的麻山林场。其间，继父干过林业站现场员、当过社会主义教育工作队员（因为有一点文化），借调到林业局当过食堂管理员、基建保管员。1979 年秋季，也是为了让我在鸡西市上大学，到了只有两名工作人员（另一名是他的妻子，我的母亲）的大同林场驻滴道区街里的储木场，当了一名普普通通的工作人员，直至离休。离休证上标明：享受副处级待遇。

我用简单的、寥寥几笔就把养父的一生叙述了。其实，养父的一生经历是坎坷的、丰富的，我那笨拙的笔墨无法详细地叙述描写。今天的我肤浅认为：养父一生老实、厚道、吃苦耐劳。对待事业忠心耿耿、努力工作，从不与人争名夺利。性格呆板倔强，不多言不多语，同事相处之间是一个老好人。

养父的一生感染了我也传授给了我生活的道理、生存的技能和本领。同时，回顾他的经历，让我们无论何时都要保持心灵宁静，能够自省和自查，更要保有清醒的认知，也永远怀有敬意和谦卑之心，不至于狂妄混乱，失去真正的自己。

生父黄德文，出生在广东省普宁市广太镇湖内村中闸，后来曾在外寨"坤记居"居住，那是一个有着两个妈妈的家庭。

"你生父温文尔雅，尊老爱幼，对人彬彬有礼，爱好文学、书法，责任心强，做事认真，为人谨慎，是一个全村人公认的好男儿！特别是村里老人都说：生儿要像黄德文。从这句话你就可以知道他在老人们心里的好感和评价。"这是生父四妹妹评价她哥哥的话。

他大概是 6 岁从越南回国内上学。他小时候学习自觉，不用大人操心。学习成绩也很好，喜欢书法，他的毛笔字写得很好。据说他在读中学时参加汕头地区中学生书法比赛还得了奖。高中毕业后，曾在汕头南华大学（中华人民共和国成立前的私人大学）读书，后因战争该大学停办，他便在家乡太和小学任教，是教五、六年级的老师。有文采，常常写一些进步文章刊登在当时的《汕头日报》和《南华日报》上。

后来，由于出色的个人表现被保送到当时位于武汉的中南财经学院，学国民经济计划与管理专业（中华人民共和国成立初期国家急需这方面的人才）。此时的父亲就没有明白"读书的目的，不在于取得多大的成就。而在于，当你被生活打回原形，陷入泥潭时，给你一种内在的力量"这一道理。

　　毕业以后，腹有诗书的他偕同妻子（他的同班同学、我的母亲易舜）双双来到广东省惠阳地委研究室工作。最后也就是一个主办科员（科级）。他对当时部队南下没有多少文化的专员老干部，提出了一些工作和生活上的建议，大概在我出生一个多月（具体的时间无处考证）的时候，生父仅给我起了一个乳名：小凡。还没有来得及起一个大名，生父就被打成极右分子，被判在监狱里劳动改造，再也没有看到我。

　　1979年，生父得以平反昭雪，恢复名誉。他短短的一生，是悲剧的一生。正如鲁迅所说："悲剧是将人生有价值的东西毁灭给人看。"清代学者张潮就把人生分为三重境界：第一重，在窗子里面看月亮；第二重，在庭院中望月；第三重，站在高台上玩月。大多数人属于第一种，有着自己的局限，只能在窗子里看月亮。少数人属于第二种，从屋子里走出来，到庭院中望月，才发现视野更广阔。只有极少数人属于第三种，站在高台上，与月亮嬉戏，体会真正的人生之趣。

　　此时的我也深刻地认识到：人世间无论遇到任何磨难和困难，只要坚定信念、咬咬牙、挺一下，都是会过去的啊！

　　生父的一生，给了我一个良好的基因，也从血的教训中明白了人的生存道理：人不仅要有生存的技能和本领，更要有一个正确的人生观，做到处泰思危，处否奋进。

母亲那口樟木箱

　　母亲过世已有多年了。

　　她的一生跌宕起伏，命运坎坷，从花团锦簇的南方到冰天雪地的北方并没有留下什么钱财给我。

　　但是，她留有的一口樟木箱我保存至今。

　　记得刚懂事的时候，每天晚上母亲都要从这口箱子里取出一床货真价实的毛毯铺在我的身下，冬隔凉夏防潮，用那厚厚的母爱温暖着我那幼小的心灵……到了上中学的时候，母亲默默地把它用于存放她一针一针给我编织的毛衣、毛裤、毛袜等，到我结婚以后，母亲则用它放置我和妻子穿的所有毛质衣服……在母亲的精心呵护下，如今我已由一个不懂事的孩子，成为人夫人父，继续使用着这口樟木箱做着相同的事……

然而，母亲为什么有这口樟木箱？它的来历是什么？或有什么故事？我还真没有去过多思考。因为这么多年来它的功能和作用，我只知道是用于保存衣物不生害虫，以及保存我心里厚厚的母爱。直到我有机会去我国著名的水乡周庄参观后，才发现"樟木箱"还真有一段历史悠久的故事和传说呢！

从前，在南方尤其是江浙一带，如果哪家生了一个女孩，父亲会在门前种上香樟树，和女儿一起茁壮成长。父亲还会酿一坛酒埋在地下，等到女儿长大要出嫁的时候拿出来招待客人用，名为"女儿红"。当香樟树长得高大、挺拔和秀美的时候（似今天的征婚启事：吾家有女初长成），就有媒人上门来提亲了。如果樟树越来越粗，而女儿一直没有出嫁，埋在地下的酒会因时间长而更加醇美，名字也因此改为"花雕"，取意为"花之凋谢"。出嫁前，父亲会用门前的香樟树做成一个长方形的樟木箱（有的还做成一个梳妆盒），里面装上陪送的两床蚕丝被，意为"长相厮守（长箱丝守）"……

听着这些风俗里的美好传说倍感亲切，非常有意思。种树酿酒的民俗习惯不知道从什么时候形成，现已无从考究。但在我国已经延续了千年，并成为人们的一个美好心愿。可没有想到，这样的风俗传到今天越来越少，且不被后人所知。我们这些后人的一切美好心愿也只能停留在传说中了。

如今，斯人已去物尚在。睹物思人，我更加珍惜这个樟木箱子。因为母亲能在46年前那样的困难时期，带着年幼的我（2岁多），孤儿寡母来到冰天雪地荒无人烟的北大荒8510农场，还不忘记走到哪里都带着这口樟木箱子。可能在外人看来只是一口普通的樟木箱，然而现如今看来，它的存在不仅保留了一个美丽的传说，同时保存了母亲只讲奉献不求回报的那份厚厚的母爱和永久不能忘却的怀念。

刘燕作品*

晚来秋雨纳新凉

一场大雨过后，女婿说去看晚霞，大家异口同声地说好。于是大家放下手里的活计，换上衣服出发了。

我们可能是最后一拨买票进公园的游客。偌大一个公园，好像就我们几个人。湿湿的有点泥泞的土地，路两旁还带着雨滴的绿树和树下带着雨滴的白色栏杆，带着青草味儿的空气，远山的浅灰、深灰、黑色都像水洗了一样透亮，错落有致地叠在一起。没有看到我们期待的晚霞，倒是云彩由浅入深地翻卷着一直伸向侧前方。是不是还会下雨？心里嘀咕着。"空山新雨后，天气晚来秋。明月松间照，清泉石上流……"女儿大声地朗诵起来。我们跟着她一起合诵："竹喧归浣女，莲动下渔舟。随意春芳歇，王孙自可留。"好惬意呀！一眼望去，环顾四周，除了我们五个人，还有一人在湖里游泳，一人坐在长椅上，面对夕阳。可能是因为我们的到来，坐在长椅上的人站起来走了。看来他比我们更喜欢安静。

我们留恋在湖边，看着远山，看着静水，看着四周的树，看着天上的云彩，身心也像水洗了一样，通透清爽。山清、水秀、园静、空气清新，真的很舒服。

转眼就是一生

蓦然回首，我们又走过了一春一秋，曾经的2021转瞬间成了回忆。这使我不由得想起了俄罗斯的一首小诗《短》："一天很短，短得我来不及拥抱清晨，就已经手握黄昏。一年很短，短得来不及细品初春殷红窦绿，就要打点素裹秋

---

* 作者简介：刘燕，女，68岁，北京人，退休教师。

霜。一生很短，短得来不及享用美好年华，就已经身处迟暮。"

岁月交替，四季轮回，时光又把季节推向了岁末的门槛。今天是小雪，天气特别冷。早上送大孙女上学，回家后感觉还没暖和过来，又到了该接她回家的时候了。下午5点多，夏天还是下午，冬天已经是晚上。我和老公带着二宝开车出发，一出家门，已是夜幕降临，华灯初上，昏黄的路灯照着静静的街道，迎面的高楼仿佛影印在深灰色的天幕里。已有的车辆稀稀拉拉地排在两边，街上没人，只有我们一辆车缓缓地前行。进入主路，车多了起来，来回的车辆闪着车灯鱼贯而行。很快，我们的车速降了下来，因为上班的人们开始下班了，好在学校不太远。我们到了学校，孙女的学校在一条老破旧的街道里，因为有这所学校，这条街道热闹不少。特别是上下学时段，那可真是车水马龙，人山人海。接上孙女往回走，眨眼间街道就被各种车辆挤得水泄不通。来回两辆车的路，硬是被挤出四条车道来。大车小车夹着行人都蹭着往前走，我的心也仿佛被提了起来，生怕发生蹭车等事故。还好，司机们的水平都特别高，大家像约好了似的一个速度行驶。好不容易蹭出街道，来到主路。哇，好壮观呀！整个大街是灯的世界，大街上几条车道已经分不清了，车灯铺满了大街，开车的人们一门心思地开着车。大街两边的店铺霓虹灯闪烁，大商场的灯光更是当仁不让夺人眼目；影印在天幕里的住宅楼已是万家灯火，似空中楼阁、天上的灯火，在黑色天空的映衬下好像进入了童话般的世界。两个孩子虽然每天都是这样回家，但是今天还是瞪着眼睛欣赏着这灯光的世界。

我们到家了。一开门，一股暖流带着米饭的香气扑面而来。因为走之前我焖了一锅米饭，这时真的感觉家太温暖了。我情不自禁地亲了一下两个孩子，忽然脑子里冒出一句不知谁说的话：真正的幸福就是灯火阑珊的温暖和柴米油盐的充实。

一瞬间就是一年，一转眼就是一生，岁月催人老。虽然天黑得很慢，但自然规律不可抗拒。我们永远不可能知道明天和死亡哪个先来，因此身体健康尤为重要。身体健康，首先心态要好，要知足，要惜福，要珍惜今天，要爱惜自己，要活好当下，要感谢这伟大的时代，感谢这静好的岁月和静好岁月后面负重前行的人们。要学会忘记，忘记过去的一切不开心；要学会欣赏，欣赏现实生活中的一切美丽。杨绛先生说："生活最美的，是把普通的烟火过成精致，让每一个平凡的日子都溢满欢喜。"新的一年又要到了，我祝我的家人们朋友们，也祝我自己：快乐如玩雪，温暖如喝汤，以过年的心情过好每一个平凡的日子，给普通的烟火增加点诗意。祝我们都新春快乐，身体健康！

秋游玉渡山

　　星期五的晚上，在星星的陪伴下，我们出发了。两个小时后，到达此行的目的地：延庆。

　　第二天早上，本想吸一口本地的新鲜空气，欣赏一下住地的景致，可没想到，当我一推开阳台的门，瞬时一股寒风就把我吹了回来。我愣了一下，隔着玻璃窗看了一下外面的情况：没错，绿的草，绿的树，树上挂着小灯笼似的海棠。分明是秋天嘛，怎么是寒风呢？我又出去了一下，风又把我吹了回来，真是寒风的感觉。看着高高的绿草和生机勃勃的绿树在寒风中东倒西歪，我有点错乱，大自然真的无序了吗？

　　还好，我带了条长裙子。换上长裙子，我们去吃早饭。早饭后，也不敢出门。我们坐在大厅里欣赏外面的景致，这时风小了点，但还是冷风。也许是风刮过，这时的天特别高，特别蓝，是一种特别纯净的蓝。白白的云朵镶嵌在蓝天上。我想起了小时候学的课文：蔚蓝色的天空飘着朵朵白云。眼前一片绿色，绿绿的草，绿绿的树，其间有一些野花，树上挂着小灯笼似的海棠。黛色的远山近山，层峦叠嶂，像水洗过一样，澄明、透亮，真是一幅非常亮丽又真实的山水画。

　　快到中午了，天气热了起来。这时候的风让人感到非常舒服。我们向玉渡山出发。玉渡山风景区在延庆的北部山区，据说海拔860米。玉渡山离我们的住地不远。但大山高呀，像毛主席的诗描述的"跃上葱茏四百旋"，我看我们开车上玉渡山，也得有两百旋。我不敢抬头看，也不敢往下看。好在公路修得非常好，一门心思地往上开吧。拐弯儿处都是小弯儿，要非常小心。为开车的女儿女婿点赞。到了山顶，有个不太大的停车场。一下车，我们就听到了一种非常奇怪的叫声。分不清是马是驴，或是其他什么动物嚎叫，一声接一声。这要是在夜间或是人少的时候一定非常瘆得慌，我们走过小马路，朝着发出声音的地方走去。原来这里是四面环山的一个小湖，名叫"忘忧湖"。岸边上有一个金色大喇叭，人们对着大喇叭一喊，湖中央就有一股水柱喷涌而起，声音有多高，水就能喷多高。声音一停，水柱就下来了。许多人，排着队对着喇叭扯开嗓门吼，水柱应声而起，随声而落。声越大、音越长，水柱越高越久，屡试不爽，水柱最高能到二三十米。人们在体验着水柱上上下下的感觉呢。我还傻傻地问："是一种自然现象吗？"全家人听了直乐，都说我脑子不够用。解释说："这是一种靠声控原理做的喷水设备。"

我们接着往前走，爬过一个山头。我们眼前一亮，原来这是一个高山上的草甸！有两三个足球场那么大。草特别好，又绿又长，像厚厚的绿地毯。"地毯"上有好多人，有各种各样的帐篷。小孩子们在肆意地跑着，闹着。还有牵着狗的，放风筝的，野餐的，看书的。总之，躺着的，卧着的，帐篷里的，帐篷外的，大家都在那"地毯"上腻着。风舒服地吹着，人们舒服地享受着。边上还有一个小小湖，女儿给它起了个名字叫"脸盆湖"。湖上还有人坐着橡皮船在那儿漂着，一幅自在悠闲的画面。我们没有留恋，顺着路往下走。又是一个四面环山处，到处都是树，中间有一条小路。路的旁边是一条潺潺溪水。水又清澈又凉，凉得直冰手！在一个宽一点的地方，人们都在那儿玩水。林间，水上有好多蝴蝶、蜻蜓在飞，地上有毛毛虫在大胆地爬，好在人们都躲着毛毛虫，没有去踩。还有人用手机给毛毛虫照相，确实城里人离大自然太远了。我发现这儿所到之处都有水，而且水都是活水。想起一首唐诗："半亩方塘一鉴开，天光云影共徘徊。问渠那得清如许？为有源头活水来。"源头有活水，万事都自在呀。我们接着往前走，又是一个四面环山处，中间有一个大大的湖，山是墨绿色的，水也是墨绿色的。在蓝天白云的映衬下像一颗立体的"祖母绿"。四周就我们几个人，岸边的草都一米多高，感觉藏个人没问题。我们沿着小道往前走，老伴儿和小孙女一边走一边捉蝴蝶，还真捉着两只。小孙女怕弄死小生命，看一下又都放了。弯弯的小道，不知出去的路在哪儿，我有点着急。突然发现一个小拐弯，这就是出去的路。真是山重水复疑无路，柳暗花明又一村呀！我们转到一个水闸上，又走过一段儿弯弯的山路，才回到原点。

一天的旅游结束了。回望青山，恋想绿水，今天的乡村依山傍水竟然这么美丽，这么令人向往。不由得想起了习近平主席的一句话："绿水青山就是金山银山"。

王瑞作品*

我的好奶奶

很多同学评论说，我有一个好奶奶。是的，我有一个好奶奶，我庆幸自己在她关切的目光中长大。

印象中的奶奶从不攀比，从不抱怨生活，即使生活展示给她的一面太过狰狞。年轻时的奶奶，穷困潦倒，无依无靠，爷爷不在身边，她独自带大五个孩子，可谓尝遍世间冷暖。她用瘦小的身体和强大的灵魂将生活的苦难孕育成生命的营养，再将这些生命的截图，转化成一个个真实的故事，树荫下，灶台旁，一边干着农活，一边讲给我们听，奶奶的表情，慈祥而从容。

每每此刻，我都会听得津津有味，还会随着情节捧腹。直到现在，这些故事，依然耳熟能详，百听不厌。

奶奶这样描述她的一个孩子：

有一天，他在里屋瞄到当时比较富裕的邻居吃肉，馋得偷偷流口水。于是在回家路上，他和同学路过一道壕坑的时候，灵机一动，捞了一条约3厘米长的小泥鳅，回家让奶奶在勺子里用清水煮了吃。他意犹未尽地吃完，满足地舔舔嘴唇，稚气未脱地表达："我长大了也要买好多好吃的，穿皮鞋，戴手表。"我不知道这位母亲当时给这个孩子说了什么，但她的话里一定有一种神奇的力量，带着满满的预见感和信任，让他们足以在一无所有的日子里相信未来。

后来，这些就慢慢实现了，她的孩子14岁离开家，在月工资只有18块钱的日子里，给奶奶第一次买回了猪蹄，还有一个戏匣子，才进大门口就放开来，悠扬的音乐飘满小院。奶奶惊喜地坐在这个新玩意旁边，赞不绝口。后来，转播到评书，讲一户苦人家的故事，想必是喜儿与杨白劳，奶奶听着听着就抹起了眼泪，她的孩子见状赶紧把匣子关了。后来，这个孩子从工厂被保送上了大学，日子慢慢好起来，但直到今天，奶奶的生活依旧操劳和节俭。

还有一次，她的一个孩子去赶集，奶奶给了5分钱，从集市上兜了一圈回

---

* 作者简介：王瑞，女，浙江大学博士，现任复旦大学教师。

来后，那个孩子兴奋地给她讲，怎样和别人合买了一个烧饼，还剩回来3分钱。奶奶描述这些的时候，眼睛里闪过光芒，往事历历在目，奶奶如数家珍。

我想那时的奶奶一定正在经历生命的严冬，难熬的日子像一副苦口的中药，她却丝毫没有这么觉得。因为透过这些故事，我嗅不到一丝对生活的绝望，相反，像沐浴在冬日暖阳里，就像冰雪消融。艰难的岁月里，奶奶本身就是太阳，她会自己放射光芒，带给孩子温暖的力量。

姑姑们回家，也喜欢围着奶奶，听她絮叨小时候的故事，姑姑们经常笑着笑着，眼角就泛起泪花。我不知道奶奶的记忆怎么会这么好，关于她一手养大的孩子，发生在他们身上的故事她都会记得，不仅是伯伯那一代，还有我和妹妹，甚至姐姐的孩子，讲述起来如潺潺流水。

奶奶年轻时受过太多苦，现在，她的身体看起来很结实，是的，看起来。她的腿被车撞过，被狗咬过，现在一着急，腿就会刺骨地痒，抓完又钻心地疼。她的头发很早就脱落了，我印象中的奶奶一直一直戴着帽子，只有晚上睡觉的时候才肯摘下。她的指甲空过一轮又一轮，我难以想象那种十指连心的痛，她大脚趾的左边都有高高的骨头凸起，像两枚九月的红枣，走路久了就会很疼，所以奶奶从不出远门，有一次去离家最近的东柴赶集，还拐错了三道弯。过年给奶奶洗澡时，发现她又瘦了，我拿着手中的毛巾都不敢用力擦。

庆幸的是，奶奶的眼睛依旧明亮，她能看见我们的成长；奶奶的听觉依旧灵敏，打电话回家，可以幸福地听到她兴奋地应答；奶奶的口齿依旧清晰，可以每天和爷爷拌拌嘴，逗逗乐；奶奶的思维依旧敏捷，奶奶的记忆依旧了得。

奶奶，谢谢你，小时候把我养大；现在，谢谢你，让我有机会表达。

喜欢与节制

从小，奶奶就教会了我喜欢与节制的道理。

小时候过年，每逢腊月二十七，都是最值得期待的日子。这一天，伯伯、大娘和姐姐会回老家过年。清晨一大早，奶奶就会把小院和大门口的过道打扫得干干净净，我和妹妹也早早起来，帮着洒水，避免扬起灰尘。吃过早饭，我们怀着满心的激动在屋里等待，小狗一有动静，我们就冲到大门口看。小狗经常会谎报"军情"，我们也不责怪它。

当小狗叫得特别欢的时候，伯伯一家就如约而至了，他们从车上拎出大包小包的食品，包括各式各样的糖果。出于礼貌，我和妹妹不会擅自打开礼品的包装，要等奶奶吩咐再拆开，将糖果放到盘子里。这时，奶奶会耐心地告诉我们，糖吃多了会坏牙，牙齿是要跟随我们一辈子的，每天吃糖不能超过两颗，才能有效地保护它们。记得小时候的自己很听话，因为想得到奶奶的夸奖。事后从一本书上看到，好孩子都是夸出来的，想必这就是小孩教育良性循环的原因吧！过完年，奶奶会把一部分糖放到玻璃瓶里，拧好盖子，放到阴凉处密封起来。偶尔我们想吃了，就拿出来几颗，这样直到6月，我们依然有糖吃，依然可以品尝到过年的味道。

　　9月，树上的红枣缀满枝丫，在绿叶的映衬中分外诱人。我们悄悄上房，摘一颗枣放到口中，享受那种清爽和脆甜，还会情不自禁地摘下几颗，放到口袋中把玩。但是，我每次都不会多吃，因为记着奶奶说过的话，小孩子吃多了红枣会不消化，容易拉肚子。待枣子红透，爷爷拿一根长长的粗铁丝，将弯钩的一端挂在枣枝上用力摇，枣儿扑通通落下，像一个个咧开嘴笑的娃娃，回归大地母亲的怀抱。我和妹妹将它们捡到篮筐里，奶奶挑选出没有裂纹的放到酒中醉好，等到过年的时候吃。有裂纹的放到窗台晒干，腊月用来做年糕，剩下的嘛，哈哈，趁着新鲜就供我们当下解馋了。这棵枣树是老爷爷种下的，"前人栽树，后人乘凉"这句俗语，是爷爷一边打着红枣，一边教给我和妹妹的。

　　再说说方便面吧，想必很多人小时候都将它视为珍馐，长大却避而远之。奶奶的孩子们却不然，用奶奶的话说，他们都不挑食，很懂事。我想，这些还要归功于奶奶自身。小时候，姑姑第一次买回方便面，奶奶把它们视作好东西，不舍得拿来做饭，最多在煮面条的时候，放上一小块，或者只洒上点方便面佐料，让妹妹误以为煮的是方便面，吃饭的时候，胃口大开。奶奶只把方便面当零食给我们吃，晚饭后，掰下一点点，星光下，看着我们津津有味地品尝，然后捡起掉落在凉席上的面渣。她认为的好东西，自己从来都不舍得吃，只有我们再三坚持，塞到她口中的时候，她才舍得尝一尝。也是从这一刻开始，我深深觉得，和奶奶分享美味，才是幸福的；自己的小骄傲、小悲伤，有亲人分享，才是有价值的。后来方便面流行起来，家家户户农忙的时候都喜欢煮方便面，又快又方便。可是奶奶从不这样，她一天三顿饭变着花样，从不嫌麻烦，看着我们吃得肚皮鼓鼓的她才开心。

　　感谢奶奶，直到现在，我依然喜欢方便面的味道，但是不会多吃，偶尔尝尝就够了，毕竟，"腻"是喜欢最大的杀手。奶奶让我懂得，喜欢，就要节制；节制，才能细水长流。吃东西如此，爱，亦然。

童年画卷

闭上眼睛，童年的画卷在脑海中徐徐展开。

那里有满天的星光，躺在小院的凉席上，呼吸着从麦田吹来的晚风，顺着奶奶的手指，好奇地望向天空，辨识那织女牵牛星，还有北斗七星；那里有洒落在麦垛上斑驳的树影，和着"吱呀呀"的摇椅声，爷爷鼾声渐浓；那里有趁着天黑，偷偷拱出土，悄悄爬上树变知了的老虎头，更有机灵的小狗守在洞穴旁，乐此不疲、一厢情愿地和它们玩着猫捉老鼠的游戏。

而更让我记忆犹新的是陪伴我成长的小动物们，它们在奶奶的喂养下，充满灵性。同时，我要谢谢奶奶，谢谢您给我充分的爱和足够的耐心，让我在孩提时代，尽情享受童真。

小时候，家家户户喜欢养鸡，自己家的老母鸡孵也好，买也罢，总之去到邻居家，总会看到一群小鸡，稚嫩的小嘴"叽叽喳喳"地叫着，红色的小爪子在柴堆下有模有样地划拉着找食，不等你走到跟前，它们便满院跑开，像一个个滚动的小绒球，特别可爱。奶奶看出了我的心思，于是在一次路过十字路口时，买了一只小鸡和一只小鸭子。小鸭子很快跑丢了，于是我对小鸡格外珍惜，每天抱着它，将它捧在手心里，给它喂水、喂食物。

奶奶怕这样喂养下去，小鸡长不大，于是给了我一个小篮子。每天，我就像过家家一样，把小鸡放到篮子里盖上枕巾，带着它在院子里溜达，给它晒太阳。这一年，我三岁。不久，我的头上长了虱子，这是奶奶预料到的，在一个阳光明媚的晌午，我坐在大盆里，她给我彻底清洗，我全身上下都被涂上了香喷喷的香皂。这件事以后，小鸡自由了，惊喜的是，它虽然远离其他人，但是从不怕我，我一蹲下来，或者一叫它，它就飞快地跑到我跟前。

后来，我跟着奶奶去定州姑姑家住了20天，回到家，车子刚拐进胡同，就看到小鸡在不远处的谷垛旁刨食。哥哥想测验一下别人叫它到底灵不灵，他打开窗户，拉长声音喊"小——鸡——"，结果不出所料，小鸡连头也没抬。奶奶也让我试试，我心里没有把握，毕竟和小鸡分离了这么久。我隔着窗户喊了一声"小鸡"，几乎同时，它停止啄食，抬起头快速辨认声源方向，扇着翅膀兴奋地朝我飞奔而来，那感觉，就像阔别的亲人重逢，一瞬间，一股暖流涌遍全身。

直到今天，奶奶依旧把这件事当故事津津有味地讲。邻居常遇到点婆媳之间的小摩擦，这时奶奶就会开导她，只要真心对待，小动物都能培养出感情，更何况人呢。末了，奶奶还会再补充一句，"得让且让，吃亏是福"。

小时候，家里还有一只小喜鹊和一只瘸腿鸡。小喜鹊是一次刮大风，从树上掉下来的。奶奶收拾柴火，才发现藏在柴堆里饿了几天的小喜鹊。它的出场特别有喜感，奶奶描述，它张着大口从柴堆里蹦出来，仰着头"喳喳"地叫着，从它嫩黄的小嘴中可以直直看到嗓子眼。奶奶的悲悯之情油然而生，她小跑两步端来鸡食。可眼前的小喜鹊羽毛还未长全，它只会闭着眼睛，张大嘴巴，等喜鹊妈妈直接把虫子塞进它咕咕叫的小肚子里。奶奶用手捏起一小团玉米糁喂到小喜鹊口中，饿坏了的小喜鹊差点把食物连同奶奶的手指一起吞进去。我和妹妹特别喜欢这个从天而降的小家伙，正好姥姥家门前有一片蓖麻正在开花，我们就去兴冲冲地捉虫子给小喜鹊吃。

小喜鹊身上还发生过一件有惊无险的事。小喜鹊不会自己喝水，于是写着作业的我灵机一动，拿笔管喂它不就解决了吗？将笔管浸入水中，堵住一端，取出来，笔管中就充满了水，另一头放入小喜鹊口中，这时，打开堵着的这一端，水就自然而然流出来了。这一招刚开始特别奏效，我和妹妹屡试不爽。慢慢地，我们就有些疏忽了，一次，我在松开堵住那头的时候没有握紧笔杆，一不留神，小喜鹊把7厘米长的笔杆一起吞进了肚中，要知道，它自己也不过10厘米长。我顿时六神无主了，小喜鹊却在地上抹抹嘴，梳理梳理羽毛，好像什么也没有发生。我和妹妹费了九牛二虎之力才掰开它的嘴巴，却连笔管的影子都没看到。我带着哭腔给奶奶描述了这一切，还有我不敢想象的结果。奶奶安慰我："对无能为力的事不要太自责，小喜鹊有它自己的造化，它陪伴了我们这么久，还没学会飞呢，相信它能闯过这一关。"

奶奶搬个小板凳来到井台旁，一边洗衣服一边看着葡萄架上的小喜鹊对着它轻声叮嘱，仿佛小喜鹊能听懂似的。我和妹妹在屋里祈祷，祈祷小喜鹊能平平安安。奇迹真的出现了，小喜鹊在枝头，嘴巴左右一摆一摆，笔头就露出来了，它接着摆动，笔壳越露越多，最后掉落地上——虚惊一场。我和妹妹高呼"万岁"，激动之情难以平复。奶奶长舒了一口气，慈祥地笑了。

再说那只老拐鸡吧！原来它在妈妈那边和很多鸡一起抢食，难免经常挨饿受伤。细心的奶奶发现了，把它逮过来，精心照料，给它骨折的腿打上板，缠上绷带，给它剁菜叶，没有菜叶就剁树叶，拌上糁喂给它吃，还专门垒了个窝让它静养。由于小鸡的腿伤发觉得太晚，拆开绷带后，小鸡的腿还是瘸的，但，这丝毫不影响它报答奶奶。有一天晌午，它一边"咯咯哒"地叫着，一边害羞地红了鸡冠。我随奶奶近前一看，惊喜地发现草窝里躺着一枚蛋。我拿过来放在手心，和我手掌一般大，热乎乎的，蛋壳上还挂着血丝，我眼前一热。老拐鸡在奶奶的精心喂养中，每隔一天下一枚蛋，它也渐渐胖了起来。

后来，奶奶就把它放出来，让它在院子里自由转。老拐鸡特别懂事，我们在院子里吃饭的时候，它从来不会凑到跟前，更不会趁妹妹不注意，从她碗里啄面条吃。老拐鸡喜欢和小喜鹊一起吃食，它俩友好相处，就是偶尔小狗链子开了，会搅了它们的美餐，霸道地在它们碗里品尝个够。

小时候，每次哥哥回到老家，都会不自觉感叹，姥姥家真是太好了，什么小动物都有。奶奶很少出门，小院就是她的全部天地，她不急不躁，不愠不火地经营着这个家，足不出户，却深层次感知着自然的变化，体悟着万物的灵性，享受着生活的美好，我想，这就是对生命馈赠的最好诠释和报答吧！

梁前燕呢喃，花间蝶翩翩

春光里，玉兰盛开，樱花遍地，树荫下，流水潺潺，杨柳依依。大地在脚下复苏，芳草茵茵，绿遍情人坡，天鹅在启真湖面腾起翅膀，水珠在阳光下折射光芒，万物蠢蠢欲动，生机勃勃。

谢谢奶奶，给了我一双温柔看世界的眼睛，还有全身细胞一秒钟被美景激活的好兴致。还记得冬日的杭城雪花簌簌，在图书馆看书的我，立马合上书本，跑去湖边赏断桥残雪。

周末难得想做个实验，出门阳光正好，骑着自行车直奔太子湾。午饭时间，路过清溪翠柏，路过校友林，再多的计划和懒惰也能一扫而光，脑海中有一个想法，驻足，赏花。我不负春光，但也着实怕负了韶华，于是只能告诉自己，平日里多珍惜光阴吧！

高中时，记得同桌作文中写过一句话：每一朵花之所以美丽，是因为它们都是用生命在开放，花苞的绽开是一种撕裂的美。我当时不能理解，还觉得用这种说法形容花朵太过残忍。

在玉兰花前，我认真地找好角度，采光对焦，想拍到它们最美的样子。每朵盛开的花，花瓣都努力张开到最大，露出花心，透着芳香，一尘不染。花心像观音的莲花台，颜色粉嫩。花心生得很多雄蕊，微黄，上面有细密的花粉，雌蕊凸起在中央，嫩绿，被雄蕊环绕，亭亭玉立。九个花瓣开成三层，浑然天成，等花朵再开大，层与层之间就变得分不清了。每一朵都努力地绽放，供游人欣赏，供蜜蜂采蜜，即使是在僻静处，它们也兀自绽放着。

我忽然很感动，仿佛听得到花骨朵慢慢绽开那种微微撕裂的窸窣声响。每朵花都在用这种近乎撕裂的力量，孕育一冬，把最美的自己毫无保留地献给春光。怀着这种对生命的敬畏，我重新审视每一朵花，它们都变成了独一无二的存在。一花一世界，一树一菩提，想必也有几分这样的禅意在其中吧！

漫步到樱花树下，落英缤纷，夕阳正好。樱花树上，花儿直接从树干生出，小小的花朵精致无比，花瓣薄如蝉翼，远看略粉，近看微白，长长的花蕊顶着花蜜，蜜蜂在花间忙碌。每一朵，都纯洁得像天使一般，让人不忍触碰。我认真地调好焦，将每一簇樱花记录到镜头里，留到以后，慢慢欣赏。

我爱这美丽的世界，我愿用感恩的双眸，看到每朵花的存在。愿多年后的我们，即使忙碌，但依然可以听得到，梁前燕呢喃，看得到，花间蝶翩翩。

故乡的燕

江南的雨，下得有些温柔。雨花点点，打在青石板路上，撑一把油纸伞，漫步桥边。摇曳的垂柳轻拂着湖面，摇橹船静静躺在岸边，涨起的湖水浸润了芳草地，几株桃花，一抹杏黄，沐着春雨，微微绽开。

小桥流水彼岸花，这些我曾经梦中的景致，铺开在眼前，像一幅水墨画。但此时的我，思绪回到了红墙青瓦间升起袅袅炊烟的那户人家，以及没有鱼儿却依然让我心心念念的那条浇地的水渠。归去来兮，当初用多少努力逃离故乡，最后，就得付出多少努力回归故里，或者，在另一片土地，建一个家。

小时候，燕子总会随着三月的春风飞到家家户户，开始浩大工程——梁间筑巢。我好奇地问奶奶，它们冬天飞去了哪里，奶奶说，去了很远很远的地方，要跨越黄河长江。我问，它们的翅膀那么小，怎么经得住那么远的路。奶奶笑而不语。

现在，我终于知道了，那个遥远的地方叫作南方，每年春天，燕子经过我的身旁，不远千里，飞回故乡，就像信使，传递着我和家的消息。我不禁为它们祈祷，被它们感动。我祈祷每一个瘦小的身体都抵挡得住突如其来的狂风暴雨，祈祷飞翔的日子晴空万里。

我喜欢看燕子筑巢。它们飞到田间地头，衔一小块泥，用唾液将泥巴裹挟湿润，制成一个个小泥丸，然后飞到屋里，扑棱着翅膀，将泥丸紧紧地贴在梁木上。它们累了，就飞到门前铁丝上，单腿站着，梳理梳理羽毛，瞅瞅忙碌的乡亲们，用小爪子把喙间的泥土清理掉。等梁上的泥丸差不多晾干，它们再去衔下一批。

燕子筑巢要差不多一个礼拜，其间它们晚上不在别人家过夜，只待清晨，各家各户打开门和窗子晒太阳时，它们忙碌的身影才又出现了。每只燕子都是工程师，它们知道光有泥巴不牢固，也会在其中夹杂些草叶和麦皮。完工的鸟巢像一个个精致的工艺品镶嵌在梁间，不仅好看，而且实用，有的燕巢甚至几年都不坏。

奶奶说，燕子的记性很好，来年春天，它们还会飞来，轻松找到当年自己垒的小窝，住进去。所以，每只家燕都很勤劳，它们争取一次将窝垒到最好，绝不偷工减料。在燕巢中铺上一层松软的干草，勤劳的燕子夫妇就踏实地入住了。开始它们还经常喜欢在石榴树上引吭高歌，等产下几枚蛋，小两口的日子就忙碌起来了。它们轮流孵蛋，一只吃完马上回窝，换另一只去附近的田间补充食物，闲游的时间明显减少了，是啊，孵育小家伙们哪敢有丝毫的懈怠呢。

大约过两个星期，鸟巢里断断续续响起稚嫩的"叽叽喳喳"声，有个黄色的小家伙从燕妈妈乌黑的羽毛里探头探脑，两个，三个，最后有五六个小脑袋好奇地探出来打量着这个世界，它们肆无忌惮地"叽叽喳喳"，小院又开始热闹起来。燕妈妈给它们叼食物回来，一小时喂食最多可达三十次。它们可不知道这些，燕妈妈一回来，它们就拼命张大嘴巴，挤到大燕子跟前，幸亏燕窝筑得大而宽敞，否则怎么容纳得下这么多小家伙伸展拳脚。燕妈妈审视一周，把虫子直接通过嗓子眼，喂到更饿的小家伙的肚子里，又马不停蹄地飞出去找食物了。

等小燕子羽毛渐渐丰满，燕妈妈就开始了下一个任务，她来回地从巢里飞到窗棂，再飞到门前的铁丝上，一遍遍给小小燕子演示。它们不在意也没关系，燕妈妈就慢慢减少喂食的次数，等它们饿了，扑棱着翅膀要虫子吃，燕妈妈就站在铁丝上，歪着头瞅向巢里。勇敢的小燕子开始尝试着更大幅度地抖动翅膀，眼看要迈出巢穴，又一闪身退了回去，审视着离地面将近两米的距离，它们毕竟有些害怕。燕妈妈很有耐心，重复地做着示范。试探了三四次，小燕子终于鼓起勇气，扑棱着飞了出来，成功降落在离巢最近的窗棂上，虽然降落姿势不怎么优美。这可激起了它的挑战欲，腾起翅膀，做好准备，一、二、三，它一下子忽闪着翅膀,飞到了大燕子身边。窝里的其他小家伙终于按捺不住,纷纷尝试,有的直接划着弧线,完美落到铁丝上,很有成就感。它们在铁丝上"叽叽喳喳",我觉得声音比以往都动听。小燕子们飞到地面,蹦蹦跳跳,又飞到木梯上,慢慢地,还可以飞到不高的小棚上,它们兴奋地歌唱,两只大燕子依偎在一起,欣慰而关切地注视着小家伙们。

　　再大一点,小燕子就自己出去找食物,寻空闲的人家筑巢,孵育小燕子,像一个轮回。这时候,它们才会体验到燕妈妈当时的艰辛吧!我依偎在奶奶怀里,看着飞来飞去的小燕子,听着奶奶讲述它们的故事,想入非非。

施嵘作品[*]

国宝是谁造就

听阎崇年先生在百家讲坛讲《御窑千年》，其最津津乐道的是清康雍乾三朝的御窑作品，分别喻之"康熙恢宏""雍正雅致""乾隆繁缛"，颇多溢美之词，这与其一向推崇清初这三个大帝，捧为"康乾盛世"是一脉相承的。

实事求是地说，这时期的陶瓷制作水平确实达到了前所未有的高峰，不过此乃一代一代的工匠们毕生的研究、实践和传承积累，加上如郎延极、年希尧、唐英等陶瓷专家的精心设计和严格督造而成就的，非康雍乾三个皇帝之主功也！阎先生似乎过誉了他们。

或曰：不是皇帝的"顶层设计"，哪来御窑？又有谁敢去做这种极端华贵、精妙、巧夺天工而又费钱费工费时成本极其高昂的人间极品呢？

是的，皇帝拥有天下，有用不完的钱，取不完的物质资源，使不完的能工巧匠，皇帝不怕"费"，就怕"不费"，浪费是皇帝的天性；皇帝是最独福的，天下美食之最、美女之最、珍宝之最，凡是最好的东西，统统要纳入宫中，供他独享、独赏、独乐（比如唐太宗以真迹《兰亭集序》殉葬，乾隆搜罄天下国宝据己有）；皇帝又常常闲得无聊，会突发灵感、突发奇想，要做方瓷笼、八角罐、半圆瓶之类稀奇古怪闻所未闻的东西，臣下不得违命。于是乎，各种奇巧精美、价值连城、盖世无双的国宝级产品就诞生了，集中到了皇帝手中。

花费大量的民脂民膏，动用大批的人力物力，打造一件令大群工匠殚精竭虑、担惊受怕，甚至冒着杀头坐牢的风险，只博皇帝一时欢心的东西，值得吗？充其量说，若干年后成为国宝，具有极高的历史价值和艺术价值，后人见了啧啧称奇，引以为豪，但也不足以掩饰其穷奢极欲的可憎面目，不足以抵消其劳民伤财的可恶行径。

正因为此，民间窑口不会去造那些得不偿失的"极品"，只有独裁者才会随心所欲。再退一步讲，如果可以不计成本，不怕东西贵，只要东西好，民间高

---

[*] 作者简介：施嵘，男，78岁，江苏吴江人，本科，讲师。

手们难道就做不出那些宫廷器物吗？难道只有皇帝的脑子才具备奇思妙想不成吗？

所以，讲古代文物和宫廷珍宝故事的先生们，万不可不恰当地夸大皇帝的"丰功伟绩"，不多去数落他们的奢侈和祸民，已经够客气的了。在中国历史上，只有极少数的几个君王如李后主、宋徽宗等可以称得上国宝创造者，他们并非仗着皇帝的威势，而是靠着个人在辞章和书法上的天才创造而名扬后世。

历史的时代多以帝皇的名号命名，未尝不可，但历史学家习惯性地把时代的功业和成就也挂到帝皇的名下，那就大谬不然了！

多写写父母

一个人要多想想（最好多写写），自己从襁褓、到幼童、到少年、到上学、到工作、到结婚……父母给了我什么，给了我多少。我的成长发育，我的懂事成熟，我的成家立业，是谁时时刻刻在我身边，关心我、爱护我，心甘情愿地为我付出，绝对无私地给我温情，饿了谁给我吃，冷了谁给我穿，跌倒了谁扶我，害怕了谁哄我，我交了运谁比我还兴奋，我闯了祸谁比我还担心……

一个人还应该多想想，当自己的父母从身强力壮到渐老、到垂老、到垂死，从上照顾老、下抚养幼到无力生活自理，需要子女之时，自己给（准确地说，是报答）了父母什么，给了父母多少。他们的饮食起居，你一直牢记心上吗？好吃的好喝的先敬他们吗？季节交替，你嘘寒问暖了吗？他们的冰箱、空调、电视机好不好使，你关心了没有？他们的煤气灶、高压锅、热水器安不安全，你检查了没有？他们的喜怒哀乐，你始终非常在意吗？他们想学电脑，要你教，你会不耐烦吗？他们想跟你唠叨旧事，你会不搭理吗？他们想出外旅游，你会尽量陪他们去吗？他们钱不够花，你会经常给他们吗？他们生了病，你会不会心急如焚、精心照顾，就像你小时候生病，父母为你担惊受怕、求医问药那样？他们行动迟缓、哆哆嗦嗦、鼻涕眼泪，你会嫌他们脏吗？他们脑筋僵化，说话不合时宜，你会怪他们笨吗？你注意了自己对他们说话的声音没有，是虔诚恭敬、柔声细语还是非怨即怪、声色俱厉？……

现今社会，人们对小宠爱有余而对老孝敬不足，已经有明达之士呼吁子女应"常看看父母"，我在这里要倡议，子女只要会写，就应该"多写写父母"，写写父母的故事，写写父母的恩情。

新寓言：猫犬竞争

猫犬共事一主。猫善昵，主人宠之；犬常吠，屡因惊主受责。犬守护家门，忠心耿耿，夙夜不寐，贼不敢近；猫凡逮得一鼠，必向主人邀功。犬日得一馔，而猫得二馔，且加鱼一尾，肉一方。犬不服，主人曰："汝功何在，焉得厚赏？"犬无以辩，乃暗忖：吾力大于猫，奔走亦捷，何不亦学逮鼠，或可改变境遇。遂苦练期月，竟强于猫，日逮数鼠呈主人，亦略得赏赐。

某夜贼登门，犬正全力逮鼠而未觉，贼慌乱中误踩猫尾，猫痛醒而哀鸣，贼遁去。主人抚猫于怀而怒责犬："汝司职不力，当罚饿三日。"

嗟乎！犬不守门而逮鼠，舍本求末，弄巧成拙。然贼盗皆金珠，鼠窃唯果蔬，犬防大患而猫阻小损，主人不明斯理，重表轻实，而分配不公，尤难辞其咎也！

养狗

我不养狗，一是不想养，二是不敢养。其实我也蛮喜欢狗的，尤其是那些小狗，抱在女主人怀里可爱又嗲气，像是个饱受宠爱的小女孩，放到地上，四条小腿如捣鼓似的，频率高得出奇，一溜烟奔得老远，有时又一蹦一蹦的，画出一个连一个半圆轨迹，人来疯地绕着主人兜圈子。

狗性依人。莫说小狗，便是中狗、大狗，对主人总是百依百顺，主人走到哪，狗就摇着尾巴跟到哪，主人一声叫唤，狗就屁滚尿流，俯首听命。我们有的人做了一辈子小巴辣子，在人面前始终低声下气，如今在狗面前吆五喝六、颐指气使，也总算体现了一回人的价值，间接出了一口恶气。有的狗主人牵着猛犬，比如狼狗、藏獒招摇过市，瞥见行人因惧怕狗而对其主人投去的敬畏目光，颇为得意。而我呢，从来不喜欢指挥人，何况对狗，更不喜欢人仗狗势，这也是我不想养狗的缘由之一吧。

现在城市里的狗，大多娇生惯养，自我生存能力很弱，当主人抛弃它而成了野狗，那就惨了。我曾看见那些在垃圾箱边找东西吃，在马路上四处乱窜的没人要的狗，浑身臭秽、筋瘦骨绝，更可怜的，还有断尾瘸腿、奄奄待毙的，令人伤感。我家隔壁，原先的房主把房子出租给人家当工厂，那些男女小青年工人养了两条狗，天天逗着玩。后来工厂撤掉了，两条狗带走了一条，剩下一条草黄狗，门进不去，只好蹲在大门口。最初几天，还是毛色光亮、双目炯炯，没日没夜地在门前张望守候。逐渐地，不大看得见它了，或许是难耐饥饿，到别处觅食去了。有时偶尔在小区边看见它，已经肮脏兮兮，毛色开始黯淡，眼睛里透出绝望。去年冬天某个夜晚，我们外出回家，看到隔壁门廊下角落里黑乎乎的，蹲着一物，仔细一瞧，可怜的小黄狗，在凛冽的寒风中缩成一团。今年春天某个早上，我们出去买菜，看到隔壁二楼阳台上有一条小黄狗，心想这家人家大概动了恻隐之心，收养它了。又某一天，我看见隔壁这家人带着狗在小花园溜达，发现这条小黄狗不像原先的那条草黄狗，不过也不能吃准。唉，不管那条狗的结局如何，它的遭遇也够凄惨的了。我自度没有能力包养狗的一生，就干脆别养吧，这就是我说的不敢养狗。

薛亚利作品 *

在来宇超、刘俏婚礼上的致辞

尊敬的各位领导、女士们、先生们：

大家上午好！

火红六月火样情，亲朋八方来助兴。

宇超刘俏结良缘，天作地合同欢庆。

今天是个好日子，首先，让我们再一次对来宇超、刘俏的新婚表示热烈祝贺！对在百忙之中抽出时间参加两个孩子婚礼的所有嘉宾表示衷心的感谢！

来宇超和刘俏是高中同学，两个孩子都很优秀，高中毕业都顺利考上了自己心仪的大学和专业。毕业后在各自的工作岗位都干得很出色，深得领导和同事们的好评。今天，两个孩子能走在一起，这是传说中的月老，由于钟爱两个孩子，从中热情地牵了红线，也是两个孩子人生中难得的应有的良缘。

结婚，是人生中的一个特别重要的阶段，结了婚，不管男方、女方，感情都有了归宿。对双方父母亲和亲友们来说，也都了却了心中的一桩大事。这既是人生之旅的一段美好收获，同时也是新生活的开端，预示着将要承担更大的责任。

为了促使两个孩子的人生之路走得更好，我作为长辈，特提三点希望：

一是继续努力学习。读书使人明方向，读书让人增力量，读书促人求卓越。一句话，读书增强素质，学习改变命运，这是大家都认同的真理。所以，希望两个孩子，一定要紧跟时代，努力学习，不断提高自己的综合素质和业务能力。

二是工作干到极致。要热爱自己的岗位，创造性地做好工作，力争把自己负责的工作干到最好。做到每年都有新计划，每年都有新目标，每年都有新收获。

---

* 作者简介：薛亚利，男，特聘教授，博士生导师。中国作家协会会员，先后担任长安报社总编辑、中国学会《文化人物》杂志荣誉主编、西安市新闻工作者协会副主席。累计发表380多万字，在国内外获奖130多次，其中金奖、一等奖39次。出版专著《耕耘在长安大地》《风雨长安情》《金灿灿的谷穗》。

三是生活相互体贴。既然有缘走到一起，就要珍惜这种缘分，培育这种缘分，不断发展这种缘分，把自己的小家庭建设好，把父母长辈孝敬好，把晚辈时时照顾好，同时也为国家社会作出自己应有的贡献。

最后，再次对两个孩子表示祝贺！对所有亲朋好友及婚礼的工作服务人员表示感谢！

薄席淡酒表心迹，不成敬意多委屈。

孩子婚礼是载体，友谊长存情永记。

今天，由于条件所限，招待不周的地方请各位嘉宾多多包涵。

谢谢大家！

为亲爱的姐姐送行

姐姐薛晓利，生于1941年11月28日，西安市长安区杜曲街道寺坡村人。生前系西电集团公司总会计、高级会计师。因病于2021年6月28日在西安逝世，享年80岁。

姐姐在我们家姊妹、兄弟中排行老大，是我们非常尊敬的大姐。

姐姐一直是我们学习的好榜样。姐姐从小聪慧过人，学业优秀，目标远大。20世纪60年代初期，以优异成绩考入陕西财经学院。她是我们家族中的第一位大学生，也是我们全村当时仅有的几位大学生之一。所以，她不仅是我们家族的荣耀，也是全村父老乡亲的荣耀。至今，村里健在的耄耋老人，只要提起姐姐的名字，总是赞不绝口。

姐姐相貌端庄秀丽，品学兼优，是同学们心中的女神。她当年的同学谈起姐姐总是深情满满。

姐姐的字写得刚劲有力、苍茫大气，秀美中蕴含着英雄气概。她的作业本经常被学校作为优秀作业进行展览。

姐姐一生陪伴了两代军人。姐姐20世纪60年代初与姐夫李敏民结婚。姐夫曾参加抗美援朝、保家卫战争，后又以优异的综合素质被选入中国人民解放军空军部队，成为空军飞行员和担任大队长。随后，姐姐就跟随姐夫辗转祖国的边疆。一边工作，一边照顾丈夫和养育一双儿女。虽然历尽千辛万苦，但毫无怨言。姐夫在参加保卫祖国边疆的空战中，曾击落敌军一架飞机，被评为战斗英雄，在北京人民大会堂参加空军英模表彰会，受到毛主席的接见。他的战友们都说，他的军功章有夫人贤内助的一半。

儿子长大后，姐姐又将儿子送往部队，接受锻炼，服务国家。

姐姐在培养孩子学习能力方面也可圈可点。大女儿李萍大学本科毕业后，顺利考上西北大学硕士研究生，毕业后成为陕西学前师范学院的教师。

自从姐姐1997年生病20多年来，在姐夫、子女等亲友无微不至的关心照顾下，可以说生活幸福、无牵无挂地安度了晚年。养病期间，姐姐对孙辈也是关爱有加。现在，两个孙辈，一个以优异的成绩考上了长安大学机械自动化专业的硕士研究生；一个聪明可爱，也即将开始上学。

姐姐，您一生学以立身，拼搏不止，奋斗不息。您做人、做事的方式和成长的轨迹，一直是我们的标杆，为我们留下了丰厚的精神财富。

您的不幸病逝，使单位失去了一位好干部，同事们失去了一位好同志，同时也是我们家族无可弥补的损失，我们悲痛的心情是千言万语也难以表述的！我们将化悲痛为责任，进一步搞好各自的学习、工作和生活，以此更好地纪念您！

姐姐，您放心吧，您安息吧，我们将永远怀念您，您永远活在我们心中！

仝光薛作品*

我和我的爷爷

我叫仝光薛,是西安市长安区第一小学的学生。我的爷爷叫薛亚利,他是一位资深的新闻工作者。

爷爷平时话不多,特别是很少谈起他的生活工作经历,可是我从爷爷出版的几本书和周围爷爷、奶奶、叔叔、阿姨的嘴里,了解到了他的许多励志故事。所以,在我的印象里,爷爷简直就是一位"高大上"的人物,周围的人们都很佩服和尊敬他。

爷爷出生于1954年,在他上中学的年代,遇上"文化大革命",他的学业也就中断了。每当谈起这些经历,爷爷总是告诫我要珍惜学生时代的时光,当一个好学上进的好少年。

爷爷坚持自学,先后获得3个大专、本科文凭,直到51岁还考取了中央党校领导干部研究生班,获得研究生学历。在新闻工作中,他先后在《人民日报》《中国青年报》《陕西日报》等数十种报刊发表作品380多万字,130多次在国内外获奖,其中金奖和一等奖就有39个。西北政法大学资深教授李立刚先生,跟踪10年研究爷爷的成才之路,于2015年由陕西人民出版社出版了近20万字的专著《论报人薛亚利》。

"抓住每一个时节,播下希望的种子"是爷爷经常挂在嘴边的一句话。由于取得的突出成绩,他先后被评上高级职称,提拔担任长安报社总编辑、西安市新闻工作者协会副主席,还被接收为中国作家协会会员,被评选为全国首届自学成才优秀人物、全国百佳新闻文化工作者、一带一路国家形象人物等。

2013年爷爷退居二线,又被西京学院特聘为教授,担任人文科学系新闻专业学科带头人。这一干又是7年。由于教学科研出色,爷爷又先后被评选为"西京学院优秀教师""传媒学院师德标兵""陕西省第二届黄炎培杰出教师"等。国外6所大学还授予他荣誉博士和客座教授称号。这些年他教过的学生中

---

* 作者简介:仝光薛,男,小学生,就读于陕西省西安市长安区第一小学。

已有近30人考上了硕士研究生，有的还考上了博士。

爷爷的励志故事太多了，今天就点到为止吧！下面再说一些爷爷和我的暖心故事。

在我的记忆里，小时候每当爷爷下班回家，我都要让爷爷先背一背我。往往背上我，我还要让他一边放音乐一边跳舞，这时，我在他的背上摇头晃脑，别提有多舒服、多高兴了……这样的场景一出现，家中顿时满是欢乐的笑声……

我上了幼儿园后，爷爷教我背诵了好多的诗歌，还教会了我唱《我和我的祖国》、西游记主题歌《敢问路在何方》、铁道游击队之歌《西边的太阳快要落山了》等不少知名歌曲。记得有一年春节家里待客，我自己做了一副担子，然后骑着橡皮大象一边走一边唱起了"你挑着担，我牵着马，迎来日出，送走晚霞……"。这像模像样的表演，一下惹得满屋的客人哈哈大笑，掌声一片，你不知道，这时候我有多得意……

爷爷被聘到西京大学任教后，我傍晚最幸福的时光，就是幼儿园放学后骑着滑轮车和奶奶到学校去接爷爷。当跨进滈河边的校大门，爬过花街上了神禾原，穿过银杏林，远远看到爷爷背着电脑包走来的场景，我总是放下滑板车像小鹿一样飞跑过去，双臂一伸扑到爷爷怀里，爷爷紧紧抱着我，这一刻，那温暖幸福的感觉，真是无法用语言表达了……

爷爷非常重视我的学习，平时上学放学，只要是他接送我，就会在路上问我今天上的什么课？精彩的内容都有什么？老师要求背诵的背过了没有？记得有一次老师让背《秋天的雨》这篇课文，我在学校还没有背熟，爷爷就一边走一边让我试背，记不住的地方，耐心给我提示，没想到等走回家后，这篇课文已被我背得滚瓜烂熟。

为了增强我的记忆，爷爷还让我练习背一些较长的文章，并给予奖励促进我的积极性。他在全国获奖的散文《乡泉》共1560多字，我是利用三个下午的时间背过的。今年春节前夕给奶奶过生日的夜晚，在全家十多个人的面前，我满含深情地背诵了这篇散文。当背诵到最后一段"家乡的泉水是晶透的，家乡的泉水是多情的，家乡的泉水是奉献的，家乡的泉水是永恒的。那乡泉，是诗，是歌，是酒，是力的源泉，激励我永不停息地奋斗、工作、学习，永远流淌在我的心田……"时，全家响起了雷鸣般的掌声！

当记者的姨妈感叹："棒棒（我的小名）的记忆力让人震惊！"上四年级的表姐小象说："弟弟为我树立了榜样，我要向弟弟好好学习！"爷爷当场拿出200元给我颁发了奖金，后来又用这笔奖金帮我购买了《海底两万里》《应该背诵的古诗词》《简笔绘画大观》等书。在爷爷的鼓励下，我自己通过努力，也先后十次获得校、班及相关培训机构的"语文之星""数学之星""学习之星""爱乐奇英语之星"等荣誉。

此后，每当想起背诵《乡泉》的夜晚，我在读书学习上就总有使不完的劲！

亲爱的爷爷，您就是我心中的"乡泉"，我要以您为楷模，从小立大志，争当新时代的好少年，在中华民族的伟大复兴中贡献自己的力量！

三爱文竹

我家有一盆生长十分茂盛的文竹，平时就放在爷爷书房的写字台上。这盆文竹是爷爷从黄良花卉基地买回来的，至今陪伴我们家人已经十多个年头了。爷爷由于特别钟爱文竹，当年干脆给他的大女儿，也就是我的姨妈起名叫薛文竹。受爷爷的影响，我对文竹也有着十分深厚的感情。

听爷爷讲，文竹又叫云片松、云竹等，是天门冬科天门冬属攀缘植物。原产于非洲，引进我国后分布于中部、西北、长江流域及南方各地，是具有极高观赏价值的植物。它体态轻盈、姿态潇洒、文雅娴静，尤其在书房、案头、卧室、客厅置一盆翠绿的文竹，更显得高雅别致。

我喜爱文竹，首先是爱它的四季常绿生机无限。绿色体现着润泽，象征着活力和希望……平时看书写作业，眼睛困倦的时候，我经常会观赏文竹进行调节。这时，远看文竹像绿色的云彩随风飘浮，使人心旷神怡，灵气倍增；近观那青翠欲滴的枝叶，又使人顿觉头脑清爽，心灵也随之轻松愉快了许多。再投入学习的时候，浑身不由又增添了新的动力。

我喜爱文竹，还爱它永远蓬勃向上的精神力量。文竹枝干有节似竹，挺拔秀丽，特别是新冒出的嫩枝，白似宝玉，晶莹闪亮，生机盎然，长势像小麦拔节，一天一夜就长高不少，看着它虎气生生的神态，我在观赏时往往沉醉其中不忍离去。文竹的枝叶纤细翠绿，既轻柔又有力，花盆中不管哪一条枝叶，你仔细观察，它们都有一个共同的特点，就是永远都舒枝展叶，精神旺盛地向空中、向远方勇敢地攀登和拓展。

我喜爱文竹，第三点就是爱它的干净清爽文雅秀美。文竹整体形态疏密青翠，姿态潇洒，优雅别致，独具风韵。它放置于客厅书房，既可净化空气，还可美化环境，增添室内的书卷气息。由于文竹的特点和独特气质，它还象征着亲情、友情的永恒，朋友纯洁的心永远不变。在婚礼用花中，它也是婚姻幸福甜蜜、爱情地久天长的象征。听爷爷的一个医生朋友讲，文竹全草及根还可以入药，根能润肺止咳，全草能凉血解毒、利尿通淋，治疗郁热咳血、小便淋漓等病症。

好了，写到这里，我还要告诉朋友们两件喜事。一件是我家的这盆文竹去年首次开了满架的花，那白色的花朵像满天闪烁的星星，好看极了……还有更大的喜事就是我的文竹姨妈，在她39岁时竟然生了一个大胖小子，全家人高兴得张张笑脸像盛开的花……

悠悠作品*

老 妈

今天是老妈的头七！

老妈生于1947年农历八月初六日子时，死于2014年农历闰九月二十七日早上7点多，享年67岁。

按老家的说法，老妈去世的时辰不好，要落"深坑"，不能做七，不能做忌日，不能扫墓，总的来说就是不能怀念她，埋的地方也要远远的，不能听到鸡鸣狗叫。想着生前深度近视，死前痴痴呆呆，如今孤零零躺在荒山野岭上的老妈，我就心酸无比！愤愤不已！

世界各地，也就这小旮旯有着人死后不能怀念的所谓习俗。

我那可怜的老妈，悲催了大半辈子的老妈。

老妈的悲惨从幼年就开始了，她那个从外国回来的祖父带着一笔钱，回老家买了几间房子和几处土地，一家人辛勤地劳作，没想到土改时家庭被评为地主，虽然，那时老妈的祖父已经去了，但他们的房子依然被没收了，田地也充公了。

外婆死后，只留下外公和7岁的大舅、4岁的老妈，还有2岁的姨妈，2岁的姨妈被活活饿死了，4岁的老妈每天鼓着营养不良的大肚子，从东家门槛爬到西家门槛，受尽欺凌和口水，幸亏隔壁一好心的奶奶经常偷拿剩粥给她吃，隔天的粥，尤其夏天，经常都是发霉了，老妈靠着这些粥得以活命。喝太多的霉粥，让她一生的肠胃功能好得出奇，无论吃什么变质的东西都不会坏肚子，人们笑称她的肠胃连石头都能消化掉。

外公在外婆死后不久，也病逝了。那时，老妈年仅10岁。

老妈的两个叔叔和一个姑姑，都考上了大学，成了大学生。

曾在昆明某医院工作现已退休的老妈的姑姑，每年都会给老妈寄钱。

老妈的小叔，大学毕业后留在了广东工作。

---

* 作者简介：悠悠，女，汉族，出生于1969年9月，现已退休，偶尔写写文字，自娱自乐。

悲惨的童年，不美满的婚姻。

由于小时候的营养不良，老妈长得矮小单薄，又有先天性的高度近视，受过太多的折磨，性格胆小、自卑、懦弱。老爸高大英俊，娶了老妈后，老爸连带着受了不少的委屈，所以老爸年轻时候对老妈并不好。我印象中的他们从不吵架，老妈痴爱老爸，老爸呵斥她时，她从不还嘴，然而，老爸更多时候是对老妈的漠视和冷淡，老爸经常一声不吭，一年半载不和老妈说话，他们极少交谈。

我性格中的忧郁敏感，想来是源于小时候的家庭影响吧。

家庭原因，我那只读了两年小学的老妈，在老爸去泰国期间并一度想独自定居泰国时，曾写信让我寄给老爸，我偷看了她的信，其中居然引用了普希金的一首诗歌："假如生活欺骗了你……"是的，生活欺骗了老妈，可是一贯懦弱的老妈还是从诗中读出了一种积极乐观而坚强的人生态度。

老妈善良、勤劳、节俭，老爸经常出差在外，家里的山，地里的田，里里外外都得她自己操劳。山上收种木薯，田里两季水稻的播种、收割、施肥、除草，种菜，割草砍柴，放牛，操持一家大小……无休止地劳作操劳，1000多度的近视眼不戴眼镜，1.4米的身高能挑起100多斤的稻子，每天天不亮就起床，从早忙到晚，没见她休息过一天。

我们都在外地时，家里就她和老爸两个人，叫她不要太辛苦了，她还是要种稻子、大片的青菜、大片的果树，收成时候她也不摘去卖，叫邻居们要就去摘，龙眼、橄榄、香蕉、杧果、荔枝……谁都可以去摘来吃，谁都可以分享她的收成。

曾经听奶奶说过，四个儿媳妇中她最疼的就是老妈。以前没分家时，20多口人一起吃饭，老妈经常是最后才吃，好吃的饭菜都让人吃完了，但她从来都没有怨言，有什么吃什么，不像其他妯娌有时候看到好吃的被人吃了会黑着脸发脾气。

从我记事起，没见过老妈为自己买过一件衣服，她结婚时候做的几件衣服穿了好几年，后来穿的都是泰国姑婆寄来的旧衣，大多不合身，看她经常穿得不伦不类的，我发誓等我能赚钱了一定给她买衣服，后来我领工资后的第一件事就是帮她买了衣服。这二十多年来，她所有的衣服裤子、内衣内裤、鞋子袜子都是我帮她买的。现在想想，从她结婚到老去，从来没见她为自己买过一件衣服，哪怕是一双袜子、一条内裤什么的，都没有。（这次帮她买的外套她还没来得及穿就走了，子欲养而母不在，那种悲凉感，渗入骨髓。）

随着儿女的长大，老妈的生活越来越好了，我们帮她和老爸交了社保，让她和城里人一样有退休金领（到死才知道她的退休金一分都没用过，都在存折上），老爸也对她越来越好了，正欣慰着她该有个幸福的晚年生活，哪想到她会得上老年痴呆症这个病，而且是小脑萎缩引起的，来势汹汹的病魔让人猝不及防。老爸天天帮她敷药，希望能减轻她四肢的疼痛，抱她起来大小便，帮她端尿倒屎。我们不忍心70多岁的老爸劳累，把她接到大弟家请人照顾，不放心的老爸特意交代嫂子要煮好点的饭菜给老妈吃，说老妈苦了一辈子。

痴爱老爸的老妈，年轻时候被老爸漠视的老妈，老了被老爸爱着的老妈，本该有个多么幸福的晚年啊！

而老爸，在老妈去世这几天，一下子老了好几岁，驼了背，白了头。

火化路上，同乡的婶婶们抹着泪水对我说："你妈妈，这辈子苦啊！"

心如刀绞，多想听到的是她们这样说："你妈妈，这辈子享福啊！"

买了一个玉手镯和一套银首饰放进她棺木，曾听婆婆说死去的人戴点玉的首饰（不能戴金首饰）在阴间不会被人卖去做丫鬟。听侄子说银饰火化掉了，玉手镯还好好的，让他把玉镯放进骨灰盒里一起埋葬，希望老妈在轮回的生生世世中去到有爱有暖的人家。

老妈，一路走好，下辈子，再做您的女儿！

祠堂入伙

回老家参加娘家祠堂重建入伙庆典，吉时是3号凌晨1点多，作为外嫁女，入伙煮汤圆拜祖宗那段时间我是不能进祠堂的，躺在床上，晃动的是老爸、弟弟、嫂子们忙碌的身影，挂灯笼、贴对联、搓汤圆、搬鞭炮、准备祭品，有鸡鹅鸭、红粿、汤圆、各式水果……

天寒地冻，入冬以来最冷的一天，我手机显示温度2摄氏度，再冷的天，也阻挡不了亲人们虔诚和感恩的那份心。

房子有上厅，两个下厅，大厅左右各一间大房，大房两侧各四间房间（弟弟说叫横厝），宗祠自有它的格局和布置。唯大门不能动，门柱斜着立着，重新抛光处理，其他全部重建。

"吉日吉时，礼炮齐鸣，人杰地灵，枝繁叶茂，繁荣昌盛，四季平安，财源滚滚，宾主尽欢。"

"将进酒，杯莫停。"

老了，越来越喜欢这种仪式感。

大概7岁左右，爷爷去世的时候，入殓前是放祠堂大厅的地板的草席上的，挂上蚊帐，孝子贤孙们跪在地上，听和尚念经"做功德"。地板坑坑洼洼，墙灰不时飘落，我困得东倒西歪又茫然无措，听着妈妈、姆姆和婶婶整夜哭灵。

爷爷过世后不久，祠堂就成了危房，墙塌了，梁也断了，残垣断壁，里面拴着牛，满地的牛粪牛尿。

20世纪70年代，别说修祠堂，温饱问题都难以解决。任凭它荒草丛生、鼠虫出没。不久邻居一阿婆去世，没有祠堂可进，只能放在一露天的小厅上，恰逢下雨，搭上了一塑料棚。阿婆生了10多个孩子，存活下来9个小孩，到死，连一张照片都没有，灵堂布置时只能拿她穿过的一件外衣作为照片。我回老家时，无意看到了用竹片撑开挂在墙上的那件蓝色"大筒衫"，触目惊心，久久难忘。

祠堂倒塌后的这么多年，故去的至亲，有大姆、二姆、奶奶、老妈、三嫂，今天看到了一张照片，是大姆、二姆和老妈还有两个亲人的合照，老爸让照相馆修去了两个健在的亲人，只剩大姆、二姆和老妈，相信她们三个在另外一世界里也是一家人，都会过得开心快乐。

"不思量，自难忘。"

祠堂前面是一个池塘，池塘经常有寒鸦，有鹅影，有纷纷扬扬的小雨。四季更替，经年不枯。8岁时候，我抱着1岁多的小弟在池塘边玩，不小心弟弟掉进了池塘里，弟弟蹬着手脚连喝了不少水，我赶紧跳下去把他捞上来。那时，父母忙着干农活，几岁的我就要帮忙做家务带弟弟。

池塘右边的那口井还在，10多岁左右，我经常挑着水桶到井边打水，人矮，挑着两桶满满的井水回家，踉踉跄跄的，印象中，一大水缸需要挑5次，10桶水左右。

昨天特意跑到井边望着井水，蓝悠悠就像一面镜子，好像在笑我，尘满面，鬓如霜。

"少小离家老大回，乡音无改鬓毛衰。"

祠堂不远处有一个伯爷庙，也重修了，以前奶奶说过，伯爷庙是保佑"走仔"（女儿）的，叫孙女们要多拜拜，我没下跪，只是在庙前站了很久很久，它依然肃静，我依旧孤独。我们都不言不语。

它懂得我的心事，我懂得它的慈悲。

不早也不晚，恰恰好。

老妈种的橄榄，硕果累累，掉得满地都是，香蕉一串串，木瓜在树上都熟透了也没摘。扛一把锄头，走在乡间的小路上，暮归的老牛不在了，路旁的小花在凛冽的风中摇曳。我跟着嫂子和妹妹摘橄榄、挖南姜。

车后备厢里，满满都是吃的东西，橄榄、南姜、薏米、淮山、红粿、糯米粉、鸡肉、鹅肉、鸭肉……

"走仔贼"，名副其实。

鞭炮屑，满地铺，那么红，那么美。

王玲作品*

爱的种子

在我们的村子里，住着位"傻叔"，我们唯一的关联就是我们曾住在同一个村庄。或许是太过于贫穷就显得渺小吧，村子里仿佛没有人记得他的姓氏，大家都叫他二钢，二并非排行老二，只因他从小就傻，说话还结巴。他有个母亲体型瘦小，走起路来跟跟跄跄，一个相依为命的儿子结巴又傻，一点贫瘠的土地总也种不出好的庄稼，日子越过越穷。

贫穷就被人瞧不起，也就没有什么亲戚、朋友。那日子实在过不下去了，便来我家试图借点吃的，父亲给了他一袋白面和一点钱，告诉他："人不懒，肯干活就不会饿着。"他应着高兴地走了。

后来，他的母亲死了，听说是和村子里某户人家争点地堰，吵架气的。一天傍晚，二钢背着一袋面来我家，一进门他把面放在大门楼下，结结巴巴地对母亲说是来还我家账的。母亲让他进屋坐坐，他不肯，执意要坐在门楼底下等父亲，父亲回来了，他把身上零零散散的一把钱一股脑儿掏出来说："三……三哥，钱……就凑了这些，面倒买够了……"父亲有点吃惊："家里宽裕了？"他掉下泪来："娘死了，自己活着也吃不上饭，日子越发的难了……打算死的农药都买好了，一想死前也不能坑了你家呀，就把家里所有还能卖的东西都卖了，今儿是来还你家账的"。父亲说："二钢，娘不在了，也要好好过呀，你还不到二十岁，以后过好了娶个媳妇，有个娃，不就又有个家了吗。钱和面以后也不用你还了，回去好好过日子。"临走前父亲又偷偷地往他那堆零钱里放了些钱，二钢背着那袋面拿着钱实实在在地走了。

哥哥到了念书的年龄，父亲为了让我们受到好点的教育，在城里买了房，我们搬家了。后来听奶奶说二钢还是没把地种好，但也没再寻死，他四处讨饭为生，温饱还算过得去。

* 王玲，女，36岁，医护工作者，自由写作人。人间有冷亦有暖，愿用朴实的文字唤醒灵魂间不经意的美好。

一个暑假我们回村探亲，见村民们三三两两兴奋不已谈论着走，像有什么大好新闻，我也随着人流跑去，原来是二钢在讨饭的路上捡了个疯女人回来当媳妇。两间黄土盖起的破草屋，里面一张旧式的木头床，床的旁边几个乞讨用的麻袋，袋子里装着讨来的东西。另一间屋里放着一张黑色的桌子，桌角破掉了一块，桌面上零散地放着碗筷。桌子前是个长木板凳，板凳的一头坐着一个头发凌乱、目光呆滞的脏女人，板凳的另一端坐着二钢，手平整地放在双腿上，腰挺得很直。屋里屋外挤满了围观的人，他们对他俩指指点点笑个不停。二钢看到我时神情里很高兴，他拉住我的手结结巴巴说了几句，大概的意思是让我转达给父亲他有媳妇的喜讯。

不久，听村民说二钢的媳妇犯精神病跑了，跑前还把二钢的手和脸挠破了几处，这也成了村民茶余饭后的笑料。当时我觉得并不好笑，便在日记里写下一篇长长的愿望：我的愿望是考上大学回村来给二钢做媳妇，我要每天给他做饭、洗衣服，教他认字，让那些嘲笑、欺负他的人都开始羡慕他娶了一个好媳妇……那年我上小学二年级，多半记录都在写拼音，这样的愿望或许只是一个孩子不知该如何守护弱者的抗争吧。

多年以后，在村头的奶奶指着一个看上去很老的男人说："这是你二钢叔。"我礼貌地叫了声叔叔，他见我叫他眼睛里激起了一波闪烁的光，费力地说了很多话："你父亲走时，我有去你家哭他……那天你家的人太多，你也长大了，我找了一圈已不认得你了……现在我不再乞讨为生了，改收破烂了，国家帮扶着盖上了新房子，日子也渐渐宽裕了……你家里的'大人'（父亲）不在了，若有什么难处可记得找叔……"

多年前父亲将爱的种子种进了两个人的心里，种子发芽了，一颗活成了有良知的"傻子"，另一颗正努力活成他的模样……如今他们都在深深地怀念着那个播种的人，愿他的灵魂在上帝的怀里永得安歇。

  再也触及不到您的身和影
  我知道，您存在于我们周围的一切
  您的气息让爱充盈着我们的双眼
  我们的心，为之谦卑
  因为您在这里，也在那里
  您无处不在……

规 矩

需要一壶咖啡
溶解整个午后
夏天的风　踏着热浪
需要翠绿的叶子托举
那一片山丘　和树林
那一条河流　和虫鸣
都是不可多得的墨染
需要等到黄昏散尽
萤火虫一只一只飞起
夏的呢喃慢慢地沉静
才能看到一颗星子的软

我奶奶娘家的某个堂叔没有儿子，按本乡的习俗过继了个儿子，他过继的儿子的媳妇"老了"（没了）。昨儿奶奶让我的妈妈去哭丧，昨儿周五，我们都要上班，我的妈妈从早上6点出门，坐公交车倒腾到8点半，终于到了某村，还是把我奶奶气哭了，她嫌我的妈妈到得太晚，破了"规矩"。今儿周末，是我那未曾见过面的亲戚家办丧事的日子，37摄氏度的高温，为了让我的妈妈少受点罪，也为了不再气哭我89岁的奶奶，我决定亲自开车把妈妈送到某村参加葬礼。

大清早我们到达某村，我的妈妈按照"规矩"接受了安排，我便开着车漫无目的在那片村庄里转，直到转到我的故乡：卧龙山下，护城河上，被大片大片绿柏覆盖着的林地，才慢慢停下车来——那是我们王家的祖坟。我多想走过去看看睡在那里的亲人们，可我又怕破了"规矩"。从小就听奶奶说，自家的林地，除了"清明""十月一"和"年三十"男家丁们去那儿请"老了"的人回家来过年，平常的日子再不能去的，是有忌讳的。我不太懂忌讳是什么，我只是怕破了"规矩"会让说规矩的人难过。

王家的规矩很多，因为"过继的儿子"曾在老人的葬礼上像亲生儿子一样为老人穿孝送终，所以他的余生就要被老人整个家族的人，像对老人亲生儿子一样照顾，哪怕是89岁高龄的奶奶也未曾忘记这样的"规矩"。王家之所以传承着除那三个节日外不可去祖坟的规矩，源于家族间的爱。老年人担心晚辈的孩子祭奠时哭坏身子，定下平日不可入林地的"忌讳"。相传谁犯了这忌讳就对谁家的老人不好，子孙们为了自家老人能长命百岁，宁可遵守着这些忌讳，也不敢轻易去触碰。

  我坐在车里远远地看着那片林地，想着前天陪女儿看过的那部电影《人生大事》，一闪一闪的星，哪一颗是你的眼睛？……只要你愿意相信，你就是那种星星的人。这一刻我是多么寂寞，多么想看一看星星。回到老家的四合院，我打开所有的门窗，从午后等到黄昏，夏日走得是多么缓慢，我一个人在这个早已陌生的村庄里是多么寂寞，我用笔在纸上来回地画呀写呀，直到太阳下山，直到一幅画还未墨染，直到一首诗还未取好名字……

  或许我们敬畏的不是"规矩"本身，而是定规矩的人，不是迷信，而是家传的孝道；不是森严的礼节，而是礼节背后的恩情。我们曾撕心裂肺哭喊的也不仅仅是那些离世的躯体，还有他们的灵魂和留于我们内心的"规矩"。

王旭作品*

一副球拍

最近，也给小儿子在武术馆报了名。大儿子身体虽然瘦但是不孱弱，在学习武术的四年里很少生病。训练得满头大汗，换来的不仅是一次次段带的升级和一个个奖杯奖牌，更重要的是强健的体魄和拼搏进取的精神力量。

对孩子的合理要求我都会尽力满足，尤其在学习知识和各项技能上，我从不认为会有什么浪费或不值得。

言至此，深藏于我记忆深处的一段往事不由得浮现在心头。

20世纪90年代中期，我还在老家上小学，村里的学校在原本空旷的操场上，修建了一些体育设施。其中最为学生们所喜爱的莫过于乒乓球台桌。在用砖头垒砌的水泥面儿球桌的正中间，横着摆上一排红色的砖头当作球网，各个年级各个年龄段的孩子们在不到1米高的球桌上肆意地挥舞着！

最初，球拍是学校提供的让学生们上体育课时使用的。简易的球拍由三合板压制而成，类似于我们现在所见到的乒乓球拍，但是没有橡胶面。很快老师和学生们在放学后也开始打球，有时借用学校的球拍，有时球拍不够用，干脆就用木板、课本代替。逐渐地，学校门口的小卖部也开始售卖乒乓球和球拍。黄色或白色的球掉在地上发出悦耳清脆的声音，一面红色橡胶面一面黑色橡胶面的球拍面是那么富有弹性，摸上去就像婴儿的肌肤一般使人着迷。

那一年，母亲作为村办小学的教师，到很远的另一个县城去学习深造，父亲整日早出晚归地做着木工。我和弟弟就吃住在同村的外婆家。外婆生活得很拮据，可对于我们从来不吝啬。但是，我在产生买球拍的想法后，还是没好意思和外婆张口。

那天接近傍晚时分，下午放学后，太阳还挂在西边的天上，看着暑气未散的大地。我在几个同学的陪伴下回到家里，父亲正在土坯房子里压面条。当我说出要买一副5块钱的球拍时，虽然父亲笑着，但我从父亲的笑容里看到了生

---

* 作者简介：王旭，男，37岁，河北省石家庄市元氏县人，在职研究生。

活的无奈和对孩子的愧疚。其实，当我听到父亲的那一声"现在钱也不多，要不再等等吧"时，我感觉我的泪水就在眼眶里打转，但我还是倔强地把它忍了回去，毕竟还有玩伴在场。

也正是那一次，我第一次感受到了生活的艰辛和苦涩；也正是那一次，让我开始在生活面前有了抬起不屈头颅的勇气；也正是那一次，以及以后的很多经历，成就了我乐观豁达的人生观。

虽然那一次没有买上球拍，但在以后的日子里，我依然活得很快乐，球也打得很尽兴。我也知道了投桃报李，懂得了分享的快乐，学会了感恩。

现在，我正如父亲当年那样，养育着两个孩子。虽然不似当年那样贫困，但也时刻提醒自己要在平凡中体味生活的艰辛，也时常给孩子们讲"爸爸小时候"的故事，告诉他们美好生活的来之不易。

节假日回家，和老父亲喝着茶闲聊着，看着孩子们在院子里撒欢玩耍，老父亲虽然不善言辞，但我知道他的心里一定是很甜很甜的味道。

过去的时光

秋风瑟瑟，天清气朗。
回乡，回到我的母校。
回到这儿，来找寻，找寻我的少年和孩提时光。
我的思绪也随着我的步伐，将时间推向远方。
母校，将我最纯真的年代锁进了她的怀抱。
在她的怀抱，我看到了儿时被我们摇来晃去的纤细小树，已长大不可环抱。
最让我惊喜的，居然还能看到儿时玩耍的球桩。
我是那么的熟悉你，因为你身上还留有二十多年前，我用小钢锯锯出的一道深深的伤。
随着时间流逝它也渐渐长大，变化了模样。
时光，就在这个下午，在这里，短暂地回放。
时间，也停住了脚步，让我的心灵，回到这儿，自由地呼吸，呼吸着这没有污染的空气，在这老地方。

老家的铁锹

老家的旱井（水窖）坏了，父亲请人在原来的旱井旁边又挖了一个。挖出来的泥土堆满了小院。

整日生活在钢筋水泥森林里的孩子们这个周末在老家院子里的"山"上面尽情地施展着自己的才华：开垦梯田、凿通隧道、修建盘山公路……

孩子们尽兴后，我们又开始上演了"愚公移山"。时隔多年我又拿起了那把铁锹。那把有着木质锹把和铁质锹头，静静地伫立在小院角落里布满灰尘、几近生锈的铁锹。

果然是农家人的老伙计！略有锈斑的铁锹在和土壤这个老对手肉搏仅仅十来个回合之后，就重新焕发了生机。锹身在阳光的照射下闪耀着灰白色的光芒，仿佛在告诉我这个久不归家的老朋友：自己依然是当年那个少年手中身手矫健的模样，依然是只顾着埋头耕作的那个"老把式"。

那时，我们都还年少，父母也正值壮年；那时，秋收还没有大型机械，收玉米还靠人工；那时，耕地还没有往外出租，田间地头随处可见劳作的身影和孩子们的打闹；那时的你不仅是一个翻地的工具，更是一个多面手，还是老农的一个好搭档。

清晨伴随着雄鸡的啼叫和袅袅的炊烟，你趴在主人的肩上，精神饱满地同人们一同奔向耕作的战场；正午你顶着烈日在人们紧握的手中辛勤劳作，累了也会抱怨，偶尔也发出"嘎吱吱、嘎吱吱"的声响。

歇响时，你趴在地上，让辛苦了一天的人们坐在自己的身上，抽一袋旱烟、拉一拉家常。你却从不说话，就那么安静地趴着，听人们述说着古往今来的故事和家长里短的牢骚。仿佛这样就能缓解你一天的疲劳。

等人们烟也抽够了，夜幕也逐渐落了下来。你又扶着人们站起来，走回那个小村庄，走回那个屋子里闪烁着灯光、灶台上冒着热气的家。

周末，当初的少年又和你这个老伙计通力合作了一把。下晌时，抚摸着你带着木纹的肌肤，用黄油擦拭着你金属质感的脸庞。想起了那年我们都还年少时的模样。

放飞希望

多姿多彩的世界中，不止有酒的浓郁和茶的清香。
更有陪伴、有诗书、有远方！
远离喧嚣，远离浮尘，远离车水马龙。
放飞心情，自由遐想！
陪伴是最温馨的爱。
诗书和远方，开阔了你的眼界，更重要的是拓展了你的胸怀。
希望你能在这里读懂这个世界还有更宽广的天地。
读书和远行，在将来让你选择用自己喜爱的方式自由地绽放！

雪后初晴

清晨的阳光洒在房檐的落雪上
金色的余晖映照在我的脸庞
点亮心底彩虹似的梦

屋内墙角的一抹新绿
在朔风呼啸的寒冬绽放
热气腾腾的挂面汤
饱含母亲的温柔

走在小村不宽不窄的土巷
仰头
呼吸间
鼻尖环绕着柴火燃烧后炊烟的味道

阳光下的影子
仿佛还是儿时欢快的模样

王玉光作品*

杂　想

　　戊子，正初六，吃请，莫府喜宴。
　　席间偶闻拓石现已屋空人离，残垣断壁，蒿草萋萋，街凋零，人迹稀，弃屋村民尽选，无偿占之。
　　昔日，盛荣，宝天间，拓石独尊，居拓石者荣之。现闻言拓石小、物乏，顿恼。当年，山珍、山果、野物、洋芋、苹果、木料、床板等，让外人媚拓石之人而求之。
　　今世人步入小康，弃拓石奔幢幢高楼，身处灯红酒绿，尽忘当年滚坡牛肉大釜烹之，手执一块，如吃馍般大快朵颐。问当今，谁能之？昔日拓石好于城矣。山水养汝，汝离去，何言不惭？
　　拓石如母，车到而哺（即加水），动力足，奔东西。今电气化，随呼啸而过，快慢车皆不驻，吾等须乘汽车而至。
　　今与汝等觥筹交错，甚感慨，不由大醉，遂出狂言、躁语："待吾大富，资拓石、造楼宇、开旅游让其富之……"
　　呼……大睡。

大柏树的诉说

　　我是扎根在拓石北坡山顶的大柏树，守护着南坡的河边小镇——拓石。渭河从我的脚下流过，远处，东南方矗立着金龙山。清晨，山腰云雾缭绕，招呼着关庄小村的缕缕炊烟，挽手一起迎接朝霞。晨曦中流了一夜的河水还有些困

---

* 作者简介：王玉光，男，65岁，辽宁省鞍山市人，自由职业，热爱文学写作。

意，陶醉在梦中，花洞隧道有列车通过，轰鸣声中它也没翻眼看一下，扭头慵懒地向云雾中的金龙山流去。河滩、果园、农田、草木享受着晨露的滋润，薄雾中远眺青黛色的农舍和金龙山越发觉得其深邃静谧。

傍晚西南方向对岸的集村，山梁上走下三三两两收工的人们，村舍炊烟渐起，归途的老牛慢悠悠，不时地边走边吃着路边青草，经过一天的劳作，它也知道此时的主人很宽容，习惯地迈起了摆谱的脚步。扛犁人在牛后边慢慢地跟着，时不时轻声地吆喝一声。祥和的田园在夕阳的陪衬下，更像是一幅剪影。蜿蜒的小河在宽阔平缓的转弯处，泛起发白的浪花，好似顽童踏水，掀着浪花，迎面嬉戏赶来。金色的渭水，金色的河滩，金色的麦浪，更有金色的晚霞。

夕阳落下，小镇西边骆驼山依然能看出它的轮廓，它也像我一样，守护着脚下的河流。它守护着涧沟河，浇灌着这里的家园，让河水流向独特的无动力上水的"水塔"——蓄水池。山泉水滋哺着辛劳的人们，流向勤劳的人们开垦的荒地，俯瞰那用酸枣枝画出的地图般的菜园，一片片勃勃生机。

天渐渐暗下来，有些分不清东山的身影，月亮刚爬上山岗，月明星稀，天空中只有那长庚星好像在集村上空遥呼相伴。山路上，有马灯明暗不定，在随着为生活奔波的人有节奏地不停摆动。

我从远古走来，伴护着山下的村落，这里八千年前就进入了新石器时代，关桃园出土的骨耜展示了先祖的农耕文明。我说不清我的年龄，就知道先人生活在此地，和我的祖先相依为伴，休戚与共。

我原有挺拔的主干，自与雷霆抗争之后，失去主干，多年修炼，施展法力，变成了三头六臂。我用脊背挡住陇塬吹来的寒风，我要保护这片山峦，佑护勤劳的人们，让这片群山无雷摧电击。

渭河、小镇伴随着我，河边有巨石，形似塔状，故为"塔石"。清初，一大户人家开石，凿一碾盘，如今"塔石"不见踪影，名字却口口相传至今。

镇西头戏台场院至东大石碾有一老街，两三百步长，称为"下街"。街面由大一点的河滩石拼成，路边有石砌的排水沟，临街面有两间铺板面房，很有韵味，看得出它的古老。有时还能见房门口炭火盆上锌锅煮着茶叶，手持水烟袋的老汉，坐在小椅子上悠闲自得地眯眼养神。东头岔路口，有一大石碾，应该是塔石最后的见证。

清初，也就从那时起，有了文字"拓石"名字的记载。第一个写拓的人一直是个谜，本地不产雕刻石，无从拓印，更无拓石之说。塔：崇礼膜拜，拓：开石进取。一个"拓"字，寓意深远，预示着人们将在这里开辟新天地，写下新篇章。

一天，开山炮响起，地动山摇。操着不同口音，来自各地的开拓者在山坡扎营驻寨，搭起帐篷、茅草屋、油毡房，白天劈石筑路，夜晚油灯相伴。人们像松柏的种子一样，在这贫瘠的土地上生根发芽、顽强成长、建立家园，豪迈自信高喊："我是拓石人。"

人依水而居，铁路沿河而建，挖出石土排入河内，渭水遇石掀新浪，碰撞出新的音符，河水流淌不断，音符汇成时代凯歌，一路向东唱去。

通车了。鸣声这么大，身躯这么长，黑色巨龙喘着粗气，瞪大眼睛，把我吓了一跳，看你累的，歇会儿，喝点水吧。呵！没见过这么能喝的，令我目瞪口呆。

"呜"，又一声长鸣，绿色的巨龙跑来，白天看它真漂亮，晚上看它更潇洒，全身两侧尽披亮金甲。

现在又有了白龙，跑得更快，钻山越涧一瞬间，全凭头上一线牵。

拓石人有不畏困难的坚强品质，在荒坡上绘出自己的家园。孩子也主动担负着生活，拾玉米茬、捡煤核、扫煤灰。进西沟砍柴，个个身负背架，手提开山斧，装扮利落、潇洒。有的还特意去下街戏台旁边的铁匠铺，让铁匠徐秃子裁垫板给斧头加钢。

我爱这里的人们，更爱这里的孩子。爱他们的天真无邪，爱他们稚嫩的肩膀也分担着生活的担子。懂事不忧愁，快乐不闯祸。只要有孩子，这里就不缺笑声。我爱看他们晚饭后捉迷藏的场面，有时收场别有风趣，藏身者串通好，一起回家睡觉，然后下次找人者也回家，蒙被偷笑。这可坏了，惊动家长找孩子，竟发现有的孩子在柴草窝进入梦乡。有个执着的小胖娃，想着你们不躲在家吗？我就敲你家门，不出声就敲，心里有鬼，终于屋里传来伙伴的笑声及大人训自己孩子的声音。胖娃的母亲疼爱地说："这傻娃子！"胖娃的回答让母亲感到一丝宽慰："我才不傻呢，明天不让他抄作业。"

骆驼山南山脚盖了个大房子，旁边又起来一个空心大圆柱子，后来才知道这是电厂的烟囱。拓石有电了，要告别黑暗。人们喜上眉梢，奔走相告，以后放映电影时，不用叮嘱孩子"别往发电机前凑"了，吸取唐木匠的教训，别再来个"三师兄"。因为在通电的前几年，有一次放映电影时，发电机意外起火，烧得唐木匠和另一位放映人员面目全非，当时的惨状历历在目，让人心有余悸。

小镇民风淳朴，人们和睦相处、互相帮助，亲如一家人。用勤劳的双手，改变小镇的面貌。有的孩子放学飞跑，回家做饭，有的站在凳上擀面条。小镇上东西两个砖厂，女人们是主力军，世上真没听说过。看吧，她们双手紧握着家庭生活的车辕，回味孩子们满足快乐的笑脸，手握、肩拉、迈步、脚蹬奔希望！东砖厂拉来坚硬的红砖，西砖厂拉来耐浸的青砖，高站台装车发四地，为国家大厦添砖加瓦。

离我最近的，是男人在外干活、女人在家操持家务的一个村落，大人、孩子承担着家庭的重担，女人见丈夫、孩子见爸爸竟成了奢侈的生活。家里换了新日历，又有了新的期望，孩子把春节的一页斜对角叠起，盼望着爸爸回来。对爸爸应有的亲昵、缠人早已不见踪影，个个都像小大人，因为他们都是拓石的苗。有时工程队的供应车停在专用线上，有的孩子，从不向母亲说起，不管是纸糖，还是金黄的橘瓣散糖，哪怕是别人家厨房飘来青海咸湟鱼的味香。书本里夹上糖纸，放在老师留的作业上，盼着爸爸归来，期望里有甜蜜的果香。

这里的人们没有对不起这个"拓"字，老拓石人把这里变成了公社，铁路建设者把这里变成了宝天线大站、铁路工务大机关，相关部门在这里都有工区，这里的大人、小孩都是开拓者，国家的强大，在他们肩上都有印记。

人们大批外出，去创造更大的辉煌，给老拓石人留下更大发展的空间。街上土路不见，一座座漂亮的小楼建起，西边的菜地上扶贫安迁楼拔起，正街坡好像缓了不少，两边商铺栉比，供销社商店的影子还能寻见，那得好好辨认仔细找。

时常有人来看我，难怪我有时耳热。说拓石离不开金龙山，然后就提起我——大柏树。金龙山远在界外，可我是拓石的，真正的自己。瞧，你们来了，看望我这老人，开心的我，晃动三头六臂，迎接我的客人。人群中有的人我依稀还能辨出你们年少时的样子，你们穿得五颜六色，个个红光满面、精神焕发。补丁的衣服早已不见，哎！可别说，有两个穿着破口露肉裤子的引起了我的注意，颜色倒像以前人们常穿的，我好奇地盯着他们，从人们的言谈中，得知破洞故意为之，时髦这词我早已懂，今天又听了一句"拉风"，这让我笑得泪花奔。

我喜欢你们拉着我的手，喜欢你们带着少女般的笑容坐在我的手臂旁留影，扯拽着我的胡须把我弄得发痒，四处招惹我让我应接不暇……你们永远是我的孩子！谢谢你们记得我，我很好！看，这山比以前绿，水比以前清，房屋比以前漂亮，人比以前更精神！

分别时我已不能自制，晃动身躯招手道别，眼热鼻酸喉哽，目送你们东去……我熟悉山道，心里算着时间来判断你们在哪段路上再入眼帘。张家山路岔道上，你们指点山川，谈论挖野菜、馏红薯洋芋。铁中操场上，怀念那青春美好岁月，一幕幕仿佛就在昨日。工务段老机关门前，徘徊良久，进大院看看自己工作过的地方，感叹岁月，要做更好的自己。地道桥下缓坡道上，感慨砖厂上班的母亲们是如何用架子车拉砖上坡，纤绳嵌入那柔弱的肩膀的画面不时地在眼前晃动。走在正街上，不知感觉到了没有，当年囊中羞涩的自己的脚步和今天的脚步有何不同。桥上我又看到了你们，看见你们向我回望。我们共同的心声——"让我再看你一眼"！

咦？桥上有人设卡放栏杆。净高兴了，忘记告诉你们，这段时间世上流行瘴气，别怕，有我大柏树保佑你们，还有河畔小庙边上我的兄弟助力，祝你们，祝新老朋友，还有能说准"拓石"名字的人们：

无恙！安康！

武平作品*

一场走过风花雪月的旅行

11月的长春还是没有冷成这个季节该有的样子！早上天阴阴的，竟下起了小雨，后来又慢慢地飞下了些许雪花，星星点点的。我又带着行囊，奔赴机场，准备启程，前往云南腾冲，开启这八天七晚的一场风花雪月的旅行！

次日中午，在昆明长水机场，与大部队会合一起出发，首要任务：解决温饱问题——吃正宗云南过桥米线！混合着各种鲜花、肉片的米线，鲜美可口。云南给我的第一滋味——不同寻常！

吃过午饭，搭乘客车奔向此次旅行的第一站——红土地。东川红土地位于昆明的东北部，因为土里含有大量的铁、铝元素，所以，这里的土壤是红色的。每年的10月至12月，东川的红土一部分深翻待种，另一部分已经种上绿油油的青稞、小麦及其他农作物，远远望去，有红了叶子的大树、黄了叶子的灌木，云南给我的第一印象——五彩斑斓！

乐谱凹，东川红土地的观赏点。红色的土壤，绿色的植被，黄色的树叶，在梯田的层层曲线里交汇，黝黑的公路蜿蜒穿插其间，远处的山峦铺成硕大的背景板，像极了一幅用浓墨重彩勾勒的乐谱！一位年逾八旬的少数民族老爷爷，一人、一狗、一凳，端坐在红土之上，与前来游览的人们合影。

沿着山路而下，打卡第二个红土地景点——落霞沟。凭栏眺望，山脚下的村庄静静地卧在群山环抱的红土地中，落日的余晖则给天空和山顶披上淡淡的红晕，天地之间相互呼应的色彩，升腾起一派祥和的景象！

早上7点20分，一队人站到了红土地打马坎的山上，透过漫山云雾，静静地等待日出。大地渐渐显出轮廓，天边却没有光亮，只好作别！前往下一段旅程！驱车近10个小时，我们在天黑的时候终于来到大理双廊——这个苍山脚下，洱海湖边的小镇。夜幕下的双廊，灯火阑珊，各具特色的店铺形成一道道美丽的风景，点缀在街道的两边，古老与现代交相辉映。我们住的民宿叫"龙

---

* 作者简介：武平，女，吉林省长春市人，执业律师，文学爱好者。

聆"，推开民宿的一扇大门，迎面就是洱海。

体会日出日落的唯美和壮观是"走天下"的保留曲目，每到一个地方我们都会找到最好的观景点，期待那如约而至的美丽！太阳露出光亮笑脸的瞬间，苍山披上霞帔，洱海泛起金波，大朵的云彩卷出七彩的斑斓，那山、那湖、那云、那风，合成一股空灵之韵，迷醉了双眼，醉美了感观！心在这一刻，包容了万物！

探访完喜洲的严家大院，见识了庭院深深、红灯高悬的古宅，攀缘上灵鹫山的无为寺，幻想下大理段氏六脉神剑的剑锋所指，我们一路向西，直奔腾冲。

夜宿和顺古镇，那里有1000多座传统民居，其中有100多幢清代民居，堪称经典之作！被誉为中国古代建筑的活化石！走进古镇，古老的气息扑面而来，狭窄斑驳的石板路，尽显沧桑的老青砖，饱经风雨的木门楣，雕梁画栋的古屋檐，带着我们回到了很久很久以前……

山青水绿，花团锦簇，碧瓦朱檐，古镇真的使人流连忘返、不思归期！

然而，我们的行程却是有期的，只好无奈告别古镇，转身扎进漫天金黄的银杏村。

银杏村是腾冲固东镇的一个原始村庄，以村在林中、林在村里而闻名遐迩。每到这个季节，村子里的银杏树开始黄了叶子，一时间，满树的叶子绿的、黄的、淡的、浓的交相辉映，配上石墙、古屋及铺地的落叶，天地之间浑然一体，阳光透过枝叶的缝隙，洒下万道光芒，斑驳了周遭的金黄，美到不能言说！静静地倚在一方矮墙旁，抬眼望去，远方仙处，可有我的家！

热海温泉是旅途中的休闲时光。腾冲的地热资源丰富，温泉、泉眼众多，神奇的地理特征孕育了热海这一奇观。较大的汽泉、温泉群多达80余处，其中90摄氏度以上水温的也有10处之多。刚到温泉，充斥鼻孔的就是一股浓浓的硫酸的味道，沿石阶而下，山谷里热气腾腾，石阶的栏杆都是温热的。从上而下，奔腾的山涧带着仙气从身边流过，热浪扑面。大滚锅直径3米，水深1.5米，水温达97摄氏度，昼夜翻滚沸腾，四季如一。泡在山石作顶的温泉里，对面就是青翠葱郁的群山，嬉乐其中，怡然自得！

巍山古城地处云南西部哀牢山麓，红河源头的巍山，是南诏国的发祥地，始建于元代，明代改为砖城。古城以拱城楼为中心，呈标准的"井"字形建筑——棋盘格局，是中国保存最完整的明清古建筑群。巍然屹立的拱辰楼和星拱楼，是古城的标志性建筑。我们到的时候，古城几乎没有游人，好像遗世而独立的美人，安逸优雅，只是偶尔驶过的电动车，破坏了古镇的安宁，让人有些出戏。匆匆掠过，留下眷恋无数！

第二天的 6 点 15 分，我们顶着满天星星从宾馆出来，向着无量山樱桃谷进发。登到山顶，天边已经露出了一丝光晕，太阳慢慢地跳了出来，霞光满天，山上的茶树立时浓绿起来，冬樱也鲜活灵动，夺人眼球！一时间，金的光、蓝的天、绿的树、红的花辉映出樱花谷独有的风景！有人说错过了无量山的樱花，你就错过了地球上最美的冬天。

天上有五彩祥云，地下有花团锦簇，山在远处连绵，人在花下沉醉！谷里的樱花还不是全部怒放之时，但那娇艳欲滴的美却深深地打动了我的心，正所谓樱花漫天飞，我为谁妩媚，不过是醉眼看花，花也醉！

告别樱花谷，思绪却还停留在那感动了我的冬日里的姹紫嫣红！

崇圣寺三塔位于云南大理古城，西靠苍山，东对洱海，三塔由一大二小三阁组成，大塔又名千寻塔。历史上有九位大理皇帝在崇圣寺出家，始建于南诏时期，后因地震遭到严重破坏，20 世纪 80 年代开始连续进行维修扩建，形成了今天的规模。这是我们行程的最后一站，站在崇圣寺雄伟的大殿前，放眼望去，前方金色的殿宇层楼叠榭、雕栏玉砌、恢宏壮阔。美丽的洱海静卧在殿前不远处，映衬着飞阁流丹的大殿，蔚为壮观！

晚上的聚餐安排在大理古城的网红店——"幸会小仙女"，让我们在古老中体验一下最现代的网红！

说不出的离愁在心里，道不完的再见在嘴边，舍不下的情深在眼底，挥挥手作别多彩的云南，作别相伴数天的团友，毅然转身时已开始预约下一次的遇见！

惬　意

骄阳似火，逐渐攀升的温度，尽现夏的热烈，挥汗如雨成了此时的主旋律。寻一隅之地，偷一丝清凉，为在盛夏的高温里，抽离热的灼烤，我逃出城市的围困，在群山环抱中，落脚吉林省通化市的白车轴度假露营基地！

驱车上路，远山青翠欲滴，路边绿草如茵。一路行进，深浅不一的绿，浓淡交错，铺陈叠缀在山间路旁，用不同的绿，挥就一幅幅层次分明的纯色画卷！而那开在被浓绿晕染了的大地上的缤纷花朵，更是盛放得肆无忌惮！千姿百态的美，挣下了夏的娇艳桂冠！

  半山腰的别墅，在林中隐现，掩映在绿海之畔，沉浸在清凉之地，安逸于每分每秒的舒适中，平复了夏的躁动！傍晚时分，手持一杯红酒，倚栏远眺，青山如黛，暮色四合，营地灯火璀璨，绿意流泻，远离喧嚣的清幽笼罩四周。

  突如其来的雨，在一阵风的牵动下直直地扑簌而来，瞬间磅礴，给静谧的庭院挂起一帘雨幕。滴答滴答，噼噼啪啪，入耳处，一曲夏夜微凉的吟唱轻声环绕。黄昏的那一抹烟霞，被大雨没收了光彩，山峰守着自己的墨绿，隐在天幕的黑里。

  清晨，雨停天晴，空气经过雨的洗礼，清新中带着花的香味，润润的，撞入你的鼻，沁进你的心！阳光穿透树叶的拦阻，洒下灿烂的光束，放空思绪，放空自己，托一盏香茗，沐浴在光的轻抚中，和着林间的清新，细品新茶的沁香，于薄雾的缭绕中，惬意是写在脸上的悠然。

  营地不大，却是有山有水有溪流，没有太多的人工雕琢，自然而古朴，躲开高楼大厦的束缚，每一株闲花野草的羁绊，每一条通向山里的石子路，都能任你放飞心情。

  但放松只能是暂时的，按部就班的生活还要继续，短暂休憩后，告别大山的怀抱，告别清静的营地，告别满眼的绿意，再次启程，向着家的方向！

长白行

  律师事务所的团建活动突然决定去长白山，简单地准备后，我们即刻启程。几小时的车程，来到了长白山脚下的松江河小镇，小镇的新区环境不错，因为明天才能爬山，我们便在小镇里闲逛起来。

  又见天池已是十年后，依旧是沉稳的一池温柔，静谧而深沉的池水在山的怀抱里，波澜不惊，于无声处彰显着高贵、大气！天有些阴，数片乌云盘踞在天池的上空，久久不肯散去，山顶不时飘下几缕薄雾，在天空和池水间游弋，轻柔了山的棱角，灵动了水的平静！1442级台阶的努力，天池没有一丝忸怩，轮廓清晰地呈现在我们眼前！池水蓝得端庄，像一块耀眼的蓝宝石嵌在天地之间！人说：天池经常轻纱拂面，并不是人人时时得见的，我却两次目睹了她的真容，心中油然升起一股暖意，这颗白山黑水上的明珠，可望而不可即，令人魂牵梦绕、心神向往！

第二天，转战长白山北坡，雨中的长白山仙雾缭绕，而山下还是阳光普照。乘车刚刚起步，便已烟雨蒙蒙，于是冒雨前行，哪有什么可以阻挡旅行者的脚步！车停处已闻水声，拾级而上，长白山瀑布赫然挂在眼前，没有想象中的声势，两山之间飞流而下的瀑布倒像个纤弱的姑娘，袅袅婷婷，轻倚在大山的怀抱里，别有一番滋味。

路遇绿渊潭，绿绿的潭水，静卧在巨石阵中，峰上垂落的几缕水丝，融入潭水之中，只是溅起少许水花，全然打扰不到绿渊潭的幽静，倒是潭边林中来来往往的人们，打破了这里的安宁。

走进地下森林，迎面而来的深绿、浅绿，深深浅浅的绿扑入眼底，尽情地呼吸着湿润、清新，带着丝丝花草香味的空气，整个人通体舒畅！沿着林中的木栈道一直深入谷底，入眼处皆是大大小小、粗粗细细、高高低低、形态各异的树木，笔直的高耸入云，相伴的盘根错节，舒展的千姿百态，侧倒枯死的树干上重又生长出无数棵细小的树苗，让你不觉感叹大自然的造物神奇！闭眼、抬头，深深地吸气，多想就留在这方忘忧的土地，从此不再理世间的凡俗！

杨秀清作品[*]

我的母亲

每当想起那张熟悉的面孔，自然就变得严肃起来，甚至有几分难过。她是谁？为何让我如此牵肠挂肚？她不是别人，就是含辛茹苦生我养我的母亲。我的内心深处无法平静，她对我付出太多太多，而我对她却付出太少太少。

时光闪烁而逝，她不再是一位年轻的妈妈，再也看不见那青丝黑发和灿烂的笑容。为了让我过得更幸福，她被剥夺了青春年华！让青丝变成了银发，让脸颊涂上了岁月的皱纹。母亲她头发有点乱，眼睛有点凹陷，皮肤晒得黝黑，长满了老年斑。想起那双手，我就特别难过，全是岁月沧桑的茧子，指甲也空了好多，这都怪我的无能。走路时，我非常担心，她腰有点抬不起，腿风湿疼痛得使不上劲。我没有尽到应有的孝道，让母亲度过了艰辛的几十年。

每当想起那灿烂的笑容，就会想起我快乐的童年，一句"我的宝贝"，我是母亲最疼爱的心肝。因为我在家中排行最小，除了日常的细心呵护，奶期也是最长的那个。自从懂事起，虽没有大鱼大肉，白米饭还是管够。每当逢年过节，或者平常赶集回来，买了荤腥和水果，总是先开我的胃。我的童年非常幸福，活在妈妈的摇篮里。

我很喜欢听妈妈讲故事，不能说她讲得很棒，但一定非常感人。记得在某晚的月色下，早已听见蛐蛐的鸣叫声，一家人在院子里坐下了。沉静了一会，母亲一脸庄严的样子，她开口说道："从前有一农户，虽家里穷得叮当响，但教育孩子还是十分严格，从小就让儿女明白什么叫善恶分明，什么叫大仁大义。另外有一户恶霸家庭，大人在单位里工作，无论老小经常是恃强凌弱、专横跋扈。他们动不动就找别人麻烦，把穷人家的孩子打得脸肿鼻子青。更过分的是，经常挑拨是非，大声嚷嚷着骂别人贱骨头。这户穷人家庭也不例外，受过他们

---

[*] 作者简介：杨秀清，男，汉族，生于 1977 年 9 月 20 日。江西省赣州市兴国县人，毕业于北京企业管理研修学院工商企业管理专业，大学本科学历。现为中国书画教育协会会员、世界汉语言文学总会理事、广州分会主席，中国诗歌网网络会员，中国作家网网络会员。

家不少欺负。孩子大人都挺能忍,既然斗不过,就打不还手骂不还口。"

"自古勤奋上进的人,上天是不会亏待的。这不,他们家儿女果然学有所成,金榜题名。真是皇天不负有心人,毕业后当了干部,还造福了一方百姓。风水轮流转,那户恶霸家庭因为过分地专横跋扈、违法乱纪,视生命如草芥,受到了因果报应。大人进了监狱,小的缺乏生活能力,家道败落后只能上街要饭。"讲故事时,我打岔道:"妈妈,是不是做大善人就一定会有出息?"母亲答道:"只要心地善良、乐于助人、用功读书,将来就一定会成为社会上有用的人。"故事虽简单,启发却不浅。

上学之后,我可不是一盏省油的灯,母亲非常担心我在学校不学好。爱玩是孩子的天性,我也不例外。不能理解的是,笨头笨脑的我,刚开学不到两个月就把书撕了下来。这是要干吗呢?乐呵着叠方块玩游戏。考试一团糟,数学不超过40分,语文随便填几道题,不是考0分就是3分,老师气得要吐血,孺子不可教。我经常犯错,也老是被赶到教室外罚站。回到家,我甚至不敢抬头,母亲恼火得很,还没等我反应过来,竹子早就打在了我身上。

长大后,脑袋瓜也慢慢地开窍了,成绩也显著提升了。在那个年代,特别是农村家庭,小孩上个大学家里要穷十几年,可不是人人都有这个条件。高中三年很关键,混混沌沌可不行,就算是为了自己的将来也得把书念好,可不能让自己将来吃没有文化的亏。

社会在发展,形势在变化,考上大学不再是铁饭碗。那又怎么样?上大学是形势所逼,自找工作学历竞争也大。除了用心学习,什么爱情、友谊、唱歌跳舞、环游世界等都与我没有关系。看样子,我是真的长大了。

四年眨眼就过去了,找工作成了当时最关注的话题。说真的,母亲并不希望我外出"流浪",出门的那几天没少唠叨。母亲给我花钱管够,生怕我到了外面吃不饱睡不好,吃别人的亏。初次出远门,打电话的频率很高,叮嘱我不是去享清福,受些委屈也是很正常的事。我哪受得了,春节回家,似乎有倒不完的苦水。

年年往外跑,不曾见往家里寄几个钱,总是报忧不报喜,母亲对我十分担忧。都说男大当婚女大当嫁,我总是忤逆父母的心意,家里张罗了好几回我都不乐意。是不是很可笑?真把癞蛤蟆当成了王子,东挑西选没一个看上眼,终究苦了自己,也苦了母亲几十年。

爱新鲜好刺激,也许是年轻人的天性,谁不想找一位漂亮的女朋友?又何曾考虑过合不合适?只要漂亮就疯狂追求。我这是要干吗?别人多说几句就恼火,奉承几句就高兴,似乎失去了理智。只要听到说自己长得帅,就欣喜若狂,甚至吃着碗里的看着锅里的。

自己种下去的因，就得自己去承受恶果。相处没几年就吵嚷得厉害，最终于 2007 年的腊月，好端端的一对真的就一拍两散了。年轻人都挺有个性，又何曾考虑过其他？终究带给了母亲 20 多年的艰苦岁月，当奶奶又当娘似的。可怜的是孩子，自小就彻底地失去了母爱。世界上没有后悔药，两个孩子把母亲折腾到心碎。就这样，母亲的青丝变成了银发，满脸都是岁月的沧桑。自己也算是饱经风霜，从那一刻起，一家人的担子再也没有放下过。

人都不是铁打的身体，母亲也不例外。还得感谢上天的保佑，让母亲有惊无险地渡过了难关。那是在 2012 年的农历四月，母亲身体消瘦得可怕，乡下开的药方根本无效，没几天就只剩下皮包骨了。如果失去母亲，我真不知道往后的路怎么走下去。假如没有她的悉心照顾，何来我的安然无恙？

记得当时，我把母亲带到赣南第一附属医院，医生怀疑可能是喉癌，我真的差一点就要崩溃了。泪流满面的我，只能躲在某一角落，不让母亲看到。

是不是癌还得看最后的检验报告，感谢忧中带来的喜，医生说道："母亲只是肿瘤，就算是癌也还是早期，不会有大问题。"感谢上天，没有抢走我的母爱，又一次拯救了我的命运。

正要手术时，我和我姐都心惊肉跳！上手术台前母亲也流泪了，她担心这一去将是永别。医生没有给我任何的承诺，只说十来个可能会碰到那么一个下不了手术台。我知道这字一签就等于是在下最后的赌注，生死只能听天由命了。

在手术室外大概等了两个小时，我急得全身都冒汗！还好，终于看到母亲平平安安地被送了出来。接回住院部后，大概过了半小时，母亲慢慢地苏醒过来了。

在医院待了 1 个多月，母亲医疗、生活都得有人照顾，无论是白天还是黑夜，24 小时我们谁也不敢离开半步。

母亲身体日渐好转，大家终于露出了笑容。出院的那天格外晴朗，还有一丝丝夏日的凉风，我终于松了一口气。我们坐上回家的列车，父亲的电话早已响起。大概在上午 10 点 30 分到了家，父亲大老远就在路边候着，进了门后，一家人都开心地笑了。

我的婚事是母亲的一块心病，从那一别起单身了好几载。农村的风气不太好，冷嘲热讽也是常有的事。我倒好，常年在外，眼不见心不烦。但有些人天生就爱管闲事，使得我家人吃自家的饭，住自家的房，还要受他人的气。

母亲唠叨几句倒能理解，就算老人家不提醒，自己的终身大事也得好好斟酌。母亲的年龄越来越大，那腰早已使不上劲，手脚关节都有风湿痛。我虽算不上是个大孝子，但真的不忍心让母亲为我如此劳心费神。皇天不负有心人，枯木也能逢春，有了她的陪伴，相信生活会越来越幸福。

在往后的日子，希望母亲能长命百岁，少些牵肠挂肚，一家人开开心心地过日子。

喻国光作品*

父 亲

到今年父亲去世快 20 年了。他的照片一直挂在老家大厅的神龛上，静静地注视着我们的生活。在家人的心里他一直都在，特别是在母亲的心中。因为母亲常常梦见他，家里有事时母亲总会在神龛前与他对话商量，请他保佑子孙后代平安幸福。天堂的父亲也很显灵，全家大小都能平平安安。

父亲出生于 1939 年，旧时的记忆就是为了一日三餐折腾忙碌。爷爷送他上了 3 年学后就回家做事带弟妹了。穷人的孩子早当家，父亲 16 岁时就背井离乡出外谋生。他也很幸运，因为勤劳肯干被领导相中，留在城市里当了一名工人。

记忆深处的父亲皮肤很白，中等身材，眉宇间有一股英气，在母亲眼里那就是帅哥。爷爷奶奶早早去世，父亲有个小他十岁的弟弟独自在家。母亲来我家后就凭着一双手一个大脑作为精神支柱在乡下扛起了我们的家。

母亲很幽默活泼，父亲成熟稳重，笑点很高，天大的笑话在他那里也只是微微一笑，有时根本没有反应。"五岭逶迤腾细浪，乌蒙磅礴走泥丸。"这句诗也可以用来形容父亲对付幽默笑话的状态。父亲曾对母亲说："好在四个儿女都像你，像我就惨了，话都没几句，更别说说笑话了。"

这样沉稳寡言的父亲在工厂上班时居然是文艺积极分子，在公司的联欢晚会上他还会唱歌跳舞，堪称奇迹。我想很可能是因为他有几分"姿色"吧。记得父亲闲时还教我唱："我们共产党人，好比呀种子……"眼睛里闪着坚定的光芒。

我是家里最小的孩子。小时候对父亲也很依恋，父亲也很宠爱我。记忆里父亲总会把我举高高，说："我的小屁孩。"放假时，母亲常带我去父亲公司小住几天，哥哥在株洲上学陪父亲。父亲对哥哥进行严格的经济管制，哥哥很机灵，每当我去株洲时，他总是"搓"我向父亲要钱买吃的。只要我开口，父亲都会给我 5 角、1 元，然后我兴奋地拿着钱找到角落里的哥哥，屁颠屁颠跟他上

---

* 作者简介：喻国光，出生于 1974 年 11 月，中山大学毕业，书法老师。

街潇洒去了。

父亲工作勤劳辛苦，工作环境又不好，长期工作积劳成疾，加之挖防空洞时受过伤，于1987年48岁时因工伤退休。父亲又做回了原来的职业——农民。父亲的病时好时坏，但因家庭负担重，种田耕地他也只能负重前行。一杯米汤冲鸡蛋、一把自种花生便是母亲对他的犒劳。忙完一天的活，父亲静静地坐在屋檐下一颗一颗吃着花生，便是我记忆里的一幅画。

沉默的父亲对母亲几乎百依百顺，但遇到外部压力挑衅时，他就是我家的雄狮。记得在老家种田时，因水源的争执，别人威胁要割了我家的稻谷，我在父亲身边怯怯地望着他，父亲直接把镰刀丢到他面前，黝黑的脸庞上英气的眸子里透着一股杀气："你割！"两个种田人几乎快要干起来了。好在母亲急急地赶来，才慢慢化解了。此刻我的眼前浮上一幅战争场面：父亲是个将军带领千军万马在冲锋！当然，父亲配上母亲这位军师会更好一点。回到家里，父亲还意犹未尽地对我说："男人啊，大的方面说国家，小的方面说家庭，当你的国家和家庭受到威胁时，你一定要站出来，砍掉脑袋也只是一个碗大的疤！"听了这句话，我一下子就觉得自己是个男人了。

我在长大，父亲也慢慢衰老。在母亲和儿女的劝导下，到2000年父亲终于不再下田种地了，但他的病情却更加严重了。乡村医生便成了我家的常客。有点顽皮的乡里人送了父亲一个"药王大帝"的外号。父亲听到后叹了一声："真是幽默得令人心痛。"母亲也只好劝他别往心里去，闲人嘴杂别理他。

2001年年底父亲病重住院，我从广州回家过年去医院看望父亲，和哥哥一起把父亲接回老家过年。父亲努力地表现出轻松快乐的样子。我的父亲，才六十出头，却看上去像八十好几的老者，我好想哭，但只能忍住。在陪伴他十来天的日子里，父亲总关心我找对象的问题，父亲对我说："年纪大了要成家，其实只要你不太挑剔，懂得包容，善良的女孩子60%适合过日子。"我点点头，仿佛看见了我未来人生伴侣的样子。

2002年6月7日，父亲去世。我在广州工作，父亲不让母亲打电话通知我在临终前回家。"国光已尽孝了，工作重要，死后通知他就可以了。"在最后的日子里父亲还对母亲说："人终究是要死的，不要太悲伤。你是个贤妻良母，儿女都会对你好的。我把所有的病都带走，你们好好活着。"我的好父亲，病痛让他无惧死亡，却把美好的希望送给了我们。

往后的日子，天地两处，我带着父亲的祝福和教诲，成家立业，结婚生子。我想告诉天堂里的父亲，您又有了一个聪明漂亮的孙女了，我也会教育她爱国爱家，做一个对国家家庭有担当的人。

天若有情天亦老，人若有情常思念。我的父亲，有您的精神祝福陪伴，我们一定会好好活着，我们也会向您的子孙后代讲您的故事。您永远与我们同在。

哥　哥

哥哥，在我心里一直都是一个温暖的称呼，对我们大家庭来说就是力量责任，无私奉献的存在。自从父亲去世以后，"长兄如父"便成了哥哥一切行动的精神动力和使命担当。

小时候，哥哥很幽默活泼，加之长相英俊，更是人见人爱、花见花开。记得我很小时，不知什么事招惹了哥哥，哥哥想要抓住我。我只好一路狂奔，哥哥不紧不慢地在后面追，怕我摔倒又怕我逃得无影无踪。我在前面跑又不时回头，见他快追上时便向他吐痰，用这个"武器"对付他。哥哥便是左右躲闪，还不时露出成功躲避"子弹"的搞怪模样。我在前面跑，他在后面笑。最后我跑不动了，只好站在一处高地，又是吐痰又是擤鼻涕，直至"弹尽粮绝"。哥哥便笑嘻嘻地左右看看（其实身边没有人）喝道："小的们，给我上，他没有鼻涕啦！"我便这样被他擒住了。当然也没什么，他从来不打我，只有我打他。

母亲在乡下，父亲在株洲工作，儿女四兄妹。为了替母亲分担一点负担，父亲便让哥哥转学去了株洲。每当哥哥放假回乡下老家的时候，他总会带一些新玩具回来，比如有由单车链条节并联起来做成的"手枪"，里面装上火柴就可以打击出爆炸声。家人和邻居相聚的时候，哥哥总会绘声绘色地讲城市里的生活，让我们这些乡下人听得津津有味。相聚总有分离，哥哥每次去株洲读书的时候我都会哭，母亲说："爸爸走也哭，哥哥走也哭，真是难为你了。"

我读书成绩很好，家人们很少为我担心。只记得中考的时候，哥哥正儿八经地跟我说了一段话，中心思想便是：好好学习考试，考上中专，早一点为家庭减轻负担，工作以后再慢慢学习深造。我听了家人的嘱咐如愿考上了中专，响应了国家快出人才早出人才的号召。从此我开始在工作、生活中忙碌，他跳入成家立业的"人生正道"。哥哥和我便各自工作生活，只有在过年和在我人生的重要节点出现一下，各自安好。

2001年，父亲病重，哥哥便一个人担起了接送并照顾父亲上医院的重任。我们其他三兄妹在广州工作，只是电话慰问一下。哥哥从无怨言，他说，我们太远，他一个人做得来。2002年6月7日，父亲去世，哥哥责任更大了。"长兄如父"便是父亲对他的要求和嘱咐。

日子一天天过，似乎一切都云淡风轻。不多的电话沟通也只谈谈生活职场的琐事趣事。直至2011年冬天，我因创业失败，以及家庭的压力，妻子的不理解，心郁成疾得了抑郁症。原来的活力四射成了呆若木鸡。哥哥说："你来株洲，我就不信这个鬼，我一定把你治好。"

我就这样去了株洲，母亲也去了株洲陪我，一切的生活开销都由家人一起承担。哥哥便成了父亲的角色，陪我聊天，带我出去游玩、聚餐、唱歌。等我状态有所好转，哥哥帮我找了一份轻松一点的工作。"留得青山在，不怕没柴烧"便是他经常安慰我的话。我知道哥哥压力很大，因为哥哥有母亲的吩咐，一定要把老弟留住！女儿在这时候也来到了株洲上学，生活开销更大了，哥哥便不时地给予一些经济支援。2013年，哥哥又帮我创业，经济压力小了许多，妻子也从广州回到了我身边，生活仿佛又重回正轨。

老婆爱折腾，不断追求财富意义上的成功，我也志大才疏，加之工作上的压力，效益下降，我又抑郁了。其实这么多年来，抑郁的情绪如影随形，哥哥总是默默地关心，既怕言重了我想不开，又怕说不透我又自省不够自我折磨。终于在2018年4月，我又关掉了店铺。

哥哥笑容少了，我也疾苦不堪。几乎每天哥哥都来开导我，直至词穷语无。不管怎样，哥哥总会叮咛一句话："不管多么痛苦都要坚持。活着，就是对家庭最大的贡献，经济上的压力我来帮你承担！"

2019年3月，抑郁伴我行，老婆也苦不堪言，妻子终于变成了前妻，一个熟悉又陌生的朋友，女儿也跟了她。我的抑郁症更加如狂水泛滥，直至不能工作，回到乡下，我陪着母亲，母亲陪着我。

乡下的生活清静而单调。散步，聊天，劳动，看书，吃药，打牌，练习书法，我开始硬着头皮分散自己的精力和注意力，有时也长困大睡。哥哥总是跟母亲通电话，询问我的情况，总是叮嘱我坚持按时吃药，放下所有欲望，不要想不开心的事，所有的负担他帮我挑！我也慢慢平复下来，虽有反复，但我的病情也基本控制住了。不再自责，不再悲观失望，生活也积极了，"活着就好"便成了我心里的底色，是我对抗一切不如意的有力应答。

我又开始了学习，练习书法，为下次的工作生活准备着。春暖又花开，我已满心欢喜。我又开始写诗作文，写下我心里真实的表达："哥哥，我爱你，今生有幸遇见了你！"

往后余生，我定会认真开心地工作生活，我们相互陪伴，我的好哥哥。

母 亲

母亲今年81岁,我在乡下陪母亲快1年了。与她这样相互陪伴的日子,在我的人生经历中还是第一回。母亲身体很好,种地喂鸡,走门串户,闲聊家常,日子过得充实而快乐。其实母亲很享受这种自由自在的独居生活,并不需要我们守在身边。只是因为我病了得了抑郁症,母亲才带我回到乡下静心养病。11年时好时坏的漫长抗抑之路,母亲为我操碎了心、流尽了泪。如今我已好了,不再郁苦不堪,所有的心结都已打开,读书,劳动,写诗作文,练习书法,轻松地面对生活。感谢母亲,我又做回了原来的自己。

母亲22岁来到我们乡下的家。爷爷奶奶早已去世,父亲在外工作,家里有一个13岁的弟弟独自生活。母亲凭着"人有两件宝,双手和大脑"的坚强信念撑起了我们的家。

坚强乐观,幽默风趣,勤劳俭朴,几乎中国女性所有优秀的品质都能在母亲身上找到影子。在我病症最严重的时候,母亲对我说:"你是个聪明人,我相信你一定会好的。"就是这句话让我和母亲穿越黑暗走向光明。

1984年,为了不再和叔叔挤着生活,母亲决定择地盖房。当母亲向父亲提出要盖新房时,在株洲木材公司上班的父亲显得不知所措。母亲只对父亲提了一个要求:"你从公司把建房子的木材运回,房屋上梁那天你回来喝酒就可以了。"父亲佩服地点点头。在那个人力当车的岁月,全部都是肩挑手拿,几个月的时间里,母亲亲力亲为在一片山坡下建起了一栋半层红砖的黑瓦房屋。上梁那天父亲如期回家,我想父亲一定会为母亲的能干而深深自豪。

母亲能言善辩,一直都是"乡村义务调解员"。乡下邻里总有许多"麻纱"事,当事人都会来找母亲调解劝说。母亲总能耐心地了解真相,分析是非曲直解决问题。当然,有时也会惹出许多麻烦,费力不讨好。每当这时,父亲总会责怪母亲几句。母亲说:"亲为亲好,邻为邻安,大家都能把日子过好不也是积德吗?相信我,这些小事难不倒我的。"父亲也只好默许了。从此以后,母亲再也没有包袱,在积德行善的路上乐此不疲。

母亲好动,一有空闲就出去串门,邻里乡亲都爱与她交流闲聊,因为母亲还有一个身份:"乡村婚介中心老板"。大家也会为母亲提供许多单身男女的信息，母亲也很上心，许多年下来，母亲成功地撮合了几十对男女。母亲常说："成就一桩婚姻，胜造七级浮屠。""但行好事，莫问前程"是母亲一生践行的做事原则，也是我们后代传承的精神衣钵。

好母亲旺三代。父亲去世后，母亲更加尽心尽力，挑起了护佑大家庭的重任。在母亲心中每个儿孙都有他们的位置。一有空，母亲总会与不在身边的儿孙们通电话通视频。她总是与生活工作中有困难的儿孙们在一起，聊天劝说，有时直接去帮助他们。自己做不到时，她会要求其他家人伸出援手。维护大家庭的和睦团结、互助互爱便是母亲的工作重心。母亲便是我们大家庭的精神支柱和主心骨。我能活着从抑郁中走过漫长岁月都是母亲用爱和调动大家庭共同关心的结果。多少次母亲用言语和细致的爱心唤醒我痛苦而麻木的灵魂，在去天堂的路上把我一次次地拽回。

每天清晨，母亲准时起床，撒谷喂鸡，打扫庭院，掬饬菜园。几个鸡蛋、几棵青菜都会让母亲开心。母亲，您可以悠着点，等儿女们退休了，我们都来陪您，把酒话桑麻，看春暖花开，享秋日暖阳。

张少权作品[*]

一轮明月照天涯

在距离中秋还有一周的时候，我每晚走在路上都会抬头看天，关注着空中的月亮从残缺一天天变圆，日渐明亮……直到天空以完整的银色满月迎来了中秋。

似乎每年的中秋总是晴空万里，好让远在他乡的人们在夜晚时得以看到这纯净、明亮的圆月。雨总是让人伤感，而在这个日渐清凉、万物开始凋零的季节里的雨更是如此，尤其是对于那些伤春悲秋、思乡情切的异乡人来说。可似乎一切冥冥之中早有了安排，中秋之夜总是无雨的，彼此虽远在天涯，却能共赏同一轮明月，也便少了几分伤感，多了几分对故乡故人的思念与渴望。

抬头望去，那硕大的月亮承包了整片天空，夜幕就是它的舞台，它那纯净的光芒穿透云层照射在大地上，也透过游子的双眼照进了他们的心底。这月光把远隔千山万水的人们又联系在了一起，他们即使离家千万里，远在天涯海角，但也沐浴在这同一片月光里，沉浸在同一片光的海洋里，拉近了彼此的距离。

夜越来越深，我关上灯躺下，月光透过窗照在我的枕上，我迎着光痴痴地睁大眼睛望着那月亮，便不禁想起那句家喻户晓的"千里共婵娟"。中秋佳节又有多少背井离乡的人不会去思念家乡呢？又有多少人不会去买一块月饼尝尝呢？说起月饼，我还是最喜欢传统的五仁馅的和豆沙馅的，那是童年的味道，还充斥着记忆中年轻的父母与我分食月饼的样子。当我还只是个在家读书的孩子时，哪知离别之苦？那时也只知道中秋月饼的香甜，吃到月饼的欢乐，也许在那时，父母亦没想到多年后我会远在他乡，再也没有了幼时的我吃到月饼时的欢声笑语了吧。月光还是和当年一样明亮，只是人已天涯两隔，我不再年幼，父母也不再年轻。

此时的我在他乡想着父母，年迈的父母在老家会不会觉得冷清呢？会不会也在想我呢？我倒是不忍心再想下去了，拨通了家里的电话，心底默默盘算着

---

[*] 作者简介：张少权，男，生于 1993 年 4 月，江苏南通人，本科学历。

下个节日的安排，定是要回一趟家的。

自我之歌

  我是无声夜幕下的船长，也是狂暴的思绪之海上的水手，我有一条意志做成的小船，这条船上只有我一人。渺小的船啊，似乎随时会被黑暗与海洋吞没，但只要意志不灭，便永远不会倾覆下沉。我的思绪承载着意志不断攀升，高过了海岸，我的意志又随着思绪的浪涛下沉，也低过了深沟，便这样起伏不定却永不停息。

  在这如同无尽长夜的漂泊中，我有了一张网，一张思想织成的网，我眼望着空洞夜空，深邃海洋映照着空洞的夜空，无尽的孤独将我包围。后来，我看到海底生出了光，无数星辰在海中诞生，我驾着船在风浪中打捞海洋的结晶，一个个星星被我捞起，我将它们点缀于夜空，从此夜空不再空洞，海洋映照着绚烂的夜空，流光便充斥在海天之间，我望到了彼岸。

  彼岸的大地上埋着我的心，生出了无数的森林与花海，那是我曾经满眼的星光。我踏上了彼岸，思绪便成了不息的风，它能吹来花香，也能刮倒大树，意志扎进深埋的心，一切的生机都挺立摇摆在思绪的风中，我知道，当森林形成后，有了无数参天大树的庇护，风暴亦只余微风。

  落叶不会腐朽，花瓣不会衰败，飘落的一切只会化成流光滋养我心，我心永恒，世界永恒。

秋

  盼着我熟知的落叶之秋、优雅的秋，二十多年前我伴着春来到人间，现在最爱的却是秋。

  盼着盼着，秋终于来了，在一场雨过后。看着秋穿着金色的长裙来到人间，凉风就是她轻柔的手，穿过树梢，拂过我的发梢，抹去了夏日的燥热，凋零了树叶也凋零了我的忧愁。我可以沐浴在金色的阳光里，踏着枯黄的落叶，踩着她金色的裙边，步入安宁的黄昏。

当我哭喊着来到这个陌生的世界时，春暖花开，冰雪消融，生机再一次焕发在被寒冬摧残的大地上，那是万物之始的季节。当我渐渐长大，不再哭闹，立在秋日的风中，肌肤触摸到第一丝凉意时，就意识到那是秋的怀抱，虽不如春的温暖，不如夏的炽热，却让我沉迷其中，沉迷在那份清凉中，让我不由自主地张开双手拥风入怀。

秋似乎是与春商量好了的，春带来万物的萌芽，秋带来丰收的果实。当生命收获了它结的果，便在此刻圆满，亦可抛去曾经经历过风雨与烈日洗礼的叶片，陷入沉睡，似乎唯有安宁配得上这收获的喜悦。

秋带来了一支金笔，挥手让金色笼罩在这片天地。每日睁开眼，映入双眼的便是那柔和醒目的金色阳光，风吹过田野，惊起金色的麦浪，风穿过森林，卷起片片金色的枯叶，风掠过水面，掀起金色的涟漪……

如果这一生的句号可以商榷，那么就画在秋吧，只想永远躺在她的怀里，让她带我看着人世间收获的喜悦与繁华的凋零。

花

大地是沉默的，
阳光是热烈的，
月光是温柔的，
忧郁的花扎根在大地上，
沐浴着月光，
开成了烈阳。

褚国庆作品*

青岛之行

二女儿买阳光公司的一套住房，抽奖时中了个青岛三日游。因他们一家人都去过青岛，所以让我领了这个美差。

游程安排是2006年9月15日至17日。15日凌晨4点我就起床了，吃了一碗稀饭，就背起早准备好的行李，冒雨打的来到新词大酒店。

天公不作美，雨在不断地下，大家都是冒雨摸黑来到这里的，在阳光公司负责人的组织下，上车后，6点整正式从大丰出发。

"拣好日，没好天。"车厢里的人你一句、我一句地开始骂天了，但也有人说，到山东会是好天的，车厢里顿时热闹起来了。

不知是"好事多磨"，还是"屋漏偏逢连夜雨"，雨中行驶的汽车在滨海附近又爆了一只轮胎，趁着修车的机会，人们纷纷下车，有的是透气的，有的是方便的。谈论的话题也由骂天改成怨车。

车修好后，继续向前，外面雨也渐渐停了。人们又饿又累，有的打瞌睡，有的看书报，车厢里静了下来，只有领队的话筒的声音，讲什么，大家都没在意，只有最后一句效果不错："大家坚持一下，到青岛吃午饭。"

车厢里顿时又热闹起来了，接电话的此起彼伏，都是家里人不放心，问到青岛了没有、吃饭了没有之类的。

将近下午2点，车到青岛"游客嘉"饭店，大家饥不择食、狼吞虎咽，好不快哉，我一个人吃了三小碗饭之后，还外加了一个馒头，因被饿怕了，我把桌上剩下的馒头都带走了。

接着，切入主题，游览开始。

先到信号山，此山临海而居，青石盘桓，松柏青翠，遮天蔽日。此山不大，方圆百亩，山高98米。18世纪末，被德国人强占后，以德国人名字命名；19

---

* 作者简介：褚国庆，出生于1944年12月，江苏省盐城市大丰区，曾于1966年至1969年参加援越抗美战争，退伍后任教师，直至退休。

世纪日本取代德国后，以日本人名字命名；回到国人手中，因山上原有灯塔，为出海渔民指示方向，故名信号山。山顶有转楼，登上转楼，可览半个青岛，崂山湾海景也尽收眼底。

尔后，驰车至海水浴场附近的游船码头，我们上的船是青钢一号，百余人坐好后，船即启航，我坐在上层中间座椅上。放眼远眺，碧绿的海水映着蔚蓝的天空，斜阳的余晖照射在环海的青山上，让人如临仙境、心旷神怡，只觉得自己如神仙一般，已超凡脱俗。海浪一个一个地接踵而至，船身一下一下地轻微颠簸，如母亲轻摇着摇篮，我在摇篮中聆听着催眠的曲子，远处的海轮、小山、岛屿都成了这个摇篮边挂着的玩具，供我欣赏，让我愉悦。

导游告诉我们，到青岛来的人，一定要漫步栈桥，它是青岛市的标志建筑。我来到栈桥上，只见攒动的人头沿着栈桥伸向大海，随着视线的模糊，栈桥像是烟雾缭绕，伸向前方越远，越有缥缈之感，每一步都不得不使人联想到古代神话中龙宫借宝的故事。

说神秘还要算妈祖庙，这是一座二进四合的古建筑群，古朴厚重，雕梁画栋，色彩鲜亮，虽规模不大，但其神韵却能与苏州西园寺、杭州灵隐寺比美。天井中有两棵两人合围才能围住的银杏树，树龄500年。进去后，左有撞钟，右有击鼓，北面正殿是妈祖娘娘的座像，她端庄典雅、慈善宽厚，这里的渔民出海打鱼都要到她面前祈求平安，我也和大家一起，双手合十，双目紧闭，行三个大礼，祈求神灵保佑我儿子、女儿们阖家平安。

一天行程结束后，晚上在榉林园大酒店休息，这是三星级宾馆，一切为你准备得好好的。我们自带的洗漱用品也没有拿出来，我和同伴热水浴过后，很快进入了梦乡。

16日早上吃过自助餐后，又按计划驰车来到崂山，据载，以前作"牢山"，也作"劳山"。海拔1133米，是我国北方道教的圣地。

在导游的指引下，我们沿途看到了青蛙石、老人崖，又到瀑布峰。

崂山的可看处很多，东有太平宫、狮子峰、白云洞、华严寺；南有太清宫、上清宫、明霞洞；北有华楼宫、九水等古迹。一是因为这里正在开发建设，二是时间有限，大家只是粗略地看了一下，一起爬上山顶，观看了大海的雄伟景象和海浪扑岸"卷起千堆雪"的诗情画意。

中午，就在崂山一家小饭店用餐后，来到海鲜超市办了一些带回家的海货，就又开始了下午的行程。

我们先是到海水浴场去体验了一下。大多数人没有下水，只是在沙滩上赤脚跑一下，海浪把裤脚都打湿了。

最后游览了音乐广场和五四广场，这里虽没有特别的地方，但它们的斜对面就是建设中的奥帆基地。所以，这里周围摩天大楼林立，我粗略地数了一下，40层以上的有30多幢。真是气势磅礴、规模宏伟。

青岛不愧为美丽的海滨城市，它既有天然的旅游资源，又有突飞猛进的建设步伐，2008年奥运机遇又给它添上新的翅膀。它将越飞越高、越飞越远……

17日早餐后，我从兴安大酒店出发，踏上回家的路程。

再见了，美丽的青岛！愿你一日千里，越来越美丽繁华。

故乡的依恋

故乡，人人有之；

故乡情，人人怀之；

故乡的依恋，人人皆然之。

我对故乡的依恋，是因为我的故乡有永远说不完的故事。

故乡的地，是一望无垠的冲积平原，它是黄海滩涂的一部分，历年来，不断向东延伸，每年都要增加上万亩土地，丰富了故乡的土地资源。为什么呢？

这里面就有一段美丽的故事。

传说托塔天王镇守东海边陈塘关时，由于地盘狭小，有一天他去找东海龙王借地，龙王就问要借多少，李天王随口一说："就借一箭之地吧。"龙王不假思索地说："就这么一点地，好说。"双方商量好后，李天王叫三个儿子从关上抬起他的一把大神弓，这张弓一般人拿不动，只见哪吒毫不费力地把大神弓拿了起来，天王当场叫哪吒当着龙王的面，张弓搭箭，一箭射去，正中龙宫后门，龙王一见傻了眼，就说："这一箭之地多大啊！现在我说话算数，但要等我慢慢拆迁，慢慢让吧！"从此，龙王年年往东让，海滩就年年往东涨。

家乡的故事就是这么美丽、这么动人，你看这李天王多像我故乡的人，他敢想敢做智勇双全，敢跟龙王较劲。这哪吒多像故乡的后生，尊重长辈心愿，拿出真本事，无所畏惧，出手不凡，连神仙也瞠目结舌。

我的故乡有一条河，名叫斗龙港，这名字的来历就是一个神奇的故事。

那是很久以前，一个厚道的庄稼人养了多年的大白牛突然说话了，说的是当天下午在西南方向有一条龙出来害人，让主人用两把大刀绑在它的两只角上，它要同龙去斗一场。

果然,午后时分,乌云翻滚,狂风大作,一条乌龙腾空而起,水天相连,白牛也随即升空,用两把大刀刺向乌龙,那乌龙惧怕起来,且战且退,向东海方向逃去。就这样,乌龙在前白牛在后,所经之处,就形成了一道河,这就是后来的斗龙港。乌龙在逃跑中,不时地回头看后面的白牛还有多远,它每次回头,就形成了斗龙港的一道弯子。所以斗龙港弯弯曲曲迂回妖娆,好不美丽。

我故乡的故事神奇吧!你看,龙是那么的凶恶,它多像社会上的邪恶势力;牛又是多么纯朴善良、无私无畏,多么像正义的化身。这"斗龙"的故事,不仅体现了人定胜天——这个千百年来劳动人民的顽强信念,同时又告诉人们:正义总是会战胜邪恶的。

再者,这个传说虽出自民间,但气势恢宏、想象丰富,极富童话色彩,又寓理于言,不失为故乡劳动者之佳作。

麋鹿自然保护区,算是我故乡的一大特色。凡到过我们这里的人,没有一个不去那里领略一下这个既古典又现代的旅游观光好去处。

说它古典是因为麋鹿早在《封神演义》里就成为姜子牙的坐骑了;说它现代,是因为它被外国列强掠走后,一个多世纪后又重返故土,这是一个多么令人心酸而又振奋的故事啊。就这个麋鹿,它在国衰时走出国门,又在国盛时重返故土,这一衰一盛、一出一进,饱含了多少血泪控诉,又告诉我们自立于世界民族之林,需要怎样的民族精神。

故乡不但有令人振奋的故事,而且有许多体现人文精神的故事。

贯通故乡的 204 国道的路基就是著名的范公堤,它是北宋官至宰相的范仲淹带领沿海布衣修筑的海堤。

《水浒传》的作者的故居就在我的故乡,所以书中许多素材都是取材于我们这里的。现在故乡有施耐庵纪念馆、施耐庵公园,陈列的史料都是有关施耐庵写作的故事。

故乡的故事多得说不完,新的故事还在不断书写着。大丰港的成功建设、海滨度假村、丹顶鹤栖息地的建成,都在书写着故乡新故事的新篇章。

我无时不在依恋我的故乡,因为它有说不完的,美丽、神奇、悲壮动人的故事。我爱我的故乡,更爱我的祖国,因为只有在强盛的祖国怀抱中,才有说不完故事的故乡,也才有自由的我自由自在地对故乡的依恋。

代银河作品*

奶奶的菜园

小时候，家里很穷。我是喝醋长大的，熟悉生活的酸涩味，明白轻微的一点甜该如何融入奔忙的生活。

父亲在我刚刚五岁时就不幸去世了。晴天霹雳，一家人的生活重担，一下子全压在奶奶和妈妈身上。为了养活我和仅仅一岁的小妹，她们豁出命去干活赚钱，千方百计地找寻生活的"出口"。

看到房前屋后有些空地，奶奶就带着我们一起动手翻土、施肥、播种。种上了黄瓜、苦瓜、西红柿、芹菜、白菜、土豆等。经过一番风风火火的劳动，一片菜地诞生了！这片菜地也让一个面临绝境的家，升起了希望。自然这是家的福气，也是菜的福气，当然更是我们的福气！

菜地好像一面生活的镜子，照天照地，照着菜的丰歉，更照着种菜人的朝朝暮暮，喜怒哀乐。每天，奶奶都被浓浓的绿色重重包围着，周身上下弥漫着一股浓郁的菜香。背着太阳，顶着月亮星光，留给我们的是一个灼痛眼球的背影！那些青菜簇拥在她的身前背后，像织带子一样，编织着一年四季。新的绿、老的绿、高的绿、矮的贴着地皮的绿，都抱着干净的雨水，在春风中绿得无拘无束。

奶奶在这片充满诗意的绿色河流中，醉着、淹没着，牵起每一片花朵般点缀的绿叶，就像拉着孩子的一双小手，细细端详，轻柔抚摸。小心翼翼地挽起瓜藤秧蔓的手脚，让它们向上攀爬，给它们指引努力的方向和提供攀登的力量！

多少爱，才能搭建起这片"绿色舞台"，她的心全部被"泡"在这片生机盎然的鲜活中。也许，只有那一刻奶奶才是最高兴的、最忘我的！菜青苗壮是她生命的颜料，可以救活那些记忆中的流水音；可以忘掉一切辛酸痛楚，完完

---

* 作者简介：代银河，男，现年74岁，大专学历，工程师。先后在《中国交通报》《中国公路》《吉林日报》《长春日报》《江城日报》《江城晚报》《吉林交通报》《西安晚报》《兰州日报》等报纸杂志上发表过散文、诗歌等。

全全地释放自己——那是一种醉心满满的享受！不信吗？请走进来再看：西红柿满面潮红，昨天傍晚才涌上脸颊！它们已攒足了力气，沿着制定的藤架路线努力向上攀登。黄瓜花开了，偷偷绕过巴掌大的叶子，高昂在阳光中，泼辣辣的黄，做好了招蜂引蝶的准备。头上顶着一朵朵小黄花，仿佛数盏忘了关闭的灯，彼此依偎的光芒，照亮了寂寥、空寞。黄瓜身上的小刺，今日凌晨才冲破表皮，怯生生伸出属于自己对这片陌生世界的第一枚探针。苦瓜开始显山露水，沟沟壑壑都在膨胀，一刻不停地忙着扩充自己的地盘。芹菜刚刚拱出地表就挤眉弄眼，芽尖上的泥土还没来得及抖落干净。白菜的身子一天比一天肿大，不起眼的白菜，也学会了用夸张的比例来表现自己的憨态可掬。一丛丛放荡不羁的韭菜，踮足张望，它要瞪大一片绿色火焰样的眼睛，把这个妙不可言的大千世界，看个够，瞧个透！和土地相亲相爱的土豆，一个个攥紧又大又圆的拳头，呼之欲出。它们拔节的拔节、长个的长个，散发着各自不同的成长魅力！它们用全身的香气浮动与充盈的本真以及全部善良，随着主妇们的菜篮和双手，走进家家户户的锅碗瓢盆，养活一家人。仿佛这些就是它们天生的使命，带着浓郁地气，带着鲜活生机，抵达一张张餐桌碗口，去攻陷舌尖上那些急不可耐的味蕾，让端起饭碗的人敬畏、感恩！

锦上添花，在菜畦的边缘，一溜芍药忙里偷闲，悄悄地绽开妩媚的笑脸！向日葵的幼苗喃喃自语，说将要把爱献给至高者！

奶奶铲土的姿势，好像在跟大地拥吻！翻腾出了地球的香气！

春天就是一路铺下去的铁轨和枕木，一直铺设至秋天！

这些青菜的花朵、叶子上，都挂着不同的节令。就像超市里货物上都贴着不同的标签，一路走过，邂逅不同的节令，惊蛰、小满、立秋、寒露……不必一一去数、一一去记，菜园，已成为奶奶另一本鲜活的日历！

我们是不能随随便便闯进菜园的，更不能不问青红皂白地采撷园内任何一棵青菜，这可是养家糊口的"生命菜"啊！

耳提面命，让我们从小就养成了尊重和爱惜每一棵青菜的习惯！这也就是为什么今天，每当看到餐桌上的雪白馒头、米饭和一筷未动的整盘菜肴，被一双毫不怜惜的手随意丢弃时，我都痛心疾首。之后总是不由自主地想起苦难的童年，想起那片永远燃烧在心头上的最醒目的绿色火焰，总会产生一种针扎一般的无名心痛！

都说，现在的孩子身在福中不知福，记得有一次我跟随奶奶去早市卖菜，凌晨三四点钟就被从梦中叫醒，睡眼惺忪的我虽极不情愿，但还是顽强地爬了起来，用冰凉的井水一冲，立刻就来了精神。

一路上，我和奶奶十分费力地推着车子，但它仍旧吱吱扭扭叫个不停，这大概也是因为那个年代缺油少荤，不仅人长不出"秀气"，就连车子也锈迹斑斑，"吱扭"不爱转动！

大约半小时后，我们终于赶到了集市，刚放下车子，立刻就被赶早市买菜的大叔、大妈们围住，你一斤、他两斤地"抢"了起来。一时间，我被弄得"丈二和尚——摸不着头脑"。原来这些经常光顾奶奶菜摊的老主顾们都知道：奶奶人好！菜更好！从来不与人斤斤计较，从来不以次充好，从来不短斤少两。因为奶奶经常告诫我们："人活一世，不能做一点儿亏心事，得对得起自己的良心！"

从"菜品"到"人品"，奶奶一生的高度，皆来自她内心道德的积淀！

就在奶奶满腔热情地招呼每一位老主顾并且为他们细心地翻找零钱的时候，我突然发现：奶奶用那双从来不知疲倦的大手，麻利地解开粗布大衫的衣扣，然后一层、两层、三层，在最贴肉的地方小心翼翼地掏出一个塑料袋，并从袋中慢慢地取出一个蓝布包，然后一层、两层、三层地打开，找出珍藏在里面的一张张汗迹斑斑的零钱。那一瞬间，就好像是在做一次剖宫产：一层一层地剥开她自己，抠出体内的"命根子"！

目睹了这一幕，让我吃惊！让我震颤！犹如醍醐灌顶一般！一种难以言表的心情一涌而来，如同一把尖尖的锥子猛然刺到心尖，疼痛剧烈，成为喂养我一生刻骨铭心的记忆！尤其在人生逆境中，每每忆起仍旧振聋发聩，给我无穷奋发与向上的力量！

真的，也就是从那一时刻起，我才算弄懂了"一个铜板，掰成几半儿花"的真正含义和重量！

奶奶的菜园，是家背靠的大树，是我们生活的保障，为我们提供了遮风挡雨的庇护所。奶奶艰辛与智慧的一生，同样也是耸立在我们面前的另一棵大树，高大、茂密、顶天立地，是我们永远读不完忘不掉的一部人生大书……

豆腐：一把黄豆的涅槃

拜拜！拜拜！
清洌的井水再甜
也绝不动摇赴死的决心
欣赏两扇大石磨盘的
命运之轮转动不停
石磨咬合着牙齿
嚼碎一粒一粒豆儿金色的黄
吐出来一腔血气方刚的
流淌诗意
唤醒干柴烈火拷问下吐露的
滚沸
要熬就熬它个天翻地覆
三翻六转惊涛拍岸
不身经百战
你就读不懂一把黄豆的
出生入死
火海刀山凤凰涅槃
味觉与兴奋从扑面的
喷香开始

卤水的圣手
校正经文的布道者
点石成金

视觉与经典从被囚梦的
黄
眨眼间变成重石压出的
白
颜色变了腥涩味轻了
个性没了
慢慢溢出喷香——爱的温度
赋予一种真理约定的
语言
跨进理想的国度
置身心灵原乡
肝脑涂地为人间盛宴
拼成全新的"星座"
来一次舌尖与味觉
清香细嫩滑爽的
爱抚和绽放
搅动一腔波涛汹涌的
渲染……

是煎熬是涅槃是重生
一把黄豆才让世间充满了
别样的滋味……

张敏作品*

我是一棵树

我是一棵树,我是一棵参天大树,在秋末初冬的寒风中摇曳,任由北风呼啸,剥去片片枝叶,留下的是一躯屹立不倒的树干!在冬雪中傲立!这就是我!现在的我!

我的家族很庞大,兄弟很多,很是热闹!家境虽穷,但总是有颗善于认知包容对方的心,所以在一起总是其乐融融!笑声总是那么爽朗!正如现在国家提出的人类命运共同体,这个概念在我们家族里体现得淋漓尽致!

回想过去的一幕幕,仿佛就在眼前。我这棵树苗就在这样的环境下生长,虽不能吸收最好的营养,但绝对是个不错的生长环境,我庆幸有这么一个大家庭!在清苦中历练意志,在温馨中感受亲情,在愉悦中快乐成长!

到了结婚的年龄,我娶到了一位心仪的女孩,虽谈不上国色天香,但在我心里她是最美的!在甜蜜的爱情中,我们相濡以沫,心心相印!体验到了爱情的无限魅力!什么叫海誓山盟,海枯石烂!有句台词,"因为什么,因为爱情,我们走在一起了。"这些家庭、爱情的美好描述仿佛在诉说春天的故事!我这棵刚出芽的树苗在春风中尽情地享受着大自然赋予的一切!

春风已过,迎来了夏雨,我的事业也进入了正轨,虽不能大福大贵,但也满足,边工作边经营自己的小加工厂,日子过得很惬意!生活就像注入了强心剂一样!精力充沛,体力旺盛!在大家族里也很自信,在家庭里也是主导者,在这样的环境里,获得感总是满满的,在获得丰富营养中慢慢变成了参天大树!在炎炎夏日里耸立,在夏雨中沐浴!

转眼到了秋季,是收获的季节,也是惆怅的季节。由于我辞了稳定的工作,想出去大闯世界,实现自己人生的更高目标,一路走来,生活发生了逆转。开始了走南闯北,颠沛流离的生活,在失败中苦感生活的不易,在获得中感受成

---

* 作者简介:张敏,出生于 1973 年,湖北省荆州市石首市人,本科学历,中共党员,现任天津可柯食品贸易有限公司总经理。

功的艰辛，在一知半解的生活探索中前行，跌跌跄跄。在秋霜月夜的季节变换中，我这棵树褪去了全部成装，片片的落叶在瑟瑟的秋风中凋零。

迎来了冬雪的季节。雪花飞舞，于事无补！在经历了太多的事和人之后，一切都是那么默然，曾经的兄弟也不是那么理解彼此，现在的爱人也不是那么与你相知相融，总在只言片语中，把原有的那份爱情宣言逐渐撕碎。我在总结，我在回味，我爱折腾，也爱变化！在冲刺中，在高点时兄弟和爱人在仰望，在低谷时，却仿佛不在他们的视线范围里，任由他们轻视！只剩下一棵裸露在寒风中的树，显得那么苍白，已不再是那么高大魁梧。

是，到了冬季，北方的风格外凛冽，任凭风暴多么侵袭，我心将永恒！你是风儿还是雨，你是霜儿还是雪，这是一棵树儿在四季轮回的变换中，诉说着的故事！寒冬漫长，万物蛰伏，它们经过漫长的蛰伏是为了迎接更美好的季节来临，重演人生舞艺，绽放美丽的生命之光！我要挺住，我要做一棵耐寒耐冻的树，要做一棵重披绿装的树，要做一棵生命不止，战斗不息的树！只要挺住，坚持，春天就会缓缓朝你走来！

流年思绪

时光荏苒，岁月蹉跎。一年一度的春风，一年一度的夏雨，一年一度的秋霜，一年一度的冬雪，交替轮回，送走的是激情澎湃的青春，迎来的是静如止水的暮龄！风不停而树不止，人生还得继续向前走！寻找自己的归航。欣欣然在不经意的茶艺中悟出了人生的真谛，人生就像一盏茶，从青涩中初品，从浓香中体味，从淡雅中走出，在无味中结束！这就是人生！也是禅语中悟出的真谛！人生其实很美，只是呈现在你面前的角度和方式不同！人生其实也很苦，只是在你品尝乏味时，才感觉到涩！人生美起来就像徐志摩的诗："悄悄的我走了，正如我悄悄的来；我挥一挥衣袖，不带走一片云彩。"轻盈，飘飘若仙！

林徽因有一段话颇为经典："你若拥我入怀，疼我入骨，护我周全，我愿意蒙上双眼，不去分辨你是人是鬼。你待我真心或敷衍，我心如明镜，我只为我的喜欢装傻一程。我与春风皆过客，你携秋水揽星河，三生有幸遇见你，纵使悲凉也是情。"在这匆匆人世间的流年中，千娇百媚，仪态万千，花开花谢，缘聚缘散，终究逃脱不了情感的归宿！藕本出淤泥，怎奈洁白无染；竹本直向长空，怎奈节外生枝。"问世间，情是何物，直教生死相许？"林徽因用文章改变了我们的认知。真正的爱情扎根于真实的生活。真正疼我，护我者，即便是鬼我也相许！在情感思绪万千的世界里，回归自然的生活状态是必然！徐大才子与林大美女又何尝不是如此呢？相知相守在浪漫的温柔季节里，却无缘生活在贴切的现实状态中，纵是多情又悲情！流年是岁月赋予的歌，情感是岁月赋予的曲；流年是岁月赋予的锣，情感是岁月赋予的鼓；流年是岁月赋予的天，情感是岁月赋予的地。它们是美妙音乐的共创者，它们是快乐助兴的同乐者，它们是天地相连的主体者，也是完美世界的结合者。流年的时光总是在悄然无声中流失，情愫的思绪总是在悠悠的情感长河中远行！我们不能截住流年的时光，却能珍惜当下的每分每秒，我们不能截住飘逸的思绪，却能把握今天的生活！

刘军作品*

悠悠小河

在我记忆的长河里，汇聚着一条普通而难忘的小河，儿时在这条河中发生的一件事在我的心田留下了深深的烙印。

我五岁左右的时候，母亲在秦岭终南山脚下的一个单位工作，我随母亲租住在单位对面的一个农户家，中间只隔着一条乡间土路，距家不到百米的公路边上流淌着一条小河。

这条河两三米宽，它来自深远的大山里，犹如高山的血管，蜿蜒曲折，向北流入涝峪河，这是大自然赐予附近村民生活必需的水源。盛夏时节，灼人的阳光透过小河两岸翠绿欲滴的枝叶，为平静的水面铺上了一层金碧辉煌的地毯，微弱的汩汩声轻轻地飘进人的耳膜，沁人心脾。对于那个年代生活在泥土乡村、天真无邪的孩子们来说，在炙热的夏日里有这样的小河供他们嬉戏玩耍、尽情享受，真是甘之如饴！

这年夏天的一个下午，瓦蓝的天空浮着几片白云，徐徐山风令人惬意，外婆坐在家门口的小板凳上做着针线活。村子里几个和我差不多大的小伙伴来找我玩耍，他们裸着光光的身子，挺着圆圆的小肚子，皮肤黑黑的，瘦瘦的，却个个精神抖擞。那时的我应该和他们一样，有着一样的精神、一样的肤色，难怪我的皮肤这么不经晒，就连我的小名中都有个"黑"字呢。我趁外婆不注意，和小伙伴们一溜烟地向河边跑去。

清冽的河水，轻轻地拍打着河边的几块白石头，发出轻微的"哗啦、哗啦"声，仿佛哼着动人的歌曲。这些石头两三尺见圆，是供人们提水、洗菜、洗衣用的。一位二十来岁的农村阿姨蹲在一块石头上，用棒槌捶着衣服，她是我家的近邻。她的音容笑貌我已经记不清了，只有那常穿的白格子衬衣、两条又长

---

* 作者简介：刘军，出生于1959年春天，陕西省西安市鄠邑区人，大学学历，西安北方惠安化学工业有限公司退休干部，高级政工师。先后在《中国兵工报》《中国兵工》杂志和公司报纸及新媒体平台发表新闻报道、散文、小小说等百余篇。

又粗的黑辫子，依然留在我的印象里。她的年龄比我母亲稍小些，记得她常常来我家串门儿，与我母亲和外婆聊天，逗着我们这些顽皮的小娃们笑。

小伙伴儿们一个接着一个跳进河里，像青蛙似的趴在水面上打扑腾，几双小脚击打得水花四溅，洒落了阿姨一身，她笑着用手划水向我们还击。河水不是很深，平日里才到我胸部，我也时常和小伙伴们下水捉螃蟹，有一次那横行霸道的家伙用它的"钳子"夹破了我的脚趾，我就在岸边把脚埋进沙土里，以为这样很快就会好的。

我不太会打扑腾，在水中玩了一会儿，便上岸坐在阿姨旁边的一块石头上，用手和脚玩着水，阿姨一边洗衣服一边和我说笑着。谁知道，我坐的这块石头是活动的，我的身体向前一倾，便一头栽进水里。我下意识地挣扎了一下，结果仰面朝天躺在水面上顺水漂去，四肢在空中乱舞。正当我快要被水漂到十几米远的石桥下时，忽然两只手把我托离水面，抱上河岸，然后把我送回了家。

外婆给我擦干身上的水穿衣服时，我一直偷偷地瞅着阿姨，她冲着我微微地笑着，水顺着她的裤腿滴了一地。她向吓得脸色发白的外婆说着什么，大概是在说着安慰的话吧……

阿姨走后，外婆狠狠地训斥了我一顿。那时，我并不懂得这件事的严重性。长大后回想起来，我的后脊梁都发凉。因为这条河下游不远处有一个水轮磨坊，是当地农民磨粮食用的，水轮就靠这七八米高的河水的落差来带动，若非那位阿姨相救，奈何桥上的孟婆早就向我招手了！

一年以后，由于母亲工作调动，我随着离开了这个村庄和这条小河，来到余下小镇。随着年龄的增长，我时常会想起这件事，内心的感受也越来越深。上高中、下乡插队、参军和在工厂工作的时候，我曾怀着深深的情感，多次去到那个村庄，探寻儿时的足迹。这个村的老支书和我父亲是老朋友，现在都已八九十岁了，我每年都陪父亲去看望他，有时在他们闲聊时我会情不自禁地来到这条熟悉的小河边，站在石桥上，看着恬静的河水、悄然变化的村庄和忙碌的人们，任由微风吹拂我的思绪。

现在，这条河已经没有当年那么宽了，水也没有那么多了，那个水轮磨坊也早已被拆除，但河水依旧在流淌着，在我的眼里，它还是那样的明亮、清澈，那样的源远流长、动人心弦。只是，这个村了早就不是五十多年前的模样了，砖瓦楼房取代了原先的土坯房，泥土路变成了平整干净的水泥道路，马车、架子车变成了满街的汽车和拖拉机，小孩子们在村子里的文化活动中心悠闲地玩耍着。这种天翻地覆的变化，正如宋代诗人陆游的诗句"世事纷纷过眼新"啊。遗憾的是，由于世事的变迁，我再也未能见到那位曾经救过我的邻居阿姨。

悠悠小河，潺潺碧水，犹如一条记忆的飘带，把我的思绪带去远方。也许，能够永久沉淀在内心的东西才是最好的怀念和感恩吧。

迟到的纪念章[*]

今年是中国共产党建党 100 周年，早就听说党中央要为入党 50 年以上的老党员颁发"光荣在党 50 年"纪念章，87 岁的老父亲很是开心。

"七一"前夕，我和父亲一边看着庆祝建党 100 周年的电视节目，一边聊着纪念章的事情。

我想起前不久在网上看到的介绍纪念章的文章，便在手机上搜索出纪念章的图片给父亲看，还对其材质、主色调、主章和副章等做了详细讲解。

父亲听得津津有味，转而皱起眉头自言自语道："50 年"。

我顺便问起父亲入党的时间。他略加思索，有点不确定地说："好像是 1972 年上半年，那时我在天桥供销社工作。"

父亲是 1958 年参加工作的。早年在户县（今鄠邑区）涝峪供销社担任采购员，那时没有公交车，他经常骑着自行车从秦岭山里到户县、咸阳等地跑采购，来回一趟超过 50 千米，最后落下了胃病。后来调到天桥供销社管业务，曾担任党支部副书记。天桥供销社与余下供销社合并以后，1981 年来到余下供销社，先后担任业务组长、副主任直至退休。退休以后，他每天雷打不动地收看中央电视台的新闻联播，喜欢看节目《海峡两岸》，积极参加单位党组织开展的各种政治学习教育活动，按规定交纳党费，还多次为灾区捐款。在我的印象里，父亲的文化程度不高，为人和蔼、低调，在单位是一个认真守规、吃苦耐劳的职工，在家里是一个好丈夫、好父亲。父亲是一个再平凡不过的人，但恰恰是在这种平凡中所显现出的闪光点，一直影响着他的子女们。

我掰着手指算了一下，对父亲说："1972 年到 2021 年是 49 年，真正的老党员啦。"

父亲若有所思。耄耋之年的父亲，头发虽已斑白，听力较差，腿脚也不太灵便，但头脑还比较清晰。

---

[*] 本文作于 2021 年，恰逢建党 100 周年。

父亲的心思我明白，其实我何尝不希望父亲能够获得这样一枚纪念章啊。我安慰道："新闻报道说，2021年是党中央首次颁发这一纪念章，以后每年'七一'都会集中颁发一次，明年咱们就可以领到了。"

"七一"节过后，父亲逐渐淡忘了纪念章这件事。

一个月以后的一天上午，父亲原工作单位的同志忽然来到家里，大声说道："老刘，这是发给你的。"来人手里捧着一个红色的盒子，盒子上面印着的"光荣在党50年纪念章　中共中央"的金色大字一下子映入父亲的眼帘。

父亲很是惊讶，一时不知道说什么好。

来人解释道："您的党员登记表显示，您是1971年4月党支部讨论通过入的党，7月3日上级批准的，今年刚好50年了。因为最近街道办忙着防疫的事，单位没有及时领回来。我代表单位党组织恭喜您了！"

父亲激动地点点头："谢谢，谢谢！"他用微微颤抖的双手接过纪念章。

打开大红色的包装盒，父亲轻轻地抚摸着制作精细、熠熠生辉的纪念章，苍老的脸庞充满了欣喜之情。父亲清楚这枚小小纪念章的分量，它凝聚着千千万万个老党员不忘初心、牢记使命，几十年如一日地为党工作的革命情怀，彰显着党中央对老党员同志的肯定和褒奖，对后来人的鼓舞，它预示着党的事业历久弥新。

这枚迟到的纪念章，是父亲在党50年的光荣，也是我们全家的荣耀，我们将永久珍藏。

刘振凯作品*

迎接 2012

——未济，日乾夕惕，修己

1月1日，总归算是个国际年，是个值得纪念的新年。虽然它可能没有与不同国家、不同民族、不同教义的年历一样有传统的文化意义，但总算是一个阶段完结，另一个阶段开始的标志。如易言，有既济到未济之变化。所以未竟之事业，又会接踵而至。至于影视中星相学所占的2012之毁灭理论，大可不必惊慌，戏言戏论而已。

虽然如此，但2012又将是个复杂，关乎很多人命运的一年。命运，时，位，自调也。没有人能决定命运会静止到哪里。全根据不同时间、不同位置，进行阶段调整，刚柔进退，适应变化。过去的一年，也许我们有很多失，有很多得，而失得全在于心。心有所容，失而复得，心不开，失即为失。心有所节，得而吉，心无所控，得而失，凶亦踏至。新的一年一如往年，亦不同于往年，全在于己。自己如何度过不平之年？是以"自天佑之，吉无不利"，自助，天方助，"君子安而不忘危，存而不忘亡，治而不忘乱"，"终日乾乾，夕惕若厉"。君子，做经纶之事，需要慎始且修身养性，是以"宁静致远"，"静则得之，躁则失之"，必以"静以修身，俭以养德"，淡以节，悟以静。欲服人，必先修己。修己方能服人，"己所不欲，勿施于人"，即使是产品，更应修好自己的产品才能服大众，用于大众，方能受益。正是修己服人方能益己。

总结过去，察觉未来，常思自己之过，验察他人之成，行地之谦德，充天之自强，生生不息而自有余年。

---

* 作者简介：刘振凯，笔名"山豆几时有"，高级技术工程师。

迎接 2022

——惧以终始，其要无咎

十年前，写过一篇《迎接 2012——未济，日乾夕惕，修己》，如今依然如是。如果从异化的角度看，人就是在消除异化的道路上不断地前进。如何前进？我认为主要靠修行修己，修己就是修身。

为何修身？儒家大意曰：人不修身则不诚明，不诚明则不尽性，不尽性则不尽人性，不尽人性则失天地化育之德。就是说，修身至诚明德，发挥人性要符合礼仪中庸。道家大意曰：为道日损，损之又损，以至于无为。无为就是顺道德用，其实就是告诉我们，人最好减少点世俗的认知和欲望，做符合道之静无的决策。佛家更是说，人之欲望皆为妄念、妄心使然，修行以至于明真心、见真性方能悟得（佛者即觉悟者），真心就是我们那个本自清明的实心。人的语言很贫乏，是无法道清真性本体的，也就是道可道，非常道。

具体如何修身？简言之，儒家讲知之而后定，静安虑得，格物致知，诚意无欺，冲浩然之气，修善积德，执两用中，齐家治国平天下。道家说，反者道之动，授之以三宝：慈、俭、让，无为而治，顺道至德。佛家曰，慈悲喜舍，不离世间觉，应无所住而生其心，一境三谛、一心三观，次者苦集灭道、戒定慧。总之，心挂众生无所碍，挂系民生不挂怵，只有不执极两端方能尽人性，在妙有现实世界中，修身强志，合理达性，在历史辩证发展的造化下做无所为之为，在人性之境界下做无执无心之为，在道之大用下做无为之为，怀有敬畏天地之心，创业奋进自强不息，保有谦德守善不欺，慎终如始，守望初心，惧以终始，幡然无咎。

总之，中华文化是有情理的文化，天人本一，天人合一，生为中国人是何等幸福！当今我们国家有制度优势，有大道行义者为苍生，生活在中华民族伟大崛起的时代更是我们的命运之幸！

潘佳梦作品*

外婆家的橘子树

外婆家的那片橘子树林,陪伴了我整个童年。

小时候,每年的三四月,外婆家的橘子树林就一片春意盎然!一朵朵洁白的橘子花,好像得到了"春的召唤",争先恐后地绽放在枝头。而小小的我,则穿着农家大花袄,蹦蹦跳跳地跑到一棵又一棵橘子树前数橘子花。我经常数花了眼,却也不亦乐乎!数累了,就一屁股坐在微微湿润的泥土地上,深吸橘子花的清香,然后眼巴巴地望着那一朵朵橘子花。

"等十一月就可以吃了,小馋猫!"

外婆熟悉的声音从远处传来。不一会儿,她就一路小跑到我面前。

"每天都跑到这儿数橘子花呀?把身上的灰拍一下。外婆带你去草丛里看更好看的花花,走!"

外婆的大手牵起我的小手,帮我拍了拍屁股上的泥土,然后,带我去了农田后面绿油油的大草丛。我俩玩到都饥肠辘辘才回家洗澡,吃农家饭菜。

日子一天天过去,好不容易到十一月——橘子丰收了!

"小馋猫!可以摘橘子去咯!"

一声令下,我连懒觉都不睡,早早地吃好早饭,就拿着小筐子屁颠屁颠地跟在外婆身后摘橘子去了!

外婆总会先摘下几个黄到有些发红的橘子,在我小衣兜里各放一个,然后,让我抱着剩下的几个去分给小伙伴们。至于我背着的小筐筐,外婆这么宠我,自然不会让我背橘子,只是个装饰罢了。我如获至宝,抱着橘子就去挨家串门。

"慢些跑!注意安全!"

外婆总是望着我小小的背影,叫我慢些跑。

这背影,跑着跑着就长大了!而外婆的手,也被岁月纹了一朵花。

外婆经常把我叫到院子里,让我陪她晒晒太阳,看看她种的盆景。她拿着

---

* 作者简介:潘佳梦,来自上海,今年17岁。

那个熟悉的橘子,让我找回了熟悉的样子。不同的是外婆的样貌,相同的是她那"絮絮叨叨"的话语。

外婆家的那片橘子树林,陪伴了我整个童年,也给了我,最美的回忆!

成 长

成长二字写起来很容易。但是,当你体会其过程,就会感觉满是心酸和迷茫。

"成长"就像无尽的阶梯,要一步一步地攀登,回望来时路,会心一笑;转过头,面对前方,无言而努力地继续攀登。但也饱含对未来的憧憬和期待。

不要羡慕花儿开得这样灿烂,它们也曾在厚实的泥土里挣扎。也不要羡慕一些人的高贵身份,因为你只看到了表面,他们所经历的成长远比你想象得艰辛!

不要试图把别人的经历和成功嫁接到自己的生活里。不是你做不到,而是很可惜,你会活不出那个最好的自己!

你羡慕玫瑰花开得娇艳,但你知道为什么它可以肆意绽放吗?因为它知道在成长时,用茎干上的锋芒保护自己。它不会说话,却在告诉我们:"我不好惹!不准伤害我!"就像我们,哪怕不说话,也要在无形之中保护好自己。

你要认清现实,脚踏实地。不是说要老实一辈子,而是你要明确奋斗的目标。在伤痛中一次次抹去眼泪,在失败中一次次爬起。

为什么要气馁呢?成长本该就是挫折比成功多,经历越丰富,生活才会越多姿多彩!

谁的生活是一帆风顺的?谁的成长没有大大小小的经历?你要记住,失败并不可怕,害怕失败才是你成长的绊脚石!

谁不想拥有一个看似完美的人生?但是,你真的付出了吗?

成长的经历,会反映你一切的努力。不要总是抱怨成长太累,生活太苦。有一个词语叫"苦尽甘来",只有经历了大风大浪,你才会体会到成长的苦与乐。

其实,哪有完美的人生。做好自己,接受自己的不完美,认认真真对待每一个遇见的人、每一件事,你会发现,成长的酸甜苦辣都是生活的必需品!

所以,好好珍惜每一次的"成长",尽量不留遗憾!

汪小夕作品*

雪

听朋友说明天太原肯定下雪，让我写点什么，那好。

18 岁时，一下雪，我就想起了鹅毛，浮想联翩，满脑子丹麦的童话，在宝鸡市的角角落落要溜一圈，寻找卖火柴的小女孩。那时我有个王子梦，虽然我连棉袜都穿不起。全班同学都笑话我，特别是那个叫刘孟德的，去年还在老家的街道摆了个地摊卖萝卜，总算是个小老板了，我也笑话不成，杀猪般的岁月，不出所料地让他和我一样拥有了一张沧桑的脸，但性情和气质仍旧未变，说话的口气还如班干部："你这么多年来还在外面打工？"我连"哦"的一声也懒得回应，毕竟这人和我没缘分。但他的气质确实仍旧让我敬畏，没办法，小时候被他欺负惯了，骨子里的磁场变不了。

28 岁时，一下雪，我就"千里冰封，万里雪飘"地朗诵起来了，但无非是毛主席的诗歌，我背得比较熟而已，毕竟不是自己写的，但激情在燃烧，那个是真的。

38 岁时，我在东莞，一下雪……实在不好说，不要想多了，我不可能犯原则性的错误，本来东莞就不下雪，那里也没有冬天，但我想念雪，喜欢体会雪的温暖，好来指点江山。

48 岁时，一下雪，我不知道怎么写，毕竟还没经历，无病呻吟的毛病我得改了，毕竟老了，让小年轻批评就不好了。

58 岁时，一下雪，我不敢想象，唯一能推理出来的是人在雪中，雪在人中，牵着外孙的手，讲雪的诗，雪的事。

68 岁时，一下雪，我知道我一定不再朗诵了，也不再感慨了，也不在雪里，估计在书房里，写写毛笔字。

---

* 作者简介：汪小夕，男，出生于 1971 年 2 月。在《陕西工人报》《陕西汽车报》《星星》等报刊发表多篇通讯、散文、诗词，获得 2000 年省级企业文化研究成果三等奖，2021 年全国诗词大赛"盛世国学杯"二等奖。

78岁时，一下雪，如果我还活着，我就穿个棉袄，在雪里走走，看看脚印，最好牵着老伴的手，悄悄地告诉她，我爱她，虽然我一生都不好意思说，也没说过。当然是岐山话，说了一辈子普通话了，总觉得是台词。

88岁，一下雪，如果我没在棺材里，那我就去村里的坟地里看看，看看我未来的风景。

98岁了，爱下雪不下雪，毕竟已经和机器人差不多了，如果科技如此发展的话，还不如机器人。

108岁，说啥都没意思了，就算下了1米深的雪，我也不会惊讶。

春　雪

今早，雪不见了。

三月的太原，杨柳抽芽，春光明媚。昨天上午，忽然间下起了雪，飘飘扬扬，一片，两片，千万片，鹅毛飞舞。

太原人欢呼了，朋友圈全是下雪的视频，久违了，我们的雪。刚刚过去的鼠年，下过两次雪，一次是小盐粒，落地即化，下午就晴了，下得那么应付，无法交差，辜负了群众期待的心。第二次雪，下得也不正经，开始飘了些雪花，不久就晴了。堆雪人，丢雪球的梦想破灭了。

春天来了，没有人指望冬天的雪了，盼望着桃花盛开，书写季节。可迎来的是几十年未见的沙尘暴，黄沙漫舞，好像西游记牛魔王出场的现实版。

昨天，一个平平常常的日子，和谁也没商量，天降大雪，送给太原人一份惊喜，下了个认认真真，结结实实，下了个漫天飞舞，诗意爆棚。

中国神话里管下雪的神叫青娥，不知道青娥最近在天宫是不是混得不好，闹情绪，还是失恋了，去年上班一点都不认真，这开春了，不分眉眼地闹场，不知道是祸是福。

但人间欢腾了，盼望着今早开门雪茫茫的一片大地，雪却不见了，有点想念昨天的雪。

再回东莞

如今的东莞，静夜如歌般委婉，早已不见当年火焰般妖冶的容颜。

由于公差，我来到分别 6 年之久的东莞，寻访到我当年的好友，他现在是一家猎头公司的老板。傍晚，我们在一家安静的私家小厨，要了一瓶红酒，几个小菜，慢慢地品味起来，更多的是沟通历史，而不是畅想未来。

我的对面不远处，就是著名的喜来登大酒店，高耸入云，大厦顶端的光柱，像一把划破黑夜的利剑，在苍茫的夜空中旋转。

东莞在中国历史上，出过在虎门销烟的两广总督林则徐。原来是默默无闻的一座无名小城，然而，改革开放之后，这座连接广州和深圳的无名海滨城市，像发酵的面包一样，迅速地膨胀起来。

当年东莞本地人，随便做点小生意，哪怕只是在街边捣鼓一只煤气灶卖炒面，也可以到处耀武扬威。

如今的东莞，智能制造，机器人工厂开始流行，正捧起科技的书本，收敛着气质，等待厚积薄发。

郭卫平作品[*]

晨练曲（一）

今天是我上山晨练的第一天。清晨6点左右，洗漱完毕，我就健步下楼了。

吸着清新凉爽的空气，心中一阵凉意。出了小区门，我就以慢跑起航了。在路上，不断遇到下山的人群，并与几个熟人打了招呼，真佩服他们有早起晨练的精神。

由于是第一天晨练，等到了半山腰的广场上，我已是大汗淋漓，气喘吁吁了。广场上可热闹了，有跑步的、甩长鞭的、做操的……老的少的，男的女的，各个年龄段的都有，大家都带着一个共同的目标来到这里。难能可贵的是，有一位少妇领着一位三岁左右的小男孩也在锻炼。这不禁让人想起全民健身的意义，少年强则国强，少年智则国智……

在广场上，也遇到了许多熟人，很快，我融入了他们的队伍。紧跑了几圈，又压了压腿，运动了一阵儿后，我就与曾在超市共事的朋友谈了起来，她带着自己七八岁的女儿妞妞一同来锻炼，她说这阵儿她每天都带着女儿上山运动，一来可以呼吸山上的新鲜空气，二来可锻炼女儿的意志力，对她以后的成长有益……真是一位智慧的母亲！后来我们又与一位四五十岁的大姐谈了许多，她说自己从前身体有许多不适，后来通过坚持上山运动，现在感觉好多了……

后来我们又运动了一阵儿，然后我就随她们一同下了山。

回到家，浑身格外轻松，既排了毒又健了身，何乐而不为呢？

"生命在于运动"，为了一个共同的目标——希望拥有一个健康的身体，大家都成了运动人口。我也希望更多的人能加入这个队伍。毕竟经济的稳定发展与民众的健康是息息相关的，健康的体魄与经济应该是和谐一致的，全民健身，利国利民。

虽然晨练只是生活中的一个小插曲，但它能折射出我们国家的精神面貌。

我暗暗为自己加油：明天一定还要上山运动，人之所以能，是相信自己能！

---

[*] 郭卫平，河南省南阳市人。自由职业者，喜爱阅读。

我感恩上苍赋予我的每一天！

晨练曲（二）

早上 6 点多，我又欢快地下了楼。

路两旁的树林郁郁葱葱，小鸟在枝头唱着悦耳的歌儿，像是对我说："加油呀！"

不知不觉，我的晨练目标已经完成了两个多月，不仅收获了健康的身体，同时也结识了许多志同道合的朋友，让我感觉生活更加美好了。

大约 20 分钟，我就到了目的地——独山矿山森林公园广场。

远远就看到两个熟悉的身影，在认真地做着塑身操。这两位老人是我们小区的邻居，年龄已八旬左右，两位老人是夫妻，儿女长期不在身边。我几乎每天都能看到他俩的身影，为了自己，也为了儿女，两位老人每天都在积极地锻炼身体。

于是我迅速来到他们旁边，和他们一起做了起来。

大约 7 点多，我们就做完了这套健身操。随后，便一同往山下走去，一路上我们有说有笑，交流着做这套操的感受，大妈很健谈，大部分时间我都在倾听她的讲述，通过了解知道：这位睿智的老人在 1992 年就开始做这套操了，到现在已有二十几个年头了，一直每天都在坚持做。听到这儿，我特别佩服老人的恒心。这套操完整做下来，能感受到全身每个关节都得到了活动，全身经络似乎都被打通了，因此做下来浑身特别轻松、舒服。

她又说，由于平时注意锻炼身体，调养得特别好，近些年，她和老伴儿去了许多地方旅游，既开阔了视野，又增长了见识，去年她和老伴儿还去了东三省旅游。她说，她印象最深的一次就是去内蒙古自治区呼伦贝尔大草原，那里的草原一望无垠，远远望去，草原与蓝天连接在一起，非常壮观美丽。在那里待上一会儿，什么尘世的烦恼与忧愁统统一扫而空，心中特别宁静，心灵得到了净化。在那里，住上一段时间，感觉像在天堂居住，像神仙一样快乐逍遥！

后来，大妈又给我讲述了她们去长白山旅游的感受。她的印象也特别深刻，长白山一年四季积雪不断，雪茫茫一片，由于那里常年积雪不化，气温低特别寒冷，导游便提前让她们自带鸭绒袄，因为租山下的袄也得 50 元，还不一定很干净。旅游车把游客送至半山腰就不能再往上了，再往上行就得靠游客自己徒步前进了，她随人们一直走到了山顶，眼前的一幕让大家都惊呆了。原来在雪山顶上，有一座天池，好像是神仙居住生活的地方，特别壮美。这是大自然赐予人间最好的礼物，真是一个好地方！这不得不让人赞叹，大自然真是一位出色的造物主啊！

这两处不可多得的境界简直太让人神往了！我完全陶醉于大妈的讲述中，真希望有朝一日自己也能和挚爱的家人一同去旅游，去看看辽阔的呼伦贝尔大草原，去领略草原与蓝天的壮美。再去长白山的天池旅游，目睹大自然赐予人间的神仙境界！

若能达成心愿，此生无憾！

思　绪

山念水一程，水绕山一生。
风等云一生，云漂泊三生。
缘已尽，意难平。
一眼万年，遥望山水能相逢！
轻叹：
人生若只如初见，了却我一片深情！
此情不应常相依，
过了寒冬怎能执手再相行？
何时能重逢？梦里春归影。

幽兰情

幽兰空谷亦自芳，花开花落不忧伤。
素颜不染红尘色，不喜不悲绽馨香。
宁静淡泊是本色，王者之香世人赏。

魏创杰作品*

春风·海浪·木棉树·月亮·我

（一）

春风挥动了他的双翅，冰雪为他的温情感动得流泪，继而号啕大哭，小溪尽情地唱着欢快的歌儿，山上的冰雪也开始叮咚叮咚地奏着欢快的小曲，尽情地跳着欢快的舞步，小草也为他穿上了绿色的新衣，百花竞相为他绽放姹紫嫣红的艳丽，杨柳也妖娆地为他舞动曼妙的身姿。春风啊春风，我想问你，哪一朵花儿哪一棵草儿是你的最爱？也许你只是不经意路过，可你的温情俘获了多少花儿的心？看你匆匆忙忙的脚步，一定是要去追求夏季了，或许你是嫌她们没有夏的炙热？你既然不爱她们，可为何对她们个个温情脉脉？你要知道，脆弱的花儿会因为思念你而枯萎死去。人说相思害死人，一点儿也没错。

（二）

海浪痴情地向岸边的礁石奔跑过来，有过轻轻的抚摸，有过疯狂的拥吻，尽管你看似对她无动于衷，可我知道，你早已被海浪的执着与激情浸透了心，不然你的双眼为什么总是饱含着爱的泪水？

（三）

都说木棉树和橡树不般配，没有爱情，你可曾知道，他们枝叶缠绵，他们

---

* 作者简介：魏创杰，喜欢文学，特别喜欢散文、诗歌。

的根紧紧相连，更重要的是他们共沐风雨、同享阳光，这难道不是坚贞不渝的爱情？

（四）

月亮呼喊着太阳，我来了，你却走了，留下了西天的一片云彩，既然你无视我那么努力地追逐你，为何你还要频频地抛给我一缕缕光芒？

（五）

千年前我在奈何桥上与你相遇，你深情地回眸一笑，我在奈何桥上等你千年。青葱的少年如今已是两鬓斑白，却还痴痴地站在奈何桥上，在来来往往的人群中搜寻你那摄魂的眼神，你可愿奈何桥再走一遭？真的，不为别的，就想你再对我回眸一笑！

牛郎织女的感谢信

亲爱的喜鹊朋友们！我们牛郎织女夫妇相隔银河在此表达感谢之情，感谢你们千百年来兢兢业业、不辞劳苦，为我们辛苦搭建银河天桥，成就我们夫妇一年一次的相聚。

喜鹊朋友们，你们第一次给我们搭桥时，我们是忧虑的，宋朝女词人李清照有词曰："闻说双溪春尚好，也拟泛轻舟。只恐双溪舴艋舟，载不动许多愁。"我们的思念、我们的忧愁，岂是你们用泥和树枝能载得动的？

但是，你们的认真与执着令我们出乎意料，就是你们衔着泥巴，叼着树枝，一口一口地，搭建了银河天桥。毫不夸张地说，你们建造的银河天桥质量优良，经济环保，没消耗一根钢筋，没使用一斤水泥，哪怕是一个小小的螺丝钉也不要。你们建造的银河天桥横跨银河，是建筑史上从未有过的伟大创举！它深受十四亿中国人民的喜爱，它承载我们牛郎织女夫妇千百年来的思念，它承载天下有情人终成眷属的美好愿望，它承载中国人民盼望团圆的心！

喜鹊朋友们，七夕之夜是人间的浪漫之夜，也是我们夫妇三百六十五天，天天盼望团圆的夜晚。我们将从银河的两端飞奔至鹊桥中央，我们的心情比普天之下的情人更激动，人间不受天规的束缚，人间的情侣不至于像我们，一年只有一次相聚的机会。相聚过后，又将是一年一次艰苦而又漫长的等待。人间有诗："只羡鸳鸯不羡仙。"天条不可逾越，王母将我俩分隔银河两端，但我们仍然感谢她给了我们一年一次的相聚之机。

亲爱的喜鹊朋友们，请你们告诉人间的有情人，珍惜今天自由的生活，形式上的情人节不重要，彼此忠贞才是最重要的，我们夫妇能忍受长期相思煎熬痛苦的秘诀便是：两情若是久长时，又岂在朝朝暮暮！

说闲情逸致

闲情逸致是人生中一种难得的生活情趣。

春天闲暇时，可以到大自然中呼吸清新的空气，让和煦的阳光和徐徐的春风沐浴身心，听百鸟争鸣，看百花斗艳。夏天闲暇时，可以畅游大海，感受大海的波澜壮阔，在海边看孤帆远影，赏海天一色的奇观，夏夜踏着月色去荷塘，感受朱老先生《荷塘月色》的意境。秋天闲暇时，在秋凉的夜晚，煮一壶浊酒效仿李白月下独酌，体会一个人的孤寂，或邀三五酒朋诗侣饮酒赏月，吟诗作赋，或于深秋观赏红叶，看层林尽染，万山红遍，也可采一片红叶寄托思念之情。冬天闲暇时，有雪的日子，看大自然银装素裹，或踏雪寻梅，体验梅花凤欺雪压依然绽放的孤傲，或在火炉边，品香茗，读好书，让灵魂和作者交流，这些都可谓闲情逸致。

闲，绝不是心有杂念附庸风雅的闲。闲，必须心闲，做到意在境中，心在书中，心无杂念，能忘却生活的喧嚣，能抵挡名利的诱惑，这样心中才能真正生出闲情逸致的情愫。然而，有些人心有杂念，难以平静心情。大自然中的鸟鸣本是一种和谐的音符，可上述的这些人认为，鸟声让他们烦躁不安，心中总是惦记着自己的名利得失，终日忙忙碌碌，生活枯燥乏味，没有一点儿生活情趣。还有一种人，表面看着很闲，可内心不平静不安宁，渴望名利的心几乎要吞噬做人应有的良知，欲望膨胀时，心生邪念，铤而走险，做出终身遗憾之事。

人生活在这个世界不容易，不劳动就没饭吃是最简单最朴素的道理。但是我认为，人不应该做生活的奴隶，人要主宰自己的生活，体力上劳逸结合，精神上宁静祥和，不苟求，不奢望，不以物喜，不以己悲，内心清静才会生出真正的闲情逸致，你的生活才会有真正的闲情逸致。

致逝去的青春岁月

又一个五四青年节到了，不觉华年已过，真是时光催人老啊！尘封的笔不曾为逝去的青春留下片言只语，未免太遗憾了，今天我要拾起尘封的笔，重温激情燃烧的青春岁月。

十八岁时，我第一志愿是当兵保家卫国，把自己的青春和热血奉献给祖国。我喜欢战国时期屈原的诗句"身既死兮神以灵，子魂魄兮为鬼雄"，时时吟诵唐朝诗人戴叔伦的诗句"愿得此身长报国，何须生入玉门关"，还有曹植的"捐躯赴国难，视死忽如归"，龚自珍的"青山处处埋忠骨，何须马革裹尸还"……在我报名参军的日子里，整个人都被这股激情燃烧着，特别是体检合格后，我就想穿上可敬的军装踏入军营，为自己的理想而努力。可是，现实给我浇了一盆凉水。"名额有限"，简单的四个字就把我小时候的梦想打得稀碎，从此便再也没有这样的奢望了。当兵的梦想破灭后，人消沉了好长一段时间。后来，在家人的劝说下，我打算出门去外面看看。他们说，是金子总会发光的。

出门前，我在家门前栽了一颗小柳树。我满怀深情地对它说："小柳树啊，你当我的见证人，我们一起成长，你长成参天大树，我立志成才。"随后立志赋诗：黄金韶光不厌多，学艺体验新生活，春秋砥砺意中事，数载笑看众山小。

带着父母的嘱托，带着对美好生活的憧憬，我把故乡的明月、家乡的风景牢牢地装进了背包，挥手离开了亲人和可爱的故乡，来到了车水马龙的大都市，开始了全新的建筑生涯。初到工地，我对什么都感到新鲜，不懂就问一起工作的工友，对各个工作的流程熟悉得很快。"仰天大笑出门去，我辈岂是蓬蒿人"这句话时时激励着我，我决心一定要混个样子出来。工地的工作是最苦最累的，往楼上挑砖，背水泥，抬楼板（那时候楼板大多是预制的），每天都会汗透衣背，楼房主体工程加班是常事，劳累一天最快乐的时光莫过于和同龄的伙伴们侃大山，聊漂亮的女孩。那时候，青春年少，哪个少男不是情深满满啊！那时我爱读"关关雎鸠，在河之洲，窈窕淑女，君子好逑""一顾倾人城，再顾倾人国"。张家姑娘贤淑，李家姑娘端庄，杨家姑娘漂亮，谈论女孩就是我们最大的乐趣。年轻真好，情窦初开，渴望美好浪漫的爱情。我也曾效仿戴望舒笔下的年轻人，撑着油纸伞漫步雨巷，期盼在这寂寞而又悠长的雨巷，遇着一个有丁香一样颜色、丁香一样芬芳的姑娘。那时候，婉约派的词，读得我柔肠百结，有时候肝肠寸断，欲罢不能，才下眉头，却上心头。那滋味，现在想起来，我就暗暗发笑，都不过如此，一切都那么云淡风轻。

年轻时喜爱文学，常常和有相同爱好的朋友谈论诗词，什么花间派、豪放派、婉约派、山水田园派，只要知道的都会吟诵一遍。年少轻狂的我在自家的大门上写下了这样一副对联，上联：不遇杨得意，空怀凌云志；下联：没了钟子期，徒奏流水音；横批：难觅知音。今天的我才真正知道自己年轻时是多么不知天高地厚，现在回想起来也觉得十分好笑。

后来，随着年岁的增长，昨日的有志青年，锐气消磨殆尽，心中曾经的文学梦也不见了踪影，尽管我和朋友们喝酒时也吟诵李白的"天生我材必有用，千金散尽还复来"，但这样的豪气已是强弩之末，中气不足了。现在我最大的出息是当个小包工头，领着老乡们发家致富。

时间如白驹过隙，转眼三十多年过去了，看看门前的柳树已经是合抱之木了，当年那意气风发，不愿做蓬蒿人的我，已然沦落在尘埃之中了。回想起曾在树前立过的志向，心中感慨良久，树犹如此，人何以堪啊！于是又作诗一首，聊作自我解嘲：黄金时光徒然多，浪迹江湖岁蹉跎，两鬓斑白无成事，愧读古今十年书。

岁月已逝，余生有限，我想起了曾勉励我同学的两句诗：火红夕阳一刹那，要让余晖照人间！那就让我尽情挥洒最后的光和热吧！

石健作品

那年花开（一）

近日，好友观花，雅兴即赋"那年花开"，言辞恬淡，读来沁人心脾，使人浮想联翩……

曾记否，那年花开，漫山遍野，花团成锦，层林尽染……曾记否，谁将那满树的梨花摇下，去抓捕那瞬间的花雨，"汪汪"后面犬吠，吓得我们花容失色，四处逃窜；曾记否，说好的春游，却因春雷乍动推延了行程；曾记否，说好的，考试时我能瞄下你的答案，未曾想，你却瞄起我的错题；曾记否，约好一起去参军，未曾想，我在雪域高原梦了好多年；曾记否，那年花开时，手握吉他的女孩弹了吗？那翩翩起舞的又是谁？那将周树人先生《呐喊》演绎得很到位的又是谁？我只记得，我在最后一排旮旯儿里专注"那年花开"……

那年花开（二）

"那年花开"将我的思绪又带回那年，应该说是那些年，比较了同学对花开的描述，我又对号入座地回到了那些年。总希望美好的记忆是长久的，在记忆深处永存。记忆里最灿烂的是每至春天到来的时候，山花烂漫，蝶舞莺飞，鹊鸣枝头，勤蜂劳作，甚是花境一般。我的老家，是离县城几里的乡村，四周菜园子竞相开放着菜花、桐树花、琵琶花、柑子花、梨花、桃花、刺梨花、桑葚花、柚子花、竹根花，还有满地不知名的野花簇拥着，胜若仙境。每次上学的

---

* 作者简介：石健，男，现代作家，笔名梦筑。曾在国内知名网站、报纸、杂志发表《逆行者的春天》《初心如炬》《清明忆慈母》《家乡晒谷坝的宴席》《格桑花开》《山的尽头还是山》《一汪湖》《梨花诗小筑》《金顶路的老周》等文章。

时候，我都会美美嗅上一阵，并顺带采上一把，放进灰旧的军用书包里，再带进教室，让那枯燥的学习沁进芳香……花的芳香，花的多姿，纵然很多很多，也不及我对花的喜爱之情，乃至后来在雪域高原边境巡哨时遇到格桑花也情有独钟，猛然想起孔乙己的"茴香豆"的"回"有四种写法，不过我变通地将"花"字用隶书、行书、草书、楷书四种字体体现，不露半点破绽，俨然一个饱读诗书的样子，让人肃然起敬，赢得战友的赞许。边境巡逻十分乏味，却创造性地撬开了我这张笨嘴，将高中同学，尤其是女同学描述得与格桑花似的。在严寒干燥的西藏高原，这可是唯一入眠的精神甜点。我的欲言又止，更加勾起战友们的渴望。为了续听下集，战友们动起了心思，从那开始，我的饭盒里多了几块肉，我也学会抽免费的香烟，在徐徐"吞云吐雾"中，透过寥寥的烟圈，我看到了格桑花开……

我记得上高中时，学校的后山有条堰渠，记忆中从来没有水。高中三年的早自习多半是在堰渠上度过的。那时，人手一本书，如和尚念经般传诵着，有的铿铿锵锵，满怀激情；有的喃喃细语，专心苦读。遇前者，谦谦君子，避尔远之，恰逢强势者，也振振有词，此起彼伏，将那周树人先生的《呐喊》表现得淋漓尽致。弯曲的堰渠路上，盘旋着莘莘学子的期盼和希望。多年以后，回想着曾在堰渠上一起玩耍的同学，大多在当年的落榜之列，但是在教室里安居的同学，大半遂成心愿，更有甚者，敲开了北大的大门。我想就是在现在，也是耀祖之兴！经事多年，终归明白，学习那事，择业即可，若要挤进进京的门槛，那可是天分，纵然勤能补拙，可天分一事终是强求不得。想明白之后，我对小孩学业也无苛刻之求，当即摆正了自己的位置，不再怨天尤人。于是偷得闲情逸致，涉猎山涧溪流，唯钓寒江之雪，好身自在，不亦乐乎！

那年花开，我正年少，懵懵懂懂，不谙世事，常不务正业，追天王，抄歌曲，读金庸，看射雕，学郭靖，持剑闯天涯！可笑之至，以致后来幡然醒悟，也错过那年花开！

花开花谢，年复一年，未见青山老，只显两鬓白，只盼再聚时，又叙那花开……

杨志民作品

矿石的燃烧

这是一个离奇的梦。

我梦见，矿石被凛冽的朔风吹得呜呜直响，它感到了分裂的恐惧。冰凉砭骨占据了周围的一切。

我们挖地基时，工友用镢头刨捡到了一块宝贝矿石，将矿石放在避风的地方，可是怎样都点不着。看到这一幕，富平县化工厂机修房门前的水龙头睁大了亮晶晶的眼睛，气歪了头："谁叫你们不用我？！矿石和我是好友！"

凛冽的寒风一阵阵地拨弄着琴弦，伴着远古"水火不相容"的唱词，远远地离去。

有位老者拿起矿石，说："矿石燃烧需要水。过去人们用的矿石灯就是用的矿石和水。"于是，他将矿石放在水龙头正下方的地上，拧开水龙头。水，沥沥地渗透进了矿石。火，怎能点着呢？

然而，火，却奇迹般地出现在了矿石上，紫蓝色的火苗，旋转且升腾地闪烁着。适度地拧大水龙头，火势更旺。老者说，"这才是团结力量的结晶，这才是矛盾的对立统一体啊！"大人们啧啧赞叹着，娃娃们也在一旁喝彩着。

水高兴得脸儿红扑扑，眼儿笑眯眯，笑声中，它说："我们应该团结，需要团结，相互配合，科学式地节约性地合理利用矿石原料，在同类物质的整体中寻求部分，共性中寻求个性，以便更好地为人类所用。"

刚才发出嘲笑声的远古寒风也不由得啧啧赞叹起来，心里暗暗敬佩……

我从黄澄澄的梦中醒来，思维却还浸沉在矿石火的梦国里……

---

* 作者简介：杨志民，1936年出生于陕西省富平县的一个小村庄。2021年参加"当代诗词"大赛荣获金奖，并获"优秀诗词家"称号；2021年参加"中国好文章"大赛荣获二等奖。本人一介草民，但热爱生活，热爱文艺。喜欢用文字记录自己的心路历程，人生感悟。曾在小报上发表过"豆腐块"式的东西。

李色连作品*

冬 至

寒风裹挟着冰冷的雨，嗖嗖地抽打着街巷，时不时啪的一声坠下冰块。风骤雨急，寒气森森，冬至就这么冰冰冷冷地来了。

大雨纷纷扬扬，湿冷的北风像针一般扎疼裸露的手指头，路人行色匆匆，过往的车辆似乎也在瑟瑟发抖，城市的上空翻卷着潮涌般的寒气⋯⋯

菜市场上却热闹非凡。红的、绿的帐篷下，商家殷勤地招呼着过往的行人。咝咝喷着白气的水晶煎包，红彤彤的火炉烤着焦黄的溜粑（米粑），油亮喷香的馄饨、雪白热乎的米团豆花、热腾腾香喷喷的豆皮热干面，各种香味混合着，蒸腾着，从这个角落飘到那个角落。熙熙攘攘的人流，呼亲唤友的叫唤声，充溢阵阵暖香的味道，天寒地冻的世界似乎因为这温暖的味道变得淡远了、消退了。

每个人脸上都散发着平静而温暖的光。呵，烟火人间亦是如此美好！

穿行在风雨中，我顾不上这刺骨的寒冷，一心想着赶紧买好东西回家去。

虽然天寒地冻，但是赶早市的人依然不减。你挑紫红色的红菜薹，我选青红色的辣椒；我提肥圆的大白菜，你捎带红萝卜白萝卜⋯⋯在寒风冷雨中，菜篮子已开始酝酿各家幸福而温暖的美味。

我提着一大袋东西往回走，漫不经心地看了看路旁的菜摊。一个矮小瘦弱的老人让我停下了脚步。她站在风雨中，脚边搁着半筐的红菜薹，上面尽是冰冷的雨珠，菜的颜色已变成紫黑色了。老人将自己裹在陈旧而泥巴点点的雨衣里，她不停地搓着手，似乎这样就能驱走掌心的寒冷。贴在额前的灰白的头发蒙着水汽，满是褶子的脸上，带着僵硬艰难的笑意。

"买把菜吧！"老人招呼着，蹲下用手轻轻推着菜薹，雨滴打湿了她的袖子，她的手干瘦苍老，冻紫了，哆哆嗦嗦着。

今天家里无须买青菜，我看了老人一眼，便径直往前走，可就在那一瞬间，

---

* 作者简介：李色连，笔名山高月小，喜读经典，尤其喜欢读中国古典诗词。

我改变了想法。冷风冷雨中的老人，眼神中含着不安和急切，更透着谦卑和隐忍。这么冷的天，蓦地，我停了下来。

"买把菜薹吧！"老人又招呼了一声，声音很轻，且微微颤着。我弯下腰随手挑了一把菜，老人拿起塑料袋欲将菜放进去，可是那双手似乎不听使唤，左右都无法打开袋子。她吸了口气，有些难为情，说："天气冷得很！我的手僵了，打不开袋子。"

我赶紧接过袋子自己打开，注视她片刻，心头觉得一紧，这里的人习惯赶早市，老人应该来得很早，风雨冷得透骨，她应该遭了很多罪。我不禁又多拿了一把菜，一边付钱一边对老人说："天冷，您快回家去吧！"

老人咧嘴一笑，依旧谦卑隐忍，说："手僵了，就回去！"

雨水滴滴答答地落到她瘦弱的身上，她整理着筐里的菜薹，朝我轻轻一笑，仿佛很满足似的。雨越下越急，冷风割痛指尖，我不敢徘徊停留，离开了老人和她的菜摊子，急急忙忙地往家的方向赶。

走到一棵紫叶李树下，我抬头望了望，零星挂着几片枯黄叶子的枝干，在乌沉沉的天空下，显得孤单、萧索、寂寞。严寒，带走了它生命的温暖和生机。不由自主地，我又回头看了看那位瘦弱静默的老人。人来人往，蒙蒙细雨中，我已经看不清她的脸了，但耳边似乎隐约听到那句招呼："买把菜薹吧。"

突然间，我的心一阵阵难受起来。想起遥远的南方，想起那棵久经风霜的大榕树，想起站在榕树下等待归人的苍老的身影，一种强烈的愿望涌向心头，此刻，只愿我牵念的远方三冬温暖，朝夕不离的你和我烛光拥暖，卑微且隐忍的良善的生命所求皆如愿，黄昏相伴粥可温，灯火夜话暮白首。

已是岁末年初，俗话说，冬至大如年，人间小团圆。从今夜起，夜会变得很长，思念也会变得很长。

但等暖阳归来时，拂去流年印染在心上的风霜。

武当山太和美

北崇少林，南尊武当。

武当山似乎浸染剑气，弥漫侠气，高山深谷涤荡传奇的风云。在没看到武当山之前，它在我心中是抽象的画，是魔幻的故事情节，当我和武当山亲密接触,投入它苍劲、雄浑、沉厚的怀抱时,方感受到武当山的气象万千,源远流长。

有诗云:"混沌初分有此岩,此岩高耸太和山。"太和山即武当山,这里弥漫儒释道的中和气韵美,刚柔并济,浓淡相宜,百转千回,脱于红尘之外,又香火鼎盛,堪称真正本土的中华道教文化圣地。

沧海岁月,造化自然,被誉为"亘古无双胜境,天下第一仙山"的武当山,背倚茫茫千里的神农架,面临碧波万里的丹江口水库,空灵奇秀,高峰林立,其中天柱峰海拔1612米,有"一柱擎天,万山来朝"之势。

明朝永乐年间,大建武当,史称"北建故宫,南建武当",武当山是名副其实的皇家道观。从大唐至清代,武当山有500多处庙宇。古建筑群利用峰峦的高大雄伟和崖洞的奇峭幽深,使宫观建造在峰、峦、坡、岩、洞的合适位置上,与周围的林木、岩石、溪流和谐映衬,"丹墙翠瓦望玲珑""楼台隐映金银气"。宫观错落,勾连呼应,山、林与之应和,自然烘托渲染,彼此间不露痕迹,浑然天成,令人称绝。所谓"道法自然,返璞归真"的道家理念就真实地呈现在气韵灵动的建筑群里。

沿着石阶拾级而上,满目翠林参差交错,奇峰叠彩连绵。清风满怀,仙乐盈耳,恰如风烟俱净,俗念遁形。群峰之上,乌鸦(神鸟)盘旋,更显武当山的神秘庄严。

武当山之金顶,是万山朝圣的灵魂。金顶,即太和宫,位于天柱峰绝顶,依据天险,随山就势,蜿蜒曲折,陡峭壁立,登临金顶如闻京剧唱腔,几番高八度转换起落,一次比一次奇险,大有锐不可当之势,难怪有"非真武不足当之"之说。山陡路窄道险,最后一步收脚,但见金顶赫然眼前。只见它整体似一神龟遨游太虚。"乘天地之正,而御六气之辩,以游无穷者",仰望天宇,澄澈、明净、缥缈、悠远;俯瞰大地,青山绵延、莽莽苍苍、浩浩荡荡,仿佛凝固的波涛,将武当山千万年的沧桑定格成了地老天荒。"荡胸生层云,决眦入归鸟。"秋光如水洗,长风若琴鸣,这般天地啊!知否,哪一世在云间!知否,哪一世在林间!

八百里武当山高险幽深,云飞雾荡,气势磅礴。秋林层层,秋草茫茫,高风轻扬。丹墙碧瓦起伏,神兽或翘首以盼,或凛凛威风。"皇极殿中龙虎静,武当云外钟鼓清。"武当山之金顶,在历史风云变幻中岿然屹立。群峰匍匐,犹如大海波涛奔涌而来,而在静止的瞬间,众峰簇拥,八方朝拜,无不渲染一种气势,一种神权的威严和皇权的至高无上。作为皇家道观,金顶以其无与伦比的奢华高贵,彰显天下太平、万民归顺的气象,这就是武当山皇家道观的独特之处吧!

　　武当山金顶的神奇令人神往，金殿里的长明灯 600 年不曾暗灭，让人称奇不已，尤其是夏季的雷电雨之夜，闪电霹雳，雷鸣万霆，金顶奇观变幻莫测。据史料载，雷雨季节，惊雷犹如天崩地裂，闪电宛若利剑划破长空，金殿迎着闪电，万道金光直射云霄，照亮天地，使人惊心动魄。金殿高高屹立，长明灯与电光火石交相辉映，闪闪发光，600 多年来不曾动摇，我们惊叹大自然的伟力，更惊叹武当山岿然不动、坚不可摧的气魄，惊叹前人无与伦比的智慧和创造力。

　　武当山 72 峰如玉笋般屹立，从一柱擎天的天柱峰蜿蜒而下，古木参天，山路峥嵘，涧湖清幽。清风携着清泉的气息拂面而来，武当山的又一胜境——紫霄宫出现在眼前，它与天柱峰的金顶遥相呼应。这里保留着最完整的古代建筑。置身于紫霄宫，礼乐宁静幽雅，真武大帝殿内居士们虔诚诵经，越发显得声声入耳。紧挨着的就是父母殿，这是专为父母设置的一个殿，是其他道观庙宇里少有的殿，其寓意是对父母天地，当有仁爱之怀和敬畏之心。这与儒家的忠孝廉耻，与佛家的父母即是佛，可谓是异曲同工、殊途同归。紫霄宫的古建筑、文物和典籍墨香，沿着千年的岁月长廊，深深镌刻着历史脉络、文明印记与生命真谛。武当山是深不可测的宝藏之地！泱泱华夏民族精神和民族文化无不在山山水水间。走出殿外，轻轻踏着古老斑驳的青石台阶，举目远眺，唯见峰峦静穆，翠林环绕，云雾缥缈；唯闻仙乐静谧平和，淡远净心；唯品"悠然见南山""欲辨已忘言"的体会妙得。

　　武当山，武当山！其久远，混沌初分有此岩，此岩高耸太和山；其势高，万古芳翠尽得吐，势压岷山郁垒高；其境美，楼台隐映金银气，林岫回环画境中；其意远，此是高真成道处，故留踪迹在人间。南岩雄奇紫霄丽，金顶日月映仙山。

　　武当山，我中华之瑰宝，九霄之上，光齐星辰灿烂，万仞之中，情系云霞蒸腾。

　　壮哉，中华武当山！
　　美哉，正气太和山！

高宏魁作品[*]

品茗之醉

品茗，通俗点说，就是喝茶。既然是茶，怎会有喝醉之说？看客别急，听我娓娓道来。在我国，茶不仅仅是饮品，还是文化，甚至可比肩号称四大国粹的第五传承。

古人云：入壶出汤浓稠甜蜜，注一湾水，取一瓢茶，闻而悦其香，从来佳茗似佳人。公元二〇〇五年，我因故久未归家，归家时，胞弟开心至极，二人相约茶楼，畅叙畅饮，话题自然宽泛。久别的问候，眼前的苟且，今后的宏图，转瞬间，几个小时逝去，我们谈意未尽，于是便相约第二个星期六再聚，果然，此后十八年，我们兄弟俩每逢周六，必定茶楼相聚，端杯轻啜，谈兴盎然，回味人生，尽享当下。谈小时候我们的调皮，去别人家菜园偷瓜，被人追赶；又谈刚步入社会时的青涩，年少懵懂；更谈及已经逝去的高堂，怀念中不觉流露出深深的伤感。岁月蹉跎，光阴荏苒，我们从儿时共挤一张破床，到现在各自拥有一大家人，其乐融融，同享天伦。我们念及儿时的玩伴，现已有诸多作古；也有曾经的同学，事业有成，为我们的国家建设做出了巨大的贡献；还有同学现在虽年事已高，却儿孙绕膝，尽享晚年；也有命运不济者单位倒闭，早早下岗，生活过得捉襟见肘，贫困潦倒，令人不胜唏嘘。但是，日子优越也好、贫困也罢，机会从来就不是平等的，这就是人生。

休对故人思故国，且将新火试新茶。每每我们二人端坐茶舍，端杯品茗，那身心的愉悦、舌尖的甘津、人生的五味、闹市的喧嚣，都令人陶醉。

所以，茶，也是醉人的。

---

[*] 作者简介：高宏魁，72岁。爱好文学，常年笔耕不辍，有文集出版。

朱文杰作品

国家牛助捡继电器

1968年12月，我从袁州谯楼（今又称宜春鼓楼）附近回到长沙故城，又于1969年2月带着一只印着齐白石虾子的脸盆，迁移到中国共产党湖南省委、省政府农村工作点辖区内生活，入夏便和老表上山割松脂以夜晚照明。1970年开始放牛，是华国锋华老挑选的优良品种——大水牛，姑且称之为国家牛。开始由扫盲先生王二伯带着放，后来和小伙伴刘可为一起放，有时也单独放。放牛时可以识字猜谜、听高音喇叭诠释毛著。

我放的那只国家牛很有灵性，舌头虽然浑厚、湿润……但抓起草来就如同后来的联合收割机一样，轻巧自如、挥动敏捷，唰唰唰地很有节奏。

苦竹坡山顶南侧是雷锋女友领队的知青点，北侧山坎下正坡口处有一丘南优二号杂交水稻试验田，中间山脊是环形公路的北段，连着东边的三工区和西边的四工区。曾经一位姓汤的布政使司在此处以静为舍。东边十来里是中国大学之父张百熙的出生故居，西边两里便是毛主席1936年在《红星照耀中国》（即《西行漫记》）中回忆的国文老师胡汝霖故居，故而这里亦可算作一方人文宝地。

1973年的一天，国家牛在公路边的草地上吃草时帮我捡到了一个继电器。当时，它的舌头跟平常一样不停地扫动，忽然一个器件从草丛里做了一个斜抛运动，恰巧落在我的脚背上，我捡了起来，却不知道这叫继电器。把玩了几下，就发现有个可动部分，能通过杠杠带动接点接通或断开……这是我第一次见到继电器，至于王震将军引进的制茶自动化线、知青点纸袋子裁切自动化线，有没有继电器这东西，当时确实不知道，因为看不见自动化线的"内幕"。

直到1983年，在吕教授讲解继电器的工作原理与构成控制、保护电路的妙用时，因为有感性认识在先，我几乎是秒懂……所以很快掌握了水轮发电机机

---

* 作者简介：朱文杰，字莪邻，汉族，长沙人。1986年在长沙理工大学发轫《水电站自动化》，出版著作11部，率先设计全华水轮发电机组顺序控制智能化系统。

组的电气二次控制系统，率先设计出智能化全华水轮发电机组。此外吕教授还阐述了煤、水、核力发电设备的结构、原理与系统、流程……当时我就对比了煤、铀发电的异同，结合等效替代定律，经断续思考，在20年后的21世纪初提出了"核岛置换锅炉变煤电厂为核电厂"的大科学思路，被誉为共和国重大前沿创新理论。

恩师吕继绍老教授的形象在我的脑海里历久弥新，他1955年于哈尔滨工业大学研究班毕业，气质高雅，讲课娓娓道来……着实是位传道、授业、解惑、思辨的好教授。

曾昭用作品*

我和妈妈的遗憾

每年端午节前夕,我都会想起我的妈妈。因为在十二年前的五月初一,当村里人都在兴高采烈地吃着"开张包子"的时候,我的妈妈却在那一天永远地离开了我和我的哥哥姐姐。那一年,我的妈妈八十一岁。

我的妈妈共生养了六个儿女。我是她最小的孩子,最得妈妈心疼,却也最让妈妈头疼。

我出生在20世纪70年代初,当时正值大集体时期,爸爸妈妈在生产队挣工分,每天领回家的口粮,只能供全家人吃个半饱。而我因为年纪最小,妈妈总是让我吃得最多!

说到吃的,我总会想到妈妈亲手炸制的油货。那是用黏糯参半的米磨成粉,加些蒸熟的红薯瓢搅拌均匀后,用油炸制而成的食品。我小的时候,特别期待过年,因为每到年关,也只有在年关将至时,妈妈才会炸制很多的油货,然后一家人高高兴兴地围着灶台饱餐一顿。没吃完的油货便用一个坛子装起来,隔一两天再吃。这种油货,刚出锅时松软香甜,隔一两天再吃便满嘴是粉,却也满嘴油香。

要养活六个儿女,光靠爸爸一个人的力量是远远不够的。为了补贴家用,妈妈养了两头猪,还接了些永远也干不完的花炮下手活。每天放学回家,妈妈总要我们帮着干活。哥哥姐姐们钻饼子的钻饼子,栽引的栽引,扯猪草的扯猪草。而我总是回家最晚的那一个,有时候天快黑时才回来。妈妈远远地看见了我,便会扯开嗓门大声喊着我的小名,那声音响亮得甚至能听见山谷回音。有时候,妈妈的手里还会拿着一根拦猪条,但我却不怎么害怕,因为妈妈每次用拦猪条打我的时候,都会举得很高落得很轻。

在我的记忆深处,有一条隐隐约约的小溪,里面流淌着的是妈妈为我而流

---

* 作者简介:曾昭用,男,1972年出生于江西省萍乡市上栗县桐木镇。是一名普通的文学爱好者。

的泪水。

有一年夏天，我路过一片池塘，看到有许多同龄人在游泳，便也脱了衣服走进水里，但我不会划水，当水没过头顶之后，我便失去了知觉……

我被后来追认的干爹救上岸之后，已经没有了呼吸，几经抢救依然不见好转，但我的身体始终是软的，妈妈便将我抱回家，将我平放在竹床上。当我睁开双眼，看见妈妈流着泪的红肿着的眼睛，轻声地问妈妈怎么哭了的时候，妈妈告诉我，我已经昏迷了三天三夜。看着妈妈瞬间完成悲喜转换的脸，我知道，这三天三夜，对于我来说只是一场无梦的深睡，但对于妈妈来说却是漫长而痛苦的煎熬！

妈妈没念过书，总说自己不认识扁担长的"一"字。于是便拼命想让我多读些书。那时候的学校，没有围墙，也没有门卫，学生可以自由出入。小学如此，中学亦如此，因此学生逃课是常有的事。

妈妈怕我上学迟到，每天都将早饭早早做好。我背着书包走在路上，边走边等同伴，若等来的是爱学习的同伴，当天便早早地到了学校；若等来的是贪玩的同伴，便会躲进桥洞里或者在沿途玩纸叠包，等到达学校的时候，发现我们已经迟到了，便继续玩，等下一节课开始之前再溜进教室……

就这样日复一日，年复一年，我美好而宝贵的学生时代被我挥霍殆尽。我最终也没能考上大学，这成了我和妈妈共同的、无法弥补的遗憾！

王建敏作品[*]

历史回眸

一、开头的话

史书在手，我心存理想，满怀对生活的信心，秉持天天向上的积极态度。我心情激昂，享受读史感觉，认同开卷有益。我在读史与现实的群峰之间标画了一条简明路线图，思考是否在人生道路上铺设有浮标的缆索。生活不寻常，自己加糖，努力走着，功夫不负有心人。

二、历史反思

不知从何时起，生存和死亡联系在一起，两者看似甚远，却有紧密关联。近代中国，社会动荡不安，国内在危机重重、贫穷、落后、愚昧、被动挨打中，中国人民走过了"英法联军火烧圆明园"和"南京大屠杀"等血与泪的苦难。"死亡"渐渐成为近代每个中国人民萦绕在心头、却挥之不去的恐惧与无奈。我第一次知悉"死亡"这一概念，还是从读史中得到的。

生存和死亡。我是幸运的，生于和平年代。读史，使我深知：有幸生于和平年代，但不可安逸于和平，当居安思危，警钟长鸣。

---

[*] 作者简介：王建敏，笔名"王芳敏"，1965年8月出生，男，汉族，河南省汝阳籍人。在《鸭绿江》《参花》《教学与研究》《散文百家》《文苑》等期刊发表作品，其中两篇文章荣获一等奖。

三、不灭灯塔

"血染的军装,泥土、山岗,以及无名的野花和弥漫着硝烟的晚霞"。在当年延安的抗战解放区,信仰者,智者,正义志士,神助一般把全国各族优秀儿女团结起来,筑成坚固的"钢铁长城"。可爱的八路军战士,据说每天吃小米、南瓜、黑豆、土豆和野菜,生活极其清苦。穷则思变,八路军自力更生,艰苦奋斗,开展春种夏锄秋收的粮食生产,保障自我供给。王震将军的三五九旅开发南泥湾、槐树庄、大风川等地,"与天奋斗,其乐无穷,与地奋斗,其乐无穷,与人奋斗,其乐无穷"。我曾拜读过著名作家吴伯箫的《菜园小记》一文,说到春天,人要勤动手,在大路上挑筐捡牛羊粪,让土地肥美,有利于庄稼生长。锄地的时候,他用手背擦额头汗水,分享田园乐趣。金色秋天,官兵们庆幸常吃到青的萝卜、紫的茄子、红的辣椒、又大又红的西红柿。战士吃的西红柿甘脆爽口,有甜梨的味道。在那激情燃烧的岁月,延安军民自力更生、艰苦奋斗、乐观奋发。

大生产时期,军民鱼水深情,勠力同心,劳动场面热火朝天,终使延安解放区克服了严重的物质困难,大大改善了军民生活,打破了日军和国民党的经济封锁。每一位革命先辈,都是最好的教科书;每一次对英雄的回望,都是一次信念传承。他们没有炮弹,就从战场上拼杀夺取,鸟枪换炮。每一位英雄事迹都值得被永远牢记,每一位为国捐躯的烈士都将被一代代传颂。为理想而奋斗的人,是历史长河中的不灭灯塔,也是当下复兴路上的永恒坐标。

"男儿当自强"。中华英雄儿女,从不向一切强暴者、邪恶者低头,宁愿站着死,绝不跪着生,所有的屈辱心碎哀伤我们都记着,所有的辉煌我们也都记着。小米加步枪的十四年艰苦抗战,由弱到强,由被动到主动,敢于冲锋,敢于战斗,敢于坚守,敢于胜利。英雄的八路军,绘就一幅幅激越沉雄的历史画卷,矗立起一座座不朽丰碑;英雄儿女不怕流血牺牲,冲锋陷阵,舍生忘死,支撑起中华铮铮脊梁,铺下了复兴之路的块块基石。

四、伟大心灵回声

在新时期的追梦圆梦道路上,我们要不忘初心,致敬无数英雄,赓读牢记他们的崇高精神。东北抗联杨靖宇将军,在极端情形下,靠吃雪吃棉絮吃皮带为生,战斗到最后一个人,流尽最后一滴血,也不曾投降敌人。读史品史,"青山有幸埋忠骨""长歌当哭祭英烈",忠魂是瑰宝,传承有我辈。读史品史,张自忠将军曾说,"为国家民族死之决心,海不清,石不烂,决不半点改变",尽忠报国,"直可以为中国抗战军人之魂"。读史品史,"那一刻,我好想去太行山,亲手抚摸那些太行山石,我感受它的硬朗,稳固与坚韧,以及藏在其背后的那些打动人心的岁月时光"(摘引《太行山石》),山河破碎,一腔热血,保家卫国,英雄不朽。读史品史,"自信人生二百年,会当水击三千里",振兴中华,吾辈自强,不负时代。如果说时光是一条单行道,那么读史品史就是道路两侧最醒目的路标,它既告诉我们历史是怎样从过去走到今天的,也让我们明白日历上简单的数字背后是中国人民为实现中华民族伟大复兴所做出的不懈努力,更是在提醒我们要不忘初心、牢记使命,永远奋斗。

五、新认知

追梦路上,我从史中学志明智,学底气,学骨气,学奋斗,让梦想像种子在地上一样,向下扎根,向上生长。重温历史,历史的道路不全是平坦的,艰难险阻,沟沟坎坎,不懈奋斗方可峰回路转;回到现实,生活难免挫折,满怀信心,努力拼搏便会柳暗花明。归根结底,品史,让我汲取前进动力,以思想提纯行动的勇气,血性,刚性,理性,风雨无阻向前而行。我以史明志,学史践行,做好历史的学生,传好历史的接力棒,书写自由幸福的明天。

悠悠故乡情

一

随着年龄的增加,我对乡情有了一种新的认知,它是一种捉摸不透、难以言说、而又绕不开的情感。一方水土养一方人，每个人对乡村的记忆并不相同。无论是蔚蓝天空下布满金黄色油菜花的春天，还是那风吹麦浪飘芬芳的夏天，抑或是那平坦光滑的水泥路两侧绿树成荫、蝉声阵阵的惬意，或是那一排排乡村新农舍将传统审美和现代情调结合之美，还是希望的田野上，那一道道庄稼人厚道质朴、辛勤劳作的身影，都汇成思乡人心中难以忘怀的美景，是思乡人心中最柔软的部分。这些景色在其他人看来也许平平无奇，但在主人公的世界里，和着他的童年、青春和经历，这些景色便有了难以言说的魅力。

说实话，这世界上有许多远比乡村更好、更浪漫的地方，但正是因为乡情的存在，乡村变得独一无二，令人难以忘怀。

在梦里，乡村潺潺的河水，睁着眼睛，笑着说，总有回家的人，带着一颗温暖的心和乡村人一起度过美好时光。

我离乡打工，也常在梦中感慨，乡村人在致富奔小康的路上，磨炼出一副具有担当精神的"宽肩膀"。自然，人们的观念也在与时俱进，时代发展是主旋律。推动乡村振兴，乡村人用创意这把金钥匙，着力打开金山银山之新局。

二

我虽身在远方，地处繁华，却依然思念着乡村。离乡越远，就越发想念当初出发的那个地方，想念乡亲们的欢声笑语和辛苦劳作的岁月。

扑入视野的是黄绿组合的土地。黄的土里生金，绿的呢，就是乡村人辛勤劳作的成果。绿的田野，清风吹拂，翻起一轮一轮的绿波，这时，你便会真正被这"绿色田野"所感动。张春霞生于乡村，长于乡村，对土地充满爱恋，亲吻土地，拥抱土地。鸟贵有翼，人贵有智，她很有眼光，承包土地，大面积种烟。柴多火焰高，人多力量大，她带领大家齐心协力，通力合作，用努力和奋斗书写劳动之美。

三

春霞破局传统望天收，和大家共同坚守这片土地和烟叶。我想说，春风有信，花开三月，乡村人播种的是田园希冀。"小扇引微凉，悠悠夏日长"。春霞的烟叶是柔美的，那翠绿的、生机盎然的身影，让人流连忘返。"一叶知秋菊花黄，飒飒西风满地霜，几只燕子辞巢去，几絮芦花飘远方"。金色阳光沐浴下，春霞的烟叶，片片肥美，保持着绿的厚重感。她伫立烟田良久，眺望眼前的绿色，不禁说道，"佛争一炉香，人争一口气，我着力描绘多彩田园风光"。其实，乡村人拥抱自然，犹如爱护眼睛一样，更需要接地气。发展节奏缓慢下来，更能让拼搏者感受到深切的田园之情，就"像一滴水爱着一片海，像一片云爱着天空，像一棵树爱一座山，像一粒谷子爱一片田"（余秀华的诗引）。

四

据我家人口述，她的穿着，一看就知是热情、淳朴、友好、勤快的乡村人，浑身散发着特有的烟叶味。这装束背后，隐藏着她挣钱的艰难。在艰苦和希望的夹缝中，她经常天还未亮就打着手机微弱灯光匆匆奔赴烟田。天热时，她被风吹日晒，汗湿入眼，酸酸的，涩涩的；疲惫不堪时，口渴，饥饿，心烦，几近头晕眼黑；遇上秋雨绵绵，她在烟地干活，淋湿脸庞，冷衣沾肤，很不是滋味。每个坎都不好过，但每次挫折，她都坚强地挺了过来。

五

青山如黛，绿水盈盈，大片田野、绿的烟叶在自由中绽放奇丽，那是春霞的自豪。烟叶努力地生长，暗自抓住根系的泥土和肥料营养，不张扬，不逞强，即便有各种阻力，也不改变向下扎根、向上生长的初衷，一如春霞脚踏实地，顽强拼搏。烟站技术员前来指导工作，"师傅你好，欢迎赐教。"春霞边说边递上凉白开。春霞感受到乡政府精准扶贫工作对她的大力支持，她坚信：越是艰难越要向前的"燃力"，把生命之自信，豪情壮志，精气神都"燃"起来，才能照亮奋斗的征程和未来。

蓦然回首，乡村振兴的"大海"，很深沉，很宽广，一定可以装得下乡村人所有的拼搏和收获。创建文明乡村，维护纯朴、厚道、友好的民风，保护干净的街道，致使百姓生活富有，这是所有乡村人的共同追求。土地不负勤劳人，经济更上一层楼。

六

张海迪的《轮椅上的梦》一书中言,"在人生的道路上,谁都会遇到困难和挫折,就看你能不能战胜它,战胜了,你就是英雄,就是生活的强者"。春霞全身心投入,为自家孩子娶妻成家,豁出去般大胆,承包种田,带领大家奋力拼搏,奋发图强。春霞种烟收入可观,建造高大新房,实现自家富裕,带动全村共同致富。是春霞的勤能补拙,是土地的恩赐,是对乡村深切的热爱,才铸就了这一番美景。山高自有客行路,水深自有渡船人,"党建引领风帆劲,乡村振兴正当时"。

青山不老,绿水长流,乡村振兴在路上。一花不是春,独木不成林,共同致富是长远大目标,乡村人将运用自己的智慧和拼搏不断绘就新的历史画卷。

蔡兆稳作品*

父子朋友

去年暑假，去苏州给儿子秀吉看孩子的时候，有一次晚饭后闲聊，儿媳问起了秀吉的小时候。儿媳还笑着问我："爸，你打过秀吉吗？秀吉给你惹过事，叫你生过气吗？"

唉！你看我这个当爸的！秀吉的小时候，我咋就记不大起来了呢！

秀吉从小到大，什么时候打过他，什么时候骂过他，我咋没印象了呢！什么时候给我惹过事，什么时候叫我生过气，我咋不记得了呢！

我们爷俩之间，既是父子，又是朋友。我们一切从实际出发，有福同享，有难同当。我们互敬互爱，心里始终装着对方，一切为对方着想。

秀吉9岁那年（1996年），他妈不幸去世。那时，他正上小学四年级。

秀吉品学兼优，从小学到初中，每年都是三好学生。

记得秀吉上初中的时候（我还未再婚），有次他下午放学回家后，我发现他右脚一颠一颠的，好像脚不敢着地，我便问："你脚咋了？"他说："没事。过几天就要中考体育了，这几天练习跑步，跑得太多了，脚底磨起了个大泡，破了。"我问："磨破几天了？"他说："一周多了。"我说："你看你，也不嫌疼得慌！这么长时间了，也不和爸说，好让爸给你看看。"他说："甭看，没事。我不怎么疼了，已经快好了。"

唉！其实，秀吉他不是不想和我说，而是怕让我这个还单身的老爸担心他。

秀吉中考时，以比较理想的成绩考入了桓台一中。在前毕联中考入桓台一中的学生中，他的中考成绩排名第六，得到了班级老师们的好评。

秀吉刚上高一时（我仍未再婚），我让他在班上订了份牛奶。有一次，我犯了个糊涂，私自去看他的日记本，突然发现他的日记本里夹着一些钱，这些钱，叠得整整齐齐的。我便问："秀吉，你的日记本里怎么会夹着这么多钱？"他说："爸，这是你给我的订奶钱，我没订。"我说："你咋没订奶呢？"他没说话。我

---

* 作者简介：蔡兆稳，男，1960年4月出生，山东淄博人，副高级教师。

忽然明白了，他怕花钱，怕我这个单身父亲负担重。我说："爸又不是供不起你，高中学习比较累，喝奶有助于增强体质和脑力，还是订上吧。"他说："爸，班里没有同学订牛奶，我也不订。"我知道他只是在为不订牛奶找借口，他不过是想为我减轻负担罢了！我终究没再多说什么……

秀吉上大学的时候（这时，我已经再婚了。我是在秀吉高一上学期快要结束的时候再婚的），学的是电气自动化数控专业。到了大二时，他在校外培训机构——北大青鸟班报名学习软件编程。这事还是他春节回来时，我和他闲聊才知道的。我问他："培训班学费多少钱？你哪来的钱交费？"他说："爸，你给我的生活费用不完，我用剩下的钱交的。"我知道他在说谎，不是我给他的生活费用不完，而是他不舍得吃，不舍得花，一点一滴节省下来的。每当我想到他用节省下来的饭钱来交培训费时，我的心就像针扎似的，不禁泪流满面……

我们爷俩之间，相互说教的时候少，身教的时候多，基本是以一个灵魂去影响另一个灵魂，以一个心灵去激励另一个心灵。

秀吉他妈去世后，我们爷俩相依为命七年（1996—2002年）。秀吉上初中的那几年，他中午在学校里吃，晚上回家吃。我下班后，除了学校有加班等特殊情况外，晚上我都按时回家，尽量不耽误给秀吉做晚饭。遇到乡亲、同事等有婚庆、送米等晚宴时，我也只随礼，不吃请，大家都很理解我，完全不介意。

秀吉从小到大，都让我很省心，在他身上，我没太操过心。上学期间，作业不用我催；大学毕业找工作，不用我管；结婚买房子、装修房子也都是在外打拼的他自己操心自己办，作为父亲的我也只是给他汇点钱过去而已！

秀吉装修苏州那套婚房时，明明花了9万，却骗我说花了5万。我是事后才知道的，又给他打了钱。秀吉在外需要钱时，总是难为自己，不好意思开口和我要。我知道他是怕让经济上并不宽裕且已经再婚的我为难。

在经济上，我虽然没亏待过秀吉，但身为父亲，我总觉得自己欠他太多太多。

1997—1999年，我在淄博二师上民师的那两年（每年去学习两次，每次为期半个月，其余时间在原学校继续教学上课），是他年迈的奶奶在照顾他。秀吉上高中时，暑假期间我在前毕理发店帮忙，也是他年迈的奶奶在照顾他。

自秀吉上了高中，特别是上了大学后，我们爷俩凑在一起的时间不多，虽然没时间交流，但我们爷俩心意相通。他懂我，我懂他，他想着我，我想着他。他为我想，我为他想。我们既是父子，又是朋友……

儿子，在爸心中，你是最棒的！儿子，你知道吗？从小到大，爸多希望你调皮捣蛋一次，让爸发次火、生次气。儿子，别像爸一样，好默而不好语……

闲聊到儿子秀吉时，突然想起了《增广贤文》下集里的"家贫出孝子"；突然想起了京剧《红灯记》里的"穷人的孩子早当家"；突然想起了《生于忧患，死于安乐》里的"天将降大任于是人也，必先苦其心志，劳其筋骨，饿其体肤，空乏其身，行拂乱其所为，所以动心忍性，曾益其所不能"。

今天心难静

今天心难静，不知怎么回事，想要停下手中的笔，不想再写文字。

为何不想再写文字？是因写文字时情感的天空情不自禁地落雨，还是因写文字时触及了自己那不愿再去触及的心底？

唉！说不太清楚。

其实，每一次促使我无法停下手中笔的，都是那些无处不在的美和那些无时无刻产生的感动。

如果我们拥有一双慧眼，就会发现眼前的世界，遍地是鲜花和阳光。

如果我们拥有一颗仁心，就能随意捕捉到日常生活中随处可见的微小的温暖和感动。

真正从心底流出来的音乐，是为了寻找聆听的耳朵；真正用心写出的文字，是为了寻觅感同身受的读者。

我希望用自己的文字激励和鞭策自己。正当我处在文字的十字路口犹豫徘徊时，中国好文章大赛书系来了，将犹豫徘徊在文字十字路口的我拉了回来。于是，我又拿起了笔，开始了文字创作，踏上了中国好文章大赛书系之新征程……

感谢中国好文章大赛书系！希望我能乘着您美丽的翅膀在天空翱翔！

每次走过这块变了容颜的土地

每次走过这块变了容颜的土地，都忍不住停下脚步。让我再看看你吧，已变了容颜的土地！不久后，你将变成一条宽阔的高速公路！

没忘，是家庭联产承包责任制的时候，把你分给我的，第一轮15年的承包期。

没忘，我吃着由你产的雪白的馒头、金黄的玉米。

我又走过这块变了容颜的土地，又忍不住停下了脚步。让我再看看你吧，已变了容颜的土地！虽然不久后，你将变成一条宽阔的高速公路，但是钢筋水泥，压不垮你的脊梁，车来车往，将使你变得更加坚实与辉煌！

没忘，是家庭联产承包责任制的时候，把你分给我的，第一轮承包到期后，第二轮又续了30年的承包期。

没忘，我时时都吸吮着土地母亲的乳汁，天天都接受着你的疼爱和情意。

我又走过这块变了容颜的土地，又忍不住停下了脚步。让我再看看你吧，已变了容颜的土地！你知道吗？自家庭联产承包责任制时把你分给我，我就深深地爱着你！虽然不久后，你将变成一条宽阔的高速公路，但是我依旧深深地爱着你！爱着你……

无花果

无花果，顾名思义就是不开花就结果。

其实，无花果是开花的，它把花藏在花托内，只是我们看不见而已。

在我家的天井里，就有一株无花果，那是母亲在世时培植的，在母亲的呵护下长大。我每天离家去学校时，总会情不自禁地看它一眼。

无花果，你朴实无华，却赐予人们最丰硕的果实。当早春的桃花红满枝头时，你以质朴的绿叶点缀着春天；当夏日的荷花香飘两岸时，你依然保持着自己的本色；当秋天的枫叶如彩蝶飞舞时，你枝头结满累累果实。不攀比，不浮躁，不张扬，默默地吸收着雨露阳光，默默地奉献着甘甜的果实。

无花果，你没有婆娑的姿态，也没有盘旋的虬枝，或许有人会说你并不美丽。如果美是专指"婆娑"或"横斜逸出"之类的标准，那么你的确算不得树中的美男子。但是你伟岸、正直、朴实，也不缺乏温和，更不用提你的坚强与挺拔，你当之无愧是树中的伟丈夫。

无花果，你虽然是一株极普通的树，但是你拥有顽强的生命力！无论身处肥沃的土地，还是身处贫瘠的沙砾，你都无须施肥种植，只要一根枝条就能长出一株枝繁叶茂的小树，给我们贡献自己香甜的果肉。

无花果呀，夏天的你最震撼我，墨绿墨绿的，绿得那样庄重和肃穆。你毫不畏惧酷热，巍然屹立，高举如伞的华盖，与烈日对峙，与火焰般的阳光争锋，为小院赢来一片清幽。

无花果呀，你的真实更美。外表虽朴实无华，内里却绚烂奇异。你无声无息，却低调顽强，鲜香的果实就是你深藏不露的花蕾。

无花果呀，眼前的你，如今已有近三米高，树冠遮住了小半个天井，但你仍努力地生长，依然奋力将枝条和叶片伸向天空，栉风沐雨，为我们奉献出更多香甜的果实。

无花果呀，我要在这里高声地赞美你！

喜看花开

我家的前面，有一小块油菜地。

小雨过后，油菜地里的油菜花争相开放。

你看，金灿灿的油菜花开满了这块油菜地。

一朵朵，一簇簇，昂首怒放，盈盈招手，格外喜人。

你再看，闪烁着金黄的油菜花，还有那绿油油的油菜叶，交织成一个绝美的小小花海，引人入胜。

一阵阵春风吹过，小小的花海里那小小的金色花，左摆摆，右摆摆，一个个笑嘻嘻地摇晃着小脑袋，既调皮又可爱。

伴着温润的气息，油菜花香浓郁，吸引了不少蜜蜂扑入花丛。蜜蜂高兴地翩翩起舞，嗡嗡歌唱。

春已暖，花已开，我漫步在这小小的花海中，放飞心情，喜看花开，尽情享受小小的花海带来的轻松与愉快。

乡村美

乡村美，美在乡村街道。大街油漆路，小巷水泥路。
乡村美，美在乡村路灯。大街路灯明亮，小巷路灯亮明。
乡村美，美在乡村绿化。大街两旁绿树成荫，小巷空闲花红冬青绿。
乡村美，美在乡村环卫。村垃圾桶里倒垃圾，村庄整洁有序；住户门前三包，大街小巷无尘土。
乡村美，美在乡村自来水。水质纯又清，方便又节省。
乡村美，美在冬季取暖不烧煤。气电代煤炭，既环保又省事。
乡村美，美在乡村旱厕卫。坐便器好用，干净无臭无苍蝇。
乡村美呀乡村美，说不完呀道不尽！乡村百姓大舞台上那轻盈的舞姿美，乡村广场上那悠扬的歌声美。
乡村美呀乡村美，说不完呀道不尽！乡村村貌美，乡村村风美。
乡村美呀乡村美，说不完呀道不尽！乡村人朴实、勤劳又善良。
乡村美呀乡村美，说不完呀道不尽！乡村人全面小康生活美，乡村人知足常乐精神美。
乡村美呀乡村美，说不完呀道不尽！党的惠民政策美，党的精准扶贫美，党的乡村振兴美。
乡村美呀乡村美，说不完呀道不尽！水美是感恩酒，地美是感恩杯。装满深情盛满爱，捧给新时代报春晖！

小菜地添景色

我家天井里，有一块小菜地。
小雨过后，嫩绿的青菜又开出了金黄色的花，煞是喜人，为小菜地增添了一道亮丽的风景。

站在小菜地旁，看着开出的金黄色的花，不觉有丝丝暖意袭来。那耀眼的金黄，给春意盎然的小菜地带来了朝气。

那充满朝气的金黄色，仿佛是阳光沉淀下来了，沉淀在薄薄的花瓣尖上，刺得我的眼睛都有些痛了。

金黄色是太阳的颜色，是一种鼓舞人心的色调，它代表着温暖与幸福。

站在小菜地旁，看着开得正艳的金黄色的花，一缕轻柔的春风拂面而来，嗅去，空气中夹杂着那淡淡的花香，沁人心脾。美好的记忆霎时滑过心底，触动我的心弦。

当我置身于小菜地中那金黄色的花时，我的心震动了。灿烂晃眼的金黄色的花正默默地开放着。那金黄的光泽，还有那沁人心脾的馥郁芬芳的花香，交织成了一幅美丽清新的诗画。

小菜地，新时代之一角。我爱小菜地，爱小菜地这景色，但我更爱这江山如画的新时代！

小小地

庆云理发店西处，有一块小小地。

小地里有红花，小地里有绿树。我没事的时候，就来这小小地，看看那红花，看看那绿树。

小地里野菜清香，小地里青草芬芳。我没事的时候，就来这小小地，闻闻那野菜的清香，闻闻那青草的芬芳。

小地里有鸟鸣，小地里有蜂嗡。我没事的时候，就来这小小地，听听那鸟儿把歌鸣，听听那蜜蜂嗡歌声。

小地里空气清新，小地里清风习习。我没事的时候，就来这小小地，呼吸一下那清新空气，畅享一下那清风习习。

小小地呀小小地，小小的乐园，小小的乐土！

小小地呀小小地，你之所以那么美好，那么美丽，是因为新时代阳光雨露滋润着你！

小小地呀小小地，你之所以那么快乐，那么幸福，是因为你处在新时代的温暖怀抱里！

小小地呀小小地，我们要永怀感恩之心，感恩新时代，感恩中华之盛世！

心底的感动

这些白菜、萝卜、水萝卜都是大姐前些天给我送来的，并告诉我说这些菜都是她自家种的，没打过药。

我大姐已古稀之年，还常年腿疼，大冬天专门从大河南来前毕给我送白菜啥的，又远又冷，真不容易！

每当我想到这些时，总是难以静心，思绪万千……

我大姐从小就被过继给了二姑，她是由二姑抚养长大的。这事，我早年并不知道，也从没听人提起过。

后来听说大姐被送给二姑抚养，是因为我们家孩子多，父母抚养困难，而且二姑没生过孩子，只收养了一个，她觉得家里孩子太少了。但事情究竟如何，我并非完全清楚。

当我知道大姐被过继给二姑时，她已经出嫁了，并成了两个孩子的母亲。

我记得那是在一次过春节的时候，大年初二那天，大姐一家人从大河南来李贾，大姐向父亲母亲问好：大舅好，大妗子（舅母、舅妈）好！

当时我挺纳闷，大姐怎么叫母亲大妗子，叫父亲大舅……我便偷偷问我二姐咋回事。二姐这才和我说，大姐从小就跟了我二姑，是我二姑把她抚养长大的……

我曾想：大姐也许会恨父母吧！可是，在我的记忆中，大姐无论是平时来李贾看望父母，还是逢年过节来李贾向父母拜年问好，我都丝毫没有觉察出什么不对……

早年时，我也听人说到过：每逢卫固大集，大姐见到来赶集的李贾村的人时，总会打听李贾村父母和弟弟妹妹们的近况，时刻挂念着我们，特别是关心脚有残疾的三弟。因为三弟小时候得过小儿麻痹症，右脚落下了点小残疾，但不大碍事，生活劳作也都不成问题。

我二姑和二姑夫去世后，大姐来李贾看望父母更勤了。大年初二来的时候，大姐不再说：大妗子好！大舅好！而是说：母亲好！父亲好！

母亲卧病在床的那段时间，年迈的大姐经常来给母亲洗衣做饭，擦身揉背，端屎端尿，一待就是好几天、好几宿……

母亲去世出殡那天，大姐哭得撕心裂肺……

近几年来，每逢秋收，年迈的大姐都来和右脚落下了点小残疾的三弟忙秋收……

大姐这次来给我送白菜、萝卜、水萝卜时，还挂念着三弟。大姐说，前几天她打电话问过三弟，家里有没有白菜啥的，三弟说他家里白菜啥的都有，不用送。大姐临走时还特别叮嘱我："你从前毕回李贾的时候，偷着看看，三弟家里到底有没有白菜啥的，我好给他送……"

我的大姐，体贴、理解、关爱父母；我的大姐，关心、照护、心系弟妹；我的大姐，胸怀宽广善良、勇于承担家务、敢于承受家事。

大姐，我的好大姐！我们祝福您，上苍福佑您，健康快乐，幸福安康！

夜　读

夜深人静，读读书，感觉好幸福！

自己除了拥有现实的世界之外，还拥有一个更为浩瀚也更为丰富的世界。

轻轻翻开书页，慢慢屏住呼吸，渐渐徜徉在书的海洋中，这是一种怎样的幸福啊！

书，蕴含着永生的活力和不灭的精神。

阅读能使人聆听贤人的教诲，能令人在梦乡"诗意地栖居"。

在浓浓的墨香中，我们收获喜悦，体验幸福，执着成长……

珍　珠

朋友，你喜欢珍珠吗？你知道珍珠是怎么形成的吗？

朋友，珍珠因它的温馨、雅洁、瑰丽，一向被人们所钟爱，甚至被誉为珠宝皇后，在人们的心目中，它象征着健康、安宁与富贵。

朋友，海底的珍珠是十分漂亮的，而在这漂亮的外表背后，却有着一个感人的故事。

其实，珍珠在形成的过程中是非常痛苦的。在茫茫的大海底下生活着蚌，而每个蚌的体内都会进入一粒沙子，蚌要忍痛每天对着沙子磨啊磨，磨啊磨，最后历经沧桑才能把沙子磨成一颗璀璨的珍珠。

所以，我们眼中那一颗颗动人的珍珠，其实就是由一粒粒普通的沙子变成的。

朋友，海底珍珠的美，美在它的经历光彩夺目，偶尔它还泛着晶莹的泪滴。

今天在村外树荫下漫步，我突然发现了一颗蒙尘的、易被人忽视的、璀璨的"珍珠"。

你瞧！他就在那闷热的农田中，就在那炽热的夏日下。他个子不高，皮肤黝黑，右脚有点小残疾，那是因为小时候得过小儿麻痹症落下的。他正在给玉米苗施肥。

你看！在闷热的农田中、炽热的夏日下，他光着膀子，满身汗水，不怕热也不怕晒……

你快看！他那光着的膀子上透着一种耀眼的光芒——"一切为了儿女"的父爱的光芒；他那流淌的汗水中透着一种馥郁的芬芳——"为了儿女的一切"的父爱的芬芳。

朋友，我心中这颗珍珠的美，也似海底珍珠的美，美在他的经历，美在他的朴实，美在他的善良，亦美在他偶尔泛着晶莹的泪滴。

漫步中，低头看着脚，美好的记忆如同光彩夺目的珍珠，无论时间流逝多久，都磨洗不掉它的光泽。打开心扉，欣赏着眼前的"珍珠"，那思绪随之散开……

董锦清作品*

燕子归来时

二月的风，三月的雨，一夜花开知多少，几处窗前新绿。

池塘生春草，杨柳扶溪，飞鸟绕树，云天入水深几许。岸边洗衣麻石上，留下了一段段欢声笑语，闲聊过一篇篇趣事家常。

一道竹筱，几株乌桕，已近村子边缘。跨过青石板，青菠白包排成队，荞韭葱蒜抱为团，辣椒茄子树上长，萝卜芋头土里藏，南瓜冬瓜架上坐，绿豆豆角叶下躲，丝瓜苦瓜顺藤挂，红薯通菜着地爬。

桃李橘不高，西瓜随地躺；橙柚秋渐黄，梨柿鹊先尝。黄金白香瓜，葡萄青紫霞；板栗浑身刺，花生一脸麻。

清晨山上采蘑菇，摘来栀子花，泥里掏荸荠，坡下拔竹笋，蒸煮盘中美味；沟渠捉泥鳅，水田抓黄鳝，河中钓肥鲫，港边摸田螺，煎炒桌上佳肴。白茶耳，厚积油茶新叶；茅草根，浅挖阡陌田埂。山荙地荙，不沾人间烟火；菱角莲蓬，莫惹世俗尘埃！

青砖碧瓦，升起炊烟袅袅；斗拱飞檐，托住行云悠悠。柴门犬吠，目送爆米花走村串巷，拐弯抹角飘浮的脆香经久不散；茅舍鸡鸣，尾随牛皮糖零敲碎打，简单明快穿透的节奏三日绕梁。

燕子归来时，是否旧时相识，也曾背井离乡，来不及细细思量。堂前飞舞穿梭不息，为了垒筑自己的家园，不辞辛劳。

画个图样，做双布鞋；合着身材，织件毛衣。吹响唢呐，新人要婚嫁；弹起棉花，儿女待成家。

雨后的山川，看不够那晶莹和明亮，曾历经多少寒冬的沧桑，又滋润了多少游子的张望。

柳绿花红，草长莺飞，回首云深处，可有一样的目光？

---

* 作者简介：董锦清，男，1973年农历九月初十出生于江西省抚州市临川区一个普通农村家庭。毕业于江西省机械工业学校机电应用专业，高级技工。

溪水缓缓流淌的响动，点点飞花飘落的声息，是否就来自那遥远的故乡？

连绵无休止的细雨，诉不完的乡情，梦不完的长路！天黑回家，总喜欢朝着光亮的地方走，踏上去便懊悔不已，原来还是那段路，只是坑洼积了水。

穿针引线，袜子衣裤，缝缝补补。一旁长凳上翻开课本、练习册，埋头写着作业。煤油灯忽明忽暗，笔端亦沉亦浮。

布谷声催，捧一碗井水，暖生肺腑；杜鹃啼急，饮数口清泉，沁人心脾。春光里犁田耕种，早出晚归不知累。烈日下割禾打谷，挥汗如雨难言苦！箩筐麻袋，肩挑背扛板车拉。布衣草鞋，耐磨经穿腰不垮。睡梦中皎洁的月光穿帘入户，远近稻田里蛙声此起彼伏。

耕牛珍贵，几家共享，朴实温顺，勤劳善良。靠养家糊口，供识字读书，攒老少余粮，抵身家性命，系亲人希望。朝夕备谷草，深恩且莫忘！

曾几何时，只有等到除夕春节，才能痛痛快快吃到大鱼大肉，开开心心穿上新衣新鞋。家家户户贴春联，点红烛。窗明几净，焕然一新，张灯结彩，喜气洋洋。那几天，便足够惊艳整整一年。

雪纷纷，大地一片洁白，夜来更添寂静。站在天井石阶，仰望屋檐瓦沟一排排整齐的冰凌，壁间梁上燕子的窝还在，却往何处过冬？

山高水长，故人可无恙？藕莲有节枣生斑，燕子归时人未还！①

一张渔网

"月光光，脸盆装，猪砍柴，狗烧火，猫咪蒸饭灶上坐。"幼时学的儿歌，大多忘记了，但爷爷教的这首，却总能清晰入耳。

小时候猫经常钻入被窝睡觉，就躺在脚下。

一直有个疑问，猫狗相逢，多半不太平，就算不打起来，也难以沟通，更别说合作愉快了。壁上挂着鱼干，引来馋猫惦记，狗实在看不下去了，非要把猫赶走，猫当然不会高兴。有时候狗拿住耗子，跑到猫跟前显摆，难说不是故意的，很显然猫深受刺激。

半卷裤脚湿晨露，一张渔网暖深秋；欢喜稻田几点雀，寂寞水潭一朵云。

---

① 注：老家村里输电时，正年少，跟随大人们一起欢呼。在此向广大农村建设者致敬！

鱼蚌休争拾老茧，风雨做伴添皱纹；门板浮起山偏移，竹篙撑来岸黄昏。

不知几时起，何时归。青了河边草，黄了田中稻。有时带着蓑衣斗笠，预防下雨，有时带上细叔，天气晴好时爷爷偶尔还会带上我和兄弟。

家里有个水缸，爷爷打回来的鱼先放进去养着，第二天清晨再捞出来，因离集市较远，奶奶便挎上竹篮，到邻近村子去卖。那时鱼不好卖，乡下人家都不富裕，除了逢年过节迎庙会，平时没几个人舍得买鱼吃。小本零卖，进得去小店民居，凑不上各般宴席。

爷爷务农，并不经常外出打鱼。渔网挂在墙上，爷爷只要有空，就会拿起竹片梭子，反复寻找破洞修补。只是修补渔网不仅手要灵巧，还需要极好的耐性，这门手艺终究没能传承下来。

自从多了兄弟，我便不再跟着爷爷奶奶睡，而是挤在细叔房里。细叔常挨爷爷的骂，渐渐地，他不再喜欢打鱼晒网。家里待不住的时候，出门挖几条蚯蚓，抓一把炒米，背上颈窄腹宽的小竹篓，提着细长的竹竿，来到水塘边垂钓。有时我也跟去，笑着跳着闹着，便是小半天，那会儿我还没进过学堂。

向晚鸦方静，入夜月初升；巷陌未见人，谷场响歌声。踢毽飞过顶，绊脚跳停绳；画房身难转，斗鸡腿莫伸。黄口兴致起，总角精彩呈；花甲怕吵闹，孩童逗精神。游戏传花样，玩耍逐天真；此乐乡村盛，城中数星辰。

自第一天上学起，自家的狗都会出门相陪，直到送出老远，仍依依不舍。放学回家，狗都是第一个跑出家门，开开心心前来迎接。

第一次进城，我已在乡里念初中了，在国庆节放假期间，天还没亮我们就出发，爷爷带着我走了二十里山路，首次看见平整的柏油马路（之前只见过沙子铺的马路），等了许久，坐上了班车，站着挤着脚都麻了，总算到了城北老街。爷爷购买了一些渔具，通过文昌桥，才算进到城里。相传文昌桥在明朝时声名鹊起，"上文章，下文章，文章桥上晒文章；前黄昏，后黄昏，黄昏渡前遇黄昏"的对联流传至今。

村里有人开着手扶拖拉机去了城南，约好一起回家。我个子小，坐在车厢中间，旁边有大人护着，不至于颠下车去。可几十里地，我还是禁不住东倒西歪，金星直冒，屁股疼到发烫。树儿摇，月儿晃，回家的路真漫长。

章静作品*

晨 接

天未亮，我启程。赶集老人足音跫然，伴着三轮的嘎吱声；沿途鸟啾、犬吠，树影婆娑，好一个清逸朦胧的清晨。

我乘车前行，窗外薄雾松动，村落渐浓，几个峰回路转，清澈的水库牵着小桥流水，在群山的温柔乡里苏醒。几支炊烟渐渐散将开来，被朝霞收集虚化。

汽车嘎地停在古木棋布的山村草坪上，司机习惯性地按了几声喇叭，几名妇女在溪石上捣衣，回音铿然，真是琼泉清湫映穹苍。

我下车贪婪地吸着香樟的清新、桃杏的香浓，一个漂亮瘦削的短辫小女孩，沿着水泥路向我奔来，那一声脆生生的"老师早"渗入我心，我抱过她亲了亲，放在靠窗的座位上。

我跑向炊烟浓烈的人家，足履过处，露水渗湿裤管，透心的凉爽。围墙上爬满不知名的野藤，野藤上点缀着星星点点的蓝白小花。弄堂远处，突然冒出个五岁男孩与狗，我还未叫出"小心"二字，他便摔在草坪上。狗走过去用嘴叼着他的衣角，想牵他，他笑着一骨碌爬起来又跑……

掩映在山间的庙宇，传来了阵阵梵音，和着挑山泉男子沿途洒落的水花和扁担的吱吱声，这晨曲宁静而幽远，久久回响……

于是孩子们从竹林边、断垣间、大桥上纷纷聚拢。

我从长满青苔的饮水潭里灌满两大桶草木过滤的"纯净水"。公鸡和母鸡开始轮番歌唱，几位老人叼着烟踱步而来。

汽车满载快乐、希望与清樾，启动徐行。

火红的太阳不知何时已探出个大脑袋，柔和得像个大气球，笑着迎接孩子们。

"太阳光金亮亮雄鸡唱三唱，花儿醒来了鸟儿忙梳妆……"

清亮的歌声在山涧回荡。

---

* 作者简介：章静，女，生于1962年9月8日，浙江省宁波市象山县人，大专学历。1979年2月起从事教育工作。热爱音乐、美术、文学，曾于20世纪80年代初发表诗歌《我为姐妹采枕花》。

杜洪亮作品*

怀念母亲

高尔基曾说："世界上的一切光荣和骄傲，都来自母亲。"

罗曼·罗兰曾说："世界上有一种最动听的声音，那便是母亲的呼唤。"

母爱，是这个世界上最伟大、最无私的爱。

母亲，会用她那颗永不疲倦的心不时地为儿女们谋划未来，会用她那副柔弱的肩膀给儿女们撑起一片天空。

母爱如水，润泽我们每个人的一生。

我有一个好的母亲。

1984年我高中毕业，参加高考。记得早晨离开家时，母亲竟然把我送出了自家的大门口，这是之前从来没有发生过的事情。我发现母亲的眼中满含深深的期待，我自己背着书包走出了二十几步，回头时发现母亲还站在家门口，远远地望着渐渐走远的我，这件事给我留下了颇深的印象。那时候参加高考还不像现在这样全家人都去陪考。我是自己一个人走了十几里路赶到考点，刚进去坐定十几分钟，考试便开始了。

高考成绩出来后，我被大学录取了，成为村中有史以来的第一位大学生。我记得当时母亲高兴极了，脸上笑开了花，当晚就给我做了我最爱吃的面条，面条中还破天荒地加了两个荷包蛋。

母亲离开我们兄妹几个是在2009年7月5日，农历的闰五月十三，算来至今已经有14个年头了。

什么叫痛彻心扉，什么叫撕心裂肺，什么叫肝肠寸断，什么叫悲痛欲绝，这些痛苦，在母亲去世的那一刻，我一下子全部体验到了。我当时看来，我家满院子的空气都变成了黄色，仿佛母亲的灵魂正在随着那院子中的风而离我们兄妹远去。我当时出现了窒息，精神近乎完全崩溃，感觉自己正在坠入无边无

---

* 作者简介：杜洪亮，56岁，山东省武城县人。曾在《青岛文学》《德州日报》及网络上发表文学作品。

际的深渊之中。这些痛苦的体验,深深地烙印在了我的身体里。

这 14 年,每到母亲的忌日来临前和过去后的一两个月的时间里,这些痛苦仍会一遍遍地袭击我的身体,冲击我的精神。它们就像潮汐一样准时,届时我整个人都会陷入一种特殊的病态之中。

在为母亲办理丧事的五天中,我输了三天液,因为我的身体实在支撑不住了。在母亲去世后的两周左右,我老是出现"濒死感",因此还住进了医院。

母亲的去世,对我的打击太大了。

2009 年的除夕之夜,我彻夜难眠,全部的泪水化成了一首忆母诗:

除夕忆母
除日鞭炮响不休,
别家欢乐我家愁。
扑簌涕零思母泪,
心痛肠断彻夜流。

2014 年清明节,我的满腔思母之情又化成了一首祭母诗来纪念母亲:

清明祭母
清明日暖万木春,
望帝啼血人断魂。
纸烟散尽悲声远,
孤坟只影对黄昏。

愿母亲在九泉之下,一切安好!

谢家俊作品*

故乡老屋门前的小河

故乡老屋门前三百米处，有一条小河，名叫临江河。记忆中，儿时的河面有三十多米宽，河水清澈见底，水流舒缓。立于桥面向河里望去，有时会看到大鲤鱼成群结队地在水中游弋。

到了夏天酷暑难耐时，我常常会与小伙伴们一起，避着家人下到河里板澡（游泳的意思）、嬉戏。胆大者会从桥头堡坎高处，一个猛子扎进水里游出很远（我们把这叫作钻泯股脑），半天才浮出水面，那个得意劲儿别提了。我在板澡的间隙，爱站在齐胸深的水里，轻轻地随意把脚下河底的鹅卵石一个又一个搬开来，窥视石头下的乾坤。不出意外，石头下面一般藏着各种各样的小型鱼类：什么黄辣丁、鲢鱼、耙头儿、沙勾、红米儿、石巴儿、白条……见到这些不同颜色、形状各异的鱼儿，心里痒痒，总想把它们捉住。一次次努力，又一次次失败——徒手是很难把它们捉住的，只能眼巴巴看着它们游走，有如镜中花、水中月。

耙头儿鱼的角有毒，如不小心被它的角刺中手脚，就会又痛又痒，非常难受。石巴儿鱼最有意思，这种鱼长得与众不同，体积非常小，可以用"迷你"来形容，肉头也很少。此鱼最大的特点是，身体呈三角形，有着细小的尾巴，腹部宽且平，其实就是一个吸盘，嘴巴宽大，与吸盘在同一个平面。搬起鹅卵石轻轻托出水面，再把石头翻转过来，就会看到这小东西肚子倒扣着紧紧吸附在石头背面，其名正是由此而来。

小镇上有爱好打鱼的人，常常会拿着专门用来对付这种石头下面小鱼的渔叉来捕捉它们。那是一种袖珍渔叉，很是小巧，一头是木质手柄，另一头镶嵌着一个矩形木块，木块上布满细细的、带尖的铁钉或缝衣针。待小心翼翼把鹅卵石搬开，随即把嘴上衔着的渔叉拿在手里，对准尚未受到惊扰的鱼儿，屏着呼吸，以迅雷不及掩耳之势刺下去，运气好的话，鱼儿身体被刺穿，卡在铁钉

---

* 作者简介：谢家俊，男，1964年出生，四川省乐山市中区人，公务员，业余文学爱好者。

（针）上，为打鱼人所斩获。打鱼人腰间一般会拴着一个竹篾编织的专门用来装鱼的笆笼，与小鱼叉一起，成为打鱼人的"标配"。每逮着一条鱼就放进笆笼里。那时我心里巴望着自己有一天也拥有一把那样的鱼叉，该有多好！

游泳尽兴上得岸来，小玩伴们通常会成群结伴在岸边就近的一片桑树林里穿梭，寻找那些成熟的桑泡儿（本地方言，桑葚果）。尽管顶着火辣辣的太阳，但大家全然不顾，乐此不疲，心无旁骛地去寻找那些桑树枝上结出的红红的、黑黑的桑葚。黑的是熟透了的，纯甜味，很好吃；红的虽然也可以吃，但略带一丝酸味，口感不及黑色桑葚。大伙儿争抢着去摘那些又黑又大的桑葚，双手把结满桑葚果的树枝使劲掰弯，然后腾出一只手，边摘桑葚边往嘴里送。一个个大快朵颐，那叫一个爽！直到吃得心满意足，才过瘾。每每这时，每个人嘴唇都会发乌，像是涂了紫色唇膏似的，那是黑色的桑葚汁给染的，再怎么弄，一时半会儿是弄不掉的，只好带着"吃相"回家。这也就成为"火眼金睛"的大人们"审问"的直接证据："又给老子偷偷去板澡了！"

在临江河上游、离老屋数百米的地方，开挖了一条人工小河，准确说是人工沟渠，将临江河的水辟了一部分到人工小河。人工小河在老屋门前十几米的地方流过，流到下游三四十米处，翻过一个人工筑成的红条石堰埂，利用人造落差产生的动能，冲击带动堰埂下方的两个一头淹没在水中、一头连接着石磨和石碾的装置连续转动，借以磨面、碾米。小时候好奇，偷着去碾米房看石磨和碾子工作，一探究竟。看着水流冲击水中的木桨叶片旋转，木桨叶片带动传动轴旋转，传动轴把动力传给石磨、石碾，这样磨盘、石碾就转动起来了，真是又好玩又神奇。

还有更令人惊喜的事，那就是在人工小河里渔获了。我们家乡把这种捕鱼方式叫"下篆儿"。人工小河与临江河汇聚后最终一起注入大渡河。夏天是大渡河涨水的时节，到了晚上，二爸会不时把准备好的渔篆拿到门前人工小河上叫圆码头的地方，扎好石埂子后，再刨个缺口，将渔篆开口向着下游方向放置在缺口上埋好并没入水中，然后将石埂子恢复原状，坐等鱼儿入"瓮"。第二天一早去取渔篆，渔篆里多数时候不会放空。每次收获都是清一色的大条鲢鱼。在那物资匮乏的年代，这时就是我们一大家子打牙祭的时候。怎么会这样轻而易举就捕到鱼？我幼小的心里充满好奇，后来才知道，那是因为大渡河涨水后，河水会倒灌进入临江河。大渡河河大，自然鱼类较多，里面的鲢鱼有个习性，涨水时会沿着倒灌的水流"挣滩"游到水温相对较高的临江河和人工小河里来，并一往无前地向上游游去。渔篆是一个进得去、出不来的装置，鲢鱼在"挣滩"向上游过程中，遇到石埂子时，会朝着渔篆那个唯一的"通道"游去，殊不知，正中了人类的计，稀里糊涂进入渔篓而无法脱身，成为人类的囊中物。

时光荏苒，临江河水如今已大幅"缩水"，很多地方当年的河床已裸露而出，河流的自然形态也发生了改变。腰栓笆笼、手拿鱼叉的捕鱼者不见了踪影；桑树地还在，树已无；人工小河更是早已干涸，石磨、石碾已成为传说；河里那些石头下的小鱼儿，后来由于过度开采河里沙石，好些已灭绝。时过境迁如是也！幼时的美好时光只有在梦里找寻了。

我爱夏日之美

古有诗曰：春有百花秋有月，夏有凉风冬有雪，莫将闲事挂心头，便是人间好时节。一年四季，每个季节都有每个季节的律动与美，如果没有烦心事缠绕，没有忧思悲恐惊驻留心里，那么每年每季每天都将是人间最好的时节。

一年四季之中，我更独爱夏天，夏天给人以希望。夏天炎热是不假，但这正是粮食作物生长所必需的。只有在高温下，小麦、水稻才能茁壮成长、开花、结籽，人类才有可以果腹的口粮。

夏天也是蔬菜葱茏、瓜果飘香的季节，夏天为人类提供了口味众多、营养丰富的美味菜肴和香甜的瓜果，极大满足了人类味蕾的需要。

夏季的独特风景亦让人陶醉。伫立池塘、湖边、水岸，人们会不自觉迷恋上荷花绽放、柳枝摇曳，好不惬意！

白天长吟的知了，让人产生慵懒、放松的感觉；夜晚的蛙鸣、蟋蟀琴声、蝈蝈吟唱，像是在给人们合奏着摇篮曲，使劳累一天的人们恬然安静下来，慢慢地进入梦乡。

夏季的电闪雷鸣降雨是大自然的二重奏。每当夏季的高温烤得人们快要坚持不住的时候，一场电闪雷鸣、如注大雨会到来，一扫连日的暑气，让人感觉神清气爽，心情愉悦。振聋发聩的雷鸣大雨，此时就像是大自然给人们表演的二重奏音乐，让人们切切实实与大自然融为一体。随后雷声慢慢变小，雨水渐渐减弱，淅淅沥沥的雨声，把人们的思绪带向远方……

夏日的夜充满诗情画意。又是一个夜晚来临了，皎洁明媚的月亮和点点繁星悬挂天空，地面星星点点闪烁着绿光的萤火虫在空中自由自在地飞来飞去，像是一个个幸福的天使追求着自己的梦想，宛如童话世界。

啊，夏季的人，夏季的物，夏季的味，叫人怎能不回味！美在夏季，我爱夏日之美！

温康明作品＊

七十年代养蜂人

　　记得小时候，每当金黄色的油菜花铺满院子外的田野时，生产队的晒场上，就会出现一排排摆放整齐的蜂箱，晒场边也会有一顶宽大的、暗旧的帆布帐篷。

　　那个时候，我们习惯称养蜂人为放蜂人。养蜂人的突然到来，有时是在头天晚上的深夜，那时，我们正在熟睡。早晨上学时路过晒场，才发现养蜂人来过。有时是白天，当中午或黄昏时，我们一群同院子的孩子们放学回家，走过晒场边的围墙时，头上突然间响起嗡嗡声，无数只蜜蜂在墙顶上飞来飞去，于是，我们便知道，又有外省的养蜂人来我们这里放养蜜蜂了。

　　每年一次，总是有来自不同地方的陌生的养蜂人到紧挨着我们院子的晒场上放养蜜蜂，唯一相似的是他们都有着与我们区别较大的外省口音。养蜂人有时是两个人，有时是三个人。现在想来，那些养蜂人的年龄均在三十岁到五十岁之间。

　　养蜂人穿的衣服也挺相似，穿的是那时候正流行的中山装，头上戴着一顶与衣服颜色一样的单帽。衣服和帽子有的是灰色的，有的是蓝色的，就像那个年代的干部一样。

　　养蜂人每年能像候鸟一样到来，是因为离村子几百米处，就是有名的宝成线铁路。高高的铁路路基，像一条笔直的大坝，由北向南或由南向北，大气地横卧在平原上。油菜花开了的时候，从远处看，南来北往的火车，就像在金黄色的花尖上奔驰，美丽极了。

　　离家不远处便有一个不大不小的车站。读初中时，学校有许多同学是车站子弟。

　　那个时候，不管是从哪里来的养蜂人，他们一定带着村里或公社盖有公章的证明。他们不是为自己养蜂，而是为集体放养蜜蜂。他们在晒场上所有的蜂

＊　作者简介：温康明，男，1962年9月出生于四川成都。本科学历，经济师，现供职于成都商业银行，热爱文学。

箱和其他养蜂所需要的东西，都属于集体财产。他们虽然置身于一个陌生的环境，但是从来没有发生过一次东西被其他人随手拿走的事情。

那时候，我们一群小伙伴既对养蜂人吃什么感兴趣，又对养蜂人采蜂蜜感兴趣。不上学的时候，我们总会冒着被蜂蜇的危险，来到他们的帐篷前，好奇地观察养蜂人是如何解决吃住问题的。

养蜂人住的帐篷，都是人字形的。如果帐篷内顺着篷两侧对铺着两张窄窄的木板床，那养蜂人就是两个人；如果在帐篷的最里边还横着一铺同样的床，那养蜂人就是三个人。

在帐篷的出口处，总是放着一些日常用品，如煮饭、炒菜用的铁皮炉子或煤油炉子，这些日用品在我们这里很少见到。另外，帐篷里还放有这期间完全满足日常生活所需的、用铁皮桶装的煤油以及炒菜用的菜油。

养蜂人每天吃的，与我们不一样。他们主要以面食为主，帐篷内堆放了至少两到三袋过去粮店能看到的小麦面粉。这几袋面粉，是他们这段时间的吃食。

养蜂人做饭时，习惯把面粉弄成干干的一大块，然后用刀向沸水锅里削面。许多年以后，我才知道这种面的吃法叫刀削面，那时没有见过，觉得非常新鲜。

帐篷门口，还放有像铁皮桶样的东西，那是养蜂人日后用于搅动蜂页，收取蜂蜜时用的简易工具。每当养蜂人收拾蜂蜜时，我们一群孩子总会在旁观看。

尽管知道养蜂人的面食比我们的面食好吃，因为面粉是他们从北方自己带来的，与我们平时吃的不一样，但我们从不眼馋，因为平原上的我们，在那个年代已经不会饿肚皮了。反倒是养蜂人搅动蜂页，收拾到还未过滤的蜂蜜时，会令我们满口生津，蜂蜜对我们小孩子而言是充满诱惑的甜食。

当油菜花快要谢顶、油菜籽已经饱满的时候，养蜂人就像当初他们来时一样，突然有一天悄无声息地离开了，晒场被他们打扫得干干净净，只在晒场的边缘能看到一些死去多时的蜂尸。当然，晒场的上空，还有一些蜜蜂仍在嗡嗡地飞着，仿佛是在证明养蜂人曾经存在过。

已经记不得是哪一年了，养蜂人虽走了，却给所有当地人的心中留下了不小的震动。

因为邻居家的一个漂亮大姐姐，与一个三十来岁帅气的养蜂人一起走了。他们什么时候在一起的，大家不得而知。

当然，那个大姐姐最终没有走成，因为她的父母一发现，便马上带了几个乡亲赶到不远处的火车站，趁蜂箱还未装上火车车厢的时候，强行将她带了回来。

那年今天

那年今天，是一个让人泪水奔涌的日子。消息来得如此突然，一瞬间仿佛天塌地陷一般。也许，我和院子里小伙伴们的少年生活，就是从这一天起结束了。

记得那天下午，吃过午饭，我们与往常一样，各自拿着自制的鱼竿，相约在村外机耕道桥下的小河边钓鱼。当年是一个河宽水清、鱼儿畅游的年代。紧靠村子的小河，是我们欢快的乐园。

我们一边嬉闹着，一边把挂着蚯蚓的鱼钩抛入河中。有两个没有钓鱼竿的小伙伴琪子和木子，似乎忘记了入秋后河水涌动的阵阵凉意，竟然在不远处的一个回水湾，脱光衣服，扎入河中，欢快地嬉水游泳。

大概刚过下午四点，我们人人都小有收获，非常高兴。

这时，小伙伴顺子的鱼钩，不知被水下什么东西挂上了。他左拖右拉，始终无法收回鱼线和鱼钩。顺子十分无奈，只好将手中的鱼竿往河中一送，使出浑身力气，往回一拖，鱼线断了，他也身子朝后一仰，然后重重地倒坐在河边，手中还紧紧捏着没有了鱼线的鱼竿。

看到倒地后的顺子，我们高兴地笑着、唱着、跳着，手舞足蹈。如今已不记得是哪个小伙伴带头唱起了《让我们荡起双桨》，欢快的歌声在河边、在水面上荡漾。

我们不是因为他的鱼线断了而高兴，也不是因为他的鱼钩没有了而高兴，更不是因为他摔倒了坐在地上而高兴。我们知道，我们是为我们幸福的少年生活而高兴，为我们率真的少年时光而欢乐。

"毛主席逝世了，你们还在这儿笑，还在这儿闹？！"

一个女孩的声音，从我们的上方传来。

我们抬起头来一看，原来是同学英子，她爸爸是我们生产队的队长。她正站在高高的桥头上。我们看到她的脸上，早已泪流满面。

我们愣住了，好似没有听清楚她说了什么。她一边抽泣一边擦泪，又重新对我们说："毛主席逝世了。"

这次我们终于听清楚了英子的话，都悲痛万分，像英子一样泪流满面，甚至感觉河里流动的河水，就是我们流下的泪水。

那天，听了英子的话，我们都赶紧各自回家了，钓到的鱼，也全部放回了河里，就连鱼竿，我们也全都丢到了河中，任其在水面漂流。

无忧无虑的少年时光，就这样结束了。新的学期开始了，我和伙伴们都升入高一个年级学习了。

那年今天，注定难以忘记。我们一群顽皮的少年伙伴，在村外的小河边嬉闹时，是同学英子站在桥上，流着泪水，泣不成声地告诉我们，毛主席逝世了。

那年今天，是一九七六年九月九日，一个让人永远无法忘记的日子。

孙改青作品*

春

　　厌倦了冬日的寒风刺骨，便渴望着有份清新来解放羁绊的心灵。

　　伴着晨霜，信步汾河岸边：林间小道早已覆上一层薄薄的翡翠似的轻纱，那么晶莹，那么耀眼，使人不忍落脚……喜出望外！哦！春天！

　　最先看见春的，是春风。春风带着些许暖意，驱走了冬的冰雪，赶走了冬的虐饕。春风是绿色的，春风拂过，柳树绿了，大地醒了；春风是五彩的，春风掠过，桃花儿红了，杏花儿白了；春风是无色的，春风吹过，山的线条更明了，水的轮廓更清了。

　　最先拥抱春的，是小草。小草无唤自醒，悄悄挣脱大地母亲的怀抱，探头探脑贪婪地嗅着春的气息，迫不及待地舒展着疲惫的筋骨。风乍起，草儿舞了起来，像犯了错的孩子躲躲藏藏，遮遮掩掩；又似一群活泼的少年说说笑笑，打打闹闹。它经历了秋的枯萎、冬的孕育，此刻挺身而出，站在河岸边，站在阳光下，让人不由地想吟诵白居易的名句："野火烧不尽，春风吹又生。"

　　最易触动人情思的，是春雨。绵绵的春雨好似一位心事重重的少女在倾吐自己的心事。只是，少女的心哟，怎好赤裸裸？于是牡丹羞红了脸，蒲公英愁白了头，柳树笑弯了腰。一滴滴，一声声，春雨默默地抛洒情思万缕。这万千情思，落在地上，滴在心上。心中解开了千万个结，真是"春雨贵如油"。

　　最深深地陶醉于春的，是我。虽没有竹杖芒鞋，却同样一蓑烟雨的我独立于春：听春风，观春草，赏春雨。一束束灿烂的春光射入，顿觉身上暖暖的；一抹淡淡的欣喜涌上心头——我就是春，春就是我；一丝丝笑意，不经意地绽放在我含香的嘴角，一声轻叹！回眸，好舒服呀，顿时就醉了！

　　天暖好个春！

---

　　* 作者简介：孙改青，中小学一级教师。在从教18年的教学工作中，喜于阅读，乐于写作，指引孩子们自觉开启知识的大门，挖掘写作的潜能。荣获"优秀教师""优秀指导老师""金牌指导教师"等称号。

庄燕云作品*

家

  一个人的成功离不开贵人相助，家人扶持，财力雄厚。这两年有幸认识不少成功人士，他们都有着令人羡慕的家庭。以前我总是怪自己没能过上好的生活，拥有自己的事业，现在想想就释怀了，因为我没有家，没有靠山，没有背景，能活着已经很幸运了！努力只能合格，拼命才能优秀。我不知道优秀的定义是什么，我只知道：不努力，我都不知道自己在哪里；不拼命，生活就会和我拼命！

  一个人最大的成功是家庭幸福，父母双全。家对任何人来说都十分重要，家是温馨的港湾，外面风雨再大，回到家便顿感安心、放松，可就是有人没有家！总有人习惯躲在无人的角落，默默承受着命运带来的一切，累了，痛了，自己扛！病了，哭了，自己疗愈！团圆的日子让幸福的人更幸福，也让孤独的人更孤独！别抱怨这个世界不公平，这个世界本来就不公平。有人一出生就坐拥所有，赢在起跑线；有人一出生就是来还债的，注定要尝尽人间疾苦！命运是什么？命运就是考验你坚定的信念。如果认命，你连翻身的机会都没有！唯有靠自己努力奋斗，和命运死磕到底！筋疲力尽的时候不禁会想，活着为了什么，可转念一想，这么累不就是为了活着吗？世间万物总有自己的生存空间，能活下来就有希望，不死总有出头之日！这一路走来，岁月赐我满身伤痕，生活让我吃尽苦头！每一个不回家的人都有自己的故事，每一个在外漂泊的灵魂都更渴望归属！人生这条路布满荆棘，可再难也要往前走！让我倍感庆幸的是，我还有梦想，还有对文学的热爱，可在这冷漠的人间为我点上一盏心灯，为我取暖。

  记忆里童年是幸福的，甚至还过过几年幸福日子。在二十世纪八十年代，那个很多人还吃不饱穿不暖的年代，我有高大帅气又优秀的爸爸，他是一名军医，无私奉献是他铭刻在骨髓里的精神，他免费给穷人看病还送药，医术精湛，

---

 * 作者简介：庄燕云，1978年3月18日出生。擅长写散文，喜欢美食、养生。

医德高尚，有自己的诊所，是镇上有名的医生。五六岁的时候，我能在诊所帮忙了，每当爸爸出诊的时候，我就守在诊所里，拉开抽屉里面都是钱。我有一个十分疼爱我的奶奶，在那个重男轻女的年代，我是幸运的。香港的姑婆经常寄钱给奶奶，奶奶总是将钱塞给我，把好吃的东西都留给我。妹妹三岁那年夏天，爸爸突然离世，似乎天都塌了下来。一时之间我无法接受这个残酷的事实，一个完整的家，没了！爸爸一句遗言都没有留下，才四十出头，人生最辉煌的时候，他告别人间，解脱了，而我的不幸才真正开始！一年后，妈妈改嫁，带走了弟弟妹妹，奶奶也去世了，哥哥初中毕业去打工了，我变成了一个孤儿，一个人上学，一个人照顾自己。聪明调皮的我从此变得沉默，还没从失去亲人的悲痛中缓过来，我失去了所有，命运连喘口气的时间都没有留给我！我把自己封闭起来，没人告诉我该怎么办，从那之后，我患上了抑郁症。慢慢长大的我，任性叛逆，骄傲又自卑！在我心里，爸爸是完美的化身，我崇拜英雄，崇拜军人，看到穿着军装的军人时，我的目光总是追随他们，看到警察总觉得特别有安全感！

  如今的我走过沧桑岁月，已经变得从容淡定。我记得爸爸喜欢喝酒，特别爱喝白兰地，我不喝酒，但我经常买酒，特别是看见白兰地。树欲静而风不止，子欲养而亲不待。我多想对爸爸说：爸爸，我可以买很多很多您爱喝的白兰地，我多想再听您给我讲讲小时候的童话故事。您经常讲的狐狸和鸡做朋友的故事，我依然记得。偶尔和朋友说起往事，想到您我还是忍不住会哭！

孙美琪作品*

他在笑

嘈杂的世界再大，人再多，彼此给予的那个微笑便是永恒的珍宝。

2018年，女孩儿第一次与这个少年见面，少年笑得格外灿烂，仿佛一道久违的光照进了女孩儿18岁的心灵。

女孩儿柔柔地问道："你这单薄的身板儿能骑机车吗？"

少年一手拎着沉甸甸的头盔，一手向女孩儿递来了一顶粉嫩嫩的小头盔。女孩儿轻轻地接过头盔，少年嘴角上扬，只听那隆隆隆的机车发动声紧接着响起。记得以前，女孩儿都是小心翼翼地在马路上骑着自行车，不敢仰头看骑机车的人一眼，如今却大胆地坐在了少年的机车后座。时别多年，女孩儿依然说不清当时的勇敢到底是什么感觉。

"搂着我。"少年似在命令。

女孩儿的脸渐渐像日落后的晚霞，慢慢地慢慢地熨红了她整张肉肉的脸蛋。

一个故意的急刹车，少年笑了，女孩儿纤细的胳膊环住了整个少年细而挺的腰。夏日夜晚的风舞着曼妙的身姿吹来，带来了意外的喜欢，吹走了少年和女孩儿本来的稚嫩。

后来，少年和女孩儿很少再见面。再见面，少年的机车后座安上了一个大大的外卖箱，这使女孩儿想起了上次半夜大雨天自己随意点了个外卖，而后一个奋力工作像从头到脚洗了个澡的外卖小哥冒雨前来的样子。

"我们去看电影吧。"女孩儿像从前一样拉着少年的手，是茧子隔开了女孩儿的手心。少年若无其事地推开了女孩儿，眼神似在躲藏。

"我，没时间。"

"那我可以等你等到晚上。"

"我，有女朋友了。"

"……"女孩儿信了，强忍着泪水扭头向门外奔跑，只觉得所有人都渐行渐

---

* 作者简介：孙美琪，爱好读书、看电影。座右铭：生活明朗，万物可爱。

远，蔚蓝的天也黑乎乎的，没有了抬头的勇气，一瞬间跌进了深渊里。

少年没回头，只剩那影子落寞在曾经微笑面对的夕阳里，隔着冬天的冷风，再无女孩儿对着少年咧嘴笑时的气息。

"你怎么又在加班啊，是不是在背着我赚钱养狗男人？"

"哪有，我赚钱是为了自己。"

深夜十二点，写字楼二十二层里依旧点着一盏孤灯，女孩儿成了女人。

女人对着手机屏幕看了许久，照常点了一份黄焖鸡米饭。

"你好女士，外卖到了。"电话另一头传来了两声打雷声。

"好的，我下去拿吧。"

滂沱大雨，红色的大雨衣，蓝色的外卖箱，一个淋得湿透的人。女人动容了——他，过得怎么样了？

2022年，"祝贺我们的工作狂终于要结婚啦！干杯！"

"你也不讲两句？"

"讲啥呀，我没话说。"

结婚的前一天，女人去电影院又看了一遍那年热映的动漫电影，女人变回了女孩儿。

只是到了年龄便结婚了，只是到了年龄便生小孩儿了，只是到了该忘掉过去重新开始的时候了。

透过橱窗，星巴克里坐着两对夫妻有说有笑——

"你孩子长得和你真像。"

"你现在还骑机车吗？"女人显得有点不自在地问道。

"他骑，我还不让他骑呢，多不安全呀！"男人的妻子抢在前面回答道。

对于回不去的那个夏天，两人都选择了沉默。四目相对，客气地微笑，再相见已没有遗憾。

谢忠利作品*

花开满园春意浓，最美人间植树人

　　树梢绿了，枯黄的草地被绿色悄悄连成了片，这一切仿佛就发生在一夜之间。昨日还含苞待放的枝头，今日便已熙熙攘攘，开满了粉红的桃花。勤劳的蜂儿在蜂箱里蜷缩了整整一个冬天，积蓄了一身的力量，早已经按捺不住冬的寂寞，太阳稍稍给了一点温暖，一大早就围着初放的桃花嗡嗡地唱起了歌，跳起了舞，手中提着的蜜篮已经装了满满当当的蜜，正在不知辛苦地一趟一趟送往家里。

　　桃花还未谢去，杏花、迎春花、小桃红争先恐后，相继开放，生怕跟不上春天的脚步。那些常青树早早地褪去了身上青黑墨绿的冬衣，换上了鲜艳翠绿的春装，安静地守候春天的到来；杨柳榆槐们知道自己没有斗艳争芳的资本，却也努力地吐露出青翠的绿芽，心甘情愿地去衬托花儿的娇艳，默默地表达着绿叶对花的情谊；而那些海棠、苹果、碧桃们平日里就被娇宠惯了，就等着杨柳榆槐们把祖国的山川都染绿了，有了衬托才肯绽放出它们娇艳欲滴的花朵，心安理得地享受集万千宠爱于一身的惬意。

　　广场的四周被春天包围着，有很多人在放风筝，看得出大多是夫妻两人带着孩子。多数是父亲领着孩子迎风一阵小跑，手里拽着风筝线一紧一松，风筝迎风顺势飞上了天，他们便放慢了脚步，孩子呼喊着、欢笑着，父亲似乎也回到了童年，把手里的风筝线交到孩子手上，仰头盯着风筝，嘴里不停地喊叫着、指导着孩子。蔚蓝的天空中，蝴蝶、蜻蜓、老鹰、孙悟空、猪八戒等各色风筝一起在天上邀游。站在一旁观望的已经成为母亲的女人们，目光始终停留在她们眼里的那一大一小身上，脸上全是幸福的笑容，这无疑也是春天靓丽的一道风景。还有一些则是正处于热恋中的男女，他们手牵着手寻找略微僻静一点的地方，不知在窃窃私语些什么……

　　无论在哪儿，映入眼帘的总是绿色的树木草丛，红色、黄色、紫色、白色、

---

* 作者简介：谢忠利，出生于1973年10月，宁夏回族自治区银川市某国企员工。

粉色、蓝色等各色花儿，它们用自己独特的魅力装扮出美丽的春天。百灵鸟用嘹亮的歌声唤醒了沉寂的大地，花儿用色彩渲染了大地，让大地处处生机盎然，每一个角落里都流淌着春天的气息。

有谁曾注意到，还有一群脸黑手糙的人，他们默默无闻地播种色彩，播种绿色。为了给祖国的大地穿红挂绿，为了让祖国的山川披金戴银，他们的脸色也随着季节的更迭而不断变化，春天是古铜色的黑，夏天黝黑里透着光亮，秋天是黑里透着红光，只有冬天黑红的皮肤里才透出一点亮白。他们的双手粗糙而有力，和他们的脸保持着同一个颜色，有时手里握着的是一把铁锹，无论酷暑严寒都挥洒着汗水；有时是左手锯右手剪，俨然是一位骑马打仗的将军；更多的时候，他们的双手从一棵棵树苗、一道道绿篱、一片片草地上抚过，之后，这些树苗、绿篱、草地就懂得了生命的意义。树苗卸下了累赘般的枝丫，一心向往着蓝天；绿篱变得整齐划一，列队站岗恪守职责；如茵的草地铺垫出一幅幅如诗的画卷，向人们诉说祖国的山河壮丽。

寒风凛冽的严冬，有你的身影在守护；荒漠戈壁沙尘肆虐的地方，遍布了你的足迹；艳阳高照的酷暑，你用汗水浇灌着一棵棵幼苗，让它们茁壮成长。一棵棵参天的大树，是你前进的动力；清新的空气，凉爽的树荫是你奋斗的航标；当你的辛勤付出有了收获，画卷上醉人的春色展现在人们眼前时，你却又淡出了人们的视野，继续去耕耘属于你的那份新的画卷。

许妃六作品[*]

鱼饼在记忆里飘香

乌石市场对面有户人家摆摊卖鱼饼，吸引了我的视线，我一瞥当即十分惊喜：那是童年的鱼饼呀！

一阵香甜的味道从空中慢慢朝我袭来，好香好香哦！我不由自主地朝着鱼饼摊走去。金灿灿的鱼饼，形状椭圆扁薄，不知是鱼饼的香味还是童年的回忆，蓦地熏香了我的心。我索性买来一块尝尝，细细地咀嚼，里面不仅有我熟悉的鱼饼味，还有爱的味道，这不禁勾起了我的童年记忆，最难忘的那一天，属于鱼饼，属于我，属于永恒的回忆。

那是五十多年前的一天，我偶然路过乌石港鱼亭市场路段，一群人在市场对面围观，惊讶之余我决定过去看个热闹，原来是一位大爷在炸鱼饼呢。

大爷的鱼饼摊很简单，主要厨具便是炸鱼锅灶和盆。大爷炸鱼的手法非常熟练，锅烧热后放入油再继续烧热，然后将盆里事先准备好的面粉、香料、鱼片捏成椭圆饼状，一块一块放进锅里，用筷子小心地来回翻动，鱼饼两面炸至金黄后就可以出锅了。

哇，金黄金黄的鱼饼，鲜香可口，营养丰富，让人百吃不厌。是时，围观买鱼饼的人自动排起队来，站在前面买到鱼饼的人，大口大口咬着手中的鱼饼，脸上写满了得意与满足；而在队伍后方的人，即使再馋，也只能眼睁睁看着，焦急等待。看到这里，我环顾四周，心想我该回家了。当我正要离开时，倏地，一股浓浓的香味随风朝我飘来，像一个神奇的小精灵，搅得我心神不宁，它又像一根隐形的手指，牵着我来到鱼饼摊前。我忍不住了，伸手便往裤兜里摸钱。摸到钱的瞬间，我的头脑平静了下来，意识到裤兜里的钱是父亲借来给我读书交学费的，使不得，转身就要离开。大爷看在眼里，突然叫住了我，说："怎么啦，没有钱吧？想要个鱼饼吗？来，送你一块，我每天都会送一块鱼饼给没有

---

[*] 作者简介：许妃六，男，60岁，广东省湛江市雷州市乌石镇人。热爱文学创作，曾在美篇专栏发表多篇（部）文学作品，多次在全国各种文学大赛中获奖。

钱也来看热闹的人，今天选定了你。"一块香喷喷的鱼饼被送到我面前，我不假思索地伸手接过，感受到大爷送我的不只是一块鱼饼，还是一种爱和温暖，内心感动不已，眼泪不知不觉地掉了下来！从此，这块不收钱的鱼饼深深地刻在了我的记忆里，在我的童年岁月里也深深种下了大爷的淳朴与善良。每次我从鱼亭市场路过，都会在鱼饼摊前徘徊，目光落到鱼饼的身上，就会胃口大开，口齿生津，垂涎欲滴……

童年的眷恋，随着时光的流逝，早已风轻云淡。可我今天路过儿时的钓游之地，徜徉于再熟悉不过的鱼亭老街，灵魂便不由自主地飞访故乡那家炸鱼饼摊，企图寻找童年的踪迹，寻找曾经送我一块鱼饼的大爷。

岁月嬗变，横亘在古港老巷的鱼棚砖石已时过境迁。童年记忆里的老字号鱼饼摊，经过岁月的洗礼和改革开放市场经济的发展，如今换成新楼房、新主人。现在我吃的这块鱼饼虽然和童年时的味道一样，可细想一下好像还是缺少了什么。是的，是缺少了大爷的那份爱和温暖……

今天我来到鱼饼摊，虽然大爷不在了，但大爷当年送我那块鱼饼的爱和温暖还深深地刻在我的脑海里，在我的记忆里飘香，让我体会到人生处处有真情。

王增昌作品*

县长帽子下的秘密

大清亡。民国了，共和了，平等了，自由了。一时间放裹脚、剪辫子、废跪拜，倡行鞠躬握手礼。"万马齐喑"的情形看似发生了一些变化，实则私底下世俗的"逆鳞""倒刺"依然根深蒂固。

中原某县新来了一位县长，颇有一些来历，据说是总统亲点的。县长一表人才，穿一身得体的中山礼服，戴一顶革质的考克礼帽，逢人见礼，抬手将头上礼帽习惯性地一按，眉眼里透着斯文和睿智。他有一句挂口的时髦套话："民国了，共和了，平等了，自由了……"每次说完后才切入正题与人说话。

县城城西有对中年夫妻，就两人过活。男的是位剃头师傅，人唤"剃头张"。剃头张手艺精湛，是经名师调教出徒的。他每日挑着剃头挑子进城，走街串巷，招揽生意，就地给人剪头发、理胡须、剃头、净面，展示自己的手艺，赚取一些生活费。

这天，剃头张活路有闲，歇担县府对面。闲来无事，隔街相看进出官场各色人物的行迹态相。心想：官府不是寻常人进得的，除非吃了官司。什么"民国共和"啊、"平等自由"啊，无非王八背了两面锣，人前一面人后一面……

正瞎想着，官署里相跟着走出两个人，前面是位乡绅，像是告辞；后面是位官员，像是送客。有人指认，这位官员就是新来的县长。乡绅与县长一前一后来到街上，乡绅叫了一顶轿子，回身，脱帽向县长鞠了一躬；县长抬手将头上礼帽轻轻一按，点了点头，哈腰还了礼。然后，乡绅上轿走了。县长踱回了官署。

就这样一幕小场景，直看得剃头张走了神儿。待他回过神儿来，一琢磨，总是觉得这中间好像哪里有那么一点儿不对劲，仔细一想：这县长好像担心礼

---

*作者简介：王增昌，男，高中学历。1955年12月30日出生于潍坊市坊子区工业发展区（原眉村镇）南眉村。1981年8月，在当地农村信用社（现农村商业银行前身）工作。2015年12月，从潍坊市坊子区农村商业银行退休。

帽会落地似的。剃头张眼睛一亮：噢，这就对了，他骗得过医家骗不过行家，县长礼帽底下一定有"故事"。

这时，从县府里走出一位杂役打扮的人，向街这边招手："你来，你来。"剃头张知道是在叫他，连忙挑起挑子走了过去。杂役对他说："县长剪头发，要你去。"杂役还告诉他，"县长在后堂。你穿过正堂，后面就是了。你去吧。"

剃头张挑着挑子来到后院，后堂门大开着，门里闪出一个人，果然是县长。他问："在院里？在堂上？""在堂上。"县长回答。

剃头张挑担进堂。才放下挑子，一回头，对面县长站得端端正正，说："民国了，共和了，平等了，自由了，本县这厢有礼了。"说完，一手按着头上礼帽弯腰向剃头张鞠了一躬。这突如其来的行礼，着实吓了剃头张一跳，他哪里经得起这般抬举，慌忙双膝跪地，口里不迭地叫："折煞我也，折煞我也……"求饶似的一个劲磕头。

剃头张手足无措之时，那边县长则出门放了个"闲人莫入"的招牌，回身反手关了堂门，窗户下了帘子。剃头张望着县长的一举一动，不知他葫芦里卖的什么药。

县长坐回公堂几案，看着剃头张还跪在地上，说："请起吧，本县有话跟你说。"剃头张得了这话从地上起来，站到挑子一侧，人像吃了"杀威棒"一样，明显蔫了几分。

县长说："本县敬你是念你手上手艺，还望师傅格外用心。'身体发肤，受之父母，不敢毁伤，孝之始也。'这头上大事，不知根底，本县从不轻易让人拿刀剪家什比试。本县小心察访，方圆唯您担得这样重托。"

剃头张说："小的剃头为业，诚信为本。头上大事，自然不敢懈怠。老爷龙头尊贵，凭我手艺，要错剪您一根须发，尽可罚我红高粱。"

县长说："师傅手艺自不待言，想来不会有什么状况。本县问你，假如你有不欲人知的'私密'，讳莫如深，但情有所迫，不得已予以示人，对于这人你将会怎样？"

这话问得绕，剃头张竟一时无言答对。

"你说。"县长催他。

剃头张想了想说："即便没他的不是，我也会懊恼、彷徨，我还会无端地怨恨、提防这个知晓我'私密'的人。"

"你怨恨、提防他什么？"县长问。

"当然是他的嘴巴。"剃头张说，"想他若要鼓噪起来，我将无地自容；更有甚者，他若居为奇货，有日要挟于我，我将如何是好？"

"对，实是可恶。"县长说，"这人啊，最糟糕的就是他的嘴巴。我们常说：'病从口入，祸从口出。'看看，随意吐纳，可不是罪过了？嘴巴嘛，还是口禁一些为好。似这般无敬畏不知行止之人，要落到本县手上，本县寻个由头，有嘴教他警局说去！"

县长继续说："今日你我缘分，你进得我官署。本县再问你：假如你窥见本县'私密'，你又将会怎样？"

剃头张打了个寒战，腿一软双膝再度跪地，摇着双手央告："不要啊，不要啊，我不要'私密'啊……"

县长说："民国了，共和了，平等了，自由了，从此不兴跪拜了。你且起，慢些与本县说话。"

剃头张从地上起来，定了定神说："想来老爷如有'私密'，您自会束之高阁。即便如此，倘使我见了我不当见、知了我不当知的秘密，出了这公堂，我保证守口如瓶，任人不说就是。话放肚里不说能把我人憋死？"

"你此话当真？"县长问他。

"当真。如有失言听凭老爷处置！"剃头张说。

"公堂之上无戏言！"县长一字一顿。

剃头张斩钉截铁："一言既出，驷马难追！"

"好。"县长说，"有你这话，我还担心什么呢！我们剪发。"

剃头张这才明白：县长绕来绕去是要封他口实，关门闭户是怕人窥见他的秘密。此举欲盖弥彰，他礼帽底下果然有"故事"。

县长意犹未尽，他说："我特赞赏镇宅神兽貔貅，看它吞金食玉，不吐不屙，聚一身灵光宝气，过得泰然日子。不像世间人，摇唇鼓舌，耍尽聪明，比如汉时祢衡、许攸；前清金圣叹、戴名世，可怜才子名士，生生死于自己嘴巴而不自知！"

剃头张说："那是封建王朝，这不'民国、共和、平等、自由'了吗？"

"什么？这你也信得！"县长说，"这世间有些事说说可以，做个招牌。'平等、自由'？若要当真，还要总统、警局，还要我这县长干什么！"

话说到此，两人一时无语。

剃头张拉凳子让县长坐下，转到他身后为他系了披风，偷眼看了他脑后，帽檐下露出墨黑的头发，没有癞痢，不是斑秃。剃头张困惑了：这就奇了，说好的"故事"呢？难不成他生得犄角！

剃头张忐忑地问："老爷，咱脱帽？"

"脱帽。不脱帽毕竟剪不了头发。"县长回答。

剃头张捏住帽檐向起一托，扑棱棱活脱跳出一对刺天的"驴耳朵"……

剃头张吃了一惊，然而，他未动声色。县长问他："师傅剃头生涯，可曾见识本县如此耳朵？"

"见未曾见罢，又似曾相识。"剃头张含糊其词。

县长说："你且莫等闲看了我这耳朵，伶俐着呢，它立着可听十里八里，俯下可听三里五里；畜声识得鸡狗，人声可辨男女。可与神话里的'顺风耳'相媲美。"

剃头张问："似这般说，倘是庙上撞钟，戏班敲锣擂鼓，老爷您不嫌吵吗？"

"师傅戏谑。"县长答说，"不过，我还另有利器。"说着，他头先是朝左侧一倾，后又朝右侧倾了下，从耳道分别取出灰不溜秋的两颗毛球。继续说道："每遇烦心恼人的喧嚣，比如刁民蛮缠，诉讼难断，本县将两颗'玩意'往耳道一塞，就让他们吵去。看他哪个大胆触了律条，尽可将他拿办就是。"

剃头张近前察看毛球模样，问他："什么材料做得这般精致？"

县长答道："温化的蜂蜡，揉捏成团，蘸了耳上篦下的绒毛，粘黏胶合而成。"

剃头张故作惊讶："啊，原来是这样。"

面对县长的耳朵，该当作何打理？剃头张无可供参照模拟的范式。他打量再三，发现县长耳洞朝天，心中大约有了些路数。他从县长左耳作起，一手抚住长耳，一手拿了竹篦，先耳根，再耳郭，一篦一篦仔细篦到耳梢；然后右耳。篦罢，掸下竹篦上团团绒毛，放县长收纳盒内收好；再取温水浸过的湿巾，顺绒毛走势里面外面均擦拭一遍。擦毕，手一放两耳打挺立起。

县长看着镜子里自己的耳朵说："本县耳朵哪里都好，只是耳洞大开；生平最忌濯洗，一旦耳道注水，则极难从中汲出。师傅机灵，不需点拨，可见师傅身手不俗。"

剃头张说："哪里、哪里，视情形随机应变而已。"

接下来的操作就老套了，剪发、净面、剃胡子，刀剪功夫是剃头张的拿手戏。

县长蓄的是"背梳齐耳"发式，想必经月未曾剪理，头发难免嫌长嫌乱。剃头张拉近水盆儿，木梳蘸水，将县长头发从额头梳向脑后，无一丝散乱。说是"背梳齐耳"，"驴耳"向天，这耳如何齐得？剃头张不敢疏忽，一手剪刀，一手木梳，铮铮剪声响起，木梳作尺，剪刀比着木梳，寸长的发屑簌簌落地。剪进梳退，沿县长发际自左至右，大致剪个轮廓；然后，技法一变，剪刀绞咬开合，喀喋响着时上时下，时左时右，这边"蜻蜓点水"，那边"鸟雀啄英"……剃头张左右打量，认定戴上礼帽不会有一丝破绽，剪磕木梳一响，勉为其难剪理了个"背梳齐耳"发式。

县长没蓄胡须,脸上没疤没麻。剃头张最是乐见这样的面皮,不需他格外另下功夫。他在县长嘴巴和下巴处涂了皂沫,取剃刀在荡刀布上荡磨几下;回头,又开左手拇指与食指,绷紧县长面皮儿,右手捉刀从鬓角净起,眉头眉梢儿,眼角眼皮儿,手上剃刀像是连着他的触觉,刀锋刀角,时点时线,或刮或擦,起落轻重恰到好处;额头上哧儿哧儿扫荡一遍,酣畅淋漓净个"天庭饱满";移刀嘴巴与下巴,刀锋逆着胡碴长势,哧儿哧儿,几个来去,风卷残云剃个"地阁方圆";"中庭"面上,剃头张刮过鼻翼鼻侧,颧下面颊,哧儿哧儿,几上几下,一气呵成刮个"隆直峻静";临末一刀,刀角在县长"印堂"上稍微一擦,刀锋掠着鼻梁顺势而下……

剃头张收起剃刀,为县长摘了披风,净了发屑。转到他身后,双手抱定县长的头,两拇指掐"人中"、摩"印堂"、按"百会"、揉"太阳",捶过肩、拍了背,两手一收噼啪一拍,结束了剪发净面的最后一个流程。

临末,县长教剃头张叠大饼似的将长耳折起,戴上礼帽将耳朵盖住。剃头张终于明白,为什么是考克礼帽。帽体稍深,容得下叠起的耳朵;帽檐下掩,遮得住耳下发际;革质,不易变形,挺拔牢固。

县长起身,窗户起了帘子,敞开堂门,收了"闲人莫入"的招牌。回来,对着镜子照了又照,脸上微微一笑,附耳对剃头张说:"切记,本县耳朵,天知地知,你知我知。如有走漏,可是要命的勾当!"剃头张打个哆嗦,点了点头。

剃头张收拾停当,县长给了铜圆,拾担上肩,身后传来县长送客的声音:"民国了,共和了,平等了,自由了,师傅你可走好了……"

剃头张从县府回家就魂不守舍起来,坐也不是,站也不是,一句话也不说。这天夜里他一夜未睡,就觉得县长耳朵这事儿搁心里横竖安放不下,堵在喉头非要冲口说出,想了又想,还是咬牙咽下。

第二天,剃头张一副失魂落魄的样子,换了个人似的,门也出不得,活儿也做不得。妻子问他缘故,他又是摆手,又是摇头,支支吾吾也说不出个缘由。妻子看他下腹略显外凸,撩衣察看,见他肚腹胀得葫芦瓢似的,蜷指轻弹,嘭嘭作响。这不分明是病了?妻子要他延医抓药,他死活不依,道是他自己的身体他自会调理。妻子无法,只好由他去。

挨到夜晚,剃头张肚腹越发胀大,嘴巴也有些把持不住。他等妻子睡下,听听四下无人,悄悄出门来到一僻静处,这里对峙两面山崖,崖上长着绿树。剃头张按捺不住,双手捂嘴,面向石壁试着说:"县长头上——长了一对——驴耳朵。"说完他松了一口气,然后他又试着大声说:"县长头上长了一对驴耳朵。"他立刻觉得舒服，伸手一摸，肚腹也见平复。他索性避开石壁，拢着双手放嘴上冲山崖喊："县长头上长了一对驴耳朵，耳道还塞了驴毛呢！"他立刻觉得痛快，再一摸肚腹，比刚才又平复了许多。剃头张高兴极了，一发不可收，放开喉咙连声大喊："县长头上长了一对驴耳朵，耳道还塞了驴毛呢！""县长头上长了一对驴耳朵，耳道还塞了驴毛呢！"……

然而，令剃头张始料不及的是，他一声高于一声的呼喊诱发了山崖的共振共鸣。霎时，这边一声"县长头上长了一对驴耳朵"，对面回一声"县长头上长了一对驴耳朵"；前边山崖一声"耳道还塞了驴毛呢"，后边山崖应一声"耳道还塞了驴毛呢"。受感染，崖上树木也不甘寂寞，拍打着叶片齐声呼喊："县长头上长了一对驴耳朵，耳道还塞了驴毛呢！""县长头上长了一对驴耳朵，耳道还塞了驴毛呢！"喊声一山递过一山，在夜空里荡漾开去……

剃头张大惊失色，他记起县长跟他说的话，恐是瞒他不住，知道自己闯了大祸，慌忙往回赶。进村，见村人站在街头巷尾，交头接耳议论着什么。他也顾不了许多，回家叫起妻子，从日前给县长剪发，仔细讲了前后经过，妻子一脸惊惧，责怪他处事荒谬。剃头张说："事已至此，追悔也于事无补。想来，这家是待不得了。"夫妻权衡再三，从长计议，活命要紧。连夜雇辆马车，装了全部家当，亏着中国地儿大，逃往外地另寻地方谋生去了。

黄成东作品[*]

秋　雨

酷暑难耐的夏日已去,却迎来了更加猛烈的"秋老虎"。红红火火的秋阳炙烤着大地,持续不断的高温显露着它的神威。这个浅秋真是闷热难耐。

凌晨时分,从闷热浅梦中醒来,心情十分烦躁。稍稍整理了一下心情,便准备开始新一天的健身运动。突然听到雨篷上传来敲打声,无数水滴敲打着雨篷。终于下雨了!我看着这些雨滴最终连成了一条条水线落到雨篷上,落到了大地上,哗哗地响个不停。这是入秋以来的第一场雨,也是一场及时雨,因为已经太久没下雨了!干涸的土地终于被滋润,瘦弱的小草和参差不齐的大树正如饥似渴地汲取着养分,菜园里的植物们也纷纷展开了久违的笑脸。入秋后的第一声雷如期而至,时而隐隐作声,时而暴跳轰鸣,仿佛是要把这闷热劈碎;秋虫在雷声和雨声中喃喃细语,仿佛是在闲聊秋天的童话。

雨越下越大了,汇聚成了密不透风的水帘,仿佛是要把凉意锁在这空间里慢慢释放。秋凉才刚开始,一场秋雨一场凉,我十分期待更舒爽惬意、遍地金色的美丽秋天!

冬天的精灵

悠悠岁月长河流,记忆的大门在脑海中悄悄地打开,数不清的痕迹犹如涓涓细流。

---

[*] 作者简介:黄成东,男,1967 年出生于四川嘉州东岸的一个农家小院内。1983 年参加工作,成为教育战线的一名普通职工。1997 年开始从教。2019 年到峨边彝族自治县支教。曾被乐山市教育局和峨边彝族自治县教育局评为"支教先进个人"和"优秀支教教师"。

我生活在岷江河东岸边靠山的一个村落里，这里几乎是河沙地。在江边矗立着几座工厂，最为突出的就是造船厂。每当到了船下水的日子，村里的孩童们最喜欢聚集到一起看热闹，时不时地冒出一些奇怪且幼稚的想法，然后叽叽喳喳，争得脸红筋涨。春夏秋三个季节，孩童们最喜欢去捉鸟，有许多叫不出名字的鸟在天空中飞来飞去，然后成群结队地落到地面寻食。最苦的就是冬季了，到处是一片萧瑟，天空也显得格外苍凉，只有少数冬鸟在山林中悲鸣。

　　河对岸便是历史悠久的嘉州古城，古城里随处可见历史遗存下来的断壁残垣。整个城市群中全是古朴的木建房屋，道路狭长，更别说有行道树了，有的只是房屋院内外零星的老树。不知道从什么时候开始，嘉州古城迎来了一群群白色精灵。从遥远的海洋来，从严寒的北方来，它们不辞辛劳地飞越高山、穿过长江和黄河，来到了有人文气息、佛光普照的嘉州大地，为古城的冬天带来了生动美丽的风景线。晨曦微露，它们从栖息地腾空而起，时而贴着江面嬉戏江水，时而向着空中振翅高飞。它们有时群歌曼舞欢快无比，有时独自风骚展露身姿。特别是那海的精灵尤其惹人喜爱，人们站在岷江一桥上，手里摊着几块小面包粒等待它们飞来啄食。它们有的扇着双翅悬空低飞，伸头轻快地将面包粒衔进嘴里飞走，生怕人们将食物收回；有的则毫无波澜地轻立在人们手上悠闲啄食，仿佛是回到了自己的家。孩童们也学着大人的模样投喂那群精灵，眼里满是期盼的神情，嘴里还喊着"让我来，让我来！"那急切的样子与那些精灵一般可爱，看着那白色精灵落到他们的小手上，他们的脸上洋溢着喜悦，就像春天的花儿一般。是的，白色精灵在给他们的童年带来无比快乐的同时，也在他们幼小的心灵深处种下了爱的种子！

新年第一缕阳光

　　除夕夜的指针缓缓地靠近零点，期待已久的人们开始倒数，迎接新年的钟声。这一刻，中华大地欢腾起来，新年祝福的话语和爆竹声响彻云霄，人们在欢乐的气氛中安然入眠。

　　晨曦微露，薄薄的雾缠绕在山间，这是一首宁静而朦胧的诗。鸟儿在林中斗戏欢唱，雄鸡在笼子里竞相高歌，这是一幅灵动的画卷。蔚蓝的天空中飘着零零散散的云朵，带给人们无限的遐想。街道上传来零星的鞭炮声，这是在告诉人们新年的第一天已经来到，人们可以开始准备出游了。

九点钟左右，天空中出现一抹红，那红缓缓地扩散开来，不一会儿便把半边天空染得绯红。飘着的那些洁白的云朵也被那艳丽的色彩染红了，显得分外妖娆，给喜庆祥和的传统佳节增添了更多美的景象。带着这美丽的色彩，太阳从东方冉冉升起，从天际的那抹红上跃出，慢慢地爬上远处的山峰。红色光芒照射大地，大地仿佛披上了一层淡淡的妆容，与大街小巷挂满的红灯笼遥相呼应。江面上波光粼粼，成群结队的海鸥在江面上展示曼妙的舞姿。这时的阳光还透着冬的寒意，但这幅难得一见的初春景象，使人们激动不已，大家纷纷拿出手机拍下这一瞬的美丽。

红霞害羞地渐渐隐退，太阳无遮无拦地直闯当空。淡白的阳光是那样的柔和，驱散了些许的尾冬寒意，带来了一丝春风的气息，让大地有了点滴的春意。那树梢上的小不点是最好的表白，那寒江中悠闲戏水的野鸭是最好的证明。

新年的第一缕阳光让人们感到无比的舒心，人们纷纷携家带口，邀朋呼友地向着广场、向着江边的草坪奔去。他们惬意地沐浴着温暖的阳光，畅想着未来可期的美好与希望。

初春的第一眼云

当寒冬的脚步慢吞吞地离去，蓝天不再保持沉默，她轻快地飘出了洁白的云朵。这些洁白的云朵好似那柔软的棉花，一朵一朵静静地悬浮在空中。她们有时随风急匆匆地飘去，像是去寻找那远方的家；有时缓缓地移动，像是在等候蹒跚学步的孩子；有时又聚集在一起，像是久别重逢的闺密在那里说着悄悄话，如胶似漆、难舍难分。风阵阵呵斥着，她们不得不赶快离开，不情不愿地在那呵斥声中各奔东西，不知所终，此生都再难以相聚。

初春的云是那样祥瑞，给人们带来无限的美好和遐思。她是孩子眼里的白雪公主，恋人心中最纯洁的象征。那柔和是母亲慈祥的目光在天空上俯瞰；那和悦是父亲和蔼的容颜在天空上微笑。她见证了世道的涤荡沧桑和万般变迁，见证了人间的悲欢离合、人情冷暖、得失成败，知道了现在中华民族的成就来之不易。她用深邃的眼神审视着中华民族，看着中华民族一步一步繁荣昌盛，看着人民过上幸福美满的生活；她凝视着这片美丽的山河和这个不屈不挠的民族，相信未来中华民族会更加强大与辉煌。

邂逅初春

　　春节过后的大地上还是那样料峭寒冷，万物处在萌动之中，它们静静地汲取着养分蓄势待发。清晨的寒风微微袭来，行走在道路上的人们都不禁紧了紧衣领，匆匆迎着寒风开始一天的忙碌。这时，东方的天际上涌出了一股股红潮，天色顿时被这红潮染透了，非常艳丽。红潮渐渐地被缓缓升起的白色光芒所驱散，但仍有些恋恋不舍，伴着太阳的光辉照耀着大地，给大地增添了片刻的美丽。

　　冰雪世界在阳光的温暖中开始不间断地融化，似乎冰雪也厌倦了这天寒地冻的气候，她们也想用自己拥抱太阳、拥抱大地。冰雪毫不怜惜自己，发疯似的滋润着世间万物，好让这世间万物充满力量，在春风里奋发向上。寒风中，初春深情款款地走来了。你瞧！最早露出的是那迎春花枝上的一点点苞芽，她耐不住春寒的寂寞，率先在寒风中毫不犹豫地绽放，嫩黄嫩黄的，点缀着初春的色彩；菜地里的菜花也连忙泛开，一大片一大片地形成黄色的海洋，她们迎风招展，仿佛是在告诉迎春花"我们才是初春的骄傲"；在果园里，在山野中，桃花也竟相开放了，那朵朵粉红洋溢着最美的笑容，她对迎春花和菜花不屑一顾，仿佛告诉她们自己才是初春的骄傲。站在树梢头叽叽喳喳的鸟儿展示着清脆的歌喉，空中飞来飞去的鸟群舞弄着矫健的身姿，她们用欢乐的行为告诉所有的花儿初春是由她们叫醒。嫩嫩的叶芽不理会喧嚣的环境，静静地躺在岸边的柳枝上，悄悄地自顾成长，随着风悠然飘动。太阳悬挂于蓝天之上，用温暖的目光默默地注视着这一切，圆圆的脸上露出微笑，嘴唇微微上翘，仿佛是在等待春花烂漫，百花争艳。

孩子，请珍惜生命

　　孩子，生命是上苍给予人类最美好的礼物，也是世间最为宝贵的财富，对于我们每个人来说都只有一次。你是爸爸妈妈爱情的结晶,是爸爸妈妈爱情的见证,也是爸爸妈妈最美的希望,你是这人世间最独一无二的骄傲,你充满了活力,充满了正能量,是最优秀的杰出代表。

孩子,你是爸妈的骄傲,是家庭的开心果,给爸妈的生活带来了无与伦比的幸福。有了你,才有了家的感觉;有了你,才有了家的温馨;有了你,爸妈的生命才得以延续。你是人类命运的后继者,也是人类辉煌的创造者。

孩子,我要告诉你:生命的成长不是一帆风顺的。在牙牙学语的阶段,你常常生病,整天哭哭啼啼的,那小模样让爸爸妈妈的心一直悬揪着;在蹒跚学步的阶段,你不知摔了多少个跟头;在满地飞跑的阶段,你经历了不少的磕磕绊绊,同时受伤无数。孩子啊,你是否还记得在幼儿园中、在学校里遇到的许多不如意,甚至遭受许多委屈的情境?你是否还记得有许多时候因犯了错受到老师批评教育的情境?你是否还记得在生活中耍性子发脾气而挨过爸妈责罚的情境?你是否还记得与同学和朋友玩耍时闹矛盾、产生纠纷的情境?你应该在这样的生活环境中一点点学会包容与理解,一点点学会豁达与坚强!

孩子,你的人生道路还很漫长,不要沉浸在那些电脑游戏里,因为那些都是虚幻的、不切实际的;不要紧锁自己的心门,因为你的小心脏还不成熟,扛不住外界的压力。你应该积极地用双眼去观察和认识这个多彩的世界,用薄薄的嘴巴去讲述这个有趣的生活,用心去体悟这个多样的社会。孩子,你应该在成长中学会倾听,学会沟通,学会欣赏,努力调整好自己的心态,然后走进这美丽的春天,抛开所有的烦恼去享受大自然给予我们的芬芳气息,去发现更多的快乐。不要做温室里的花朵,因为那里面没有阳光。孩子,你是幸运的!今天这个来之不易的幸福盛世,是上千年成千上万热爱生活的英雄们用他们的热血换来的。在你父母年少时,社会生产低下,食物单一,交通不发达,上学要走很远的路,人人都在为解决温饱问题而到处奔波,非常艰苦。多想想这些,你就会发现,世间没有过不去的坎儿,再高的山也能翻过。你的人生虽然还很漫长,但细数起来也就只有三万多天,其实每个人的人生都一样短暂,只是人生的旅途不同罢了。想要过什么样的人生,就要看你怎样选择了。因此,珍惜当下,积极向上,树立目标,勇敢去追逐梦想吧!

孩子啊,生命是鲜活的,且只有一次,生命是父母给予你的,任何人都没有权利去结束你的生命,包括给你生命的父母以及你自己。珍惜生命,享受生活。人要懂得感恩!珍惜生命就是对父母最大的感恩!请让你的生命在这个春天,在未来的岁月中绽放出绚丽的光彩吧!

三月春色

三月的天是多情的，刚开始还拖着二月的一丝寒意，晨光沉沉，云烟蒙蒙，细雨淅淅沥沥地下了起来；地上的草儿们舒展盈润的身躯颤巍巍地弯着，是那样的虔诚，丝毫不在意水珠的任性，因为她觉得，这是一份浓浓的爱，要心怀感恩；树叶在枝条上细细品味，是那样的专注，丝毫不在意水珠的冲刷，因为她知道，只有自己强壮了，才能经得住狂风暴雨的袭击。

果园里的杏花在雨中显得格外醒目，由最初的纯红，随着花瓣的泛开渐渐变成了浅色粉红，是那样娇艳欲滴，水珠一滴滴从花瓣上落下，原来这是杏花雨呀！她仿佛受了什么委屈似的不断流着泪，那吐出的花蕊就像小姑娘嘟着的粉嫩的嘴，颤巍巍地吸吮着，神情十分可爱。

桃花不甘落后，竞相开放，纯白纯白的，宛如新娘洁白的婚纱。她不以迟来而感到遗憾，默默地在雨里开放着，花瓣的颜色慢慢地由白变红。那花上的点红就像少女的樱唇，那红是如此艳丽，如此诱人。她是作者笔下的春姑，是墨客挥毫的色彩。她静静地等待着，仿佛是在等待那一瞬间的心动。

樱花也耐不住寂寞，纷纷不约而至，有白色花瓣的樱花，也有粉红花瓣的樱花，她们争先恐后地泛开花朵。她们是诗人诗词里美妙的告白，是热恋情侣眼中梦幻的浪漫。她们在纷飞小雨里焦急地寻觅着什么，是的，她们也在寻觅那令人心动的一瞬，看着她们焦急的样子，仿佛生怕桃花抢先一步得到似的。

而遍野金黄的油菜花似乎早已司空见惯，处变不惊了。她们在雨中自由自在地随风摆动，逍遥中散发出淡淡的清香，她们在用这清香告诉蜜蜂自己已经准备好了上等的花蜜。

当阳光普照大地，蓝天白云当空，杏花、桃花、樱花、油菜花还有各种各样的花都舒展了腰，露出了灿烂的笑脸，在和煦的春风里迎接春的脚步，享受着那一瞬间的心动。

童年的记忆

青山长河依旧在，
岁月匆匆两鬓白。
往事如烟轻飘散，
悠悠留痕在脑海。

那是 1971 年 6 月的一天，小伙伴们跟往常一样在岷江岸的沙滩上玩着河沙，一阵阵热闹的声响从对岸传来，我们好奇地望过去，哇！好多人啊！敲锣打鼓的，不知在做什么，回家问了大人才知道，原来是要修跨江大桥。这是当年乐山发生的一件大事，解决了两岸群众进城出城的最大问题，从此结束了乐山无桥的历史。

建设初期，由部队派出的解放军连队施工。随着工程的推进，需要更多人力，市内各区县各单位陆续派出民兵队协助建设。到了工程中期，由于土方石料需求量剧增，政府号召全市人民支援大桥建设，于是无论男女老少，只要有劳力的都纷纷赶来，力气弱的就扎堆锤鹅卵石，力气大的就用肩挑或者用手推车将锤好的碎石子一挑挑一车车地运往工地，那场景非常壮观。

年幼的我及小伙伴们也没闲着，大家四处找能搬动的小鹅卵石给大人们送去，大家忙得不亦乐乎。当然也有手脚不小心被鹅卵石砸疼的时候，每当这时，小伙伴们都会围上来安慰，有的用小嘴对着受伤的手指吹气，有的用小手轻轻地帮忙揉着受伤的脚，受伤的伙伴一会儿就感觉不疼了，然后一个望着一个都笑了，因为每个人脸上都有泥痕，那模样十分可爱。累了的时候，大家就玩一会儿，所谓的玩就是到河滩上的浅水里摸鱼去，每次都有不小的收获，大家别提有多高兴了。休息了一下，大家就又去帮大人们搬小鹅卵石。就这样一直持续到大桥初步完成基础建设，基本上不用碎石料为止。

到 1973 年 3 月大桥全面竣工、通车的那一天，大人们带着我们来到桥头。那场景热闹非凡，人们欢呼着挥动双手，当车队行驶而来时，我们也学着大人们挥动小手，向车上的解放军叔叔打招呼。傍晚时分，我们跟着大人们走在新桥上，享受着别样的喜悦。

霍东泽作品*

旁老爹

大明子比我小十岁,我上大学的时候他才十几岁,从来不会叫人,见到人就喊:"哎,上哪去?"每次他这样,我都会纠正他:"应该叫五叔。"但他从来不买账,长得胖乎乎的,一点儿都不招人喜欢。这孩子还总是喜欢找大人聊天。有一次大学放假期间,他在路上看到了我,就扯着嗓子喊:"哎,你是不是上大学了?"我说:"你好好学习,将来也可以上大学。"他说:"是不是读了本科,还要读硕士,读完硕士还要读博士,读完博士再出国?"我跟他说:"我也刚上大学,以后的事情我也不知道。"他小手高高一扬,小脑瓜不屑地朝后一仰,用下巴轻蔑地点了几下就跑开了。我感到很奇怪,这孩子是从哪里知道研究生、博士这些名词的?

又一次假期,我回家后听闻村里人说旁二胖考上了博士。我非常惊讶,我在校期间认真思考了大明子曾经问我的问题,我认为博士应该是很难考上的。

旁二胖是家里的老大,他还有一个很小的妹妹。旁老爹是开粉条厂的,我小的时候,他家还出粉条,满院子挂的都是粉条,晾干了就可以拿去卖。村里的人就用土豆换粉条。旁老爹很能干,总觉得他有使不完的力气。每天起早贪黑,一身衣服恨不得穿 50 年。我从小到大都没有见到他换衣服,大概是我与他见面的次数太少了吧。关于旁老爹,虽然住在一个村子,但是我对他并不熟悉,只知道他家住在东营子靠西一点,西营子靠东一点,而且还不是在中间。他家背靠山,附近还有些不太规整、长势不太好的杨树,爬过乱石坑,再往上便是山包。在上学或放学的路上,我偶尔能看到他瘦小的身躯在他家的院子里忙东忙西。

我听我哥说,旁老爹怕打针。以前人们生病发烧,都流行打屁针。据说他打屁针时,刚脱下裤子就开始喊,趴在炕沿儿上双腿乱蹬,两手乱抓,疯了似的嘶吼,还放声大哭。

---

* 作者简介:霍东泽,男,38 岁,籍贯内蒙古赤峰,大专学历,是一名普通文学爱好者。

屁针我也打过。我们小孩儿都以打屁针为辱。我们在只有几岁的时候就被教育要坚强和勇敢。为了这坚强勇敢，我们可谓是下足了功夫。为了拥有别人嘴里所说的勇敢，我们拼命去做勇敢的事，甚至专门去看杀猪。

抓猪时，猪拼命地逃，人拼命地追，追到后，人们将猪绑住，放在一张桌子上。一尺多长的尖刀从猪的喉咙刺进去，刀尖找到心脏的位置后捅几下，鲜血便汩汩地冒出来。猪的眼神从愤怒到恐惧，从恐惧到绝望，然后渐渐混浊，失去了灵性。似乎此时此刻，从它眼睛中一闪而出的竟然是人的意愿和灵魂。我没有害怕，只是感到失落和惋惜。我终于变得勇敢，不过是人们嘴里说的那种勇敢。

第二次看杀猪，依旧是人们拼命抓，猪拼命跑，绑住了又挣开，挣开了又绑住，只不过这次被杀的是一头母猪。当把猪绑结实放在桌子上的时候，它用祈求的眼神看着我，于是我便哭着求母亲放了它。我分明感到了母亲的不忍心，但她却并没有答应我的请求。母猪的绝望随着流干的鲜血而渐渐地消失。蒸汽中夹杂着它脏器的味道。它腹中的几头猪宝宝也被扔在了院子中。大人们无奈叹息，眼睛泛红，却依然狠心解剖了它。于是，我开始痛恨这样的勇敢，从那之后，我再也不去看杀猪了。

当然旁老爹作为一个父亲还是很勇敢的，并不像他打针时那样好笑。

我们村往北30里，进大山前有大片的原始森林，里面有各式各样的野生药材。药贩子每年都来村里收药材。野生药材是村里主要的经济来源。那些年旁老爹的粉条厂不景气，也没人买粉条，他就种地采药供儿子上学。有人看到旁老爹从山里背着两大麻袋的药材，从30里地外往回走。因为身体和麻袋差不多高，所以走在山路上时人们还以为是麻袋成精了。他背起一麻袋的药走一段路，回去再背起另一麻袋药材……就这样一趟趟地背回村里。那时候一麻袋串地龙就能卖100块钱，而当时一个学生一学期只需要600块的学费。

我们村平均每家的年收入也就1000~2000元，而旁二胖一年在外面念书就要花3000~4000元。我这次大学放假回家，是要跟大明子好好谈论一下如何从本科生成为博士的，好让他对我心生敬佩，因为村里人对读大学是不屑的。我不能允许村里宣传大学无用论。然而我还没来得及去找大明子，就听旁老爹说旁二胖在大学里读了硕士又读了博士。我一下子就明白了大明子那套理论的出处，顿时失去了跟他谈论的兴趣。因为我知道，旁二胖根本就没读大学。他第一年考上了大学，因嫌弃学校不好就没去读，自己在县城里租了一套房子准备继续考，但是再也没考上。他不敢跟旁老爹说他没有读大学的事，因为旁老爹在二胖小时候就认定了他会是个大学生，后来二胖上了高中，村里人都知道，旁老爹一直以他为荣，再后来二胖考了大学，老爹更加引以为傲，拼命干活挣钱，供二胖读大学。旁老爹对生活热情如火，努力地干活挣钱，每每谈起儿子，脸上满满都是骄傲……

在旁老爹的葬礼上，二胖的表叔把二胖围起来打了一顿，他满脸无奈，神情麻木，但我知道在这场葬礼上，二胖才是最痛心的人。旁老爹从小就对他期望颇高，他也不想让旁老爹失望，说谎也是万不得已。他有家不能回，在外也没有安身立命之本，日子过得十分艰难。

太阳晒在山坳里暖洋洋的，没有风。马儿牛儿羊儿都躲在这里避春寒，累了就趴在厚厚的树叶上歇一会儿，它们随着万物挨过了寒冬，挨过了惊心动魄的烟花爆竹，也挨过了勾魂摄魄的磨刀声。小草开始在小溪边发芽，树枝上也渐渐泛出绿色的小叶苞。融化的雪水流一会儿，便躲进地里，过一会儿又钻了出来，再流一会儿，随后浸入一块平坦的草地中不见了。水流无声，寂静得很。

郭翔雁作品*

星空之上珍奇般的理想

  那是我幼年时期的一个七夕节，酷暑难忍，不要说空调，就连风扇也没有。到了傍晚，夕阳坠入地平线，西天燃烧着鲜红的霞光，人们都洗完澡，在门前铺上了木板，拿着芭蕉扇，准备乘凉。天渐渐地黑了，繁星在天空闪烁。我缠着舅婆，要她给我讲故事，舅婆抬头仰望星空，用手指着其中一颗闪亮的星说："这颗星是牛郎，旁边的那颗星是织女，今天是他们相会的日子。"

  接着舅婆开始给我讲牛郎与织女的故事。从前有一个小伙子，名叫牛郎，父母双亡。有一天牛郎放牛时，遇见了偷偷下凡的织女，两人一见钟情。他们在一起相处了一段时间，彼此情深义重。王母娘娘却极力反对他们相爱，亲自下凡，强行把织女带回天上，于是恩爱夫妻被拆散。牛郎急忙追去，王母娘娘拔下头上的金簪一挥，一道波涛汹涌的天河就出现了，牛郎和织女被隔在两岸，他们只能相对哭泣。他们忠贞的爱情感动了喜鹊，千万只喜鹊飞来搭成鹊桥，让牛郎织女走上鹊桥相会，王母娘娘对此也无可奈何，只好允许两人在每年农历七月初七于鹊桥相会，后来人们就把这日定为七夕节。

  从此，我便对牛郎织女充满了同情，而对拆散他们的王母娘娘十分憎恨。渐渐地我长大了，才知道天上根本就没有王母娘娘，也没有牛郎织女，那不过是民间传说而已。后来我在家里意外发现一本诗集，诗集中载有郭沫若先生的《天上的街市》，仔细品读过后，想起了舅婆讲的牛郎织女的故事，并对此有了更深的理解。

    远远的街灯明了，
    好像闪着无数的明星。
    天上的明星现了，

---

* 作者简介：郭翔雁，男，62岁，江苏常州人。大专学历，现已退休。

好像点着无数的街灯。
我想那缥缈的空中，
定然有美丽的街市。
街市上陈列的一些物品，
定然是世上没有的珍奇。
你看，那浅浅的天河，
定然是不甚宽广。
那隔着河的牛郎织女，
定能够骑着牛儿来往。
我想他们此刻，
定然在天街闲游。
不信，请看那朵流星，
是他们提着灯笼在走。

  郭沫若先生作这首诗时正在日本留学，当时的中国，长期积弱，民不聊生。身在异国他乡的郭先生对理想和未来感到迷茫、彷徨。在一个夜晚，郭沫若在海边仰望美丽的天空和闪闪的星光，心情顿觉开朗。他似乎找到了自己的理想，于是他将这种理想写了出来，那似乎是天国乐园的景象。

  那缥缈的空中有一个繁华美丽的街市，陈列着很多珍奇的物品。诗人没具体写出这些珍奇，反而留给读者很大的想象空间，我们可以将这些珍奇想象成能给我们带来宁静、舒适的东西。

  诗中所描述的不仅是一个街市，更是一个生活场景。被天河分隔开来的对爱情至死不渝的牛郎和织女，过着怎样的生活呢？还在守着银河只能远远相望吗？"定能够骑着牛儿来往"，郭沫若描绘出一幅美丽的场景，那是在美好的夜晚，牛郎和织女骑着牛儿在琳琅满目的街市上闲游，那流星就是他们手中提着的灯笼。仅用几句话就颠覆了流传千年的神话，化解了悲剧和人们叹息了千年的相思和哀愁。

  值得欣慰的是，当年郭沫若先生寄情于星空之上的珍奇般的理想已经成了人间的现实。现在的"牛郎织女"不再惧怕"王母娘娘"的权威，国家法律会给他们提供自由恋爱的保障，他们无论身处逆境还是顺境，无论贫穷还是富足，无论身患疾病还是平安健康，都可以彼此相爱、彼此扶持、彼此担当，没有任何力量能够阻碍他们自由交往。

  郭沫若曾寄希望于"那隔着河的牛郎织女，定能够骑着牛儿来往"，而现在的"牛郎织女"却已是开着轿车在广袤的大地上奔驰往来,他们用自己的智慧和勤劳编织出美好的中国梦,享受着更美好的珍奇般的生活。

恰逢七夕佳节,我在此深深地祝愿天下有情人终成眷属!

陈淑微作品[*]

光阴予热爱　热爱赠光阴

很高兴和大家相遇，我一直想和大家谈些什么，我也一直在想比赛的最后可以留下什么。我回想起这段时光，朋友与家人一直陪伴着我，无论是初赛时分享的和奶奶的故事，还是复赛时分享的一本爱不释手的书，都体现着光阴一岁一长，热爱越发浓厚。这其中有爱我的，也有我爱的。那我来谈谈我眼中的"热爱"和"光阴"吧！

"热爱"，是炽热与无畏追求。我站在这里本就是光阴赠予我日积月累的"爱"，在侃侃而谈之际，是"爱"给予我光热，即使我有缺点和不足，也从不妄自菲薄。当然，亲爱的朋友，我也不许你如此。你一定也在保持着什么生活习惯，可能是午后慵懒满足地看一本喜爱的书，隐于光阴，献给灵魂；也可能是开一盏暖黄的灯，奋笔疾书，写下一行行自己的思考与智慧，长夜漫漫，只有清风与星月伴你入眠。

在浮世光影中，走走停停也好，奋力奔跑也罢，热爱可抵半生忙碌。从来没有谁规定过热爱的程度，光阴也从来没有给出过界限，岁月一直以来都是那样公平，对世间万物永远都一视同仁。你可以舒心一点，脚步可以放慢一点。光阴没有那么苛刻，热爱也没有那么小气，它们都在不断地给予你能量，赐予你勇气。这是真实的，是一人一感的，是万紫千红的，你可以放心地待在其间。肆虐一些，调皮一些，无畏一些，光阴与热爱从不会向你索取，给你筑起的高台也不会轻易坍塌，你可以先站在原地仔仔细细地看四时风光，温情缠绵。然后揣着那颗火热的心，吹着口哨，踢着路上的小石子，踱着步子，向着那朝霞而去，去到万水千山，去到八方烟火，去到绝色人间，去到热爱深处！

光阴赠予你的谁也拿不走，热爱带你领略的风景谁也看不见！

所以，大家问问自己吧，问问自己还走在前进的道路上吗？无论那道路是充满鲜花的康庄大道，还是布满荆棘的羊肠幽径。如果还在，那就请大家再真

---

[*] 作者简介：陈淑薇，2003年出生，重庆人。喜欢李清照的词和李白的诗。

诚一点，丰富一点，细腻一点！打一个漂亮的翻身仗赠给光阴，赠给在路上仍然保持热爱的自己。

对热爱永远纯粹，用光阴保持纯粹。

愿诸位遇有缘人，做欢喜事。好生活，用来细品；好光阴，用来热爱！

杨文彦作品*

自行车

——我永远的朋友

我家这栋楼，一进楼门是个二十多平方米的大厅，里面停放着一列列自行车、电动车，还有儿童车。大家基本上都自觉地把自家的车和其它车摆放得较为整齐。

一天，我从外面回来时，发现这个大厅被打扫得干干净净，所有的车子都不见了。我的心猛地一惊："难道被拉走了？前几天听说要统一检查，不准在楼道里放置车辆，当时看见别人家的车子没有挪动，我也就没理会。现在看来是被清理了。"看着院子四周没有一辆自行车，我不由得难过起来，很是不舍，失落感席卷全身。我疑惑着："自行车会被拉到哪里？"在迟疑间，进来一个同事。一打听才得知，各家都把自家的车辆放在新建起的车棚里了。我外出不知道这事儿。我的车会不会被当作无主车而拉走？我顾不得手里拎着的很多东西，三步并作两步，急急忙忙地向同事说的那个车棚奔去。

车棚在小区的最东边，用铁栏杆围着。我奔过去，没注意它是没有门还是有门但敞开着，便快步走进去从左手边由南往北一个个仔细地辨认着，然后又从右手边由北往南一个个端详着……没有！我的心一沉，难道它真的不在了？我定了定神儿，重新仔细地一辆一辆查看辨认，终于发现了它，我高兴得眼泪都快要掉下来了。它还在，它还属于我！它已经被厚厚的尘土覆盖得面目全非了，难怪我第一眼没认出来。我的老朋友还在！我什么都不顾了，用手套擦去它身上的泥土，这才露出了它明丽的衣装。那熟悉的、深秋天空一样的蓝映入我的眼帘，我兴奋地用手摸了摸车把手，又轻轻地拍了拍车座，像轻拍一个既淘气又可爱的小孩的肩膀，喃喃自语道："你还在，真好！"

---

* 作者简介：杨文彦，1996年毕业于内蒙古师范大学中文系。现在是乌兰察布市集宁师范学院教师。很喜欢杨绛的话：世界是自己的，与他人无关。希望把自己的所见、所闻、所感都记录下来，用他的微光照亮并温暖自己和他人前行的路。

这辆自行车已经有些泛旧了，像一位饱经风霜的老人。它的零件大多已经磨损，在风中有些站立不稳了，但只要跨上它的脊背便仍能远行。它始终任劳任怨，不惧风霜雨雪。它像一匹精驹良马陪伴了我二十多年。也许是敝帚自珍吧，尽管它年事已高，岁月经过时在它的身上留下了诸多痕迹，好多地方已脱皮掉漆，青春容颜已不在，衰老迹象较明显，但它依然是我心中永远不舍的好友。

　　对这辆自行车，我情有独钟。此生只此一辆！无论何时，即便给我一辆崭新的车子，我都不会用它去交换；无论面临何种境遇，我都不会弃它而去。虽然我现在出行已经不骑自行车了，但它始终都不会淡出我的生活。

　　我亲爱的朋友——自行车，你一直忠心耿耿地守在我的身边，你陪伴我走过了多少风雨、经历了多少霜寒，又陪伴我走过多少难行之路。曾经的每一天——日出，你伴我信心百倍地走向生活的海洋，奋力游弋；日落，你把疲惫的我带回家，让我安心休养，迎接明天的曙光。你助我闯过难关，伴我迎接希望、走出困扰，陪我走过迷茫。是你让我逃出心灵的枷锁，走向内心的自由。这么多年，无论快乐还是悲伤，你都不离不弃；无论深陷不顺还是迎来意外之喜，你都是我的第一分享人。你虽不言，却与我有着无声的默契；你虽辛苦，却教会我坚强；你虽力薄，却让我时时依赖；你虽无歌，却让我时时如歌盈耳；你虽步履缓慢，却带我走过了不计其数的长路；你虽刚强，却让我时时心心念念……

　　虽然我们现在不再天天相守，但我依旧对你深怀感激。在这个充斥着尔虞我诈的世界上，你给了我极大的温情，让我明白，活在人世间，还有专属于我的光为我照耀着前行的路。你不陷害它人，不耻笑它人，也不会落井下石，你是我此生的依恋，是我最忠实的不求回报的朋友。无论走到哪里，我对你都牵肠挂肚，我最最亲爱的老友！

　　记得多年前的一天，下班回家的路上，我把你放在了离咱家不远的菜市场大门外，我买了菜便习惯性地径直走回了家。我的疏忽让你被孤零零地丢在大路旁，使你在陌生的灯火通明的地方过了一整夜。第二天，我要上班时才发现没有把你带回家。我一下子慌了神，你停留在车水马龙的大路旁，很容易被人带走。那时的你，青春靓丽，身手矫健，灵活机敏。我是多么懊恼！我无数次责备自己：怎么这么没用呢？看不到你，我急得在原地转来转去。没有你，我该怎么去上班？那时没有私家车，就连公交车也得走很远的路才能坐上，极为不便。而你是我唯一的出行工具，你对我的重要性不言而喻。我一边咒骂着自己，一边怀着侥幸心理向菜市场走去。刚到路边，我看到对面的你依然傲然站在原地。我顿时一阵狂喜，满眼泪水夺眶而出。你还在！你还在等我！

你是上帝派来的天使，是我的白龙马，陪我在这多难多是非的人间修行。你虽不言，但有灵性。从那以后，我在心里暗暗发誓：我们永远不分开。有了一次失而复得的经历和你不弃我而去的坚守，我再也不会把你冷落遗忘。无论去到哪里，在我暂时与你分别时，都必给你寻得一个安全的尽量不遭风雨侵蚀的地方驻足容身。

时间过得真快。在不知不觉中，我们已做了二十多年同甘共苦的好友，终于你先于我退休了。此后，我们更多的是用彼此的注目代替了身体的相拥。虽然交往的形式变了，但我对你的感激和不舍永不减退。

在这多变的人生路上，谢谢你坚定地陪了我这么久；在这漫长的岁月长河里，谢谢你陪我一起变老；在这处处充满竞争与挑战的社会里，谢谢你见证了我的努力与付出；在这茫茫似海的人群中，谢谢你伴我行走在真诚与成长的路上；在这充满人情世故的世界里，谢谢你带我走过了正确的人生道路……

谢谢你，我亲爱的老友——我的自行车。

清明节的情思

又是一年清明节，思念像海潮般涌来，吞噬了我所有的思绪，使我再次沉浸在忧伤的暗夜里，一次次期望姥爷能托梦给我，告诉我它在另一个世界过得怎样。我曾一次次地祈祷，希望姥爷在它的世界里不再那么劳碌和孤单。

姥爷，我们生活在同一世界时，我并没有意识到你的与众不同。年幼的我不懂你的苦，也不解你曾经的愁，更不知你的难与你的无助和孤独。现在，我也走在变老的路上，经历了生活太多的磨砺，我才深深体会到人生的不易，才深刻意识到你是那么值得尊敬，是后代子孙心中永远的榜样！

作为男人，你很有责任感，顶门立户，独当一面；作为父亲，你细心如母，慈爱如母，温暖如母。姥姥去世时，三十八岁的你开始独自抚养五个儿女。那时，年龄最大的是母亲，三舅最小，只有四岁。你既当爹又当妈，既当男人又当女人，既在田里干农活儿，又为儿女缝缝补补、洗洗涮涮。多少人劝你再找个老伴儿和你一起分担生活的重担，你怕儿女们受后妈欺负，果断拒绝。一个人为五个儿女撑起了一片天。你是年幼丧母的它们心中的主心骨，是不谙世事的儿女们的擎天柱。它们虽然失去了母亲，却得到了来自父亲双重的爱，所以它们并没有感到缺爱。在它们成长的路上，没有因缺少母爱而感到自卑，也没有听到来自父亲的抱怨和责骂。在耳濡目染下，它们乐观、勤快、节俭、正直、善良。虽然它们没有什么盖世成就，但都本本分分地做人，真诚厚道地处事，勤勤恳恳地劳作，自食其力地生活。

在你的用心呵护下，男娶女嫁，儿女们各自有了自己的家庭，而姥爷你却孤单一人。新盖的房子显得空落，儿女们想给你找个老伴，你又坚决地拒绝了，原因是怕给儿女们添麻烦。你在孤独中劳作了一生，你在孤独中走完了自己的一生。

你的口头禅是"这狗子的"。累了时会说"这狗子的，真累"；看到小孩儿活泼可爱的样子，便说"这狗子的，这孩子真聪明"；望着远处时，说"这狗子的，真远"。总之，说话时总爱说"这狗子的"。以至于，一看你要说话时，我们这些小孩子就抢着说"这狗子的"，你笑笑说："这狗子的，还学起我了"，接着继续说你要说的内容。

你生前喜好有四：抽烟、喝酒、写毛笔字、针灸。

从不离身的、一直陪伴你的是烟斗、烟袋。烟袋里装着的烟叶是自己种的，你最喜欢的就是抽烟，却从不舍得买烟卷。你在自己种的烟叶成熟后，一片一片地用细线串起来，挂在墙上晒干，然后揉搓成细末，装进烟袋里，劳作累了，就从身上取下烟袋拿出长长的烟斗，蹲在地上抽一锅烟解乏。你一直很忙，抽烟的时候便是你休息的时候。

你喜欢喝酒，但是从不多喝，从来没见过也没听说你醉过。先前家境困难，偶尔有高兴的事或者过节时喝一二两。后来生活宽裕了，几乎每天喝一两小酒。别人都劝你买瓶装酒，你却为了省钱，总是买散装酒。陪伴你到最后的是从不醉你的酒。

你写得一手漂亮的毛笔字也很享受人们的表扬。过年写对联是你的拿手绝活儿。每年，你总是早早地托人把红纸从县城买回来，在腊月二十七八时，把你珍藏多年的笔墨纸砚拿出来，把从报纸上收集来的春联写在红纸上。你的字写得好看，村里人总请你代写，你也乐意帮忙。每当听到人们欣赏对联时的夸赞声，你总是满足地笑笑，神态像个小孩儿。

你的外表看起来很木讷，也不太善于表达。但是你心灵手巧，学什么都快，而且悟性很高。干农活儿是把好手，缝衣服、捻毛线、织袜子和毛背心这些细活儿，你也都得心应手。更让人吃惊的是，你竟然自学针灸，没有师傅，便自己看着中医给别人针灸，模仿学习，在自己身上扎来扎去，找穴位。终于你学得了针灸的技法。但是，怕出意外，你并不出去行医，只在家里的人或者邻里有头疼脑热不舒服时拿出针包。在缺医少药的年代里，你用你的土办法治疗了不少人的小病。

  姥爷你已经离世三十多年了。你孤独一生，慈爱一生，也勤劳一生。假如你活到现在，百岁老人的你看着子孙们已经过上了衣食无忧的生活该是多高兴呀！

周益胜作品[*]

她不知道什么是孤独

我从未想过，给奶奶剪个指甲，能把我的手磨出血泡。

不是我细皮嫩肉，而是奶奶很长时间没有得到细致的照顾。这是一个故事，一个很长很长、长到让我无从说起的落泪故事。

有艺术家和作家说，写作也好，画画也好，都需要情绪。但现在，不管我怎样努力去寻找情绪世界，都找不到丝毫灵感。

我渴望简单、轻便的爱，笑呵呵的爱。正是因为我感到不简单，不轻便，没那么笑呵呵，我才稀罕、渴望。因为有些爱，注定成为遗憾。

用我爷爷的话说，我奶奶是个废人，走路靠双拐，说话意识不那么清醒，很简单的问题，她的回答能让人泪流满面，也能让人捧腹大笑。像个孩子，也不像个孩子。

在奶奶身旁时，她会突然对着我冒出一句"你昨晚在哪儿睡的？"我说我昨晚在自己家睡的。她听完我的回答，那呆滞的眼神让我知道她想点头，嘴巴含糊地说着哦哦，却没有笑容。

没有笑容，不是她不想笑，而是不会笑。

她像个孩子，说话没有逻辑，只本能地知道吃吃喝喝，甚至洗澡，都需要人照顾；她不像个孩子，她对外界丧失了感知能力，任何事情都无法引起她的好奇心。

关于我的奶奶，我有很多话想说，但我不能过多表达，有些话只能埋藏在心底，有些爱只能成为遗憾，但作为最小的孙子，我觉得我是孝顺的、温暖的、有爱的。

这个国庆是回老家度过的。我每天都去看看奶奶，即便不说话，就站在她身边发呆，也算是种默默地陪伴吧。这种爱没有声音，只有自己才能够感受

---

[*] 作者简介：周益胜，自由写作5年，追求真实，酷爱大笑，是个没有才华但爱随手制造温暖的分享者。

得到。

10月6日下午，我从老家返程广东佛山，上午的时间是在家的。我一如既往地去奶奶那儿，跟她说说话，说一些简单的话，甚至在常人看来觉得不必要的话。

奶奶的交流能力正在慢慢丧失，我只能尝试主动跟她交流，问一些简单的问题，例如，早上吃饱了吗？现在热不热？

在问这些问题之前，我已知道答案，她肯定会说吃饱了、不热；这就是亲人与亲人之间的陪伴，这是这个秋天最动听的对话。

也许奶奶还想说其它的话，但她说不出，一是她接触不到外面的世界，二是她组织语言的能力也大不如前。

平日里，奶奶已经习惯了沉默地独自坐在家门口的那张凳子上望着门前的庄稼与天地，她不知道什么是孤独，她只是知道坐着坐着天就黑了；她不知道什么是孤独，她只是知道自己老了；她不知道什么是孤独，她只是知道自己不说错话、不做错事就是最好的。

她不知道什么是孤独，却整日与孤独为伴。

她分不清我工作的城市在南方还是北方，但她希望我好，希望我吃饱穿暖，有钱用，工作顺利，买房娶妻生子，有很多朋友，然后身体健健康康。

10月6日从老家返程广东佛山前的上午，我在奶奶家，看看她，说说话，做一些我能够做的事情。我发现奶奶的手指甲和脚指甲都很长，便从另外一个房间找了把剪刀，开始行动。

没有拿指甲钳，是因为我知道奶奶的指甲太厚了，指甲钳根本剪不动；至于指甲为何这么长，那无疑是很长时间没有修理了。在这段很长的时间里，奶奶一定吃了很多苦、受了很多罪。

奶奶坐在长椅上，我先是弯着腰，小心翼翼地给她修理手指甲。奶奶的双脚不灵活，弯不了，我搬了张小凳子放在她跟前。我蹲在地上，给她脱下鞋子，把她的脚架在小凳子上，看着又长又厚的指甲，像是已经长进了脚趾的肉里，我边剪边反复地抬头问奶奶疼不疼，她很乖，说不疼，但依旧没有笑容。

就在她回答我说不疼时，我的眼眶瞬间湿了，但我还是继续低着头帮她剪着脚指甲，爷爷坐在旁边抽着烟。我侧身抬头便看见，门外蓝天下，阳光照在那些庄稼腰身上，庄稼随风拂动。

将全部指甲剪完后，我发现自己的右手中指起了一个水泡，而且破了，也许是太专注与投入，当时没有发现自己手上起了水泡，破了也没感觉到疼。

另外还有两个原因，一个是剪刀本身不锋利，一个是因为指甲太厚需要很大力气。

我从未想过，给奶奶剪个指甲，能把我的手磨出血泡。这是一项不问质量与结果，但一定充满爱意的工程；我也渐渐明白，陪伴是最长情的告白。

这是一个孙子对奶奶的爱。

探索城市角落

我们生活的外部环境，一直在发生着各种变化。

人们也在摸索与试探中调整自己的步伐，试图与外部世界实现同频共振。即使在这样复杂多变的环境里，仍有人愿意打开自己，拥抱变化。

那是一个很寻常的夏天。

刚来深圳不到一个月，小周同学就开启了探索全新城市之旅。他把衣服扎进裤子，紧张地带着简历，利用手机导航乘坐公交去面试，额头的汗水亮晶晶的。

他背着包，挤地铁去深圳图书馆，和大多数人一样席地而坐，在这莫大的城市中，唯有冷气空调能让他在这炎热夏日中感到短暂的心安；他满面笑意，带着欢快的心情奔赴海边，大声呼喊，放松蹦跳，肢体语言极其丰富。

他对汹涌的人潮和密集的建筑群充满好奇，也对城市生活的状态和城市的每个角落充满渴望。

他感受力极强，不断将在城市中看到的、听到的、知道的，与老家那个小县城对比，在这个过程中，他不分析好坏，只区分大城市和小县城的不同。他希望充分享受每次出门的日子。

工作之余，他把生活填充得非常充实，去超市购物买菜，下班经过楼下的水族店会透过玻璃多瞄几眼，傍晚又经常在天台写作，看着城市的路灯渐渐亮起，见证着一波又一波从地铁口喷涌而出的下班人，快速地出现，又快速地消失。

他清楚记得，去深圳的第一天，很幸运地在五和地铁口认识了第一位陌生人，是位正在上大学的女孩子，因简单的交流，各自都觉得无比放松舒服，没多想，就互相加了微信。

这是他对深圳最初的印象，并不是所有人都是冰冷的上班族，也有温暖温柔的人与他搭话聊天，以至于相遇相识。

漂在深圳，小周同学不想错过任何探索这座城市的机会，也不想辜负能自由行走的每一天。

他的足迹印在了深圳的很多地方，包括校场尾、大芬油画村、仙湖植物园、文博宫、文谷庄园、蛇口游轮中心观光层、价值工厂、华侨城甘坑小镇、深圳大学建筑系馆等。吸引他的不仅仅是风景，还有那些风景里的人。

一次工作日休假，他在大芬油画村的小巷子里穿梭和闲逛，那里的店主都非常热情和友好，也许是因为经营生意所做的软服务，但整体感觉就很好。

等下午逛完准备回去的时候，他在路上遇到一个衣衫褴褛、有着花白胡子的人，背着麻袋包，看上去五六十岁的样子，一只手拿着一个不锈钢小盆，另一手用铁链牵着一只猴子。

在猴子的眼神里，他分明看到了忧伤、孤独和被迫的服从。

在回去的地铁上，他的脑海里一直在思考一些问题，那个人为什么要牵着猴子在这个大城市流浪，猴子的生活是不是很悲惨……

对于小周同学来说，他喜欢观察来来往往形形色色的人，"会蹦会跳会笑会骂街的人，多有意思啊。"

他也很喜欢探索附近的一切，这是他保持对外界关心和好奇的方式，他不想失去这种活力，"否则无论物质有多充实，也很难感到幸福。"

没敢想过"上大学"

人的一生，总要去经历。不管好的，坏的。

小时候，我生活在湖南耒阳的一个小山村。

小学时候，我一直单纯以为，读完初中和高中，就可以去外面打几年工，让自己的银行卡账户上有些积蓄，然后建一套属于自己的房子，娶妻生子。

那时我总认为，只要自己足够努力，脚踏实地，能吃苦，就能顺风顺水过完一生。这是我小学和初中时的认知，没什么见识。傻得可爱，也真实得纯粹。

我所认为的，都是我看到、观察到以及感受到的。来自我身边的人，亦来源于我所生活的环境。所谓环境影响人，我想这也是一种。

那时候，我从没敢想过上大学这件事。

自己的成绩，从小就不理想；上大学，是那些成绩持续优异的，或者是有父母或亲戚本身在学校当老师的同学可以去想的事情。从我的观察来看，那些同学，大多数成绩都不会差。

随着时光流逝，岁月沉淀，我也在不断成长，心智逐渐成熟。读完高中，我在长沙顺利读完大学。我的认知世界，也渐渐从一个小窗丰富到一扇大门。

尤其离开老家的小山村，步入深圳、佛山这些城市后，我经历了很多，也成长了很多。渐渐地，在很多问题面前，我会有自己独立的看法，会在内心考量他人的人品，会对生活充满热情和期待。

在经历时间的洗礼和人情世故的磨砺后，人总能不断地成长和进化。在现实生活当中，人们往往会本能地、不自知地将自己的身份、社会地位、外界评价的标签、理念等当成自己。

到今天，我不再认为读完初中或高中，打几年工存钱，就要娶妻生子。

到今天，我不再认为上大学这件事，只有成绩持续优异的同学可以去想。

到今天，我也不再认为只要自己足够努力，脚踏实地，能吃苦，就能顺风顺水过完一生。

时间不语，却能改变很多东西，思想、行为、习惯、性格。

我们的一生，重在经历。不管好的，坏的。

马溪甜作品*

偶像的账单

你们觉不觉得这个题目有点儿怪？偶像，不应该是人们无条件崇拜的对象吗？怎么还扯上账单了呢？先别急，偶像崇拜这事儿呀，有时候还真挺费钱的！不信？咱拉个账单瞧瞧。

智研咨询曾发布过一个报告，经调查，有近七成的追星族曾为偶像花过钱，大约5%的追星族平均每个月为偶像花费超过5000元。给偶像花钱，少则几千几万，多则百八十万。

听到这些数字，不知您做何感想，反正我是很不服气。不是因为嫉妒人家赚得比我多，而是因为有那么一群人，为国家付出了太多太多，却再也没有机会获得回报。不信，咱们再看看另一个账单。

1931年9月18日，日军打进沈阳，东三省彻底沦陷。1932年3月，在日方的威逼利诱下，溥仪成立了伪满洲国。听到这个消息，王凤阁再也坐不住了。他变卖了家产，组建了一支抗战队伍。

1936年，日军又来侵扰。王凤阁带领军民殊死抵抗，不久便弹尽粮绝。被俘后，日伪军对他一家实施了惨无人道的虐待，连他年仅4岁的儿子——小金子都没放过。

面对折磨，小金子坚韧地忍受着。当日军用饼干和糖块诱惑他时，他斩钉截铁地说："我不吃日本鬼子的东西！"这让他们毫无办法。

1937年4月15日，王凤阁一家被押赴刑场。

行刑前，王凤阁对人群高喊对祖国的热爱和对侵略者的仇恨。随后，敌人的枪声响起，王凤阁一家壮烈牺牲。那一年，小金子才5岁！

5岁，别人的人生刚刚开始，他的生命却已经结束！这颗金子永远发光发

---

* 作者简介：马溪甜，女，满族，1997年生，辽宁沈阳人。曾于2020年在《辽宁经济》发表文章，2022年荣获"中国好文章"大赛二等奖，在光明日报出版社出版的《文字里的情思》发表文章。热爱家乡、民族、祖国，放眼世界。爱好传承民族文化、讲述先烈事迹、弘扬伟大信仰。愿不忘写作初心，用文字讲述好故事，传播正能量！

亮，照耀着勇往直前的路，点亮了守护和平的灯！

你们相信吗？有位耄耋老人，今年92岁了，但他的二哥却只有"13岁"。

1941年9月16日，他正和二哥一起放牛，忽然发现我方的消息树倒了。情况紧急，二哥命令他去送信，并叮嘱道："送完信你跟着大部队转移，不能单独行动。"

二哥知道鬼子行军迅速，便假装放牛，故意暴露自己。鬼子抓到他后，命令他给带路。二哥装作害怕的样子，将鬼子带入了八路军的驻扎地。

八路军早已做好伏击准备，气焰嚣张的鬼子被打得措手不及。这时，二哥抓住了一个鬼子的大腿，想跟他一起跳入悬崖、同归于尽。可他毕竟年龄小、力气弱。突然，一把冰凉的刺刀从他身后刺了过来。那一刻，二哥被鬼子挑下了20多米高的悬崖，壮烈牺牲！那一年，他还不满13周岁。

后来，词作家方冰和作曲家李劫夫专门为他写了一首歌——《歌唱二小放牛郎》。其中的一句歌词是"他的血染红了蓝的天"，这是高度的赞扬。但其实，他被挑下悬崖后，鲜血染红了山谷里的河，河水成了红水！

二小牺牲后，八路军将鬼子全部歼灭！不仅保护了干部和老乡们的安全，还给新闻工作人员争取到了宝贵时间。经过多方努力，报社在鬼子扫荡的25天内，出版了23篇报道，为做好抗日准备提供了重要信息，极大地鼓舞了全国人民战胜敌人的信心！

老人口中的"二哥"，本名阎富华。1941年9月16日，他的生命永远定格在了13岁。这位老人，名叫史林山。92岁高龄的他坚持为二哥守墓58年。2015年，他受邀参加了纪念抗战胜利70周年大阅兵。他万分感慨地说，他不是一个人来的，而是代表二哥和所有牺牲了的同志们来的，他觉得他们就在身边，一起接受了人民和世界的检阅。

其实，像小金子、王二小这样的英雄还有很多很多。

1932年，我党特工冷少农牺牲于南京雨花台，时年32岁，报酬0元！

1936年，东北抗日活动政委赵一曼牺牲于珠河，时年31岁，报酬0元！

1947年，妇救会秘书刘胡兰牺牲于山西文水，时年15岁，报酬0元！

1948年，中共党员梁士英牺牲于辽宁锦州，时年26岁，报酬0元！

1952年，志愿军黄继光牺牲于朝鲜，时年21岁，报酬0元！

根据我国军事医学研究院统计：在新中国历史上，为国牺牲的先烈大概有2000万人，但能统计到的有姓名的烈士仅有196万人。

他们是真正为国家付出一切的人，是把最宝贵的生命献给了国家的人！他们是名副其实的英雄，是最值得我们感恩、铭记、景仰的偶像！

但是请问各位，他们应得的报酬、付出的代价该由谁来补偿？

英雄之恩，无以为偿。何以为报？感恩自强！

前赴后继，世代自强！中华大地，永铸辉煌！

其实，合理的追星也无可厚非，因为人们需要榜样，需要从偶像身上汲取力量。但我们千万不能忘记英雄的舍己为人、救国救民，不能忽视各行各业螺丝钉们的辛勤劳动、默默付出。

因为只有甘愿利他、无私奉献的人，才能够称为强国路上永垂不朽的偶像！

做一个像大棒骨一样的人

这个心灵鸡汤故事，相信大家耳熟能详。大概讲的是一个小女孩遇到了烦恼，心情不好，找父亲倾诉。父亲便用三个同样的锅，放同样的水，将三种不同的食材煮熟。胡萝卜下锅之前很硬，但煮完了便很软。鸡蛋下锅之前一打就碎，但煮熟了反而结实了。咖啡豆下锅之前很平常，但煮出了一锅浓香的咖啡。父亲便以此为例教育女儿，面对同样的环境，不同心境的人表现截然不同。困难就像这沸水，而我们的心境决定了我们以怎样的心态去面对它。

但恕我直言，这三者面对沸水时的表现各有千秋，却都不是最令人满意的状态。在满锅沸水的情况下，本人最中意的，其实是大棒骨的表现。下锅之前，它坚硬如铁。下锅后，在沸水的冲击下，变得更加美味、更加成熟。它不仅改变了周遭环境，让沸水变成了香气扑鼻的肉汤，更关键的是，它自身依然坚硬，不仅没被煮碎，反而愈加坚挺。

当然，还有比沸水更加严重的困难，那就是悬崖。这四种食材，无论煮熟与否，比拼结果都可想而知。煮熟的胡萝卜和鸡蛋，扔下去瞬间成为飞沫，死不见尸。咖啡豆煮出的咖啡，倒下去充其量算个"咖啡雨"，而后便覆水难收，等待蒸发。大棒骨呢？掉下去自然也会变成碎末，但这碎末，却也是硬的。正所谓"粉身碎骨浑不怕，要留清白在人间"！

这便是大棒骨坚强的意志、坚硬的骨气、坚定的信仰！

古今中外，无数为国家富强、人民幸福、社会安定、世界和平而抛头颅洒热血的仁人志士，便是如大棒骨一般的人！他们自身意志强大、实力强悍，本可以独自威武，却选择战胜"沸水"、改变世界。这种大无畏的精神，怎能不令人感恩、怀念、崇敬、景仰？

或许，我们会觉得，英雄离我们太远，但正如郁达夫所言："一个没有英雄的民族是不幸的，一个有英雄却不知敬重爱惜的民族是不可救药的，有了伟大的人物，而不知拥护、爱戴、崇仰的国家，是没有希望的奴隶之邦。"

缅怀先烈，致敬英雄！崇高信仰，代代传承！我们虽不可能都成为英雄，但我们都可以成为他们的崇敬者。我们虽没有相关的英雄事迹，但可以有相应的担当！对英雄的景仰，既是个人的情愫，也是全体的义务。对国家和民族的主人翁意识，对苦难和强敌的无惧无畏、不屈不挠，对大事小情的勤于奉献、勇于担当，是每一位国民都应该去努力培养的品质。

向"大棒骨同志"学习，铮铮铁骨、勇敢坚定，改善环境却从不妥协，坚定自我但也吸收养料，面对逆境、面对威胁，不忘初衷，积极应对，不负使命。

有人说，这样好难啊！但世界就是这么辩证。很多时候，你越是逃避困难，就越会被它纠缠。与其因胆小畏缩而屈辱受难，不如勇往直前为光荣而战！战败了，虽败犹荣。战胜了，又是一片更加光明、更加美好的新天地！

黄迎霞作品*

第一次乘坐飞机

人生有许多第一次，前几天我又经历了我的第一次——第一次乘坐飞机。曾几何时，我看着那蔚蓝的天空、翱翔的飞机，也想着，我什么时候才能坐一次飞机呢。没想到，这次因回家有急事要办，我终于美梦成真啦！

首先，我登上飞机，感觉和坐火车差不多，里面的空间和火车差不多大。其次，漂亮的空姐开始讲乘坐飞机的注意事项。然后，飞机即将起飞时，会先在那长长的机场跑道上滑行。接着，在起飞前的一瞬间，突然加快滑行速度，快得无法形容，我想这就是起飞速度吧。之后，有点儿像坐电梯的感觉，飞机向上急蹿，感觉自己也随飞机腾空而起，霎时间飘在半空。

这时候，你要抓紧时间欣赏飞机窗外的景色。地上的景物，一点点远去了；那些矗立在地上的高楼大厦，顷刻变得像卖房子的楼盘模型一般大小；而地上的条条大道和各种车辆也变得极其渺小了，甚至像小蚂蚁一样。这时，脚下不时地会有朵朵白云飘过，还有的如烟、如雾，丝丝缕缕，甚是好看。这时候，你会想起《西游记》中的许多画面，比如，各路神仙脚踩祥云，飘然而至，别有一种意境。

飞机再飞得高些，脚下就像是一大片雪白的棉花，铺在万亩大广场上，密不透风，看不到一丝地面的景物。偶尔在远方会出现一抹蓝，有时还会有一抹红的色彩，甚是亮丽。

不一会儿，飞机飞到离地面6600多米的高空，这时，脚下又是另外一番景象。也许是因为天气不太好吧，窗外灰蒙蒙的、白茫茫的，什么也看不到，只听见耳边飞机马达轰隆隆的声音。当然，飞机此刻会有些许颠簸，因为飞机在飞行过程中会不时遇到气流的冲击，你也许会觉得有些危险。

当耳边响起空姐的声音，这表明飞机快要到终点了，正在逐渐下降，那颠

---

* 作者简介：黄迎霞，女，47岁，汉族。从小热爱写作。1991—2005年，从事乡村教师工作。其间多次参加学校总结工作撰写，多次受到学校领导好评。

簸的感觉就像汽车在有小石子的马路上行走。此时，你会看到地面的景物逐渐变大。稍后，你会感觉到飞机着陆了，再在机场跑道上滑行几分钟。最后，飞机会在指定地点停稳。

从天津到运城，坐火车需要几个小时，而坐飞机一个半小时就到了，真快啊！想到这里，不禁要感谢祖国各行各业的发展如此迅速。我们的祖国正在日益强大，各族人民的生活水平也在不断提高，人们的出行方式越发便捷多样。要是在几年前，我做梦都想不到，如此平凡的我也可以乘坐飞机出行啦！今天，我终于美梦成真啦！

想念爸爸

2018年1月4日，我接到一通电话，电话那头传来一个噩耗：爸爸走了。我不敢相信这个消息，也不愿接受这个消息。怎么可能是真的？我和爸爸昨天才通了电话，我还说再过十几天我们就放假了，就回去接爸爸到我家去住……这怎么可能？

我使劲掐自己，证明这不是在做梦。我火速赶回家。爸爸，我回来啦，你的不孝女回来啦。爸爸，您怎么可以这样，我还没来得及好好孝顺您老人家，您就狠心地离我们而去！爸爸，我跪在您灵前，说不出话来，只能无休止地落泪。爸爸，您能否听到女儿的哭喊？爸爸，您睁开眼再看一看你的女儿吧！爸爸，您可知道，我看着眼前的饭菜，多想和爸爸一起吃，可如今，爸爸，我勤劳的爸爸，我那么有爱心的爸爸，却再也不能和我们一起吃饭了。爸爸，爸爸，爸爸……我一次又一次地呼喊着您，您却狠心地一声不应……

爸爸，这些天我每每想起您，眼泪总会不由自主地夺眶而出，仿佛只有这样才能表达出对您的想念之情。爸爸，我好想念您，想您那爽朗的笑声，想您那熟悉的话语，想您那坐在门前的身影……看到家里的每一件物品，都能想起您的一言一行，可如今，我们却再也不能相见。老天爷，您为什么要这么残忍？为什么如此着急地夺走爸爸的生命？为什么不能让爸爸好好享享清福？为什么这么不公平……我心里有无数个为什么要问，却始终没人回答我……

爸爸，您可听到您的孩子们撕心裂肺的哭喊？可是任凭我们怎样喊叫，您也没睁开眼……爸爸，您一生勤勤恳恳，热心助人。自从我十岁那年，妈妈走了以后，家里的大小事情，无一不是您老人家费心费力，一个人扛起这个家的千斤重担。这重担真的好重，压弯了爸爸的脊梁，压得爸爸喘不过气来，可是爸爸您是好样的，就算历尽千辛万苦，也不回头，带我们兄妹三个走完了那段崎岖不平的路，把我们拉扯大，还操办了我们兄妹三人的婚事。有谁知道，这么多年爸爸为这个家付出了多少辛劳？有谁知道，爸爸为这个家流过多少血和泪？不知不觉间皱纹爬上了爸爸的眼角，不声不响间白发取代了爸爸的黑发。

爸爸，在别人看来，也许您是个驼背的老人，可是在我眼里，爸爸永远是个顶天立地的英雄！爸爸，您虽然是个平凡的人，可是您做出了许许多多不平凡的事！爸爸，这人间的苦涩有三分，您却吃了七分；这人间的甘甜有十分，您却只尝了三分。爸爸，这辈子做您的儿女还没有做够，下辈子就让我们还做父女，让我接着报您的养育之恩！

您弯腰驼背，省吃俭用，辛辛苦苦，为了什么？不就是为了这个幸福的家吗？爸爸，没有您，就没有我们兄妹三人的今天！爸爸，我们永远爱您，永远想念您！女儿我没什么本事，就想写一篇文章深深地怀念您，让您的子孙后代永远记住您的付出与伟大！爸爸，您这一生太辛苦了，但愿您到了天堂能一切安好！爸爸，我们兄妹三人已经长大成人，成家立业，您在天堂再也不用操劳了！爸爸，一路走好！

中秋时节思父亲

今天是 2018 年 9 月 21 日，农历八月十二。现在是凌晨三点，本来应该正在酣睡的我这会儿却十分清醒。因为刚才我梦到爸爸了，梦到我和爸爸相拥在一起，我忘情地在爸爸怀里哭泣。梦里我似乎受了什么委屈，只觉得见到了太久不见的亲人，那种久别重逢的感觉难以用言语来形容。积蓄已久的泪水，像是从山崖上倾泻而下的洪水，源源不断地涌来，虽然这个比喻可能有些夸张。

爸，时间过得真快，一转眼，您离开我们已经快九个月了。爸，您可知道我有多想您？想您那慈祥的脸庞，想您那爽朗的笑声，想您那累弯了腰的特有的驼背……想您的每一个表情。而如今，我们却天人永隔，只能在梦中相见。虽然只能在梦里相见，但是我也深感欣慰。

女儿想爸爸，爸在另一个世界也是能感觉到的吧？

爸，其实，自我记事以来，我们从没有像在梦里那样父女相拥。其实我心里也很渴望亲近爸爸，可能是在我们小时候，您脾气不太好的缘故吧，我们兄妹三人都有点怕您，似乎都没有养成那样的习惯。爸，我很庆幸做了这场梦，圆了我小时候的一个遗憾。

爸爸，谢谢您，我想给您一个深深的鞠躬，想对您说声谢谢。爸爸，这么多年，您为了这个家辛苦操劳，没有休息过一天，您太累了……其实，自您走了以后，我想了好多好多，好像长大了不少，也明白了不少道理。我知道每个人都会走到人生的终点，都会给儿女留下无尽的想念。到如今，我才更能深刻体会"子欲养而亲不待"的真正含义。其实，就在我们都认为很普通的日子里，也要好好珍惜在一起的时光，特别是和父母相处的日子，因为我们永远无法知道明天会发生什么。

爸爸，女儿想你了，您也想念女儿了吧，不然不会到我梦里来看我。爸，您现在和妈团聚了，好好过你们的生活吧。如今，我虽然不能再孝顺你们了，但我会好好对待我身边的老人，我的公公婆婆。因为我知道他们也为我付出了很多很多……

千呼万唤不见应答的母亲与失去母爱所过的不幸童年

一

　　父亲守在母亲床前，紧紧攥住母亲的双手，就好像生怕母亲走了似的。从父亲的眼神里，我似乎看到了一种不祥的预兆，直到父亲慢慢松开母亲的双手，把纸钱遮盖在母亲苍白的脸上，呆滞地坐在椅子上叹息时，我才无可奈何地接受了这一残酷事实。

二

　　我扑向母亲，呼唤妈妈，却再也得不到回应。我的视线模糊了，我的心在颤抖，巨大的悲痛向我袭来，天崩地裂。

三

　　我悲凉的呼唤，惊动了邻舍。乡亲们陆陆续续地来，他们向离世的母亲告别，他们给哀伤的父亲安慰，他们向我送来怜悯的眼光。善良的乡亲们，在此感谢大家。
　　乡亲们陆陆续续地来，又陆陆续续地走，我分不清哪位是伯娘，哪位是叔

---

* 作者简介：谭振宇，男，汉族，1952 年生，湖南耒阳人。爱好文学，发表文章 26 篇。以"顺境淡然，逆境泰然"为座右铭。勤笔耕，重修养。

婶，哪位是伯伯，哪位是叔叔。只隐约听到一位叔婶说："唉！就走啦！九岁的孩子咋办啊！"我茫然地望着这位叔婶，止不住的泪水，凄然流下。

四

九岁的我，披麻戴孝，在母亲的道场上跪着、哭着，撕心裂肺，悲痛不已。小小年纪，就经受骤变，真为不幸。谁都不愿不幸，可谁又能躲得过？

送走母亲，我心力交瘁。往后的日子怎么过？一片茫然……

那段日子，放学回家，同学喊着妈妈，我却不敢张口，因为再也没有人回应我了。

失去母亲的孩子，真就像河流中的一片树叶，任凭流水冲刷。

那段日子，乡亲邻里总是怜悯着我，背地里总说这是个可怜的孩子。

那段日子，每到晚上，我都害怕不已。午夜梦回，经常哭醒。

没有母爱的人生缺憾，一直伴随我初小、高小、初中，直到高中。

五

毫无疑问，失去母爱的童年是不幸的。日子的艰辛，生活的不快，童心的压抑，把我压得几近崩溃。可生活还在继续，我仍得负重前行……

六

我的母亲，被病魔折磨多年。肠道的顽疾，使母亲疼痛难忍。可母亲拒绝医治，她要把为数不多的钱留给我读书！母亲宁愿受病，宁愿疼痛，也要把读书的机会留给我。

一位平凡的母亲，她的母爱是何其崇高！

大山啊，你再深壑，也有边头；大海啊，你再浩渺，也有尽头。可母爱，没有边头，也没有尽头……

七

童年的我,一直在祈祷,一直在向上苍祈祷。

祈祷我的母亲平安无事,祈祷我和母亲永年相依。

可谁留得住啊!抛开父亲,抛开我,母亲走了。母亲走得那样仓促,母亲走得那样不近情理。

我质问上苍,我拷问人间,为什么不能给我的母亲多一些岁月呢?为什么不能给我的母亲久一些亲情呢?

八

母亲离去已三十八年了。当年只有九岁的我,现也步入中年了。如今,我的境况好了起来,妻室贤淑,儿子成年,事业有成。长眠于九泉之下的母亲如果有知,一定会替我高兴的。

九

"公元一九六二年古历正月初九,母亲病逝,享年四十四岁",这是简单的碑文,这是无华的碑文。在这里,任何复杂、辞藻华丽的碑文都显得没有必要,因为,母亲的伟大,是见之于平凡的。

十

不幸的童年,童年的不幸,我挺过来了。人生的价值就在于负重前行,就在于经得起磨难。所谓不经风雨,难见彩虹;不经磨难,难得成功,也就知理了。

十一

母亲,我曾千呼万唤不见应答的母亲,我曾魂牵梦萦的母亲,你永远活在我的心中。

记起那求学岁月的恩师

——宋玉华

一堂政治课,您讲述中国,讲述中国是世界上最大国家之一,在广阔的领土上,有肥田沃地,大小山脉,江河湖泽,绵长海岸。从很早起,中华民族的祖先就劳动、繁衍生息在这块土地上……您深情地讲述着,清脆的东北口音和着深厚的中华文化,极具感染力,以至于句句通达肺腑,直刻心骨。

我心底里的那颗种子,那颗热爱祖国报效祖国的种子,就是您最早给播下的。

我热爱祖国报效祖国的志向和坚定的共产主义信仰,也是在您的影响下树立的。

每当微风拂过树林,露珠滴落叶尖,溪流汇入江河,白云投入波心,花香浸入夜色,月光洒满池塘,关怀轻扣心扉,我便忍不住要感念恩师。

每当拨动记忆的每一根心弦,回忆起成长的每一次涅槃,我便忍不住要感念恩师。

恩师仿佛一根蜡烛,燃烧自己,燃尽自己,只为给学生照亮前方的路。

一头黑青的发丝渐渐变白,一双有神的眼睛渐渐变花,这是您倾注心血的写白。我将永远铭记!

得遇恩师,何其有幸;承蒙庇佑,永将铭记!求学的岁月已经远去,可恩师我却常常记起。

苏、沪、杭印象记

苏州

　　苏州给人一种江南好的感觉。纤巧园林，小桥流水，婉转昆曲，心扉评弹，似乎都统一了起来。这个不大的城市，处处可见江南的娇丽。

　　可以感受上海的阔大，可以感受杭州的缥缈，但要感受江南的温婉，只有去苏州。如果要侧听易水壮士低哑的喉音，那就去陕西；如果要览胜雄伟森严帝王的殿阁，那就去北京；但如果要欣赏流光溢彩的书画，细听行腔婉转的昆曲，观看撩人心扉的评弹，那就只有去苏州。

　　苏州有柔婉、有绿蓝、有妩媚、有灿烂。这种柔婉、绿蓝、妩媚、灿烂，潜藏在园林里、流水里、昆曲里、评弹里、书画里，潜藏在苏州文化里。苏州是内心情怀之所，婉转撩人之地，妩媚灿烂之乡。

上海

　　上海太大，大得让人摸不着边际。北京是个典型的中国式城市，它背靠长城，面南而坐，端肃安稳。上海正相反，它侧脸向东，面对浩瀚的太平洋，背后则是横贯九域的万里长江。对于开放的当代，它俯瞰广远，吞吐万汇，气势不凡。只要稍具地理眼光的人，都会看中上海。

　　上海经济实力雄厚，纳缴的税收极为可观，虽然深圳的崛起让它显得有点滞后，但国家马上意识到，它不能落伍，于是开发浦东成为战略。

　　如今上海摩天大厦林立，都市雄风大有吹倒纽约之势，偌大中国也应如此。经济实力雄厚的上海，完全具有龙头的地位和影响力，上海理应把握世纪机遇，冲出中国，冲出大洋，走向世界，成为国际经济大都市。

杭州

　　杭州既不同于苏州,也不同于上海,它倒像人间天堂。世上很少有山水天然并举的地方,但杭州就有。苏州园林是人为建造的,虽好但缺少生气;杭州山水是大自然恩赐的,山灵水秀。苏州的西施,其故事背后的火药味,总让人们觉得有古代美女的些许遗憾;杭州的白娘子,不愿为仙的人间向往,确让世人感到峨眉云仙的不同凡响。

　　西湖水波光一闪,就这样把人文山水,甚至宗教款款摇碎,融为一气,摇融得神奇动听而又自然。人间的梦境在杭州,在西湖。即使再苦寂的人,也不会忘记杭州;即使再避世的人,也想分享西湖秀色。

　　说杭州像天堂,说西湖如梦境,但不知杭州人怎么想。西安的古,如今已被冲淡了许多,杭州总不会吧。杭州应该保留天堂梦境,好让拼搏的世人,能有个地方松一松疲惫的心境才是。但愿杭州能够如此。

李爱霞作品

祭　母

　　人工开凿的湖，不大不小，湖水清澈见底。鱼儿时而跃出水面，时而在水里游来游去，追逐嬉戏。湖面静悄悄的，蓝天白云的倒影映在这幅美丽的画卷上。柳树舒展开了黄绿的枝条，在微风中轻柔地拂动，就像一群群着绿装的仙女在翩翩起舞。夹在柳树中间的桃树也开出了鲜艳的花朵，绿的柳，红的花。这里的一切都是静悄悄的。

　　娘也静静地躺在美丽的湖边，这一躺就是三年。今天是清明节，我又默默地来到了娘的坟前，泪眼婆娑，望着眼前长满杂草的土包，我直到现在也无法将它和我亲爱的娘联系在一起。我只知道我的娘离开了我们，去了很远很远的地方，但我坚信总有一天她会回来。因为自我记事起，娘就从来没离开过我们，我知道她舍不得离开我们，她怎么会舍得离开我们呢？所以我一直等、一直等，等了快三年，我终于绝望了，娘还没回来，难道这次娘真的不回来了吗？无论我们怎么盼她，怎么声嘶力竭地哭喊，她都坚定从容地离开了我们，一去不回头。

　　难道这就是人们所说的"死"吗？我好像突然悟到了这个字的真正含义。娘不在了，我的灵魂何处安放？三年来，我每时每刻都思念着娘。然而，无论我怎样努力回忆娘的点点滴滴，每晚早早脱衣上床，渴望能在梦中与娘相遇，娘在我的印象中就越发模糊。她陪伴我的这几十年我现在竟然什么也想不起，睡前祈祷与娘相遇的梦境竟然一次也没有出现。我自责，扪心自问为什么如此不孝，她可是我的生身之母，我竟然把她忘却了。我带着满腹的疑惑去问爹，爹说他也梦不到娘，还说一定是娘不愿让我们伤心，不愿打扰我们的生活，才不与我们在梦中相见。我听后泪如雨下。娘啊！你啥时候都只想着我们，你咋

---

* 作者简介：李爱霞，女，1975 年出生。初中语文一级教师。2022 年其作品《划船》获逸文杯优秀文学作品奖，2022 年 10 月荣获中国好文章"文化摆渡人"称号。工作之余，爱好文学，坚持写作，希望在文学道路上越走越远。

不为自己考虑考虑呀！

娘去世的前一天，还给我摘了两个又红又大的石榴。也许冥冥中自有安排，从没想起给娘照相的我竟然用手机给娘拍了最后一张照片。我从没想过娘会那么快离开我。娘还没有老，我们也还没准备好。娘竟这样不辞而别，好狠心的娘啊！你为何不辞而别，你为何走得那么匆忙！

娘，圆圆的脸庞，总是红润润的，看起来很是亲切；齐耳的短发，到老都没有多少白发；不高不矮的身材，我常戏称娘是"俊老太""福老太"，姊妹中数我最像她，我常因此感到骄傲。

娘的脾气不太好，常常发火。记得早上天不亮，娘就会喊我们起床去地里干活。如果起床慢了，她就会在院子里一蹦三尺高，大声地喊着："大妮，二妮，还有三妮，快点儿给我起来，下地干活去！再睡懒觉，我打死你们这群小崽子！"吓得我们一骨碌爬起，拿起农具就往地里跑。那时候，我常在暗地里说娘是周扒皮。

弟弟则是个小懒虫，叫不起来他，娘就会拿起扫把，掀开被窝，小弟嬉笑着从被窝这头钻到被窝那头，娘手里的扫把始终没有落下。我们心里知道娘是在装样子，她怎么会舍得打她的宝贝疙瘩，只是怕我们提意见罢了。所以每次我们一身露水回到家，小弟趴在被窝里吃香喷喷的鸡蛋羹，还一脸得意地笑，气得我一边吃饭，一边朝小弟翻白眼。

记得有一次，我和二姐打架，娘把我像小鸡似的拎起，摁在床上，拿出一把盐，又摸出根缝衣服的大针，还带着一根绳，她要把盐放在我嘴里，用针缝我的嘴。我知道娘是真的生气了，竟然用这么恐怖的手段吓唬我。二姐看情势不妙，急忙向娘求情，我才躲过一劫。从此，我变得越发乖巧，再也不敢胡闹了。

最让我感到温馨的一幕发生在早晨，我、大姐、二姐、小弟都早早醒来，当天娘特赦，不让下地干活了，我们四个并排趴在床上，就像四个小燕子，等着母燕喂食。这时候，娘仿佛也很开心，从锅里捞出红薯，端到我们面前，每人两个，我们习惯性地互相看看，看是不是别人的比自己的大，看看娘是否偏心。求得心理平衡后，我们吃着，笑着，闹着，在床上打着滚。看着开心的我们，父母脸上露出难得的笑容。

最开心的时候是过年，每家都杀猪、宰羊，我们小孩子一边炫耀着自己的新衣服，一边满大街去看杀猪的。看着被五花大绑的白花花的大肥猪，听着它们的哀号，我们别提有多开心了。因为我们知道，我们很快就有香喷喷的猪肉吃了。果不其然，娘早早就煮了一锅猪肉，睡梦中的我们都流出了口水，醒来后赶紧披上衣服，光着小脚丫就跑进厨房。一块块猪肉在沸腾的锅里欢叫着，发出奇异的香气，娘的话还没说完，我们四双小手就赶忙捞起一块，大快朵颐。那时候我们想着，如果天天过年该有多好！娘也放开了吃，大肥肉，四四方方的，娘一顿能吃四块。晚上，爹煮好了猪大肠，满满一大盆，那才是美味，把猪血灌在大肠里，爹给一人揪一段，就着大葱，别提多好吃了！

父母在，人生尚有来处；父母不在，人生只剩归途！一切都已成往事，死者长已矣，生者常戚戚。娘去了，幸好爹还健在，我要照顾好爹，照顾好这个家，这是对娘的最好告慰。

又是一年清明节，愿天堂里的母亲一切安好！

韩荣艳作品*

有妈的孩子像块宝

有首歌中这样唱道："有妈的孩子像块宝。"我对这句歌词的理解是，在妈妈的眼里，自己的孩子永远都是宝。

我有个让我操心受累的儿子，儿子的出生，不仅没有给家庭带来欢乐，反而增添了不少烦恼。孩子刚刚出生，医生就通知我说："你家宝宝黄疸出得早，现在还不能出院，需要再观察一下。"这句话就像晴天霹雳一样，让我措手不及。这是老天送给我的特殊礼物吗？我人在家里，心却在医院，每天都担心孩子是否有新的情况，总幻想着会有奇迹出现。

孩子终于可以出院了，接出院的第一天，白天还算正常，可是只能由人抱着，一放下就哭。他的哭声很特别，不像刚出生的婴儿的啼哭，他的哭声可以漫过院墙，传到几百米以外的村口。就这样，我白天黑夜一直抱着他睡觉，整个月子都是坐着度过的。也许有人会问，坐着能睡着吗？我月子中几乎没有睡过踏实觉，还落下了腰疼的毛病（生了女儿后，腰疼的毛病好了许多，看来，月子病还需月子养）。喂奶的时候他哭得最厉害，也不知道什么毛病，我的奶水不好，就说给他喂羊奶，因为我娘家有羊奶，但喂羊奶他总是哭着不肯喝。好不容易出了满月，他爸爸的同事介绍了一个中医，看完以后，说我的奶还没有米汤有营养，孩子是营养不良。再一看嘴，医生都惊呆了，白口糊，学名鹅口疮，医生说，要是嘴里长满了鹅口疮，孩子吃不下东西就会饿死。可怜的孩子刚出生就遭此罪，初为人母的我心里的苦有谁能知？

三个月后，我突然发现孩子不会翻身，六个月时也不会坐着，十一个月的时候，儿科医生诊断孩子是大脑发育不全。有一天带他去医院看病，医生问孩子咳嗽吗？他就真的咳嗽了两声，医生说，"我不问你不咳嗽，我一问你就咳嗽。"我问，"这就是您说的大脑发育不全的孩子？"医生说自己诊断错了。

---

* 作者简介：韩荣艳，女，64岁，籍贯北京，大专学历，是一位自由职业者，热爱文学写作。

儿子七岁之前一步也不会走，他喜欢去动物园看动物表演，我就抱着他经常去看动物表演，他高兴的时候会手舞足蹈。

儿子就是我的精神支柱，每次有过不去的坎儿都是儿子支撑着我。2019年我遇到了我师父，2020年时，儿子得了胃出血，昏迷不醒，只有出气没有进气，直到第二天我才联系到师父。那一次，儿子被师父从死亡线上拉了回来！师父一分钱也没收，还给我发过来20块钱的红包，让我给儿子买一碗牛肉面。一个半月后，儿子痊愈了，并奇迹般地能走路了。师父说多灾多难的儿子活到现在实属不易，而我这么多年还能如此耐心地对待孩子，并时刻保持善良与坚强着实难得。今年正月初六，师父正式收我为徒，我也想做个像师父那样救死扶伤的善人。

儿子也很善良，看到路上有乞丐，尽管他只有几毛钱也会给乞丐，坐公交车时也常常给老人让座。如今儿子虽然不会说话，走路也不稳当，经常自己在家看电视玩手机，但是有些我不懂的问题问他时却常常能得到满意的回答。他一天学也没上过，却能认识字，别人都说他聪明，他十分高兴。

在别人眼里儿子是累赘，在我眼里儿子就是一块金光闪闪的"金子"，我是捡到"宝"了。儿子是上天送给我最好的礼物。40年来儿子几乎没离开过我，每天吃饭都得喂，我把喂饭当成一种乐趣，一边喂饭一边聊天！抖音也是儿子的乐趣，他有三个手机号，自己注册了三个抖音号，用剪映把照片做成小相册。儿子也成就了我儿时的写作梦想。我会努力继续写作。

张丽作品*

月 光

  我无法用语言来形容月光之美，但却能用由衷的欣赏来描绘月光的修长、柔美，和那变化莫测的、形形色色的、历经岁月凝练的不朽之作，正如它依然在时光的折射下，千回百转，周而复始。

  每当夜幕低垂的时候，月光便悄然布局，撒向大地。从湖泊到海洋，人们对月光的追逐，从不因远离陆地而停歇；而月光也绝不因漫步山村时的若隐若现而稍显不屑。走在月光笼罩下的宽敞大道上，有心的人儿会发现，自己的影子也随着月光的推移而变化莫测。

  它就像一位受人之托、忠人之事的魔术师，把路上行走的人儿，不停地装扮成不同的角色，演绎不同的画卷。随着月光的笼罩，人影被不停地变幻着。一会儿像童话故事中的小矮人，有着矮矮胖胖的身材、短短的胳膊和大象般的腿，着实让人忍俊不禁；随着月光不断地往前延伸，人影被月光不断地裁剪、修理——尖尖的头顶，修长的身躯，像一个巨人顶天立地，转而又像是《欧也妮·葛朗台》中，那个骨瘦如柴的主人公。总之，千奇百怪，令人捧腹。行走在月光下的我，同样也不会例外。影子时而矮胖不已，时而身躯高大，时而又像复古的欧也妮·葛朗台，变化多端，奇妙无比。

  月光随心所欲而不失风趣优雅，带给人们的是轻松和欢快；月光敞开胸怀，包罗万象，带给人们的是乐趣和大度；月光无私无畏，总是在夜晚钻出云层，为世人照明指路，带给路人光明和前程；月光不偏不倚，从不厚此薄彼，带给人们的是公平公正、信心和力量。我常常把月光比作和蔼可亲的老人，因为他呵护着天平上的每一位生者；我也常常把月光比作奔月的嫦娥，因为她像天女一样把美丽和花香洒遍大地；我还会把月光比作巡视天地万物的检察官，居高临下俯瞰着世间的人生百态。她就像天上的仙女，挥袖间画就一幅气势恢宏的

---

* 作者简介：张丽，爱好文学写作，主要是爱好报告文学、纪实文学撰写。曾有多篇文章在省级报刊及其他媒体发表。撰写的论文及成果曾获局级、部级奖项。

水墨画，让你感受蓦然回首在身后的意境。我把月光比作我最亲密的朋友，因为一到晚上她就和我形影不离，近距离的，给我沉思的空间，以完善自我；听我歌唱，看我无拘无束地在公园的路径上引吭；在我的身后，呵护着我，给我照明、引路，让我在人生的旅途中少走弯路，叙写人生。

月光是情人，与我相依相偎；月光是同伴，与我相知相随。月光，我无法用语言来形容你的修长、柔美，却能用由衷的欣赏，赞美你的全部。月光，让我们准时在每晚约会。

兰花颂

冬去春来，春意盎然。我家朝阳的凉台上一盆兰花开得正艳，淡淡的清香沁人肺腑。每当我从它身边走过，它仿佛在向我频频招手，"我的花开了，请您欣赏"。

梅、兰、竹、菊"四君子"中，兰花因其与众不同的花蕾和风情而独领风骚。我最欣赏它哪一点呢？那便是它有堪比小草般极强的生命力；它有毫不逊色于松柏的不老情。兰花清新而静雅，从不与其他花儿争艳；它低调而不俗，从不以小人之心度君子之腹；它气质超群，从不自以为是。喧嚣声中，从来听不到兰花的自我标榜；哀叹声里，也从听不到它的自暴自弃。它总是用积极向上的能量去感染同伴，用吾日三省的精神内敛自省。观之，让人心旷神怡；离之，让人流连忘返。我赞美兰花是因为它的与众不同，因为多数兰花的花梗和子房能够自由地扭转180°。我认为，这是因为兰花知恩图报，从不忘记是沃土、水分和阳光培育和滋润了它。它总是用自己的花梗和子房，从左至右旋转成180°，向它的恩人点头致意，报答一切的养育之恩。

我赞美兰花，一生一世不离不弃！

秋　蝉

物以类聚。在众多的鸟鸣、虫啼之中，我最钟情的是秋天的蝉。

每每听到蝉的叫声，我的心情便愉悦万分。蝉鸣，为我的生活添加了色彩；为我的生命增强了活力；为我的生存空间，陡添了太多神圣的仪式感。没有仪式感的生活是枯燥乏味，且没有乐趣的。我深深体会到，生活不仅仅是柴、米、油、盐、酱、醋、茶。生活，一半诗意，一半烟火。无论是谁，一定要爱着什么，恰似草木对阳光的依赖和对宇宙万物的敬重。

每一次的蝉鸣在我看来，都是一次激情的迸发，都是一个新的黎明到来之际的庆典仪式。无论是花开还是花落的时节，蝉鸣都一如既往地为花儿奔忙。花儿开放时，蝉鸣比自己繁衍还要倍感荣幸；花儿飘落时，蝉鸣似乎心怀怜惜充满崇敬。蝉鸣似乎变得平淡而从容，像是放缓了声调在为其低声吟唱。其实花开花落都无愧于大自然的公允，所以蝉始终坚守着内心的那份纯净与真诚，为那绽放的花儿去追寻春夏秋冬的足迹，为那亲吻大地的落花感受一年四季的轮回而庆幸。我不禁感慨：花开花落都是景，一个在树上，一个在地上。

每到夜晚人们悠闲地躺在床上，静静地聆听着窗外那梧桐树上的蝉鸣，不知不觉就跟随着它的韵律进入了梦乡。

蝉鸣听起来似乎千篇一律，只有心中有故事的人，才能听出个中的滋味。或心情舒畅，或歌声悠扬，或夹杂无奈，或无限惆怅。每逢听到蝉鸣，我就会沉浸在无限的遐想之中。享受人生而不沉湎，看透人生而不消极。难能可贵的是蝉把不变的音符撒向空中，而世人却把不变的生活过得有滋有味、精彩纷呈。即使是夕照过后，夜色也带着酡红，天空是那样的迷人、那样的静谧。

大自然亘古不变地交替着，
人生周而复始地更迭着，
让我们经历了：
春天花开时的愉悦，
夏天雨淋时的酣畅淋漓，
秋天馈赠给我们
玫瑰金色的灿黄，

冬天沐雪般的心灵涤荡，和那依然如故的蝉鸣！

尽管蝉明知自己行将就木，却依然高吟低唱，抒发着自己对秋的无限情怀。这就是蝉的高风亮节和无私无畏的奉献精神！

刘燕作品*

晚歌轻唱又一年

不管愿不愿意，我们又走过了一个冬夏；不管愿不愿意，我们又走过了一个春秋。时光缓缓前行，岁月把沧桑刻在人们的心里，也把痕迹刻在了人们的脸上。

孙女学校举行秋游活动，招募志愿者帮助管理学生，我自我感觉没问题就报了名。可人家说：您年岁大了，我们要照顾老人。言外之意，万一有事，人家不知照顾谁。夏天，有一次我穿上高跟鞋，换好连衣裙出去玩儿。刚一上公交车，就有一个姑娘站了起来说："阿姨，您坐这儿吧！"我马上笑着说："不用不用，我可以。"后面的管理人员说："让你坐你就坐吧，那么大岁数万一再摔着。""谢谢了，姑娘。"我坐下了。今年学校最后一次组织活动，我乘地铁去学校。在地铁站里，正好赶上上班时间，全是年轻人。他们没有花里胡哨的穿着，只留下匆匆的身影。整个地铁站里充满着生气，充满着英气，充满着朝气，跟早晨超市里、公园里是截然不同的两种氛围。我不由得也加快了脚步，感觉自己也回到了三十年前。

到了学校，可能是礼堂没有开灯，映入眼帘的是无光的面孔和干干的头发，我顿时感到了落差，不禁心有戚戚焉。坐在一位八十岁的老教师身边，看到她半张脸都是青的。一问才知道，她是在没有任何感觉的情况下摔了一跤。会议最后，负责离退休的老师讲："请大家两只手捂好两个兜，一个是房产证，一个是你的钱，不到万不得已千万别撒手！"这位老师说的是实话，但我心里还是有些悲凉！我们老了，就是老了。

岁月不曾饶过任何人，只有在时间面前人人是绝对平等的。我们要感谢时代的进步。看到现在还有在经历战争摧残的国家，人们惨遭屠戮，到处生灵涂炭，我们应庆幸生于和平年代，我们应由衷感谢伟大祖国的强大。每天我都要到超市买菜，一眼望去都是老年人，有相互搀扶的，有拿购物车当拐棍儿的，

---

* 作者简介：刘燕，女，68岁，北京人，退休教师。

当然大多数还是腿脚利落的。大家从容地采买,自信地生活。我们要感谢静好的岁月,感谢在岁月静好的后面负重前行的人们。我们老了,但是今天永远年轻,过好每一个今天,把淡淡的日子过得甜甜的。每天迎着朝阳送孩子上学,一路上跟孩子一起背背单词,一天的生活由此拉开序幕。披着落日接孩子回家,听孩子讲讲学校的趣事,跟孩子一起长大。到家后,紧张的锅碗瓢盆交响曲奏起,收官之作端上桌来。上班的人们下班了,全家一起边吃饭边聊着一天的大事小情、所见所闻。

商场的广播又开始播放《友谊地久天长》了,一天的大幕就要落下了,一年的大幕也要落幕了。在这辞旧迎新之际,我祝朋友们新年快乐,身体健康,在新的一年里、在平淡的生活中捞些小幸福,把淡淡的日子过得甜甜的。

又是一年匆匆过

走过了春天、走过秋天,送走了今天又是明天。日子就是这样一天一天地,朝起暮落,寒暑相推,经冬复历春地走着。转眼间,2022年又要成为历史了。

还记得四月底的一天,我带着小孙女去街心公园玩,由于那天小孙女醒得晚,她醒后我又干了点儿家务活,所以出来的时候就已经中午11点钟了。走在长长的绿茵道上,迎面大都是往回走的遛早的人们。走进公园,公园的绿茵道上竟然是这样安静,两边的树绿意盎然,尽情地舒展着自己曼妙的身姿。柳树婀娜多姿,随着微风摆动着自己的绿丝绦;玉兰花谢了,玉兰树依然绿意葱葱,骄傲地摇头晃脑;海棠花开在晚期,但还是艳艳地笑着;最妖冶的是桃树,树姿妖娆,桃花绽放,美得让人心醉;松树郁郁葱葱,有散开像大伞一样的松树,也有小的松树,还有像塔一样的雪松,他们排成一排稳稳地扎根在泥土里,像戍边的军人,像家里的爸爸,像万里长城,走在它们面前,不自觉就想给它们敬礼。还有好多我叫不上名字的树,它们都千姿百态,装扮着春天……我推着童车往前走着,在一个拐弯处突然听到一个声音:"不要采花!花是大家看的,你采了它,它就死了!"我看了一眼这位女士,像是一位带孩子的阿姨。我给了她一个敬意的微笑。这一场景使我想起三十几年前,我带我女儿去少年活动中心参观,在一个展室里,一个小男孩在地毯上小便。我说了一声"别在地毯上小便呀!"孩子妈妈没说话,孩子爸爸一扬脑袋对我说:"你家孩子是机器人呀?"我看了一眼这个五大三粗的男人,没说话,带着女儿走出了展室。随着时代的进步,人们的素质也在提高,这是可喜的事情。我们来到了公园的中心,一个孩子们喜欢的有着各种滑梯和跷跷板的地方。往常这儿的人最多,今天就一个老人带个孩子在玩耍。旁边几棵大的梧桐树尽情地伸展着树枝,宽大的叶子形成了一个大凉棚,把下面的空地遮挡起来,形成一个游玩乘凉的绝佳之地。空地上没人,小孙女尽情地跑了起来。右边一条小路,路的两边都是青青的草地,草都长得老高,还有各种野花,都被栏杆围了起来。一棵松树下有一个灰色的台子,台子上有一个人躺在那里用草帽盖着脸睡觉。小公园里特别安静,大花喜鹊、斑鸠、小麻雀,还有我叫不上名字的鸟儿,自由自在地飞着,叽叽喳喳地叫着。小孙女往前跑着,我在后面推着童车跟着。突然想起白居易的《大林寺桃花》:"人间四月芳菲尽,山寺桃花始盛开,长恨春归无觅处,不知转入此中来。"小孙女跑到一块草地边上玩了起来,这时突然刮起了一阵风,风把桃花刮了下来。花瓣像下雨一样,落在了小孙女的头上、脸上和身上。落在了我的头上、脸上和身上。好美呀!我当时愣在那里,就觉得是在仙境之中,脑子瞬间就冒出一首小诗:"绿的树,红的花,鸟儿雀儿叫喳喳,春风吹落桃花雨,青青草地一小丫。"真是一次从来没有过的仙境般的体验。

时间像小河的流水向前流淌着,转眼间到了六月底的一天。那天早上,我和老公开车送大孙女去上学。主路还是像往常一样,排成队的车辆,上学的学生,早锻炼的人们和去早市的人们,来来往往,车水马龙,怎一个热闹了得!突然从一条小路走出了几个人,他们穿着黄马甲,手拿着铁锹等工具,他们亢奋的状态,给这画面注入了一种动感、一种活力,让我感到特别耀眼。我问老公:"他们这是上班吗?"老公说,看来他们这是下班。昨晚肯定是值了一宿的班,因为昨晚北京台播报夜里要有一场大到暴雨,他们是担心路被淹,去疏通水道的。他们这是在街心公园待了一宿啊!遗憾的是昨晚的大雨爽约了……多么可敬的人们,我们在家里睡觉,他们在外面等雨,给第二天出行的人们扫清障碍。我在心里默默地向他们敬礼!

秋天到了,假期结束了。九月一日,孩子们准时开学了。早上安静的大街像春天的小河一样流动起来:送孩子上学的家长们,开汽车的,开小三轮的,骑摩托车的,骑自行车的,走路的,各色各样,大家都挤在一条马路上,熙熙攘攘,东躲西让,热闹无比。回来的时候,老人们又都涌进了菜市场,然后满载而归地回家了,我就是其中的一员。

三毛说:岁月极美,在于它必然的流逝。春花、秋月、夏日、冬雪,时光匆匆,不经意间2022年走到了尽头。回首这一年,感慨万千,还是感谢这一年的经历，感谢静好的岁月，感谢国泰民安，感谢在静好岁月后面为民众负重前行的人们！感谢伟大的祖国、我们的靠山！2023年就要到了，祈盼新的一年，好运连连，愿我的家人们、朋友们、老师们、同学们，历尽千般，依然热爱生活，出走半生归来仍是少年！

岑启顺作品[*]

理性思维是如何产生的？

理性思维是如何产生的？

我认为，首先要弄清楚理性思维的含义。"理性思维"，即头脑中所思考的人与事物合情合理，对人与事物的认识与理解较为敏捷、细致与慎重，具有思想的深度，对问题的洞察力与判断力出手不凡，这是一种较为理智的、机警的思维活动的过程。那么，这种独特的理性思维活动是如何产生的？我想试图从以下几个不同的角度展开分析与阐述。

第一，理性的思维来源于生活经验。俗话说得好："精不离经。"一个人之所以具有理性的思维，是因为他（或她）经历了形形色色的人与事物，在生活的体验中积累了较为丰富的经验，见多识广，这使他（或她）的头脑更加清醒、更加机警！

第二，理性的思维与读书的阅历关系密切。一个人，假使他（或她）的读书阅历未达到高等教育阶段，那么，他（或她）的知识面就较为狭窄，思维就较为肤浅、简单，缺乏思想的深度，缺乏对形形色色的人与事物的洞察力与判断力，因此，也就不具备较为深刻的理性思维。反之，只有读书阅历较高的人，见多识广，思想才有深度，才可能对形形色色的人与事物具有较高的洞察力与判断力，才可能产生"理性思维"！

第三，理性思维与一个人的敏捷程度有着千丝万缕的联系。在现实生活中，人们头脑的敏捷程度千差万别。有些人的头脑相当敏捷、清醒、机警；有些人头脑的敏捷程度处于一般的状态；还有些人的理性思维较为低下，对形形色色的人与事物的认识较为肤浅、简单，缺乏判断力与洞察力。因此，人们头脑敏捷程度的差异，必然反映出理性思维的差异。这种情形，似乎与人们"天资"

---

[*] 作者简介：岑启顺，出生于1958年，汉族。曾在澄迈县瑞溪镇小学任教师。1985至1987年参加吉林省作家进修学院文学创作函授提高班。1994年参加中国文学艺术创作北京笔会，在笔会专刊《东方文艺》杂志上发表文学作品《人性》（短篇小说）。

的差异有关。

　　以上所述，只是我个人通过对人与事物的观察、体验和感悟，从而对如何产生理性思维的问题提出的几点思考罢了！

闪光时刻

——我心灵中的喜悦与欣慰

　　冬季的北京城，白雪飘扬，寒风吹拂，然而，人们的心却是热乎乎的。

　　雄伟壮观、庄严肃穆、美丽富饶的北京城，迎来了最美的时刻——2022年冬季奥运会在我国首都北京隆重举行，这标志着我国在世界的地位与声望提高到了新的水平，充分体现了我国体育事业蓬勃发展，预示着我国体育界的健儿们必将在世界体育竞赛中夺取金牌，赢得胜利！为此，在雄伟壮观、庄严肃穆、美丽富饶的北京城，人声鼎沸，人们无不欢欣鼓舞，精神抖擞，久久沉浸在欢乐的氛围中……

　　北京冬季奥运会，激发了广大作家与文艺爱好者的创作热情，他们或撰写散文来分享自己关于冬奥会或者冰雪运动的感想，或书写激情洋溢的诗篇来赞美冬奥会的意义与价值。

　　应出版编辑部老师的邀约，我写了一篇关于赞美冬奥、歌颂祖国的书稿，交由出版编辑部统一出版为一本以"冬奥会"为主题的书籍。初受邀时，我喜出望外，但在开心激动的同时，又不免有一丝担心。由于冬奥会是世界性的体育赛事，我担心出版编辑部的征稿要求会很高，害怕自己的作品无法入选，于是多日来内心难以平静，征稿的事始终萦绕在心头，挥之不去……

　　尽管这样，我还是毅然决然地答应了出版编辑部老师的约稿邀请，展开了艰辛的创作。经过一番努力，我的诗词创作终于完稿了，我把它交给了编辑老师。

　　两个月过去了，北京冬奥会已圆满结束，我国的体育健儿在世界体育赛事中获得了胜利！此时此刻，又一则好消息从千里之外的北京城传来——《筑梦冰雪，笔颂冬奥》一书已正式出版发行，我的诗词创作《赞我的祖国》也顺利发表了。

　　此刻，我热泪盈眶，异常激动！一方面，这毕竟是国家级出版社编辑出版的书，作为一名业余的文学创作者，想要在国家级出版刊物中发表作品谈何容易呀！另一方面，在长期的创作生活中，在自己付出了一定的时间、精力与心血后创作的文学作品能在国家级出版物中发表，我深感喜悦与欣慰！

此刻，我在艰辛的文学创作历程中，终于迎来了独属于自己的"闪光"时刻！

如何走好人生的每一步

人生中曾经最激励你的一句话是什么？

我想先从我的文学创作生涯说起。文学创作要经过漫长的历程："朦胧期""苦闷期""觉醒期""突破期""成熟期""创造期"。

所谓"朦胧期"，就是在初学写作时，对于写作的基础知识、理论知识和写作方法一无所知、朦朦胧胧，所写的东西具有盲目性，写出的东西平平淡淡、内容干瘪、思路紊乱。

所谓"苦闷期"，就是"朦胧期"之后，开始进入的时期。"苦闷期"阶段，写作相当用功与辛苦，尽管如此，但是写出来的文章依然不合格。不知何时才能写出合格的文章，就是"苦闷期"所处的状态！

所谓"觉醒期"，就是文学创作中的醒悟阶段。从"苦闷期"向前迈进了一步，初步掌握了写作的理论知识与方法，初步领略了在写作中需要呈现的文章的构思与语言的运用和表达，在头脑中逐渐形成了一点儿写作的"灵感"，为下一步写作的突破打下坚实的基础！

所谓"突破期"，就是文学创作中的一个大飞跃。之所以是文学创作中的一个大飞跃，是因为这时已经掌握了写作的基础知识、基本方法与理论知识，对于写作的思路、构思和如何搜集与积累素材，已经有了一定的"灵感"。此外，在语言的运用方面，不仅注意到了语言的通顺与精练的问题，还注意到了语言的幽默感与写作的幽默感的问题。于是，在"突破期"写作过程中，初步呈现出语言的泼辣性，此时写出来的作品已经达到了发表的水平！

所谓"成熟期"，又是文学创作中的一个大飞跃。在这个阶段，已经能够轻松地发表作品了，对于文学创作已经胸有成竹，日积月累，硕果累累，发表了一篇又一篇作品，发表的作品已经编辑成书出版发行了。这时，作者已成为著名的作家。

所谓"创造期",就是文学创作的高峰期。作家的文学创作精品连连,出版一部又一部文学巨著……作者犹如星光灿烂的明星,光彩夺目!此时,作者已成为伟大的作家!

我在文学创作的历程中,付出了时间、精力与心血,熬过了无数个昼夜,从最初的"朦胧期",过渡到"苦闷期"与"觉醒期",现在已经步入了"突破期"(曾经在省级与国家级的报刊上发表过文学作品)。达到这一步实在来之不易,然而,距离文学创作的"成熟期"与"创造期"还很遥远!我需要加倍努力学习,刻苦勤奋探索,在文学创作的道路上快马加鞭,艰苦跋涉,努力奋斗!

在文学创作的历程中,编辑老师说的话,我铭记于心。前不久,编辑老师向我约稿,她看了我的原创作品后,语重心长地说:"你的文稿有一定的文采,你的思想也有深度,我拜读过后很是佩服,作品无论在国内发表,还是在国际上发表,都没问题。"编辑老师对我的作品十分认可,还给予我如此高的评价,这令我无比欣喜,此话是激励与鼓舞我坚持不懈搞文学创作的力量源泉。

在我的人生中,文学创作始终是我的奋斗目标,只盼望自己可以早日看到胜利的曙光!

给人生加个意义

若要给人生加个意义,人生究竟有什么意义呢?如何去思考、分析与阐述人生的意义,实质上正好可以检测一个人的生活体验、理论水平与思想深度。

第一,自然法则,注定了人生的命运。人生有限,岁月无情,人的一生既漫长又短暂,光阴似箭,转眼间几十年便过去了。人的生命一旦终结,一切便都消逝了……自然法则,注定了人生的命运!

第二,人生的艰难曲折,我们应当好好珍惜。在几十年的岁月中,人生坎坷曲折,我们应当珍惜当下,开心快乐地过好每一天。不但要善于在人际关系中掌握主观能动性,缓解处理好各种矛盾,构建和谐的周遭环境,而且应当关注与处理好家庭矛盾,从而构建一个和谐的家庭环境。此外,还应当艰苦创业,创造物质财富,改善生活,提高生活水平,过有意义的人生!

第三,由于社会环境与自然环境较为恶劣,所以我们应当学会在恶劣的环境中生存。一方面，现实社会中人际关系矛盾重重，总是潜伏着诸多突发性的矛盾。我们应当头脑清醒一点儿，觉悟提高一点儿，胸怀宽广一点儿，凡事尽可能克制与忍耐，从而缓解矛盾和冲突，在复杂与恶劣的社会环境中生存下去，尤其是当前的交通环境越来越复杂与严峻，我们应当处处讲安全，时时刻刻注意安全！另一方面，自然环境的复杂性与恶劣性，需要我们在日常生活中躲避天灾，时刻记得保护自己，安全第一！

第四，人生的无意义，在于人生的意义。由于自然法则注定了人生的命运坎坷，岁月不留人，一切终将会化为灰烬……从这个意义上来看，人生丝毫没有意义。可是，人生的无意义，却在于人生的意义！为什么这样说呢？一方面，我们应当养生，从而使自己拥有一个健康的身体，不至于被病魔夺走生命；另一方面，我们应当学会在复杂而恶劣的社会环境与自然环境中生存，过好有意义的人生！

王冠驭作品*

去人数尺，照夜三更

在儿时记忆里，奶奶是一个浪漫的小老太太。她把银色的头发编成麻花状，从肩膀一直垂到胸前，在长而细碎的发尾处，系着一枚小小的月牙。

那时的我喜欢躺在奶奶的臂弯里，不听话地用小脚丫勾着那枚亮晶晶的银饰。奶奶慈祥地俯视着我，用她那胖胀的手细挲着我的眉尾。在银色的月光下，奶奶的眉眼是弯的，奶奶银色的发尾是弯的，她那小而佝偻的身体也是弯的。

我是多么怀念那弯月亮啊！在无数个静谧的夜晚，奶奶抱着我，从月上柳梢到月薄天际！我又是多么怀念奶奶发尾的月牙啊！她名中带月，所以从成人到年老，她一直都佩戴着这枚银饰。一次我问起奶奶，她会陪我到永远吗？奶奶用她的唇深深地吻了吻我的额发，说："等奶奶再长大些就奔到月亮上了，到时候，留下这枚月牙陪着小宝，好不好？""奶奶，怎么老了也会长大吗？那我长大以后能不能也到月亮上啊？"奶奶眨了眨眼，似乎是调皮，也似乎是在隐瞒着什么："你看，月亮都那么老了，它还是会从细细的月牙长成胖胖的圆月。小宝这么小，当然会去到比月亮还美的地方。""不嘛，"我娇嗔道，"等我长大了我就去月亮上找奶奶，奶奶可一定要等我啊！"奶奶仍然是笑眯眯的，只是眼睛里多了些银色的光芒。

奶奶与月亮相生相伴，她离开的那天，是罕见的新月。儿时的记忆渐渐远去，我多么想放声哭号，我撕扯着衣角，无可名状，肆意弥漫的悲伤凝噎在我的喉头，却也只是不着痕迹地湿了眼眶。记忆里，奶奶似乎只是睡着了，她那瘦小的躯体不断缩小，化成一阵风，奔向了窗外的月亮……

我多么想随着奶奶一起到月亮上去啊！但我仍然信守着当初的诺言，仰望

---

* 作者简介：王冠驭，生于2006年，就读于长春市第八中学，现为吉林省九州诗词文学社会员。曾多次参加全国各地作文比赛，获第十四届全国青少年冰心文学现场作文活动初中组金奖、全国朗诵金奖。著有《四月集》等，有原创诗词、散文130余首，其中诗词《临江仙·伤燕京》等在吉林省刊物《九州雅集》上发表。

天空，手里紧紧攥着那枚小小的月牙。

　　直到现在，我有时还会在庭中放一盆水，映照出月亮的影子，让奶奶能俯下身来和我说说悄悄话。

李真文作品[*]

江南月色

匆匆的日子，总让人轻易地忘记时间的流逝。日复一日地匆忙，总让人疲惫不堪。趁着闲暇，信步闲游。不一样的风景，让人心情不觉欢快许多。天边的云，依旧那么醉人。火烧云的绚烂，似一团熊熊燃烧的火焰，给人热情的力量。路边的花儿开得如此娇艳，令路人不禁为之动容兴奋。热闹的夜市，飘来缕缕香味，让美食爱好者不觉驻足，享受独属于自己的美妙时刻。走着走着，一阵大风来袭，失了神的树叶在半空肆意飞扬、旋转、落下。紧接着绿豆般的雨点，越下越大，我赶紧找个地方避雨。不料一盏茶的工夫，雨竟停了。

公园的夜晚，格外热闹，健身的人，在石巷小道匆匆飘过；孩童雀跃的身姿划过，留下银铃般的笑声，那是安琪儿的快乐，让游子足以忘记所有的不快；蛐蛐纵情高歌，让寂寥的夜晚不再孤寂。听，清脆的幽鸣、欢快的旋律，平添不少乐趣。静静地听，那是自然的歌唱家，如痴如醉地漫奏着动听的音符，让人陶醉不已。远处飘来一阵阵动听的旋律，是敖包相会，是夜游人心中的难忘今宵。

清风徐徐吹来，吹散往日的缱绻。月色下的荷塘，依旧那么动人，比起白天另有一番独特韵味，唯耳旁之凉风，取之不尽，蛐蛐欢唱，最不能忘怀。雨夜后的江南，别有一番滋味。凉风扑面，动听的旋律伴流年。人间最是留不住，朱颜辞镜花辞树。美妙的夜晚，且以深情共流连！

---

[*] 作者简介：李真文，陕西省西安市周至县人，陕西国际商贸学院毕业。爱好文学、书画。

后　记

　　本书由感人至深的亲情故事、难以忘怀的人生经历、念兹在兹的山河游历、独一无二的风土人情、诚恳真挚的祖国礼赞等内容组成。在作者的遣词造句中，真挚的情感跃然纸上。本书的内容未经浓墨重彩的渲染，源于生活，融于生活，于细微处见真情。

　　本书由一篇篇文章构成。文章的作者并不是作家或专业的写手，但他们热爱书写，在平凡中用真心、真情、真意的文字记录人生的点点滴滴，表达他们对生活的热爱和礼赞。书中的作者是一群可敬的文字书写者、文学爱好者、勇于追梦者，故在文稿的编辑中我们保留了作者淳朴的文风，没有刻意追求语言的精练和华丽。本次文章征集的初心是"平凡中的我们用文字来礼赞我们的生活和我们所生活的美好时代"，在编辑本书的过程中，我们删去了很多虽文字优美但表达另类的文章，在此也想向这些作者致歉。

　　本书的出版得到了很多投稿作者的热情支持，特别是文章收录于"好文章书系"的作者们，没有你们的鼎力相助，以及那份对文学的孜孜以求与无限热爱，便没有本书的出版。向你们鞠躬致谢！在此，还要感谢那些为本书的出版付出辛勤劳动的编辑和工作人员。

　　"文化兴国运兴，文化强民族强。"在提倡文化强国的今天，新时代需要平凡普通人用自己的语言和手中的笔去感染我们身边的人和事，去书写不平凡的人生，用正义的声音去传播正能量。

　　编委会总想把"好文章书系"出好，不辜负作者和读者的殷切期望，但考虑的事情众多，诸事繁杂，且作者大多出于自身对文字的热爱，非专业作家，书中不足之处在所难免，我们怀着虔诚的心请求读者朋友在欣赏本书时，宽容待见，批评指正。

"中国好文章"大赛编委会